KB021019

디어
허즈번드

디어 허즈번드

1판 1쇄 찍음 2022년 12월 20일
1판 1쇄 펴냄 2022년 12월 28일

지은이 │ 최효희
펴낸이 │ 고운숙
펴낸곳 │ 봄 미디어

기획·편집 │ 정지은

출판등록 │ 2014년 08월 25일 (제387-2014-000040호)
주소 │ 경기도 부천시 소향로13번길 14-11, 203호
영업부 │ 070-5015-0818 **편집부** │ 070-5015-0817 **팩스** │ 032-712-2815
E-mail │ bommedia@naver.com
소식창 │ http://blog.naver.com/bommedia

값 12,000원

ISBN 979-11-6632-810-7 03810

Dear.

husband

Dear
Husband

디어
허즈번드

최효희 장편 소설

목 차

프롤로그

"……연결되오며 통화료가 부과됩니다."

긴 신호음은 이번에도 태강의 목소리가 아닌 전화를 받을 수 없다는 안내 멘트로 이어졌다. 이나는 다시 통화 버튼을 누르려다 도톰한 아랫입술을 잘근 물었다. 굳게 닫힌 입 안에서 한숨이 녹아내렸다.

태강은 오늘 오후 1시 한국에 도착 예정이었다. 아니, 그는 분명 제시간에 도착했다. 그의 비서에게 직접 확인했으니. 그런데 회사, 본가, 집 어디로도 돌아오지 않았다. 전화도 받지 않았다. 그는 지금 어디에 있는 것일까?

일주일 만에 귀국한 남편이 증발하듯 사라졌지만, 그녀는 여전히 윤이나였다. 이름처럼 반짝반짝 윤이 나게 살아야 하는 SJ 윤도진 사장의 금지옥엽 외동딸이자 머잖아 골든그룹의 주인이 될, 골든전자 강태강 사장의 아내. 그러니 누구 앞에서도 초라해지면 안 되는 것이다.

핸드폰을 가방 안으로 밀어 넣고 차에서 내린 그녀는 팔 부분이 시스루인 검은 원피스의 어깨 위에 밍크 퍼 장식 코트를 걸쳤다. 결혼반지를 낀 왼손에 핸드백을 들고 차 문을 닫자 우아하게 세팅된 단발머리 아래로 다이아 귀걸이가 찰랑거렸다.

그녀는 레스토랑을 향해 걸음을 옮겼다. 목적지인 레스토랑 앞 계단은 깨끗하게 눈이 치워져 있었고 입구 손잡이에는 'close' 팻말이 걸려 있었다. 은색 팻말이 햇살에 반짝였다. 오늘은 모두가 반짝였다. 이 세상에 반짝이지 않는 건…….

"어서 오십시오."

문을 두드리거나 안을 기웃거리지 않았다. 그저 팻말을 바라보고 서 있었다. 조금만 더 팻말을 바라보고 있었다면 어떤 감정을 느꼈을지 모르겠지만, 다행히 그녀의 심경에 변화가 찾아오기 전 문이 열렸다.

문을 열어 준 지긋한 나이의 직원은 그녀에게 깍듯이 인사를 건넨 뒤 두어 발짝을 물러섰다. 그녀가 안으로 들어와 가방과 코트를 건네주길 기다리는 것이다. 천천히 레스토랑 안으로 들어선 그녀가 가방과 코트를 건네자 그는 다시 자신의 뒤에 서 있는 젊은 직원에게 그것들을 넘겼다.

"오늘은 안쪽 방으로 자리하셨습니다."

안내하겠다는 뜻으로 말한 직원은 곧장 안쪽 복도로 걸음을 옮겼다.

"갑자기 눈이 내려 늦으실 줄 알았는데, 다들 일찍 도착하셨습니다."

크리스마스를 앞두고 있는 주말이었다. 그간 태강의 귀국 날인 24일을 기다리면서도 그녀는 크리스마스이브와 연관 짓지 못했었다.

덕분에 거리로 나서 맞닥뜨린 하나같이 들뜬 표정의 사람들과 신나는 크리스마스 캐럴, 형형색색의 화려한 트리 장식들에 당황하지 않을 수 없었다. 볼륨을 높이고 주변을 둘러보지 않는다고 무시할 수는 없었다. 역시 자신이 불행한 시간에 남들이 무엇을 하는지, 얼마나 행복한지 모르는 쪽이 나았다.

"이쪽으로."

실내는 조금 어두웠다. 날이 흐려서가 아니라 이곳의 구조가 햇볕이 잘 드는 곳과 들지 않는 곳의 차이가 극명했다. 그 대신 오랫동안 닦고 보듬어 반들거리는 원목 가구와 이파리가 풍성한 초록 식물들이 가득했다. 높은 천장 아래 은은하게 실내를 밝히는 상들리에 불빛은 평화롭고 고즈넉한 분위기를 만들어 냈다. 마치 할아버지의 시선처럼 조금은 무심한 척, 담담하게 그녀를 바라봐 주는 느낌이었다.

앞서 걷던 직원이 걸음을 멈추었다. 문을 열어 주려는 직원에게 이나는 괜찮다는 손짓을 했다. 직원은 가볍게 고개를 숙여 보인 뒤 걸어온 복도를 되돌아갔다.

오늘 그녀가 참석하려는 모임은 두 달에 한 번 정기적으로 갖고 있는 모임으로, 그녀가 이 모임의 일원이 된 건 시어머니인 지숙 때문이었다. 지숙은 이나와 태강의 결혼이 결정되고 난 뒤 직접 그녀를 모임에 데려와 인사를 시켰다.

모임의 구성원들은 일부러 시간을 내지 않는다면 쉽게 한자리에 모이기 힘든 재벌가 사모님들이었다. 무엇보다 골든그룹에 우호적인 그룹들의 안주인이었기에 지숙은 그녀에게 정기적으로 모임에 참석해 안사람의 역할을 배우고 도움을 주고받으라고 조언했다.

지숙의 말대로 골든그룹과 우호적인 관계인 그녀들은 이나에게도 무척 호의적이었다. 그래서 이나는 지숙이 곁에 있으면 태강도 달라질 거라고 믿었다. 지숙과 그녀가 잘 지내면 태강도 그녀를 어머니의 며느리로 인정할 것이라고, 그리고 언젠가 태어날 아이들의 어머니로 자신을 존중하게 될 것이라고.

하지만 안타깝게도 지숙은 지난 8월 위에서 난소로, 난소에서 복막과 간으로 전이된 암으로 세상을 떠났다. 예상치 못했던 이별이었고 준비되지 않은 이별이었다.

지숙의 장례식에서 그녀는 태강보다 더 많이 울었다. 너무 일찍 세상을 떠난 지숙이 불쌍했고 의지할 곳을 잃은 자신 또한 불쌍했다. 어쩌면 원망할 사람을 잃은 슬픔 때문이었는지도 모른다.

"이나야, 왔어?"

안으로 들어서는 그녀를 가장 먼저 발견한 서윤이 자리에서 일어서 다가왔다. 마치 그녀가 오길 눈이 빠져라 기다리고 있기라도 했던 것 같은 얼굴이었다.

"토요일이라 차가 많이 막히지?"

"조금. 내가 제일 늦었나 봐."

달리 말하자면 특별한 대화, 이를테면 그녀에 대한 대화가 오고 갔냐는 질문의 다른 말이었다.

"다들 오신 지 얼마 안 돼서 안부 인사 정도 나누고 있었어."

서윤은 그녀와 고등학교 동창이었지만, 사실 이 모임의 멤버로는 어울리지 않았다. 서윤이 그녀보다 모임에 일찍 얼굴도장을 찍을 수 있었던 이유는 오직 해성그룹 맏며느리의 올케가 되었기 때문이다.

"그런데 너 오늘 정말 예쁘다, 이나야. 대학생처럼 보여."

서윤은 명문대를 졸업한 뒤 아나운서로 활동하다 지금의 남편과 결혼했다. 당시 재벌가 자제와 아나운서의 웨딩 마치라는 타이틀로 모든 포털에 그들의 결혼 기사가 올라왔었다. 허나 실상은 내용물보다 질소가 더 많은 과자처럼 온갖 추측과 소문만 난무한 과대 포장 된 기사였다.

실제 서윤의 시댁이자 시누이의 친정은 해성그룹에 물품을 납품하는 공장 몇 개가 집안 사업의 전부였다. 그녀의 남편이 가진 가장 큰 커리어 또한 그 집안 3남 1녀 중 막내라는 사실 정도였다.

다시 말해 형제애가 각별해 공장 몇 개를 사이좋게 나눠 갖게 된다는 공식이 성립했을 경우에나 겨우 공장 하나를 물려받게 될 것이란 뜻이었다.

서윤도 분명 시댁 입성 후 얼마 지나지 않아 그런 현실을 파악했을 것이다. 그러니 남편보다 훨씬 능력 있는 시누이 곁에 이렇게 바짝 붙어 잡다한 일 처리를 자처하고 있는 것일 테고.

"어려 보인다는 말이 칭찬이라고 생각하는 걸 보면 우리도 이제 나이를 먹었나 보다."

"어머, 그런 뜻 아닌데. 오늘 너 진짜 예뻐. 사실 넌 학창 시절부터 줄곧 예뻤지만."

서윤이 희미하게 미소를 보였다. 한때 한 방송국의 간판 아나운서였던 서윤에게 더 이상 당당함이나 도도함은 없었다.

이나가 태강과의 불화를 철저히 감추고 사는 것과는 너무 다른 솔직함이었다. 물론 그렇다고 그녀에게 솔직하고 싶지도, 불행에 공감하고 싶지도 않았다.

이나에게는 비위를 맞춰야 할 시누이도 없을뿐더러, 그녀의 시댁은 누구 앞에서도 머리를 조아리지 않게, '윤이나' 그 자체로 살게 해 줄 것이다. 그러니 그녀는 언제나 모든 것이 풍족한 상황 속에서 남편의 사랑마저도 매 순간 들이쉬는 공기처럼 당연하게 여기며 살면 되는 것이다.

그것이 곧 윤이나다운 삶이니까.

"그래? 고마워. 그만 가서 앉자."

이나는 그녀에게 가벼운 미소를 보인 뒤 방금 서윤이 앉아 있던 반대쪽 창가의 빈자리에 앉았다.

"이제 와, 자기? 왜 이렇게 늦었어."

자리에 앉는 이나에게 말을 건넨 사람은 서윤의 시누이이자 모임의 가장 연장자인 해성그룹의 맏며느리 연진이었다. 연진은 항상 이나를 '자기'라는 호칭으로 불렀다. 이것이 그녀 나름 친근함의 표현인지, 특별한 애칭인지 헷갈리는 것이 이나 외의 사람은 절대 그렇게 부르는 법이 없었다.

어쨌든 그녀는 골든그룹과 견주어도 크게 밀리지 않는 해성그룹 맏며느리였으니 이나는 작게 웃으며 대답했다.

"태강 씨가 오늘 출장에서 돌아오는 날이어서요."

"뭐야, 강 사장이 겨우 며칠 떨어져 있었다고 그냥은 못 보내 주겠대?"

"이번 출장은 좀 길었거든요."

"얼마나?"

"일주일이요."

"뭐야, 자기 지금 겨우 일주일 가지고 엄살떠는 거야?"

1분 1분을 실에 꿰듯 누군가를 기다려 본 사람은 알 것이다. 기다림의 시간이 얼마나 더디고 잔인한지. 게다가 그녀는 아직 그 힘겨운 기다림에 매듭조차 짓지 못한 상태였다.

"하긴, 일주일 굶주린 혈기 왕성한 남자를 내가 모르는 건 아니지."

"네?"

"지금 우리 남편 보면 쉽게 상상이 안 되겠지만 사실 우리도 신혼 때는 그랬거든. 둘만 있으면 어찌나 귀찮게 굴던지. 사실 그때는 침실도 따로 필요 없었지 뭐. 눈만 마주치면 거기가 바로 침대가 됐으니까. 호호."

"어머……."

"어느 때는 이 남자가 이렇게 밤낮없이 힘을 빼고 회사에 나가서는 어떻게 일을 하나 싶을 정도였다니까."

이나는 손을 들어 뺨을 가볍게 감쌌다.

"자기는 아직도 이런 얘기에 얼굴이 빨개지면 어떻게 해? 하긴, 이러니까 강 사장이 자기한테 더 죽고 못 사는 건가? 어쨌든 지금이 좋을 때니까 실컷 즐겨 둬. 얼른 골든그룹 물려줄 아이를 낳아야 자기도 완전한 골든그룹 사람이 되지. 그리고 자기는 조금 피곤할지 몰라도 남들은 속으로 다 자기 부러워해."

"저를요?"

"그래. 강 사장 그 잘생긴 얼굴에 몸은 또 얼마나 좋아. 게다가 결혼 전부터 지금까지 오로지 자기밖에 모르잖아. 그러니 자기는 얼마나 행복할까? 요즘 애들 말로 전생에 나라를 구했을 거야."

이나는 미소를 지었다. 지금은 행복해하며 웃어야 했다. 집안의 정략 결혼이 아닌 우연한 만남으로 그녀에게 반해 청혼한 남자, 결혼 후에도 아내밖에 모르는 남자, 매일 밤 그녀를 뜨겁게 사랑해 주는 남자.

이 모든 모습이 지숙이 만들어 놓은 태강의 모습이라 할지라도……. 그런데 그는 지금 어디에 있는 것일까? 자신의 아내가 윤이나라는 사실은 기억하고 있는 것일까?

"정말이요. 저는 저희 남편이 강 사장님 반의반만큼만 잘생기고 로맨틱해도 매일 밤이 너무 설렐 거 같아요."

이나 또래의 영화가 연진의 말에 격하게 박수를 치자 그녀의 풍만한 가슴이 박자를 맞추듯 출렁였다. 이나는 영화의 가슴을 슬며시 응시했다. 제게도 저런 육체미가 있었다면, 그의 시선이 한 번이라도 자신에게 왔을까?

"영화 씨 남편은 와이프 가슴 안 만지면 잠을 못 잔다면서 뭘 그래?"

"그런 말씀 마세요. 그래서 제가 잠을 못 잔다니까요. 밤새 어찌나 주물럭거리는지⋯⋯."

"그래도 그 덕에 밤에는 꼭 집에 들어와서 자니까 얼마나 다행이야?"

"아니에요. 전 잠은 좀 편하게 자고 싶은데 도대체 이 버릇을 어떻게 고쳐야 할지 모르겠어요."

"영화 씨, 속 편하게 강 사장 같은 남자는 우리나라에 한 다섯 명 정도밖에 없다고 생각하고 살아. 그래도 영화 씨 남편은 밤에 어디 엉뚱한 곳에 들락거리진 않을 테니까."

"그거야 그렇지만."

"그것 봐. 그 정도면 영화 씨 남편도 영화 씨밖에 모르는 거야. 그리고 남편이 좀 만진다고 닳는 것도 아닌데, 그냥 만지게 내버려 둬."

뭐가 그리 재미난 건지 재벌가 사모님들이 자신의 침대 속 이야기를 노골적으로 건네며 호호거렸다.

"그래서 자기 남편이 데리러 온대? 몇 시에?"

연진의 시선이 다시 이나에게 향했다.

"그렇게 보내기 아쉬워했으면 얼른 데려가고 싶어서 데리러 올 거 아니야. 그 덕에 우리도 오랜만에 강 사장 얼굴 좀 보자."

"역시 강 사장님은 로맨틱하시네요."

"어머, 어쩌죠? 태강 씨가 오늘 많이 피곤한 것 같아서 제가 기다리지 말고 푹 쉬라고 했는데."

"강 사장이 그러겠대?"

"안 그러면 제가 화낼 거라고 했거든요. 제 말이라면 뭐든 다 들어주는 사람이니까 아마 데리러 안 오고 집에서 쉬고 있을 거예요."

"이러니 강 사장이 살살 녹지."

긴 출장과 비행을 마친 피곤한 몸을 이끌고 그는 어디로 간 것일까. 혹시 급하게 참석해야 하는 다른 일정이 있었던 것일까? 아니면, 그녀의 존재 같은 건 까맣게 잊고 다른 여자의 품에서 힘을 쏟고 있을까? 이나의 머릿속에 몸매가 드러난 원피스를 입은 여자와 뜨거운 밀회를 나누고 있는 태강의 뒷모습이 어른거렸다.

"그래도 모임 끝날 때쯤에 전화 한번 해 봐. 혹시 알아? 데리러 오라는 전화 기다리고 있을지."

"네, 그럴게요."

"그런데 다들 도산그룹 도 사장님 얘기 들으셨어요?"

"도 사장님이 왜요?"

기다렸다는 듯 대화 주제가 바뀌며 난데없이 도산그룹의 도 사장이 그녀들 앞으로 끌려 나왔다. 이나도 흥미를 보이는 척 이야기를 꺼낸 사람을 주시하며 샴페인으로 건조한 입 안을 축였다.

"글쎄 도산그룹 도 사장님한테 숨겨 둔 애가 있었다지 뭐예요."

"어머, 어머, 정말이요? 도 사장님 진짜 점잖은 분으로 봤는데……."

"그러니까 사람 겉모습만 보고 모른다는 거죠. 도 사장님이 직접 애랑 애 엄마를 데리고 집으로 간 모양이에요. 그래서 지금 그 집안 발칵 뒤집혔잖아요."

"그 애 엄마는 뭐 하는 여자래요?"

"그게 글쎄, 전에 도 사장님 비서실에 근무했던 여자인가 봐요. 세상에 애가 어리지도 않은데 지금껏……."

여자들은 자신들의 일이 아님에도 심각하게 이야기에 빠져들었다. 어쩌면 언제 자신들의 일이 될지 알 수 없기에 남편 주변의 여자들을 떠올려 보거나, 도 사장 아내 꼴이 된 자신의 모습을 그려 보고 있는지도 모른다.

이나는 다시 샴페인 잔을 들었다. 모두 상상을 해 보는 것만으로도 몸을 떨고 있었는데 그녀에게는 이 모든 상황이 상상만이 아니었다. 아니, 그녀의 상황이야말로 도 사장의 아내보다 더 최악일지 모른다.

처음부터 그녀와의 결혼을 원치 않았고, 그녀에 대해 아무것도 알고 싶어 하지 않으며, 여전히 그녀와 다른 세상에 사는 것 같은 남자…….

처음 태강과 그녀 집안 어른들 사이에 결혼 얘기가 나왔을 때 그녀에게 관심을 보인 쪽은 태강의 사촌 동생이었다. 골든건설 강태훈 전무.

태훈이 누구인지 기억나지 않았을 때는 그녀도 결혼 상대 같은 건 누구든 상관없다고 생각했었다. 그녀에게 결혼은 오로지 위기의 SJ를 구하고 지키기 위한 수단일 뿐이었으니.

그런데 태훈과 자신의 악연을 목격했던 오래전 기억이 떠오른 후 그와는 할 수 없다는 사실을 깨달았다. 그와 살을 맞대고 그녀는 하루도 편히 잠들 수 없을 터였다.

그녀가 적당한 핑계를 찾고 있을 때 태강의 어머니인 지숙이 찾아왔다.

지숙은 태강이 그녀와의 결혼을 받아들이지 않으면 장자 승계의 원칙을 고집해 온 골든그룹에서 태강의 위치가 흔들릴 것이며, 자신은 그런 결과를 원치 않는다고 말했다. 부디 아들을 설득해 그와 함께 골든그룹의 주인이 되어 달라는 뜻이었다.

태강의 존재는 익히 알고 있었지만, 실물은 본 적 없었다. 그에 대한 호감도, 선입견도 없는 상태였다. 그런 그녀에게 지숙이 사진 한 장을 내밀었다.

사진 속 남자는 길을 걸어가다 마주쳤다면 누구라도 한 번쯤 뒤돌아봤을 법한 비율에 얼굴 또한 눈에 띄게 잘생긴 미남이었다. 지숙이 말하지 않아도 눈빛에 드러난 자신감으로 사진 속 남자가 태강이라는 사실을 짐작할 수 있었다.

분명 이나는 기회를 기다리는 쪽이 아니라 만들어 가는 쪽이었다.

그러나 지숙이 성사시킨 약속에서 그녀는 태강의 흐트러짐 없는 완성형 외모를 감상하거나 재평가할 여유는 가질 수 없었다. 사람의 눈에서 냉기가 뚝뚝 떨어진다는 말을 태강을 만난 날 처음 목격했으니까.

그래도 평정심을 잃지 않으며 지숙이 찾아와 만났고, 집안 어른들의 뜻에 따르는 것에 대해 어떻게 생각하느냐고 물었다. 태강은 그녀가 건네는 말을 가만히 듣고 있었으나 그의 얼굴에 드러난 표정은 할 말 다 했으면 그만 가 보라는, 딱 그런 표정이었다. 크리스마스에 땡땡이중이 찾아와 목탁을 두드렸을 때 저런 표정으로 바라보면 땡땡이중도 알아서 돌아가지 않을까 싶을 정도였다.

학창 시절에도 지금도 그녀에게 없었던 것은 친구였지 자존심은 아니었다. 어쩌면 자존심 때문에 누구에게도 먼저 다가가지 않았었는지 모른다. 그녀는 시간 낭비하지 말고 그만 일어나자는 태강의 눈빛을 똑바로 응시하며 자리에서 일어섰다. 그리고 조곤조곤히 그에게 조언했다.

"전 어른들의 뜻에 따르겠다고 했지, 그쪽 어머니의 뜻에 따르겠다고는 하지 않았어요."

"……."

"사촌 동생에게 골든그룹을 빼앗겨도 절 원망하지는 않았으면 좋겠네요."

태강이 끝까지 그녀를 땡땡이중 취급하며 마음을 바꾸지 않았다면 그녀는 정말 태훈과 결혼했을까? 결론부터 말하자면 그녀는 어금니를 악물고라도 했을 것이다.

무언가를 얻거나 지키는 데는 언제나 그만한 대가가 필요했다. 태훈과 한집에 사는 게 구역질이 나게 싫어도 분명 참아 냈을 테다. 살면서 태강에게 자신이 잃은 것이 무엇인지 두고두고 알려 주며, 그가 분노하는 모습을 즐기기 위해서라도 그녀는 태훈과 결혼식장에 들어갔을 것이다. 물론 살을 맞대고 잠이 드는 밤마다 허벅지는 찍어야 했겠지만.

그런데 태강이 마음을 바꿨다. 정중한 사과나 해명 같은 건 없었다. 지숙이 다시 찾아오며 그들의 결혼은 일사천리로 이루어졌다. 그렇게 그녀는 사랑 없는 결혼, 신랑 없는 결혼 준비, 남편 없는 결혼 생활을 향해 천천히 걸어갔다.

그의 아내가 된 뒤로도 달라진 건 없었다. 그를 사랑하게 되지도, 그의 사랑도 원치 않았다. 하지만 내 건 누구에게도 빼앗기기 싫었다. 지숙이 만들어 준 예쁜 인형의 집 실체를 들키고 싶지도 않았다. 사랑받지 못하고 외로운 건 견딜 수 있어도 동정과 무시는 참을 수 없었다.

"그러니까 다들 남편 단속들 잘하자고요. 더불어 비서실 여직원들 단속도 수시로 하고요."

"정말 그래야겠어요."

그때 그녀의 핸드폰이 울렸다. 어느 때보다 대화에 집중하고 있는 여자들은 이나의 전화벨 소리에 신경 쓰지 않았다. 전화는 골든전자 사장 직속 비서실 소속의 박 대리에게 온 것이었다.

"잠시 실례할게요."

그녀는 서둘러 자리에서 일어서 화장실로 향했다.

"태강 씨 어디에 있는지 확인됐어요?"

―민정 씨가 지금 응급실에 있는데, 사장님이 발견하셔서 데려간 거랍니다.

그들의 결혼 후 강 회장은 그룹 승계 절차에 속도를 냈다. 곧바로 태강을 골든전자의 사장으로 승진시켰고 그에게는 새로운 업무와 책임이 부여됐다. 쏟아지는 막대한 업무와 책임, 잦은 출장으로 눈코 뜰 새 없이 바빠진 그는 그녀와 하루에 얼굴 한 번 마주하기조차 힘들어졌다.

결혼 전에도 후에도 줄곧 혼자인 것에 익숙한 그녀였다. 그러나 문득 '태강의 잦은 출장과 어마어마한 업무량이 모두 사실일까?' 하는 의문이 머릿속을 스쳤다.

한번 생겨난 의문은 의심을 낳았고 의심은 좀벌레처럼 열심히 이성에 구멍을 냈다. 그렇게 뚫려 버린 틈으로 꿈틀꿈틀 파고든 혼란은 그녀로 하여금 비이성적인 행동을 하게 만들었다.

어느 순간 정신을 차려 보니 그녀는 비서실 박 대리를 통해 그의 출장 일정과 외부 스케줄을 보고받고 있었다. 그리고 태강이 비서실 소속 민정의 아파트에 종종 방문한다는 사실까지 전해 들었다. 상처 난 자존심과 혼란은 급기야 분노가 되어 그녀의 이성을 마비시켰다.

그녀는 몇 달 전 태강이 출장 중일 때 비서실로 직접 찾아갔다. 직접 대면한 민정은 아담하고 날씬한 체구에 귀여운 얼굴을 하고 있었다. 결코 이나보다 예쁘다거나 특별하지는 않았다.

그녀는 민정이 가져온 차를 마신 뒤 자리에서 일어섰다. 그리고 집으로 돌아오는 차 안에서 박 대리에게 전화를 걸어 적당한 사유를 만들어 민정을 해고시키라고 지시했다.

그러니까 태강은 오늘 출장에서 돌아와 곧장 몇 달 전 해고된 여직원의 집으로 찾아간 것이다. 그가 그동안 그녀 몰래 얼마나 많은 밤을 민정의 아파트에서 보냈을지. 온몸의 피가 머리로 쏠리는 기분이었다.

"그 사람이 처음 발견했다고요?"

―네.

이나는 손을 뻗어 화장실 벽을 짚었다.

"그 여자 어디가, 얼마나 아픈 건데요?"

―검사 결과를 기다리고 있는 모양입니다.

"그 병원이 어디죠?"

―한국대 병원입니다.

"알았어요."

전화를 끊었다. 먼저 가겠다는 인사를 할 정신도 없이 직원에게 핸드백과 코트를 받아 레스토랑을 빠져나온 그녀는 주차장으로 향했다.

핸드백 안을 더듬어 키를 찾고 운전석에 앉아 핸들을 잡았으나 손은 여전히 바들거리고 있었다. 그녀는 정신을 가다듬기 위해 고개를 세차게 흔들었다.

태강이 대학 병원 응급실에서 걱정 가득한 시선으로 민정의 손을 잡고 있는 모습을 다른 사람들이 보게 할 수는 없었다. 만약 그를 아는 누군가가 그것을 목격하게 되고, 그녀가 지금껏 모두를 속이며 남편에게 사랑받는 아내인 척 연기했다는 사실이 만천하에 드러나게 된다면…….

이나는 거칠게 숨을 몰아쉬며 차를 출발시켰다. 지금껏 한 번도 즐거운 적 없었던 크리스마스이브는 이번에도 어김없이 악몽을 선사하고 있었다.

빵빵!

눈송이가 줄지어 선 차들 위로 예쁘게 내려앉고 있는 도로는 만원 주차장과 다를 바가 없었다. 그래도 그녀는 포기하지 않고 이리저리 차선을 변경하며 달릴 수 있는 가장 빠른 속도로 차를 몰았다. 드디어 저 멀리 서 있는 한국대 병원 건물이 눈에 들어왔다. 그녀의 가슴속에서 커다란 물고기 한 마리가 펄떡거리기 시작했다.

민정의 손을 잡고 있는 태강의 모습을 직접 보게 되면 그다음엔 어떻게 해야 하는 걸까? 아니, 그는 어떤 반응을 보일까?

당황하며 그녀를 밖으로 끌고 나올까? 태연하게 그녀의 반응을 기다릴까? 그것도 아니면 그녀가 민정을 해고시킨 일을 들먹이며 오히려 화를 낼까?

어쩌면 그냥 차를 돌려 지금껏 그랬던 것처럼 아무것도 모르는 듯 지내는 편이 나을지도 모른다. 그들이 합의한 사항은 서로의 아내와 남편으로 살겠다는 것이었지, 서로 사랑하고 믿고 상처 주지 않겠다는 건 아니었으니.

하지만 그러다 어느 날 태강이 도 사장처럼 자신의 아이를 집으로 데리고 들어온다면……?

참을 수 없는 무언가가 가슴 안에서 꿈틀거렸다. 도로 위를 엉금엉금 기어가는 차들 사이에 갇혀 있기에는 인내심도 바닥을 드러낸 상태였다. 그녀가 다시 핸들을 돌려 차의 방향을 튼 순간이었다.

반대 차선에서 중앙선을 가로지르며 앞차들을 앞지르고 있는 차가 보였다. 그 지독한 불빛이 그녀의 시야를 차단했다. 때론 몇 초 후 자신에게 어떤 상황이 벌어질지 알면서도 피할 수 없는 순간이 있다. 바로 지금이 그녀에게 그런 순간이었다.

꽈광, 쾅, 쾅! 쿵!

다급한 마음에 미처 안전벨트를 하지 않은 몸이 중력을 거스르며 머리가 차 천장을 들이받았다. 머리나 천장 둘 중 하나는 찌그러졌을 법한 극심한 통증은 즉각 경추를 타고 꼬리뼈로 전달됐다. 뒤이어 어깻죽지도 차창에 충돌했다.

끼이이이익!

꽉 막혔던 도로 어디에 이런 공간이 있었나 싶게 미끄러지던 차가 굉음과 함께 멈춰 섰다. 무언가와 충돌로 멈춰 선 듯 생경한 통증이 왼쪽 허벅지를 짓눌러 왔다. 아프고, 무섭고, 겁이 났다. 살려 달라고 외치고 싶었다. 하지만 차 안에서 그러는 건 쓸모없는 짓이라는 걸 알았다.

빠아앙! 빵! 빵!

그녀는 비명을 지르는 대신 손을 뻗어 클랙슨을 눌렀다. 있는 힘껏. 모든 사람에게 들리도록 '나 여기에 있어요' 소리쳤다.

누구에게나 가장 공평한 것이 죽음이라고 생각했다. 살아 있는 이상 반드시 한 번은 겪어야 하나 때를 아는 이는 아무도 없으니까. 알면서도 그 순간이 언제 자신에게 닥칠지, 얼마나 아플지, 그 뒤에 무엇이 있을지는 생각해 본 적 없었다. 마치 아직은 내 일이 아니라고 방심한 사이 누군가 그녀 뒤에 슬쩍 죽음의 손수건을 두고 간 기분이었다.

쿵! 와장창!

앞으로 쏠렸던 차가 무언가와 부딪히며 또다시 미끄러지다 멈춰 섰다. 목덜미로 유리 파편이 따갑게 쏟아졌다.

으.

차 안에 고무 타는 냄새가 진동하기 시작했다. 이나는 허벅지를 압박해 오는 차체에서 몸을 움직여 보려 했으나 꼼짝도 하지 않았다. 있는 힘껏 몸을 비틀고 다리를 당겨 봐도 헛수고였다. 그사이 차 안은 자욱한 연기로 뒤덮였다.

콜록, 콜록…….

어느새 눈앞은 새까만 암전 상태가 되었다. 눈을 뜨고 있는 건지 감고 있는 건지도 알 수 없었다. 그러다 불쑥 그 암전 사이로 불꽃이 보였다. 그녀를 잡아먹으려 혀를 날름거리고 있는 빨간 불꽃. 이나는 몸을 등받이에 붙였다. 살아 있는 생명체가 아닌데도 고개가 저절로 저어졌다.

다가오지 마! 저리 가!

난 아직 죽고 싶지 않아!

그녀는 매운 연기에 연거푸 기침을 해 가며 주변을 더듬고 필사적으로 허벅지를 잡아당겼다. 그리고 손에 닿는 것은 무엇이든 두드리고 밀었다.

쾅! 쾅!

빵! 빵! 빠아앙!

콜록, 콜록.

걷힐 줄 모르고 자욱해지던 연기와 불꽃이 어느 순간 모두 사라졌다. 전쟁터 한복판 같던 소음도 멀어졌다. 세상의 소리 자체가 사라진 것 같았다. 그녀의 거친 숨소리만 주변을 맴돌았다.

하아, 하아, 하아…….

그녀는 입을 벌리고 연신 가쁘게 숨을 들이마시고 내쉬었다. 그런데 호흡할수록 폐가 쪼그라드는 것처럼 가슴은 점점 더 답답해졌다. 마치 공기가 그녀의 입을 거쳐 폐로 들어가지 않고 어딘가로 새 나가는 것 같았다. 당황한 그녀는 다시 가슴이 들썩일 정도로 크게 숨을 들이쉬었다.

하아, 하아.

다음 순간 그녀는 숨 쉬는 걸 멈췄다. 하얀 안개 속에 까만 점이 있었다. 움직임 없이 그녀를 바라보고 있는, 죽음을 먹이로 하는 괴물. 눈동자처럼 새카만 괴물은 그녀가 다시 숨을 내쉬기를, 모든 숨을 뱉어내기를 조용히 기다리고 있었다.

　그녀는 두 눈을 부릅떴다. 비겁하게 지금껏 숨어 있다가 이제야 모습을 드러낸 괴물 따위에게 지지 않을 생각이었다. 그러나 다음 순간 보자기가 펼쳐지듯 새카만 어둠이 그녀를 날름 집어삼켰다.

1. 보호자

"……금요일 골든호텔에서 진행되는 주주 회의에는 참석 가능하다고 회신드리겠습니다. 골든호텔 여수점 부지 매입과 사라 박 레스토랑 계약 연장에 대한 논의가 주가 될 것 같습니다."

"알겠습니다."

"그리고 인사과에서 상반기 신입 사원 환영회에 시간 내 주실 수 있는지 물었습니다."

태강은 김 실장을 바라보던 시선을 창밖으로 움직였다. 또 눈이 오려는지 회색 구름이 고층 빌딩에 닿을 듯 가까웠다. 새 두 마리가 좁아진 하늘을 대신해 빌딩 사이를 곡예하듯 날고 있었다. 점점 멀어지던 새는 다시 가까워지다 금세 멀어지며 어느 순간 검은 점이 되어 사라졌다. 사라진 새를 쫓아 구름도 빠르게 흘러갔다.

"신입 사원 환영회라고요?"

그는 창밖을 응시하던 시선을 다시 김 실장에게로 돌렸다.

"신입 사원 환영회는 여 상무님과 시간 조율해 보겠습니다."

지난 2년 그의 곁을 그림자처럼 지킨 김 실장이 그의 심중을 읽어 내고 말했다.

"오늘 11시에 한국대 병원 노유식 박사님과 선약이 있으십니다. 늦지

23

않으시려면 지금 출발하셔야 합니다."

"노 박사님과는 개인적인 스케줄이니 혼자 움직이겠습니다."

"곧 눈이 내릴 것 같은데 제가 모시겠습니다."

노 박사는 한 달 전 있었던 사고 이후 아직도 의식을 찾지 못하고 있는 그의 아내, 이나의 담당의였다.

"노 박사님 만나고 병실에도 들를 예정이라 오늘은 혼자가 편할 것 같습니다."

"네, 알겠습니다."

"그만 나가 보세요."

"네."

김 실장이 사무실을 나간 뒤 태강은 의자 등받이에 몸을 기댔다.

그가 하버드에서 MBA 과정을 마치고 골든그룹에 입사한 지 어느덧 5년이 흘렀다. 아니, 그에게 입사라는 말은 처음부터 어울리지 않았다. 골든그룹의 창업주인 할아버지는 그의 첫 명패를 골든백화점 이사실에 놓았고, 1년 후에는 백화점 부사장실로 옮겨 놓았으니.

이제 골든그룹의 일원이 된 지 5년 차인 그의 사무실은 골든전자 사장실이었다. 그런데 이 사장실을, 사장 명패를 그에게 선물한 사람은 할아버지나 아버지가 아닌 그의 아내 이나였다.

어디에 있어도 보석처럼 빛이 났지만 그 아름다움 뒤에 숨겨진 내면은 불투명 유리처럼 누구에게도 내보이지 않는 사람. 언제나 그의 옆자리에 있지만 정작 손을 뻗으면 닿을 것 같지 않은 사람.

그와 이나는 만난 지 불과 두 달 만에 부부가 됐다. 결혼 후 그는 골든전자의 사장이 되었고, 이나는 그의 어머니가 운영하던 미술관 〈비움과 채움〉을 물려받았다. 마치 모든 것이 오래전부터 정해진 수순을 밟듯, 아무런 문제도 없이 자연스럽게 흘러갔다. 이 모든 것이 그녀의 할아버지가 생전에 그려 놓은 큰 그림이었을지 궁금했다.

만약 그랬다면 그저 한집에 사는 동거인과 다를 바 없는 그들 부부의 삶도 예측했을지. 속이야 어떻든 손녀가 겉보기에만 넘치게 풍족해 모두의 부러움을 받고 살면 된다고 생각했을지. 정말 그 정도만 가져도 행복할 수 있다고 생각했는지 묻고 싶었다.

그의 입술 끝이 삐딱하게 휘었다. 모든 것이 그녀의 할아버지가 바라고 예측했던 대로 이루어졌다 할지라도 사랑하는 손녀의 사고까지는 계산에 넣지 못했으리라. 의자에서 몸을 일으킨 그는 옷걸이에서 코트를 내렸다. 차 키를 챙겨 방을 나서는 그의 뒤로 자리한 창밖 세상은 어느새 새하얀 눈으로 뒤덮여 있었다. 함박눈이 아주 짧은 시간 도시의 색을 감춰 버린 것이다. 때로는 누군가의 삶이 달라지는 일도 이처럼 한순간에 일어나곤 했다.

✤　　✤　　✤

약속 시간보다 일찍 병원에 도착한 태강은 노 박사의 방으로 가기 전 이나의 병실에 먼저 들렀다.

"이나야, ……더 좋았을 것 같아서……."

병실 안에서 나직하게 새어 나오는 말소리에 병실로 들어서려던 태강의 걸음이 멈췄다. 유리문 너머로 이나의 새어머니인 세영의 뒷모습이 보였다. 지난번 노 박사에게 전해 들은 얘기에 따르면 이나를 매일 찾아오는 사람은 세영뿐이라고 했다. 자신보다 훨씬 나이 많은 남편과 결혼해 저보다 고작 열 살 어린 딸의 새어머니가 된 여인.

세영은 마치 그림처럼, 시간이 정지한 듯 잠들어 있는 이나를 내려다보고 있었다. 그 모습이 태강의 눈에 너무도 애틋하게 보였다. 그가 그간 봐 온 세영은 많지 않은 나이 차에도 이나를 끔찍이 챙기는 헌신적인 새어머니였기 때문이다.

사고 후, 한 달이 지나도록 깨어나지 못하고 있는 딸을 안타깝게 바라보고 있는 세영을 방해하고 싶지 않았다. 그래도 인사는 나눠야 할 것이기에 그가 병실 안으로 들어가기 위해 손을 뻗었을 때였다.

"……줘, 이나야. 나랑 우리 아기, 그리고 네 아버지 모두를 위해서 깨어나지 말고 여기에서 그냥 죽어 줘."

문을 밀기 위해 살며시 힘을 실었던 태강의 손이 그대로 굳었다. 병실 안에 있는 사람은 분명 세영이었다. 계모에게 아버지를 빼앗긴 외동딸의 철없는 행동도 모두 이해하고 묵묵히 제 역할을 하던 젊고 너그러운 새어머니.

"넌 지금까지 누구보다 행복했잖아. 부자 아빠, 좋은 집, 넘치게 많은 돈, 예쁜 얼굴, 거기다 세상 잘난 남편까지. 그리고 얼마나 다행이야, 네가 지금 떠나도 이 예쁘고 어린 모습 그대로 모두가 널 기억할 텐데."

그가 지금껏 느끼고 겪었던 모든 생각과 기억에 혼란이 왔다. 외동딸의 전형을 보여 주듯 무시와 냉소로 세영을 상대하던 이나를 떠올려 보려 했으나 도무지 기억나지 않았다. 반대로 이나를 보며 다정하게 웃던 세영의 얼굴을 되새겨 보았으나 그 또한 선명하지 않았다.

세영은 이나가 사고를 당하기 전에도 지금처럼 그녀 앞에서 속내를 드러냈을까? 아니면 인간 안에 존재하는 선과 악 중 지금 자신은 세영의 억눌렸던 악을 본 것뿐일까?

그때 다시 말소리가 이어졌다.

"내가 절대 널 이길 수 없을 거라고 했었지? 아무것도 빼앗지 못할 거라고? 아니, 네가 틀렸어. 난 다 뺏을 거야. 너야말로 이쯤에서 딱하게 죽어야 그나마 네 아버지 마음속에 불쌍한 딸로라도 남게 될 거야. 명이 짧아 예쁜 시절에 죽은 딱한 내 딸 말이야. 네 남편은 또 어떨 것 같아? 네 남편이 널 쳐다보는 눈빛이 어떤지 너도 모르지 않지?"

태강은 이어지는 말에 혼란스러움을 느끼며 눈을 감았다.

"자기 할아버지 때문에 도살장에 끌려가는 소처럼 너랑 결혼한 네 남편이야말로 네가 여기에서 죽어 주면 아마 좋아서 남몰래 춤이라도 출걸. 넌 모두에게 그런 존재야, 윤이나. 그러니까 네 주변 사람들 그만 괴롭히고 떠나. 이쯤 했으면 제발 그만 죽어 버리라고."

"왔나?"

누군가 태강의 어깨를 잡았다. 깜짝 놀라 고개를 돌리니 그의 뒤에 노 박사가 서 있었다.

"네, 조금 일찍 도착해 병실에 먼저 들렀습니다."

"안에 손님이 계신 것 같군."

학창 시절 머리가 무척 좋았지만 가정 형편이 좋지 않았던 노 박사는 골든그룹 후원으로 의대 공부를 마쳤다고 했다. 그 인연으로 노 박사는 매년 명절 그의 할아버지에게 인사를 왔고, 자연스럽게 태강은 어린 시절부터 그를 보아 왔다. 그의 집안뿐 아니라 이나의 집안 역시 노 박사와 인연이 깊어 이나도 어린 시절부터 노 박사와 알고 지냈다고 들었다.

"네."

"그럼 내 방으로 먼저 가지."

태강은 다시 병실 안을 바라보았다. 세영이 다정한 손길로 이나의 머리카락을 넘겨 주고 있었다. 그는, 어쩌면 이나를 제외한 모두가 그간 세영의 연기에 철저히 속아 왔던 것은 아닌지…….

"차 한잔하겠나?"

"괜찮습니다."

진료실이 아닌 교수실로 태강을 데려온 노 박사는 포트에 담겨 있던 커피를 따라 태강에게 건넨 뒤 자신의 것도 한 잔 따라 그의 맞은편에 앉았다.

"자네한테 어서 좋은 소식을 전해 줘야 하는데, 그러질 못해 이렇게 약속을 잡아 얼굴을 보면서도 내 마음이 좋지를 않네."

"……."

"벌써 한 달이 지났는데도 더 좋아진 것도 없고, 나빠진 것도 없어. 꼭 잠을 자는 것 같아."

한 달 전 있었던 5중 추돌 사고에서 이나는 허벅지와 갈비뼈에 금이 가는 수준의 골절과 자잘한 자창 정도밖에 입지 않았다. 작은 아파트 한 채 가격에 달하는 이나의 차가 제 몸값을 톡톡히 한 덕이었다.

반면 반대편 차선의 운전자는 여러 군데 골절과 파열, 자창 등으로 몇 차례의 수술과 이식까지 받고도 여전히 혼수상태로 중환자실에 누워 있었다. 같은 혼수상태였으나 병원의 모든 의사가 입을 모아 말하는 것처럼 이나의 상태는 분명 기적이라고밖에 설명되지 않았다. 그런데 왜 한 달이 지나도록 깨어나지 않는 것인지.

"이렇게 오랫동안 의식이 돌아오지 않아도 괜찮은 겁니까?"

"병원에서 해 본 모든 검사상 여전히 어떤 이상 징후도 발견된 건 없다네. 그러니 우리도 우선은 의식이 돌아오길 기다리는 수밖에……."

"이렇게 두 손 놓고 기다리다 혹시 후유증이라도 남게 되면요?"

"자네 마음을 모르는 건 아니야. 하지만 무언가를 한다고 더 좋아진다는 보장을 할 수 없는 상태에서 섣부르게 시도하다간 더 위험할 수도 있다네."

두 손으로 컵을 만지작거리던 노 박사가 커피를 한 모금 넘긴 뒤 잔을 테이블 위로 내려놓았다.

"그리고 간혹 의식 없이 누워 있어도 곁에서 하는 말을 전부 듣고 있는 경우가 있더군. 자네가 바쁜 사람인 건 알지만 시간 될 때 찾아와 좋은 얘기를 많이 해 주면 자네 안사람도 더 힘을 낼 걸세."

곁에서 하는 얘기를 전부 듣고 있을 수도 있다는 노 박사의 말에 태강의 미간이 희미하게 구겨졌다. 매일 찾아온다는 세영이 이나에게 오늘 같은 말을 계속 반복했다면, 그녀가 그 모든 말을 듣고 있다면……. 명치 사이가 아릿했다.

"그리고 오늘은 한 가지 더 말해 줄 게 있는데."

"뭡니까?"

"전부터 이 얘기를 해 줄까 하다가 좋은 일도 아니고 해서 그냥 묻어 두려고 했는데 상황이 이쯤 되니 자네도 알고 있어야 하지 않을까 싶은 생각이 들더군. 사실은 자네 안사람, 어릴 적에도 이번처럼 큰 사고를 당한 적이 있었네."

"……."

"함께 차에 타고 있던 어머니가 세상을 떠났을 정도로 큰 사고였는데, 지금처럼 큰 외상 없이 병원으로 실려 와 며칠간 자는 것처럼 의식이 없다가 깨어났지. 그리고 정신이 돌아온 후 해리성 기억 상실증을 겪었다네."

"해리성 기억 상실증이라고요?"

어디선가 들어 본 적 있는 단어였다. 그러나 자신과 직접적으로 상관있었던 적은 없었기에 깊게 생각해 본 적도, 알려고 한 적도 없었다.

"쉽게 말하자면, 당시 의식을 찾은 뒤 이나는 사고가 있었던 날 아침부터 자신이 병원에 왜 와 있는지까지 아무것도 기억하지 못했다네."

"본인이 겪은 사고를 전혀 기억하지 못했다는 겁니까?"

"그래."

"혹시 사고 순간 잠들어 있었던 건 아니고요?"

"그날 아침 집에서 있었던 일부터 기억하지 못했어. 이나는 다섯 살에 이미 어른 수준으로 말했고 사고를 겪은 나이는 일곱 살이었으니 의사 표현이 서툰 것도 아니었는데, 충격으로 기억을 잃었던 거지."

"……."

"그럴 만도 하지. 사고 당시 어머니가 품에 안아 보호해 준 덕에 이나가 큰 외상 없이 기적적으로 살아났던 거였으니. 안타깝게도 어머니는 그 자리에서 돌아가셨지만……."

"그럼 그 어린 나이에 어머니의 죽음을 곁에서 직접……."

노 박사가 천천히 고개를 끄덕였다. 어린 이나를 떠올리는 것인지, 그녀의 어머니를 떠올리는 것인지 눈가가 촉촉하게 젖어 있었다.

✦　　✦　　✦

천천히 들어 올린 눈꺼풀 사이로 빛이 와락 달려들었다. 얼마 만에 바라보는 세상인지, 감격을 제대로 느껴 보기도 전에 눈동자로 번지는 시리고 따가운 통증에 이나는 다시 눈을 감았다. 그런데 눈을 감기 전

빛의 중앙에 서 있는 커다랗고 검은 실루엣을 보았다.

'뭐지?'

통증에 대한 면역과 호기심, 두려움의 증폭으로 그녀는 힘주어 내렸던 눈꺼풀을 이내 들어 올렸다. 여전히 불편한 자극에 미간을 한껏 찌푸리자 한데 뒤엉켜 보이던 빛과 물체의 형태가 조금씩 나뉘며 검은 실루엣이 천천히 제 모습을 드러냈다. 실루엣의 정체는 키가 큰 남자였다.

'누구세요?'

그녀가 입을 열어 말을 했는데 남자는 아무런 반응이 없었다. 목소리가 나오지 않은 것이다.

'누구시죠?'

그녀는 다시 물었다. 이번에도 남자는 아무런 반응이 없었다. 이나는 문장을 말하려는 욕심을 버리고 첫 음절을 힘주어 발음했다.

"누……."

이번엔 제대로 소리가 나왔는지 중앙에 서 있던 남자가 그녀를 향해 천천히 고개를 돌렸다. 그리고 곧장 그녀 앞으로 다가왔다. 다가오는 남자를 바라보던 이나의 눈이 동그랗게 커졌다.

"누구……?"

흐트러짐 없는 까만 머리에 온기 없이 차가운 시선으로 그녀를 바라보고 있는 남자. 분명 처음 보는 사람이었다. 그런데 왠지 낯설기보다는 불편했다. 불쾌하다기보단 불안한 마음이 들었다. 그녀의 심장이 이유 없이 쿵쾅거렸다.

"여기……."

어쩌면 처음 보는 남자의 시선에 느낄 수 있는 당연한 감정인지도 모른다. 그래도 섣불리 아무 말이나 내뱉으면 안 된다는 생각에 그녀는 느리게 눈을 깜빡이며 다시 입을 열었다.

"여기…… 병, 원……."

소독약 냄새와 기계음이 공기처럼 떠도는 곳. 엄마의 사고 때처럼 왜 자신이 이곳에 와 있는지 기억에서 사라진 시간. 이곳은 아마도 병원일 것이다. 아니, 이곳은 분명 병원이었다. 그리고 가운을 입고 있지는 않았지만 남자는 그녀의 상태를 살피러 온 담당 의사이리라.

"병원…… 맞죠?"

"……"

"선생님?"

몇 마디를 하고 나니 굳어 있던 목 근육이 풀렸는지 말을 하기가 조금 수월해졌다. 그러나 남자는 여전히 말을 아끼고 있었다. 이나는 눈을 천천히 깜빡인 후 다시 그를 바라보았다. 하루 종일 병원에 가둬 두고 환자들에게만 보여 주기에는 유감스러울 정도로 아까운 얼굴이었다. 하지만 지금 그녀는 잘생김이 특권인 양 환자 앞에서 미간을 잔뜩 구기고 있는 남자의 오만함을 너그럽게 이해하고 기다려 줄 마음의 여유가 없었다.

"제 보호자, 는요?"

"……"

"보호자에게 연락, 해 주세요."

그 순간 리플리 증후군 환자처럼 헌신적인 새어머니 연기에 빠져든 세영의 얼굴이 머릿속에 떠올랐기에 그녀는 재빨리 덧붙였다.

"아버지요."

"……"

다시 눈이 시린 듯 화끈거렸다. 많은 말을 한 것도 아닌데 머릿속도 흔들렸다. 사실 평소에도 지금처럼 혼자 많은 말을 하는 건 그녀의 대화 방식이 아니었다. 이나는 도로 눈을 지그시 감았다. 얼마의 시간이 흐르고 통증이 조금 잦아들었을 때 그녀는 다시 눈을 떴다. 눈앞의 남자는 여전히 생각을 읽을 수 없는 눈빛으로 그녀를 응시하고 있었다. 그런데 정확히 기억나지는 않는데 어디선가 본 적 있는 눈빛 같았다.

"이보세요, 선생님."

"……"

"선생님?"

그녀가 지금껏 만나 본 의사들은 환자의 질문에 어떤 식으로든 답변을 해 줬다. 만약 이유나 원인을 정확히 모른다면 자신의 무지함을 인정하고 고백하는 대신 아직 이유가 밝혀지지 않았다는 식상하지만 반박할 수 없는 핑계라도 댔다. 분명 침묵은 그들의 직업과 어울리지 않는 대응 방식이었다.

"그럼 간호사라도 불러 주세요."

"윤이나 씨."

남자가 드디어 입을 열었다. 친절 따위는 가미되지 않은 나직한 저음이 외모에 더없이 잘 어울렸다. 이나는 다음 말을 기다리며 남자의 입을 응시했다.

"윤이나."

"네."

"당신이 윤이나가 맞는데, 지금 내가 누군지 기억이 안 난다는 건가?"

이나는 이마를 찌푸렸다. 그는 그녀가 혼수상태일 때 지겹도록 봤을지 몰라도 조금 전에 눈을 뜬 그녀는 아니었다.

"초면에 말씀을 짧게 하시네요."

남자의 반듯한 이마도 서서히 구겨졌다.

"지금 제 상태가, 이해 안 된다는 건 알아요."

괜찮아지는 줄 알았던 목이 조금씩 조여 오자 그녀는 잠시 말을 멈췄다. 남자는 그녀의 머릿속을 투시라도 하려는 듯 뚫어져라 주시하고 있었다. 그녀는 힘겹게 다시금 말을 이었다.

"그래도 보호자 좀, 요."

그 보호자는 피 한 방울 섞이지 않은 세영이 아니라 엄연히 아버지여야 했다. 지금 당장 아버지를 만나야 했다. 정말 이곳이 병원이라면 그녀는 어떤 식으로든 사고를 당해 한동안 의식이 없는 상태로 누워 지냈다는 건데, 사고에 대한 기억이 전혀 없었다.

어릴 적에도 비슷한 경험을 한 적 있었다. 그녀에게서 엄마를 빼앗아 간, 너무나 끔찍했던 사고. 사고를 겪고 그녀는 며칠간 의식이 없었다고 했다. 의식이 돌아온 후에도 오랫동안 사고에 대한 기억을 떠올리지 못했다. 하지만 그때는 그녀의 곁에 세영이 없었다.

저에게 무슨 일이 있었고 아버지는 사고에 대해 어디까지 알고 계신지 어서 확인해 봐야 했다. 만약 세영이 자신을 죽이기 위해 꾸민 일이었다면 반드시 그녀를 영치금도 넣어 줄 사람이 없게 만들어 교도소에 처넣을 것이다. 물론 지금 당장 저 잘생긴 의사가 세영이 아닌 아버지에게 연락을 취해 주어야 모든 일이 가능하겠지만.

"그럼 핸드폰이라도 빌릴 수 있을까요?"

이나는 있는 힘껏 입술을 끌어 올려 미소를 지었다. 보호자와 만나기 전 긴급으로 검사를 받지 않아도 될 만큼 자신의 상태가 괜찮아 보이길 바라며. 미소가 효과가 있었던 걸까. 그제야 남자가 주머니 안에서 천천히 손을 빼냈다. 하지만 손은 비어 있었다. 주머니에도 무언가 들어 있는 것처럼 보이지 않았다.

"핸드폰 안 가지고 계세요?"

"핸드폰 필요 없어."

이나는 다시 남자의 얼굴을 올려다봤다.

"누구한테 연락할 필요도 없고."

"……."

"당신 보호자 여기 있으니까."

도무지 이해할 수 없는 말을 하는 남자의 얼굴에서는 여전히 아무것도 읽을 수가 없었다.

"어디요?"

이나는 누운 상태에서 최대한 시선을 넓게 움직이며 주변을 둘러보았다. 아쉽게도 침대 아래쪽까지는 확인할 수 없었으나 병실 안에 그들 외에 다른 사람의 인기척은 전혀 느껴지지 않았다.

"거기 누구 있어요?"

당연히 그녀의 질문에 대답하는 사람은 없었다. 이나는 어색한 미소를 지었다.

"이제 그만하시고 간호사 좀 불러 주세요."

그녀의 말에 남자의 눈매가 희미하게 움직였다. 입가나 다른 곳의 근육은 움직이지 않는 것을 미루어 보아 웃음은 아니었다. 지금 자신은 농담을 하고 있지 않다는 의미 같았다. 그럼 어디에 있다는 것인지. 이 방에는 그녀와 그, 둘뿐인데.

남자에게 보여 주기 위해 뻣뻣하게 굳은 고개를 천천히 젖혀 보려던 이나는 희미하게 미간을 구겼다. 어쩌면 자신이 아직도 혼수상태이고 지금 꿈을 꾸는 중일지도 모른다는 생각이 든 것이다.

"무리해서 움직이지 마."

"……."

"노 박사님 모셔 오지."

노 박사님. 남자가 말한 노 박사님이 그녀가 아는 그 노 박사님이라면 이곳은 한국대 병원일 것이다. 자신에게 익숙한 이름들을 떠올리는 것만으로도 이나는 설명할 수 없는 안도를 느꼈다.

"잠깐만요."

"……?"

"지금, 꿈 아니죠?"

"꿈 아니야."

온기 없는 대답이었음에도 돌연 눈자위가 와락 뜨거워졌다.

"……저희 아버지한테도 연락해 주세요."

"그러지. 잠깐 혼자 있어도 괜찮겠어?"

그의 눈동자에 순간적으로 낯선 기운이 스쳤다. 도의적 판단이 아닌, 그녀의 시간과 감정에 대한 구체적 이해가 동반된 반응이었다. 이런 반응에 익숙지 않은 그녀는 단박에 차이를 구분할 수 있었다. 정말 이 사람이 그녀의 보호자가 될 수도 있는 것일까.

"오늘 며칠이죠?"

"1월 25일."

"1월?"

"그래."

그녀가 기억하는 계절은 가을이었다. 늦더위가 지루하게 기승을 부리고, 성충으로는 한 달도 살지 못한다는 매미들이 나무 그늘에 숨어 밤낮없이 떼창을 해 대던 초가을. 그녀는 며칠 전 국화 한 다발을 사 들고 엄마를 만나러 갔었다. 그것이 그녀가 기억하고 있는 계절이었다.

정말 지금이 1월이라면 몇 달의 기억이 그녀의 머릿속에서 사라진 것이다. 며칠, 몇 주도 벅찰 상황에 몇 달이라니. 움켜쥔 그녀의 손바닥이 땀으로 찐득해졌다. 만약 그의 말이 모두 사실이라면 잃어버린 기억 안에 그와 함께했던 시간이 존재할 가능성은 충분했다.

"당신은, 누구시죠?"

저 남자가 그녀의 임시 보호자라도 되려면 그녀에게 가족이 없거나, 가족에 준할 관계가 형성될 사건이 있어야 했다. 설마 아버지도 그녀와 함께 있다 사고를 당한 걸까? 가능성이 전혀 없지는 않았으나 그런 가정은 하고 싶지도, 해서도 안 된다.

그렇다면 다른 방법, 가령 서류상으로라도 관계가 성립되어야 하는 건데. 그녀보다 나이 많은 남자를 아버지가 양아들로 들였을 리 없다. 세영이 아들을 낳아 주길 은근히 기대하고 있었으니까.

다른 방법을 떠올려 보면……. 죽은 사람끼리, 혹은 산 사람과 죽은 사람이 영혼결혼식을 한다는 기사를 본 적 있었다. 저 남자가 혼수상태인 그녀와 어떤 이유에서든 혼인 신고를 했다면 보호자가 될 수도 있을 것이다. 그 전에 아버지나 그에게 반드시 그래야 할 이유가 있었다는 전제가 동반된다면 말이다.

그런데 다시 보니 남자가 입고 있는 슈트는, 그녀의 아버지도 특별한 날에만 입는 매우 고가의 제품이었다. 저런 슈트를 입고 있는 남자에게 어떤 사정이 있어야 혼수상태에 있는 여자와의 결혼이 가능한지, 이나는 좀처럼 짐작이 되지 않았다. 어서 아버지를 만나야 했다.

"아버지 좀 불러 주세요."

그녀는 그의 대답을 기다리는 대신 황급히 아버지를 찾고는 질끈 두 눈을 감았다.

✢　　　✢　　　✢

"박사님."

태강과 함께 병실로 들어서는 노 박사를 발견한 이나의 표정이 조금 전과 비교해 눈에 띄게 밝아졌다.

"이나야."

"어떻게 된 거예요?"

"어떻게 된 거냐니?"

"제가 왜 병원에……."

질문을 이어 가려던 그녀의 시선이 잠시 노 박사를 떠나 그를 스쳤다. 그를 불편하게 의식하고 있는 시선이었다.

"혹시 사고에 대한 기억이 없는 거니?"

"사고라니요?"

"네가 겪은 사고 말이다."

"구체적으로 어떤 사고였는지……."

"교통사고였다."

작고 하얀 그녀의 얼굴에 절망이 내려앉았다. 그리고 그런 그녀를 보던 태강은 내심 놀랐다. 지금껏 그 앞에서 이나의 표정에 이토록 선명하고 즉각적으로 감정이 담겼던 적은 없었다.

"저희 아버지는요?"

"아버지?"

"저희 아버지도 알고 계신 거죠?"

"당연하지. 네 걱정을 얼마나 하셨는지 모른다. 너 깨어났다고 연락했으니 아마 오고 계실 거야."

천천히 고개를 끄덕이던 그녀의 시선이 다시 힐끔 그에게 향했다 쌩하니 제자리로 돌아갔다.

"아버지 말고 다른 가족들도 모두 네 걱정을 얼마나 했는지 모른다."

"……."

노 박사의 이번 말은 마치 듣지 못한 것처럼 아무런 반응도 보이지 않았다.

"다른 가족들에게도 연락할까?"

"그 여자는 연락 안 해도 아버지랑 함께 올 거예요."

"그분 말고."

"아버지 말고 저한테 아무도 없는 거 아시잖아요."

"이나야."

"그런데 박사님, 제 담당 선생님이 왜 박사님이 아니세요?"

"담당 선생님이라니?"

그녀의 시선이 표창처럼 날카롭게 그에게로 날아와 꽂혔다.

"하긴, 병원 규정이 있는데 제가 억지를 부렸네요."

"이나야, 잠깐 혼자 있어도 괜찮겠니?"

"아, 환자 보시다 오셨어요? 전 괜찮으니까 얼른 가 보세요."

"아버지 금방 도착하실 거야. 지금은 절대 안정이 중요하니까 무리해서 움직이지 말고."

"네."

"필요한 검사들 예약해 두고 다시 올게."

"네."

이나의 병실을 나선 태강은 노 박사와 다시 교수실로 향했다.

"보신 것처럼, 아내가 저를 전혀 기억하지 못합니다."

"……."

이나의 상태를 살피고 나온 뒤 내내 말이 없던 노 박사가 햇빛을 받지 못해 하얀 손으로 넓은 이마를 긁적였다.

"아버지와 새어머니도 기억하고 있고 노 박사님도 분명하게 기억하고 있습니다."

"그렇더군."

이나는 노 박사를 단번에 알아보았다. 오히려 노 박사가 나타나자 그를 더 경계하며 의식했다.

"그런데 아내의 기억에서 제가 사라졌다는 건 지난 1년의 기억이 모두 사라졌다는 얘깁니까?"

"아무래도 그런 것 같네."

"어떻게 1년이란 시간이 통째로……."

노 박사에게 이나가 어릴 적 해리성 기억 상실증을 겪었다는 얘기를 들었을 때와 현실이 된 지금의 기분은 천지 차이였다.

지난 1년간 부부로 지낸 아내가 그에게 태연히 선생님이라고 부르더니, 급기야 그를 앞에 두고 아버지 외에 자신에게 다른 가족은 없다고 말하는 상황을 겪게 될 줄은 상상도 하지 못했으니까.

"이런 일이 정말 가능한 겁니까?"

"자네가 많이 놀랐을 건 아네. 하지만 해리성 기억 상실증은 생각보다 주변에서 흔하게 일어나는 일일세. 뇌 수술 후 과거 몇 년의 기억을 잃게 된 사례도 있고, 간혹 아무런 외부 충격 없이 심리적 요인만으로도 해리성 기억 상실증을 겪은 사례도 있으니 말이야."

"하지만……."

"그래, 막상 주변 사람이 이런 일을 겪으면 쉽게 믿기지 않지. 그래도 이나의 경우는 사고 당시 있었던 외부 충격이 1차적 원인으로 해석되니 시간을 가지고 경과를 좀 지켜보는 게 좋을 것 같네. 어쩌면 일시적인 증상일 수도 있으니 말이야."

노 박사의 침착한 설명에도 그의 머릿속은 뒤엉켜 버린 실타래 같았다. 가위든 톱이든 이것을 풀 수 있다면 당장 잘라 내서 해결 방법을 찾고 싶었다.

"어머니 사고 때는 얼마나 걸렸습니까? 기억이 돌아오는 데."

"사실, 돌아오지 않았어."

"네?"

"의식이 돌아오고 어느 정도 안정을 찾은 뒤 어머니가 사고로 돌아가셨다는 얘기를 해 줬네. 아마 지금 이나의 기억 속에 있는 어머니의 사고는 어머니 혼자 교통사고를 당해 돌아가신 걸로 되어 있을 거야."

이번엔 태강의 손이 머리를 짚었다.

"어머니를 잃은 사고였는데 심리 치료를 받게 한다거나 하는 노력조차 하지 않았다는 겁니까?"

"기억을 되찾았다면 치료를 했겠지. 하지만 그렇지 않으니 치료의 필요성을 느끼지 못했던 거네. 가족 모두에게 너무 아픈 일이었으니까 오히려 안심하며 누구도 그 일을 입 밖으로 꺼내지 않으려는 분위기였지."

"그렇다고 어떻게 어머니 사고를……."

온몸으로 그녀를 지켜 준 어머니인데, 어머니가 어떻게 돌아가셨는지조차 제대로 말해 주지 않을 수 있단 말인가.

"가족들은 이나가 어머니 없이 자라게 된 것도 안타까운데, 자신 때문에 돌아가셨다는 죄책감까지 느끼며 살게 할 수는 없었을 거야. 그리고 어머니 빈자리를 채워 주려고 이나 할아버지는 나름의 방식으로 손녀를 정말 많이 사랑해 주셨네."

잠시 생각에 잠긴 듯하던 노 박사가 나직한 목소리로 다시 말을 이었다.

"데리고 갈 수 있는 곳에는 어디든 이나를 꼭 데리고 다니셨지. 봉사를 다니시던 보육원이며 친구들과 만나는 자리, 하다못해 회사 행사에도 학부형처럼 이나를 데리고 가셨으니까. 이나에게는 할아버지가 많은 의지가 됐을 거야. 그분이라도 오래 사셨으면 좋았을 텐데."

태강도 이나가 그녀의 할아버지에게 얼마나 특별한 손녀였는지 들어서 알고 있었다. 이나를 바라보는 강 회장의 눈빛도 늘 당신 손녀를 바라보는 듯, 추억을 바라보는 듯 아련했으니.

"내가 곁에서 지켜본 바로 그 사고 후 그분 인생에는 딱 두 가지뿐이었네. 일과 손녀."

"……."

"자네와 결혼 소식을 들었을 때, 강 회장님도 먼저 떠난 친구분의 마음을 알기에 당신이라도 끝까지 돌봐 주시려고 이나를 손자며느리로 들이신 게 아닐까 하는 생각이 들었으니까. 두 분의 연이 어디 보통 연이던가."

노 박사의 말처럼 그와 그녀 할아버지의 연은 젊은 시절부터 시작되었다. 그녀의 할아버지는 골든그룹의 창립 초기인 골든상회 시절부터 강 회장을 도와 수십 년간 골든그룹을 키워 온 일등 공신이었던 것이다. 더불어 그의 할아버지에게 윤 회장은 최고의 동지이자 조력자였고, 가장 소중한 벗이었다.

그런 그녀의 할아버지는 골든그룹이 창립 40주년을 넘기며 계열사들이 모두 제 분야에서 입지를 확고히 굳혔을 때, 돌연 부회장직을 사임했다. 골든그룹의 모든 공식, 비공식 업무에서도 스스로 물러났다.

자신이 세운 어떤 공도 내세우지 않았고 강 회장이 주려는 퇴직금, 위로금도 모두 거절했다. 그간 골든그룹과 함께할 수 있어 감사했다는 것이 퇴임식에서 그가 남긴 유일한 뜻이었다.

그 후 세정물산을 설립한 그녀의 할아버지는 노련하면서도 혁신적인 경영으로 주력 분야 관련 계열사까지 만들며 빠르게 세정물산을 세정그룹으로 키웠다. 그러나 적지 않은 나이에 회사를 세우고 키우며 몸을 혹사한 윤 회장은 세정그룹 창립 10주년을 얼마 앞두지 않은 어느 날 자신의 사무실에서 싸늘한 주검으로 발견됐다.

그가 만든 세정그룹은 또 하나의 윤 회장이었다. 하나부터 열까지 오직 그의 치밀한 경영 전략 아래 쉼 없이 굴러가던 그룹이었기에 윤 회장의 부재에 곧바로 어려움이 닥쳐올 수밖에 없었다. 사람들은 그런 세정그룹을 바람 앞의 촛불과 다를 바 없다고 생각했다. 머지않아 다른 이의 손에 넘겨지거나, 흔적 없이 사라질 거라고 예상했다.

벌써 윤 회장이 세상을 떠나고 10여 년의 시간이 흘렀다. 그런데 세정은 사람들의 예상을 뒤엎고 여전히 건재하게 살아남았다. 물론 윤 회장 생존 당시의 세정그룹 그대로가 아니었다. 세정물산 하나만 남겨 두고 나머지 계열사들을 모두 정리한 뒤 상호까지 SJ로 바꾸었다. 하지만 매출은 대기업의 주력 계열사와 비교해도 결코 뒤처지지 않았다.

이나의 아버지 윤도진 사장은 그런 사람이었다. 경영 능력은 타고나지 못했어도 남들은 하지 못하는 생각을 하는 사람. 어떤 방법으로든 자신의 것은 반드시 지켜 내는 사람. SJ에 위기가 찾아오면 그가 위기를 돌파하는 방법은 단 한 가지였다. 빌려준 돈을 받으러 오는 사람처럼 당당하게 강 회장을 찾아가는 것. 그러면 강 회장은 빚쟁이처럼 SJ를 돕기 위한 갖은 방법을 강구했다. 그렇게 번번이 도움을 받고도 몇 해 전 윤도진 사장은 자신의 아버지가 받지 못한 퇴직금 명분으로 골든전자의 지분까지 크게 한몫을 챙겼다.

그들과의 인연이 이해되지 않는 부채와 퇴직금 정산 정도로 끝이 났다면 태강도 윤도진 사장을 크게 신경 쓰지 않았을지 모른다. 그러나 조금씩 안정을 찾아가는 듯하던 SJ는 1년여 전, 또다시 큰 위기를 맞으며 제정이 급격히 나빠졌고 급기야는 어떻게 손을 쓸 수도 없는 상황으로까지 몰렸다.

그날도 어김없이 윤도진 사장은 골든그룹으로 그의 할아버지를 찾아왔다. 그런데 그날 그가 강 회장 앞에서 꺼내 놓은 말은 모두의 예상을 뒤엎었다. 바로 회사가 문을 닫기 전에 이나의 혼처를 알아봐 달라는 부탁을 한 것이다.

그가 아는 할아버지는 지나치다 싶을 만큼 매사 맺고 끊음이 정확한 사람이었다. 사업 수완도 뛰어났고 사람을 다루는 기술도 남달랐다. 그런 분이 윤 사장 같은 사람의 속내를 정말 몰랐을 리 없었다.

윤 사장이 돌아간 뒤 할아버지는 곧장 그와 태훈을 불러들였다. 할아버지의 말도 안 되는 결정에도 그의 아버지는 전혀 동요가 없었다. 오히려 이나 부녀에게 골든전자 지분을 증여할 때 할아버지가 치매에 걸린 게 분명하다고 빈정거리던 작은아버지가 발 빠르게 태세를 전환

해 결혼 얘기에 적극적인 자세를 취했다.

이제 와 돌이켜 보니 그날 윤 사장은 수중에 골든전자 지분을 가지고도 회사 문을 닫는다는 말을 입에 올렸다. 그 지분이 그들에게 미끼가 될 거란 계산까지 끝내고 찾아왔다는 얘기였다.

어쨌든 그 모든 상황을 지켜보며 그는 진심으로 작은아버지와 태훈이 뜻하는 바를 이루기를 바랐다. 아직 결혼 생각도 없었거니와 윤도진 사장의 피를 물려받은 그의 딸을 아내로 맞느니 차라리 평생 혼자 사는 쪽을 택하고 싶었다.

그런데 세상에는 종종 겪고 싶지도, 이해도 되지 않는 일들이 일어나곤 한다. 이나가 작은아버지와 태훈의 적극적인 구애를 고사하고 그에게 찾아온 것이다. 지금껏 그는 그 모든 일들이 윤도진 사장의 영악한 계획이라 생각했다. 이나도 철저히 자신의 이득에 따라 행동한 것이라고. 분명 그렇게 믿었는데, 문득 자신이 지금껏 착각하고 있었는지도 모른다는 생각이 들었다.

SJ에 위기가 찾아올 때마다 윤도진 사장이 자신에게 찾아오도록 길들인 사람은 바로 할아버지였다. 누구에게도 속내를 잘 내보이지 않던 할아버지가 이나와 결혼 얘기가 나왔을 때는 그의 앞에서 대놓고 작은아버지와 윤도진 사장의 손에 그룹이 들어갈 상황을 걱정했다.

그가 그 상황들에 신경을 쓰기 시작하자 할아버지 말씀이라면 무슨 일이든 믿고 따르던 어머니는 서둘러 이나를 찾아가 만나셨고…….

"보통 연이 아니죠."

"얘기가 다른 곳으로 새 버렸네."

"아닙니다. 아내를 이해하는 데 도움이 됐습니다."

"그럼 다행이고. 어쨌든 우선은 병실로 가 있는 게 어떻겠나? 자네만큼 지금 자네 안사람도 놀라고 당황한 상태일 것 같은데."

"네."

뒤통수를 한 대 맞은 것처럼 머릿속이 얼얼했지만 노 박사의 말에 반박할 수 없었다. 제가 이나에게 말했던 것처럼 그녀의 보호자는 자신이었고 지금 상황에 더 혼란스러울 사람도 그녀였다. 더구나 기억까지 잃어버린 와중에 세영이라도 찾아와 이상한 얘기를 떠들어 댄다면……

"검사실에 필요한 검사들은 모두 예약해 두겠네."

"부탁드립니다."

태강은 노 박사의 방을 나서 이나의 병실로 향했다. 기억 상실증이 무엇인지 모르는 바는 아니었다. 그러나 기억 상실에 걸린 사람을 실제로 본 적도, 가까운 사람이 그런 증상을 겪은 적도 없었다. 앞으로 그녀를 어떻게 대해야 할지 머릿속이 아득했다.

"강 서방."

그가 잠시 병실 앞에 서 있을 때 이나의 아버지 윤 사장이 세영과 함께 허둥지둥 병실로 다가오며 그를 불렀다.

"오셨습니까?"

"우리 이나가 정말 깨어난 건가?"

"네, 그런데……."

그가 말을 끝맺기도 전에 윤 사장이 병실 문을 열었다.

"이나야."

"아버지."

윤 사장은 노 박사가 주문한 대로 절대 안정을 준수하며 침대에 똑바로 누워 있는 이나 곁으로 성큼성큼 다가갔다.

"깨어났구나, 이나야. 정말 깨어났어."

한 달 만에 눈을 뜬 딸의 모습이 믿기지 않는 듯 윤 사장이 침대 옆으로 더욱 바짝 다가섰다. 그러나 끓어오르는 애틋함이라기보다는 사위 앞에서 딸의 회복을 기뻐해야 한다는 의무적인 몸짓처럼 느껴져 오히려 부자연스럽게 보였다. 그런 그의 곁으로 세영도 빠르게 걸어갔다.

"우리가 네 걱정을 얼마나 했는지 모른다. 그런데 이렇게 무사히 깨어나다니 너무 기쁘구나."

"……."

"애썼다. 정말 애썼어, 이나야."

기억을 잃은 채 한 달 만에 깨어났음에도 윤이나는 여전했다. 화장기 하나 없는 얼굴로 그에게 적극적으로 아버지를 불러 달라고 부탁할 때와는 다르게 입술을 꼭 붙이고 앉아 있는 모습조차 그림 같았다.

"······제가 깨어나서 기쁘세요, 아버지?"

한동안 아버지의 얘기를 듣고만 있던 그녀가 도톰한 입술을 작게 움직였다.

"그게 무슨 말이니? 당연히 기쁘지."

"······."

"왜 그러는 거야? 어디가 불편하니?"

이나의 얼굴에는 어떤 표정도 없었다. 연신 기쁘다고 말해 주는 아버지가 어색한 듯 어깨 방향 또한 아버지를 향해 있지 않았다.

"아무것도 아니에요."

"이나야, 이제 다 괜찮아질 거야. 아버지가 너 깨어났다는 연락받고 얼마나 기뻐하셨는지 아니? 중국 바이어들이랑 미팅 시간도 미루고 이렇게 달려오신 거야. 그렇죠, 여보?"

세영이 부녀의 대화로 자연스럽게 끼어들었으나 이나는 그녀에게 시선도 주지 않았다.

"당연히 와야지. 나뿐만 아니라 네 새엄마도 네 걱정을 얼마나 했는지 모른다. 네 새엄마가 아마 지난 한 달 내내 하루도 빼놓지 않고 네 병실에 찾아왔었을 거다. 분명 그 정성 덕분에 네가 이렇게 무사히 깨어났을 테고."

"제가 뭘 했다고요. 이나가 얼른 일어나길 기도한 거 말고는 아무것도 해 준 게 없는데."

"매일 찾아온 당신 그 정성과 진심이 하늘에 닿은 거지."

"그만하세요. 부모가 자식 걱정하는 것처럼 당연한 일이 어디 있다고."

세영은 자신이 이나에게 헌신적이었음을 교묘히 인정했다. 한없이

44

다정하고 인자한 새어머니의 표정으로.

"고마워요."

"지금, 나한테 한 말이니?"

이나의 말에 세영이 믿기지 않는다는 표정으로 되물었다.

"아버지 말씀이 맞는 것 같아요."

"무슨 말이야?"

"매일 찾아와 준 정성이 하늘에 닿았다는 말이요. 지금 생각해 보니까 누가 곁에서 무슨 얘기를 열심히 해 줬던 것 같아요."

"뭐?"

"그때, 그 얘기 들으면서 꼭 깨어나야겠다고 다짐했거든요."

이나는 정말 세영의 이야기를 듣고 있었던 걸까? 자신에게 퍼붓던 그 끔찍한 악담을? 아무리 그렇다 하더라도 그녀답지 않은 화법이었다. 그가 아는 윤이나는 쉽게 자신의 감정과 생각을 드러내지 않았다. 아무리 화가 나도, 기뻐도, 슬퍼도 감정을 드러내지 않았다. 자존심을 버리면 모든 것을 잃는 여왕처럼 굴었다. 그것이 그가 아는 윤이나였다.

"정말, 정말 내가 하는 말을 들은 거야?"

"왜요? 무슨 얘기 들었는지 궁금해요?"

이나의 말에 세영의 안색이 새파래졌다. 밀도 높은 공기가 갑자기 병실 안으로 훅 하고 밀려든 것처럼 숨을 쉬는 것도 버거워 보였다.

"무, 무슨 말을 들었는데?"

"……"

모두 숨죽이고 이나의 다음 말을 기다렸다.

"큭, 농담인데. 그냥 직접 얘기해 봐요. 매일 날 찾아와 무슨 얘기를 그렇게 열심히 해 줬는지."

이나의 얼굴에 순간적으로 재밌어하는 기색이 스쳤다. 윤 사장은 곧장 '그럼 그렇지' 하며 호탕하게 웃었으나 세영의 입술은 여전히 파르르 떨리고 있었다.

"우리 이나가 농담을 다 하는 걸 보니 이제 정말 괜찮아진 것 같구나."

"다들 제가 깨어나서 기쁘신 건 알겠어요. 저도 기뻐요."

"그럼 오늘처럼 기쁜 날이 또 있을까?"

"그런데 아버지, 여기 계신 분 중 제 보호자가 누구죠?"

"그게 무슨 말이냐?"

"누가 제 입원 서류에 사인했고, 제가 받았던 검사 결과를 가장 먼저 들었으며, 제 퇴원 절차를 밟아 주실 거냐고요."

"그거야……."

윤 사장이 태강을 힐끗 돌아보았다.

"전부 아버지가 하셨죠? 퇴원 수속도 아버지가 해 주실 거고요?"

"이나야, 너 왜……. 너 설마, 기억이 안 나는 건 아니지?"

윤 사장이 얼기설기 벌어진 그물처럼 더듬더듬 말을 빠뜨렸다. 표정은 마치 못 보일 꼴을 보인 것처럼 당황으로 물들었고 어찌해야 할지 모르는 기색이 역력했다.

"전부 기억해요. 아버지랑 노 박사님, 그리고 돌아가신 할아버지, 제 친구들도 모두 기억해요. 단지 한 사람에 대한 기억이 없는 것뿐이에요."

"……."

"지금 아버지 뒤에 서서 제 보호자라고 주장하고 있는 사람이요."

감정이 실리지 않은 이나의 목소리에 윤 사장의 낯빛이 흑색으로 변했다.

"왜 하필 강 서방을……."

윤 사장이 다시 그를 돌아보았다. 그 순간 이나는 강 서방이라는 말이 무슨 뜻인지 생각하는 것처럼 표정이 멍해졌다.

"강 서방, 이게 도대체 어찌 된 일인지 모르겠네. 아무래도 우리 이나가 너무 오랫동안 의식이 없다가 깨어나서 잠시 혼란스러운 게 아닌가 싶은데……."

"강, 서, 방."

글자의 자음과 모음을 모조리 분리해 그 의미를 확인하고 이해하려는 듯 그녀가 느릿하게 읊조렸다.

"아버지한테 숨겨 둔 딸이 하나 더 있는 게 아니라면…… 제 남편이란 말이군요."

"이나야, 너 정말……?"

"그러니까 제가 저분과 결혼을 했고, 그래서 제 보호자가 본인이라고 했던 거라고요?"

말의 억양은 누군가에게 건네는 질문이었다. 하지만 그녀의 표정은 자신에게 묻고 있는 듯했다. 너 정말 기억 안 나? 저 남자가 네 남편이래, 어떻게 할래? 잠깐 조용히 해 봐. 생각 좀 하게.

마치 두 개의 인격이 대화를 주고받고 있는 것처럼 빈정거림과 절망이 한데 뒤섞인 오묘한 표정이었다.

"안 되겠다. 내가 당장 가서 노 박사를 데려오마."

"노 박사님 이미 다녀가셨어요. 다시 모셔 올 필요 없어요."

병실 문을 향해 다급하게 걸어가던 윤 사장이 이나의 말에 걸음을 멈췄다.

"하지만 지금 네가……."

"알아요. 저한테 지금 무슨 문제가 있는지."

"그러니까 노 박사를 불러온다는 거다."

"박사님이라고 해결 방법이 있을까요? 바쁘신 분 공연히 오라 가라 해 다른 사람들 입에 오르내리고 싶지 않아요."

이번에는 윤이나다웠다. 노 박사가 그녀의 병실에 계속 오가면 사람들은 그녀에게 더 관심을 갖게 될 테고, 그녀의 해리성 기억 상실증은 곧 병원 직원들 사이에 빠르게 퍼지게 되리라.

기억을 잃어 가뜩이나 괴로운데 사람들 사이에 자신의 얘기가 일회용 흥밋거리로 소모되는 상황이 달가울 리 없었다. 물론 그녀의 걱정보다 그의 아내가 해리성 기억 상실증을 겪고 있다는 사실이 알려진다면 파장은 훨씬 더 커지겠지만.

"그렇게 하시죠."

짧은 순간 이나와 태강의 시선이 마주쳤다.

"노 박사님께도 미리 부탁드렸습니다. 지금 상황은 당분간 비밀로 해 달라고."

"그랬나?"

윤 사장이 머쓱한 듯 말했다.

"사실 지금 궁금한 게 너무 많아요. 그런데 아버지는 바쁘신 것 같고, 아버지가 저분의 신원을 확인해 주셨으니 나머지 대화는 저분과 할게요."

그녀가 손목시계로 힐끗 시간을 확인하는 윤 사장의 모습을 놓치지 않고 말했다.

"이제 저희 둘이 조용히 이야기 나누겠습니다, 장인어른."

"지금 상황이 대화로 해결될 상황인가?"

"노 박사님께서 사고의 충격으로 인한 일시적인 기억 상실증일 수 있다고 하셨고, 필요한 검사도 빠른 시간 안에 다시 하기로 했습니다."

"뇌 정밀 검사도 하는 거겠지?"

"필요하면 할 겁니다."

"만에 하나 뇌를 다치기라도 한 거라면……."

이나가 동의를 했든, 그렇지 않든 윤 사장은 그녀를 골든그룹에 팔았다. 그러니 자신이 판 물건에 하자가 발생했다면 책임을 져야 하는 것은 아닌가, 하는 생각이 든 듯 말을 잇다 아차 싶은 표정으로 큼큼 헛기침을 했다.

"큰 사고였고 분명 충격으로 인한 일시적 기억 상실증이 맞을 겁니다."

"그래, 그럴 거네. 새엄마야 이미 10년을 넘게 알던 사이니. 하필 자네를 기억 못 하는 걸 너무 서운하게 생각 말게."

"지금은 아내가 이렇게 무사히 깨어나 준 것만으로도 감사하게 생각하고 있습니다."

그를 집요하게 쫓고 있는 세영의 시선이 느껴졌다. 그는 그간 이나를 어떤 눈으로 바라봤던 것일까? 상대하기 싫은 여자를 대하듯 바라봤을까? 상대할 필요가 없는 여자를 대하듯 바라봤을까? 곁에서 세영이 자신의 감정을 염탐하는 것도 모른 채……

"중국 바이어들과 미팅이 있으신 것 같은데, 이나 일은 저한테 맡기고 어서 출발하시죠."

"그래요, 아버지. 그만 가 보세요."

조용히 그들의 대화를 듣고 있던 이나가 담담한 목소리로 말했다.

"내가 내일 다시 들르마."

"할 말 있으면 제가 전화드릴게요."

"그래. 아버지가 필요하면 언제든 전화해라."

윤 사장은 태강의 어깨를 가볍게 두드린 후 병실을 나갔다. 그를 놓치면 그들에게 붙잡히기라도 할까 봐 세영도 잽싸게 따라나섰다.

"조심히 들어가십시오."

"자네가 나보다 더 바쁠 텐데, 이나는 간병인한테 맡기고 어서 들어가게."

"제가 알아서 하겠습니다."

"그래, 다음에 또 보세."

멀어지는 윤 사장의 뒷모습을 바라보던 태강은 다시 병실로 들어갔다. 이나는 그가 들어오는 소리에도 시선을 움직이지 않았다. 사라진 기억을 찾기 위해 머릿속의 블랙홀을 들여다보고 있거나 그와의 대화를 위한 준비를 하는 중인 듯했다. 한동안 잠잠하던 그녀가 마침내 조금 복잡한 시선으로 그를 바라보았다.

"우리 언제 결혼한 거죠?"

"1년 전."

그녀의 시선이 조용히 침대 옆에 놓인 탁상용 달력으로 움직였다. 달력을 응시하다 지그시 눈을 감았던 그녀가 얼마 뒤 다시 눈꺼풀을 들어 올렸다.

"그럼 제 사고에 대해서도 전부 알고 있겠군요?"

"당신은 크리스마스이브에 한국대 병원 방향으로 차를 몰고 있었고, 중앙선을 침범하며 마주 오던 차와 충돌했어."

"그쪽 운전자는 어떻게 됐죠?"

"아직 중환자실에."

"의식은요?"

"없어. 의사들은 당신이 이 정도 다친 건 기적이라고 하더군. 그러니 당분간은 다른 건 신경 쓰지 말고 치료에 전념하는 게 좋을 것 같아."

"우리 결혼에 대한 기억도 천천히 떠올려도 괜찮은 건가요?"

이나가 고개를 돌려 그를 바라보았다. 까만 눈동자에 수많은 질문이 담겨 있었다.

"······우리가 왜 결혼을 했는지는 모르겠지만, 어떤 이유 때문이든 이미 했다면 몇 가지만 물어볼게요."

"······."

"저와 왜 결혼한 거죠?"

"무슨 뜻이지?"

"전 스물여섯 살 가을까지 당신과 만난 기억이 없어요. 그렇다면 가을에 만나 겨울에 결혼했을 정도로 우리가 아주 뜨겁게 사랑했어야 했는데, 절대 그런 일은 없었을 거라는 거 알거든요."

"어째서 그렇게 생각하지?"

"만약 당신이 제게 첫눈에 반했다고 접근했다면 전 의심부터 했을 거예요. 결혼이 아니라 당신을 경찰에 신고했을 거라고요."

고양이 같은 그녀의 눈꼬리가 살며시 가늘어졌다. 하늘에서 떨어진 남편이 여전히 의심스러움을 가감 없이 드러내고 있었다.

"만약, 그 반대였다면?"

"설마, 제가 결혼을 해 달라고 했다고요?"

어이가 없는지 이나가 헛웃음을 보였다.

"제가 결혼해 달라고 매달려 만난 지 불과 몇 달 만에 결혼을 한 거라고요?"

"매달리진 않았어. 하지만 결혼 얘기를 먼저 꺼낸 쪽은 당신이었어."

그가 넓은 어깨를 가볍게 들었다 내렸다.

"제가 기억하지 못한다고 아무 얘기나 막 지어내는 건 아니겠죠?"

무려 한 달을 의식 불명 상태로 있었다는데 이나는 긴 잠을 자고 일어난 듯했다. 한동안 창을 가리고 있던 겨울 커튼을 걷어 내고 창문을 활짝 열어젖힌 것처럼 기분이 개운하고 마음까지 가뿐했다. 한 가지 예상치 못했던 일이 그녀 앞에 펼쳐지지 않았다면 더없이 완벽한 새 삶을 시작할 수 있었을 것이다.

"그럴 리가."

지금 그녀를 지그시 바라보고 있는 남자의 눈에는 그녀에 대한 사랑은커녕 걱정 한 가닥도 보이지 않았다. 정말 결혼한 사이가 맞다고 해도 포옹 이상의 스킨십이 있었을지 의문스러울 지경이다.

그러나 직감 너머에서 무언가 이 남자와 자신이 결혼했다면 서로에게 그럴 만한, 정말 어쩔 수 없는 이유가 있었을 것이라고 속삭이고 있었다. 가령 아버지 사업에 어떤 문제가 생겨 결혼이 필요했다거나, 피치 못할 사정에 의한 서류상의 결혼일 뿐이거나…….

"우리 사이는 어땠나요?"

"우린……."

"애정 없는 부부였겠죠."

"……."

"부정하지 않으시네요?"

이나의 어금니에 살며시 힘이 실렸다.

"필요에 의한 결혼이라면, 경제적인 이유였나요?"

"……넓은 의미에서 보자면 그렇다고 할 수도 있지."

"솔직해서 좋네요."

"당신 방금 전에 깨어났어. 그런 얘기는 차차 하지."

이나의 커다란 눈이 어둡게 가라앉았다. 지금껏 그녀가 살면서 수없이 힘든 일을 겪어 본 바에 따르면 정말 힘들고 피하고 싶은 얘기일수록 빠르고 정확하게 확인하는 편이 나았다. 미룬다고 진실이 달라지거나 고통이 줄어들었던 적은 없었으니까.

"제 걱정은 안 해 주셔도 돼요."

그가 무슨 말인가를 하려다 입을 닫았다. 이번에는 그녀도 잠시 망설였다. 하지만 역시나 미룰 수 없는 질문이었다.

"……우리 이혼은 언제 하기로 했죠?"

"이혼?"

필요에 의한 결혼이라면 이미 이혼 얘기도 거론됐을 수 있다고 생각했다. 그런데 전혀 예상치 못했던 말이라는 듯 그의 눈이 가늘어졌다.

"이혼 얘기까지는 나누지 않았나 보네요?"

"이혼이 쉬운 일은 아니니까."

"결혼도 쉬운 일은 아닌 것 같은데요."

"오히려 내가 당신에게 묻고 싶군. 무엇 때문에 그 어려운 결정을 내렸는지."

이나는 배꼽 부근에 짜르르 이상한 기운이 번지는 것을 느꼈다. 적어도 그에게 결혼은 어려운 결정이었다는 뜻이었다. 긴 고민 끝에 그녀의 손을 잡았다는 말로도 들렸다. 그녀도 그처럼 고민하고 또 고민했는지, 그 어려운 결정을 내린 결정적인 이유는 무엇인지 자신에게 듣고 싶었다.

"다른 얘기 하죠."

혼자서도 존재감을 뽐내고 있는 외모와 달리 그는 그녀의 말을 묵묵히 듣고 있었다. 지난 1년 그의 아내였던 자신이 그를 기억 못 하니 새삼 낯설게 느껴지는 것인지도 모른다.

"우리가 사랑 없이 결혼한 사이라는 걸 다른 가족들도 모두 알고 있는 건가요?"

"가족들과 그다지 가깝지 않은 것 같던데."

"가족들은 구체적으로 모른다는 뜻인가요?"

"어떤 가족?"

"그야 당연히……."

"지금 당신에게 가장 중요한 가족은 나야."

단호한 어조였다. 유약하고 말만 많은 남자는 질색이었으니 오히려 다행이었다. 그리고 그녀에게 가장 중요한 가족이 그라면, 그에게 가장 중요한 가족 역시 그녀라는 뜻이었다. 아버지가 아닌 새로운 가족이 생긴 것이다. 아버지보다 더 중요한 가족이.

"좋아요. 우선 제가 가장 신경 써야 할 가족은 그쪽 한 사람이군요."

"……."

"제가 아무것도 기억하지 못하는 관계로 다시 통성명부터 해야 할 것 같네요."

이나는 누운 상태에서 허공을 향해 손을 내밀었다.

"전 윤이나라고 해요."

이나는 자신의 손을 바라보고 있는 태강을 다시 올려다보았다.

"강태강."

태강도 손을 뻗어 그녀의 손을 잡았다.

"반가워요."

길고 단단한 손가락이 천천히 그녀의 손을 감싸자 따뜻하면서도 호락호락하지 않은 힘이 느껴졌다. 이나는 자신의 손을 완전히 감싸고 있는 태강의 커다란 손을 바라보았다.

저희들의 첫 만남은 어땠을까? 그는 그녀와의 첫 만남을 어떻게 기억하고 있을까? 그녀에게 가장 중요한 가족은 자신이라고 단호하게 말하는 이 남자는 정말 그녀에게 가족이었을까? 시간의 마법에 걸린 듯 그녀는 한동안 그의 손을 놓지 못했다.

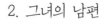

2. 그녀의 남편

검은 승용차 한 대가 병동 앞에 멈춰 섰다. 차는 짙은 청색 슈트 차림의 남자를 내려놓고 곧장 주차장 쪽으로 사라졌다.

차에서 내린 남자가 병동 출입구를 향해 걸음을 옮기자 주변에 서 있던 환자와 보호자들의 시선이 그를 따라 움직였다. 그런 시선에 익숙한 것인지, 신경 쓰지 않는 것인지 남자의 보폭은 일정했다.

남자가 건물 안으로 사라지자 환자와 보호자들의 눈길이 처음 있었던 곳으로 되돌아갔다. 이나 역시 창밖에서 시선을 거뒀다.

천천히 걸음을 옮겨 침대에 앉자 사고 당시 금이 갔다는 왼쪽 허벅지의 통증이 조금 느슨해졌다. 남은 통증을 닦아 내듯 가는 허벅지를 쓸어내리는 그녀의 입에서 나직한 한숨이 새어 나왔다.

"하아……."

신은 인간에게 감당할 수 있을 만큼의 시련만 준다고 했다. 신은 정말 존재하는 것일까? 존재한다면, 인간이 감당할 수 있는 시련의 크기를 신은 어떻게 가늠하는 것일까? 그 절대적 기준은 무엇이며, 신의 주관적 판단은 조금도 가미되지 않았다고 맹세할 수 있을까? 그런데 만약 그 기준에 맹점이 있다면?

이나는 시련과 오류를 자신에게 적용해 봤다. 자신에게 감당할 수 없을 만큼의 시련이 닥쳐온다. 결과가 빤한 시련과의 싸움은 미련한 짓이라는 판단을 내린다. 엄마의 사고 때처럼 감당하지 못할 시련으로부터 도망친다. 죽을힘을 다해……

✤   ✤   ✤

그날 그녀는 아침부터 배가 아프고 싶었다. 배가 아프길 바랐다. 동생이 생기길 바라고 바랐을 때처럼, 바라고 또 바라니 정말 배가 아픈 것 같았다. 그녀는 미약한 통증이 사라지기 전 선생님에게 다가가 조용히 선생님을 불렀다.

"선생님."

"그래, 이나야."

"저 배가 아픈 것 같아요, 선생님."

"배가 아파? 언제부터?"

선생님의 따뜻한 손이 그녀의 이마부터 짚었다. 그녀의 이마와 자신의 이마를 번갈아 짚어 열을 확인한 선생님은 그다음으로 어느 쪽 배가 아프냐고 물었다.

"이쪽이 아파요."

그녀는 잠시 망설이다 오른쪽 옆구리를 집게손가락으로 꼭 찔렀다. 찌르고 보니 정말 아팠다. 그녀는 '아' 소리를 내며 살며시 이마를 구겼다.

"많이 아프니, 이나야?"

그녀는 힘없이 고개를 끄덕였다. 한없이 애처로운 강아지 눈빛을 하며 말을 덧붙였다.

"그리고 토도 나올 것 같아요."

말하고 나니 정말 헛구역질이 올라왔다. 말에는 엄청난 힘이 있다는 사실을 그녀는 그때 처음 경험했다.

"이나야, 조금만 참아. 선생님이 지금 엄마한테 전화드릴게."

"네."

선생님은 곧장 엄마에게 전화를 걸었다. 30분 정도 후 만삭의 엄마가 유치원에 도착했다. 엄마의 이마에 송골송골 땀방울이 맺혀 있었다.

"어머니, 이나가 정말 많이 아픈 것 같아요. 오른쪽 배가 아프다고 해서 혹시 맹장 쪽은 아닐까 염려돼서 바로 연락드렸어요."

"네, 선생님. 바로 병원으로 데려가 볼게요. 감사합니다."

"아니에요, 어머니. 이나야, 병원 잘 갔다 오고, 내일은 아프지 말고 유치원에 오자."

"네, 선생님."

이나는 엄마 손을 잡고 선생님을 향해 손을 흔들었다.

머리 위 파란 호수에는 폭신한 흰 배들이 떠다니고 있었고 장난꾸러기 가을바람은 그녀에게 놀아 달라 원피스 자락을 들었다 났다, 응석을 부렸다. 그래도 기분이 좋았다. 기분이 너무 좋아 차까지 가는 동안 아픈 아이처럼 살금살금 걷지 못하고 토끼처럼 폴짝폴짝 뛰었다.

"이나야, 정말 배가 아픈 거야?"

아차 싶어 얼른 배를 감쌌는데, 생각해 보니 오른손으로 왼쪽 옆구리를 감싸고 있었다.

"정말 배가 아프면 이나 좋아하는 아이스크림도 못 먹고, 의사 선생님이 커다란 주사도 놓아 주실 텐데 큰일이네……."

"정말이요?"

"하지만 솔직하게 말하면 주사는 안 맞아도 될지 몰라."

그녀는 왼쪽 옆구리를 감쌌던 손을 슬그머니 내렸다.

"사실은, 엄마랑 같이 동생 보러 가고 싶어서…… 거짓말했어요."

"동생이 그렇게 좋아?"

차 문을 열기 전, 만삭의 배가 불편할 법도 한데 엄마가 몸을 굽혀 그녀와 눈높이를 맞췄다.

"네. 우리 동생 태어나면 제가 동화책도 읽어 주고 우유도 먹여 줄 거예요. 또 동생한테 노래도 불러 줄 거고, 제가 제일 아끼는 토끼 인형도 줄 거예요."

"우리 이나 기특하네."

그녀를 번쩍 들어 카 시트에 앉힌 엄마는 다시 물었다.

"그럼 배 아픈 거 아니니까 이제 같이 동생 보러 갈까, 이나야?"

"네."

엄마 뒤로 보이는 하늘은 여전히 맑았다. 엄마처럼 눈이 부시게 예쁘고 따뜻한 하늘이었다.

"정말 주사는 안 맞아도 되는 거죠?"

"그럼."

"이제 정말 거짓말 안 할게요."

"그래. 이나야, 벨트 잘 매고 얼른 출발하자."

"네."

엄마가 옆자리에 앉아 그녀의 벨트를 꼼꼼히 확인하고 있을 때였다. 유치원 앞 비탈에 세워 둔 엄마의 차를 향해 엄청나게 큰 차가 다가오는 것이 보였다. 운전석에는 사람이 없는, 유령이 운전하는 차였다. 그녀는 트럭이 차에 가까이 다가왔을 때야 엄마의 팔을 잡으며 엄마를 불렀다.

"엄마, 저기⋯⋯."

"응? 뭔데 그래?"

"아무도 없는데 차가 움직여요."

그녀가 쳐다보는 곳을 향해 뒤늦게 고개를 돌리던 엄마는 커다래진 눈으로 곧장 카 시트를 끌어안았다.

콰광, 쾅! 쾅!

커다란 굉음도, 앞이 아닌 뒤로 한없이 미끄러지던 차의 움직임도 어느 순간 모두 사라졌다. 차는 완전히 멈췄으나 매캐한 연기에 눈과 코는 여전히 따가웠다. 분명 엄마도 숨 쉬기 힘들 텐데 그녀를 감싼 몸을 일으키지 않았다. 이나는 무겁게 자신을 누르고 있는 엄마의 몸을 흔들기 시작했다.

"엄마. 엄마……."

"……."

"엄마, 답답해요."

엄마를 계속 불렀지만 아무런 대답이 없었다. 대답 없는 엄마의 동그란 배가 압박해 오는 무게에 점점 숨을 쉬는 것도 힘들어졌다. 벗어나고 싶었다.

"엄마, 정신 차려 봐요."

"……."

"엄마……."

"……."

"엄마, 우리 동생 보러 안 가요?"

아무리 엄마를 부르고 어깨를 흔들어 봐도 엄마는 몸을 일으키지 않았다. 대신 뜨겁고 축축한 것이 그녀의 원피스를 적셔 오는 게 느껴졌다. 한참이 지나고 나서야 그녀는 그것이 무엇인지 알 수 있었다.

"엄마, 엄마……."

엄마가 곁에 있는데도 무서움을 느낀 건 태어나 처음이었다. 대답해 주지 않는 엄마를 부르는 것이 그토록 두려운 일인지도 그때 처음 알았다. 그녀는 더 이상 엄마를 부를 수도, 울 수도 없었다.

삐뽀삐뽀…….

멀리서 소방차와 구급차의 사이렌 소리가 들려올 때야 그녀는 까무룩 정신을 놓았다.

❖ ✚ ❖

그날 이후 그녀는 배탈이 나지 않았었다. 아무리 많이 먹어도, 상한 음식을 먹어도, 학교에서 같은 음식을 먹고 난 뒤 친구들이 단체 식중독이 걸렸을 때도 그녀는 멀쩡했다. 어느 땐 너무 튼튼한 위가 야속하기도 했다. 그러다 열일곱 여름, 맹장염으로 죽을 만큼 배가 아파 비탈

길에서 쓰러졌다. 그녀는 도로에 누운 채 파란 하늘을 올려다보며 누군가 불러 준 구급차의 사이렌 소리를 들었다. 그녀의 기억을 되돌린 버튼이 파란 하늘이었는지 사이렌 소리였는지는 알 수 없었다.

그녀는 그날 무방비 상태로 망각의 강에서 허우적댔다. 10년 전 사고의 기억이, 등을 타고 흐르던 공포가, 원피스를 적셔 오던 뜨거운 액체의 느낌이, 자신이 얼마나 세게 입술을 물고 있었는지 모두 어제 일처럼 생생하게 떠올랐다.

되찾은 기억은 그녀를 무겁게 짓눌렀다. 할 수 있다면 기억으로부터 다시 도망치고 싶었다. 그래서 그녀는 그날의 기억을 함구했고, 엄마가 사고로 돌아가신 날 그녀는 할아버지의 차를 타고 병원으로 갔다고 사람들이 전해 주는 왜곡된 진실을 굳게 믿었다. 물론 진실은 외면할수록 그 무게가 커져 그녀를 더 아프게 했고 외롭게 했다.

이번에 그녀가 버리고, 도망치고 싶은 기억은 또 얼마나 끔찍한 것일지 벌써 두려웠다. 감당할 수 없는 기억이라면 이번에는 되찾고 싶지 않았다. 영원히 기억의 밑바닥에 묻어 두고 싶었다.

똑똑.

노크 소리에도 이나는 고개를 돌리지 않았다. 누가 찾아와도 반가울 리 없었다. 죽다 살아난 자식 앞에서도 한결같은 아버지, 그녀가 죽길 간절히 바랐을 아버지의 아내, 보호자라고 주장하더니 나흘째 얼굴도 보이지 않는 낯선 남편. 아무도 없어도 그녀는 꿋꿋하게 견딜 수 있었다.

"윤이나 씨."

"……."

"윤이나."

자신의 이름과 함께 문이 열리는 소리에 이나는 고개를 돌렸다.

짧게 자른 곱슬머리에 군더더기 없이 깔끔한 안경을 쓴 남자가 비스듬히 열린 문 앞에서 빙그레 웃고 있었다.

똑똑.

그녀를 보며 열린 문에 다시 손등으로 노크를 한 그가 얼굴에서 미소를 지우고 사뭇 사무적인 목소리로 입을 열었다.

"잠시 들어가겠습니다."

"승현 오빠."

승현이 그녀 앞으로 걸어왔다.

노 박사의 아들 노승현. 그와는 여덟 살 무렵 봉사를 하러 가는 할아버지의 손에 억지로 끌려갔던 보육원에서 처음 만났다. 그날 승현 역시 아버지 노 박사의 손에 억지로 끌려와 있던 참이라고 했다.

그러니 무려 20년이나 알았음에도 오늘은 왠지 그가 낯설었다. 다른 때 같으면 성큼성큼 곁으로 다가와 어깨를 툭툭 치며 장난을 걸었을 그가 점잖은 신사처럼 뒷짐을 지고 서 있는 모습도. 지난 1년이 사라졌다는 건 매 순간 지금의 자신조차 불확실해지는 느낌이었다. 승현에게 지난 1년 그녀는 어떤 사람이었을지. 그녀와 승현의 관계에 달라진 점은 없었을지. 예전과 똑같이 그를 대해도 괜찮을 것인지. 이나는 어색한 기분을 지우고 싶어 승현을 바라보며 싱긋 미소를 지었다.

"안 자고 있었네?"

"지금이 몇 신데 자."

벽시계가 오후 6시 30분을 가리키고 있었다.

"오면서 보니까 다른 병실 환자들은 다 침대에 누워 있더라고."

"난 한 달이나 잤더니 이제 잠은 지긋지긋해서."

"그렇겠네. 그런데 이렇게 앉아 있어도 괜찮은 거야?"

"응."

"컨디션은 좀 어때?"

"보기엔 어때 보여?"

"음……."

승현이 콧등을 살짝 접었다.

"뭘 또 생각을 해. 그냥 본 대로 말해 주지."

"그래도 네가 어떤 대답을 들으면 좋아할지 생각을 좀 해 봐야 할 것 같아서.”

“그건 진짜가 아니잖아.”

“상대를 배려한 거짓말은 좋은 거 아닌가? 특히 넌 지금 환자잖아.”

“관두자.”

좋은 사람, 나쁜 사람의 기준은 저마다 다르겠지만 승현은 그녀가 알고 있는 가장 좋은 사람 중 한 사람이었다. 할아버지는 속 깊고 배려심이 많다며 승현을 예뻐했는데, 같은 이유로 이나도 승현이 좋았다.

그래서 누구에게도 말할 수 없었던 이야기를 그에게만 털어놓기도 했고, 그의 비밀을 지켜 주기도 했다. 부디 지난 1년 그와의 관계에 어떤 변화가 생기지 않았기를 바라면서 이나는 다시 승현을 올려다봤다.

“나 깨어났다는 소식 언제 들었어?”

“오늘.”

“오늘?”

“아버지가 너 힘들게 하지 말라고 일부러 늦게 말씀하셨나 봐.”

승현은 그녀의 소식을 듣자마자 달려온 것이다. 가족인 태강은 그녀의 상태가 궁금하지도 않은지 나흘째 그림자도 보이지 않고 있는데. 뭐, 딱히 그가 오지 않아 서운한 것은 아니었지만.

“처음도 아닌데 뭐.”

“처음 아니라 더 걱정하셔.”

“걱정 끼쳐 드려 죄송하네.”

“일부러 그러는 것도 아닌데. 그런데 언제부터 기억이 안 나는 거야? 아버지 말씀으로 1년이 넘는다던데.”

“재작년 가을 이후론 기억이 없어.”

“재작년 가을……. 그럼 결혼식도 기억 못 하는 거야?”

“응.”

이나는 오빠도 내 결혼식에 왔었느냐고 물으려다 그만뒀다. 승현은 당연히 왔을 테고, 기억도 하지 못하는 결혼식에 대해 몇 마디 듣는다고 뭐가 달라질까 싶은 생각이 들었기 때문이다.

"꼭 여름 다음에 겨울이 온 기분이야. 분명 어제까지는 나뭇가지에 파란 잎이 무성했는데 오늘 아침에는 하얀 눈이 소복하게 쌓여 있네."

"……."

"재미있을 것 같지 않아? 이런 엄청난 일을 경험하는 거……."

이나가 웃자 승현의 입술도 천천히 곡선을 그렸다. 웃고 있지 않은 그의 눈 속에 고여 있는 불안이 그의 것인지 그녀의 것인지는 알 수 없었다.

"웃어넘기면 정말 별일 아닌 일이 되었으면 좋겠다."

"괜찮을 거야, 이나야."

"……."

"이렇게 생각하면 어떨까? 네가 잃어버린 건 과거의 기억이잖아. 네가 어젯밤 꿈을 기억 못 한다고 오늘이 달라지지 않는 것처럼 현실도 다르지 않을 거라고 말이야."

차라리 기억을 영영 잃어버렸다면 나을 것 같았다. 언제 갈라지고 녹아 없어질지 모를 살얼음 같은 과거를 딛고 미래로 걸어가는 건 기억을 잃는 것보다 더 끔찍했다. 매 순간 끝없이 달려드는 날카로운 물음표에 몸과 마음이 찢겨도 비명조차 지를 수 없는데, 별안간 딛고 선 바닥의 얼음에 쩍쩍 금이 갈 수도 있었다. 그럼 그녀는 무방비 상태로 얼음 아래로 가라앉게 되는 것이다.

"꿈?"

"응. 기억나지 않는 꿈."

"오빠가 그렇게 말해 주니까 정말 별거 아닌 걸 잃어버린 기분이네."

"마음을 편하게 가지면 오히려 더 빨리 기억을 찾게 될지도 몰라."

이나는 고개를 끄덕였다.

"그리고 너한테는 든든한 가족도 있고 아버지랑 나도 있잖아. 우리 도움 필요하면 언제든 말해."

"그래, 고마워. 어, 눈 온다."

그녀의 말에 승현이 창밖으로 시선을 돌렸다.

"정말."

흰 꽃잎처럼 소담한 눈송이들이 춤을 추듯 나부끼고 있었다.

"저렇게 내리면 금방 쌓이겠다."

이나는 천천히 침대에서 몸을 일으켰다. 곁에 있던 승현이 자연스럽게 팔과 어깨를 부축했다. 그녀는 그를 바라보았다.

"눈 보러 가려는 거 아니었어?"

승현이 씩 웃었다. 다행이다. 그의 미소는 여전히 따뜻하고 편안했다.

"여름에 눈이 내리면 어떤 기분인지 알아?"

"나는 전혀 모르겠는데."

"나는 알 것 같아."

그녀도 승현도 더 이상 웃고 있지 않았다. 점점 굵어지는 눈발에 도시는 점점 새하얀 세상이 되어 가고 있었다.

✛　　　✛　　　✛

노 박사는 이나의 검사 결과가 나오는 즉시 태강에게 연락을 주었다. 특별한 검사나 차도가 없었다 해도 그와 노 박사는 적어도 하루 한 번은 통화를 했다. 필요한 연락은 노 박사와 주고받았고, 의식을 회복한 날 밤부터 이나의 곁은 간호사 출신의 간병인이 지켰으니 그가 늦은 밤 병원을 찾을 이유는 딱히 없었다. 오히려 기억도 하지 못하는 그가 찾아오는 걸 그녀가 불편하게 여길 수도 있다고 생각했다.

그런데 오늘은 그가 직접 찾아와야 할 이유가 생겼다. 그녀가 고작 나흘 만에 벌써 두 번째 간병인을 해고한 것이다. 첫 번째 간병인이 그에게 밝힌 해고 사유는 이랬다. 이나가 잠들어 있는 동안 자신은 지인과 사적인 통화를 했고 통화 소리에 잠에서 깬 이나가 어떤 설명도 없이 그녀에게 내일부터는 나올 필요가 없다고 말했다고.

두 번째 간병인은 허락 없이 그녀의 물건을 정리했다는 것이 해고 사유였다. 첫 번째 간병인의 통화 내용이나, 두 번째 간병인이 허락 없이 정리한 물건이 무엇이었는지까지는 묻지 않았다. 그의 기준에선 간병인들의 행동이 해고 사유에 해당된다고 생각되지 않았기 때문이다.

이나는 그런 식이었다. 언제나 우아하고 교양 있는 척 표정과 언행을 신경 쓰지만, 자신이 용납할 수 있는 범위를 벗어난다면 그것이 아주 작은 것이라 할지라도 인정을 베푸는 법이 없었다.

그의 어머니가 후원하던 미혼모 화가가 있었다. 헌팅턴병을 앓고 있으면서도 그림에 애정이 깊었던 화가에게는 딸이 하나 있었다. 똑똑하고 야무졌으나 몸이 약해 어린 시절부터 병원을 제집처럼 드나들었던 아이, 민정이.

그의 어머니가 돌아가시기 1년 전, 민정의 어머니는 무도증이 전신으로 퍼져 호스피스 병원에서 지내다 결국 폐렴으로 사망했다. 불운한 화가의 조촐한 마지막을 함께한 사람은 딸 민정과 그의 어머니, 그리고 어머니가 걱정돼 잠시 들렀던 그가 전부였다.

장례식을 마치고 당장이라도 쓰러질 듯 위태로운 민정을 먼저 집에 데려다주고 돌아오던 차 안에서 어머니는 세상에 혼자 남겨진 민정이 잘 버텨 낼 수 있을지와 헌팅턴병이 모계 유전병이란 사실을 걱정했다.

그 후 어머니까지 암이 전이되며 병석에 눕게 되자 어머니는 자신이 직접 찾아가 돌보던 민정을 그에게 부탁했다. 그건 민정의 헌팅턴병 발병을 염려해 유작을 〈비움과 채움〉에 위탁한 민정 모의 유언이기도 했다.

어머니와 민정 모의 마음을 알기에 그는 김 실장을 보내든 자신이 직접 찾아가든 한두 달에 한 번씩 민정에게 연락 후 그녀의 집에 들렀다.

하지만 민정은 그런 그에게 짐이 되고 싶지 않다면서 약한 체력으로 밤낮없이 공부해 골든그룹에 지원을 했다. 제 노력으로 당당하게 비서실에 합격한 민정에게 그가 축하한다고 말했을 때, 민정은 이제 회사에서 보면 되니 더는 자신을 걱정할 필요 없다고 해맑게 웃어 보였다.

그랬던 민정의 책상이 몇 달 전 출장에서 돌아와 보니 텅 비어 있었다. 사직 사유가 건강상의 이유였으나 힘들게 입사한 만큼 그에게 한마디 상의도 없이 그만뒀다는 사실이 의아했다. 그래서 확인을 해 보니 윗선의 지시가 있었단다. 윗선이라는 말은 곧 그의 가족이란 뜻이었다.

할아버지나 아버지가 그의 비서실 직원을 해고할 이유는 없었다. 있다 해도 고작 그런 일을 그가 출장 중일 때 은밀히 지시하지는 않았을 것이다.

그럼 이나였다. 그가 없을 때 무슨 일로 그녀가 회사까지 찾아왔는지는 몰라도 민정이 그녀에게 엄청난 실수를 했을 리 없었다. 고작해야 차 심부름 정도를 했을 테고, 아주 사소한 무언가가 이나의 심기에 거슬렸을 터였다. 하지만 그 일을 문제 삼지는 않았다. 민정이 사직서에 적었던 대로 그 무렵 그녀의 건강이 급격히 나빠지기 시작했기에…….

"너 사람이 갑자기 바뀌면 안 돼."

"내가 바뀌었어? 이건 적응이 빠른 거 아닌가?"

"이제 좀 윤이나 같네."

"나는 언제나 같은 윤이나야. 할아버지 말씀처럼 할머니가 돼서도 반짝반짝 윤이 나게 살 윤이나."

"그래. 반짝반짝 빛나는 할머니 기대된다."

"예쁘다, 눈."

문이 비스듬히 열려 있었다. 열린 문으로 들어서자 창가에 나란히 선 두 사람의 뒷모습이 보였다. 환자복 차림의 이나와 마치 연인처럼 그녀의 팔을 부축하고 있는 노 박사의 아들, 승현.

"응, 예쁘다."

"그런데 오빠?"

"응?"

"내가 전에도 눈을 좋아했던가?"

"그다지 좋아하지는 않았지."

"그걸 오빠가 어떻게 알아?"

"음, 그러고 보니까 어쩌면 좋아했을지도 모르겠다. 너는 좋아해도, 싫어해도 말로 표현한 적이 드무니까."

"내가 그랬나?"

창밖을 바라보는 이나와는 달리 승현의 시선은 내내 그녀에게 향해 있었다.

"그런데 우리 작년에도 만난 적 있었어?"

"기억이 안 나서 불안해?"

"······."

"너무 조급하게 생각하지 마."

그때 겨울바람이 얼마나 차가운지 모르는 아이처럼 이나가 창문을 열었다. 세찬 바람결에 눈송이가 병실 안으로 날아들었다.

"감기 걸리면 어쩌려고."

승현이 재빨리 창문을 닫았다.

"그만 침대로 가자."

이나와 승현이 창을 등지고 돌아섰다. 태강을 발견한 승현의 손이 그녀의 어깨에서 조금 멀어지는 듯하다 다시 어깨를 감쌌다. 그녀도 그런 손길이 불편하지 않은지 그대로 서 있었다. 그와 그들 사이는 네 걸음 남짓이었다.

"언제 왔어요?"

"오랜만에 뵙네요."

승현이 고개를 숙였다. 태강은 가볍게 고개를 끄덕이고 성큼성큼 이나 앞으로 걸어갔다.

"무리하지 말라니까."

그는 다정한 목소리를 내려고 노력했다. 이나가 예전에 써 놓은 대본대로. 승현이 잡지 않은 쪽 팔도 잡았다. 손에 닿은 그녀의 옷자락이 잠깐의 겨울바람에 차갑게 식어 있었다.

"보호자도 왔으니 난 이제 가 봐야겠다. 다음에 또 올게, 이나야."

"벌써 가게?"

"응. 아버지가 너 귀찮게 하지 말라고 하셨어."

"알았어."

"치료 잘 받고."

"응."

"그만 가 보겠습니다. 다음에 또 뵙죠."

"들어가세요."

태강은 가겠다는 승현을 빈말로도 잡지 않았다. 그도 태강에게 인사를 한 뒤 곧장 병실을 나갔다. 태강 곁에 선 이나는 병실 문이 닫힐 때까지 승현이 사라진 자리를 바라보고 있었다.

"보호자를 나흘 만에 보네요."

"앉아서 얘기하지."

그는 그녀가 침대에 앉는 것을 도왔다.

"내일 다른 간병인이 올 거야."

"간병인 필요 없어요."

"아직 혼자 있는 건 무리야."

"불편해요. 모르는 사람이랑 하루 종일 한 공간에 있는 거."

"당신은 환자고 그게 그 사람들 일이야. 설마……."

그는 자신도 모르게 간병인 없이 승현과 편하게 있고 싶은 거냐고 물으려다 입을 닫았다. 아무리 조금 전 승현과 그녀가 다정히 서 있었던 모습이 거슬렸다 해도 그런 식으로 빈정거릴 수는 없었다.

"이제 혼자 있어도 괜찮아요. 기억에 조금 문제가 있는 것뿐이지, 혼자서 아무것도 못 하는 게 아니잖아요."

"지난 1년을 기억 못 하는데 조금이라고?"

"곧 돌아올 거예요."

"누가 그래?"

"마음을 편하게 가지면 더 빨리 돌아올 거예요."

"노승현 씨가 그러던가?"

이나가 눈도 깜빡이지 않으며 그의 눈을 응시했다.

"제가 그렇게 생각하기로 했어요."

"좋아. 간병인이 오는 게 싫다면 내가 오지."

그녀의 미간이 접히며 동그란 눈매가 불편하게 휘어졌다. 그 행동을 문장으로 해석하자면 '진짜 마음에 들지 않아' 정도일 것이다. 그녀가 마음에 들든, 들지 않든 상관없었다. 그도 그녀가 마음에 들었던 적 없었으니까.

"난 당신을 보호할 의무가 있는 보호자야."

"보호자라고 꼭 곁에 있을 필요는 없어요."

"그럼 간병인과 같이 있든지."

"당사자인 제가 싫다고요."

"아직 혼자 있는 건 무리라고 이미 말한 것 같은데."

"이런 대화를 계속하는 게 의미가 있을까요?"

"어차피 선택권은 당신에게 없어."

"그렇겠죠. 보호자 얼굴 보기도 이렇게 힘든 제가 뭘 할 수 있겠어요?"

억양 없이 말했지만, 자신의 말이 그의 심기를 건들고 있다는 사실을 모를 리 없었다. 기억을 잃기 전 윤이나라면 절대 저런 식으로 말하지 않았을 것이다. 그때의 그녀는 사람들 눈도 있으니 이틀에 한 번은 찾아오는 게 어떻겠냐고 감정을 드러내지 않고 조곤조곤히 말했으리라.

"차라리 합의를 하죠."

"……."

"퇴원하고 싶어요."

"집에 가고 싶은 건가?"

"조용히 혼자 있고 싶은 거예요."

누군가 하루 종일 그녀를 지켜보고, 그녀가 잠든 사이 전화기에 대고 그녀에 대해 소곤소곤 얘기하고, 그녀의 물건을 허락 없이 만지고 사진까지 찍었으면서 정리를 했다는 말도 안 되는 핑계를 대고.

설령 악의가 없었다 해도 모두 싫었다. 자신의 사생활이 알 수 없는 어딘가에 노출되는 상황도 싫었고 그들에게 어떤 행동을 보이는 게 현재의 자신다운 건지 알 수 없는 상황도 끔찍했다. 기어서 화장실에 가더라도 혼자 있는 쪽이 차라리 나았다.

"아직 허벅지 쪽 통증이 남았다고 알고 있는데."

"조심해서 움직이면 괜찮아요."

"그런 상태라면 노 박사님이 허락 안 하실 거야."

둘의 시선이 허공에서 마주쳤다.

"그리고 이미 말했다시피 우린 가족이고, 부부야. 당신의 건강이 당신 혼자만의 문제일 수는 없다는 뜻이라고."

답답한지 그가 맞춘 듯 몸에 맞는 짙은 청색 슈트의 단추를 풀었다. 비율이 좋다는 사실은 알았지만, 다시 봐도 모델 같은 비율이었다. 지난번 아버지가 그의 눈치를 보는 것으로 보아 집안도 좋은 것 같은데, 저 남자가 갖지 못한 것은 무엇일지 궁금했다.

"병원에서 예약해 주는 날짜에 빠지지 않고 치료 잘 받을게요. 노 박사님께도 그렇게 말씀드리면 퇴원 허락해 주실 거예요."

"기억을 억지로 어찌할 수 없다는 건 알아. 하지만 당신이 지난 1년간의 기억이 없는 상태로 주기적으로 병원에 방문하고 사람들을 만나는 건 곤란할 것 같은데."

"그게 왜요?"

그가 대답 대신 슈트 안주머니에서 사진을 꺼내 그녀에게 건넸다. 무심코 사진을 받아 드는데 왠지 언젠가 같은 경험을 한 듯한 기분이 들었다.

"뭐죠?"

"직접 봐."

그가 건넨 사진은 그들의 결혼사진이었다. 매끈한 턱시도와 우아한 웨딩드레스 차림으로 샹들리에 아래 서 있는 그들은 꽤 근사하고 아름다웠다. 그러나 얼굴에 미소의 흔적은 없었다. 긴장의 흔적도, 슬픔의 흔적도 없었다. 그녀는 결혼식 내내 자신이 무슨 생각을 했을지 짐작도 되지 않았다. 다만 결혼식 이후 자신이 행복했을 리 없다는 건 알 것 같았다. 이토록 무표정한 신부의 얼굴은 보통 잡지에서나 볼 법하니까.

"역시 예뻤네요."

"그날 주인공은 당신이었으니까."

"이런 사진 보여 주지 않아도 우리가 결혼했다는 사실을 부인할 생각은 없어요."

그가 사진 한 장을 더 내밀었다. 이번 사진 속에는 사람들이 더 많았다. 그녀의 옆에는 아버지와 세영이 서 있었고, 태강의 옆에는 골든그룹 강 회장과 강 부회장 내외가 서 있었다. 이나는 고개를 들어 동그랗게 뜬 눈으로 그를 올려다보았다.

"어떻게 된 거죠?"

"뭐가 잘못됐나?"

"왜, 강 회장님과 강 부회장님이······."

"내 할아버지와 아버지라고 말하면 설명이 되겠지."

사진을 든 이나의 손이 희미하게 떨렸다.

"SJ의 상황이 좋지 않았어. 우리 결혼으로 SJ는 위기를 넘겼고."

그의 한마디에 그제야 전부 이해가 됐다. 경제적 이유는 오로지 그녀에게 적용되는 얘기였고, 그의 말대로 SJ를 살리기 위해 그녀가 그에게 먼저 결혼 얘기를 꺼냈던 것이다. 사진을 들지 않은 그녀의 손이 침대 시트를 움켜잡았다.

"당신과 결혼 후 나는 초고속 승진을 했으니까 서로 얻은 게 많은 결혼이었다고 할 수 있지."

그의 설명에도 마음이 쉽사리 진정되지 않았다. 그녀는 무엇을 기대했을까. 적어도 현실이 자신의 짐작보다는 낫기를 바랐을까?

"하지만 사람들이 알고 있는 우리 부부는 다른 모습이야. 난 당신에게 첫눈에 반해 청혼했고, 결혼 후에도 당신밖에 몰랐고, 우리는 줄곧 아주 사이가 좋은 부부였어."

이나의 가슴이 버겁게 뛰었다. 정말 자신이 그런 삶을 감당하며 살았다는 사실이 믿어지지 않았다. 앞으로 이 남자와 그런 삶을 사는 건 더 상상되지 않았다.

"무슨 말이 하고 싶은 거예요?"

"쉽게 말하자면 당신 혼자서도 무리 없이 연극을 이끌어 갔을 때는 관여하지 않았지만, 난 당신을 너무 사랑해 극진히 간병까지 하는 보호자 연기는 할 수 없다고."

이나는 어금니를 힘주어 물었다.

"사람들한테는 당신이 두 달 일정으로 유럽 여행을 떠났다고 말해 뒀어."

자신들이 경제적인 이유로 결혼을 했다는 사실은 이미 알고 있었다. 그런데 그녀는 사람들 앞에서 행복한 부부인 척, 사랑받는 아내인 척 연극까지 하며 살아왔단다. 자신이 왜 그렇게까지 해야 했는지 이해되지 않았다. 하지만 태강의 표정을 보아하니 그녀를 지켜보는 그의 감정이 어땠을지는 짐작할 수 있었다.

"만약 한 달 후에도 기억이 돌아오지 않으면요?"

그의 눈이 가늘어졌다.

"그렇다 해도 지금과 달라지는 건 없어."

이혼이 없다는 건 그런 뜻이었다. 어떤 문제가 생겨도 그녀를 서류상의 아내로는 남겨 두겠다는. 골든그룹의 후계자가 버리지 않아 주는 것만으로도 영광으로 생각해야 하는 건지…….

"간병인이냐, 보호자냐가 너무 멀리까지 왔네요."

분명 그가 스스로 꺼낸 말이었다. 극진한 간병은 하지 않더라도 간병인 대신 매일 병원에 찾아와 그녀와 얼굴을 마주 보는 고역은 감당하겠다고. 제풀에 지치면 퇴원 정도는 시켜 주겠지.

"보호자 쪽을 택할게요. 가족이랑 있는 게 아무래도 심신 안정에도 더 도움이 될 테니까요."

"……."

"제가 아직 허벅지에 통증이 남아 있어서 배웅은 못 하겠네요. 낮에는 바쁘실 테니 내일 퇴근 후에 뵙죠."

이나는 다리를 들어 침대에 몸을 눕혔다. 그리고 희미하게 떨리는 손으로 시트를 끌어당겼다. 태강이 병실을 걸어 나가는 소리는 그로부터 얼마 후에 들려왔다. 병실이 침묵에 잠기고 나서야 그녀의 입에서 참았던 한숨이 낮게 흘러나왔다.

✤　　✤　　✤

"……호텔 부지 매입과 관련하여 다시 고려해 주십시오, 회장님."

"안 됩니다, 회장님. 단지 소수 주주들 의견일 뿐입니다. 그룹 운영에 관한 모든 판단과 결정은 회장님과 경영진이 내려야 한다고 생각합니다."

자리에서 일어선 골든호텔 강태훈 사장이 회의실에 둘러앉은 강 회장과 회장 측근의 경영진을 둘러보았다.

"이미 들어서 있는 호텔들이 충분한 흑자를 내고 있다는 사실을 이 방에 계신 분들은 아시지 않습니까? 골든건설에서 시공한 아름다운 건축물에 세계 어느 호텔과 견주어도 손색없는 서비스까지 제공되니 제 입으로 직접 말하긴 좀 그렇지만, 이미 올여름 성수기까지 전 객실의 예약이 차 있는 상탭니다."

임직원 수 15만의 골든그룹은 전자와 건설, 반도체와 바이오를 비롯한 일곱 개 업종의 스물여덟 개 계열사를 가진 명실상부 대한민국을 대표하는 그룹 중 하나였다. 그중 전자와 건설, 반도체는 여느 기업보다 빠르게 해외로 진출해 미국, 중국, 유럽 등에서 기반을 잡으며 세계 최고의 기술력을 칭송받았다. 그뿐만 아니라 아시아와 중동 등에서는 지난 5년 가장 선호하는 해외 브랜드 1위로 선정되는 기염을 토하기도 했다.

골든그룹이 이뤄 낸 모든 성과의 중심에는 강 회장과 강 회장 아들들의 피나는 노력이 있었다. 그리고 그들의 뒤를 이을 태강 역시 5년 연속 아시아의 젊은 경영인 100인에 선정되었다. 골든그룹 일가 중 유일하게 이렇다 할 성과를 올리지 못하던 존재가 태훈이었다.

그런 태훈이 지난달 골든호텔의 사장으로 취임했다. 그가 골든건설에 몸담았던 지난 5년간 연 매출은 매해 하향 곡선을 그렸다. 그럼에도 그가 골든호텔 사장으로 취임할 수 있었던 이유는 바로 국토 해양부 장관의 딸과 결혼을 앞두고 있었기 때문이다.

예비 장인의 권력을 믿고 취임식에서 국내의 유명 관광지 열 곳에 호텔을 늘리겠다는 취임사를 발표한 태훈은 그 첫 번째 장소로 여수를 밀고 있는 상태였다. 그러나 그간 호텔 부지 매입을 반대해 온 여 상무처럼 주주들과 임원들의 반응 또한 냉담하기만 했다.

"하지만 여수는 국내의 손꼽히는 관광지입니다. 해안가를 중심으로 전망 좋은 호텔과 펜션들이 이미 즐비합니다. 우리는 너무 후발입니다."

"여 상무님, 우리는 그냥 전망만 좋은 호텔이 아니라 골든호텔입니다. 부지를 둘러보고 갔다는 입소문만 타도 그 도시 전체 땅값을 들썩이게 만드는, 브랜드 선호도 1위의 고품격 골든호텔이란 말입니다."

태훈의 말에 반박하려던 여 상무가 부릅뜬 그의 눈과 침묵하고 있는 임직원들을 둘러보다 입을 닫았다. 그가 아무리 전문 경영인의 판단력과 충심을 가졌다 한들 언제 자신의 윗자리로 올라가 목에 칼을 댈지 모를 회장의 손자와 척을 질 수 없는 노릇이었다.

"다들 여수에 한 번쯤은 가 보셨을 겁니다. 그 아름다운 도시에 다시 관광을 간다면 어디 이름도 들어 본 적 없는 싸구려 호텔과 골든호텔 중 어느 곳에 숙소를 잡으시겠습니까? 저는 모든 여행의 퀄리티는 바로 숙소가 좌우한다고 생각합니다."

국내외로 그 입지를 더욱 탄탄히 굳히고 있는 골든그룹은 골든전자를 중심으로 모든 결정과 운영 계획이 세워졌다. 계열사 간 지분 구조가 복잡하게 얽혀 있다고는 하나 결과적으로 골든그룹의 심장은 골든전자인 셈이었다. 그리고 태강이 바로 강 회장과 아버지의 뒤를 이을 골든전자의 최대 주주이자 사장이었다.

그런 그가 고작 호텔 사장과 상무의 싸움에 끼어들어 누구의 편을 들 이유 같은 건 없었다. 무엇보다 그가 누구의 편을 들든, 태훈이 제아무리 목에 핏대를 세우며 열변을 토한다 한들, 강 회장의 허락이 없으면 열 곳이 아니라 단 한 곳에도 호텔은 올라갈 수 없었다.

그럼에도 지루한 회의를 참고 있는 이유는 그룹의 부회장인 아버지를 대신해 참석한 데 대한 최소한의 예의였다. 하지만 노 박사에게 걸려 온 부재중 전화를 확인한 순간 그만 회의를 끝내야겠다는 생각이 들었다.

"골든호텔 모든 지점의 상반기 예약이 차 있는 이유, 골든그룹 직원들이 출장과 휴가 시 골든호텔에서 숙박해야 경비와 추가 보너스가 지급되기 때문으로 알고 있는데, 아닙니까?"

"형님!"

"회의 중입니다."

"보너스는 회사 차원의 복지고, 여행지 선택은 직원들 스스로 한 겁니다. 그리고 제가 이런 얘기까지는 안 하려고 했는데, 골든호텔 뉴욕점과 모스크바점은 올 하반기 예약까지 모두 차 있는 상탭니다."

"뉴욕과 모스크바에는 전자와 건설, 바이오 지사가 있으니 장기 출장 직원은 물론이고 단기 출장 직원 숙소로도 제공되고 있죠. 하반기 출장 보고서를 미리 받았다면 직원들도 예약자 명단에 이름을 올렸겠군요. 물론 비용은 경비로 처리될 테고요."

"만약 직원들이 다른 호텔에서 묵는다면 물 새듯 지출될 돈입니다. 그룹의 돈이 엉뚱한 곳으로 새지 않게 막아 주는 것도 큰 역할이라고 생각합니다."

"이윤 없는 실적도 실적이다, 좋습니다. 여수 지점이 정말 승산이 있다고 생각한다면 국내 골든호텔의 월별 직원 사용 퍼센티지와 비성수기 공실 이용에 대한 구체적 운영 계획안 정도는 준비해 왔겠죠?"

그의 주머니 안에서 핸드폰이 다시 부르르 몸을 떨었다. 핸드폰을 꺼내 확인하자 이나의 이름이 눈에 들어왔다. 하지만 그가 잠시 양해를 구하고 밖으로 나가 전화를 받아야겠다고 생각하는 사이 전화는 끊겼다. 단 한 번의 부재중 전화 후 그녀의 전화는 다시 걸려 오지 않았다. 그의 머릿속에 이나에게 마지막으로 걸려 왔던 전화가 떠올랐다.

지난 12월 24일, 그는 출장을 마치고 귀국해 집으로 돌아가고 있었다. 운전 중 핸드폰이 울려 확인을 하니 민정의 이름이 떠 있었다.

"여보세요?"
—사장님, 저 민정이에요.
"그래."
—지금 전화 통화 괜찮으세요?
"이제 회사도 그만뒀는데 편하게 부르라니까. 그리고 통화는 괜찮아."
—저는 사장님이라고 부르는 게 편해서요. 오늘 크리스마스이브잖아요. 즐거운 크리스마스 보내시라고 전화드렸어요.

민정의 어머니가 돌아가신 뒤 처음 맞았던 작년 크리스마스에는 그의 어머니가 민정에게 찾아갔었다. 그러니 올 크리스마스가 민정에게는 혼자 보내게 될 첫 크리스마스가 되는 셈이다.

하지만 그는 이런 날까지 민정을 챙길 생각은 없었다. 잘 다녀오셨느냐는 짧은 한마디 외에 다른 표현은 없어도 이나 또한 긴 출장에서 돌아올 그를 기다리고 있을 테니.

"그래, 고맙다. 너도 즐거운 크리스마스 보내."
—고맙습니다. 저는 오늘 오랜만에 친구들 만나 재미있게 놀려고요.
"그래."
—사장님, 오늘은 집에 그냥 들어가지 마시고 꽃이나 케이크라도 사 가지고 가셔서 사모님이랑…….

쿵, 탁!

민정의 목소리가 사라지더니 이내 무언가 묵직한 것이 바닥으로 떨어지는 둔탁한 소음이 들려왔다.

"민정아."

—…….

"민정아."

—으으, 흐으으…….

처음에는 잘못 들었다고 생각했다.

"민정아?"

—으으읏, 흐으으어…… 어어엇.

가만히 숨을 죽이고 기다리니 언젠가 들어 본 적 있는 소리라는 걸 알 수 있었다. 그의 등을 타고 서늘한 기운이 흘러내렸다.

"민정아!"

민정을 아무리 불러도 수화기 너머에서 들려오는 소리는 정체를 알 수 없는 신음뿐이었다. 그는 급하게 차를 돌려 민정의 아파트로 향했다.

집 앞에 도착해 벨을 눌렀으나 안에서는 아무런 기척이 없었다. 그는 어머니가 언젠가 지나가는 말로 알려 줬던 집의 비밀번호를 떠올려 눌러 보았다.

띠링.

문이 열리는 소리를 확인한 그는 곧장 집 안으로 뛰어 들어갔다.

"민정아."

그녀는 코트 차림으로 거실 바닥에 누워 있었다. 그런데 상체가 이상한 형태로 말려 있었고 입 주변으로는 하얀 거품이 흘러내리고 있었다. 그는 서둘러 민정을 잡고 혀가 기도로 말려 들어가지 않게 조치를 취했다.

"민정아, 정신 좀 차려 봐."

그때 그의 주머니 안에서 핸드폰이 울리기 시작했다. 끊겼던 전화가 다시 울리길 몇 차례 반복했으나 그는 민정을 놓을 수가 없었다.
서둘러 구급차를 부르고 응급실에 도착해 검사를 끝내고 나서야 부재중 전화가 생각났다. 확인을 해 보니 모두 이나의 전화였다.
그녀는 그가 회의 중이거나 출장 중 전화를 받지 않아도 화를 내거나 삐지는 법이 없었다. 나중에 전화를 걸어 변명 없이 무슨 용건이었냐고 물으면 아무 일 없었다는 듯 자신의 용건을 말하곤 했다.

—……연결되오며 통화료가 부과됩니다.

하지만 그날 그녀는 끝까지 그의 전화를 받지 않았다. 그녀가 그의 전화를 받지 않은 건 아마 결혼 후 그때가 처음이었을 것이다.
결혼 생활 내내 그녀와 그 사이에는 일정 거리가 존재했다. 이나는 그 거리를 좁히지도 넓히지도 않았다. 처음으로 그녀가 그 거리를 벗어나 그의 시야 밖으로 사라진 느낌이었다. 그건 마치 절대 일어날 수 없는 일이 일어난 것 같은 느낌, 꼭 그런 느낌이었다.
"당연히 준비는 되어 있는데 오늘은 미처 챙겨 오지 못했습니다. 다음 회의 때 반드시 보여 드리겠습니다."

"그럼 오늘 회의를 계속하는 건 의미가 없을 것 같습니다, 회장님."

"그래, 오늘은 이쯤 하고 끝내지."

"회장님, 저는 일이 있어서 먼저 일어서겠습니다."

태강이 말하자 강 회장이 무슨 용건이냐는 눈빛으로 그를 바라보았다.

"아내 일입니다."

"처가 아니라 처가 쪽 일이겠죠."

태훈이 옆에 앉은 태강에게만 들릴 정도로 나직하게 빈정거렸다.

"코딱지만 한 회사 하나 굴릴 능력도 없으면서 꼴에 자존심은 남아서. 형님도 참 피곤하겠습니다."

태훈이 무슨 말을 하고 싶은지는 그도 알았다.

윤도진 사장은 계열사가 모두 사라지고 물산 하나 남은 세정의 간판을 SJ로 바꿔 단 후에도 사람들 앞에서 SJ를 세정이나 세정물산이 아닌 세정그룹이라 칭했다.

강 회장에게도 모두가 보는 앞에서 반드시 다시 세정그룹으로 만들 테니 계속 세정그룹으로 불러 달라 청한 적이 있었다. 이에 강 회장이 언제나 SJ를 세정그룹으로 부르니 태훈은 그것을 비꼬는 것이었다.

"우리 같은 사람들한테는 결혼도 사업인데, 형님은 뭐 남는 게 아무것도 없으니 자선 사업을 하신 거나 다름없습니다."

"그렇게 말 안 해도 여기 있는 사람들 모두 네가 예비 처가 덕에 골든호텔 사장이 된 사실 알고 있다. 그리고 SJ를 무시하고 싶으면 골든호텔 매출을 SJ보다 높인 다음에 해야 할 것 같은데."

"골든호텔이 아무렴 그 코딱지만 한 회사보다 매출이 작을 것 같습니까? 그리고 사실 회장님이나 형님이 뒤를 봐주지 않았다면 세정이 지금까지 버틸 수나 있었겠습니까? 진작 먼지처럼 사라졌겠지."

"강태훈 사장, 남을 평가하는 일은 그럴 만한 위치에 오른 다음에 하도록 하지."

"저는 그저 형님이 걱정돼서 드린 말씀입니다."

능글능글 웃고 있었으나 속으로 그를 야멸치게 노려보고 있다는 사실을 알았다. 태강은 그런 태훈을 무시하고 자리에서 일어섰다.

"그만들 하고, 태강이는 어서 나가 봐라. 집안이 편안해야 회사 일도 더 잘할 수 있는 법이지."

강 회장을 비롯해 임직원들에게 가볍게 고개를 숙여 보인 태강은 곧장 회장실을 나섰다. 회장실 앞에서 그를 기다리던 김 실장은 그가 나오자 아무 말 없이 뒤를 따라 걸었다. 엘리베이터에 올라탄 그는 노 박사에게 먼저 전화를 걸었다.

"회의 중이라 받지 못했습니다."

―그럴 것 같았네. 실은 내가 지금 세미나 때문에 지방에 내려와 있는데, 자네 안사람 전화를 받아서 말이네.

"무슨 용건이었습니까?"

―자기 방으로 좀 와 줄 수 있냐고 묻기에, 내가 지금 지방에 있는데 무슨 일이냐고 물으니 별일 아니라고 하더니 그냥 끊더군. 그런데 말하는 목소리에 힘이 하나도 없는 것이 그냥은 아니었던 것 같아서 말이네.

"제가 지금 가 보겠습니다."

―그래, 좀 서둘러 주게.

곁에서 그의 통화를 듣고 있던 김 실장이 사장실로 올라가던 엘리베이터를 지하로 돌렸다.

전화를 끊은 그는 다시 이나에게 전화를 걸었다.

―……연결되오며 통화료가 부과됩니다.

세 번째로 건 전화 역시 어김없이 받을 수 없다는 안내 멘트로 넘어갔다.

"저는 병원으로 가 봐야 할 것 같으니 김 실장님은 여기에서 퇴근하시죠."

"아닙니다. 제가 모시겠습니다."

"병실에서 얼마나 있을지 모릅니다. 그러니까 그냥 퇴근하세요."

"그럼 모셔다드리고 저는 택시로 퇴근하겠습니다."

엘리베이터가 지하로 내려가는 동안에도 태강은 혹시나 울릴지 모를 핸드폰을 손에서 놓지 않았다.

＊　　　＊　　　＊

외래 진료가 끝난 병동은 입구부터 한산했다. 지나다니는 사람도 없고 조명도 몇 군데만 켜져 넓은 홀이 을씨년스럽기까지 했다. 그나마 링거를 꽂고도 종알종알 떠들던 꼬마가 엄마와 편의점 쪽으로 걸어가자 홀에는 환자복 차림의 여자만 덩그러니 남겨졌다.

여자의 단발과 가는 어깨선이 눈에 익다 싶은 순간 기둥 뒤쪽에 서 있는 경호원이 그의 눈에 들어왔다. 이나 쪽을 주시하던 경호원도 그를 발견하고 소리 없이 고개를 숙였다. 그는 경호원에게 알은체하지 않고 곧장 이나에게 걸음을 옮겼다.

그가 앞에 섰는데도 그녀는 고개를 들지 않았다. 무슨 말을 꺼내야 하나 생각하고 있을 때 그녀가 천천히 고개를 들었다. 그런데 울기라도 했는지 동그란 눈이 빨갰다. 하얀 얼굴은 창백해 보일 정도였다. 그의 가슴 한가운데로 설명할 수 없는 기운이 흘러내렸다.

"왜 병실에 안 있고 나와 있어?"

"오신다고 했잖아요."

"날 기다린 거야?"

"네."

"왜?"

사람이 바뀌었다. 마치 얼굴은 윤이나지만 그 안에 들어 있는 사람은 그녀가 아닌 것 같았다. 사람이 죽다 살아나면 달라진다더니 그녀도 그런 것인가 싶은 순간 그녀가 새침하게 시선을 내리깔았다.

"왜요? 병실 밖으로 나오는 것도 안 돼요?"

"일어나지."

그의 말에 그녀가 순순히 몸을 일으켰다. 두 사람은 누가 먼저랄 것도 없이 엘리베이터를 향해 걸음을 옮기기 시작했다. 항상 높은 힐을 신었던 이나의 키는 그의 귀에 닿을 정도였다. 그런데 굽 없는 슬리퍼를 신고 힘없이 걷고 있는 그녀는 그의 어깨를 조금 넘길 정도였다.

작아진 그녀가 낯설어 그의 시선이 자꾸 이나에게로 움직였다. 쳐다보지 않을 때도 신경은 어딘지 불편한 듯한 그녀의 걸음걸이를 의식하고 있었다. 그러다 더는 안 되겠다 싶어 그가 손을 들어 어깨를 감싸려 하자 그녀가 살짝 몸을 틀었다. 놀라서 그런 건가 싶어 다시 잡으려 하자 이번에는 옆으로 한 발짝을 물러섰다.

"나 당신 보호자야."

"……."

"당신이 보호자라며."

대답 없는 그녀의 안색이 좀 전보다 더 창백해 종잇장 같았다. 가녀린 몸은 위태롭게 보일 지경이었다. 그녀가 뿌리치든 말든 그가 힘으로 그녀의 어깨를 감싸는 순간 엘리베이터 문이 열렸다. 이번에는 이나도 뿌리치지 않았다.

"전화했던데."

엘리베이터 안의 침묵을 깨고 그가 입을 열었다.

"별일 아니에요."

"노 박사님께는 왜 했던 건데?"

"……."

"윤이나 씨."

"그냥 해 봤어요. 뭐 하시나 궁금해서."

"나한테도?"

"저한테 감정 안 좋은 거 알아요. 그런데 저도 지금 기분이 안 좋으니까 싸우는 건 나중에 해요."

대답하는 숨소리가 거칠었다. 그는 다시 이나를 내려다봤다. 지난 1년 그녀의 남편으로 살았건만 단둘이 이렇게 가까이 선 채 누구도 의식하지 않으며 오롯이 그녀를 바라본 기억이 없었다.

희고 둥근 이마, 매끄러운 피붓결, 아이처럼 솜털이 올라온 가는 목선. 그리고 목을 타고 흐르는 땀방울.

"나도 당신이랑 싸울 생각 없어."

"……."

"그러니까 그냥 있어."

그는 그녀 무릎 아래로 손을 넣었다. 힘없이 그의 가슴 앞으로 끌려오는 그녀의 몸이 너무 작고 가벼워 그는 잠시 놀라지 않을 수 없었다.

"뭐예요?"

"다리 아직 불편하잖아. 지금은 보는 사람도 없으니까 병실까지만 이대로 가."

입을 열려던 그녀가 그대로 눈을 감았다. 말싸움할 힘도 없다는 듯.

이나를 침대에 눕힌 그는 곧장 간호사를 불렀다. 그녀의 상태를 체크한 간호사가 미열이 있다며 해열제를 가져오는 사이 이나는 잠이 들었다. 색색 숨소리를 내며 자는 모습이 아이 같았다.

"깨울까요?"

"열이 높은 건 아니니까 일어나면 먹게 해 주세요."

"그러죠."

간호사가 병실을 나간 뒤 그는 침대 옆 보조 의자에 앉았다. 잠자는 그녀를 관찰하듯 바라보는 것 역시 처음이었다. 도움을 청하는 것도, 받는 것도 아버지를 닮아 당당할 줄 알았는데, 그 당당하던 어깨를 아이처럼 작게 말고 잠든 모습이 안쓰럽다 못해 애처롭게 보였다.

"음……."

그는 수건을 가져와 그녀의 이마에 맺힌 식은땀을 닦았다. 뺨과 목 주변도 조심조심 닦아 주고 있을 때 그녀가 번쩍 눈을 떴다. 그는 그녀의 목덜미를 닿아 있던 수건을 어색하게 들어 올렸다.

"왜?"

"읍!"

그의 손을 밀치고 입을 감싼 채 황급히 화장실로 걸어간 그녀가 변기 앞에서 고개를 숙였다. 뒤따라 자리에서 일어선 그도 그녀 곁으로 걸어갔다. 작은 등이 가늘게 떨리고 있었다. 그는 차마 자신의 큰 주먹으로 그 작은 등을 두드릴 수 없어 천천히 쓸어내리기 시작했다.

당장 그를 돌아보며 괜찮으니 하지 말라고 말할 것 같았는데, 이나는 잠잠했다. 그의 손길이 싫지 않다거나, 지금 자신의 모습이 신경 쓰이지 않는 게 아니라 싫다는 말을 할 기운조차 없는 것이다. 잠잠하다 다시 헛구역질을 하며 변기를 움켜잡길 몇 차례 반복하던 그녀가 축 늘어졌던 몸을 비척비척 일으켰다. 몸을 트는 방향으로 보건대 세면대 쪽으로 가려 한다는 걸 알았으나 그냥 두었다. 대신 그녀의 팔을 잡았다.

"그렇게 아팠으면 의사를 불렀어야지."

"노 박사님한테 전화했었어요."

노 박사에게, 그리고 그에게 전화를 걸었던 용건을 이제야 실토했다.

"박사님은 세미나에 가셨다고 하고, 보호자는 전화를 안 받아서……."

"간호사도 있잖아. 아니면 아버님이나 다른 누구라도 불렀어야지."

"다른 누구요?"

"……."

세영이나 승현이라고는 차마 말할 수 없었다. 그녀 주변 다른 누구의 이름이라도 떠올려 주면 좋으련만 그가 알고 있는 사람은 그게 전부였다.

"누구든 당신이 기억하는 사람이 있을 거 아니야."

대답을 해 놓고도 그는 이렇게밖에 말하지 못하는 자신에게 화가 났다. 한심하고 답답했다.

대화가 없는 부부 사이가 문제라고 생각해 본 적 없었다. 할아버지도, 아버지도 사회적으로 인정받고 존경받았지만 부부 사이는 주어진 의무와 책임을 다하는 정도였다. 아니, 부부뿐 아니라 부모 자식 간에도 헌신적 사랑은 없었다.

그런 면에서 이나는 그의 어머니와 닮은 점이 많았다. 아버지의 사랑 없이도 언제나 굳건했던 어머니, 담당 의사에게 앞으로 자신이 얼마나 살 수 있냐고 담담하게 물었던 어머니, 의사가 말했던 기한쯤 잡혀 있던 아버지의 출장 일정에 괜찮다며 아버지를 보냈던 어머니를.

그의 어머니는 남편이나 아들에게 의지하지 않았지만 외로울 시간이 없었다. 어머니 주변에는 언제나 사람들이 넘쳐 났다. 적어도 곁에서 보기에는 그랬는데, 어머니의 임종을 지킨 이는 단 한 사람이었다. 어머니의 며느리 이나. 장례식에서 어머니를 위해 끝없이 눈물을 흘려 준 사람도 그녀뿐이었다.

돌이켜 보니 어머니를 떠나보낸 후 그 빈자리를 채워 줬던 이 역시 이나였다. 그런데 그녀에게 누군가 필요한 순간 과연 그는 그녀의 곁을 지켜 준 적이 있었던가. 어머니처럼 곁에서 바라본 그녀가 외롭지 않고, 기대도 없고 아프지도 않을 거라고 멋대로 단정 지어 버린 것은 아니었을까. 같은 실수를 반복하고 있는 자신의 모습에 그의 손가락이 저절로 굽어들었다.

"이제 괜찮아요. 좀 눕고 싶어요."

"의사 불러올게."

그녀를 침대로 데려가 눕힌 뒤 그가 병실을 나서려 할 때였다.

"이제 정말 괜찮아요. 원래 차가운 음식이나 물 마시면 잘 체했어요. 그러다 이렇게 다 게워 내고 나면 언제 그랬냐는 듯 또 금세 괜찮아져요."

한겨울 침대 옆에 놓여 있는 유리병의 물이 항상 따뜻하지 않을 거란 사실은 어린 꼬마도 알 수 있었다. 그런데 고작 차가운 물을 마셨다고 체할 수도 있다니. 그럴 거면서 왜 간병인은 마다한 것인지.

"정말 물 때문이야?"

"네."

"그럼 낮 동안만 있을 간병인이라도 알아볼게."

"다음부터는 조심할 거예요."

"이런 일 말고도 얼마든지 예상 못 했던 다른 상황이 생길 수 있어."

"그때는 노 박사님께 전화드릴게요."

그는 미간을 구겼다. 왜 이렇게 고집을 부리는지 알 수가 없다.

"그럼 지금은 노 박사님이 안 계시니 간호사라도 불러올게."

"이제 정말 아무렇지도 않아요. 한숨 자고 일어나면 멀쩡해질 거예요."

"……."

"제발 그냥 쉬게 해 줘요."

마음 같아서는 억지로라도 진찰을 받게 하든, 약을 먹이든 하고 싶었으나 억지를 부렸다 이나를 더 고생하게 할까 봐 고민이 됐다.

"그럼 따뜻한 물만 좀 가져다주세요."

"그래, 알았어."

따뜻한 물을 어디에서 가져오는지는 알고 있다고 대답한 태강이 물병이나 컵도 챙기지 않고 병실을 나가려다 그녀를 돌아보았다.

"아까, 전화 못 받은 건 미안해."

"아니에요."

"금방 올게."

그녀는 열일곱 여름 이후 아이스크림을 먹지 않았다. 한여름에도 얼음이나 얼음물은 금지 품목이었다. 그녀 스스로 자신에게 내린 벌 같은 것이었다. 그런 생활에 익숙해졌는지, 규칙을 어긴 대가인지 어느 날부터인가 그녀는 차가운 물이나 음료만 마셔도 체하거나 장염에 걸리는 일이 자주 생겼다.

그 사실을 잊은 건 아닌데 오늘은 컨디션이 좋지 않아 미리 떠다 놓았던 물로 약을 먹었다. 그리고 침대에 눕고 얼마 지나지 않아 복통이 찾아왔다. 급한 대로 노 박사에게 전화를 걸어 봤지만 지방에서 세미나에 참석 중이라고 했다. 태강도 전화를 받지 않았다.

간호사를 부를까 하다 몸을 웅크리고 침대에 누워 있자 통증이 점차 가라앉았다. 몸에 힘이 없었지만 그대로 잠이 들고 싶지는 않았다. 외래 진료 시간도 끝났으니 태강도 곧 퇴근하고 올 것이라고 생각한 그녀는 몸을 일으켜 1층으로 향했다.

군데군데 불이 꺼진 홀에는 간간이 보호자와 함께 오고 가는 환자들만 있었다. 그녀는 줄 맞춰 놓여 있는 의자의 맨 앞줄에 앉았다. 비록 혼자 내려오긴 했지만, 그래도 기다릴 사람이 있어서, 내 전화 한 통에 달려와 주진 않아도 기다리면 와 줄 사람이 있어서 다행이라고 생각했다.

그렇게 태강을 기다리는데 다시 복통이 찾아왔다. 입술을 악물고 겨우 통증을 참아 냈을 때, 그녀 앞에 그가 서 있었다. 정말 와 준 것이다. 오겠다는 약속을 지켜 줬다. 왜 내 전화를 받지 않았냐고 묻고 싶은 마음도 없었다. 많이 기다리지 않게 해 줘서 고맙다고 말하고 싶었다. 속내와는 달리 고작 '오신다고 했잖아요'가 그에게 건넨 말이었지만.

그는 물을 찾으러 얼마나 멀리까지 갔을까? 물을 찾다 그녀를 잊고 그냥 집으로 가진 않았겠지? 생각하고 있을 때 어딘가에서 그녀를 부르는 소리가 들려왔다.

"이나야."
"……."
"이나야?"
"엄마?"

환청인 줄 알았는데 아니었다. 고개를 돌리자 파란 하늘을 등지고 선 엄마가 그녀를 보며 희게 웃고 있었다. 기억에서도 가물거리던 엄마였는데, 그 순간 그녀는 엄마를 바로 알아볼 수 있었다. 그녀의 눈에 왈칵 눈물이 차올랐다.

"엄마."

86

"……."

"엄마…….."

흘러내리는 눈물을 닦아 내지도 못하고 그녀는 그저 엄마를 불렀다.
환하게 웃고 있는 엄마가 너무 좋아서. 자신의 이름을 다정하게 불러
주는 게 너무 기뻐서.

"우리 이제 안전벨트 잘 매고 출발하자."

갑자기 그녀가 앉아 있던 공간이 자동차 뒷좌석으로 바뀌었다. 엄마
도 그녀 옆에 앉아 있었다.

"엄마?"

"엄마가 잘 매 줄게."

"싫어요. 싫어요, 엄마."

"동생 보고 싶다면서?"

"싫어요. 안 갈래요."

하지만 이미 안전벨트가 그녀의 살을 파고들듯 단단히 몸을 옥죄고
있었다. 숨이 제대로 쉬어지지 않았다.

"엄마, 미안해요. 제가 잘못했어요."

"이제 동생 싫어?"

"미안해요. 미안해요, 엄마……."

"괜찮아?"

"흐흐…… 제가 잘못했어요."

벨트에 묶인 몸이 거칠게 흔들렸다. 차가 통째로 흔들리는 것도 같

앉다. 그 순간 그녀는 번쩍 눈을 떴다. 병실이었다. 태강이 그녀를 내려다보고 있었다. 온기가 없는 차가운 눈이 아니라 오롯이 그녀가 들어찬 눈이었다. 눈물이 그렁그렁 차오른 그녀의 눈동자가 그의 눈에 비쳤다. 눈을 감자 뜨거운 눈물이 관자놀이를 적셨다.

"왜 그래? 꿈이라도 꾼 거야?"

"……."

"괜찮아. 꿈이었어."

그가 그녀의 손을 움켜잡았다. 크고 따뜻한 그의 손에 살며시 힘이 실리는 게 느껴졌다. 마치 이제 내가 옆에 있으니 아무 걱정 말라고 말해 주듯이. 빠르게 두근거리던 그녀의 심장이 천천히 제 박자를 찾아가기 시작했다.

그녀는 다시 눈을 떴다. 여전히 그녀를 바라보고 있는 태강은 무슨 말을 해야 할지 망설이는 표정이었다. 몸을 어정쩡하게 낮춘 자세가 한눈에도 불편해 보였는데 그녀가 먼저 손을 놓지 않으면 그 불편한 자세를 끝까지 유지할 듯싶었다.

"언제까지 이렇게 있을 거예요?"

"당신이 괜찮다고 할 때까지."

"그런 콘셉트 아니었던 것 같은데."

"콘셉트?"

그가 슬그머니 그녀의 손을 침대 위로 내려놓았다.

"물 다 식어서 다시 떠 와야겠다."

"지금은 생각 없어요."

물병을 응시하던 그의 시선이 다시 그녀에게 돌아왔다.

"이제 정말 괜찮은 것 같으니까 그만 가 보세요."

마음에 없는 말이었다. 그가 지금 당장 가는 걸 원하지 않았는데 하필 그 말이 불쑥 나와 버렸다. 더 할 말이 없으면 그냥 입을 닫고 있는 쪽이 나을 텐데, 자신을 빤히 바라보고 있는 그의 시선이 불편해 그녀는 쓸데없는 말을 하나 더 덧붙이고 말았다.

"잘 때 누가 보고 있는 거 불편해요."

"……."

"조용히 쉬고 싶어요."

"나 가고 나서 또 아프면 누구한테 전화하려고?"

"여기 병원이에요."

"나도 병원인 줄 알아. 그래서 누구 부를 거냐고?"

"대답해야 해요?"

"……."

"기억하고 있는 친구들 번호 있어요."

"늦은 시간에 친구한테 와 달라고 하려고?"

"누구든 부르라면서요."

"그냥 나한테 해."

사람의 감정은 한순간에 달라질 수 있는 것일까? 그가 자신에게 감정이 좋지 않다고 생각했다. 그래서 자신 때문에 그가 겪을 불편이나 번거로움 같은 건 신경 쓰고 싶지 않았다.

그런데 지금은 자신을 걱정하는 그의 눈빛이 거짓은 아니었음 했다. 한순간의 동정이 아니라 진심이길 바랐다.

"내가 당신 보호자잖아. 그러니까 자정이든, 새벽이든 꼭 나한테 해."

"……안 받으면요?"

잠긴 목으로 간신히 물었다.

"안 받을까 봐 불안하면 오늘 밤은 여기에 있을게."

그의 감정이 반대 방향이 아닌, 나를 향하길 바랐다.

3. 그의 아내

창밖으로 노란 불빛들이 빠르게 스쳐 지나갔다. 한동안 암흑이다. 오른쪽과 왼쪽에서 제각각 달려온 불빛은 하나로 합쳐졌다가 다시 둘로 갈라져 제 갈 길로 사라졌다.

째깍, 째깍, 째깍……

빈 도로를 달리고 있는 불빛과 환한 대낮이었다면 들리지 않았을 작은 초침 소리도 어두운 새벽 이나와 함께 깨어 있었다. 시계 초침 소리는 긴 다리를 불편하게 접은 채 보호자 침대에서 잠들어 있는 태강의 손목에서 들려오고 있었다. 저 초침 소리가 잠들지 않는 한 그녀도 쉽게 잠들지 못할 것 같은 새벽이었다.

이나는 소리 나지 않게 조심조심 몸을 틀었다. 괜찮다는 그녀의 만류에도 그는 고집스럽게 간호사실에서 이불 하나를 얻어 왔다. 어쩌나 보자는 심정으로 그녀가 불을 꺼 달라고 하자 재킷과 넥타이를 옷걸이에 걸어 둔 후 그는 보호자 침대에 자리를 잡고 누웠다.

마음만 먹으면 한국대 병원만 한 호텔을 살 수도 있는 남자였다. 그런 그가 병원의 좁은 보호자 침대에서 불편하게 잠을 자고 있었다.

만약 지금 이런 상황을 그녀의 아버지가 봤다면 펄쩍 뛰며 그녀에게 어서 자리를 바꾸라고 말했으리라. 어쩌면 태강이라면 마다하지 않았을지도…….

그녀의 아버지에게 태강은 지니의 램프와 맞먹는 존재일 것이다. 다시 생각해 보니 어쩌면 램프는 강 회장이고 태강은 지니에게 세 번째 소원으로 요구한 황금알을 낳는 거위일지도. 어느 쪽이 램프고 어느 쪽이 거위든 아버지가 그 램프와 거위를 어떻게 손에 넣었을지는 대충 짐작이 갔다.

아버지는 회사에 문제가 생기거나 생각했던 방향과 다르게 무언가 일이 꼬이면 항상 강 회장 탓을 했다. 이를테면, 할아버지가 출장 중일 때 할머니가 난산으로 아버지를 낳고 얼마 후 돌아가신 일을 두고, 할머니를 죽게 한 건 할아버지를 출장 보낸 강 회장이라는 식이었다.

그 논리대로 강 회장은 할아버지의 죽음에도 원인을 제공했다. 거절한다고 진짜 위로금 한 푼 주지 않고 야박하게 할아버지를 빈손으로 내보내 그 고생을 하다 결국 과로사로 죽게 했다고. 결국 아버지에게 강 회장은 부모의 원수였다.

강 회장은 아버지가 아무에게나 그런 소리를 떠벌리고 다닐 수도 있다고 생각했거나, 정말 자신에게 어느 정도는 책임이 있다고 생각했거나 둘 중 하나였으리라. 아무리 그렇다고 자신의 손자를 아버지에게 턱하니 내어 주다니. 체면이 밥을 먹여 주는 것도 아닌데 너무한 결정이었다.

그녀가 태강이었다 해도 그녀나 처가에 좋은 감정을 가질 수 없었을 것이다. 이미 시작부터 유쾌하지 않았는데 그녀 혼자 연극을 하며 그의 심기까지 긁어 댔으니……. 이나는 보호자 침대에 누워 있는 태강을 바라보았다. 거위 한 마리가 올라앉은 것처럼 가슴이 답답했다.

"음."

좁은 침대가 불편한지, 입고 있는 셔츠가 답답한지 그가 몸을 뒤척이자 그나마 작은 이불의 한쪽 끝이 바닥으로 흘러내렸다. 병실은 따뜻하니 신경 쓰지 않으려 해도 자꾸 시선이 흘러내린 이불로 움직였다.

어린 시절 커다란 집에서 혼자 잠들어야 했던 수많은 밤. 그녀는 쉽게 잠들지도, 깊게 잠들지도 못했었다. 어느 날은 추워서, 어느 날은 더워서, 또 목이 마르거나, 악몽을 꾸거나, 벌레에 물려 잠에서 깨곤 했다. 그때마다 그녀는 텅 빈 방에 혼자였다.

마치 그때의 자신을 보고 있는 것처럼 그의 이불이 신경 쓰였다. 지금 흘러내린 이불의 주인은 어린 자신이 아니라 태강이었는데.

잠시 망설이던 그녀가 침대 아래로 발을 내릴 때까지 태강은 움직임이 없었다. 얼른 이불만 덮어 주고 다시 침대로 돌아와 누울 생각이었다. 그녀는 규칙적인 숨소리가 들려오고 있는 보호자 침대로 조심조심 다가갔다.

어둠 속에서도 그의 반듯한 턱선과 날렵한 콧날은 빛을 잃지 않았다. 이불이 흘러내리며 드러난 넓은 어깨와 긴 다리의 윤곽 또한 남다른 자태를 뽐내고 있었다. 그녀가 그에게서 시선을 떼고 바닥으로 흘러내린 이불을 들어 올리려는 순간이었다.

"왜?"

갑작스럽게 들려온 목소리에 상체를 앞으로 기울이고 있던 몸의 균형이 흐트러졌다. 너무 놀라 제대로 된 비명도 나오지 않았다.

"어어……."

그의 커다란 손이 재빨리 그녀의 어깨를 향해 다가왔다. 하지만 너무 늦었다. 중력을 거스르지 못한 그녀는 그의 몸 위로 그대로 낙하하고 말았다. 한 손은 그의 넓은 어깨를, 나머지 한 손은 그의 단단한 가슴을 덮친 상태였다. 시계 초침 소리와 그녀의 심장 소리가 힘차게 이중창의 클라이맥스로 치달았다.

"괜찮아? 설마, 또 아픈 거야?"

"아니에요."

"정말 괜찮은 거지?"

"네."

"그런데 언제까지 이렇게 있을 거야?"

그제야 그녀는 몸을 일으키며 그에게서 손을 뗐다.

"오해하지 마세요. 이불이 흘러내려서 주워 주려던 거였어요."

"오해 안 해."

이나는 그의 가슴을 덮쳤던 손을 등 뒤에서 움켜쥐었다. 할 수만 있다면 발가락도 움켜쥐고 싶었다.

"어쨌든 미안해요. 제가 본의 아니게 잠을 깨웠네요."

"아니야. 아침인 것 같은데 일어나야지."

태강도 이불을 젖히고 일어섰다. 하필 단추 세 개가 풀어진 그의 셔츠 사이와 그녀의 눈높이가 딱 맞았다. 이나는 보면 안 될 것을 본 것처럼 서둘러 시선을 돌렸다.

"아직 새벽이에요."

"그러네. 왜 벌써 일어난 거야?"

그가 병실 불을 켜고 바닥으로 흘러내린 이불을 침대 위로 올려놓았다.

"잠이 안 와서요."

시계 초침 소리 때문에 잠에서 깨는 예민한 여자가 되고 싶지는 않았다.

"낮잠을 자서 그런가 봐요."

대화가 끊긴 병실에는 어색함만 맴돌았다. 할 말이 없어도 너무 없다. 이 새벽에 새카만 창밖을 바라보며 날씨 얘기를 할 수도 없는 노릇이니.

"그래도 누워 있어."

"아니에요, 괜찮아요."

"나 없다고 생각해."

그가 쳐다보는 것이 불편하다는 뜻으로 해석한 모양이다. 그가 있으면 있어서, 없으면 없어서 잠이 오지 않을 텐데.

"쳐다보지 않을 테니까 없다고 생각하고 누워."

"있는데 어떻게 없다고 생각해요."

"그럼 돌아앉아 있을게."

"돌아앉아서 뭐 하시게요?"

우스운 말이 아닌데 그가 피식 웃음을 흘렸다. 유리 조각처럼 차갑던 얼굴에 설핏 온기가 스쳤다. 이 사람에게 이런 모습도 있었나 하는 생각이 든 탓일까. 그 순간 생각났다. 통성명 후 그가 건넨 사진을 보았을 뿐 그녀는 그에게 아무것도 묻지 않았다는 사실이.

보통 성인 남녀가 통성명을 하고 나면 으레 이어지는 질문들이 있다. 형제는 어떻게 되느냐, 좋아하는 음식은 뭐냐, 취미는 뭐냐, 시간이 날 때는 뭘 하며 지내냐 따위의 시답잖은 질문들 말이다.

남들은 다 잠들어 있는 새벽 시간, 고개를 어디로 돌려도 침대가 시야 안으로 들어오는 병실 안에 그와 단둘이 있었다. 지금 그녀는 그런 시답잖은 질문 말고 다른 것들이 궁금했다.

그의 집, 아니 자신들의 집은 어딘지, 결혼기념일은 며칠인지, 밤에는 속옷을 어디까지 입고 잤는지, 가족계획은 세웠는지, 그걸 지키기 위해 얼마나 노력했는지, 오직 부부만이 알 수 있는 은밀한 비밀이……

"왜?"

"……."

"무슨 문제 있어?"

"아니요."

환자복과 깔 맞춤 한 속옷뿐인 병실에서 그런 얘기는 물을 수 없었다. 아직은 그런 질문을 건넬 정도로 그와 가깝다는 생각도 들지 않았다.

"그때 보여 준 가족사진이요. 저는 그분들이랑 어떻게 지냈어요?"

그녀가 침대에 앉자 그도 보호자 침대에 앉아 그녀를 바라보았다.

"우리 할아버지는 잘 알지?"

"네."

"할아버지는 당신을 예뻐하셨어. 손자들보다 더 많이. 아버지는 감정 표현을 잘 하지 않는 분이시고. 당신이 가장 잘 지냈던 사람은 어머니였어."

"그래요? 앞으로도 잘 지내야 할 텐데."

방금 그녀가 한 대답에는 아무런 문제가 없었다. 그의 내연녀가 아닌 어머니와 잘 지내겠다는 것이었으니. 그런데 그의 표정이 조금 어색하게 굳었다.

"왜요?"

"돌아가셨어. 작년 8월에."

"아……."

사과해야 하는 순간은 아니었다. 누구나 일생에 한 번은 엄마를 잃고, 아버지를 잃고 고아가 된다. 그 순간을 어릴 때 맞을 수도, 어른이 되어서 맞을 수도 있겠지만, 그건 타인이 조심스러워하거나 사과할 일은 아니라고 생각했다.

"당신이 곁에서 임종을 지켜 드렸어."

"제가요?"

"응."

"다행이네요. 곁에 있어 드려서……."

조금 담담하게 말했으나 그 순간 이나는 엄마와 할아버지의 임종이 생각났다. 자신을 짓누른 채 식어 가던 엄마의 몸, 움켜쥔 펜을 놓지 않아 입관 전에야 겨우 풀 수 있었던 할아버지의 손, 의지할 사람들이 하나둘 떠나간 낯선 세상에 남겨졌던 자신.

그런 그녀가 그의 어머니 임종을 지켰다니. 그녀는 그분과 마지막으로 무슨 얘기를 나눴을까. 그분은 이제 아프지 않을까.

"작은아버지와 작은어머니는 우리와 관계가 썩 좋진 않으셔. 사촌 동생 태훈이도 그렇고."

"제가 그분들께 무슨 실수를 한 적은 없죠?"

"전부터 우리 부모님과도 사이가 좋지 않으셨어. 당신이 신경 쓸 필요는 없어."

"네."

"그리고 태훈이는 얼마 전에 골든호텔 사장이 됐어. 조만간 국토 해양부 장관 딸과 결혼할 예정이거든."

"국토 해양부 장관 딸이요?"

"로맨틱한 상상은 하지 마. 결혼 적령기 딸을 가진 장관이 국토 해양부 장관뿐이었어. 결혼도 사업이라고 생각하는 녀석이거든."

사이가 좋지 않기 때문인지 작은아버지 가족 얘기를 하는 동안 태강의 표정도 좋지 않았다.

"작은아버지 가족들도 제가 유럽 여행 중인 걸로 알고 있나요?"

"아니. 그분들은 당신이 병원에 있다는 사실을 알아."

"의식을 되찾은 건요?"

"그건 아직 얘기하지 않았어. 당신이 기억을 잃었다는 사실도 당연히 모르고."

"얘기하지 않을 거죠?"

"응. 할아버지나 아버지한테도 기억에 관한 얘기는 하지 않을 생각이야."

그래도 괜찮겠냐는 눈빛으로 그가 그녀를 바라보았다. 처음과는 많이 달라진 태도였다. 이나는 가볍게 고개를 끄덕여 보였다.

"저 때문에 걱정하시게 하고 싶지 않아요."

"할아버지와 아버지는 당신이 무사히 깨어났다는 사실만으로도 기뻐하실 거야. 그래도 당신이 의식을 찾았다는 사실을 알리면 내가 없을 때 누구든 불쑥불쑥 찾아올 수도 있어서 당분간은 알리지 않으려고."

"……."

"물론 계속 비밀로 할 수는 없겠지만."

이나는 방금 잠에서 깼음에도 변함없이 수려한 태강의 얼굴을 가만히 바라보았다. 의식을 되찾고 지난 며칠, 자신은 동그라미만큼의 기억을 잃었을 뿐이라고 생각하며 마음을 다잡았었다. 세상은 아주 넓었고 그녀가 그릴 수 있는 동그라미는 고작해야 그녀만 할 테니까.

그런데 그의 이야기를 듣다 보니 그녀가 조심해야 하는 건 작은 동그라미 안의 것들이 아니라 동그라미 밖의 세상일지도 모른다는 생각이 들었다.

"알겠어요."

"그래도 만약 당신 혼자 있을 때 무슨 일이 생기면 나한테 바로 전화해. 앞으로는 어떤 상황에서도 꼭 받을게."

"네."

그는 그녀가 그린 동그라미 안에 있을까? 밖에 있을까?

"집에 들러 옷 갈아입고 출근해야 하지 않아요?"

"그래야지. 당신은 이제 좀 누워."

"그래야겠어요."

그녀가 침대에 눕자 그가 이불을 정리해 줬다. 그 익숙하지 않은 손놀림을 잠시 바라보다 살며시 눈을 감았는데 그의 시선이 한낮의 태양처럼 피부에 고스란히 느껴졌다.

이불 밖으로 노출된 얼굴과 목덜미가 따가웠다. 그녀는 깊게 잠든 아이처럼 천천히 숨을 쉬기 시작했다. 그가 가는 소리를 듣고 나야 편히 잠들 수 있을 것 같았기에. 천천히, 아주 천천히…….

얼마 후 그녀가 다시 눈을 떴을 때 그는 없었다. 잠시 눈을 감았다 뜬 기분인데 창밖의 하늘은 한여름처럼 화창했고 보호자 침대는 어젯밤 그곳에서 웅크리고 잠을 잤던 사람이 없었던 양 말끔하게 치워져 있었다. 그가 덮었던 이불도 보이지 않았다.

이나는 혼자 잠들었다 새벽에 깼을 때처럼 천천히 병실 안을 둘러보았다. 침대 옆에 유리 물병 대신 보온병과 텀블러가 놓여 있었다. 그녀는 손을 뻗어 텀블러를 집었다. 따듯한 물이 가득 든 듯 텀블러가 제법 묵직했다.

✦　　✦　　✦

"정말 내가 누군지 몰라요?"

"이러시면 안 됩니다."

세영의 목소리 뒤로 한껏 톤을 낮춘 남자의 목소리가 들려왔다.

"내가 지난번에는 너무 어이가 없어서 그냥 돌아갔는데, 계속 이러면 나도 뒷일 감당 못 해요."

"그래도 안 됩니다. 의료진 외에는 누구도 병실에 들지 말라고 하셨습니다."

"나는 이나 엄마예요. 아니, 가족을 의료진 외의 사람으로 싸잡아 대우해도 되는 거예요?"

"누구라도 예외를 두지 말라고 하셨습니다."

"나 원 세상에. 나 지금 강 서방이랑 통화해서 당장 그쪽 자르라고 할 수도 있는 사람이에요."

때마침 간호사가 그녀의 팔에 꽂혀 있던 링거 바늘을 제거해 주었기에 이나는 침대 아래로 내려섰다.

"그냥 들여보내세요."

그녀가 문을 열자 커다란 꽃다발을 든 세영의 앞을 막고 서 있던 검은 양복의 경호원이 그녀를 돌아보았다. 마치 투명 인간이 누군가의 눈에 띈 것처럼 당황하고 어찌할지 모르는 표정이었다.

"들었죠? 당장 비키세요."

경호원이 천천히 옆으로 비켜섰다. 당당한 걸음으로 병실로 걸어오는 세영을 바라보던 그는 이나에게 가볍게 고개를 숙여 보인 뒤 다시 엘리베이터 방향으로 돌아섰다.

"링거 맞고 있었구나?"

링거 바늘을 정리해 나가는 간호사를 바라보며 세영이 말했다.

"간호사 선생님께서 수고가 많으시네요. 이나야, 많이 좋아졌다고는 들었는데 정말 안색이 좋아 보인다."

간호사가 병실에서 나가고 난 뒤 이나는 천천히 창가로 걸음을 옮겼다. 창을 가리고 있던 블라인드를 올리자 밤새 또 눈이 내렸는지 온 세상이 하얗게 변해 있었다.

"뭐야, 간병인도 없는 거야?"

"……."

"병실 밖에 경호원 세워 두는 것보다는 간병인이 더 필요할 거 같은데. 내가 한번 알아볼까?"

승현은 그녀가 눈을 좋아했는지 그렇지 않았는지 모르겠다고 했는데, 그녀는 눈을 좋아하지 않았다. 특히 첫눈이나 크리스마스에 내리는 눈을.

첫눈이 내리거나 크리스마스에 눈이 내릴 거라는 일기 예보를 들으면 사람들은 너 나 할 것 없이 호들갑스럽게 누군가에게 전화를 걸거나 서둘러 약속을 잡았다. 하지만 그녀에게는 그럴 사람이 없었다. 그녀에게 눈은 외로움이었고 초라함이었다.

"올겨울은 왜 이렇게 눈이 자주 내리는지 모르겠어. 너는 병실 안에만 있어서 답답하다고 생각할지 모르겠지만, 밖에 나가 봤자 도로는 미끄럽고 땅도 질척거려서 좋은 게 하나도 없어. 너는 그냥 내가 사 온 꽃이나 보면서 병실 안에서 편히 있어, 이나야."

익숙한 시선으로 병실을 둘러보다 꽃병을 찾아낸 세영이 화장실로 가져가 물을 담아 오는 모습이 유리창에 비쳤다. 곧 제집 거실처럼 테이블에 자리를 잡고 앉은 그녀는 꽃다발의 포장을 풀어 좌판 위에 물건을 늘어놓듯 꽃들을 펼쳤다. 진한 꽃향기가 병실 안을 가득 메웠다.

"음, 향기 너무 좋다. 빨리 봄이 와야 하는데. 참, 어제는 강 서방 왔다 갔다면서?"

"……."

"그 바쁜 사람이 어쩐 일이라니? 네 걱정을 하기는 하는 건가? 그게 아니라 사람들 눈을 의식하는 거겠지? 아냐, 사실 사람들 눈 같은 건 의식할 필요도 없지. 너 여기 있는 거 아는 사람이라곤 그 집 식구들이랑 우리 식구뿐인데."

이나가 대꾸해 주지 않는 말을 세영은 꿋꿋하게 이어 갔다.

"너도 대충은 눈치챘겠지만, 강 서방이랑 너 말이야, 그냥 쇼윈도 부부였어. 남이 볼 때만 부부인 척하는 부부. 너희 아버지 말씀 들어 보니 강 서방 그 집 식구들한테는 너 깨어난 것도 비밀로 한 모양이더라."

"……."

"뻔하지 뭐. 너 병실에 이렇게 가둬 두면 신경 쓸 일이 아무것도 없는데, 괜히 알렸다가 친척이랍시고 사람들 들락거리면 그것도 피곤할 테니 그냥 입 다물고 있으려는 거지. 사람이 냉정해도 너무 냉정해."

자신이 내뱉는 비난과는 달리 세영은 뭐가 그리 즐거운지 나직하게 콧노래를 부르며 이리저리 대보던 꽃들을 하나둘 꽃병에 꽂기 시작했다.

"나 다음 주말에 강 회장님 생신 연회가 있어서 네 얼굴만 보고 백화점에 가 봐야 해. 예전 옷이 하나도 안 맞아서 말이야. 그 자리에 어울리는 드레스를 사려면 당연히 명품관으로 가야겠지?"

"……."

"너는 기억 못 하겠지만, 나 너희 시할아버지 댁에는 이번이 처음 가보는 거야. 작년에 너희 아버지가 같이 가자고 했는데 네가 나 오면 안 가겠다고 해서 못 갔었어. 가만 보면 너랑 강 서방 은근히 닮은 거 아니? 사람들이 인정이 없어. 어쨌든 이번에는 네가 갈 상황이 아니라 내가 대신 참석하는 것뿐이니까 너도 그렇게 알고 있어."

혼자 즐거워했다, 안타까워했다, 변명했다. 원래 감정 기복이 심한 여자인 건 알고 있었는데 세영은 독백 연기라도 하는 것 같았다. 그녀를 이 좁은 병실에 가둬 두고 세상을 주인공처럼 마음대로 휘저을 수 있다고 생각하니 퍽이나 즐겁겠지.

그런데 그녀는 그다지 마음이 넓은 사람이 아니었다. 특히 내가 불행할 시간에 내가 증오하는 사람이 행복한 꼴은 절대 그냥 지켜보지 않았다.

"이래서 인간사 새옹지마라는 건가. 너랑 내 처지가 이렇게 바뀌는 날이 오다니……."

"훗."

이나가 나직하게 웃음을 흘리자 세영이 손에 붉은 장미를 든 채 그녀를 돌아보았다.

"너 지금 웃었니?"

"우리 처지가 바뀌었다고요?"

"뭐?"

"언제부터요?"

"……?"

"아, 내가 의식 없이 누워 있을 때부터 그렇게 생각했구나?"

"얘가 왜 이래?"

"그래서 나한테 너는 지금까지 부자 아빠, 좋은 집, 넘치게 많은 돈, 예쁜 얼굴로 누구보다 행복하게 살았으니 예쁜 나이에 죽어서 동정까지 받고 꺼지라고 했던 거예요?"

"너……."

관처럼 깊은 어둠에 갇혀 있었던 그 길고 긴 시간이 조금 전의 일처럼 생생하게 기억났다. 너무 무섭고 두려워 눈이라도 떠 보려고 버둥거리던 그녀에게 이제 그만 죽으라고, 사라져 버리라고 나직하게 속삭이던 세영의 목소리가 아직도 귓가에 맴도는 듯했다. 이나는 세영을 향해 천천히 돌아섰다. 세영도 그녀를 똑바로 바라보고 있었다.

"너, 진짜 전부 듣고 있었던 거야? 시체처럼 누워서 전부?"

세영이 제 어깨를 움츠리며 '소름 끼쳐'라고 나직하게 중얼거렸다.

"소름이 왜 그쪽에서 끼치지? 소름 끼치는 얘기를 지껄인 건 그 입인데. 그리고 아직 시작도 안 했으니까 진정해요."

세영이 손에 들고 있던 장미를 테이블 위로 내려놓았다. 아버지와 태강이 있을 때와는 달리 어디 계속해 보라는 듯 뻔뻔스러운 표정이었다.

"당신이랑 나는 처지가 바뀔 수가 없어요. 왜냐하면, 나는 내 것은 절대 남한테 안 뺏기거든요."

"풋. 이나야, 네가 지금 어떤 심정인지는 나도 알겠는데, 그래도 이제는 네 처지를 받아들여야 하지 않겠니?"

"내 처지요?"

"그래, 강 서방이 아무것도 기억 못 하는 너를 쉽게 퇴원이라도 시켜 줄 것 같니? 네가 무슨 얘길 들었고, 뭐라 지껄이든 너는 이 병원에서 네 의지로는 한 발짝도 못 나가. 그래서 문 앞에 저렇게 경호원도 세워 둔 거잖아."

"……."

"저 문 앞의 경호원은 외부인의 출입을 막는 게 아니고 네가 나가는 걸 막는 게 진짜 목적일 거라고. 이해했니?"

세상에는 자기가 보고 싶은 대로 세상을 바라보는 사람들이 있다. 이나는 그들의 우매함을 동정하지 않았다. 그들은 그 만만치 않은 세상을 직접 겪어 보기 전에는 절대 달라지지 않을 테니까.

"조세영 씨."

"뭐?"

"……정말 내가 기억을 잃은 것 같아요?"

"너, 이제 미친 거니?"

이나는 입술 끝을 천천히 끌어 올렸다. 그녀를 바라보는 세영은 눈도 깜빡이지 않고 있었다.

"나 골든그룹 후계자랑 결혼해 SJ 살렸고 당신 말대로 남들 앞에서만 사이좋은 잉꼬부부처럼 지내며 강태강이란 남자와 지난 1년을 살았어요. 모두 연기였다는 거 누구보다 당신이 잘 알잖아요."

"……."

"그러고 보면 이쪽 세계 사람들도 은근히 순진해. 돈이 많으면 못 할 일이 없다고 생각해서 그런 건지, 아니면 막장 같은 일도 현실에서 너무 태연하게 일어나서 그런 건지. 골든그룹 후계자가 첫눈에 반한 여자한테 청혼해 결혼한 것도 모자라, 한눈 한 번 안 팔고 그 여자만 사랑한다는 스토리를 필터 없이 그냥 믿잖아요."

세영의 얼굴이 점점 핏기 없이 창백해졌다.

"이게 다 드라마 탓이야. 한국 드라마에 그런 얘기가 너무 많이 나오니까."

"헛소리 집어치워."

"사실 나도 하필 내가 결혼 무렵부터 기억을 잃었다는 드라마틱한 얘기까지 믿어 줄 줄은 몰랐어요."

"……"

"어떻게 아무도 의심을 안 할 수가 있지? '제 보호자가 누구예요?' 딱 한 마디 했을 뿐인데."

"하지만 노 박사는 분명 네가 해리성 기억 상실증이라고……."

"나는 해리성 기억 상실증 중 특정 기간에 일어난 일만 기억 못 하는, 국소적 기억 상실증이라고 하죠?"

"……"

"그런데 그 기억 상실증, 어떤 검사로도 증명할 수 없는 내 주장일 뿐이란 얘기는 못 들었나 보네요. 내가 언제 기억이 전부 돌아왔다고 하든 모두 그대로 믿을 수밖에 없는."

"그게 무슨 말이야?"

"나 노 박사님이랑 20년 넘게 알고 지냈어요. 아마 내 부탁이면 더한 병도 만들어 줬을걸요."

이나는 자신에게 이런 허풍기가 있었다는 사실에 속으로 놀랐으나 태연히 말을 이었다.

"이제 내 얘기는 그만하고, 사람들이 이런 얘기에는 또 어떤 반응을 보일까요?"

이나는 일부러 말을 끊었다. 세영은 그녀를 째려보다시피 바라보고 있었다.

"어떤 재벌가에 며느리가 들어왔는데, 그 며느리의 젊은 새어머니와 도련님이 사실은 남다른 관계였다는 뭐 그런……?"

세영이 헉하고 내뱉은 숨소리가 메아리처럼 병실 안을 맴돌았다.

"너, 지금 네가 무슨 소리를 하는지 알고 있는 거야?"

"아버지가 나한테 당신 처음 인사시키던 날 기억해요? 그날 당신 화장실 앞에서 강태훈 씨와 우연히 만났었죠?"

"아니, 나는 그런 일 전혀 기억에 없는데."

세영이 고개까지 저으며 강하게 부정했다.

"그래도 상관없어요. 당신 기억은 조금도 중요하지 않으니까."

"사실도 아닌 얘기로 뭘 어쩌겠다는 건데?"

"사실도 아닌 얘기에 왜 그렇게 사색이 돼서 목에 핏대를 세우는 건데요?"

"내가 언제? 그리고 네가 멋대로 떠들고 다닌다고 사람들이 네 말에 관심이나 가져 줄 것 같아?"

"보통 사람들은 많은 걸 가진 사람들의 말을 이유 없이 신뢰하는 경향이 있더라고요. 그런 사람이 나한테 거짓말을 할 이유가 없다고 생각하는 거겠죠."

이나는 가볍게 어깨를 들었다 내렸다. 당신 걱정 같은 건 조금도 문제 되지 않는다는 의미였다.

"그래서, 뭘 어떻게 하겠다는 거야?"

"국토 해양부 장관 딸이 이 얘기를 듣게 되면 우리 도련님 결혼은 어떻게 될까요? 그리고 지금껏 공들인 결혼이 당신 하나 때문에 어그러지면 도련님과 가족들은 당신을 내버려 둘까요?"

세영이 연이어 거칠게 내쉬는 숨소리가 좁은 병실 안을 가득 메웠다.

"너 진짜 미친 거지? 기억 상실증이 아니라 머리가 돈 거야. 그러니까 이렇게 근거도 없는 허무맹랑한 소리를 지껄이지."

"끝까지 해 보자는 뜻이에요?"

"너……."

"이 재미있는 얘기를 어느 언론사에 제보할까요? 번거롭게 할 필요 없이 우리 도련님 외가 쪽이 좋겠죠?"

세영의 턱이 꿈틀거리고 있었다. 하고 싶은 말과 그 말을 하면 안 된다는 이성이 격렬하게 충돌하고 있다는 뜻이었다.

"그러니까 지금까지 그랬던 것처럼 적당히 욕심내고, 챙기면 안 되는 것에는 눈독 들이지 말라고요."

"야!"

"나는 두 번 경고 안 해요."

이나는 세영 앞으로 천천히 걸음을 옮겼다. 그녀 앞에 놓인 빨간색, 보라색, 노란색 꽃들이 색깔만큼이나 알록달록 여러 향기로 그녀의 후각을 자극했다. 그녀는 꽃병을 집어 들고 쓰레기통 앞으로 걸음을 옮겼다.

"이렇게 되고 싶지 않으면……."

쨍그랑. 그대로 손에서 힘을 빼자 요란한 소리만큼 요란하게 물방울이 사방으로 튀었다.

"다시는 이딴 거 사 들고 찾아오지도 말고요."

"……."

"내 말뜻 알아들었으면 이제 그만 가 보세요."

두 주먹을 부들부들 떨던 세영의 턱이 빠드득 갈리는 것이 보였다. 언젠가 오늘의 모욕을 그대로 갚아 주겠다고 생각하고 있겠지만 그럴 일은 없을 것이다. 그녀가 서류상으로라도 태강의 아내로 남아 있는 이상, 세영이 그녀를 이길 방법은 없을 테니까.

"오늘 일, 네 아버지한테 전부 얘기할 거야."

"그러세요. 꼭 하나도 빼놓지 말고."

이나는 방문 앞으로 걸어가 문을 열었다. 세영도 벌겋게 달아오른 눈으로 핸드백을 챙겨 일어났다.

"멀리 배웅은 못 나가요."

"……."

"눈길 조심해서 가세요."

세영은 그녀를 사납게 쏘아본 뒤 그대로 병실을 걸어 나갔다. 혼자 남겨진 이나는 문을 닫고 등을 기댔다.

꽃 + 꽃 + 꽃

일이 밀려 예상보다 퇴근이 늦어졌다. 내내 불안한 마음이었는데 퇴근까지 늦어지자 병원 로비를 가로지르는 태강의 걸음이 어느 때보다 다급했다.

똑똑.

이나의 병실 앞에 도착한 그는 넥타이를 조금 느슨하게 잡아당기며 꼭 닫힌 문에 노크를 했다. 그런데 안에서는 아무런 반응이 없었다. 잠을 자기에는 이른 시간이었지만 그렇다고 깨어 있다고 장담할 수도 없는 시간이었다. 그는 조용히 병실 문을 열었다.

제아무리 VIP 병실이라 해도 원룸 형태의 병실이다 보니 입구에서 보이지 않는 곳은 없었다. 침대는 텅 비어 있었고 그녀는 어디에도 보이지 않았다.

입원 환자가 이 늦은 시간 진료실에서 담당의와 면담을 하지는 않을 터였다. 재활 치료나 검사를 하기에도 너무 늦은 시간이었다. 딱히 갈 만한 곳이 떠오르지 않자 그는 불안한 마음에 곧장 이나에게 전화를 걸었다.

Rrrrr.

신호음이 울리기 시작하고 어딘가에서 전화벨 소리가 들려왔다. 그것도 가까운 곳에서. 그는 소리가 나는 방향으로 걸음을 옮겼다. 침대 시트를 젖히자 이나의 핸드폰이 그곳에 놓여 있었다.

핸드폰을 병실에 두고 어디로 사라진 것인지. 불안한 생각이 든 그는 곧장 병실을 나섰다. 지난번처럼 1층에서 그를 기다리고 있는데 그가 모르고 지나친 건 아닌지 확인하고 올 생각이었다.

그런데 병실을 나선 그의 눈에 경호원이 들어왔다. 엘리베이터로 향하려던 그의 걸음이 그대로 멈췄다. 경호원이 병실 앞에 있다는 얘기는 그녀가 병실을 벗어나지 않았음을 의미했다.

106

그에게 재깍 고개를 숙여 보이는 경호원을 뒤로하고 다시 병실로 들어섰다. 그가 여전히 텅 비어 있는 병실을 바라보고 있을 때였다. 병실 끝에 자리한 화장실 문이 조용히 열렸다. 그리고 환자복 차림의 이나가 걸어 나왔다. 젖은 머리를 수건으로 꾹꾹 누르며 나오는 모습이 방금 샤워를 마친 듯했다.

"언제 왔어요?"

그를 발견하고 걸음을 멈춘 그녀의 양 볼이 복숭아 물을 들인 것처럼 발그레했다. 어딘가 아팠던 기색은 찾아볼 수 없었다. 그제야 사납게 들썩대던 그의 심장이 제 속도를 찾아가기 시작했다.

"방금."

"오늘은 못 오시는 줄 알고 기다리다 조금 전에 씻으러 들어갔는데."

"잘했어."

"병실이 방음이 잘되나 봐요. 들어오는 소리도 못 들었어요."

병원에 입원한 후 화장기 없는 얼굴을 내내 보았는데도 막 씻고 나온 그녀는 더 어리고 여려 보였다.

"오늘 바쁘셨나 봐요."

벽시계가 8시를 가리키고 있었다.

"일이 많으면 무리해서 올 필요 없는데……."

"그 정도는 아니야. 병실에서 씻기 불편하지는 않아?"

"조금 불편하긴 한데, 어쩔 수 없죠."

오늘 오후 세영이 병실에 찾아왔었다는 연락을 받은 뒤로 그는 일이 손에 제대로 잡히지 않았다. 두 사람만 있는 병실 안에서 유리가 깨지는 소리가 들리고 세영은 시뻘게진 얼굴로 돌아갔다니 당연히 그럴 수밖에.

세영은 의식 없이 누워 있던 이나에게 매일 찾아와 그만 죽으라는 악담을 퍼붓던 여자였다. 오늘 일이 그는 너무 신경 쓰였는데, 이나는 아무 일도 없었다는 말간 얼굴로 그를 바라보고 있었다.

"오늘 배는 괜찮았어?"

"네."

"저녁은?"

"저는 먹었어요. 아직 식사 못 하셨죠?"

이나가 다시 시간을 확인하며 물었다.

"오늘 오전 회의가 늦게 끝나서 점심을 늦게 먹었어. 이따 집에 가서 먹으면 돼."

"그냥 지금 들어가세요. 지금 출발해도 도착하면 밤일 텐데."

"조금만 있다가."

오전 회의가 늦어져 점심을 늦게 먹은 건 아니었지만 정말 배는 전혀 고프지 않았다.

"매일 오기 힘드시죠?"

"매일 온 것도 아닌데 뭐."

"아무래도 제가 너무 무리한 요구를 했던 것 같아요. 앞으로는 이렇게 자주 오실 필요 없어요."

"바쁠 때 무리해서 온 적은 없었어."

그의 말대로 그간 매일 찾아온 건 아니었다. 일이 많아 오지 못하는 날에는 미리 전화를 걸어 별일 없는지 안부를 묻는 것으로 대신했다. 그렇다 해도 귀가는 매일 늦을 수밖에 없었다.

분명 피로가 누적됐을 텐데 신기하게도 힘에 부친다거나 짜증이 나지 않았다. 오히려 자신이 이나의 남편이라는 사실이 실감이 나 어깨가 무거워졌다. 자신들이 가족이라는 사실이 이제야 와닿았다.

"누구 찾아온 사람은 없었고?"

"있었어요."

잠시 망설이던 그녀가 세영이 찾아왔다고 말했다.

"무슨 일로 왔는데?"

"그냥 와 봤겠죠. 저 의식 없을 때도 매일 찾아왔었는데."

"무슨 얘기 했어?"

"별 얘기 안 했어요. 오래 있지도 않았고요."

"불편하면 그냥 보내지."

"아니에요."

기억을 잃었는데도 이나는 여전히 그에게 속을 내보이지 않는다. 저 작은 머릿속에는 얼마나 많은 생각과 고민이 들어차 있을지. 그 감정을 밖으로 내보이지 않기 위해 저 작은 가슴은 얼마나 뜨겁게 끓어올랐다 차갑게 굳어지길 반복했을지.

"병실에 헤어드라이어 없어?"

"화장실에 있어요."

"머리 말리는 게 좋을 것 같은데."

"태강 씨 가고 난 뒤에 말릴게요."

그녀가 손가락으로 젖은 머리카락을 매만지며 말했다. 병실 안은 따뜻했지만, 아직 마르지 않은 머리카락에 시선이 닿을 때마다 말려 주고 싶다는 생각이 들었다. 뽀송하게 마르면 종이처럼 하얀 그녀의 피부가 조금 더 생기 있어 보일 것 같아서.

지금껏 그녀를 위해 무언가를 해 주려 노력했던 기억도 없었고, 그녀가 그에게 무언가를 기대하거나 의지했던 적도 없었다. 돌이켜 보니 그녀는 자기 일은 스스로 알아서 하는, 새 나라의 어린이 같은 사람이었다.

"나 여기 있을 테니까 그냥 말리고 와."

"괜찮아요."

"감기 걸리면 어쩌려고."

"여긴 따뜻하잖아요."

"그럼 시트라도 덮고 있든지."

"이따가요."

"내가 있어서 불편해?"

"……."

"그만 갈까?"

어디에 있어도 주목받고 주인공이 되는 그였다. 그런데 그를 위해 이러는 건지, 아직도 단둘이 있는 상황이 어색하고 적응이 안 되는 건지 그녀는 그러는 게 좋다는 뜻으로 곧장 고개를 끄덕였다.

"나는 조금 더 있다 가고 싶은데."

"저 때문에 그러시는 거면 저 정말 괜찮아요."

"당신 때문 아니야. 내가 조금 더 있고 싶어서. 그러니까 지금 머리 말리고 와."

그가 금방 일어날 기미가 보이지 않자 그녀는 그제야 알겠다며 어색한 미소를 보이고는 화장실로 향했다. 화장실 문이 닫히고 잠시 후 헤어드라이어 돌아가는 소리가 들려오기 시작했다.

그의 시선은 어둠이 내려앉은 창을 향해 있었다. 한 남자가 팔짱을 끼고 생각에 잠긴 채 서 있는 모습이 유리에 비쳤다.

머리가 다 마른 것을 확인한 이나는 헤어드라이어를 껐다. 밖에서는 아무 소리도 들려오지 않고 있었다. 뒷정리까지 마친 그녀는 다시 화장실을 나섰다.

태강은 여전히 돌아갈 생각이 없는지 병실 중앙에 놓여 있는 의자에 앉아 있었다. 두 손을 맞잡은 채 조용히 생각에 잠긴 모습이 마치 잡지 광고 사진 같았다.

"정말 배 안 고프세요?"

"응. 괜찮아."

"그럼 TV라도 보실래요?"

"당신 보고 싶으면 봐."

딱히 할 일이 없는 그녀도 결국 테이블을 사이에 두고 그의 맞은편 의자에 앉았다.

"노 박사님께 언제쯤 퇴원해도 되는지 물어보려고 하는데."

"당신이 겪은 사고, 큰 사고였어. 상대 운전자는 아직도 중환자실에 있고."

"알아요. 제가 운이 좋았다는 거."

"당신이 퇴원해도 괜찮은 상태라고 판단되면 노 박사님이 먼저 얘기해 주실 거야."

"하지만……."

"답답할 거야. 하지만 난 조금 더 확실히 치료를 받고 퇴원했으면
해."

지난번에는 자신이 헌신적인 간병인 노릇 같은 건 할 수 없어 퇴원
은 무리라고 하더니 말이 많이 순화되었다. 하지만 어느 쪽이 그의 진
심이든 표현 방법만 다를 뿐 결론은 같았다. 아직 퇴원은 불가능했다.

"우리 집은 아파트예요?"

"아니, 단독 주택이야."

"집에는 우리 둘만 사는 거예요?"

"응. 집안일을 해 주시는 아주머니가 계시기는 한데 저녁에는 퇴근
하셔."

설마 매일 저녁이 지금 병실 안 분위기처럼 숨 막히지는 않겠지.

"요즘처럼 우리 둘이 얼굴 마주 보는 시간이 많았던 적은 없었어."

"……."

"그러니까 미리부터 겁먹지 말라고. 뭐든 닥치면 잘해 내잖아, 당신
은."

이나는 태강의 얼굴을 바라보았다. 그는 그녀에게 관심이 없는 듯하
면서도 그녀에 대해 많은 걸 알고 있는 것처럼 보일 때가 있었다. 자신
이 그에게 어떤 아내였는지 궁금했다. 허황된 꿈을 좇으며 연극에 빠져
사는 사람이었는지, 그의 어머니와 잘 지냈던 것처럼 적어도 가족에게
는 진실한 사람이었는지.

"오늘은 그만 일어나야겠다."

"네."

그녀도 그를 따라 의자에서 몸을 일으켰다.

"혹시라도 무슨 일 있으면 바로 전화하고."

"여기 병원이에요."

"그래도. 그만 갈게. 쉬어."

"조심해서 가세요."

"잘 자."

문까지 배웅하려는 이나에게 그는 손짓으로 괜찮다는 표현을 했다.

"매일 올 필요 없다는 말 진심이에요."

"무리하지 않을게. 못 오는 날에는 미리 전화하고."

"네."

잠시 그녀를 바라보던 그가 희미하게 미소를 보였다. 그리고 '갈게' 라고 다시 말한 뒤 더는 미적거리지 않고 병실을 나섰다.

✤　　　✤　　　✤

골든호텔 15층에 도착한 엘리베이터의 문이 열렸다. 태강은 엘리베이터 밖으로 성큼성큼 걸음을 옮겼다. 어제 병원에 가지 못했기에 오늘은 퇴근 후 곧장 이나에게 가 볼 생각이었다. 그런데 그가 목적지를 바꿔 골든호텔로 달려온 이유는 태훈이 오늘 꼭 만나서 해야 할 얘기가 있다고 연락을 해 왔기 때문이었다.

똑똑.

사장실 문에 가볍게 노크를 한 그는 곧장 문을 열었다. 이미 6시가 넘었기 때문인지 비서는 보이지 않았다. 뒤이어 확인한 태훈의 방도 비어 있었다. 그는 손목시계로 시간을 다시 확인하며 태훈에게 전화를 걸었다.

―여보세요?

태훈은 곧장 전화를 받았다.

"너 지금 어디야?"

―형님은 어디신데요?

"네 사무실."

―아니, 왜 거기 계세요?

"그게 무슨 말이야?"

―형님 요즘 퇴근하시면 매일 형수님 뵈러 가신다면서요, 소문난 로맨티시스트답게. 그래서 전 형님 편하시라고 형수님 계신 병원으로 왔는데요.

태강은 태훈의 멱살을 움켜잡듯 주먹을 움켜쥐었다.

―아, 제가 '형님 퇴근하고 잠깐 뵙죠'라고 한 건 당연히 제가 여기로 찾아오겠다는 뜻이었는데 착오가 있었나 보네요.

"내가 분명 호텔로 가겠다고 말했던 것 같은데. 그리고 일 얘기를 왜 회사가 아니라 네 형수 병실에서 해?"

―무섭게 왜 그러세요, 형님. 우리 가족이잖아요. 가족끼리 어디에서 얘기하든 그게 뭐가 중요합니까?

"네가 예의 따윈 안중에도 없는 줄 진작 알고 있었으니까, 지금이라도 이쪽으로 와."

―제가 형님 말씀을 귀담아듣지 않은 건 실수지만 여기까지 왔는데 어떻게 형수님 얼굴도 안 보고 그냥 갑니까?

일은 핑계였고 태훈은 처음부터 이러려고 애매하게 말을 했다는 생각이 들었다. 며칠 전 세영이 찾아가 일으켰던 소란도 마음에 걸렸는데 태훈까지 찾아간다면 이나를 다시 힘들게 할 것이다.

"됐고. 나 지금 곧장 병원으로 갈 거야. 그러니까 너 1층에서 꼼짝 말고 기다리고 있어."

―형님 지금 골든호텔이면 앞으로 30분은 걸릴 텐데, 그때까지 저 혼자 여기에서 뭐 하고 있으라고요? 그리고 여기 너무 깜깜해요. 사람도 없고. 그냥 먼저 올라가 형수님께 인사만 드리고 있을게요.

"강태훈!"

―형수님 뵌 지 너무 오래돼서 우리 예쁜 형수님 얼굴도 이제 가물거리네. 하여튼 저 병실에 먼저 올라가 있을 테니까 이따 봬요, 형님.

태훈이 그대로 전화를 끊어 버렸다. 젠장, 이란 말이 그의 입에서 신음처럼 흘러나왔다. 태훈은 지난번 회장실에서의 일에 앙심을 품고 그를 골탕 먹이려고 작정을 한 모양이다. 그게 아니라면 이나의 의식이 돌아왔다는 사실을 전하지도 않았는데 난데없이 병원으로 찾아갈 이유가 없었다.

그는 서둘러 이나에게 전화를 걸었다.

—여보세요?

다행히 그녀도 바로 전화를 받았다.

"나야."

—네.

"태훈이가, 내 사촌 동생이 한국대 병원에 간 모양이야. 조금 있으면 당신 병실에 도착할 거니까, 침대에 누워서 그냥 자는 척하고 있어."

—······.

"아직 당신 깨어난 사실도 말하지 않았으니까 이상하게 생각하지 않을 거야."

지난 1년을 한집에 살았던 그를 기억하지 못했는데 그녀가 본가에서 어쩌다 만났던 태훈을 기억할 리 없었다. 말문이 막힌 이나처럼 그의 머릿속도 하얗기는 마찬가지였다.

—어떡해요.

"왜?"

—벌써 도착한 거 같아요.

수화기 너머에서 희미하게 웅성거리는 소리가 들려왔다. 얼마간은 경호원이 태훈을 막아 주겠지만 오래 막지는 못하리라.

"그럼 어서 침대에 누워."

—늦었어요.

나직한 그녀의 목소리에 태강은 미간을 접었다. 핸드폰을 움켜쥔 손바닥이 뜨거웠다.

—간호사가 나가는 사이 문 앞에 서 있던 남자가 절 봤어요.

"그냥 병실 문을 잠가. 그리고 내가 도착할 때까지 절대 열어 주지 마."

—아니요. 그러면 더 이상하게 생각할 거예요.

머릿속이 점점 더 아득해졌다.

"당신, 지난번 새벽에 우리가 나눴던 가족들 얘기 기억해?"

—네.

"그럼 그것 중에 당신이 아무거나 먼저 질문해. 그리고 계속 물어보고 띄워 주면 얼마간은 태훈이가 혼자 알아서 떠들 거야."

—해 볼게요.

"내가 빨리 갈게."

—하아······.

—형수님.

수화기 너머에서 이나의 얕은 숨소리와 태훈의 목소리가 뒤엉켜 들려왔다. 태강은 핸드폰을 그대로 주머니 안으로 밀어 넣었다.

태훈의 사무실을 나온 태강은 곧장 엘리베이터에 올랐다.

"벌써 내려오십니까?"

주차를 마치고 이제 막 올라오려던 김 실장이 엘리베이터에서 내려서는 그를 발견하고 물었다.

"김 실장님, 한국대 병원으로 갈 겁니다."

"지금요?"

"서둘러 주세요."

그가 차에 오르자 김 실장도 다시 운전석으로 올라탔다. 골든호텔 주차장을 벗어난 차는 재빨리 도로의 차들 사이로 파고들었지만, 그의 머릿속은 공사장 착암기 소리처럼 시끄러웠다.

결혼 후 그는 이나가 남 앞에서 절대 기죽기 싫어하는 그녀의 아버지를 닮아 자존심이 세고 차가운 여자라고만 생각했었다. 그런데 사고 후 누구보다 외롭고 상처가 많은 그녀의 모습을 알게 되었다.

너무 늦게 알아 버렸다. 알고 난 뒤에도 아무것도 해 줄 수 없었다. 그렇기에 그녀가 더 상처받는 일은 없게 하고 싶었다.

골든호텔에서 출발한 차가 한국대 병원에 도착하기까지 정확히 20분이 걸렸다. 김 실장이 지름길로 달려 준 덕분이었으나 그 시간도 이나에게는 더할 수 없이 길게 느껴졌을 것이다. 제발 아무 일도 없었길 바라며 그는 텅 빈 로비를 질주했다.

"아무리 그래도 너무 작은 거 아닙니까. 제가 이래 봬도 골든호텔 사장인데."

"……."

"처가 친척들 불러서 폼 나게 집들이 좀 하려면 적어도 거실이 축구장만은 하고 거실 어디에서도 한강이 쫙 내려다보여야 하는데……."

"제 생각에는 도련님이 소박하게 신혼살림을 시작하는 걸 장관님은 더 높게 평가해 주실 수도 있을 것 같은데요. 아무래도 공직에 계신 분이니까 언제 언론의 공격을 받는 일이 생길지 모르잖아요."

"그럴까요? 하여튼 제가 결혼 준비하는 동안 있었던 일들을 전부 얘기하자면 오늘 여기에서 밤을 새워도 다 못 할 겁니다, 형수님."

병실 안에서 허풍 가득한 태훈의 목소리와 차분한 이나의 목소리가 새어 나오고 있었다. 이나가 기억을 잃었다는 사실이 믿기지 않을 정도로 둘의 대화는 자연스러웠다. 그제야 태강은 거친 숨결을 정리할 수 있었다.

"그런데 형수님, 할아버지가 목이 빠지라고 증손주를 기다리시는 건 아시죠?"

"……."

"이러다 제가 먼저 증손주를 안겨 드리면 할아버지 사랑이 제 아이한테 전부 갈까 걱정입니다."

"그런 일이라면 집안의 경사니 저도 기쁠 것 같은데요."

담담한 이나의 말투에 감정은 배어 있지 않았다.

"그래도 결혼한 지 벌써 1년이 넘었는데 형님이 먼저 증손주를 안겨 드려야죠. 말 나온 김에, 제가 아는 지인이 임신 준비 한약이라는 걸 먹고 한 방에 아이를 가졌다던데, 형수님도 그 한약을 한 제 드셔 보시는 건 어떠세요?"

"……."

"우리가 먼저 한약 덕에 아이를 낳으면 우리 형님 코가 쑥 빠지는 건 아닌지 모르겠네."

아무리 가까운 사이라 해도 말은 가려서 해야 하는 법이었다. 그런데 태훈은 이나에게 꼬박꼬박 형수님이라 부르며 실상은 예의 없는 태도로 일관하고 있었다. 더는 듣고 있을 수 없어 태강이 병실 문을 열려할 때였다.

"도련님, 오늘 제 병문안 와 주신 거 아니었어요?"

"당연히 형수님 병문안 온 거죠."

"방금 그 말씀, 도련님이 좋은 마음으로 제게 해 주신 말씀인 건 아는데 병원에서 치료 중인 지금 해 주실 말씀은 아닌 것 같네요."

"아, 저는 형수님이 가족이니까 돌려 말하지 않고 솔직하게 말한 건데 기분 나쁘셨다면 사과드릴게요."

"나쁜 의도 아니셨는데, 굳이 사과까지 하실 필요는 없으세요. 그리고 저희 일은 태강 씨와 제가 알아서 할게요."

이제 병실로 들어가야 한다는 걸 알았지만, 태강은 지금 이나의 얼굴을 바라볼 자신이 없었다. 그의 기억에 이나와 태훈이 오늘처럼 긴 대화를 나눈 적은 없었다. 태훈이 어떤 식으로든 입을 열면 침묵하는 것이 보통 그녀의 반응이었다. 그 모습을 차갑고 도도한 그녀 나름대로의 반응이라 생각했었다.

왜 그것이 이나가 태훈에게 보일 수 있는 최선의 반응이라는 사실을 눈치채지 못했을까. 왜 그녀가 자신을 선택했을 때부터 태훈은 그녀에게 적의를 품었다는 사실을 깨닫지 못했을까. 그가 조금만 더 그녀에게 관심을 가졌더라면 진작 알 수 있었을 사실이었다.

자신의 무관심이 태훈의 방자함을 키웠고, 이나를 더 힘들게 만들었다는 사실에 그의 가슴 한구석으로 서늘한 통증이 파고들었다. 자신을 향한 차가운 미소가 입가에 번져 있다는 사실도 알지 못했다.

"그런데 항간에 들리는 소문에 형님과 형수님 사이가 그다지 좋지 않다는 얘기가 있던데, 그건 잘못된 소문이죠?"

태강은 더 이상 지체하지 않고 병실 문을 열었다. 태훈은 그에게 등을 보이며 앉아 있었고 그 앞에 다소곳이 앉아 있던 이나가 그를 보고 자리에서 일어섰다.

"이제 와요, 태강 씨?"

"형님, 오셨어요?"

재빨리 시간을 확인한 태훈이 한마디를 덧붙였다.

"지금 차가 꽤 막힐 텐데, 미친 듯이 밟으셨나 봅니다."

"지름길을 알고 있어서 그쪽으로 왔거든."

그는 태훈을 지나쳐 이나 곁에 섰다.

"도련님이랑 결혼 준비는 잘되어 가는지, 신혼집은 어디에 장만하시는지 그런 얘기 나누고 있었어요."

"아, 그래."

"그런데 손이 왜 이렇게 뜨거워요?"

이나가 기억을 잃기 전 사람들 앞에서 항상 그랬던 것처럼 자연스럽게 그의 손을 잡았다. 닿을 듯 말 듯 살며시 잡은 손끝이 희미하게 떨리는 게 느껴졌다.

그는 그녀의 얼굴을 바라보았다. 그동안 그녀가 사람들 앞에서 그의 손을 잡는 것을 모두에게 보여 주려는 의도적인 행동이라고 생각했었다. 우리가 아주 금실 좋은 부부라는 사실을 사람들이 의심 없이 믿도록. 그 정도 행동을 하는데 그에게 허락 같은 건 구하지 않아도 됐을 테니 말이다.

그런데 이제 알 것 같았다. 그녀가 사람들 앞에서 그의 손을 잡은 건 도와 달라는 본능의 몸짓이었다. 두렵고 불안하니 옆에 있어 달라고 손으로 건넨 말이었다. 앞으로 그녀가 그의 손을 잡을 때면 마음 한구석이 짠해질 것 같았다.

"당신 때문에."

"그게 무슨 말이에요?"

"차가운 손으로 당신 만지고 싶지 않아서 오는 내내 꽉 움켜쥐고 있었거든."

"어머, 도련님도 계신데."

"태훈이가 남도 아닌데 뭐 어때서?"

"네. 저 신경 쓰지 마세요."

그는 그녀의 작은 손을 더욱 힘주어 잡았다. 너무 힘을 주었는지 그녀가 꿈틀거렸지만 그래도 놓아주지 않았다.

"그런데 형님, 왜 지금껏 형수님이 깨어난 걸 비밀로 하셨습니까? 할아버지가 알았으면 잔치라도 열어 주셨을 텐데."

그들을 지켜보던 태훈이 기분이 좋지 않은 듯 은근하게 빈정거렸다.

"네 형수는 아직 절대 안정이 필요한 사람이야. 누구든 오늘 너처럼 무례하게 형수한테 찾아올까 봐 비밀로 했던 거고."

"그래도 할아버지가 형수님 이렇게 멀쩡하게 깨어나셨는데도 말씀 안 하신 거 알면 많이 섭섭해하실 것 같은데요."

"할아버지께는 내가 조만간 말씀드릴 거니까 넌 입 다물고 있어."

"무섭게 왜 그래요, 태강 씨."

이나가 다정한 말투로 그를 나무랐다.

"맞아요, 형님. 제가 못 올 데를 온 것도 아니잖습니까. 그리고 형님이 이렇게 형수님 깨어난 것도 비밀에 부치고 계시니 이상한 소문까지 도는 거고요."

"소문이라니?"

"두 분 사이가 예전 같지 않다는 소문이요. 말이 나왔으니까 말인데, 이렇게 두 분 금실이 좋은데 형수님이 형님을 두고 유럽 여행을 두 달이나 가셨다니 사람들이 이상하게 생각할 수밖에요."

"그런 소문 신경 쓸 시간을 호텔 경영에 쏟아, 강태훈."

이나 앞에서 이런 대화를 오래 하고 싶지 않아 그는 짧게 태훈의 말을 잘랐다.

"그리고 오늘은 시간도 늦었으니 그만 가 봐. 일 얘기는 내일 네가 내 사무실로 직접 찾아와서 하고."

“이제 겨우 7시예요.”

“네 형수 피곤해.”

“형수님, 피곤하세요?”

“오랜만에 앉아서 얘기를 많이 나눴더니 조금 피곤하네요, 도련님.”

예상했던 대답이 아닌지 태훈이 눈썹을 찌푸렸다.

태강은 태훈을 일으켜 세운 뒤 코트까지 집어 그의 손에 쥐어 주었다.

“알았어요. 가면 되잖아요.”

“너 내가 얘기하기 전까지 할아버지는 물론이고 누구한테도 형수 얘기 하지 마.”

태훈을 병실 밖으로 밀어 낸 후 등 뒤로 병실 문을 닫았다. 그리고 태강은 다시 태훈에게 주의를 주었다.

“네. 그런데 이제 형수님 건강은 괜찮은 거예요?”

“무슨 뜻이야?”

“우리 집안의 맏며느리인데 건강에 문제가 있으면 큰일이잖습니까?”

“너 네 형수 앞에서 그런 소리 입 밖으로 꺼내면 그때는 내가 네 목을 비틀어 버릴 줄 알아.”

“문제가 없으면 그만이지, 제 목이 닭 모가지도 아니고…….”

“그러니까 그 입 조심하라고.”

“네.”

태강은 태훈을 태운 엘리베이터가 내려가는 것까지 확인하고 다시 이나의 병실로 돌아왔다. 태훈의 속까지 전부 알고 있는 사람처럼 자연스럽게 대화를 나누던 그녀는 긴장이 한순간에 풀어진 듯 힘없이 의자에 앉아 있었다.

“가셨어요?”

“응.”

“태훈이가 곤란한 질문은 하지 않았어?”

“네. 괜찮았어요.”

"다행이네."

감정을 누르고 말했지만, 그는 전혀 다행스럽지 않았다. 괜찮지도 않았다. 태훈을 병실에 들인 것도, 듣지 않아도 됐을 얘기를 그녀에게 듣게 한 것도 전부 그인데 아무런 하소연도, 원망도 하지 않는 그녀에게 불쑥 화가 났다.

오히려 '나 힘들었다, 당신 사촌 동생은 왜 그리 예의가 없냐' 짜증이라도 내 주면 그의 속이 지금보다는 편할 것 같았다.

"당신이 직접 봤다시피 태훈이 녀석 입이 무거운 편은 아니야. 여기에서 한 약속을 잘 지킬 거라는 기대는 하지 않는 게 좋아."

"……네. 그래서 말인데, 저 퇴원하고 싶어요."

"퇴원?"

"우리 남들 앞에서는 사이좋은 부부였다면서요? 모르는 사람들이 만든 소문이야 그렇다고 쳐도, 바쁜 당신이 매일 병원을 오가는 걸 제가 가만히 지켜보고 있었다고 한다면 가족들도 이상하게 생각할 거예요."

"하지만 아직……."

"그리고 도련님 말씀처럼 저 깨어났다는 얘기도 회장님께 너무 늦게 전하면 서운해하실 거고요."

태훈을 보내고도 그의 속은 끓다 식었다 여전히 시끄러운데 이나의 표정은 잔잔한 호수 같았다. 기억 세포에 이상이 생겼을 때 감정 세포에도 함께 이상이 생겼나, 하는 생각을 억누르고 그는 '노 박사님과 상의해 볼게'라고 짧게 대꾸했다.

자신의 감정 하나 제대로 추스르지 못하고 성의 없는 대답을 내뱉고 난 뒤 불쑥 그의 머릿속을 스치는 생각이 있었다. 이나는 지금껏 할 말이 너무 많아서, 억눌러야 하는 감정이 너무 많아서 오히려 담담하게 행동하고 말했을 수도 있겠구나 하는 생각…….

"박사님이 허락하시면 그렇게 해."

"고마워요."

"그게 나한테 고마울 일인가?"

"잘 얘기해 주실 거잖아요."

이나가 그를 보며 옅은 미소를 보였다.

"그리고 저 부탁이 하나 더 있어요."

자리에서 일어선 그녀가 그의 앞으로 다가왔다.

"부탁?"

"기억이 돌아올 때까지만, 제가 이렇게 손을 잡으면……."

이나가 그를 향해 불쑥 손을 뻗었다. 예고 없이 그녀의 작은 손이 그의 손바닥 안으로 파고들었다. 그도 엉겁결에 그녀의 손을 움켜잡았다.

"지금처럼 의아한 눈빛 말고, 아까 도련님 앞에서 그랬던 것처럼 따듯하게 저를 봐 주세요."

"……."

"제 기억이 돌아올 때까지만요."

설명할 수 없는 통증이 다시 그의 가슴 깊은 곳을 공격했다. 그 통증이 사라지기 전에 그는 고개를 끄덕였다. 그녀의 손을 더욱 힘껏 움켜잡으며.

"다른 거 부탁할 건 더 없어?"

"네."

"작은 거라도 얘기해 봐."

"다음에 부탁할 게 생기면 그때 얘기할게요."

그녀가 그의 손에 잡혀 있던 자신의 손을 살며시 잡아 뺐다. 그녀의 체온이 사라진 손바닥이 허전했다. 아직 놓을 생각이 없었는데 실수로 소중한 걸 놓쳐 버린 느낌이었다.

"피곤하실 텐데 오늘은 그만 가 보세요."

"나 온 지 얼마 안 됐어."

"퇴근하고 급하게 골든호텔에 들렀다 여기까지 온 거잖아요."

오늘 하지 않아도 될 고생을 한 쪽은 그녀였는데, 그녀는 그만하면 애썼다는 표정으로 그를 보고 있었다. 어이가 없는데 대꾸할 말도 떠오르지 않았다.

"그리고 아직 저녁도 못 드셨잖아요."

"당신은?"

"전 먹었죠."

"병원에서 나오는 식사는 할 만해?"

"음, 건강해지는 맛이에요."

무슨 맛인지 알 것 같아 피식 웃음이 났다.

"혹시 병원 식사가 입에 안 맞거나 먹고 싶은 게 생각나면 얘기해."

"그럴게요."

"그런 거 있었어?"

"아니요. 만약 생기면 저기 문밖에 서 있는 분한테 말할게요."

"알고 있었어?"

그녀의 눈이 보름달에서 초승달 모양으로 휘어졌다.

"언제부터?"

이나가 간병인도 두지 않으려 하니 그저 눈치채지 못하게, 별일 없는지만 지켜보라고 병실 앞에 경호원을 세워 두었다. 경호원마저 마다한다면 다른 대안이 떠오르지 않았기에 그녀에게 큰일이 닥치지 않는이상 앞으로 나서지도 말라고 지시했다. 단, 세영만은 어떤 방법으로든병실 안으로 들어가지 못하게 막으라고 했다.

"간병인 자른 다음 날이요."

"그날 바로 알았다고?"

"네."

그는 손을 들어 이마를 짚었다.

"경호원도 있으니까 이제 됐잖아요. 그만 집에 가서 쉬세요."

"알았어. 당신도 피곤할 테니 그렇게 할게."

"네. 저도 피곤해요."

"오늘 미안하고, 고마워."

이나는 대답 대신 그를 배웅하려는 듯 문을 향해 걸음을 옮겼다.

"조심해서 가고, 내일 봐요."

"그래, 내일 봐."

이나가 작은 어깨를 으쓱 들었다 내렸다. 담담하기 이를 데 없는 저 작은 어깨를 언제쯤 그에게 온전히 기댈는지…….

태강을 문 앞까지만 배웅하고 이나는 병실로 들어왔다. 텅 빈 병실에 혼자 남자 태훈이 병실로 들어서던 순간이 다시 떠오르며 두 다리가 후들거렸다. 그녀를 보며 태연히 '형수님'이라 부르던 때면, 순간순간 좋지 않았던 속도 또다시 요동쳤다.

"하아……."

태강은 불쑥 찾아온 태훈 때문에 그녀에게 미안해했지만, 오늘 하지 않아도 될 고생을 한 사람은 그녀가 아니라 바로 태강이었다. 오늘 태훈이 병실에 찾아온 이유는 세영 때문이었을 테니까. 그렇지 않다면 태훈이 의식 없는 그녀의 병실까지 굳이 찾아왔을 리 없었다. 분명 세영이 악의를 갖고 그녀가 의식을 찾았는데도 그 사실을 숨기고 있다는 언질을 주었으리라.

세영과는 11년 전 레스토랑에서 처음 만난 이후 줄곧 사이가 좋지 않았다. 먼저 도발하지만 않으면 무시하고 살 생각이었는데 이번처럼 태훈을 이용하려 든다면 그때는 세영이 쉽게 감당 못 할 결과를 떠안게 만들 것이다. 이제 그녀는 11년 전처럼 어리거나 미숙하지 않았다.

딸랑딸랑.

레스토랑 안으로 들어선 이나는 찬찬히 실내를 둘러보았다. 대부분의 테이블에는 연인들, 가족들, 간혹 동성의 어른들이 자리를 잡고 앉아 식사하고 있었다. 외롭게 앉아 그녀를 기다리고 있는 중년 남성은 보이지 않았다.

그녀는 안쪽에도 테이블이 있는지 확인하기 위해 복도를 따라 천천히 걸음을 옮겼다. 그때였다.

"이나야."

아버지의 목소리가 들려왔다. 불안했던 마음이 눈 녹듯 사라지자 자연스레 입가에 미소가 번졌다. 자신의 생일에 아버지와 레스토랑에서의 식사는 언제나 상상으로 만족해야 했던 일이었다. 이제 더는 상상이 아니라는 생각에 그녀는 활짝 웃는 얼굴로 아버지를 향해 돌아섰다.

"아……."

돌아선 그녀의 눈에 아버지보다 먼저 들어온 것은 아버지 옆에 앉은 여자가 바르고 있는 연핑크 립스틱이었다. 나이를 가늠할 수 없을 정도의 짙은 눈 화장과 어울리지 않게 옅게 바른 연핑크 립스틱.

저 여자는 누구일까? 설마 자신의 생일 선물은 아니겠지? 오늘은 그녀의 생일인데 왜 아버지는 옆자리에 저런 여자를 앉혀 놓은 것일까? 생각하며 멍하니 서 있을 때 아버지가 다시 그녀를 불렀다.

"이나야, 어서 이리 와."

두 사람이 나란히 앉아 있는 테이블로 걸어가고 싶지 않았다. 오늘은 그녀의 생일이었다. 할아버지가 돌아가신 후 처음으로 아버지와 함께 식사하게 된 생일.

이유 없이 배 속이 불편했으나 그녀는 엄마를 먼저 떠나보내고 할아버지까지 잃은 아버지를 힘들게 하지 않는 딸이 되겠다고 다짐했었다. 364일만 착한 딸이 되겠다고 다짐할걸, 뒤늦은 후회를 하며 그녀는 아버지를 향해 천천히 걸음을 옮겼다.

"이쪽은 내 딸 윤이나. 이쪽은 아버지 친구 조세영. 인사들 나눠요."

아버지의 소개에 세영이 생글거리는 얼굴로 '반가워요' 인사했다. 가까이에서 보니 짙은 화장으로 가렸어도 그녀가 20대라는 사실을 알 수 있었다. 이나는 대꾸하지 않고 메뉴판으로 시선을 돌렸다.

"배고프지, 이나야? 뭐 먹을래?"

"……."

"아버지가 알아서 맛있는 걸로 주문해 줘야겠구나? 세영 씨는요?"

"저는 드시는 거랑 같은 걸로 할게요."

"그러지 말고 먹고 싶은 거 먹어요."

"저는 뭐든 잘 먹거든요. 만드는 사람 편하게 같은 걸로 주문하면 더 빨리 주지 않을까요? 이나 양도 배 많이 고플 텐데."

세영이 대답하자 아버지는 자식뻘인 그 여자를 예뻐 죽겠다는 시선으로 바라보았다.

"나이가 어떻게 되세요?"

아버지가 주문을 마치고 났을 때 이나가 세영에게 물었다.

"이나야."

"아, 죄송해요. 아버지 친구니까 연세라고 말했어야 했는데 제가 실수를 했네요."

"괜찮아요. 스물일곱이에요."

"저보다 딱 열 살 많으시네요. 우리 아버지보다는 스물다섯 살 어리시고요."

"윤이나."

"아버지가 저한테 친구분을 소개해 주신 적은 처음이라 궁금해서요."

"괜찮아요."

세영은 물 한 모금을 마신 뒤 냅킨으로 입가를 닦았다.

아버지와는 어떻게 만났는지, 지금 하는 일은 무엇인지를 더 물으려다 이나는 입술을 꽉 붙였다. 냅킨을 잡은 여자의 손에 끼워진 반지가 너무 눈에 익은 반지라서…….

"반지 예쁘네요."

"아, 이 반지……."

때마침 나온 식사에 세영의 얼굴에 안도가 스쳤다. 역적모의하듯 짧은 순간 아버지와도 눈빛을 주고받았다. 이나는 관심 없다는 듯 앞에 놓인 포크를 집어 들었다.

"많이 들어요, 세영 씨."

"네."

"이나도 많이 먹고."

"네."

포크를 든 세영은 손으로 가린 입술 안에 새 부리가 숨어 있는 건 아닌가 싶을 정도로 음식을 잘게 부수고 으깨 먹었다. 그러다가도 유머 감각 없는 아버지의 말에 꼬박꼬박 입술을 가리고 웃었고, 웃다가는 이나의 표정을 살폈다. 천박하고 위험한 시선이었다.

아버지와 친구 이상의 관계가 아니라면 그녀가 어떤 사람이든, 어떤 행동을 하든지 모두 참아 줄 수 있었다. 하지만 저 반지를 끼고 있다는 건 두 사람이 이미 이성 친구 관계를 넘어섰다는 의미였다. 저 여자가 아버지뻘인 남자의 마음을 얻기 위해 얼마나 가증스럽게 굴었을지 상상만으로도 배 속의 음식들이 역류할 것 같은 느낌이었다.

이나가 더 이상은 이 자리에 있고 싶지 않아 먼저 일어서야겠다고 생각했을 때였다.

"저 잠깐 화장실에 좀 다녀올게요."

세영이 먼저 자리에서 일어서자 이나는 생각을 바꿨다. 아버지에게는 시험공부 때문에 집에 일찍 들어가야 한다고 얘기한 그녀는 곧장 화장실로 향했다. 그리고 손을 닦기 위해 들어온 척 세면대 앞에 서 있을 때 화장실 안쪽에서 세영의 통화 소리가 들려왔다.

"……나한테 아주 홀딱 넘어왔다니까. 당연히 반지도 받았지. 자기 어머니 유품이라며 줬는데 디자인이 얼마나 촌스러운지, 정말 다이아 때문에 내가 참고 낀다."

쏴ㅡ.

"뭐? 딸내미? 딸내미한테 관심도 없는 노인네라고 내가 그랬잖아. 제 아버지도 관심 없고 세상 물정도 모르는 버릇없는 계집애 하나 쫓아내는 건 나한테 일도 아니지. 나 조세영이야. 뭐? 이년이 속고만 살았나. 내가 한 달 안에 그 집으로 못 들어가면 조세영이 아니다, 호호호."

경박스러운 욕설과 웃음소리를 들으며 이나는 정성껏 손을 씻었다.

손을 모두 닦고 종이 타월을 한 장 빼 물기를 닦고 있을 때였다. 통화를 끝내고 느릿느릿 밖으로 나오던 세영의 시선이 거울 속에서 그녀와 딱 마주쳤다.

"깜짝이야."

이나가 천천히 몸을 돌려 세영과 마주 서자, 마치 어두운 산길에서 귀신과 마주치기라도 한 듯 세영이 새파래진 얼굴로 뒷걸음질을 쳤다.

"언제부터 여기 있었니?"

이나는 세영의 손에 들린 핸드폰을 응시했다. 핸드폰을 든 그녀의 손이 요동치듯 흔들렸다. 이나는 세영의 혼란과 불안을 내버려 둘까 하다 우등생답게 자비를 베풀기로 마음을 바꿨다.

"아까부터요."

"아까?"

"네. 친구랑 통화하는 거 들었어요."

"뭐?"

세영의 입이 어색하게 벌어진 채 정지했다. 당연한 일이겠지만, 그 어색하게 두툼한 입술 안에 새 부리는 숨겨져 있지 않았다.

"지금 끼고 있는 그 반지가 돌아가신 우리 할머니 유품이니 집에서 쫓아낸다는 세상 물정 모르는 버릇없는 계집애는 나겠네요?"

"그게 무슨, 이나 학생……."

"내 이름 부르지 마세요."

"난……."

"그리고 미리 말해 두는데 우리 집, 우리 아버지 거 아니고 내 거예요. 혹시 아버지 사업이 잘못돼 전 재산을 날리게 돼도 나는 길바닥에 나앉지 말라고 할아버지가 나한테 직접 물려주신 내 집이요."

"아니, 나는……."

이나는 세영의 모습을 천천히 훑어 내렸다. 본디 못 배우고 가진 것 없는 사람들은 자신의 악한 본심이 드러나면 눈감아 달라, 살려 달라는 표정을 짓다 통하지 않으면 곧장 낮을 바꿔 난 잃을 게 없다는 뻔뻔한 태도를 보였다.

저 여자가 뻔뻔한 태도를 보이는 꼴은 보고 싶지 않았다. 여러 낯을 가지고 있는 사람들과는 확실히 선을 긋고 거리를 두는 쪽이 편했다.

"또 뭐가 내 건지 미리 말해 줄까요?"

"……."

"아버지 회사도 절반은 내 거예요. 아버지가 여자 때문에 날 버릴까 봐 할아버지가 미리 상속을 해 주셨거든요. 그러니까 아버지는 회사를 지키기 위해서라도 날 쫓아내지 못해요."

충격에 박제된 동물처럼 굳어 있는 세영을 그대로 두고 이나는 몸을 돌렸다. 그리고 걸음을 옮기려다 한마디를 더 덧붙였다.

"혹시 그 핑크색 립스틱, 우리 아버지 취향이에요?"

"……."

'더러워…….'

그녀는 걸음을 옮겨 화장실을 나왔다. 세영의 시선 따윈 신경 쓰지 않으며 당당하게 걷고 있었으나 출렁다리 위를 걷고 있는 것처럼 내딛는 발끝은 불안정했다.

아버지는 어디에서 저런 천박한 여자와 만났을까. 회사 일 때문에 힘들다더니, 매일 바쁘다더니 저런 여자 만날 시간은 있었던 모양이다.

"아!"

출입문으로 이어지는 모퉁이를 도는 순간 누군가의 몸과 그녀의 어깨가 부딪쳤다.

"괜찮아요?"

"죄송합니다."

이나는 고개를 들었다. 큰 키에 넓은 어깨, 말끔한 얼굴의 남자가 걱정스러운 표정으로 그녀를 내려다보고 있었다. 이 남자를 어디선가 본 적 있는 것 같았는데 선뜻 기억이 떠오르지 않았다.

"정말 괜찮아요, 학생?"

"네. 괜찮아요."

나는 그대로 남자를 지나쳐 출입문 쪽으로 걸음을 옮겼다. 잠시도 더 이 레스토랑 안에 머물고 싶지 않았다.

　"이게 누구야? 조세영 씨 아니세요?"

　그녀가 막 출입문을 나서려 할 때 등 뒤에서 조금 전 자신과 부딪쳤던 남자의 목소리가 다시 들려왔다.

　"못 본 사이에 왜 이렇게 예뻐지셨어요?"

　"어머, 이게 누구야? 오랜만이다, 강태훈."

　"누구랑 온 거야?"

　"결혼할 사람."

　"뭐? 누나 결혼해? 어떤 미친놈이야, 누나랑 결혼하겠다는 놈이?"

　"신경 꺼 주세요. 네가 나랑 결혼할 거 아니면."

　"결혼은 못 해 드리지만 재미있게 놀아 드릴 수는 있는데."

　"미친놈."

　"누나도 나랑 놀 때 좋았잖아."

　기억났다. 얼마 전 음주운전으로 두 명이 사망하는 사고를 내고 도주했다 붙잡혔던, 하지만 거대 로펌 소속의 엄청난 변호인단을 꾸려 벌금형으로 풀려난 골든그룹 강 회장의 개망나니 손자.

　"나 이제 정신 차렸거든."

　"정말? 그런데 누나, 우리 같은 사람들은 평범한 것에는 재미 못 느껴. 어떤 놈인지는 몰라도 누나 절대 만족 못 시킬걸."

　"걱정 마. 그 사람은 몰라도 그 사람 돈은 날 만족시켜 주니까."

　"아, 돈 좀 있는 늙은인가 보네?"

　"원래 사람이 다 가질 수는 없는 거잖아."

　"그렇긴 하지."

　"이러다 우리 어디에서 또 만나는 거 아니야?"

　"그 늙은이 재력이 그 정도야?"

　"정확한 건 아직 몰라. 하지만 어디서 다시 만나든 알은체는 하지 말자."

"나도 바라던 바야."

그녀는 손을 들어 자신의 입을 틀어막았다.

✤　　✤　　✤

이나는 벽을 짚었던 손을 떼고 천천히 창가로 걸음을 옮겼다. 태강이 병동 앞에 서 있는 검은 차를 향해 걸어가고 있는 모습이 보였다. 곧이어 그를 태운 차가 매끄럽게 병원을 빠져나갔다. 그의 차가 사라진 자리를 이나는 유리창 위에서 어루만졌다.

잠시 어두운 거리를 내려다보던 그녀가 침대를 향해 다시 걸음을 옮기려 할 때였다. 갑자기 단단한 무언가가 내려친 듯 아찔한 통증이 머리를 강타했다. 그녀는 본능적으로 머리를 감싸 쥐며 바닥으로 주저앉았다.

"전 어른들의 뜻에 따르겠다고 했지, 그쪽 어머니의 뜻에 따르겠다고는 하지 않았어요."

"……."

"사촌 동생에게 골든그룹을 빼앗겨도 절 원망하지는 않았으면 좋겠네요."

단단한 두 개의 물체 사이에 머리가 낀 것처럼 엄청난 압력이 가해지는 느낌이었다. 온몸이 바르르 떨리고 숨도 잘 쉬어지지 않았다. 그 생경한 통증 사이로 언제 한 말인지 알 수 없는 자신의 목소리가, 누군지 모르는 사람들의 목소리가 어지럽게 맴돌았다.

"이쪽은 다음 달에 우리 태강이랑 결혼할 이나예요."

"어머, 강 부사장 결혼하는 거예요? 이렇게 갑자기요?"

"우리 태강이가 이나한테 어쩌나 단단히 빠졌는지 하루라도 빨리 결혼하고 싶다고 조르는데, 어쩌겠어요?"

"아가씨가 이렇게 예쁘니 눈 높은 강 부사장도 한눈에 반했나 보네요?"

"나 없는 자리에서도 다들 우리 이나한테 잘해 줘야 해요. 안 그러면 나 너무 섭섭할 거예요."

"걱정 마세요."

"이나야, 이리와 인사드리렴."

통증이 점점 더 심해지며 눈앞이 흐릿해졌다.

하아, 하아.

어느 틈엔가 뺨을 타고 주르륵 흘러내린 눈물이 손등 위로 투둑 떨어져 내렸다.

"어머니……."

좀처럼 멈추지 않는 눈물을 닦아 내고 있을 때 주머니 안에서 핸드폰이 울렸다. 태강에게 걸려 온 전화였다.

"여보세요?"

─목소리가 왜 그래?

"자려고 누워 있었어요. 무슨 일이에요?"

─나올 때 안색이 안 좋았던 것 같아서.

"그래 보였어요? 저 괜찮은데."

─컨디션 안 좋으면, 같이 있어 줄까?

"아니에요. 졸려서 금방 잠들 것 같아요."

─그래? 그럼 자.

"네."

더 이상 용건이 없는 것 같은데 태강은 전화를 끊지 않았다.

─지난번에 당신 병실에서 잤던 날, 나 당신이 이불 덮어 줄 때 안자고 있었어.

"……."

─내가 잠든 사이에 당신이 또 아플지도 모른다고 생각하니까 잠이

안 오더라고. 당신 원래 아파도 나 아프다고 쉽게 말하는 사람 아니잖아.

잠시 멈췄던 눈물이 다시 흘러내리기 시작했다. 닦아 내도, 닦아 내도 하염없이 흐르는 눈물에 혹시라도 그에게 우는 소리가 들릴까 이나는 손등으로 입술을 눌렀다.

—오늘도 안 잘 테니까, 필요하면 전화해.

"저……."

담담하게 말하려 했는데 목이 메었다.

—왜 그래? 김 실장님, 잠깐 차 좀 세워 주세요.

"오늘은 저 안 아플 거니까, 아무 걱정 말고 주무시라고요."

—그래, 이제 아프지 마. 아프지 않아야 노 박사님도 퇴원시켜 주실 거 아니야.

"네. 그럴게요."

—피곤할 텐데, 얼른 쉬어.

"네."

이나는 전화가 끊긴 핸드폰을 두 손으로 꼭 움켜쥐었다.

4. 우리 집

"이상 임원 과반수의 반대로 골든호텔 추가 설립 건은 무산되었음을 알려 드리며, 오늘 회의는 여기에서 마치겠습니다."

무기명 투표 결과가 회의실 내에 울렸다. 태훈의 손을 들어 준 임원은 전체 임원의 3분의 1에도 미치지 못했다. 태훈은 그 결과에 승복할 수 없는지 손에 든 종이를 사정없이 구기며 자신의 시선을 피하고 있는 임원들을 하나하나 쏘아보았다.

강 회장은 그런 태훈을 잠시 지켜보다 말없이 자리에서 일어섰다.

"회장님, 잠시 드릴 말씀이 있습니다."

강 회장을 따라 회의실을 나서며 태강이 말했다.

"내 방으로 가자."

"회장님."

태훈도 서둘러 그들을 따라 나오며 강 회장을 불렀다.

"저도 드릴 말씀이 있습니다."

"그럼 너도 따라와라."

40년의 손때가 그대로 묻은 투박한 나무 책상과 책꽂이가 자리한 회장실에는 겨울의 냉기와는 다른 서늘함과 정적이 감돌고 있었다. 그 정적에 방해가 되지 않도록 비서는 가져온 찻잔을 조용히 테이블 위로 내려놓고 서둘러 회장실을 나갔다.

"할 말들 하거라."

"형님 먼저 하시죠."

태훈은 눈자위가 벌겋게 달아오른 얼굴로 태강을 바라보았다. 자신의 감정을 추스르는 것은 고사하고 감추는 것조차 제대로 하지 못하는 모습이었다.

"급한 일인 것 같은데 네가 먼저 얘기해."

"그럼 그러죠. 할아버지, 제가 승희 씨와 결혼하겠다고 한 건 할아버지께 국토 해양부 장관 사돈을 만들어 드리기 위해서였습니다."

"그래?"

"앞으로 골든그룹은 전 세계에서 더욱 두각을 나타낼 텐데, 자국에서 신임이 두터운 기업이 국외에서도 신임을 얻을 수 있다고 생각했습니다. 그래서 아버지와 저는 골든그룹과 회장님이 대한민국 최고의 그룹과 그 그룹을 이끄신 CEO로 대한민국에서 칭송을 받길 바라며 이번 혼담을 진행했습니다."

제 결혼 이유를 마치 브리핑하듯 태훈이 말했다.

"네가 나와 골든그룹을 생각해서 결혼까지 결심했다는 말이지?"

"네. 사실 제 결혼과 더불어 골든호텔 추가 설립은 할아버지 생신 선물이었습니다. 그런데 이렇게 무산되어 너무 속이 상하고 송구스럽습니다."

자신의 마음을 얻고자 갖은 아첨을 떠는 태훈을 보면서도 강 회장은 별다른 감흥이 없는 얼굴이었다.

"태훈이 네가 날 그렇게까지 생각하는 줄 미처 몰랐구나. 하지만 주주들과 임원들 또한 골든그룹을 위한 결정을 내렸을 테니 네 마음만 고맙게 받겠다."

"감사합니다, 할아버지."

"태강이 네 용건은 뭐냐?"

"제 안사람 오늘 퇴원합니다."

강 회장의 대답에 의기양양하게 태강을 바라보던 태훈의 눈이 동그랗게 커졌다. 이 좋은 분위기에 왜 형수 이야기를 꺼내느냐는 불편함이 가득 담긴 눈빛이기도 했다.

"퇴원이라니? 지금 이나를 퇴원시키겠다는 거냐?"

"네."

"아직 의식도 없는 아이를 퇴원시켜서 어쩌려고?"

"사실은 깨어난 지 좀 됐습니다. 그간 가족들에게 비밀로 했던 이유는⋯⋯."

언제부터인가 강 회장은 얼굴에 감정을 드러내지 않았다. 그의 최측근조차도 그가 하는 말로 감정이나 기분을 짐작했다.

그런데 그 순간 회의실에서부터 내내 굳어 있던 강 회장의 미간이 펴지면서 입도 저절로 벌어졌다. 얼핏 보면 고함이라도 치려는 듯 보였으나 그의 입에서 나온 말은 고함과는 전혀 달랐다.

"정말 깨어났다는 거냐? 이제는 퇴원해도 될 만큼 건강이 좋아진 거고?"

"네. 그간 비밀로 했던 이유는 가족들한테 알리면 다들 바쁜 일정을 쪼개 병문안을 와 주실 텐데, 정작 아내는 불편한 몸으로 손님을 맞아야 하니 서로 부담이 되지 않도록 제 선에서 판단하고 결정했습니다. 걱정하시는 거 아는데 진작 말씀드리지 못해 죄송합니다."

"그게 뭐가 중요해. 네가 어련히 알아서 결정했을까. 그보다 노 박사가 퇴원해도 된다고는 한 거야? 그만큼 상태가 좋아져 퇴원하는 거냐는 말이다."

강 회장은 그가 이나의 상태를 알리지 않은 것을 노여워하기보다는 지금 상태를 더 궁금해했다.

"노 박사님께서 퇴원해도 된다고 하셨습니다."

"노 박사가 어련히 알아서 결정했겠지만 그래도 할 수 있는 검사는 모두 받게 한 뒤에 퇴원 수속을 밟아라. 좀 큰 사고였으니까."

"그렇게 하겠습니다."

"그럼 주말에는 볼 수 있는 거고?"

"아내 상태를 봐서 움직이겠습니다."

"그래, 그래. 내 생일이 뭐가 중요해. 이렇게 좋아져 퇴원한다는 말만 들어도 내가 벌써 이나한테 생일 선물을 받은 것처럼 기쁜데."

"할아버지."

아이처럼 들뜬 강 회장을 마뜩잖은 표정으로 바라보던 태훈이 서둘러 강 회장을 불렀다.

"골든호텔 추가 설립은 성사시키지 못했지만 제가 결혼하면 바로 강씨 가문을 이을 증손주를 품에 안겨 드려 할아버지를 기쁘게 해 드리겠습니다."

"증손주?"

"네, 할아버지. 형님, 아무래도 형수님은 당분간 건강에 각별히 신경을 쓰셔야 하니 너무 무리는 하지 마십시오. 효도는 형편 되는 자손이 하면 되지 않겠습니까?"

강 회장의 얼굴에 묘한 기운이 스쳤다.

"태훈이 네가 가족들 생각을 이렇게 많이 하는 줄은 몰랐구나."

"제가 속이 깊어 내색을 안 해서 그렇지, 제 마음은 항상 가족들 생각으로 가득 차 있습니다, 할아버지."

"그 마음 언제나 변함없길 바란다."

"걱정 마세요, 할아버지."

자신의 대답이 흡족한지 태훈이 환하게 웃으며 고개를 끄덕였다.

"저는 먼저 일어서겠습니다."

"그래, 어서 가 봐."

태강은 강 회장에게 고개를 숙여 보인 뒤 회장실을 나섰다. 문 앞에서 그를 기다리던 김 실장이 곧장 곁으로 다가왔다.

"수고했습니다, 김 실장님."

"아닙니다. 병원으로 모시겠습니다."

태강은 별다른 말 없이 짧게 고개를 끄덕였다.

지난번 회장실에서 있었던 회의 후 태강은 태훈이 자신의 능력 여하에 상관없이 무엇이라도 하려 들 것이라 예상했다. 그리고 그의 예상대로 태훈은 대주주들과 임원들을 은밀히 포섭하기 시작했다. 그 움직임을 보고받은 태강은 곧바로 김 실장에게 태훈을 미행하도록 지시했다.

그렇게 김 실장이 손에 쥔 사진들은 며칠 전 퀵으로 대주주들과 임원들에게 보내졌다. 결과적으로 퀵으로 자신의 사진을 받아 본 이들 중 오늘 태훈의 손을 들어 준 사람은 없었다. 그 누구도 자신의 목이 위태로울 수 있는 위험을 감수할 만큼 태훈을 지지하지 않았다는 의미였다.

지금껏 태강에게 태훈의 호텔 경영 능력이나, 결혼은 관심 밖의 일이었다. 하지만 태훈이 이나에게 한 행동들은 그냥 넘길 수 없었다. 앞으로는 그녀에게 신경 쓰기 전에 제 앞가림이나 똑바로 하게 만들어 줄 생각이었다.

"그리고 김 실장님."

"네, 사장님."

"작년 할아버지 생신 때 찍은 사진 전부 모아 한남동 집으로 가져다 놓으세요. 제 아내 사진은 특별히 더 신경 써 주시고요."

"사진과 기사까지 전부 찾아 가져다 두겠습니다."

"그리고 국토 해양부 장관 딸한테도 보낼 자료가 있습니다. 할아버지 생신날 아침에 받아 볼 수 있게 해 주세요."

태훈은 학창 시절부터 폭행과 약물, 음주 뺑소니와 도박 등으로 검찰 조사를 받은 적이 한두 번이 아니었다. 작은아버지가 모두 발 빠르게 손을 써 크게 이슈가 되진 않았지만, 국토 해양부 장관의 딸처럼 곱게만 자란 여자에게 태훈의 화려한 전력은 충분히 청천벽력으로 여겨질 수 있었다.

"알겠습니다."

그들을 태운 엘리베이터는 빠른 속도로 지하로 향했다.

환자복을 벗고 자신의 옷으로 갈아입은 이나는 제자리에 가만히 서서 병실 안을 둘러보았다. 심플한 침대, 투박한 테이블, 작은 붙박이장과 서랍장, 그 옆에 세워진 캐리어 가방 하나. 두 달 가까이를 이곳에서 지냈건만 너무도 단출한 짐이었다.

그간 빨리 기억이 돌아오길, 이곳을 조금은 홀가분하게 떠날 수 있기를 간절히 바랐다. 아무것도 바꿀 수 없는 과거일지라도 지금의 삶을 안전하게 하기 위해서는 기억이 필요했다.

하지만 언제나 그렇듯 삶은 원하는 대로 흘러가지 않았다. 사고 당시 사라진 핸드폰조차 아직 찾지 못했다. 그녀는 하는 수 없이 승현에게 사고 당일 자신이 통화한 전화번호 목록이라도 알아봐 달라고 부탁해 둔 상태였다.

그날 한국대 병원 어느 과에도 그녀의 진료 예약이 없었던 만큼 그날의 목적지가 어디였는지, 무슨 일로 그곳에 가려고 했었는지를 확인하기 위해서는 그 사람들을 만나야 했다. 언젠가 기억을 되찾았을 때 받게 될 충격을 조금이라도 줄이려면 지금으로선 그 방법밖에 없었다.

똑똑.

노크 소리에 고개를 돌리자 아버지와 세영이 병실 안으로 들어서고 있었다. 세영의 시선은 퇴원 준비를 마친 그녀의 검은 터틀넥과 베이지 캐시미어 코트를 태연히 훑더니 테이블에 놓인 꽃병에 닿아서는 희미하게 구겨졌다.

"오늘 퇴원하는데 뭐 하러 오셨어요?"

"퇴원하고 집으로 가면 더 보기 힘들 것 같아서 내가 아버지한테 오자고 했어."

언제 미간을 구겼냐는 듯 세영이 나긋한 목소리로 말했다.

"그래, 요즘에는 자주 오지도 못했는데 오늘은 네 얼굴을 꼭 봐야 한다고 어찌나 성화를 부리던지. 아버지인 나보다 이 사람이 항상 너를 더 생각하는 것 같다니까."

"곧 태강 씨 오면 집으로 갈 거예요."

"그럼 함께 점심이라도 먹고 들어가. 강 서방도 같이."

세영이 태강을 한참 어린 사람 취급하며 강 서방이라 부르는 소리가, 태훈이 자신에게 형수님이라 부를 때처럼 거슬렸다. 일부러 그녀의 심기를 건드리려 한 것이라면 완전한 실패는 아니었다.

"제가 밖에서 식사할 정도로 앉아 있는 게 아직 편하지 않아서요."

"아, 그런가? 그럼 언제 집으로 와, 이나야. 내가 정성 가득한 집밥 준비해 놓고 기다릴게. 너 내가 해 준 음식 좋아했잖아."

"제가요?"

"어머, 기억 안 나니?"

"아, 그때가 도우미 아주머니 마음대로 자르고 한동안 직접 밥해 준다고 열심히 우리 집에 들락거렸을 때였죠. 저 그쯤에 빈혈로 쓰러져 응급실에도 실려 갔었는데."

음식 솜씨와 상관없이 세영이 한 밥을 잘 먹고 잘 소화시킬 만큼 이나는 비위가 좋지 않았다. 거기에 그녀가 어릴 때부터 의지했던 도우미 아주머니를 멋대로 잘라 버린 분노까지 더해져 그녀는 세영이 차려 놓은 밥을 그대로 버리곤 했다.

다행히 얼마 못 가 세영이 다시 나이 많은 도우미 아주머니를 구했기에 그때의 고통은 이제 짧은 이야깃거리가 되었지만.

"하지만 너 그때 분명히……."

"제가 그 음식들을 먹었는지 버렸는지는 관심도 없었잖아요. 오직 아버지한테 보여 주려는 게 목적이었으니까."

"내 음식이 입에 맞지 않았으면 그때 얘기하지. 아니다, 내가 더 신경 썼어야 했는데 미안하다, 이나야."

"아버지, 지금 도우미 아주머니 음식은 입에 잘 맞으세요?"

"내 밥은 당신이 직접 준비한다고 하지 않았어?"

이나의 말에 아버지가 세영을 바라보며 되물었다.

"같이 하는 거죠. 도우미 아줌마한테 매달 주는 돈이 얼만데 그냥 놀게 할 수는 없잖아요. 당신도 참."

"당신 나한테는 분명히……."

"그럼 우리 이제 강 회장님 생신 때나 보게 되는 건가?"

아버지가 다른 말을 더 꺼내기 전에 세영이 재빨리 대화 주제를 바꿨다.

"같이 가시려고요, 아버지?"

"내가 홀아비도 아닌데 매번 혼자 갈 수는 없지 않니?"

"나 벌써 옷도 준비했어, 이나야."

지난번 그녀의 경고는 완전히 무시하겠다는 말이었다. 세영은 그녀를 바라보며 아버지 앞에서 어디 해 볼 테면 또 해 보라는 얼굴을 하고 있었다.

"그런데 정말 노 박사님이랑 그 변호사 아들도 오는 거예요?"

"오겠지."

"아니, 그 변호사 아들은 골든그룹이랑 아무 상관도 없는데 왜 오는 거예요? 게다가 그런 자리에 이혼 전문 변호사가 참석하는 건 남들 보기에도 좀 그렇지 않아요?"

"노 변호사가 이혼 사건을 맡은 적은 있어도 그쪽 전문은 아닐걸. 그리고 노 박사랑 강 회장님 친분이 어디 보통 친분인가? 그런 자리에 노 박사가 아들이랑 참석하는 게 딱히 이상할 건 없지."

똑똑.

그때 다시 노크 소리가 들려왔다.

"강 서방 왔나 보다."

아버지의 말처럼 문을 열고 들어온 사람은 태강이었다. 짙은 네이비 슈트에 잔체크 패턴의 코트를 입은 그는 어느 때보다 근사한 모습이었다.

"강 서방 이제 오는 건가?"

"오셨습니까, 아버님."

"이나가 오늘 퇴원한다기에 잠깐 얼굴이나 보려고 들렀네."

"네."

태강은 곧장 이나 곁으로 걸어와 섰다. 그녀와 시선이 마주치자 표정 없이 차갑던 그의 얼굴에 부드러운 온기가 번졌다.

"퇴원 준비는 다 한 거야?"

"네."

"노 박사님께 들렀다 오느라고 조금 늦었는데, 오래 기다렸지?"

"아니요."

이나는 그를 향해 손을 내밀었다. 그러자 그가 기다렸다는 듯 그녀의 손을 잡았다.

"오늘 예뻐 보이는데."

"환자복이 아니라 그런가 봐요."

"옷 때문이 아니라 당신은 원래 예뻐. 그런데 오늘 날씨가 쌀쌀한데 당신 옷이 너무 얇은 것 같아."

마치 병실에 그들만 있는 것처럼 태강의 시선이 그녀를 꼼꼼히 살폈다.

"몸도 약한 사람이 감기라도 걸리면 어쩌려고."

그는 그녀가 무슨 말을 할 틈도 없이 자신의 코트를 벗었다. 그리고 그 코트는 곧 그녀의 어깨 위로 둘러졌다. 그의 무릎 위까지 내려오던 코트를 그녀가 입자 종아리까지 감싸는 길이가 되었다.

그의 행동을 지켜보는 세영의 눈은 점점 가늘어지고 있었다.

"괜찮은데."

"당신 감기 걸리면 또 병원 와야 해. 이제 겨우 퇴원해 집에 가는 건데 조심해야지."

"알았어요."

"이렇게 말을 잘 들으니까 더 예쁘잖아."

그가 마치 어린아이를 칭찬하듯 그녀에게 말했다.

모두 연극일지라도 결혼 후 줄곧 이렇게 살아왔다면, 그녀는 태강에게 정말 한 번도 흔들린 적이 없었을까? 정말 아무 감정도 없이 1년간 그의 곁에 있었을까? 다정 따위가 뭐라고, 그녀의 가슴이 두근거렸다.

"식사 대접이라도 해야 하는데, 아직은 이 사람이 찬바람을 쐬면 안 될 것 같아 저희는 바로 집으로 가 봐야 할 것 같습니다."

"그래야지 그럼."

아버지의 대답에 태강은 곧장 그녀의 캐리어를 집어 들었다.

"같이 내려가시죠, 아버님."

"아니네. 나도 노 박사 좀 만나고 갈 테니 이나랑 먼저 내려가게."

"네."

"이나 너도 몸조심하고."

"네, 아버지."

이나는 아버지에게 가볍게 고개를 숙여 보인 뒤 태강과 함께 병실을 나섰다.

"그래서 강 회장님 생신에는 온다는 거예요?"

"그렇게 궁금하면 물어보지 그랬어?"

"제가 물어봤잖아요. 이나가 대답을 안 한 거지. 아유, 답답해."

"그럼 지금이라도 쫓아가서 다시 물어봐?"

"됐어요."

멀리서 짜증 섞인 세영의 목소리가 들려왔다.

태강의 차는 깔끔하게 관리된 정원을 가로질러 건물 옆에 자리한 주차장으로 들어섰다. 날렵한 스포츠카와 고급스러운 랜드로버 옆에 주차를 마친 그는 차에서 내려 이나가 앉은 조수석의 문을 열어 주었다.

"고마워요."

그녀의 캐리어까지 차에서 내린 그는 주차장에서 곧바로 집으로 연결된 문으로 향했다.

"전에 당신이 타던 차는 폐차시켜서 다음 주 중으로 같은 종류의 새 차가 도착할 거야."

"네."

"그리고 오늘은 피곤할 테니까 집은 내일 함께 둘러보기로 해."

"네."

태강은 문을 열고 그녀가 먼저 집 안으로 들어서길 기다렸다.

이나는 그를 지나쳐 아치형 입구로 들어섰다. 카펫 형태의 패턴 타일을 따라 천천히 걸음을 옮기자 곧 넓고 환한 거실이 그녀의 눈에 들어왔다. 웨인스코팅 벽면과 헤링본 패턴의 바닥, 그리고 심플한 소파와 화려한 샹들리에가 조화를 이룬 따뜻하고 세련된 모던 프렌치 스타일의 거실이었다.

금색으로 포인트를 준 계단을 따라 위치한 차분한 색상의 그림 아래로는 조명등이 놓인 화이트 테이블이 자리를 잡고 있었다. 긴 폴딩 도어를 통과한 햇살이 그림과 테이블을, 온 집 안을 따뜻하게 감싸고 있었다.

분명 기억에 존재하는 않는 집이건만 그녀는 알 수 없는 감정에 코끝이 찡해지며 가슴이 뭉클해졌다. 사고 후 깨어나지 못했다면 다시는 돌아오지 못했을 집이란 생각이 들었기 때문일지도 모른다.

"여긴 당신이 직접 인테리어했어."

"제가요?"

"응."

말문이 막힌 그녀에게 기억하지 못해도 괜찮다고, 그래도 널 환영한다고 말해 주듯 살짝 열린 창틈으로 파고든 바람이 옅은 그레이 톤 커튼을 흔들었다. 이나는 살며시 눈을 감았다. 바람을 타고 그녀에게 전해지는 이곳의 기억을, 태강의 향기를 가슴속에 담았다.

"오셨어요, 사모님."

50대 후반쯤으로 보이는 아주머니가 주방 쪽에서 걸어 나와 그녀에게 인사를 했다.

"많이 피곤하실 것 같아서 바로 씻으실 수 있게 욕조에 따뜻한 물 받아 났어요."

낯선 이의 등장에 이나가 아무런 대꾸도 하지 않았으나 아주머니는 무안하거나 기분 나쁜 표정이 아니었다. 차분하고 묵묵하게 그녀를 맞고 있었다. 이나는 뒤늦게 감사 인사를 건넸다.

"고맙습니다."

"뭐든 필요하시면 바로 부르세요."

"네."

그녀의 대답에 아주머니는 다시 주방 쪽으로 걸어갔다.

"당신 방은 이쪽이야."

앞서 걷는 태강을 따라 그녀도 거실 오른쪽의 복도를 걸었다.

"여기."

그가 문을 연 방에는 환한 거실과 달리 은은한 조명과 내추럴한 감성의 가구들, 그리고 성인 세 명은 거뜬히 누워 잘 수 있을 만큼 커다란 침대가 놓여 있었다. 파우더 룸 옆으로 드레스 룸과 욕실로 통하는 문도 보였다.

"천천히 둘러보고 가볍게 씻은 뒤에 좀 쉬고 있어."

"네."

"아주머니 부르기 불편하면 날 부르고. 나는 2층 서재에 있을 거야."

"알았어요."

"저녁 먹을 때 내려올게."

태강이 서재로 올라가고 혼자 남겨진 이나는 캐리어 가방을 그대로 두고 천천히 걸음을 옮겼다. 방을 가로질러 파우더 룸과 욕실을 지나친 그녀는 가장 안쪽에 위치한 드레스 룸으로 들어섰다.

웬만한 방 하나 크기의 드레스 룸에는 그녀가 기억하지 못하는 옷들이 종류별로 색깔별로 정갈하게 정리돼 있었다. 액세서리와 시계, 가방도 찾기 쉽게 진열되었으며, 마지막으로 열어 본 서랍 속에는 다양한 색상과 소재의 속옷들이 가지런히 정리된 채였다.

방도, 드레스 룸도 모두 완벽했다. 무엇 하나 빠진 것도, 부족한 것도 없어 보였다. 그런데 이곳에 있는 모든 물건에는 공통점이 하나 있었다. 바로, 그녀의 것들이란 사실이었다. 태강의 물건은 이 방 안에 단하나도 보이지 않았다.

"하긴, 일주일 굶주린 혈기 왕성한 남자를 내가 모르는 건 아니지…….
얼른 골든그룹 물려줄 아이를 낳아야 자기도 완전한 골든그룹 사람이 되지."

오늘 퇴원한다는 사실에 이런저런 생각을 하다 어젯밤 늦게 잠이 들었다. 그러고도 평소보다 일찍 눈을 떴을 때부터 그녀의 머릿속을 맴도는 목소리였다. 자신의 대답은 생각나지 않았으나 이 말들 또한 그녀가 시작한 거짓말들의 결과였다는 사실이 지금 분명하게 확인됐다.

다른 건 다 거짓말로 손에 넣었는데, 그녀는 왜 강태강이란 남자의 마음은 얻지 못했을까. 정말 그녀의 결혼 생활은 전부 연극이었을까. 아니면, 이미 어그러진 사이였기에 자신의 마음을 알아차리거나 내색할 여유조차 없었던 것일까.

이번 사고는 확실히 엄마의 사고 때와는 달랐다. 기억이 한 번에 돌아오지 않고 조금씩 돌아오고 있었다. 하지만 기억이 돌아올수록 그녀의 혼란은 점점 더 커지고 있었다.

이나는 머릿속의 시끄러운 생각들을 털어 내듯 서둘러 코트와 옷을 벗고 욕실로 들어섰다. 욕조 가득 담긴 물에 몸을 담그기 전 선반에 놓인 입욕제를 꺼내 물에 풀자 흰 욕조가 순식간에 장밋빛으로 물들었다. 그녀는 천천히 욕조 안으로 발을 들여놓았다.

"푸."

욕조에 앉아 얼굴까지 물속에 담갔다 꺼낸 뒤 손으로 물 묻은 머리카락을 쓸어 넘겼다. 온몸에서 장미 향이 났다. 입욕제를 너무 많이 풀었나, 생각하며 다시 흘러내린 머리카락을 귀 뒤로 넘기는데 문밖에서 달그락거리는 소리가 들려왔다. 머리에 올라간 손을 재빨리 내리며 그녀는 문 쪽으로 고개를 돌렸다.

더 이상 소리는 들리지 않았다. 자신이 너무 예민한 상태인가 보다 생각하며 다시 물속으로 잠수를 하려 할 때 누군가 노크를 했다.

똑똑.

그녀는 화들짝 놀라 팔을 들어 가슴을 가렸다.

"네?"

"저예요, 사모님."

"아, 네."

"갈아입을 옷 침대 위에 준비해 뒀습니다."

"고마워요."

태강이 아니었다. 하긴, 서재에 있겠다고 했던 그가 왜 욕실 앞을 기웃거리겠는가. 이나는 다시 물속으로 잠수했다. 더는 숨을 참을 수 없을 때까지 버틴 뒤에야 물 밖으로 얼굴을 내밀었다.

❖   ✛   ❖

자신의 방에서 샤워를 마치고 가벼운 옷으로 갈아입은 태강은 서재로 향했다. 책상에 앉아 어젯밤 훑어보던 서류를 이어 보려던 그는 무언가에 이끌리듯 고개를 들어 책꽂이를 바라보았다. 대부분 이나가 사들인 그림과 인테리어, 그리고 철학에 관한 책들이 꽂혀 있는 곳이었다.

결혼 전 이나는 주방을 제외한 1층을 자신의 취향대로 인테리어 하겠다고 말했다. 그도 이의를 갖지 않았다. 그렇게 그녀가 직접 인테리어한 1층 대부분의 공간은 결국 그녀의 공간이 되었다.

2층은 서재를 제외한 대부분이 그의 공간이었다. 그렇게 그들은 서로의 공간을 침범하지 않으며 살게 되었다. 그런데 이제 와 생각해 보면 이나가 영역 동물도 아닌데 정말 자신의 공간을 침범받길 원하지 않았을까, 하는 의문이 들었다.

그녀는 서재에 다녀간 날이면 어김없이 작은 흔적들을 남겼었다. 그는 서랍을 열었다. 가장 최근에 그녀가 남겼던 쪽지 몇 개가 아직 그곳에 남아 있었다.

[말할 수 없는 것은 침묵해야만 한다. — 비트겐슈타인]
[희망은 모든 악 중에서도 가장 나쁜 것이다. 그것은 인간의 고통을 연장시키기 때문이다. — 프리드리히 니체]
[삶이란 얻기 위해 잃어 가는 것. — 플라톤]

철학자들이 남긴 명언이 그녀의 정갈한 필체로 적혀 있었다. 태강은 쪽지들을 하나하나 다시 읽어 보았다. 그와 함께 사용하는 서재였고 책상인데 쪽지는 마치 보란 듯 서랍 안에 남겨져 있었다. 그녀는 이 쪽지를 본 그의 반응을 기다린 게 아니었을까. 기다렸다면 어떤 반응을 바랐을까.

어쩌면 이나는 자신의 공간을, 그의 공간을 침범하길 원치 않았던 것이 아닐지 모른다. 쪽지는 그녀 나름대로의 조심스러운 노크였다는 게 더 어울렸다.

나는 이만큼 당신 가까이에 서 있다고, 내가 당신의 공간으로 들어가도 되겠느냐는 노크.

그는 서랍을 닫고 자리에서 일어섰다.

서재를 나서 서둘러 계단을 내려간 그가 1층에 닿았을 때였다. 화장을 하지 않았음에도 투명하리만치 흰 피부에 젖은 머리, 그리고 속옷이 비치는 흰 셔츠에 베이지색 바지를 입은 이나가 거실로 걸어 나오고 있는 모습이 보였다.

"어디 찾아?"

"그냥 나와 봤어요."

"좀 쉬라니까."

"피곤하지 않아요."

"머리는 왜 안 말리고 나왔어? 감기라도 걸리면 어쩌려고?"

그는 이나에게 다가갔다.

"집이 따듯하니 금방 마르겠죠."

"감기는 만병의 근원이랬어."

이나를 방으로 데려가기 위해 손을 잡자 그녀가 동그랗게 뜬 눈으로 그를 바라보았다. 마치 손이 아니라 다른 곳이라도 잡힌 듯한 표정이었다.

"다시 방으로 가."

"조금만 둘러보고요."

"내일."

그는 그녀의 손을 잡은 채 그녀의 방으로 향했다. 파우더 룸으로 들어가 그녀를 거울 앞에 세운 그는 곧 헤어드라이어를 찾아 들었다.

"이리 주세요."

"이번 주말이 할아버지 생신이야."

"알고 있어요."

그녀가 손을 내밀었으나 태강은 그녀의 손을 보지 못한 척 자신의 손바닥으로 바람의 온도를 체크했다. 그리고 적당한 거리만큼 떼어 놓고 헤어드라이어로 이나의 머리를 말려 주기 시작했다.

젖어 있는데도 머리카락은 매끄러웠고 은은한 장미 향이 풍겨 왔다. 그는 자신의 커다란 손으로 작은 머리에 빼곡한 머리카락을 조금씩 들어 말리려니 불편하고 조심스러웠다.

자신의 머리라면 되는대로 털며 말렸겠지만, 이나의 가늘고 매끈한 머리카락을 그렇게 말릴 수는 없었다. 그는 조심한다고 하는데도 아프고 불편한지 그녀의 작은 어깨가 한 번씩 움찔거렸다. 그와의 기억은 모두 잃었다는데 이 엄살도, 애교도 부리지 못하는 성격만은 그대로였다.

"뜨거우면 말해."

"괜찮아요. 그리고 이제 제가 할게요."

"거의 다 됐으니까 그냥 있어."

그래도 이렇게 그녀의 머리카락을 말려 주는 것이, 가만히 눈을 감고 그에게 몸을 맡긴 그녀의 모습을 거울로 바라보는 것이 나쁘지 않았다. 진작 자신이 이렇게 그녀 뒤에 서 있었어야 했는데.

"할아버지랑 아버지께는 당신 오늘 퇴원한다고 얘기했어."

"그래요?"

"그런데 할아버지 생신 때는 참석하지 않았으면 해. 아직 건강도 장담할 정도는 아니고, 참석하는 사람들도 대부분 기억 못 하는 사람들일 거야."

"그날 노 박사님이랑 승현 오빠도 참석한다고 들었어요."

"노승현 씨?"

"네."

정면의 거울 속에서 그와 그녀의 시선이 마주쳤다. 그는 처음부터 왠지 승현의 존재가 거슬렸다. 가족도 아닌데 어린 시절 그녀의 모습을 모두 알고 있는 것부터 결혼식 날 신부 대기실 앞에서 자연스럽게 신부측 손님들과 인사를 나누던 모습까지.

결혼 후에는 두 사람이 자주 연락하는 것 같지 않아 잠시 잊고 있었으나 승현은 여전히 그에게 달가운 존재가 아니었다.

"그리고 할아버님이 저 예뻐해 주셨다면서요. 그럼 무사히 퇴원한 모습도 보고 싶어 하실 것 같은데."

"할아버지께는 당신 상태 봐서 움직이겠다고 말해 뒀으니 신경 쓰지 않아도 괜찮아."

"가족들도 있고 승현 오빠랑 노 박사님도 계시니까 괜찮지 않을까요? 언제 기억이 다 돌아올지도 모르는데 그때까지 전부 미룰 수는 없다고 생각해요."

"계속 미루자는 건 아니야. 아직은 우리가 준비가 덜 된 것 같으니까 난……."

"조심할게요."

150

"이건 조심과는 다른 문제지."

"옆에 있어 줄 거잖아요."

그는 작동을 멈춘 헤어드라이어를 화장대 위로 내려놓았다.

"그리고 제가 손 내밀면 잡아 주겠다고 했잖아요."

"그 손, 나한테만 내밀 거야?"

"네. 태강 씨 손 잡고 내가 당신 아내라는 걸 모두에게 보여 주고, 확인받고 싶어요."

이나의 머리카락을 만지던 태강의 손이 아래로 내려가더니 이내 가볍게 어깨를 움켜잡았다. 그러곤 자신을 바라보도록 그녀의 몸을 천천히 돌렸다.

그와 똑바로 마주 서자 그가 내쉬는 숨결이 그녀의 이마로 쏟아져 내렸다. 그것이 이토록 분명하게 느껴지는 이유는 거울 속 모습보다 그가 더 가깝게 서 있기 때문이었다.

"그런 이유라면 내가 얼마든지 확인시켜 줄 수 있는데."

"……."

아무렇지 않은 척 그를 보며 서 있었으나 분명 달라진 공기에 낯선 떨림이 그녀의 몸을 훑고 지나갔다. 더 어색해지기 전에 고개를 돌리면 그만인데 그러고 싶지 않았다. 그사이 이마로 쏟아지는 그의 숨결이 조금 더 뜨거워지며 그의 시선이 그녀의 눈에서 입술로 미끄러졌다.

"얼른 골든그룹을 물려줄 아이를 낳아야 자기도 완전한 골든그룹 사람이 되지."

하루 종일 그녀를 괴롭히던 목소리가 또다시 머릿속을 어지럽게 배회했다. 그의 손길, 그를 닮은 아이, 완전한 골든그룹 사람……. 그의 날렵한 콧대에 걸려 있던 그녀의 시선도 그의 입술로 툭 떨어졌다. 그의 숨결이 목에 닿은 것도 아닌데 목덜미가 뜨거웠다.

"어떻게요?"

"이렇게……."

이나는 눈을 감았다. 곧 그의 뜨거운 입술이 그녀의 입술 위로 겹쳐졌다. 도장을 찍듯 꾹 닿았던 입술은 이내 천천히 떨어졌다. 이나는 자신도 모르게 멈추었던 숨을 몰아쉬며 눈을 떴다.

그는 아직도 가까운 거리에서 그녀의 입술을 바라보고 있었다. 뜨겁고 강렬한 시선으로. 그녀는 제 손을 하얗게 말아 쥐었다.

"이 정도로는 모르겠는데요."

좁은 파우더 룸 안에서 둘의 시선이, 숨결이 농밀하게 뒤엉켰다. 그녀가 눈을 감기 전 다시 그의 입술이 그녀의 입술 위로 내려앉았다. 뜨거운 그의 체온이 다급하게 그녀의 입술을 열었다. 이나도 거침없는 파고드는 그를 거부하지 않았다. 그녀는 움켜쥐고 있던 손을 펴 그의 단단한 어깨를 움켜잡았다.

거울 속 창백한 자신의 얼굴을 바라보며 머리를 빗던 이나는 반대쪽 손을 들어 입술 위에 얹었다. 어제 태강과의 거칠었던 키스가 거짓말 같았다.

점점 뒤로 밀리며 화장대에 걸쳐졌던 그녀의 몸, 그녀의 몸에 밀려 와장창 쓰러졌던 화장품들, 화장품과 함께 바닥으로 나동그라졌던 헤어드라이어. 쓰러지고 떨어졌던 물건들은 다시 제자리로 돌아왔는데 아직 그녀만 그 시간의 여운에서 빠져나오지 못한 기분이었다.

똑똑.

아침 8시였다. 방문에 울리는 노크 소리에 이나는 반사적으로 화장대에서 몸을 일으켰다. 곧장 문으로 걸어가려는데 문밖에서 나직한 말소리가 들려왔다.

"아주머니."

"네?"

"깨우지 마세요."

문으로 향하던 그녀의 걸음이 그 자리에 멈췄다.

"하지만 사장님 출근하실 때는 항상 배웅하셨는데……."

"이 사람 당분간은 미술관에 나가지 않을 겁니다. 푹 쉬게 두시고 낮에 식사 좀 신경 써 주세요."

"알겠습니다."

"아직 날씨가 차니 특히 마시는 음료나 물은 따듯하게 챙겨 주세요."

"걱정 마세요."

"저 오늘은 조금 일찍 퇴근할 겁니다. 환기만 일찍 해 주시고 서재 문은 그냥 열어 두세요."

"네, 사장님."

말소리는 더 이상 들려오지 않았다. 이나는 지금이라도 밖으로 나가 태강의 얼굴을 볼까 망설이다 이내 화장대를 향해 돌아섰다.

이제는 그와 같은 집에 있는데, 앞으로 쭉 같은 집에서 지내야 하는데 여전히 그와 자신의 거리가 정확히 가늠되지 않았다. 그녀에게 다가오는 것이 그의 마음인지 몸인지, 연민인지 의무인지도 알 수 없었다. 그녀의 마음이 오롯이 1층, 자신의 방에만 머물렀는지 알 수 없는 것처럼.

거인이 이 집을 거꾸로 들어 올려 뒤흔든다면, 속으로는 그게 가능한 일이냐고 비웃을지 몰라도 어쩔 수 없는 척, 통제 불능인 척 한 번쯤은 마음 가는 대로 흔들려 보고 싶었다. 몸이든, 마음이든 그럴 수 있었으면 좋겠다 싶었다.

그녀가 방을 나선 건 태강과 아주머니의 대화가 끊기고 20분이 지난 후였다. 10분은 너무 작위적으로 보이지 않을까 싶어, 딴에는 10분을 더 기다린 결과였다.

"일어나셨어요, 사모님?"

"네."

"사장님은 조금 전에 출근하셨어요."

아주머니가 열어 뒀던 거실 창문을 서둘러 닫자 시원하게 거실을 질주하던 바람이 제 꼬리를 잡으려는 강아지처럼 어지럽게 제자리를 맴돌았다.

"지금 식사 준비할까요?"

"네."

곧 식탁 위에 잡곡밥과 맑은국, 그리고 샐러드와 생선 등 그녀를 위한 정갈한 한식 식사가 차려졌다. 따듯한 물을 먼저 한 모금 마신 그녀는 수저를 들고 한 수저 한 수저 꼭꼭 씹으며 식사를 했다.

한참 식사를 하다가 문득 태강이 병원 밥이 먹을 만하냐고 물어봤던 기억이 떠올랐다. 그때는 딱히 비교 대상이 떠오르지 않았는데 아주머니의 솜씨와 비교를 했다면 대답이 더 쉽지 않았을까 하는 생각이 들었다.

오랜만에 여유를 가지고 맛있게 식사를 했다. 그런데 그녀가 식사를 마칠 때까지 아주머니는 보이지 않았다. 텅 빈 집에 혼자인 듯한 적막이 병실과 크게 다르지 않았다. 배려인지, 일상인지는 알 수 없었으나 불편하게 느껴지진 않았다. 이곳이 우리 집이라는 생각 때문일지 모른다.

우리 집…….

"잘 먹었습니다."

주방을 나서 자신의 방으로 가려던 이나의 눈에 문이 활짝 열린 2층의 방 하나가 들어왔다. 태강이 아주머니에게 문을 열어 두라고 말했던 서재인 듯했다. 그녀가 볼 수 있게 문을 열어 두라고 했다면 예전에 그녀가 자주 찾았던 장소라는 뜻이었다.

서재로 가기 위해 계단을 오르던 그녀의 걸음이 벽에 걸린 클로드 모네의 그림 앞에서 잠시 멈췄다.

클로드 모네는 그녀가 좋아하는 화가였다. 특히 수련과 해바라기가 있는 정물의 모작은 어릴 적부터 집에 걸려 있어 그녀에게 방 안의 침대나, 책상만큼이나 친숙하고 편안한 그림이었다.

자신의 흔적을 찾아낸 그녀의 입가에 옅은 미소가 번져 있었다.

"와."

넓은 서재 안에는 한눈에 보기에도 다양한 분야의 방대한 책들이 가득 꽂혀 있었다. 종이책 특유의 냄새 또한 서재에 옅게 배어 있었다.

그녀는 책의 제목을 훑으며 방의 안쪽으로 천천히 걸음을 옮겼다. 관심을 끌지 않는 책들 앞을 무심히 지나치던 그녀가 걸음을 멈춘 곳은 인테리어와 명화의 해설에 관한 책들이 꽂힌 구간이었다.

깨끗한 책들 사이에 유독 낡고 손때가 묻은 책 한 권이 그녀의 눈에 들어왔다. 어딘가에서 얻었거나, 이곳의 터줏대감 격인 몇몇 낡은 책들과 함께 오래전부터 서재를 옮겨 다녔을 법한 책이었다. 그녀는 손을 뻗어 책을 꺼냈다.

두꺼운 표지에 제법 무게가 나가는 책을 한 손에 받쳐 들고 표지를 넘긴 순간이었다. 책 사이에 끼워져 있던 사진 한 장이 단풍나무 씨앗처럼 빙글빙글 돌며 그녀의 발아래로 떨어졌다.

이나는 다시 책을 덮고 허리를 굽혀 사진을 집어 들었다. 예닐곱 살쯤 되어 보이는 남자아이의 독사진이었다. 아이답지 않게 또렷한 이목구비에 허리에 한 손을 얹은 채 서 있는 모습이 귀여우면서도 자신감이 넘쳐 보였다. 그리고 그녀가 아는 누군가와 닮아 있었다.

이나는 사진을 뒤집어 보았다. 역시나 '태강이 일곱 살에' 라는 글씨가 적혀 있었다.

'네가 태강이구나? 반가워.'

이나는 허리를 짚지 않은 태강의 손에 자신의 집게손가락을 가져다 댔다. 정말 꼬마와 악수를 하는 것처럼 손가락 끝이 간질거렸다.

'난 이나라고 해.'

한동안 틀린 그림 찾기를 하듯 지금의 그와 일곱 살의 그를 비교했다. 달라진 곳도 있었지만, 독보적인 분위기만큼은 예전이나 지금이나 변함없었다. 사진 한 장을 마치 책 한 권을 읽듯 푹 빠져 보고 있던 그녀의 시선을 들게 만든 건 다름 아닌 전화벨 소리였다.

이나는 사진과 책을 테이블 위에 내려놓고 주머니에서 핸드폰을 꺼냈다. 그녀가 무얼 하고 있는지 지켜본 것도 아닐 텐데 전화를 걸어 온 사람은 태강이었다.

"여보세요?"

—나야.

"네."

—잠은 잘 잤어?

해는 이미 중천에 떠 있는데 잠을 잘 잤느냐고 물었다. 용건이 있는 전화는 아닌 모양이었다.

—잠자리가 바뀌어서 불편하지는 않았고?

"네. 잘 잤어요."

—아침은?

"먹었어요."

—지금은 뭐 하고 있었어?

"지금 서재에 있어요."

—그럼 독서 중?

"책이나 볼까 싶어 책 한 권을 골라서 펼쳤는데, 사진이 한 장 꽂혀 있어서 보고 있었어요."

그녀의 시선이 다시 테이블 위 사진으로 움직였다.

—사진?

"네."

—어떤 사진?

"어떤 남자, 사진이에요."

그녀는 손을 뻗어 사진을 집어 들었다.

—남자 사진?

"네. 귀엽고 매력적이네요."

—매력적이라고?

태강이 일곱 살이었을 때 그녀는 아기였겠지만 그때부터 자신들이 알았더라면 어땠을까, 하는 생각이 들었다. 승현처럼 자연스럽게 그와 서로를 알아 가며 보낸 시간이 있었다면, 그랬다면 정말 어땠을까.

─어떤 책인진 몰라도 할아버지랑 어머니가 보시던 책들도 간혹 있어서 그런 책에 꽂혀 있던 사진이면 지금쯤 그 남자 중년은 됐을 거야. 아니다, 백발 할아버지가 됐을지도 모르지.

"책이 좀 오래된 책이긴 한데, 이 남자는 중년이 돼도 멋질 것 같은데요."

진심이었다. 태강은 중년이 되고 백발 할아버지가 돼도 분명 멋질 것이다.

─도대체 누가 남의 책에다 그런 사진을 꽂아 둔 거야. 모르는 사람 사진 가지고 있는 거 아니니까 그냥 버려.

"제가 알아서 할게요."

─사장님, 이쪽으로.

그때 태강의 뒤쪽에서 누군가의 말소리가 들려왔다. 어딘가로 이동하다 잠시 전화를 걸었던 모양이다.

"바쁜 것 같은데 그만 끊어요."

─그 사진 꼭 버려.

"혹시 사진 주인이 찾을 수도 있으니까 그냥 원래 자리에 꽂아 둘게요."

그가 어떤 사진인지도 모르는 사진을 진심으로 신경 쓸 리 없다고 생각하면서도 이나는 나비 한 마리가 팔랑거리듯 가슴속이 간질간질했다. 아무도 없는 서재에서 혼자 미소 짓고 있었다.

전화를 끊은 그녀는 자신의 말대로 사진을 원래 있던 자리에 꽂아 두기 위해 책을 다시 집어 들었다. 그리고 작별 인사를 하듯 아이의 작은 얼굴 안 반듯한 이목구비를 잠시 바라보았다.

'이따 봐요.'

책을 덮어 처음 있던 자리에 꽂아 둔 후 명화의 해설에 관한 책 한 권을 다시 뽑아 의자에 앉았다. 그리고 얼마나 시간이 흘렀을까. 그녀가 책에 푹 빠져 읽고 있을 때 노크 소리가 들려왔다.

똑똑.

집이 너무 조용해 자신 말고 다른 누군가 이 집에 함께 있다는 사실을 까맣게 잊고 있었다. 그렇기에 갑자기 들려온 노크 소리에 놀란 그녀가 대답을 해야 한다는 사실도 잊고 문을 바라보고 있으니 조심스럽게 문이 열렸다.

"사모님, 저예요."

"네."

"사모님 앞으로 꽃 배달이 와서요."

방으로 들어온 아주머니의 손에 화려하고 커다란 꽃다발이 들려 있었다. 꽃다발을 본 순간 이나는 살며시 이마를 찌푸렸다. 누가 보냈는지는 듣지 않아도 알 것 같았기 때문이다.

"성북동에서 보내셨어요."

"……."

"카드도 있고요."

"카드만 주세요."

아주머니가 꽃다발 사이에 끼워진 카드를 그녀에게 내밀었다.

"꽃은 제 눈에 띄지 않는 곳으로 치워 주세요."

"……?"

"이 꽃향기를 제가 좋아하지 않아서요."

"아, 네."

서재를 나간 아주머니가 조용히 문을 닫았다.

이나는 꽃다발만큼이나 요란한 꽃 그림이 그려진 카드를 펼쳤다.

[무사히 퇴원한 거 축하해. ─조세영]

카드는 이나는 손에서 사정없이 구겨졌다. 세영이 그녀에게 꽃다발을 보낸 의도는 명백했다. 그녀를 지켜보겠다는 뜻이었다. 그리고 가능하다면 그녀의 평온한 삶을 방해하겠다는 뜻도 포함되어 있으리라. 그녀의 해리성 기억 상실증이 사실이든, 거짓이든.

구겨진 카드를 쓰레기통에 버린 그녀는 책상에 앉았다. 컴퓨터를 켠 뒤 해성그룹을 비롯해 골든그룹과 우호적인 그룹들의 가계도와 국토해양부 장관 사진 등을 찾아보기 시작했다. 사람들의 얼굴을 익히고 그들의 기사까지 빼놓지 않고 꼼꼼히 찾아 읽었다.

점심을 먹을 때 잠시 자리에서 일어섰을 뿐, 하루 종일 자료를 찾고 읽어 나가던 그녀가 고개를 들었을 때는 벌써 6시가 다 되어 있었다. 언제 시간이 이렇게 흘렀는지. 서둘러 책상을 정리하려는데 짧은 노크 소리와 함께 서재 문이 열렸다.

똑똑.

"지금까지 여기 있었던 거야?"

6시도 되지 않았는데 태강이 벌써 퇴근을 했다. 게다가 옷도 갈아입지 않고 곧장 그녀를 찾았는지 슈트 차림 그대로였다.

"일찍 퇴근하셨네요."

"응. 오늘 일을 좀 일찍 끝냈거든. 그런데 하루 종일 서재에 있었다면서?"

퇴근 시간도 당겨 집으로 돌아온 그가 다정하게 그녀에게 일과를 묻고 있었다. 마치 매일 그랬던 것처럼. 이나도 자연스러운 일인 양 가벼운 어조로 대답했다.

"책도 보고, 궁금한 자료들도 찾아보고 있었어요."

"궁금한 자료?"

"할아버님 생신 때 만나게 될 것 같은 사람들이요."

"그 사람들 사진은 따로 준비해 뒀는데. 오늘은 푹 쉬라고 미리 얘기 안 했더니."

"심심해서요."

그녀의 대답을 들으며 그가 책상 쪽을 슬쩍 응시했다.

"그 매력적인 남자 사진은 더 안 보고?"

"사진이요?"

세영의 꽃다발 이후 까맣게 잊고 있던 사진을 태강이 다시 떠오르게 했다. 이나는 그의 얼굴을 바라보았다. 표정으로는 그가 지금 농담을 하는 건지, 정말로 그 사진을 신경 쓰고 있는 건지 알 수 없었다. 하지만 적어도 그녀가 하는 말을 흘려듣지 않았다는 얘기였다.

"원래 있던 자리에 잘 넣어 뒀죠."

"그럼 어디 나도 한번 볼까?"

"왜요?"

"남자는 같은 남자야 봐야 더 정확하다는 거 몰라?"

"태강 씨 말대로 책에 꽂혀 있었으니 최근 사진도 아닐 텐데요."

"그래도 궁금한데."

"아직 옷도 안 갈아입었잖아요."

태강이 이마를 찌푸렸다.

"그럼 지금 옷 갈아입고 올 테니까 꺼내 놔."

"저도 그만 내려갈 거예요."

"왜?"

"저녁 먹어야죠."

"저녁 먹은 다음에는?"

방금 퇴근한 사람답지 않게 그가 의욕적으로 물었다. 그 얼굴 위로 똘망똘망한 일곱 살 꼬마의 얼굴이 겹쳐졌다. 이목구비는 어릴 적보다 더 수려해졌고 몸의 비율도 월등하게 훌륭해졌으며 특히 눈빛은 웃어도, 무표정이어도, 화를 내도 섹시할 듯했다.

"오늘 같이 집 둘러보자고 했잖아요."

"내가 그랬지."

자신이 졌다는 듯 미소를 지어 보인 그가 먼저 서재를 나섰다.

잠시 후 두 사람은 주방에서 다시 만났다. 아주머니가 준비해 둔 저녁 식사를 마친 뒤에는 나란히 지하로 향했다. 지하에는 스쿼시 코트를 비롯해 헬스장 못지않게 다양한 운동 기구들이 갖추어져 있었다.

"이렇게 넓을 줄은 몰랐어요."

"당신 사고 전에는 일주일에 두 번 전문 트레이너가 집으로 찾아왔었어. 당분간은 운동하기 힘들 것 같아서 쉬겠다고 한 상태고."

"그래요?"

"완전히 다 나으면 그때 다시 시작해."

그의 말대로 아직 뛰거나 땀을 내는 운동은 무리였다. 기억을 더듬으며 운동 기구들을 살펴보는 이나의 곁에 서 있던 태강이 나직하게 한마디를 더 건넸다.

"당신 운동 다시 시작하면 그때는 같이 할까?"

그녀는 태강을 바라보았다.

"우리 둘이요?"

"응, 우리 둘이."

"……."

"같이 건강하면 더 좋잖아."

지난 1년, 그들은 사람들 앞에서 연극을 하며 살았다고 했다. 그런데 지금 그들은 달라지고 있었다. 아무도 없는 곳에서 키스하고, 전화로 서로의 일상을 묻고, 함께 운동할 계획을 세우고.

무엇이 그들을 달라지게 했는지 알지 못했다. 그녀의 삶은 지금 그 어느 때보다 불완전했는데 그녀가 느끼는 감정은 불안이 전부가 아니었다. 예고 없이 밀려드는 감정을 막을 도리가 없었다.

"왜?"

"아니에요. 그렇게 해요."

"트레이너는 전에 당신 맡았던 그 트레이너로 하면 되겠지?"

"남자예요?"

"아니. 여자."

"제가 고용했겠네요?"

"아니. 내가 했는데."

이나는 다시 태강을 바라보았다.

"여자 트레이너가 흔치는 않을 텐데."

"그런가? 그 트레이너가 실력이 있다기에 그에 맞는 조건을 제시했지. 그만 올라갈까?"

"네."

다시 1층으로 올라온 그들은 영화를 보기 위해 특별 제작한 장비들이 갖추어진 방과 그녀가 그림을 그리기 위해 작업실로 꾸며 놓은 방을 차례로 둘러보았다. 나머지 방은 게스트 룸으로 비워 뒀거나 아주머니가 낮에 잠시 쉬는 방이라고 설명해 주었다.

한없이 크고 적막할 것 같은 집이었는데 그와 둘러보며 그녀는 자신도 모르게 집 안에서 점점 더 온기를 느껴 가고 있었다. 만약 혼자 둘러보았다면 지금의 온기를 느끼지 못했을 거라는 사실을 알았다.

"솔직히 2층은 별로 볼 게 없어. 내 침실이랑 서재 외에 다른 방은 지난겨울에 다 비웠거든."

"왜요?"

"나중에 필요한 용도로 쓰려고."

태강과 나란히 2층으로 올라가던 이나의 걸음이 낮에 감상했던 클로드 모네의 그림 앞에서 다시 멈췄다.

"이 그림, 제가 걸어 둔 거예요?"

"아니, 어머니가."

"태강 씨 어머니요?"

"응."

그녀 옆에서 함께 그림을 바라보며 그가 고개를 끄덕였다. 그녀는 당연히 자신이 걸어 두었을 것이라고 생각했다. 그런데 그의 어머니가 걸어 두었다니. 이유 없이 가슴 한가운데로 뭉클한 기운이 스쳐 지나갔다.

"저 이 화가 그림 좋아하는데."

"어머니도 이 화가 그림을 좋아하셨어."

미술관 〈비움과 채움〉은 그의 어머니가 생전에 운영했던 곳이라고 했다. 그러니 그녀는 그의 어머니와 좋아하는 화가나 화풍에 대해 자연스럽게 대화를 주고받으며 쉽게 공감대를 형성했을지 모른다.

그의 어머니와는 자연스럽게 가능했던 일들이 왜 그와는 가능하지 않았는지. 이나는 입 밖으로 꺼내지 않을 궁금증을 곱씹으며 그림을 응시하고 있는 태강의 옆얼굴을 바라보았다.

"태강 씨가 좋아하는 화가는 누구예요?"

"나도 클로드 모네 그림 좋아해."

"정말이요?"

"응. 아버지한테 비싼 그림이 곧 좋은 그림이라고 배웠거든."

"아."

그가 말한 관점에서 본다면 클로드 모네의 그림은 좋은 그림 정도가 아니라 매우 훌륭한 그림임에 틀림이 없었다.

"그럼 그림 말고는 뭘 좋아해요?"

"운동. 웬만한 운동은 다 어느 수준 이상은 한다고 볼 수 있지."

"운동 좋아하시는구나."

"내가 어릴 적부터 머리만큼이나 체력도 좋았거든. 확인시켜 줄까?"

"체력을요? 어디에서요?"

"여기에서."

그가 그녀를 향해 몸을 돌리며 말했다.

"여기에서요?"

집이 너무 조용하기 때문인지, 아주머니가 퇴근하고 집에 그들만 남았기 때문인지, 그의 나직한 저음과 그녀를 바라보는 시선이 지나치게 의식됐다.

"내가 당신 안고 2층에 있는 방들을 둘러보는 건 어때?"

"고맙지만 사양할게요."

분명하게 거절했음에도 그는 그녀를 안으려는 듯 조금 더 다가왔다. 이나는 다시 고개를 저으며 벽 쪽으로 한 걸음 물러섰다. 고작 한 발짝이었는데 하필 벽에 등이 닿았다.

그녀의 실수였다. 벽과 그의 몸 사이에 갇힌 꼴이 되었으니. 집은 아주 넓었는데 마치 비좁은 공간에 단둘만 갇힌 듯 산소가 빠르게 소진되는 느낌이었다.

그와 함께 있는 순간 그녀는 그의 말 한마디, 작은 행동 하나에도 자신의 감정이 시시각각 달라지는 것을 느꼈다. 그의 곁에서 아무런 의심 없이 마음 가는 대로 행동해도 괜찮은지, 그는 그녀와 있을 때 어떤 마음인지 여전히 알지 못하는데…….

"태강 씨는 어떤 사람이에요?"

"나는 골든전자 사장이자 윤이나의 남편이지."

"그럼 저는요?"

"당신?"

"아니, 당신 아내 윤이나는요?"

그가 미간을 접었다. 눈빛은 그게 무슨 뜻이냐고 되묻고 있었다.

"전 이미 당신 아내인데 왜, 연극이 필요했을까요?"

"그건 당신 혼자의 문제가 아니었어. 분명 나한테 작지 않은 책임이 있었을 거야."

잠깐의 머뭇거림도 없이 흘러나온 대답이었다. 설명하기 힘든 감정이 그녀의 가슴 안에서 출렁거렸다. 원망도, 고마움도 아닌 표현 불가능한 감정…….

"솔직히 잃어버린 기억과 상관없이 제가 요즘 혼란스러워요."

"왜?"

"태강 씨가 그랬잖아요. 우리가 사이좋은 부부로 살았던 모습은 전부 가짜였다고. 그런데 요즘 우리는…….."

"그동안 내가 당신을 오해했던 부분이 있다는 사실을 알게 됐어."

"……."

"그래서 이제라도 바로잡으려고, 우리 관계."

이나는 무슨 말을 해야 할지 알 수 없었다. 그녀가 알고 있는 그들의 관계는 그에게 들은 게 전부였기에 바로잡아야 하는 것이 감정인지, 생각인지, 행동인지도 섣불리 판단 내릴 수 없었다.

"바로잡는다고요?"

"노력해야지."

그가 고개를 끄덕였다.

"혼란스러운 표정인데, 내가 당신에게 맞춰 가겠다는 뜻이야. 방향도 속도도."

시간이 정지한 듯 눈 한 번 깜빡이지 않은 채 서로를 바라봤다. 그녀에게 누군가, 혹은 무언가 필요한 순간 곁에 누군가 있어 주었던 적은 많지 않았다. 해가 저물고 저녁이 돼도 얼굴을 마주 보며 일과를 이야기할 사람조차 곁에 없었으니까.

외로움이 일상이어서 오히려 외로운 감정을 분명하게 구분하지 못했다. 무언가 원하는 걸 타인에게 말하는 건 그녀에게 결코 자연스러운 일이 아니었다. 상대가 그녀에게 전부 맞추어 주겠다고 말해 주는 지금 같은 상황 역시.

"무슨 말이든 해 봐."

"전……."

기억을 잃기 전 그녀는 그에게 무엇을 원했을까? 연극으로 만들어 놓은 결혼 생활에 만족했을까? 아니면, 연극이 현실이 되길 바랐을까?

"만약 제가 원하는 게 진짜 가족이라면요?"

"진짜 가족?"

이나는 대답 대신 작게 고개를 끄덕였다. 그들은 이미 법적으로 어떤 문제도 없는 부부였는데 진짜를 덧붙이는 건 어쩌면 말장난에 불과할지도 모른다. 하지만 그의 표정은 어느 때보다 진지했다.

"감정을 원하는 거야?"

그가 그녀의 손목을 잡아 자신 쪽으로 조금 잡아당겼다.

"난 이미 당신 남편이야. 당신한테 무슨 일이 생기면 가장 먼저 달려갈 가족."

"알고 있어요."

"이건 진짜가 아니어도 할 수 있는 거였지."

세영을 빗대어 한 말이었다.

"앞으로 윤이나 삶에 연극은 없을 거야."

'한동안'이라는 단서가 빠졌으나 그가 말해 주지 않아도 알고 있었다. 기억을 되찾기 전까지 제대로 된 연극은 불가능했다.

"내가 진짜가 돼 볼게."

"……."

그의 도톰한 아랫입술을 바라보며 동요하는 감정을 숨기고 있었지만 그녀의 심장은 빠르게 더워지고 있었다.

"진짜 남편."

이나는 대꾸를 할 수도, 그의 손을 뿌리칠 수도 없었다. 지금 자신이 어떤 얼굴로 그를 바라보고 있는지, 얼굴이 붉어지지는 않는지 따위의 사소한 생각 역시 안중에도 없었다. 심장에서 시작된 더운 기운이 전신으로 번지고 있었다.

"지금 내가 한 말은 변하지 않을 거야."

"……오늘은 그만 내려갈게요."

이나는 그에게 잡힌 자신의 손목을 빼냈다. 그도 순순히 그녀의 손목을 놓아주었다. 이제라도 우리 관계를 바로잡겠다는 말을 들었을 때부터 그녀의 이성은 급격히 흔들리기 시작했다.

뒤이어 그가 하는 말들을 들으며 그녀는 눈물이 왈칵 솟을 것처럼 여러 감정이 뒤범벅됐다. 마지막에 진짜 남편이 되겠다는 말을 들었을 때는 숨이 잘 쉬어지지 않았을 정도였다.

처음 느껴 보는 감정이었다. 기뻤는데 당황스러웠다. 심장은 뜨거웠는데 머릿속은 까만 암전 상태였다. 무슨 말이든 하고 싶었는데 아무 말이나 나올까 겁이 났다.

이나가 황급히 1층으로 내려갔다. 눈자위가 조금 붉어졌지만 잡으면 안 될 것 같았다. 그래서 그녀의 방문이 닫히는 소리가 들려올 때까지 기다렸다 그도 서재로 걸음을 옮겼다.

서재는 평소 그가 집에서 잠자리에 들기 전까지 가장 오랜 시간을 보내는 장소였다. 그런데 오늘은 뭔가 달랐다. 익숙한 책 냄새에 이나의 향기가 희미하게 더해져 떠돌고 있었다. 마치 그녀의 귀가를 확인시켜 주는 향기 같았다. 그는 그 향기를 전부 소유하려는 것처럼 깊게 숨을 들이마셨다.

그와 결혼 후, 스물여섯 살의 새 신부 이나는 마치 10년쯤 아이를 갖지 못해 애가 타는 종갓집 맏며느리처럼 행동했었다. 그에게 조금의 애정도 없는 것이 분명한데 절실할 만큼 그의 아이를 원했다.

그의 어머니든, 할아버지든 누군가 그녀에게 그녀가 진짜 골든그룹 사람이 되고 그의 입지가 더욱 탄탄해지기 위해서는 반드시 아이가 있어야 한다고 조언을 한 듯했다. 그러고 보면 그녀는 고집이 셀 것 같은 이미지와는 달리 언제나 어른들의 말씀에는 귀를 기울여 왔다.

혼자 결혼을 준비했던 것처럼, 그녀는 혼자서도 열심히 병원에 다녔다. 병원에서 받아 온 날짜에는 반드시 몸을 깨끗이 씻고 주름 한 줄 가지 않은 새 잠옷을 입고 그를 기다렸다.

의무에 가까운 관계가 끝나고 나면 그녀는 꼼짝 않고 그대로 누워 잠들었다. 아니, 일부러 침대에서 내려오지 않았다는 표현이 더 정확했다. 자신의 몸 안에 남겨진 작은 씨앗 하나도 흘려보내지 않겠다는 듯 그대로 침대에 누워 잠을 청했다.

애정 없는 결혼이었으나 그녀와 결혼을 결심한 순간부터 그의 머릿속에 이혼은 없었다. 그러니 자신의 아이를 갖겠다는 그녀를 말릴 이유도 없었다.

그녀가 골든그룹 사람이 되기 위해 아이를 갖길 원하는 것처럼, 그역시 골든그룹을 물려줄 아이를 원한 것이 사실이었으니까.

그때 그들은 서로에게 도구에 불과했다. 이나에게 그는 아이를 갖게 해 줄 도구, 그에게 이나는 아이를 낳아 줄 도구.

하지만 그녀는 알지 못했을 것이다. 평상시 잠버릇 없이 곱게 잠이 들었다 깨어나는 그녀가 그와 관계 후 잠든 밤이면 낮게 신음을 흘리며 깊게 잠들지 못했다는 사실을.

몇 달간 실망하고, 다시 준비하기를 반복하면서도 흔들리지 않는 척, 감정 같은 건 없는 척 차분했던 그녀를 그가 처음으로 다른 시선으로 봤던 건 어머니가 돌아가셨을 때였다.

아무도 소리 내 울지 않는 엄숙한 장례식장에서 그녀는 마치 세상이 끝난 사람처럼 하염없이 눈물을 흘렸다. 소리도 내지 못하면서 눈물을 얼마나 흘렸는지 장례 기간 내내 그녀의 눈은 퉁퉁 부어 있었다. 그녀가 쓰러지는 것은 아닐지 염려한 강 회장이 노 박사를 따로 불렀을 정도였다.

그 후 그녀를 안으려 할 때마다 그때의 모습이 떠올랐다. 기대했던 결과를 얻지 못할 때마다 아무도 보지 않는 곳에서 소리 죽여 우는 건 아닌지 신경이 쓰였다. 잠자리 후 악몽에 시달릴 정도로 힘든 일이라면 차라리 기대도 갖지 않게 하고 싶었다. 그게 자신이 해 줄 수 있는 전부라고 생각했다.

그는 상의 없이 그녀에게 앞으로 자신은 2층에 있는 방을 쓰겠다고 통보했다. 그날도 이나는 아무런 표정도 없는 얼굴로 당분간을 그렇게 하자고 동의했다. 그녀의 입장에서는 어머니를 떠나보낸 그에 대한 배려였을지 모른다.

어떤 이유에서든 그와 떨어져 지내면 그녀가 지옥 같은 삶에서, 기대에서 조금은 홀가분해질 줄 알았다. 그런데 이제 와 그녀 못지않게 오만했던 자신의 결정에 후회가 밀려들었다.

곱게 잠이 들든, 악몽에 시달리든 자신이 계속 곁에 있어 줬어야 했다는 생각에. 악몽에 시달리는 그녀를 혼자 둔 건 결국 자신의 죄책감 때문이었다는 생각에.

머릿속의 생각들을 털어 내기 위해 일부러 일에 집중하던 그가 불현듯 무언가 떠오른 것처럼 자리에서 일어섰다. 그의 걸음이 멈춰 선 곳은 인테리어와 명화의 해설에 관한 책들이 꽂힌 구간이었다. 책들 중 가장 낡고 두꺼운 책을 단번에 꺼내 든 그는 첫 페이지를 펼쳤다. 하지만 그곳엔 아무것도 없었다.

잠시 생각하다 책의 방향을 바꿔 마지막 페이지를 펼치자 '태강이 일곱 살'이라는 글씨가 눈에 들어왔다. 어머니가 외할머니에게 받아 유품처럼 간직했던 책이었다. 책의 첫 페이지에 외할머니가 꽂아 뒀던 그의 사진을 그대로 둔 것도 어머니였다.

그런데 사진의 위치가 바뀌어 있었다. 그건 오늘 이나가 이 책을 열어 봤다는 뜻이었다. 그는 자신의 사진을 꺼내 뒤집었다.

"역시 안목 있네."

그는 흰색 맨투맨에 베이지색 바지를 입고 한 손을 허리에 얹은 어린 자신의 모습을 가만히 바라보았다. 사진은 외할머니, 외할아버지 생전에 함께 나들이를 나갔던 날 찍은 사진이었다.

그날 외할머니와 외할아버지는 그가 무얼 하든 그저 흐뭇하게 웃고 계셨고 어머니는 그에게 멋진 포즈를 요구하며 연신 카메라 셔터를 눌렀었다. 눈부시게 화창했던 그곳에 아버지는 없었다.

"이때 만났더라면 지금 우리가 좀 달랐을까?"

사진을 다시 제자리에 넣어 둔 그가 책상으로 걸음을 옮기려 할 때였다. 쓰레기통 입구에 구겨진 카드가 걸려 있는 것이 보였다. 태강은 카드를 꺼내 펼쳤다.

[무사히 퇴원한 거 축하해. ─조세영]

작년 그의 생일, 세영에게 받았던 카드에 적혀 있던 동글동글한 글씨가 카드 안에 적혀 있었다.

이나는 일곱 살에 어머니를 잃었다고 했다. 어머니를 잃은 어린 딸에게 윤도진 사장은 결코 다정한 아버지였을 리 없었다.

그가 기억하는 그녀의 할아버지 또한 본인은 사랑으로 어린 손녀를 지켜봤겠지만, 감정 표현은 서툰 분이었다. 그렇더라도 오래 곁에 계셔

줬으면 좋았을 텐데.

그렇게 의지할 사람 하나 없는 어린 소녀에게 찾아온 새로운 가족이 하필 세영이었다. 이미 한차례 구겨졌던 카드가 그의 손에서 다시 형체를 알아볼 수 없게 구겨졌다. 마치 세영을 대신하듯.

구겨진 카드를 쓰레기통에 깊숙이 집어넣은 그는 그대로 불을 끄고 서재를 나섰다. 자신의 방이 아닌 1층으로 내려가 불 꺼진 이나의 방문을 조용히 열었다.

"음……."

나직한 신음 소리가 방 안으로 들어서려는 그의 발끝을 막았다. 지난 시간에 대한 후회와 미안함이었는지도 모른다. 그는 곧장 침대로 다가가 침대 옆 조명스탠드를 켰다. 그들을 위해 어머니가 특별 제작한 침대 위 혼자 덩그러니 누워 있는 이나가 한없이 작게 보였다.

"오늘은 또 무슨 꿈을 꾸는 거야?"

그는 이불 밖으로 나와 있는 그녀의 손을 잡았다. 작은 손이 힘없이 펴지는 듯하다 갑자기 그의 손을 꼭 움켜쥐었다. 절대 놓지 않을 것처럼.

"윤이나."

"……."

"너무 늦어서 미안해."

그는 그녀의 손등을 나머지 손으로 감쌌다.

"내가 미안해."

차갑던 그녀의 손이 그의 온기로 조금씩 따뜻해져 갔다. 숨결도 어느새 낮고 규칙적으로 바뀌어 있었다. 하지만 태강은 그 후로도 한참 잠든 그녀의 곁을 떠날 수 없었다.

5. 다시 시작

골든그룹 강 회장의 평창동 자택 앞으로 최고급 승용차들이 꼬리를 물고 늘어섰다. 경호원들이 선두의 차량부터 차량 번호와 초대장을 확인한 후 문을 열어 주면 참석자들은 플래시 세례를 받으며 자택 안으로 들어섰다.

매년 강 회장의 생일은 골든호텔에서 그룹 기념행사 못지않은 규모로 치러졌다. 그런데 올해는 장소가 골든호텔에서 강 회장의 자택으로 바뀌었고 참석 인원도 예년과 비교해 현저히 축소되었다.

이번에 초대장을 받은 사람이야말로 강 회장의 진정한 측근이란 말이 있을 정도였기에 취재 열기 또한 어느 해보다 뜨거웠다.

드디어 태강과 이나를 태운 차가 가장 선두로 나섰다.

"컨디션은 괜찮은 거지?"

"네."

다정하게 묻는 태강에게 이나는 고개를 끄덕여 보였다.

어제 아침, 그는 백화점 직원 편에 그녀의 의상 열 벌을 집으로 보냈다. 이나는 그중 자신의 날씬한 체형을 돋보이게 해 주는 H라인 블랙 원피스를 골랐다. 치마 위로 같은 색상의 레이스가 우아하게 덧대어진 원피스는 그녀의 피부는 유리처럼 희고 매끈하게, 목선과 발목은 더욱 가늘고 우아하게 부각시켜 주고 있었다.

"내가 계속 옆에 있을 거지만 그래도 혹시 모르니까 사진으로 봤던 해성그룹 사람들과 지젠그룹 사람들, 그리고 우리 가족들 말고는 가볍게 눈인사 정도만 나눠."

"그럴게요."

"그리고 나한테서 절대 30cm 이상 떨어지지 말고."

그녀의 옷과 같은 색상의 슈트를 근사하게 차려입은 태강이 차에서 내리기 전 다시 당부했다. 그는 자신이 직접 오늘 참석자들의 사진을 전부 보여 주고도 여전히 안심되지 않는 눈치였다.

"네."

"조금만 있다 돌아갈 거니까 그때는 고집부리지 말고."

"알았어요. 이제 된 거죠?"

가녀린 어깨를 잡은 태강이 시선을 그녀의 얼굴과 그가 선물한 다이아 펜던트 목걸이로 움직였다.

"마지막 하나 더."

"……?"

"내가 누구지?"

2층으로 향하는 계단에서 나눴던 대화 이후 그날과 같은 이야기를 다시 나누지는 않았다. 분명 서로의 감정이 변하고 있음을 확인한 계기였지만 대화나 행동은 여전히 조심스러웠다. 그럼에도 그들은 그가 일찍 퇴근하는 날에는 함께 저녁을 먹고 정원을 산책하거나 서재에서 책을 읽으며 시간을 보냈다.

같이 보내는 시간이 늘수록 서로가 점점 편해지고 있었다. 편안함의 특권일지 모른다. 이나는 그가 지금 무얼 묻고 있는지 알면서 일부러 다른 대답을 했다.

"골든그룹 강성 회장님의 손자이자 골든전자의 사장님. 어떤 자린지 아니까 행동 조심할게요."

"아니, 틀렸는데."

그가 고개를 저었다. 그러면서도 사뭇 다정한 눈길에 이나는 긴장과는 다른 의미로 가슴이 떨렸다.

"……제 남편이요."

"그래. 당신 남편이야."

그때 밖에서 문이 열리며 환한 불빛이 그들을 향해 쏟아졌다. 이나는 먼저 차에서 내린 태강의 손을 잡고 천천히 바닥으로 발을 내렸다.

"조심해서 걸어."

"네."

"참, 김 실장님이 백화점 직원한테 들었다는데, 당신이 작년 할아버지 생신에 입었던 옷이 다음 날 완판됐다고 하더라고."

"그래서 백화점 옷을 보낸 거예요?"

주변의 소음에 그녀가 그에게 몸을 기울이며 물었다. 카메라를 의식한 행동이 아니었는데 그 순간을 기다렸다는 듯 플래시가 더욱 요란하게 터졌다.

"아니. 골든백화점에 대한 오너 가족의 애정인데."

"그래요?"

기자들 사이를 지나쳐 대문 안으로 들어선 두 사람은 화려하게 등이 켜진 정원을 가로질렀다. 집이 점점 가까워지자 이나는 어릴 적 할아버지의 손을 잡고 이곳에 왔던 기억이 떠올랐다. 그때는 정원이며 저택이 너무 커 임금님의 궁전도 이렇게 넓고 컸을까 생각했었는데.

어른이 된 그녀의 눈에 이곳은 예전처럼 커다랗게 보이지 않았다. 그녀의 곁에도 할아버지 대신 태강이 있었다. 그리고 그녀는 이제 손님이 아닌 가족으로 이 길을 걷고 있었다. 조금씩 느려지는 그녀의 걸음을 눈치챈 그의 손이 다정하게 그녀의 어깨를 감쌌다.

"무슨 생각 해?"

"예전 생각이 나서요. 어릴 적에 할아버지랑 여기에 와 본 적이 있거든요."

"그래?"

"네."

"그런데 왜 우린 그때 못 만났을까?"

"태강 씨는 어릴 적에 할아버지랑 같이 안 살았잖아요."

"그렇긴 하지."

그가 고개를 끄덕였다.

"그래도 만날 인연이었으면 만나지 않았을까?"

"만났었는데 우리가 기억 못 하는 걸지도 모르죠. 그리고 결국 인연이니까 지금 이렇게 부부가 됐잖아요."

"그러네."

나직한 그의 웃음소리가 기분 좋은 바람에 실려 왔다.

저택의 현관 입구로 다가가자 검은 정장 차림의 남자들이 정중히 그들을 맞았다.

안내가 필요 없는 태강은 곧장 사람들을 지나쳐 연회장으로 향했다. 마침 연회장 앞에서 손님을 맞고 있던 태강의 아버지와 짧게 인사를 나눈 그들은 다시 해성그룹 한 사장 부부를 만났다.

"와 주셔서 감사합니다."

"강 회장님 생신인데 당연히 와야지."

태강과 한 사장이 인사를 주고받는 사이 한 사장의 아내 연진도 이나에게 친근하게 말을 건넸다.

"자기, 유럽 다녀왔다면서?"

"네."

"좋았겠다. 그런데 살이 좀 빠진 것 같아. 여행 가 있는 동안 남편 보고 싶어 마음고생 좀 했구나?"

"이 사람이 아니라 제가 걱정되고 보고 싶어서 기다리는 두 달이 2년 같았습니다."

태강이 그녀들의 대화에 불쑥 끼어들었다.

"어머, 어머. 당신 봤어요?"

"나도 전에 당신 유럽 크루즈 여행 보내 줬잖아."

"그때 당신 2주일 만에 돌아온 저한테 왜 벌써 왔냐고, 뱃멀미 때문에 중간에 온 거 아니냐고 했었죠? 강 사장님은 아내가 보고 싶어 두 달이 2년 같았대요."

연진이 그때의 서운함이 떠오른 듯 팔짱을 끼고 고개를 돌리자, 한 사장이 머쓱한 표정으로 '우리 집사람이 이럴 때 보면 꼭 소녀 같다니까요'라며 웃었다.

"하긴 출장 잠깐 갔다 올 때도 그렇게 떨어지기 싫어했는데, 두 달이나 떨어져 있었으니 오죽했을까."

"네?"

"자기 지난번 모임 때 강 사장이 데리러 와서 몰래 간 거지?"

연진이 다 알고 있다는 표정으로 말했다. 기억에 존재하지 않는 일이었기에 그 순간 이나가 보일 수 있는 반응은 미소뿐이었다.

"다 이해하니까 걱정 마. 그런데 참. 우리 이번 모임은 다음 주 토요일에 할까 하는데, 자기 시간 괜찮겠어?"

"모임이요?"

"응. 오늘 보면 얘기하려고 따로 연락 안 했는데, 혹시 다른 일정 있는 건 아니지?"

태강에게 그의 어머니와 연진의 친분이 두터웠다는 얘기는 이미 들어서 알고 있었다. 하지만 모임에 대해서는 들은 바가 없었다.

아마 태강도 알지 못했을 것이다. 여자들끼리 가졌던 모임까지 그가 일일이 신경 쓰지는 않았을 테니. 그녀가 참석할 수 없는 적당한 핑곗거리를 찾고 있을 때 먼저 입을 연 사람은 태강이었다.

"이번에는 부부 동반으로 하시죠."

"어머, 정말이요?"

"네. 아내가 모임에 나가 얼마나 재미있는 얘기를 나누고 오는지 항상 궁금했었습니다."

"강 사장님이 여자들 모임 같은 데 관심 가질 줄은 몰랐는데."

"이 사람 일인데 관심 없을 리가요. 토요일이면 다른 분들도 시간 내기 힘들지 않을 것 같은데. 한 사장님은 시간 어떠십니까?"

이나의 얼굴에 잠시 시선을 주었던 그가 한 사장에게 물었다.

"우리는 당연히 되죠."

한 사장이 입을 열기 전에 연진이 잽싸게 대답했다. 그 대답이 마음에 들지 않았는지 한 사장이 연진 모르게 콧등을 씰룩거렸다.

"이번 모임 너무 기대된다. 자기도 그렇지?"

"네."

"어머, 이나야."

그때였다. 전혀 반갑지 않은 여자의 목소리가 불쑥 그들 사이로 끼어든 것은. 이나는 고개를 돌리지 않았으나 또각또각 다가온 구두 소리는 당연하다는 듯 그녀의 곁에서 멈춰 섰다.

"지금 도착했구나? 너 언제 도착하나 계속 기다리고 있었는데."

"누구?"

연진이 진달래빛 원피스에 진주가 촘촘히 박힌 클러치를 손에 든 세영을 호기심 가득한 시선으로 바라보며 이나에게 물었다.

"어머, 해성그룹 사모님이시죠? 안녕하세요, 전 이나 엄마예요."

세영이 기다렸다는 듯 자신을 소개했다. 처음에는 놀라고 당황했던 연진의 얼굴에 서서히 불쾌감이 번져 갔다. 세영도 연진의 반응을 읽었을 것이다. 그렇지 않다면 연진에게 내밀었던 제 손을 슬그머니 되가져가지 않았을 테니.

"요즘은 촌스럽게 악수 안 하죠? 저는 습관이 돼서."

"……."

"이나야, 너 오늘 너무 예쁘다. 어쩜, 옷도 꼭 널 위해 만든 옷 같다."

끝까지 낯 두껍게 굴 생각인지 아무도 자신의 말에 대꾸해 주지 않는 상황에도 세영은 꿋꿋하게 이나를 바라보며 생글생글 웃었다.

"자기 아버지 재혼하셨다고 했던가? 예전에 시어머니한테 들었던 것 같네."

연진은 질문도 혼잣말도 아닌 말을 중얼거렸다. 연진과 나이 차이가 있는 한 사장은 이나의 아버지 또래였다. 다시 말해 세영의 나이는 한 사장의 막냇동생보다는 딸 쪽에 가깝다는 뜻이었다.

게다가 아무리 명품과 화장으로 겉모습을 바꿔도 세영은 이 세계 사람들의 몸에 밴 우아한 기품은 흉내 낼 수 없었다. 당연한 일이겠지만, 세영은 자신이 연진과 같은 사람들이 가장 혐오하는 부류라는 사실도 모르는 표정이었다.

"저는 반가운 마음에 인사하러 온 건데, 제가 방해가 됐나 보네요?"

"자기, 다른 회원들한테는 내가 연락할게. 그날 봐."

"네. 그날 봬요."

"강 사장님도 그날 봬요."

"네."

세영을 끝까지 투명 인간 취급하며 연진과 한 사장이 그들에게서 멀어졌다. 연진이 한참 멀어진 뒤에도 세영의 손에 들린 클러치는 희미하게 바들거리고 있었다.

"내가 전염병 환자니?"

"......"

"그런데 지금 이 무시, 나 혼자 당한 거 아니고 네 아버지도 똑같이 당한 거야. 네가 네 아버지 무시당하는 걸 가만히 보고만 있었던 거라고."

"그러게 전염병 환자가 되고 싶지 않았으면 집에 그냥 있지 그랬어요."

"뭐?"

"이 정도 각오는 하고 온 줄 알았는데."

이나는 태강을 향해 몸을 돌렸다.

"태강 씨, 할아버님이 기다리시겠어요."

"그래."

"아, 그리고 앞으로는 집으로 꽃 보내지 마세요. 나한테 관심이 없으니 당연히 몰랐겠지만, 내가 꽃 알레르기가 생겼거든요."

세영을 그 자리에 남겨 두고 이나는 태강과 연회장 안으로 들어섰다. 입구의 얼음 사자상을 지나친 두 사람은 곧장 넓은 연회장을 가로질러 오늘의 주인공 강 회장에게 다가갔다. 그들이 다가오는 것을 확인한 강 회장은 잠시의 망설임도 없이 주변 사람들을 물렸다.

"이나 왔구나?"

"네, 할아버님. 생신 축하드려요."

"그래, 고맙다. 오는데 차는 안 막혔고?"

"네."

이곳에 참석한 모두가 강 회장과 그들을 주시했다. 그렇기에 반갑고 궁금한 마음을 억누르고 예의상의 이야기밖에 주고받을 수 없었다. 하지만 이나는 애틋하게 자신을 바라보는 강 회장의 시선에서 그의 많은 마음을 느낄 수 있었다.

"다리 아프겠다. 어서 가서 앉거라."

"네."

그들의 자리는 태강의 아버지가 앉은 테이블의 옆 테이블이었다. 이나는 자리에 앉으며 아버지와 멀리 떨어져 앉은 노 박사와 승현에게 고개 숙여 인사를 건넸다.

"다들 공사다망하실 텐데 바쁜 시간 내 이 사람 생일을 축하하러 와 주셔서 감사합니다. 멀리서 힘든 걸음 해 주신 분들께 특히 감사드리고, 준비된 식사 맛있게들 하시고 즐거운 담소 나누시다 돌아가셨으면 좋겠습니다."

강 회장의 짧은 감사 인사가 끝나자 테이블에 자리를 잡고 앉은 사람들은 준비된 식사를 즐기기 시작했다. 정재계를 주름잡는 인사들이 한자리에 모였으니 격식을 차린 경직된 분위기가 될 줄 알았는데 이미 안면이 있는 사람들은 스스럼없이 담소를 나누며 즐거운 분위기에서 식사를 이어 갔다.

"제가 좀 늦었습니다."

뒤늦게 혼자 도착한 태훈이 그들과 같은 테이블에 앉으며 인사를 건넸다.

"오셨어요, 도련님."

"왜 혼자야?"

"승희 씨는 몸이 좀 안 좋답니다."

"어디가?"

"몸살이겠죠. 어제까지 멀쩡하던 사람이 하필 오늘 같은 날 일어서지도 못할 정도로 몸살이 났다니……."

분명 승희는 몸살이 아니라 그가 보낸 태훈의 과거 검찰 조사 자료에 충격을 받아 불참을 결정했을 것이다. 하지만 그런 사실을 알 리 없는 태훈은 그저 짜증스러운 표정이었다.

약혼녀와 함께 강 회장 앞에서 갖은 감언이설을 늘어놓을 생각이었을 텐데, 혼자 덩그러니 앉아 있으려니 속도 퍽이나 쓰린 듯했다.

"승희 씨한테 빨리 쾌유하라고 전해 주세요, 도련님."

"그러죠. 그런데 형수님은 괜찮으신 거예요?"

"무슨 말씀이세요?"

"아니, 그렇게 큰 사고를 겪었는데 후유증이나 다른 불편한 곳은 없으신지 궁금해서요."

"너 지금 왜 그런 얘기를 꺼내는 건데?"

"가족인데 궁금한 것도 못 물어봅니까?"

"여기에 우리만 있는 것도 아닌데, 꼭 지금 물어야 해?"

"제가 죽을죄를 지었네요."

짧은 대화 후 불만스러운 표정으로 핸드폰만 만지작거리던 태훈이 결국 화장실에 다녀오겠다며 자리에서 일어섰다. 태훈이 나가고 난 뒤 이나는 고개를 돌려 세영의 자리를 바라보았다.

이곳에 그토록 오고 싶어 했던 세영이었는데, 그녀 역시 조금 전의 태훈처럼 핸드폰만 만지고 있었다.

"저도 화장실에 좀 다녀올게요."

"같이 가 줄까?"

"혼자 가도 괜찮아요."

"어딘지 모르잖아."

"들어오면서 봤어요."

이나도 연회장을 나섰다. 하지만 태훈의 모습은 어디에도 보이지 않았다. 그녀가 홀에서 여러 방향으로 뻗은 복도들을 살피고 있을 때였다. 누군가 그녀의 어깨 위에 손을 얹었다.

"이나야."

"오빠."

뒤를 돌아보니 승현이 서 있었다.

"어디 찾아?"

"아니야. 오빠는 왜 나왔어?"

"너한테 할 얘기 있어서. 잠깐 시간 좀 내 줄 수 있어?"

"응."

둘은 사람들이 없는 복도 쪽으로 걸음을 옮기다 자연스럽게 모퉁이를 돌았다. 평범한 복도라고 생각했는데 곧 그들 앞에 일정한 간격으로 둥근 기둥이 세워진 넓은 공간이 나타났다.

"이런 곳이 있었네?"

"그러게. 꼭 갤러리 같다."

사람들의 발길이 닿지 않는 공간에 그들의 목소리가 나직하게 울렸다.

"이나야, 네가 부탁한 거 확인해 봤어. 그날 네가 오후에 통화했던 사람들은 미술관이랑 네 남편, 그리고 네 남편 비서랑 본가였어. 마지막으로 통화했던 번호가 하나 더 있기는 한데……."

"마지막에 통화했던 번호? 그건 누군데?"

"그게, 그 마지막에 통화한 전화번호는 주인이 바뀌어서 아직 누군지 확인을 못 했어. 내가 조금 더 일찍 알아봤어야 했는데, 미안해."

"오빠가 왜 미안해. 그런데 누군지 알아볼 수는 있는 거야?"

"지금 번호를 쓰는 분이 종종 전 번호 주인을 찾는 전화나 메시지가 온다고 해서 내가 그 연락처 메모를 부탁해 뒀어. 시간은 조금 걸리겠지만 어떻게든 찾을 수는 있을 거야. 내가 꼭 찾아 줄게."

"고마워, 오빠."

그 마지막 통화는 그날 이나의 이동과 아무런 상관없는 전화일 수도 있었다. 그렇다 해도 그녀는 그 사람이 누군지 확인이라도 된다면 마음이 조금은 더 가벼워질 것 같았다.

"별 도움도 안 됐는데. 사람들 기다리겠다. 그만 가 보자."

"오빠 먼저 들어가. 나는 조금만 더 있다가 갈게."

그녀는 안쪽 벽에 걸린 그림을 시선으로 가리켜 보이며 말했다.

"그래, 그럼. 너무 오래 있지는 말고."

"응."

승현이 먼저 돌아간 뒤 그녀가 그림 앞으로 천천히 걸어가 섰을 때였다. 멀리서 나직하게 사람들의 말소리가 들려오는가 싶더니 발걸음 소리도 점점 그녀가 있는 곳을 향해 다가왔다.

"여긴 아무도 몰라."

"알았으니까, 같이 가."

태훈과 세영의 목소리라는 사실을 확인한 이나는 가장 안쪽의 기둥 뒤로 몸을 숨겼다.

태강은 비어 있는 이나의 자리를 다시 바라보았다. 화장실에 다녀온다더니 10분이 지나도록 돌아오지 않고 있었다. 그에게 10분이 이토록 길게 느껴지는 이유는 태훈과 세영, 그리고 승현의 자리까지 모두 비어 있기 때문일지도 모른다. 알 수 없는 불안감은 결국 그를 자리에서 일어서게 만들었다.

연회장을 빠져나오는 동안 그는 미처 인사드리지 못했던 참석자들과도 인사를 나눠야 했다. 끝까지 참을성을 발휘하며 밖으로 나온 그가 화장실 쪽으로 향하고 있을 때였다. 맞은편에서 혼자 걸어오고 있는 승현이 보였다. 그와 시선이 마주치자 승현도 고개를 숙여 인사를 했다.

"노승현 씨."

텅 빈 복도에는 승현과 그뿐이었다. 그가 부르자 승현이 걸음을 멈추고 섰다.

"네."

"제 아내 못 봤습니까?"

태강은 자신을 바라보는 승현의 고요한 눈빛이 거슬렸다. 저 잔잔한 눈빛 뒤에 자신에 대한 경계가 감추어져 있다는 사실을 알고 있기 때문이다.

"봤습니다. 이 복도 끝에서 오른쪽으로 돌면 그림들이 걸려 있는 복도가 나오던데, 거기에 있을 겁니다. 그럼."

"잠깐만요."

그를 지나쳐 가려던 승현의 걸음이 다시 멈췄다.

"거기에 있을 거라는 건 두 사람이 함께 있었다는 겁니까?"

"그런데요."

무슨 용건으로 두 사람이 함께 있었냐고 묻고 싶은 것이 본심이었다. 설령 안부 인사 따위나 나눴다 해도 그의 두 귀로 확인하고 싶었다. 하지만 그의 자존심은 그 거슬리는 감정이 드러나지 않도록 눈을 가늘게 늘이고 있었다.

"같이 있었는데 왜 혼자 옵니까?"

"제 용건은 끝났으니까요."

"그게 뭐죠? 노승현 씨 용건이란 거?"

"궁금하시면 이나한테 직접 들으시죠."

역시나 거슬렸다.

"그러죠."

"강 사장님."

이번에는 이나에게 가려는 태강의 걸음을 승현이 멈추게 했다.

"뭐죠?"

"혹시 사고 차량에서 이나 핸드폰 찾으셨습니까?"

"그걸 내가 왜 말해야 하죠?"

"그렇죠, 저한테 말씀해 주실 이유야 없으시죠. 그런데 이나가 그 핸드폰을 찾지 못해 많이 실망했습니다."

"……"

"아무렇지 않은 척 내색하지 않아도 이나, 여전히 힘들고 혼란스러울 겁니다."

승현은 마치 자신은 이나에 대해, 아니 그들 부부 사이에 대해서도 모르는 게 없다는 듯한 말투였다.

"노승현 씨."

"네."

"아내 일에 신경 써 줘서 고맙습니다."

'……라는 말이라도 듣고 싶은 겁니까?'

"아닙니다."

"이제는 제가 더 신경을 쓰도록 하죠. 아내 일 다른 사람 통해서 듣는 일 없도록."

자신을 쳐다보고 있는 승현의 시선을 느끼며 그는 다시 걸음을 옮겼다.

그도 이나의 핸드폰을 찾기 위해 사람을 시켰고 폐차 직전의 차 안을 직접 살피기까지 했다. 하지만 손에 쥔 건 없었다. 사고 당시 운전석과 조수석의 창문이 엉망으로 깨진 데다 차 안의 물건들 중 사라진 게 핸드폰 하나가 아니었기에 그저 밖으로 튕겨 나갔을 것이라고 추측만 했다.

사실 그가 마음에 걸렸던 건 사라진 핸드폰뿐만이 아니었다. 그녀와 마지막으로 통화했던 비서실 박 대리까지 사고 직후 사직서를 내고 누나가 살고 있다는 해외로 출국해 연락이 닿지 않았다.

하지만 그날 김 실장도, 본가의 직원도 이나와 통화를 한 바 있었기에 박 대리의 통화 내용도 크게 다르지 않을 거라고 생각하며 마음을 다독인 상태였다. 그런데 승현의 입을 통해 핸드폰 얘기를 듣게 되니 애써 억눌렀던 불편이 다시 고개를 드는 듯했다.

"……기억한다니까."

"노 박사 말이랑 다르니까 하는 소리지."

"지난번에 병원으로 찾아갔을 때도 그렇고 오늘도 멀쩡했어. 멀쩡하지 않으면 어떻게 여기에 나타날 생각을 했겠어?"

막 승현이 말한 모퉁이를 돌려는 순간 그의 귓가에 세영과 태훈의 목소리가 들려왔다.

"도대체 윤이나 기억이 왜 중요한데? 누나 무슨 약점 잡힌 거라도 있는 거야?"

누나? 윤도진 사장의 아내 조세영을 태훈이 사돈이 아니라 누나라고 부르고 있었다.

"그런 거 없어. 그냥 걔 때문에 아무것도 내 마음대로 되는 게 없어서 죽도록 싫은 것뿐이야. 정말 윤이나가 어디 가서 죽어 버렸으면 좋겠다고."

"설마 그때 사고 누나가 낸 거야?"

"내가 미쳤냐? 물론 마음으로는 수백 번도 더 냈지. 하지만 그러다 걸리면 내 인생 내가 망치는 건데, 그런 짓을 왜 해?"

"정말 아니지?"

"내 아이가 상속받을 전 재산을 걸고 맹세할 수 있어."

"그 정도면 믿을게. 그런데 이제 한집에 살지도 않고, 윤이나 덕분에 SJ 재정은 점점 좋아지고 있을 텐데 왜 그렇게 못 잡아먹어서 안달인 거야?"

두 사람이 언제부터, 어떻게 알게 된 사이인지와는 별개로 태훈이 연회장에서 삐딱한 태도로 핸드폰에서 시선을 떼지 못하고 있던 이유는 알 것 같았다. 뜬금없이 이나에게 후유증은 없는지 물었던 이유 역시 크게 다르지 않을 테니까.

"걔는 어릴 때부터 그렇게 싹수가 없더니 이제는 남편 믿고 아주 눈에 보이는 게 없어. 네가 나라도 못 참았을걸."

"그렇게 억울하면 누나도 다시 태어나든가."

"지금 말장난할 기분 아니야. 그리고 나 절대 윤이나 그냥 안 둬. 제대로 망신을 시키든, 이혼을 하게 하든 내가 지금까지 당한 수모 반드시 전부 갚아 줄 거야."

"이혼이 그렇게 쉬운 일인 줄 알아? 우리 같은 사람들이 이혼 한 번 하려면 소송 금액에 얼마가 거론될지 누구도 예상 못 해. 게다가 기간도 몇 년이 걸릴지 알 수 없고. 말처럼 쉬운 일이 아니라고."

"그래도 할 사람은 다 해. 죽어도 얼굴 마주 보고 못 살게 만들어 줄거야, 내가."

자신과 이나를 이혼시킬 거라는 세영의 말에 태강의 한쪽 입술 끝이 차갑게 말렸다. 애초에 자존심은 강하지만 감정 표현은 절제된 이나와 영악하고 교활하기까지 한 세영의 결합은 최악이었다.

서로를 증오했겠지만, 적어도 세영이 행동하지 않았다면 이나는 참았을 것이다. 그런데 본인이 이나의 삶에 뛰어들어 지금껏 교묘하게 괴롭힌 것으로는 부족해 이제 조금 잔잔해지려는 그녀의 삶에 돌을 던질 생각을 하고 있다니……

"그래서 생각해 둔 방법은 있고?"

"걱정 마. 나만큼 윤이나에 대해 잘 아는 사람도 없으니까."

"뭐야, 큰 약점이라도 쥐고 있는 사람처럼."

"세상에 약점 없는 사람은 없지. 내가 이 비밀 말해 주면 너도 나 도와주는 거다."

"들어 보고."

"됐다. 그런데 두 사람 정말 이혼하면 너한테도 좋은 거 아니야?"

"얘기가 그렇게 되는 건가? 알았어. 도와주면 되잖아. 그래서 그 비밀이 뭔데?"

"윤이나랑 강태강 사장 말이야, 사실은……"

탁.

세영이 조금 더 목소리를 낮추며 은밀히 말을 이으려는 순간 복도 끝의 기둥 뒤에서 무언가 바닥으로 떨어지는 소음이 들려왔다. 액자처럼 크고 무거운 물체는 아닌 듯했으나, 워낙 조용한 공간이었기에 그 소리는 그곳에 있는 모두가 분명하게 들을 수 있었다.

"거기 누구야?"

소리에 즉각 반응을 보인 사람은 태훈이었다.

"강태훈."

"형님?"

태훈이 소리가 들려온 쪽으로 걸어가기 전 태강이 다가가자 태훈과 세영의 표정이 그야말로 창백하게 얼어붙었다. 두 사람이 이런 곳에 함께 있으리라고는 누구도 예상 못 했듯, 두 사람도 이 순간을 다른 누군가에게 들키리라고는 상상하지 못했을 것이다.

게다가 태강과 이나 얘기를 하고 있는데 그가 나타났으니 도깨비라도 본 것처럼 놀라는 지금 반응은 지극히 당연했다.

"두 사람이 왜 여기 함께 있는 거지?"

"아, 나는 승희 씨도 안 오고 답답해서 바람 좀 쐬려고 온 건데. 사돈은 여길 어떻게……?"

태훈이 능청스럽게 세영을 사돈이라 불렀다.

"저는 집이 너무 크고 멋져서 구경을 하다 보니 여기까지 왔네요."

어색한 표정으로 세영이 복도를 두리번거렸다.

"아, 그러셨구나. 그런데 형님은 여기 왜 오신 겁니까?"

"혹시 이나 찾으러 나온 거예요?"

태훈의 물음에 세영도 서둘러 질문을 보탰다. 세영은 안쪽 기둥 뒤에서 난 소리가 이나가 아닌지 의심하고 있는 모양이었다.

"지금 차에 있는 아내를 왜 여기에서 찾겠습니까?"

"차에요? 그럼 여긴 무슨 일로……?"

"직원이 두 사람이 함께 이쪽으로 가는 걸 봤다기에."

"직원이요?"

태훈이 그 앞으로 성큼성큼 다가왔다. 고작 직원이 두 사람이 함께 이곳으로 가는 걸 봤다는 말에 보이기에는 과한 반응이었다.

"그 직원 얼굴 기억하세요?"

"기억하면 찾아내게?"

"어디 가서 엉뚱한 소리 못 하게 주의를 줘야죠."

"그 직원만 본 게 아니라 나도 봤는데, 지금 이렇게. 그러게 사람들 시선이 신경 쓰였으면 행동을 조심했어야지."

"형님, 저희는 정말 우연히 여기에서……."

"변명은 필요 없어. 만약 오늘 같은 광경을 내가 다시 목격하게 되면 그때는 그냥 넘어가지 않을 거야. 무슨 말인지 알아들었겠지?"

태훈뿐만 아니라 세영도 들으라고 한 말이었다. 그의 나직한 경고에 태훈이 불만 가득한 표정으로 그를 지나쳐 걸어갔다. 세영도 그의 시선을 피하며 서둘러 태훈을 따라 사라졌다.

그들의 발소리가 완전히 멀어진 뒤에 태강은 안쪽의 기둥을 향해 천천히 걸음을 옮겼다. 예상대로 마지막 기둥에 등을 기대고 이나가 서 있었다. 바닥으로 떨어진 핸드폰을 줍지도 못한 채.

그는 말없이 바닥의 핸드폰을 주워 그녀에게 건넸다. 핸드폰을 받아 든 그녀는 복잡하고 힘든 얼굴이었다. 이제 겨우 껍질 밖에서 더듬이를 조금씩 세우던 달팽이가 다시 껍질 속으로 들어가려는 것처럼.

"그만 집에 갈까?"

그가 할 수 있는 말은 그게 전부였다. 그가 걸음을 옮기자 이나도 조용히 그를 따라 걷기 시작했다. 불과 한 발짝도 떨어지지 않은 곳에서 걷고 있었으나 그녀의 마음은 그와 얼마나 떨어져 있는지 알 수 없었다. 그는 그 거리를 좁히듯 손을 뻗어 그녀의 손을 잡았다.

"왜 아무것도 안 물어요?"

"뭘 물어야 하는데?"

"왜 여기에 있었는지, 무슨 얘기를 들었는지."

"내가 알아야 할 일이면 당신이 얘기하겠지."

그는 강하지도 않으면서 강한 척하는, 한없이 연약한 이나의 손을 더욱 힘주어 잡았다. 내가 여기 있으니 이제는 내게 의지하라는 애원이었다.

"우리한테 이혼은 없다고 했던 내 얘기 기억하지?"

"그런데 만약에……."

"우리한테는 만약 같은 거 없어."

그는 수갑처럼 그녀의 손을 옭아맸던 손을 풀고 어깨를 감쌌다. 그녀를 끌어당기는 게 아니라 같은 보폭으로 나란히 걷고 싶었다.

✤   ✤   ✤

샤워를 마치고 나온 이나는 미리 꺼내 두었던 잠옷을 입었다. 헤어드라이어로 머리를 말리고 피붓결을 정리하는 동안 화장대 거울 앞에 서 있었으나 거울 속 자신을 바라보는 것은 아니었다. 그녀의 시선은 화장대 위에 놓인 핸드폰과 케이스에 금이 간 립스틱에 닿아 있었다.

할 일을 모두 마치고서도 우두커니 서 있던 그녀는 핸드폰을 집어 들었다. 아버지에게 보낼 메시지를 천천히 적어 내려가다가 돌연 장문의 메시지를 모두 지워 버렸다. 그리고 다시 핸드폰을 내려놓은 뒤 얇은 카디건을 걸쳐 입었다. 엉뚱하게도 이 방을 나서면 지금의 답답함이 조금은 줄어들 것 같았다.

거실은 어두웠다. 창문을 가린 커튼까지 검은 칠을 해 놓은 듯 짙은 어둠이었다. 한 발도 앞으로 내디딜 수 없을 것 같은 어둠을 핑계 삼아 그녀는 긴 한숨을 토해 냈다. 내쉬는 숨과 함께 온몸에서 힘이 빠져나가는 느낌이었다. 머릿속이 몽롱해지며 몸의 무게가 느껴지지 않았다.

"왜 나왔어?"

"아, 물 마시려고요."

등 뒤에서 불쑥 들려온 태강의 목소리에 그녀는 그를 돌아볼 생각도 하지 않고 주방으로 걸음을 옮겼다. 주방으로 들어서고 나서야 그도 자신을 따라 주방으로 들어왔다는 사실을 알았다.

"왜요?"

"나도 물 마시려고."

처음부터 목이 말라 나온 것이 아니므로 이나는 미지근한 물이 반쯤 담긴 컵을 태강에게 먼저 건넸다.

"고마워."

거실에서는 그를 바라보지 않아 몰랐는데, 편안한 차림으로 그녀가 건넨 컵을 받아 드는 그는 평상시와 조금 달라 보였다.

반듯한 이마를 반쯤 덮은 젖은 머리, 그 덕에 날카로움도 반쯤 가려진 크고 시원한 눈매, 날렵한 콧날과 턱선. 머리 스타일이 조금 달라졌다고 차갑고 서늘한 이미지가 사라지고 한결 부드럽게 느껴졌다. 어리고 순해 보이는 것도 같았다.

"피곤하지?"

"네, 조금."

"아까 일 계속 신경 쓰고 있는 건 아니지?"

"네."

"그런데 안색이 좀 안 좋은 것 같은데."

"……."

"오늘은 일찍 잠자리에 드는 게 좋겠어."

"네? 지금 뭐라고……?"

"정말 괜찮은 거야?"

"네."

자신이 정말 괜찮은지 생각도 해 보지 않고 이나는 괜찮다고 대답했다. 머릿속에는 다시 태강은 태훈과 세영의 대화를 어디부터 들었을까, 하는 의문을 맴돌고 있었다. 혹여 그녀와 다시 예전만큼 거리를 두는 쪽이 편하겠다고 생각했다면 어떻게 해야 할지 마음이 무거웠다.

이나는 새 컵을 꺼내 다시 물을 따랐다. 이번에는 따뜻한 물을 섞는 걸 잊고 그대로 입으로 가져가려는데 그가 그녀의 손목을 잡았다.

"차가워."

그녀는 자신의 손목을 잡은 그의 손과 자신을 걱정스러운 눈으로 바라보고 있는 그의 얼굴을 번갈아 바라보았다.

"무슨 생각 하는 거야?"

"좀 피곤해서 그런가 봐요."

"아닌 것 같은데."

"……."

"계속 강태훈, 조세영 두 사람 생각했지?"

그간 태강이 달라지는 게 눈에 보였다. 의식이 돌아온 후 사흘간 찾아오지도 않았던 사람이란 사실이 믿기지 않게 숨 막히게 가파른 변화였다. 하지만 무엇이 그를 달라지게 만들었는지는 알지 못했다. 당연히 무엇이 그를 원래의 모습으로 돌려놓을지도 알 수 없었다. 물론 그 무엇이 그녀가 가진 문제인지 아닌지도 알지 못했고.

아버지도 한때 그랬던 적이 있었다. 그녀의 마음을 바꾸기 위해 뭐든 해 주려 했던 때가. 어릴 적에도 챙긴 적 없던 크리스마스를 챙기고, 반찬을 그녀 앞으로 밀어 주고, 낯간지럽게 '사랑한다, 아버지는 언제나 네 편이다' 라는 말도 서슴없이 건넸다.

그랬던 아버지는 세영과 결혼 후 억지로 잡아당겼던 고무줄을 손에서 놓은 것처럼 빠르게 본래의 아버지로 돌아갔다. 뒤이어 엄마의 유품들이 구닥다리 가구 취급받으며 버려졌고, 이나의 방을 제외한 온 집안이 낯설게 꾸몄다.

그때 그녀가 보인 반응은 전부 관심 없는 일인 것처럼 꿋꿋이 무시하는 것이었다. 누군가는 자신이 아파하는 모습을 즐길 것 같아서, 또 누군가는 자신이 아파하는 사실조차 알지 못할 것 같아서…….

태강은 아버지와 정말 다른 사람인지 궁금했다. 그가 전보다 편해졌지만, 여전히 문득문득 그가 자신에게 무엇을 원하는지, 그 앞에서 자신은 어떤 태도를 보여야 하는 건지 알 수 없는 기분에 사로잡혔다.

"강태훈, 조세영, 두 사람 사이 전부터 알고 있었던 거야?"

"······네."

"언제부터?"

"10년 전쯤, 처음 알았어요."

"그렇게 오래전에?"

그녀는 태강의 시선을 느끼며 짧게 고개를 끄덕였다.

"이제 이해되네."

"······."

"처음 당신이랑 결혼 얘기가 나왔을 때 태훈이랑 작은아버지가 무척 적극적이었어. 그때 당신이 그쪽의 제안을 거절하고 날 찾아왔고. 이미 둘의 관계를 알고 있어서 그랬던 거였어."

그녀가 태훈 쪽의 제안을 거절하고 직접 그에게 찾아갔다는 얘기는 태강은 그때까지 어떤 액션도 취하지 않았다는 뜻이었다. 다시 말해 그는 태훈과 그녀의 결혼을 지지했거나, 그녀에게 관심도 없었다는 말이었다.

이미 흘러간 과거였고 기억도 못 하는 일이었건만 궁금했다. 그녀가 찾아갔을 때 그는 그녀를 보며 무슨 생각을 했을지.

"제가 찾아갔을 때 좀 당황스러웠겠어요."

"이런 상황을 전혀 몰랐으니까."

"그런데 왜 마음을 바꾸셨어요?"

"솔직하게 말하자면, 골든전자 지분 때문이었지. 그 당시 할아버지와 아버지 다음으로 골든전자 지분을 많이 가졌던 사람이 당신과 당신 아버지였거든."

"······."

"그걸 태훈이가 가졌다면 지금 골든전자의 사장은 내가 아닐지도 몰라."

그의 대답은 아무것도 더하거나 빼지 않은 사실 그대로였다. 사랑 없는 결혼 생활과 로맨틱한 변명은 어울리지 않는다는 사실을 알면서도 엉뚱한 기대를 했던 모양인지 그녀는 미소가 지어지지 않았다.

"다 지나간 일이야."

"네. 지나간 일이죠. SJ에 문제만 생기면 회장님을 찾아가는 윤도진 사장과 그 딸까지 전부 떠안게 되는 건데, 그 정도 대가가 주어지는 게 아니라면 피하고 싶었을 거예요."

"내가 대답을 잘못한 건가?"

"그럴 리가요. 저도 SJ를 지키기 위해 어쩔 수 없는 선택을 했을 건데요."

이나는 자신도 모르게 조금 뽀로통하게 대답했다.

"당신을 만났던 날 마음이 바뀐 건 아니지만, 내 선택에 후회한 적은 없었어."

"태강 씨는 솔직한 사람이니까, 진심이겠죠."

"내가 아직 믿음을 주지 못했나 보네?"

"……."

"어떻게 하면 믿어 줄 거야?"

"아니에요, 믿어요. 그리고 저도 후회하지 않았을 거예요."

"그거 알아?"

이마를 덮고 있는 머리가 답답한 듯 그가 손을 들어 머리카락을 쓸어 넘겼다. 곧 머리카락은 원래의 자리로 내려왔다. 그의 외모는 여전히 부드럽고 어려 보였는데 짧은 순간 눈빛은 달라졌다.

별도 뜨지 않은 겨울밤처럼 잔잔한데 끝을 알 수 없게 깊었다. 빨갛게 타오르던 불은 꺼졌으나 여전히 뜨거운 숯처럼 겁 없이 손을 대면 안 될 것 같았다.

"윤이나는 기억을 잃었는데도 참 한결같아."

"……."

"그래서 이제 내 옆에 당신 아닌 다른 사람이 있는 건 상상이 안 돼."

"당신 옆에……."

입고 있는 셔츠가 답답한 모양인지 그가 이번에는 자신의 목으로 손을 가져갔다.

"……저 아닌 다른 사람이 있는 일은 없을 거예요."

"그래. 그럴 거야. 어떤 경우에도."

연회장에서 샴페인 한 모금도 입에 대지 않았다. 머릿속이 조금 복잡하긴 해도 정신은 너무나 멀쩡한 상태였다. 그런데 그 순간 그의 한마디에 상상을 해 버렸다. 넓은 침대 위, 셔츠를 벗은 그와 함께 있는 자신의 모습을. 그가 침대에 누운 그녀를 내려다보다 점점 상체를 낮추는 모습을…….

"미리 부담 주려는 건 아닌데, 당신 기억이 돌아오면 다시 1층 당신 방을 함께 쓸 생각이야."

"제 기억이 돌아오면요?"

"응. 어머니가 돌아가시기 전까지는 그 방을 함께 썼거든. 그때 내가 실수를 했던 것 같아. 조금 더 솔직했어야 했는데."

"네?"

"당신 혼자 힘들게 해서 미안하다고. 당신 건강이 좋아질 때까지는 편하게 자라고."

지금의 그녀에게 하는 말인지, 기억을 잃기 전 그녀에게 하는 말인지 알 수 없었다. 어느 시점의 그녀에게 하는 말이건 그는 그녀가 편하게 잠들길 바라고 있었다. 그런데 아이러니한 사실은 그녀는 그와 함께 잠드는 밤이 더 편한지, 혼자 잠드는 밤이 더 편한지 알지 못한다는 것이었다.

"혹시 제가 태강 씨 앞에서 혼자 편하게 자고 싶다는 의미의 말이나 행동을 했던 적이 있었나요?"

"뭐?"

"그리고 제 기억, 언제 돌아올지도 모르는 거잖아요."

"하지만……."

"만약 몇 달이 아니라 몇 년이 지난 후에도 돌아오지 않는다면요?"

태강은 당황한 듯 보였다. 적당한 대답을 찾거나, 그녀를 안심시켜 줄 말을 생각하는 중인지도 모른다. 하지만 그녀는 지금 어느 때보다 진지했고 솔직하고 싶었다.

"제가 계속 편할까요?"

"당신 혹시 나 없을 때 술 마신 건 아니지?"

"술을 조금 마실 걸 그랬나 봐요."

"술은 지금 나한테 더 필요한 거 같은데."

"그럼 한잔할래요?"

그녀의 말에 그가 다시 머리를 쓸어 올리며 피식 웃음을 흘렸다. 어색한 지금 상황의 전환을 원하는지도 모른다. 하지만 그녀의 맥박은 조금씩 빨라지고 있었다. 자신과 단둘이 있을 때만 보여 주는 그의 미소가 좋았다. 제게 맞추어 가겠다고 했던 말을 그대로 지켜 주는 그가 좋았다.

"진짜가 돼 주겠다고 했잖아요."

"……."

"전 기억이 돌아올 때까지 기다리지 않아도 상관없어요."

태강은 그녀의 남편이었다. 그에게 솔직하지 못할 이유는 없었다. 그리고 그녀가 말한 진짜 가족은 그의 진짜 아내가 되고 싶다는 말의 다른 표현이기도 했다.

"피곤할 텐데 그만 방으로 데려다줄게."

그녀의 말을 가볍게 지나가는 얘기로 받아들였는지, 아니면 다른 대화가 불가능할 만큼 당황했는지 그가 갑자기 자리를 정리했다. 그녀도 당장 대답을 원했던 말은 아니었기에 그의 뜻에 수긍했다.

"혼자 갈 수 있어요."

"그래, 그럼."

"잘 자요."

"당신도."

이나는 그를 남겨 두고 주방을 나섰다. 무슨 용기로 태강에게 기억이 돌아올 때까지 기다리지 않아도 상관없다고 말했는지 모르겠지만 후회하진 않았다. 오히려 그의 말대로 언제 돌아올지 모를 기억을 기다리기만 했다면 더 불안했을지 모른다.

방으로 돌아온 그녀는 카디건을 벗고 침대에 누웠으나 잠이 오지 않았다. 강 회장 생신 연회에 참석하기 위해 오전부터 몸도 마음도 분주했다. 집으로 돌아오는 길에는 세영과 태훈에 대한 생각으로 머릿속까지 복잡했다. 그런데 지금 그녀는 태강에 대한 생각 말고는 무엇도 할 수 없었다.

반듯하게 누워 보고 옆으로도 누워 보며 한참을 뒤척였다. 너무 피곤하면 오히려 잠이 오지 않는다더니 지금 정말 피곤한가 보다 생각하며 다시 몸을 움직였다. 모두 허사였다. 시간이 지나니 잠보다 갈증이 밀려왔다. 침대에서 일어선 그녀는 다시 카디건을 걸치고 방을 나섰다.

당연히 불이 꺼져 있을 거라고 예상했던 거실이 환했다. 주방으로 들어서자 그 이유를 알 수 있었다.

태강이었다. 그가 유리잔에 술을 따르고 있었다. 그도 쉽게 잠들지 못했다는 사실이 이유 없이 반가웠다.

"왜?"

"아까 물을 안 마셨어요."

"나는 술 생각이 나서."

"과음하지 마세요."

"반 잔만 마실 거야."

미지근한 물이 담긴 컵을 들고 이나는 잠시 갈등했다. 그녀의 선택은 식탁 의자였다. 의자에 앉아 천천히 물을 마시고 있는 그녀 곁으로 그도 절반만 채운 잔을 들고 다가왔다. 곧장 2층으로 올라가지 않는 그의 행동에 의미를 부여하고 싶지는 않았으나, 그렇다고 의미가 없지는 않았다.

"잠이 안 와?"

"네."

"나도."

그가 그녀의 맞은편이 아닌 옆으로 다가와 식탁에 비스듬히 기대섰다.

"집으로 오기 전에 가족들한테 인사도 못 하고 나왔어요. 노 박사님이랑 승현 오빠한테도요."

"이해할 거야."

그가 잔에 담긴 내용물을 한 모금 마신 뒤 테이블 위에 내려놓았다.

"당신이 한 말 생각해 봤어."

"……."

"당신만 괜찮다면 당신 말대로 하는 것도 나쁘지 않을 것 같아. 물론 당신 건강을 최우선으로 두고 생각해야겠지만."

그간 함께 산책하거나 서재에서 책을 보다가 문득 시선이 느껴질 때가 있었다. 의식하지 않는 척 자연스럽게 돌아보면 역시나 그가 그녀를 바라보고 있었다. 보호자의 다정한 시선이라기보다는 남자의 눈빛이었다. 못 본 척 반응을 감췄어도 그녀 또한 그의 눈길에 가슴이 떨렸었다.

어쩌면 그녀에게 맞추어 가겠다고 했던 그의 말에 정답이 있는지도 모른다. 지금 그와 그녀의 관계에서 강자는 그녀였다.

"제 건강이 걱정됐다면 노 박사님이 퇴원 허락 안 해 주셨을 거예요."

"……."

"이제 환자 취급은 그만 받아도 된다고 생각해요."

"그래도 당분간은 조심해야지."

"오늘 연회장에서 저를 환자라고 생각한 사람은 아무도 없었을 거예요."

"그거야……."

"그리고 제 몸은 제가 제일 잘 알잖아요."

컵을 내려놓고 자리에서 일어선 그녀는 뚫어져라 자신을 응시하는 그의 시선을 느끼며 천천히 손을 들어 그의 팔에 얹었다. 그리고 아주 느리게 그의 팔을 쓸어내렸다. 손이 그의 손목까지 내려왔을 때 다시

196

손을 움직여 그의 날렵한 턱선을 감쌌다.

수염의 까슬거리는 촉감이 손가락 끝을 자극했다. 그가 내쉬는 뜨거운 숨결은 손등을 덮혔다. 설명 안 되는 감정이, 떨림이 마음을 넘어 몸으로까지 번지고 있었다.

"당신 지금 이러는 건……."

"제가 만지는 게 싫어요?"

"그런 뜻이 아니라."

그가 그녀의 손목을 움켜잡으며 탁한 목소리로 말했다.

"눈에는 잘 보이지 않는데 따가워요."

"금세 자랐나 보네."

그의 울대가 꿈틀 움직였다.

"면도 언제 했는데요?"

"아침에."

잠시 침묵이 흘렀다. 그사이 그의 눈은 점점 짙은 색으로 가라앉고 있었다. 골든전자 지분이나 SJ와는 상관없는 오롯이 그녀를 원하는 눈빛이었다. 이나는 그의 시선을 피하지 않았다. 자신의 착각이 아님을 분명하게 확인하고 싶었다.

숨이 막힐 듯한 정적 속에 그가 손을 셔츠 단추 위로 움직였다. 하나 둘 단추가 풀어지는 것을 바라보며 이나는 자신도 모르게 숨을 멈추었다. 드디어 마지막 단추가 풀어지고 조각처럼 탄탄한 그의 가슴과 매끈한 복부가 그녀의 눈앞에 모습을 드러냈다.

"말해 봐. 지금도 나와 같이 있고 싶어?"

셔츠가 그의 손을 벗어나 바닥으로 떨어지는 소리를 듣고 나서야 그녀는 자신이 홀린 듯 그를 바라보고 있었다는 사실을 깨달았다. 아찔함을 넘어 숨을 쉴 수도 없었다.

"나한테 당신과 같이 잔다는 건 그냥 잠만 자겠다는 말이 아니야."

"……."

"정말 내가 더 기다려 주지 않아도 괜찮겠어?"

그녀는 고개를 끄덕였다. 그도 알고 있을 것이다. 자신이 얼마나 **빼**어난 얼굴과 근사한 몸을 가졌는지. 누구도 쉽게 자신을 거부할 수 없다는 사실까지도. 물론 그녀에게는 그가 태강이라는 사실이 가장 중요했지만.

"네."

잠시 침묵이 흘렀다. 이나는 미동 없이 서 있었고 태강도 그녀를 응시하고만 있었다. 그녀에게 마음을 되돌리거나, 다잡을 시간을 주려는 것인지도 모른다.

"제 마음은 바뀌지 않아요."

이나는 좀 더 분명하게 의사를 표현했다. 적어도 그녀의 마음을 되돌리기에는 너무 늦은 상태였다. 이제야 그도 그런 상태가 된 것일까. 말없이 단단한 팔로 그녀를 번쩍 안아 들었다. 그리고 곧장 주방을 나서 거실을 가로질렀다.

그녀의 침실로 들어선 뒤에야 그는 그녀를 바닥으로 내려놓았다. 호기롭게 자신의 마음은 바뀌지 않을 거라고 말했던 그녀였는데 막상 침대 옆에서 그와 마주 서니 시선을 어디에 두어야 할지 알 수 없었다.

또 자신의 옷은 스스로 벗어야 하는 건지, 그가 벗겨 줄 때까지 기다려야 하는 건지도 알 수 없어 고민하고 있을 때 그의 손이 그녀의 팔을 잡았다.

어깨 위 카디건이 소리 없이 바닥으로 내려앉았다. 이번에는 그가 카디건이 사라진 그녀의 어깨를 쓸어내렸다. 그 의미심장한 손길에 예민한 살갗이 오소소 돋았지만, 그녀는 아무렇지 않은 척 시선을 내리깔았다.

"지금 내가 이성적인 상태인지 확신이 서지 않아."

"침실이 이성이 필요한 곳은 아니죠."

"그런가?"

그가 그녀를 조금 더 가깝게 끌어당겼다. 그와 몸이 밀착되는 순간 이나는 자신도 모르게 손을 들어 그의 맨살을 짚었다. 손에 닿은 그는 차가웠고 혹 하고 목덜미를 덮혀 오는 그의 숨결은 뜨거웠다. 그녀의 심장이 터질 것처럼 요란하게 쿵쾅거렸다. 그런 그녀의 정수리에 그의 입술이 가볍게 닿았다 떨어졌다.

"윤이나."

"네."

그는 그녀가 윤이나가 맞는지 확인이라도 하듯 이름을 불렀다. 그녀가 대답하자 얼굴을 감싸 들어 올린 뒤 곧장 입술을 겹쳐 왔다. 마치 오랫동안 참았던 갈증을 해결하는 듯한 키스였다. 처음부터 다급하게 그녀의 입 안으로 파고들었고 집요하고 빈틈없이 그녀를 점령했다.

갈증이 전염이라도 된 것 같았다. 그의 타액으로 입이 아무리 젖어 들어도 그녀 역시 만족을 느끼지 못했다. 이나는 손을 들어 그의 어깨를 움켜잡았다. 뒤꿈치를 들며 몸을 조금 더 밀착시키자 그녀의 어깨를 감싸고 있던 그의 손도 잠옷 위에서 봉긋 솟은 그녀의 가슴을 감싸 쥐었다.

천천히 움직이기 시작하는 그의 손길에 옷감이 밀리며 그녀의 오른쪽 어깨끈이 팔을 타고 흘러내렸다.

"하아."

그녀가 잠시 숨을 몰아쉬는 사이 나머지 어깨끈도 그의 손길에 미끄러지며 속옷을 입지 않은 상체가 그대로 노출됐다. 이나는 숨도 크게 못 쉴 만큼 긴장이 됐다.

하지만 가슴을 가리지는 않았다. 그가 위험한 상상으로 더 뜨겁게 달아오르길 바랐다. 자신의 말처럼 지금은 이성이 필요한 순간이 아니니까.

그녀의 의도가 성공이었는지 실패였는지 그의 숨소리로는 알 수 없었다. 다만 그가 다급하게 그녀를 안아 올려 침대에 눕혔다. 침대 위에 눕혀진 그녀의 어깨를 느리게 쓰다듬으며 턱을 감쌌다.

이마에 닿았던 입술은 콧등과 입술에 차례로 머물렀고 뒤이어 어깨와 주변으로 점점 범위를 넓혀 갔다. 그리고 마침내 예민한 부위를 그의 입술이 점령했다.

"하아……."

그의 거친 소유욕에 그녀는 숨을 멈추었다 몰아쉬기를 반복했다. 입술은 상체 한정이었지만 그사이 그의 손은 그녀의 온몸을 마음대로 누비고 있었다.

사랑스럽다는 듯 쓰다듬기도 했고, 자신의 본능이 자제되지 않는 듯 세게 움켜잡기도 했다. 그의 손을 따라 번져 가는 감각을 어쩌지 못하고 그녀의 손도 그의 등을 더듬었다.

그의 어머니가 돌아가시기 전까지 함께 방을 썼다면 이런 밤이 그들에게 얼마나 있었을지 궁금했다. 그때마다 그는 이렇게 뜨거웠는지 알고 싶었다. 이런 밤을 보내고 난 뒤였기에 그녀는 편하게 잠들지 못했던 건 아니었는지.

하지만 생각을 오래 할 수는 없었다. 그의 입술이 머물러 있던 부위에 만족하지 못하고 다시 움직이기 시작했기 때문이다. 그제야 그녀는 다급하게 그의 머리카락 안으로 손가락을 찔러 넣었다.

"왜?"

이나는 고개를 저었다. 그러나 그녀의 나약한 거부 따위는 가볍게 무시됐다. 곧이어 따뜻한 숨결이, 말캉한 입술이, 뜨거운 혀가 그녀의 몸과 마음을 거침없이 달래고 점령해 나갔다.

오직 몸의 감각만이 살아 있는 것처럼 그녀는 전신을 떨다 다시 숨을 몰아쉬었다. 낯설고도 황홀한 감각의 바다 한가운데 떠 있는 기분이었다.

두려웠지만 벗어나고 싶지 않았다. 익숙해지지 않을 것 같았지만 거부할 수도 없을 것 같았다. 절실하게 그녀를 탐해 가던 그도 더는 참기 힘들다는 듯 빠르게 바지를 벗어 던졌다. 그리고 마침내 그녀와 하나가 됐다.

"아……."

"괜찮아?"

"네."

서로의 피부와 체온이 하나로 합쳐지며 여과되지 않은 떨림이 그녀의 보드라운 입술 사이로 다시 흘러나왔다. 다급해지려다가도 자제심을 발휘하는 그와는 달리 오히려 점점 더 욕심을 내는 쪽은 그녀 같았다.

이나가 손을 뻗어 태강의 허리를 감쌌다. 그의 몸도 그녀만큼이나 뜨거웠다.

몸을 움직이기 전 그의 시선이 그녀의 얼굴에 머물렀다. 이나는 작게 고개를 끄덕였다. 그러자 그가 그녀를 더욱 빠짝 끌어당겼다. 그만큼 그들은 단단하게 얽혔다. 그녀의 입에서 저절로 탄성 같은 신음이 터졌다.

"아하."

그때부터 그의 자제력에도 빠르게 금이 가기 시작했다. 그의 움직임은 신중했지만 숨결은 턱 끝까지 차오른 듯 거칠었다. 그러는 사이 그녀의 새하얀 피부에는 수없이 많은 붉은 자국이 남겨졌다. 하지만 그녀가 느끼는 통증은 없었다. 오로지 저릿한 쾌감뿐이었다.

"아, 태강 씨……."

"이나, 윤이나……."

한계에 다다랐는지 그가 재차 이나의 이름을 부르자 메마른 숨을 가쁘게 내뱉던 그녀는 참지 못하고 나직한 비명을 내질렀다.

그녀의 비명이 채찍이라도 된 것처럼 더욱 속력을 내던 그도 마침내 뜨거운 숨을 토해 내며 무너지듯 그녀를 끌어안았다. 땀에 젖은 두 사람의 심장은 여전히 거칠게 날뛰고 있었다.

"아……."

숨을 몰아쉬는 그녀의 입술 위로 그의 입술이 가볍게 닿았다 떨어졌다. 이나는 시선을 들어 그를 바라보았다. 웃고 있는 그의 눈이 보였다. 눈으로 괜찮냐고 묻고 있었다. 이나도 웃으며 고개를 끄덕였다.

작은 진동 소리에 눈을 뜬 태강은 핸드폰으로 손을 뻗기 전 자신의 품에 안긴 이나를 먼저 확인했다. 깊은 잠에 빠진 그녀는 작은 움직임도 없었다. 그는 그제야 핸드폰을 들어 메시지의 내용을 확인했다.

[중환자실 환자 오늘 새벽 사망했습니다.]

문자에서 말하는 이가 이나의 차와 정면 출동했던 차량의 운전자라는 걸 단번에 알았다. 남자는 서류상의 피붙이 하나 없는 혈혈단신이었으나 생사를 오가며 올랐던 세 번의 수술대 위에서 무사히 내려왔다.

두 달간의 중환자실 생활도 굳건히 견뎌 냈다. 희박한 완치 가능성에도 그간 잘 견뎌 왔던 그가 이른 새벽 홀로 눈을 감은 것이다.

태강은 핸드폰을 다시 제자리에 내려놓고 이나를 품으로 당겨 안았다. 그 끔찍한 사고에서 기적처럼 살아 돌아온 그녀의 체온이 그의 굳은 몸을 조금씩 진정시켜 주었다. 그녀가 희미하게 내쉬는 숨결이 그 큰 불행이 다행히 그녀를 온전히 비켜나 주었음을 실감 나게 했다.

'고마워, 그리고 미안해.'

그녀를 놓아주고 침대에서 내려온 뒤에도 그는 바로 방을 나서지 않고 잠든 그녀의 얼굴을 잠시 바라보았다. 긴 속눈썹과 오똑한 콧날, 붉고 도톰한 입술. 평온한 얼굴로 곤하게 자는 모습이 오늘은 악몽을 꾸지 않는 듯했다.

왜 진작 이렇게 잠들게 해 주지 못했을까. 언제나 무심한 자신에게 향했던 시선을 왜 깨닫지 못했을까. 아쉬움과 후회가 밀려들수록 그는 그녀의 얼굴에서 시선을 떼기가 어려웠다.

잠시 후 조용히 방을 나선 그는 서재로 향했다. 서재의 시계가 지금 시간이 새벽 5시 30분임을 알리고 있었다. 커튼 뒤 어둠이 걷히지 않은 정원을 내려다보며 그는 김 실장에게 전화를 걸었다.

"접니다."

─네, 사장님.

통화를 하기에는 이른 시간이었음에도 김 실장은 곧바로 그의 전화를 받았다.

―새벽이라도 문자 남기라고 하셔서 남겼는데, 제 문자 때문에 일어나신 겁니까?

"아닙니다. 병원에서 연락이 온 겁니까?"

―네. 새벽 4시쯤 호흡과 맥박이 불안정해져 의사가 심폐 소생술을 했지만 결국 사망했답니다.

경찰은 그날의 사고에 대해 두 차량 모두 과실이 있었다고 말했다. 그렇기에 그는 보호자 없는 남자에게 약간의 책임감을 느꼈다. 그래서 김 실장에게 그의 신변에 대한 보고를 부탁해 둔 상태였다. 물론 이런 소식을 듣기 위한 부탁은 아니었다.

―그리고 박 대리 누님과 오늘 새벽 연락이 닿았습니다. 누님 집에서는 이틀 머물고 바로 떠났답니다. 그런데 누님도 예전 연락처만 알고 있었습니다.

오랜만에 누나를 만나러 출국했을 텐데 고작 이틀을 머물렀다니. 가족은 누나뿐이라고 알고 있는데 새로운 연락처를 알려 주지도 않았다는 사실은 어떻게 이해해야 하는지. 여전히 풀리지 않는 의문이 그의 마음을 무겁게 했다.

―박 대리가 입사 원서에 적지 않아 알지 못했었는데, 골든전자 입사 전 골든건설에서 얼마간 근무했던 모양입니다.

"골든건설이라고요? 사직 사유는요?"

―그건 아직 확인되지 않았습니다. 확인되는 대로 보고드리겠습니다.

연애결혼을 했던 그의 부모님 사이가 틀어진 결정적 이유는 작은어머니 수진 때문이라고 알고 있었다. 그런데 과거 박 대리가 골든건설에 근무했었다니, 왠지 일을 대충 처리하면 안 되겠다는 느낌이 들었다.

"박 대리 누님이 뉴욕에 산다고 했던가요? 뉴욕으로 사람을 직접 보내는 게 좋겠습니다."

─그렇게 하겠습니다.

태강은 전화를 끊고 커튼을 닫은 뒤 서재를 나섰다.

"어디 갔었어요?"

협탁 위 스탠드가 켜져 있었지만 이나는 그가 나갈 때 자세 그대로 누워 그를 바라보고 있었다. 나른하고 평온해 보이는 모습이 더없이 사랑스럽고 아름다웠다.

"물 마시러."

그는 다시 침대로 가 그녀 옆에 누웠다. 팔을 뻗자 이나의 몸이 부드럽게 안겨 왔다.

"당신 몸이 차가워요."

"그래?"

"제가 따뜻하게 해 줄게요."

혹시 그녀가 추울까 봐 몸을 떼려 했는데 그녀가 그를 놓아주지 않았다. 그에 태강도 이나를 꼭 끌어안았다.

"몇 시나 됐어요?"

"아직 새벽이야. 조금 더 자."

"이렇게 있으면 답답해서 잠이 안 올 것 같은데요."

얼마간 그의 품에서 작게 뒤척이던 그녀는 다시 고른 숨을 내쉬며 잠이 들었다. 여전히 그를 안은 팔은 풀지 않은 채였다.

"좋은 꿈 꿔."

이나의 매끄러운 머리카락에 입을 맞췄다.

"으음."

그녀가 내쉬는 따뜻한 숨결이 그의 목을 간질였다.

오랜만에 찾아온 SJ는 고요했다. 폭풍 전야의 모습을 여유롭게 훑어본 이나는 곧장 엘리베이터를 타고 사장실로 향했다.

"나오셨어요?"

"사장님 계시죠?"

이나가 자신을 보고 자리에서 벌떡 일어서는 비서에게 묻자 비서는 대답 대신 사장실 문을 향해 빠르게 걸음을 옮겼다.

"계시면 저 혼자 들어갈게요."

"네."

똑똑.

그녀는 직접 사장실 문에 노크했다.

"네."

"바쁘세요?"

밖에서 그녀가 비서와 나누는 이야기 소리가 들렸을 텐데도 고개를 들지 않던 아버지가 뒤늦게 그녀를 바라보았다.

"네가 회사에는 어쩐 일이냐?"

"아버지 뵈러 왔죠. 그날은 잘 돌아가셨어요?"

사실 아버지 표정만으로도 그녀는 그날 강 회장 저택에서 돌아간 후 아버지가 세영에게 얼마나 시달렸는지 모두 알 것 같았다.

"그날 너희 먼저 갔다는 얘기는 들었다."

"네. 제가 몸이 좀 좋지 않아서요."

"차 마실래?"

"아니요, 괜찮아요."

책상을 돌아 나온 아버지가 그녀의 맞은편 자리에 앉았다.

"이제 몸은 괜찮고?"

"네."

이나는 고개를 끄덕였다.

"다행이구나. 예약한 날짜에 꼭 병원에 다녀오고."

"그럴게요. 그런데 그분 임신하셨다면서요?"

"네 새엄마가 그러든?"

"진작 얘기해 주지 그러셨어요."

"무슨 경사라고. 병원에서 아빠를 닮았다고 했다는데, 그게 아들이란 말이라고 사람들이 그러더구나. 이 나이에 자식을 보는 것도 부끄러운데 아들이면 어떻고 딸이면 뭐 어떻겠냐?"

마음과는 전혀 다른 말이었다.

"그래도 좋으시죠? 친구분들은 다들 아들한테 회사를 물려준다고 하셨잖아요."

"그거야……."

"저도 좋아요. 아버지 건강이 그만큼 좋다는 뜻이잖아요."

"네가 그렇게 생각해 준다니 고맙구나."

어색한 아버지의 인사에 이나는 시선을 움직여 익숙한 사무실 안을 천천히 훑었다. 이곳은 할아버지가 생전에 쓰셨던 곳이었고 동시에 돌아가신 곳이기도 했다. 그래서 그녀가 아버지 사무실에 직접 찾아오는 일은 극히 드물었다.

"그런데 이나야, 이제 네 동생도 생겼고 하니 새엄마랑 조금만 잘 지내 주면 안 되겠니? 요즘 임신을 해서 그런지 네 새엄마가 보통 예민한 게 아니다. 그날도 해성그룹 사모님이랑 일 때문에 속상했는지 밤새 얼마나 울던지……."

"그랬어요? 다른 얘기는 안 하고요?"

"다른 얘기 뭐?"

이나는 어려운 얘기를 꺼내기 전 마음을 가다듬듯 잠시 침묵을 지켰다.

"사실 이 얘기를 전해야 하는 건지 저도 그간 계속 고민했어요. 하지만 제가 못 본 척 눈감는다고 없는 일이 되는 것도 아니고, 아버지도 다른 사람 통해서 듣게 되기 전에 아시는 게 낫다고 생각해서 오늘 찾아온 거예요."

"무슨 얘기를 꺼내려고 이러는 거냐?"

아버지의 불안한 목소리를 들으며 이나는 자신의 핸드백에서 핸드폰을 꺼냈다. 그리고 여전히 무슨 일이냐는 눈빛으로 그녀를 바라보고 있는 아버지에게 오늘 찾아온 용건인 사진을 내밀었다.

"이게 도대체……."

핸드폰 속 사진을 바라보던 아버지의 입에서는 완성된 문장이 나오지 않았다.

"해성그룹 사모님 앞에서는 제가 좀 심했다고 생각했어요. 그래서 집에 가기 전에 사과라도 하려고 했던 건데, 이런 모습을 보게 됐지 뭐예요."

아버지의 시선이 다시 사진으로 움직였다. 사진은 세영이 그녀와 태강의 비밀을 말해 주기 위해 태훈의 귓가로 입술을 가져간 순간 찍은 것이었다. 그런데 지금 아버지가 보고 있는 사진 속 두 사람의 모습은 애정 행각을 벌이고 있는 연인의 모습에 더 가까웠다.

"두 사람이 가까이 서서 얘기하는 것뿐인데 뭘 보라는 거냐?"

태연한 척 말했지만, 아버지의 목소리는 분명 조금 전과 달랐다. 아니, 자신이 조금이라도 피해를 볼 것 같으면 어떻게든 우기고 보는 아버지의 평소 습관이 본능적으로 튀어나왔는지도 모른다.

"정말 그냥 마주 서서 얘기하는 모습으로 보이세요?"

"……."

아무리 다시 보고 또다시 본다고 해서 사돈의 어깨에 손을 올리고 입술을 뺨에 가져다 댄 세영의 모습이 자연스럽게 보일 리 없었다.

"두 사람 마냥 어려운 사돈 사이 아닌 건 지나가는 꼬마가 봐도 알 거예요."

"……너 혹시 나이 차이 많은 동생이 부끄러운 거냐? 아니면 내가 다시 홀아비라도 되길 바라는 거야? 아, 내가 아들에게 더 많은 재산을 물려줄까 봐 그러는 거구나?"

이나는 아버지의 억지를 묵묵히 들어 넘겼다.

"저라고 이런 사진 아버지께 보여 드리는 심정이 좋겠어요? 더구나 아이 때문에 아버지가 얼마나 기뻐하셨을지도 아는데. 하지만 태강 씨가 두 사람 사이를 알아보려고 하는 것 같아요."

"설마 강 서방도 같이 본 거야?"

"저희뿐만 아니라 다른 누가 더 봤을지는 모를 일이죠."

어떻게든 부정하려던 아버지의 얼굴이 그제야 어둡게 굳어졌다. 태강이 알고, 다른 사람들까지 알게 됐다는 건 단순히 세영과 태훈의 문제가 아니었다. 아버지와 골든그룹 사이가 끝날 수도 있다는 의미였고, SJ의 존폐와도 직결된 문제였다. 힘이 빠진 아버지의 손에서 흘러내린 핸드폰이 바닥으로 툭 떨어졌다.

"……그럼 내가 뭘 어떻게 해야 하는 거냐?"

"더 늦기 전에 아버지가 직접 두 사람이 어떤 사인지 확인해 보시는 게 좋을 것 같아요."

"나보고 강태훈 사장과 네 새엄마 사이를…… 둘 사이를 확인해 보라고?"

혼잣말 같은 중얼거림이 사무실 안에서 흩어졌다. 두 손으로 얼굴을 감쌌음에도 손끝이 떨리고 있었다.

"네."

"하아……."

세영의 태도로 짐작건대 그녀 배 속 아이는 아버지 아이가 맞았다. 세영과 태훈은 10년 전 우연히 만났을 때도 그랬고, 그날의 대화 내용으로 미루어 봤을 때도 연인 사이라거나, 현재 그런 감정을 가졌다는 생각은 들지 않았다.

그렇기에 아버지에게 아이 얘기는 꺼내지 않았다. 의심은 아버지가 직접 만들고 날을 갈아 그 날카로운 칼끝을 스스로에게 겨눌 때 가장 위협적일 테니까.

"두 사람 사이를 먼저 확인한 다음에 어떻게 해야 할지 같이 방법을 찾아봐요."

"……."

"오늘은 많이 놀라셨을 테니까 저는 그만 돌아가 볼게요. 태강 씨한테는 우선 제가 잘 얘기해 둘 테니 너무 걱정 마시고요."

말없이 고개를 끄덕이는 아버지의 턱이 불편하게 경직돼 있었다. 하늘이 무너져 내린 표정이었다.

"아버지한테는 저랑 강 서방이 있잖아요."

"그래."

"무슨 일 있으면 전화 주세요."

이나는 자리에서 일어서 바닥에 떨어져 있는 자신의 핸드폰을 집어 들었다.

"그래, 그러마."

"전 그만 가 볼게요."

지체하지 않고 곧장 문으로 향하던 이나는 갑자기 무언가 생각난 듯 걸음을 멈추었다. 그리고 절망과 분노가 뒤엉킨 아버지의 어두운 얼굴을 돌아보았다.

"그런데 아버지. 혹시 모르니 차에 위치 추적기라도 달아 두시는 게 어떻겠어요?"

"뭐?"

"그동안 낮에 어디에서 누굴 만나는지 전혀 모르셨잖아요. 앞으로도 혹시 모르는 거니까 만약을 대비해서 말씀드리는 거예요."

"……."

"내키지 않으시면, 못 들은 걸로 하세요."

"네 말대로 하마."

"네."

그녀가 문을 열고 밖으로 나가자 비서가 다시 자리에서 일어서 재빨리 출입문을 열어 주었다.

"들어가세요."

"수고하세요."

자신에게 깍듯이 고개를 숙여 보이는 비서에게 이나도 가볍게 고개를 숙여 보인 뒤 사장실을 나섰다.

SJ 현관을 나서자 건물 앞에 검은 승용차가 그녀를 기다리고 있었다. 그녀가 나오는 것을 확인한 남자는 재빨리 운전석에서 내려 뒷좌석 문을 열어 주었다.

"댁으로 모실까요?"

"네."

차는 작은 흔들림도 없이 조용히 출발했다. 차가 얼마간 달려 SJ가 보이지 않게 됐을 때 이나는 핸드폰을 꺼냈다. 그리고 세영의 번호를 눌렀다.

—여보세요?

그녀의 번호를 확인했을 텐데 세영은 곧장 전화를 받았다.

"저예요."

—네가 어쩐 일이니?

"토요일에 시간 되면 잠깐 만날 수 있을까 해서요."

—내가 너를, 왜?

"태강 씨가 도련님이랑 같이 있는 모습을 봤다면서요?"

이나는 일부러 잠시 말을 끊었다. 평상시의 세영이었다면 뻔뻔할 만큼 당당하게 쏘아붙였을 텐데 돌아온 건 침묵뿐이었다.

"두 사람 무슨 사인지 계속 묻는데 뭐라고 대답을 해야 할지, 제가 좀 곤란해서요."

—너, 그래서 뭐라고 대답했어?

되묻는 세영의 목소리가 미세하게 떨리고 있었다.

"내가 어떻게 아느냐고 했죠. 솔직히 난 당신들 두 사람이 어떤 사이든 신경 안 써요. 아버지만 아니면 남들이 뭐라고 수군거려도 신경 안 썼을 거예요."

—그래서 날 위해 변명이라도 해 주겠다는 거야?

"여전히 착각을 잘하시네요. 나한테 이 일은 당신 일이 아니라 내 아버지 일이라고요."

—아버지 일……?

여전히 그녀를 믿지 못하겠다는 목소리였다.

"만나기 싫으면 관두고요."

―아니야. 어디에서 만날까?

"토요일 오후에 골든호텔에서 보죠."

―골든호텔?

"왜요? 싫어요?"

―아니야. 그래 거기에서 보자.

"시간은 문자로 보낼게요."

이나는 전화를 끊었다.

토요일 오후면 아버지는 세영이 그간 자신 몰래 태훈과 만나 왔을지 모른다는 의심을 현실로 받아들이게 될 것이다. 나머지 문제는 아버지의 의심과 분노가 하나하나 해결해 나갈 것이고. 물론 세영도 더 이상 그녀와 태강 사이에 문제를 일으키겠다는 엉뚱한 계획을 세울 여유는 없어지리라.

'내가 그랬죠. 내 것은 절대 안 뺏긴다고.'

6. 그녀의 자리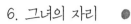

카드를 꽂았다 빼자 소리 없이 문이 밀렸다.

달칵.

얇게 깔린 카펫 덕에 소복이 쌓인 눈을 밟는 것처럼 발걸음 소리는 들리지 않았다. 복도처럼 긴 통로를 걸어 들어가자 창가에 흰 원피스 차림으로 서 있는 세영이 보였다. 문이 열리는 소리조차 듣지 못한 것인지, 듣고도 일부러 반응하지 않는 것인지 창밖을 응시하며 서 있는 세영은 한 손을 자신의 배 위에 얹은 채였다.

"일찍 도착했나 봐요?"

"도착한 지 30분 정도 됐어."

세영이 그제야 그녀를 향해 비스듬히 몸을 틀었다. 배 위의 손도 아래로 미끄러졌다.

"아직도 나랑 네 사이를 사람들이 아는 게 그렇게 싫으니?"

카페나 레스토랑처럼 사람들에게 공개된 장소가 아닌 호텔 방 안에서 만나자고 한 걸 두고 하는 말이었다.

"나만 그런 건 아닐 텐데요."

"나는 아닌데."

"열 살 차이 나는 의붓딸과 새어머니가 공개된 장소에서 마주 앉아 있는 게 보기 좋은 모습은 아니죠. 아마 우릴 아는 사람이 보면 비웃을 거예요."

"내가 아는 사람 중에는 이런 데 올 만한 사람이 없어서."

자랑도 아닌 말을 퍽도 당당하게 한다. 세영과 그녀는 이미 그런 사이였다. 감출 것도 꾸밀 것도 없는, 볼 꼴 못 볼 꼴 다 본 사이.

"한 사람 있지 않나요?"

"누구?"

"이 호텔 사장이 우리 도련님인 거 모르지 않을 텐데요."

"사돈은 나보다 너랑 더 가까우니까. 그건 그렇다고 치고, 너 강태훈 사장이랑 나 아무 사이도 아닌 거 알잖아?"

아무 대꾸도 하지 않고 세영의 옆으로 걸어가 서자 그녀의 눈가에 드리워진 그늘이 보였다. 지금 아무렇지 않은 듯 말하고 있어도 지난밤이 그녀에게 그다지 편안한 밤은 아니었다는 의미였다.

"우리 사이 의심했으면 내가 너희 아버지와 결혼하기 전에 진작 다 얘기했겠지. 아니야?"

"말했던 것 같은데요. 두 사람이 어떤 사이든 관심 없다고."

"우리 두 사람이 어떤 사이든 관심도 없고 의심도 안 하면 네 남편한테 그대로 말하면 되잖아. 도대체 오늘 왜 만나자고 한 건데?"

단둘이 있을 때 세영의 목소리는 평소보다 얇아지며 신경질적으로 바뀌었다. 결코 듣기 편안한 목소리가 아니었는데 사람의 적응력은 참으로 놀라웠다. 세영과 마주 선 채 그녀는 머릿속으로 다른 생각을 하고 있었다.

남녀가 타인의 시선을 피해 호텔방으로 들어와 사랑을 나눈 뒤 헤어지려면 적어도 몇 시간은 필요할까? 두 시간? 세 시간? 세영이 객실에 그녀보다 30분 먼저 도착했으니, 주차장에 들어선 뒤부터는 한 시간가량이 지났을 것이다. 그럼 적어도 앞으로 한 시간 이상은 이곳에 머물도록 해야 했다.

"뭐 좀 마실래요?"

이나는 냉장고 쪽으로 걸음을 옮겼다. 차가운 오렌지주스 두 병을 꺼내 하나를, 독 사과라도 권하는 듯 그녀를 바라보고 있는 세영에게 건넸다.

"계속 서 있을 거예요?"

소파로 걸어가 앉은 그녀는 손에 든 오렌지주스의 뚜껑을 땄다. 음료와 실내의 온도 차 때문인지 유리병을 내려놓은 손바닥이 축축했다.

"너 왜 이래?"

여전히 창가에 서 있는 세영의 눈이 날카롭게 길어졌다.

"뭐가요?"

"왜 안 하던 짓을 하냐고. 우리가 사람이 있는 곳이든 없는 곳이든 단둘이 마주 앉아 오순도순 얘기 나누던 사이는 아니잖아."

그녀 앞으로 성큼성큼 걸어온 세영이 테이블 위에 탁, 소리 나게 주스 병을 내려놓았다.

"오늘 당장 네 남편한테 우리 아무 사이 아니라고 말해. 요즘 보니까 아주 사이가 좋아 보이던데."

"우리, 그렇게 보였어요?"

세영의 눈이 더욱 가늘어졌다.

"너 나 임신한 거 알지?"

세영이 조금 부풀어 오른 자신의 배를 둥글게 쓸었다.

"너한테는 좋은 엄마 아니었지만, 이 아이한테는 정말 좋은 엄마 돼 줄 거야."

'좋은 엄마……'

"태어날 때부터 엄마였던 사람도, 처음부터 좋은 엄마로 정해진 사람도 없잖아. 그러니까 나도 해 보려고, 좋은 엄마."

"훗."

"그래 비웃어. 하지만 나 정말 양심에 찔리는 짓 한 적 없고, 오늘 나온 이유도 나중에라도 네 아버지나 다른 사람들한테 괜한 오해 받고 싶지 않기 때문이야."

생사를 오가고 있는 사람에게 제발 죽어 달라고 말했던 건, 의붓딸 부부를 반드시 이혼시키겠다고 다짐했던 건 제 아이를 위한 모성이었나 보다. 세영에 대한 증오가 아직 태어나지도 않은 생명에게까지 영향을 끼칠 수 있다는 사실이 조금 마음에 걸렸는데, 피차 미안한 마음은 갖지 않아도 될 듯했다. 아이에게는 저리도 절절한 모성을 가진 어머니가 있으니까.

"여기 우리 둘뿐이니까, 나도 솔직하게 얘기할게요."

"얘기해."

"정말 내가 그쪽 좋으라고 태강 씨한테 잘 얘기해 줄 거라고 기대하고 있는 건 아니죠?"

"네가 네 입으로 아버지 일이니 신경 쓰인다고 했잖아? 그건 문제를 크게 만들고 싶지 않다는 뜻 아니야?"

"맞아요. 신경 쓰여요. 당신이 내 아버지 아내라는 사실이."

"……."

"그래서 하는 말인데 난 아버지가 당신이랑 이혼하는 것도 나쁘지 않다고 생각해요."

세영이 제 흰 원피스 자락을 움켜쥐고 천천히 비틀었다. 그녀의 손에 비틀리고 있는 건 얄팍한 옷자락이었지만 그녀가 비틀고 싶은 건 고작 옷자락 따위가 아닐 것이다. 이나를 보며 점점 붉어지고 있는 그녀의 눈자위가 그렇게 말하고 있었다.

"이혼? 내가 왜 이혼을 해? 그리고 네가 뭔데 내 이혼을 운운하는 건데?"

"내 아버지 일이니 나한테 그 정도 운운할 자격은 있는 거 같은데요."

"강태훈이랑 나 그렇고 그런 사이라고 거짓말이라도 하려고? 네 아버지가 증거도 없는 그 말을 그대로 믿을 것 같아? 그리고 네 아버지랑 시댁 사이 틀어지면 너도 좋을 거 하나 없을 텐데."

"그것까진 그쪽이 걱정해 줄 필요 없고요."

"그래? 그런데 네가 아무리 이상한 소리 지껄여 봐야 네 아버지, 이 아이는 절대 포기 안 할걸."

세영은 여느 때처럼 억지를 부리는 것이 아니었다. 그녀는 정말 그렇게 믿고 있었다. 잘못된 믿음이 이렇게 무서웠다.

"우리 아버지 11년 알았죠?"

"뭐?"

"그동안 다 지켜봤잖아요."

아버지가 당신 자식에게 얼마나 냉정할 수 있는 사람인지 세영은 이미 알고 있었다. 그때는 자신과는 상관없는 일이라고, 자신이 이겼다고 생각했겠으나 지금 그녀가 하는 말은 이해했으리라. 악문 이 사이로 천천히 숨을 뱉어 내는 세영의 가는 목에 핏대가 도드라졌다.

"그렇다고 좋은 엄마도 될 수 없는 건 아니니까 너무 실망 말아요."

"너, 뭣 때문에 이러는 거야?"

"내가 뭘요?"

"너 사실은 내가 아이 가져서 이러는 거지? 네가 할 수 있는 건 다 하면서 기다렸는데, 정작 아이는 내가 먼저 가져서 이러는 거 아니야?"

세영이 어떤 말을 해도 놀라지 않을 자신 있었는데 불쑥 튀어나온 아이 얘기가 이나의 말문을 막았다.

"맞지? 너, 아이 기다리는 사람이 마음을 그따위로 쓰면 아이가 생길 것 같니? 앞으로도 절대 안 생길걸. 아니, 내가 절대 생기지 않게 해 달라고 매일 기도할 거야."

'효과도 없는 기도 따위…….'

"하든지 말든지 마음대로 하세요."

"네가 앞으로 계속 아이 못 가져도 네 남편이 평생 너 하나만 보며 같이 살아 줄 것 같아? 그 집안이 어떤 집안인데. 넌 어떤 이유로든 결국 이혼당하게 될걸."

"지금 내 걱정 해 줄 때가 아닌 것 같은데요."

이나는 낮은 목소리로 경고하며 자리에서 일어섰다. 귀담아들을 필요도, 대꾸할 필요도 없는 말이었다.

"그리고 좋은 엄마 되겠다면서 태교는 안 하나 보네요? 그런 생각 아이한테 안 좋을 것 같은데."

"야! 네가 먼저 나 가지고 장난쳤잖아. 도와줄 것처럼 오라고 해 놓고, 뭐 이혼하는 것도 나쁘지 않아? 내가 죽으면 죽었지, 이혼을 해 줄 것 같아?"

"그럼 버텨 보든지요. 난 선약이 있어서 먼저 가 봐야 할 것 같네요. 지금 그쪽 얼굴, 눈 뜨고 못 봐 줄 꼴이니까 진정 좀 하고 나가요."

"너, 내가 절대 그냥 안 둬."

이나는 대꾸하지 않고 문을 향해 똑바로 걸음을 옮겼다.

"네 남편 바람피우라고 내가 기도할 거야! 그 여자가 네 남편 애 낳아서 데리고 들어오라고 내가 고사라도 지낼 거라고!"

끝까지 고래고래 악을 써 대는 세영을 방에 두고 그대로 문을 닫았다.

우아한 곡선의 심플한 블랙 투피스에 화이트 코트를 걸친 이나는 깔끔한 블랙 슈트만으로도 시선을 뗄 수 없게 만드는 태강과 함께 주차장으로 향했다.

"피곤하지 않아요?"

"응, 괜찮아."

오늘 아침 출장에서 돌아온 그는 그의 아버지인 골든그룹 부회장이 소집한 계열사 사장단 회의까지 참석한 후 조금 전 집으로 돌아왔다.

토요일이었음에도 회의가 강행된 이유는 회의 소집자인 그의 아버지 또한 오늘 아침 출장에서 돌아왔고, 안건이 다음 주로 미룰 수 없는 사안이었기 때문이라고 했다. 회의를 마치고 집에 도착하자마자 옷만 갈아입고 다시 모임에 나가는 것인데도 그는 전혀 피곤한 내색이 없었다.

"고마워요."

출발 전 그녀의 안전벨트까지 손수 매 주는 그에게 그녀가 말했다.

"당신은 오늘 뭐 했어?"

그녀는 골든호텔에서 세영을 만나고 돌아왔다. 방을 나서는 그녀의 등 뒤에서 세영이 퍼붓던 저주가 신경 쓰였는데 이렇게 다정한 태강을 보니 공연한 기우였다는 생각이 들었다.

"오전에는 집에 있었고 오후에 잠깐 외출했었어요."

"외출?"

"네."

"혹시 직접 운전해서?"

"네."

퇴원해 집으로 돌아온 뒤 그동안은 외출할 일이 있으면 기사가 운전해 주는 차를 탔었다. 오늘 세영을 만나러 가며 처음으로 새 차를 직접 몰았는데, 그는 놀라고 걱정되는 표정이었다. 그럼에도 긴 염려나 당부 대신 핸들을 잡지 않은 손으로 그녀의 손을 다정하게 감싸 쥐었다. 이나는 자신의 손을 감싼 태강의 커다란 손을 바라보았다.

요즘은 잠을 자다 깨 비어 있는 옆자리를 확인하면 전에 없던 허전함이 밀려들었다. 언제부터 외롭다 힘들다 투정을 부렸나 싶어 다시 눈을 감아도 뛰고 있는 심장의 울림은 무시할 수 없었다. 돌아올 사람을 기다리는 건 그렇게 꿈결에도 스며들어 그녀의 잠을 깨울 만큼 설레는 일이었다.

"조심해서 다닐게요."

"응. 그런데 어디 갔던 건데?"

"조세영 씨 만났어요."

"처가에서?"

"아니요. 밖에서요."

"그럼 집으로 부르지."

"오늘은 잠깐 본 거예요. 다음에 또 볼일이 있으면 그럴게요."

아마 오늘처럼 그녀가 사적으로 세영과 밖에서 만나는 일은 다시 없을 것이다. 태강도 알고 있는 듯 가볍게 고개를 끄덕여 보였다.

"그런데 당신, 월요일에 진료 예약돼 있지?"

"네. 오후 예약이에요."

"그날은 내가 오전밖에 시간이 안 되는데. 그럼 내가 시간 바꿔 달라고 노 박사님께 전화드려 볼게."

항상 흐트러짐 없는 그답지 않게 어리광을 부리는 듯한 말투에 이나는 피식 웃음을 흘렸다.

"혼자 가도 괜찮아요."

"내가 같이 가고 싶어서 그래."

"그럼 진료 끝나고 저녁에 같이 미술관 구경해 줘요."

"미술관?"

"네. 월요일에 휴관이니까 조용히 둘러보고 싶어요."

"그래, 그럼."

얼마 후 두 사람은 한강을 끼고 자리한 지젠호텔 26층에 내려섰다. 스카이라운지 문을 열고 안으로 들어서자 서울 시내가 한눈에 내려다보이는 세련된 홀이 눈에 들어왔다.

"어서 오십시오."

문 앞에 서 있던 직원이 정중히 인사 후 그들의 코트를 받아 들었다.

"이쪽입니다."

다른 직원을 따라 안쪽으로 걸음을 옮기자 가장 전망이 좋은 창가 앞에 길게 세팅이 된 테이블이 보였다. 테이블은 모두 다섯 개였고 테이블에 둘러앉은 사람들은 열네 명이었다. 그러니까 그들까지 열여섯 명을 위해 지젠호텔 사장은 토요일 오후 호텔 스카이라운지의 영업을 포기한 것이다.

"어서 오세요, 강 사장님."

"잘 지내셨죠?"

"덕분에 잘 지내고 있습니다."

지젠그룹 조 회장의 둘째 아들인 지젠호텔 조 사장과 그의 부인 영화가 태강과 이나에게 다가와 반갑게 인사를 건넸다.

짙은 남색 슈트를 입은 조 사장은 사진 속 모습처럼 건장한 체격에 조금 험악한 인상이었고 붉은 드레스 차림의 영화는 청순한 얼굴에 글래머 몸매가 어디에서도 사람들의 시선을 한 몸에 받을 듯했다.

"스카이라운지 전망이 정말 근사하네요."

"칭찬 감사합니다."

그들과 짧게 인사를 나눈 태강과 이나는 비어 있는 한 사장과 연진의 옆자리로 가 앉았다.

"어서 와요."

"일찍 도착하셨나 봐요?"

"우린 집에서 너무 일찍 출발했지 뭐야. 다들 일찍 와서 그렇지 자기가 제시간에 온 거야."

태강과 이나가 자리를 잡고 앉는 잠깐 사이 한 사장의 시선이 붉은 드레스 사이로 반쯤 노출된 영화의 가슴을 재빠르게 훑고 돌아왔다. 이나의 시선도 다시 영화에게 향했다. 아니, 그녀뿐 아니라 이곳에 있는 남자들의 시선은 모두 영화에게 가 있는 듯했다.

"영화 씨 오늘 정말 예쁘네요."

"그러네. 그런데 자기도 예뻐. 그리고 자기는 저런 거 신경 쓸 필요도 없어."

"네?"

"여기 앉아 있는 남자들 전부 자기 와이프 모르게 영화 씨 가슴 한 번이라도 더 쳐다보느라 정신없는데 자기 남편만 관심 없잖아."

목소리를 한껏 낮춘 연진이 한 사장을 사납게 흘겨보며 말했다.

"그런데 영화 씨 임신한 거 같지 않아?"

"그런가요?"

"그럴 거야. 원래 임신하면 가슴이 더 커지거든. 그래서 조 사장이 기분 좋아서 오늘 여기 쏘는 거잖아."

"그래요? 축하할 일이네요."

이나는 고개를 돌려 영화와 함께 환하게 웃는 얼굴로 사람들에게 술을 권하고 있는 조 사장을 바라보았다. 연진의 말처럼 세상을 다 가진 듯 행복한 얼굴이었다.

"자기는 언제 좋은 소식 들려주는 거야?"

"저요?"

그 순간 그녀의 머릿속에 세영이 쏟아부었던 저주가 떠올랐다.

"네가 앞으로 계속 아이 못 가져도 네 남편이 평생 너 하나만 보며 같이 살아 줄 것 같아? 그 집안이 어떤 집안인데. 넌 어떤 이유로든 결국 이혼당하게 될걸."

그녀는 세영의 말처럼 정말 아이를 갖고 싶어 했을까. 그래서 할 수 있는 노력을 전부 했는데도 아이를 갖지 못했던 것일까. 10년 넘게 참아 왔던 세영의 존재를 더는 참지 않으려는 이유가 그것 때문은 아닐 거라고 생각하면서도 그녀에게 들었던 말이 머릿속에서 떨쳐지지 않았다.

"물론 자기랑 강 사장은 아직 젊어서 급하게 생각하지 않겠지만 그래도 막상 낳아 봐, 여자들만 모성이 생기는 게 아니고 남자들도 달라진다니까. 자기 핏줄이란 게 그렇더라고."

"그래요?"

"그리고 강 사장은 아기 낳아도 자기한테 더 잘할 거니까 걱정 마."

이나는 대답 대신 미소를 지었다.

"못 믿는 거야?"

"아니에요."

"내가 보여 줄게."

"네? 뭘요?"

연진이 자리에서 일어섰다.

"조 사장님, 오늘 이렇게 멋진 자리를 마련해 주셔서 정말 감사합니다."

연진의 말에 사람들이 조 사장 부부를 바라보며 박수를 쳤다.

"다들 아시는 것처럼 지젠그룹의 자랑인 지젠호텔은 세련된 인테리어와 멋진 전망이 포인트죠. 그리고 골든그룹의 자랑인 골든호텔은 우아하고 기품 있는 인테리어와 클래스가 다른 서비스가 압권이고요. 그런 의미에서 강 사장님, 부담 드리는 건 아니고 조 사장님에 이어 골든호텔에서 모임을 한번 추진해 주시면 어떨까요?"

"정말 그래야 할 것 같습니다. 그럼 저는 연말쯤 자리를 한번 만들겠습니다."

연진의 질문에 태강이 마치 기다리기라도 했던 것처럼 대답했다. 대답을 마친 뒤 그의 시선이 이나에게 향했다. 그녀가 원하는 건 뭐든 해 줄 수 있다는 듯 여유롭고 따뜻한 눈빛이었다. 그런 시선을 받는 그녀를 바라보는 여자들의 눈초리가 따갑게 느껴졌다.

"와우, 송년회 말씀하시는 거죠? 골든호텔에서 송년회라면 최고죠."

"스카이라운지와 잠시 쉬다 가실 수 있도록 객실도 함께 준비해 두겠습니다."

태강의 대답에 좀 전보다 더 큰 박수가 터져 나왔다.

"봤지? 골든호텔 스카이라운지 연말 하루 매출이면 지젠호텔 일주일 매출이랑 비슷하려나? 내가 그랬지, 자기는 전생에 나라를 구했을 거라고."

연진이 잔을 들고 다시 자리에서 일어섰다.

"오늘 이렇게 멋진 자리를 만들어 주신 지젠호텔 조 사장님 부부와 연말에 골든호텔을 예약해 주실 강 사장님 부부를 위해서 다 같이 건배하죠."

이나는 다시 태강을 바라보았다. 그도 그녀에게 시선을 떼지 않은 채 잔을 들어 올렸다. 이나는 와인 대신 따뜻한 물이 담긴 컵을 집었다. 마주 앉았으나 거리가 멀어 제스처로 건배는 대신했다. 사람들도 함께 건배를 외쳤다.

"건배."

테이블 위에는 와인과 양주, 칵테일과 샴페인이 뒤엉켜 오고 갔다. 빈 병이 늘고 스태프들이 바쁘게 오가는 사이 사람들은 멋진 야경이나 사회적 지위 같은 건 관심 없는 어린아이들처럼 시끄럽게 웃고 떠들었다. 그런 와중에도 어느 순간 남자들은 남자들끼리, 여자들은 여자들끼리 자리를 잡고 앉아 있었다. 언뜻 보기에는 자연스럽게 자리를 잡고 앉은 듯했지만, 자세히 들여다보면 남자들은 앉은 자리가 그룹의 서열을 그대로 보여 주고 있었다.

"제 술 한잔 받으세요."

태강보다 나이가 더 많은 남자가 그에게 깍듯이 존댓말을 쓰며 잔에 양주를 따라 주었다.

"감사합니다."

"그렇지 않아도 언제 한번 밖에서 편하게 뵙고 싶었습니다."

"말씀 편하게 하시죠."

"그럼 오늘은 그럴까요?"

태강의 잔이 비기가 무섭게 사람들은 다시 그에게 술을 권했다. 그런 와중에도 이나가 시선을 느끼고 돌아보면 어김없이 태강의 눈은 그녀를 향해 있었다. 마치 그녀의 어깨에 손을 얹고 어디 불편한 곳은 없는지 묻고 살피듯 다정한 눈길이었다. 그녀가 괜찮다고 미소를 보이면 그도 고개를 끄덕이고는 다시 시선을 돌렸다. 낯선 사람들이 아무리 많아도 그가 이곳에 함께 있다는 사실이, 자신을 염려하고 있다는 사실이 그녀에게 지금껏 느껴 본 적 없는 든든함을 주었다.

"저리도 좋을까?"

한 손에 잔을 들고 영화와 몇 마디를 주고받던 연진이 다시 이나를 바라보며 말했다.

"자기 와이프가 아무리 예뻐도 남자들 술에 취해서까지 저렇게 와이프 신경 쓰기 쉽지 않은데."

연진의 말에 이나는 옅게 미소를 지었다.

"정말 비결이 뭐예요?"

어느 틈에 연진의 맞은편 자리로 와 앉았는지 지영이 그녀들의 대화에 끼었다.

"어떻게 하면 그렇게 사랑받으며 살 수 있는 거예요?"

"남편이 자기 와이프 사랑하는 데 무슨 비결이 있겠어?"

"그래도 궁금하잖아요. 너무 부럽고."

지영이 눈을 빛내며 이나를 바라보았다. 모임 참석자 중 태강이 알고 있는 사람들에 대한 정보는 어느 정도 확인을 해 둔 상태였다. 하지만 지영에 대해서는 남편이 화장품 회사를 운영하는 문 사장이라는 사실 말고는 아는 바가 없었다.

"저희는 집안 어른들 중매로 결혼했거든요. 그래서 연애결혼하신 분들은 어떻게 사는지 너무 궁금해요."

"저희도 별거 없어요."

"그럼 밤에는 어떤 잠옷 입고 주무세요? 섹시한 스타일? 청순한 스타일? 아니면 다른 특별한 스타일이라도……?"

"지영 씬 별게 다 궁금하네."

"아니, 어디에서 들은 말인데 밤에 금실이 좋은 부부가 평소에도 사이가 좋다고 해서요. 참고만 할게요."

"도대체 어디에서 그래? 그리고 강 사장 눈에 뭘 입은들 와이프가 안 예쁠까?"

"그거야 그렇겠지만, 전 이나 씨와 이런 얘기라도 하면서 친해지고 싶어서요."

"지영 씨는 1년을 넘게 봤는데 아직도 모르나 보네."

"네? 뭘요?"

"같은 여자라고 다 같은 얘기에 관심 있는 거 아니야."

기억에 존재하지 않는 이들과 얼굴을 마주 보며 사생활 얘기를 주고받는 건 즐거운 일도, 대충 넘길 수 있는 일도 아니었다. 이나는 불편함을 감추며 애써 미소를 지었다.

"자기한테는 우리 올케가 진짜 친군데 하필 오늘 내 동생한테 일이 있어서 못 나왔지 뭐야."

"그랬어요?"

"남편 없이 혼자 청승맞게 있게 하고 싶지 않아서 내가 그냥 다음에 같이 오자고 했어."

"네."

연진이 지영의 불편한 질문을 완전히 차단하자 생글생글 웃는 얼굴을 하고 있던 지영이 슬그머니 자리에서 일어섰다. 자리를 옮겨 영화 옆자리에 앉은 지영이 까르르 웃는 소리가 이나의 자리까지 들려왔다.

이나는 받아만 두고 지금껏 마시지 않아 이제는 냉기가 모두 사라진 와인 잔을 들었다. 깊고 진한 향을 풍기는 와인은 입 안에 씁쓸한 끝맛을 남기고 사라졌다. 조금 더 길게 들이켠 두 번째 모금은 머릿속을 핑그르르 돌게 했다. 더는 마시지 않고 들고만 있던 잔을 테이블에 내려놓은 그녀는 자리에서 일어섰다. 차가운 물로 손이라도 닦고 나면 기분이 좀 나아질 것 같았다.

"잠시 실례할게요."

그녀가 화장실 앞에 도착했을 때였다.

"그런데 입덧은 없는 거예요?"

"네. 입덧도 없는데 요즘 남편 때문에 너무 잘 먹어서 벌써 살이 많이 쪘어요."

문이 완전히 닫히지 않았는지 화장실 안에서 나누는 지영과 영화의 대화 소리가 문밖까지 들려왔다.

"어머, 볼 때는 전혀 그렇게 안 보여요. 그리고 아까 보니까 조 사장님 눈에서 아주 꿀이 뚝뚝 떨어지던데 무슨 걱정이에요."

"우리 그이야, 골든전자 강 사장님에 비하면 아무것도 아니죠."

"강 사장님이요? 영화 씨, 사람들 겉으로 보이는 게 전부가 아닐 때가 더 많은 거 몰라요?"

문을 열기 위해 뻗었던 이나의 손이 그 자리에 멈췄다.

"그게 무슨 말이에요?"

"여긴 사람들 눈이 많으니 일부러 그러는 걸지도 모른다는 거죠."

"그럴 리가요. 강 사장님 애처가로 유명하시잖아요. 그리고 이나 씨를 얼마나 사랑하면 연말에 골든호텔 스카이라운지에 객실까지 예약해 둔다고 했겠어요? 우리 남편은 객실은 생각지도 못했던 것 같은데."

"영화 씨, 이나 씨 아이 가지려고 병원까지 다녔는데 영화 씨가 먼저 좋은 소식 전하니 아까 내내 표정 어두운 거 못 봤어요? 강 사장님도 사람들이 많으니 겉으로는 웃으며 골든호텔 예약해 두겠다고 했겠지만 속은 분명 말이 아닐걸요."

이나는 자신도 모르게 주먹을 말아 쥐고 있었다. 심장이 거칠게 쿵 쾅거리며 몸도 미세하게 떨렸다.

"설마요."

"설마는요, 아까 내가 이나 씨한테 어떻게 하면 그렇게 사랑받으며 살 수 있느냐고 물으니까 얼굴이 하얗게 질려서는 아무 말도 못 하더라고요. 정말 행복한 사람이면 반응이 왜 그랬겠어요?"

"그거야 그렇지만, 누가 그래요? 이나 씨 병원에 다닌다고?"

"저 아는 사람이 병원에서 봤다고 하더라고요. 그런데 담당의가 난임 쪽에서도 알아주는 분이래요."

"난임이요? 하지만 결혼한 지 이제 겨우 1년 조금 넘었는데요."

"시간이 중요한가요? 결혼하고부터 계속 가지려고 노력했는데도 그동안 안 생겼다는 게 문제죠. 그러니 지금 강 사장님이 웃고 있다고 진짜 웃고 있는 게 아니라는 거예요."

"어머, 저는 정말 몰랐어요. 그럼 이나 씨 앞에서는 아이 가진 거 너무 좋아하면 안 되겠네요."

이나는 어금니를 힘주어 물고 미지근한 침을 삼켰다.

"아니, 영화 씨가 왜 그쪽 눈치를 봐야 하는 거예요? 결혼 잘한 덕에 해성그룹 사모님까지 싸고돌아서 아주 목이 뻣뻣한데, 우리 좋은 일 있는 것까지 죄지은 것처럼 숨겨야 해요? 나 참⋯⋯."

"그래도 계속 얼굴 봐야 하는 사인데 아이 가질 때까지 서로 조심하는 게 좋죠."

"하지만 아이가 욕심부린다고 생기는 게 아니잖아요. 막말로 난임이 아니라 불임이면 어떻게 해요? 우리 숨 막혀서 이 모임 계속할 수나 있겠어요?"

"그건 아니겠죠."

"영화 씨는 사람이 너무 좋아서 탈이라니까."

주변의 모든 것이 정지한 느낌이었다. 늑골이 폐를 짓누르는 듯 숨도 잘 쉬어지지 않았다. 필사적으로 멀쩡한 표정을 짓고 있었으나 등줄기를 타고 흐르는 땀방울까지 어쩔 수는 없었다.

"그러고 보면 우리가 처음부터 너무 잘해 주긴 했어요. 자기가 정말 좋아서 잘해 준 줄 아나."

"누가 들으면 어쩌려고 그래요."

"우리가 없는 말을 한 것도 아닌데, 뭐 어때요?"

얼마간 심호흡을 한 이나는 자리로 돌아가기 위해 천천히 몸을 돌렸다. 견뎌야 했다. 아무렇지 않은 것처럼, 아무 일도 없었던 것처럼, 이곳을 나설 때까지는 사람들 앞에서 미소를 보여야 한다.

"아⋯⋯."

벽 쪽에 세워진 커다란 화분의 나뭇잎이 걷고 있는 그녀의 어깨에 닿았다. 가볍게 스친 것뿐인데, 단단한 무언가에 발부리가 걸린 것처럼 그녀의 걸음이 그 자리에 멈춰 섰다. 뺨을 타고 소리 없이 흘러내린 눈물이 입술을 적시고 있었다.

✦　　✦　　✦

조금 전 화장실에서 나온 이나가 사람들 쪽이 아닌 반대쪽 창가로 걸어가는 것이 보였다. 그런데 그녀가 나오고 뒤이어 나온 영화와 지영은 곧장 사람들이 앉은 테이블로 걸어가 앉았다. 처음엔 이나가 잠시 야경을 보려는 건가 싶었는데 너무 오래 혼자 있는 것이 태강은 마음에 걸렸다.

"여기서 뭐 해?"

사람들에게 양해를 구하고 자리에서 일어선 그는 곧장 이나에게로 향했다. 유리에 그가 다가가는 모습이 보였을 텐데 어깨에 손을 얹자 그녀가 깜짝 놀라며 그를 돌아보았다.

"괜찮아?"

"네."

괜찮으냐는 질문에 언제나 그렇듯 그렇다고 대답하는 그녀는 그의 눈에 괜찮아 보이지 않았다. 가뜩이나 작고 하얀 얼굴이 핏기 없이 창백했고 커다란 눈은 마치 막 눈물을 그친 어린아이의 눈처럼 젖어 있었다. 계속 그녀 곁에 있고 싶었으나 그의 의지와는 상관없이 어느 순간 자연스럽게 떨어져 앉게 되었다. 하지만 이나는 이곳에 있는 그 누구보다 빛났다. 그의 시선도 자연스럽게 그녀만 찾았고, 그녀만 보았다.

사적인 자리에서 만날 일이 많지 않은 사람들이 권하는 술을 거절 않고 받은 것도 전부 그녀를 위해서였다. 자신이 우호적으로 그들을 대하면 그가 없을 때도 이나가 조금은 편하지 않을까 싶어서. 술잔이 정신없이 오가는 와중에도 그는 나름대로 그녀를 신경 쓴다고 썼는데, 결과적으로 지금 그녀에게 무슨 일이 있었는지 아무것도 알지 못했다.

"안색이 좀 안 좋은 것 같은데……."

"오랜만에 와인을 마셔서 그런가 봐요."

"속이 안 좋은 거야?"

"아니요. 겨우 두 모금 마셨어요."

그도 그녀 옆에 나란히 서 화려한 야경을 바라보았다. 아니, 유리창에 비친 이나를 바라보고 있다는 표현이 더 정확했다.

"혹시 오늘 당신 힘들게 한 사람은 없었어?"

"누구요?"

"누구든. 당신 조금이라도 힘들게 한 사람 있으면 나한테 다 말해."

"말하면요?"

"앞으로는 당신 힘들게 하지 말라고 내가 가서 얘기해야지."

"정말 그래 줄 거예요?"

"당연하지."

"……."

태강은 고개를 돌려 아무 말 없이 조용한 이나를 바라보았다.

"왜?"

"그런 사람 있었나 생각해 보는 중이에요."

그녀가 그를 보며 환하게 웃었다. 웃고 있는 눈이 투명하게 반짝였다. 그 반짝임이 유리 조각처럼 그의 가슴을 따끔거리게 했다.

"그런데 없어요. 이런 자리에서 속에 있는 얘기까지 하진 않잖아요."

"그럼 우린 그만 집에 갈까?"

"집에요?"

"한 사장님은 많이 취하셔서 벌써 일어나셨어. 한 사장님 가시니까 슬슬 마무리되는 분위기고. 남자들 쪽은 다들 과음했거든."

이나의 시선이 그를 빤히 응시했다. '당신은 괜찮은 거예요?' 묻고 있었다.

"나도 조금 많이 마신 것 같아서, 그만 집에 가서 쉬고 싶어."

"그래요, 그럼."

이나가 자리에서 일어섰다.

"간다고 인사하고 가요."

"다들 취했어. 우리 두 사람 없어진다고 해도 아무도 모를 것 같은데."

"아닐걸요."

그녀가 그를 향해 손을 뻗었다. 가늘고 보드라운 손이 그의 손을 잡았다.

"그래, 그럼."

그는 이나의 손을 잡고 사람들이 있는 테이블 쪽으로 다시 걸음을 옮겼다.

"저희도 그만 가 보겠습니다."

"아니, 왜 벌써요? 이제 한참 흥이 올랐는데."

"저도 과음했고 아내도 피곤한 것 같아서요."

그때 지영과 문 사장이 자리에서 일어섰다. 문 사장은 그에게 무언가 할 말이 있는 표정이었다.

화장품 회사를 운영하는 문 사장은 최근 수출 계약이 취소되면서 이미 생산된 제품을 판매할 판로는 물론이고 자금 회전도 여의치 않다는 고충을 태강에게 구구절절 털어놓던 중이었다. 어떻게든 그의 도움을 받아 위기를 벗어나 보려는 의도가 눈에 빤히 보였다.

"괜찮으시면 저희가 언제 두 분을 집으로 초대해 식사 대접을 하고 싶은데……."

머뭇거리던 문 사장이 마침내 입을 뗀 순간이었다. 그의 손을 잡은 이나의 손에 미세하게 힘이 실리는 것이 느껴졌다. 불편하다는 뜻이었다. 그 불편함의 이유를 그의 방식대로 해석하자면 그녀의 눈에 눈물이 맺히게 한 사람이 지영일 가능성이 높다는 결론이 나왔다.

"죄송합니다. 아내가 함께 식사하는 자리에서 일 얘기 하는 걸 아주 질색해서요."

"아, 제 생각이 짧았습니다. 강 사장님 항상 바쁘신 분인데 식사하실 때만이라도 편하게 하셔야죠."

"이해해 주셔서 감사합니다. 그럼 다음에 또 뵙겠습니다."

문 사장이 다른 얘기를 꺼내기 전에 그는 다른 사람들을 향해 고개를 돌렸다. 사람들에게 가볍게 고개를 숙여 보인 뒤 이나의 어깨를 감싼 채 출구를 향해 돌아섰다.

"당신 생각은 어때?"

"뭐가요?"

"문 사장 도와줄까?"

"그걸 왜 저한테 물어요?"

"당신이 싫어하는 사람들과는 나도 친하게 지내고 싶지 않아서."

집요하게 자신들을 좇는 시선을 느끼며 그는 어깨를 감싸고 있던 손을 내려 이나의 허리에 감았다.

"사람들이 봐요."

"난 사람들 시선 신경 안 써."

그는 보란 듯 입구에서 직원이 건네는 코트를 받아 그녀의 어깨에 직접 둘러 주었다.

✦   ✦   ✦

'같이 씻을까?' 농담으로 건넸던 말에 시선도 주지 않고 방으로 들어가는 이나의 모습을 지켜보다 태강은 2층으로 올라갔다. 샤워 후 편안한 옷으로 갈아입고 다시 1층으로 내려오는 그의 머릿속에 지젠호텔 창가에 서 있던 그녀의 젖은 눈동자가 떠올랐다.

오늘 모임에 참석한 사람들은 표면적으로 골든그룹과 척을 진 적 없는 그룹의 사람들이었다. 하지만 재벌가 사람들 사이의 미묘한 시기와 질투에 대해 모르지 않았다. 한집안 사람으로 수십 년간 얼굴을 마주하며 살았던 어머니와 작은어머니조차 실질적으로 사이가 좋았던 적 없었으니 말이다. 분명 누군가 이나에게 교묘히 상처 주는 말을 했거나, 얼굴을 마주 보며 생글생글 웃다가 돌아서서 본색을 드러냈을 것이다. 기억에도 없는 사람들이 하는 말에 상처받고도 그녀는 괜찮은 척 미소를 보여야만 했을 테고.

사고를 당하기 전 그녀가 그에게 의지하지 못했던 것도, 기억을 잃은 지금 그녀가 혼자 감당해야 하는 혼란도 사실 그의 책임이 컸다. 그럼에도 이나는 또다시 습관처럼 모든 걸 혼자 감내하려 했다. 도대체 무엇을 어디부터 바로잡아야 하는 건지……. 계단을 내려가는 그의 걸음이 한없이 무거웠다.

아직 샤워 중인지 방 안에 이나는 보이지 않았다. 그는 젖은 머리를 툭툭 털며 물소리가 희미하게 새어 나오는 욕실 벽에 등을 기대고 섰다. 누군가를 기다리는 일에는 익숙지 않은 그였다. 그런데 이 낯설고 어색한 기다림이 왠지 싫지 않았다.

"엄마야."

물소리가 끊기고 샤워 가운이 아닌 긴 타월로 몸을 감싸고 나오던 그녀가 욕실 앞에 서 있는 그를 발견하고 작게 비명을 질렀다.

"언제 내려왔어요?"

"방금."

"그런데 왜 여기 서 있어요."

"왜일까?"

그녀를 무작정 품으로 당겨 안자 작은 목소리로 '옷 젖어요' 하며 살며시 밀쳤다. 하지만 그는 그녀를 더욱 꽉 끌어안았다. 그녀에게서 달콤한 장미 향이 풍겨 왔다. 침샘을 자극할 만큼 그녀의 향기는 달콤했는데 가슴은 장미 줄기를 끌어안은 것처럼 따끔거렸다.

"빨리 보고 싶어서."

"저 옷부터 입고 올게요."

"지금도 좋은데."

"머리도 말려야 해요."

"그래, 알았어."

드레스 룸으로 들어선 그녀가 파우더 룸과 중간에 있는 문을 슬쩍 밀어 그가 들어갈 수 없게 만들었다. 희미하게 바닥으로 무언가 툭 떨어지는 소리가 들리는 것으로 타월이 떨어지지 않았을까 추측해 볼 뿐이었다.

"아직도 여기 있었어요?"

잠시 후 그가 있는 곳으로 돌아온 그녀는 피부색보다 조금 더 짙은 베이지색 슬립 차림이었다. 도자기처럼 매끈한 피부를 아슬아슬하게 감싼 슬립은 어깨를 온전히 드러냈던 타월과 비교해 조금도 나을 게 없었다. 오히려 몸의 굴곡을 더욱 적나라하게 드러내며 그의 알량한 인내심을 위협했다. 그는 거울 앞에 앉은 그녀에게서 조금 떨어진 곳에 섰다. 하지만 피붓결을 정돈하고 머리를 말리는 이나와 시선이 마주칠 때마다 다시 그녀에게 조금씩 다가서고 있었다.

"나 없는 동안 혼자 지내기 괜찮았어?"

"제가 어린앤가요?"

"아직은 이 집 낯설잖아. 또 밤에는 혼자 있어야 하고."

"생각이 많아서 잠이 안 올 때도 있긴 했는데 다른 건 괜찮았어요."

"걱정했는데 다행이네."

"걱정했어요?"

"혹시 나 없을 때 또 아프거나 하면 어쩌나 싶어서."

"아프면 노 박사님께 전화했을 텐데 뭐 하러 걱정을 해요."

이나가 언급한 사람은 노 박사 한 사람이었다. 그런데 거울 속 그녀를 바라보며 곡선을 그리던 그의 입술은 천천히 일자로 당겨지고 있었다. 만약 노 박사에게 당장 달려올 수 없는 사정이 있다면, 그 늦은 시간 그가 없는 집에 승현이 찾아올 수도 있었다는 생각이 든 것이다. 고작 생각일 뿐이었는데 그의 신경은 날카롭게 곤두섰다.

"만약 노 박사님과 연락이 안 되면?"

"그럼 119 있잖아요."

그녀가 무슨 걱정이냐는 듯 웃으며 말했다.

"노승현 씨하고는 언제부터 친했어?"

"승현 오빠요?"

"응."

"음, 사실은 만나 본 적 없는 오빠 동생 때문에 친해진 것 같아요."

"동생?"

"네. 오빠한테 여동생이 있었는데 일곱 살에 백혈병으로 세상을 떠났대요. 그다음 해에 오빠는 노 박사님이랑, 저는 할아버지랑 보육원에 갔다 만났던 거고요."

"보육원."

노 박사에게 들은 적 있었다. 이나의 할아버지는 보육원이며 친구들을 만나는 자리에 항상 이나를 데리고 다니셨다고. 그 때문에 강 회장도 이나를 당신 손녀로 착각하시는 게 아닌가 생각했던 적도 있었으니까.

"오빠가 저를 보고 동생 생각이 났는지 처음 만났을 때부터 잘 챙겨 줬어요. 그리고 무슨 일 생기면 전화하라고 번호도 알려 줬고요. 전화번호는 그날 잊어버렸는데 신기하게 그 뒤로 친해졌어요."

"당신은 여덟 살, 노승현 씨는 열세 살 때였겠네?"

승현의 동생 수현은 이나와 같은 나이였다. 수현이 세상을 떠나고 몇 달 후 승현의 어머니마저 지병으로 세상을 떠나셨다는 사실은 그도 알고 있었다. 이나도 같은 해에 어머니를 잃었으니 연이어 이별을 겪은 승현에게 분명 마음이 갔으리라.

아무리 그렇다 해도 20년 가까이 변함없는 친분을 유지하기 위해선 적어도 한 사람의 무던한 노력이 동반됐어야 했다. 그 한 사람이 누군가에게 의지하거나 속마음을 드러내는 일에 익숙지 않은 이나는 아닐 것이다. 20년간 바짝 다가서지도 멀어지지도 않은 채 이나의 곁을 지켰던 사람은 승현이란 뜻이었다. 그가 줄곧 거슬렸던 이유는 그것이었다.

"어떻게 알아요?"

"노수현, 본 적 있거든."

"아……. 어땠어요? 저랑 닮았어요?"

"당신이랑 닮았냐고?"

"오빠가 저를 보면 동생 생각이 많이 나는 것 같아서요."

명절에 노 박사를 따라온 그 아이를 몇 번 본 것이 다였지만 수현과 이나는 닮은 곳이 없었다. 이나는 찰랑거리는 생머리에 흰 피부, 고양이처럼 동그란 눈을 가지고 있었다. 반면 수현은 연한 구릿빛 피부에 곱슬머리를 항상 길게 땋고 다녔고 활짝 웃으면 눈이 보이지 않았다.

둘은 성격도 확연히 달랐다. 이나는 말수가 적고 애교도 없는 반면,

수현은 누구와도 쉽게 친해지는 활달한 성격이었다. 처음 만났던 날 그에게 대뜸 오빠라고 부르며 그의 방까지 따라 들어왔을 정도였다.

"닮았어."

"정말이요? 정말 저랑 닮았어요?"

"응."

"역시 그랬구나."

"그런데 서른도 넘은 남자가 20년 전에 죽은 여동생을 계속 떠올리는 게 좋은 일일까?"

"……."

"이제 동생은 보내 주고 연애도 하고 결혼도 하며 평범하게 살아야지."

"그래야죠."

의자에서 일어선 이나가 말간 얼굴로 고개를 끄덕였다. 그는 아무 말 없이 고개를 숙여 그녀의 입술에 입을 맞췄다. 불안할 이유 같은 건 없었다. 조급해할 이유 역시도. 이나의 기억이 돌아온다 해도 그녀는 변함없이 그의 아내였다. 그런데 그녀를 향한 마음이 커질수록 불안도 함께 커져 그를 흔들고 있었다.

"아직도 술 냄새 많이 나는 거 알아요?"

그의 입술이 떨어졌을 때 그녀가 미간을 살며시 접으며 중얼거렸다.

"사람들하고 친해지려다 보니까 거절할 수가 없더라고."

"다 잘 아시는 분들 아니에요?"

"얼굴이야 알지만 친하다고 할 수 있는 사이는 아니지."

"그런데 왜 갑자기 친해지려고 한 건데요?"

"그냥, 그래야 내 마음이 좀 더 편할 것 같아서."

"혹시 저 때문에 그런 거예요? 그러지 않아도 되는데."

"앞으로 계속 얼굴 봐야 하는 사람들이잖아. 당신도 나도."

"……고마워요."

그는 이나의 손을 잡았다.

"난 당신이 많이 웃었으면 좋겠어."

"요즘 많이 웃어요."

"그렇다고 다른 사람 앞에서는 웃지 말고."

"왜요?"

"나만 보고 싶으니까."

그가 다시 고개를 숙였다. 그녀의 등이 화장대 쪽으로 살며시 밀리며 화장품 하나가 바닥으로 쿵 쓰러졌다. 깜짝 놀란 이나가 입술을 떼려 했지만, 오히려 그녀를 더 강하게 끌어안았다. 두 손으로 뺨을 감싸고 그녀의 입술을 열었다. 거칠게 그녀의 타액과 숨결을 빨아들였지만 도무지 만족이 되지 않았다. 그는 뺨을 쥐고 있던 손을 움직여 그녀의 허리를 그러안고 나머지 손으로 그녀의 등을 안았다.

"음......."

얇은 천 아래의 체온이 손바닥에 그대로 느껴지며 그의 손가락에 저절로 힘이 실렸다. 고작 3일을 떨어져 있었을 뿐인데 몇 발짝 거리에 있는 침대까지 걸어갈 엄두가 나지 않았다. 그녀의 기억이 돌아올 때까지 기다려야 했다면 어땠을지 생각만으로도 아찔했다.

"잠깐만요."

잠깐 입술이 떨어진 틈을 타 그녀가 그의 어깨를 손으로 가볍게 밀었다. 그는 밀리는 척 뒤로 몸을 뺐다가 그녀의 무릎 아래로 손을 넣었다. 지금이 침대로 갈 수 있는 마지막 기회였다.

"피곤하다고 했잖아요."

"핑계였지. 집에 빨리 오려는."

그녀를 침대 위에 내려놓고 그도 곧장 침대로 올라가 그녀를 다시 품으로 당겨 안았다. 이나의 몸이 힘없이 그에게 끌려왔다.

"출장 가 있는 동안 혼자 침대에 누울 때마다 당신 생각이 얼마나 났는지 몰라."

"그럼 전화라도 하지."

"그랬으면 그날 밤 비행기로 돌아왔을걸."

"설마요."

"농담 아닌데."

소리 없이 웃는 그녀의 숨결이 그의 목을 간질였다. 그는 그녀의 이마에 가볍게 입을 맞춘 뒤 턱에서 목덜미로 입술을 미끄러뜨렸다. 이나도 손을 뻗어 그의 셔츠 단추 위에 얹었다.

그녀가 단추를 푸는 사이에도 그는 통제 불능인 사람처럼 그녀의 목과 쇄골을 지분거렸다. 그리고 다급한 손길로 그녀를 끌어안았다. 한순간도 그녀에게서 손을 뗄 수 없었다.

"천천히요."

"불가능해. 화장대에서 여기까지 오는 동안 남은 자제력을 전부 써 버렸어."

그녀 위로 몸을 움직여 양팔로 상체를 지탱하자 기분 좋은 살 내음과 함께 그녀와 맞닿은 아래쪽으로 뜨거운 피가 쏠렸다.

"음……."

입술로 목을 더듬어 올라가 귓불을 물자 그녀의 입에서 나직한 신음이 흘러나왔다. 그는 가느다란 어깨끈을 끌어 내리고 드러난 매끈한 피부에 남김없이 입을 맞췄다. 손과 입술에 전해지는 온기에 형용할 수 없는 쾌감이 온몸을 감쌌다. 심장의 피가 들끓었다. 그런데도 잠시 숨을 고를 여유조차 가질 수 없었다. 그 혼자만의 조급함이 아닌 듯 그녀가 내뱉는 신음이 점점 커지다 급기야 그의 등으로 손톱이 파고들었다. 육체적 쾌감이 통증으로 변질되고 있다는 신호였다.

"하아……."

술이 문제인지, 떨어져 있었던 지난 3일이 문제인지는 알 수 없었다. 지금 그는 통제 불능 상태였다. 서둘러 자신의 거추장스러운 바지를 벗어 던진 그는 곧장 그녀와 하나가 됐다.

감았던 눈꺼풀을 천천히 들어 올리는 이나의 얼굴을 태강은 가만히 바라보았다. 그러자, 그녀가 그의 팔을 움켜잡았다. 그는 그녀의 얼굴을 내려다보며 이마에 입을 맞췄다. 떨어져 있던 3일을 보상받듯 아주 천천히, 달콤하게 만족을 느끼고 싶었다. 그런데 그 안의 굶주린 맹수는 그 의사에 동의할 수 없는 모양이었다.

"하읏."

"아아……."

끊어질 듯 이어지는 신음 소리를 듣고 나서야 그는 잠시 움직임을 멈추었다. 숨을 몰아쉬는 그의 젖은 등을 그녀의 손이 감쌌다. 예전에는 한 번도 이런 식으로 밤을 보냈던 적이 없었다.

매번 이나는 중요한 의식을 치르는 사람처럼 반듯한 자세로 누워 있었고 그의 몸에 함부로 손을 대지도 않았다. 그 역시 욕정을 풀지 못해 안달 난 사내가 아니었으니, 달구어지지 않는 사내를 받아들이는 밤은 매번 가혹한 고통의 시간이었을 것이다.

불과 몇 달 전의 일이었는데 아득하게 먼 과거의 일처럼 느껴졌다.

"하……."

"힘들지 않아?"

"아니요. 좋아요."

도톰한 입술이 살며시 벌어지며 '너무'라고 작게 덧붙인 순간 그는 더 이상 움직일 수 없었다. 아니, 더는 버틸 수 없었다. 겨우 바싹 마른 그녀의 입술에 입을 맞췄다. 마침내 포효와도 같은 신음을 흘리며 그는 그녀를 강하게 끌어안았다.

"흐읏."

"후……."

얼굴을 들지 않는 그녀의 가쁜 숨결이 그의 가슴을 덥혔다. 뜨거운 감정이 그의 마음을 물들였다.

"괜찮아?"

"하아, 하아……."

대답 대신 거친 숨이 연신 쏟아졌다.

"이대로 자고 싶어요."

"그렇게 해."

"전에는 어땠어요?"

"뭐가?"

"그때도 매번 이렇게 좋았는지 궁금해서요."

그는 다시 그녀의 이마에, 입술에 입을 맞췄다. 자신의 아이를 간절히 원했던 그녀를 이렇게 안아 주지 못했다는 후회가 밀려들자 목이 메어 왔다.

"우리 가족계획은 세웠어요?"

"가족계획?"

"네."

이나가 아이처럼 그의 품 안으로 더욱 깊게 파고들었다.

"할아버지나 부모님들도 아이 기다리셨을 것 같은데…….."

"자연스럽게 생기면 낳으려고 했지."

지난 1년 그녀가 아이를 기다리며 얼마나 힘들어했는지 잘 알고 있었다. 그렇기에 기억을 잃은 지금은 그 일로 힘들어하게 만들고 싶지 않았다.

"자연스럽게 생기면요?"

"응. 그런데 당분간은 당신 병원 진료도 받아야 하니까, 천천히 생각하는 게 좋을 것 같아."

그의 말에 아무 대답이 없어 그새 잠이 들었나 생각할 무렵 이나가 작은 소리로 입을 열었다.

"……오늘 영화 씨, 참 행복해 보이더라고요."

이나의 입에서 나직하게 흘러나온 이야기에 태강은 심장이 툭 떨어지는 것 같았다.

"당신은, 행복하지 않아?"

"그런 뜻은 아니고요."

좀처럼 고개를 들지 않는 그녀의 작은 등을 그는 가만히 감싸 안았다. 이제는 그녀가 원하는 것이라면 그게 뭐든 주고 싶었다. 마음은 넘치는데 정작 그녀가 바라는 건 그가 의지로는 줄 수 없는 것일까 봐 심장이 쓰렸다.

"나는 지금이 좋아."

"우리 이제 그만 자요."

"응."

얼마 후 이나는 그의 품 안에서 규칙적으로 숨을 내쉬었다. 그런데 그는 잠이 오지 않았다. 술을 그렇게 많이 마셨는데도 오늘 밤은 쉽게 잠들지 못할 것 같았다.

＊　　　＊　　　＊

Rrrrr.

진료 시간보다 일찍 병원에 도착한 이나가 대기실에 앉아 있을 때였다. 전화벨이 울려 확인하니 아버지에게 걸려 온 전화였다.

"여보세요?"

―나다.

"네, 아버지."

―네 말대로 네 새엄마 차에 위치 추적기 붙여 뒀다. 그랬더니 지난 토요일 나한테는 친구랑 약속이 있다고 하더니 골든호텔에 갔더구나.

"골든호텔이요?"

아버지는 전화를 받자마자 대뜸 지난 토요일의 일을 털어놓았다. 골든호텔에 카페와 레스토랑이 있다는 사실을 아버지가 모를 리는 없었다. 그럼에도 지금 아버지가 호텔이라고 언급하는 이유는 세영에 대한 믿음과 신뢰가 모두 사라졌다는 사실을 의미했다.

―그래.

"정말 친구를 만났던 걸 수도 있잖아요."

―아니, 혹시나 싶어 호텔에 직접 확인해 봤더니 미리 스위트룸까지 예약을 해 뒀더구나.

그날 세영과 만난 방은 이나가 세영의 이름으로 예약을 해 둔 방이었다. 호텔 안에서 세영의 위치가 파악되지 않으면 아버지가 객실 예약자 명단을 확인할 수도 있다고 생각했다. 그래서 직원에게 세영의 이름으로 예약된 방이 있는지 누가 물어보면 정중하게 알려 주라는 부탁도 잊지 않았다.

모든 일이 그녀의 예상대로 흘러가고 있었다. 당분간은 세영 때문에 골치가 아플 일도 없어졌다. 그런데 마냥 시원하거나 즐겁지가 않았다. 입 안에는 씁쓸한 맛이 맴돌았다.

"누굴 만나는지도 직접 보셨어요?"

—그걸 꼭 봐야 알까? 훤한 대낮에 호텔 방에서 여자 친구랑 수다나 떨었을 리는 없을 테고, 떳떳하지 못하니까 방 안으로 들어간 거겠지.

"그래서 그날 그 방에 남자랑 있었다는 사실을 확인하면 이혼이라도 하실 거예요?"

정이 무서운 건지, 다시 혼자가 되는 게 무서운 건지 수화기 너머에서 대답 대신 긴 한숨이 들려왔다.

"조세영 씨는 아버지 재산 보고 결혼한 사람이에요. 그러니 아버지가 이혼하고 싶어도 결정적인 증거가 없으면 합의 이혼은 불가능할 거예요."

—그럼 노 변호사를 만나 볼까?

"만나서 무슨 얘기 하시려고요?"

—노 변호사는 이런 일 늘 보고 들었을 테니, 어떻게 하는 게 좋을지 조언이라도 들으면 좀 나을까 싶어서 그러지.

"아직 아무 증거도 없고 어떻게 할지 결정 내린 것도 없잖아요."

—그거야 그렇지만…….

"……만약 그 여자 배 속 아이가 정말 아버지 아이면요?"

다시 긴 한숨이 연거푸 들려왔다.

—아이만 없었어도…….

연진이 말했던 부성이란 게 이런 걸까. 아내의 불륜은 의심만으로도 용서가 되지 않지만, 자신의 핏줄 앞에서는 한없이 나약해지는.

"그 아이가 평생 아버지 원망하며 살길 바라지 않으시면…… 이번에는 신중하세요."

―이나야.

"윤이나 씨."

그때 진료실 앞에서 간호사가 그녀의 이름을 불렀다.

"저 지금 병원이에요. 제 차례인가 봐요."

―병원에 갔구나? 그래, 어서 들어가 봐라.

"네."

전화를 끊고 자리에서 일어선 그녀는 노 박사의 진료실 안으로 들어섰다.

"어서 오렴."

"안녕하셨어요?"

"그래. 너도 잘 지냈니?"

"네."

"그런데 혼자 온 거야?"

"태강 씨는 바빠서 못 왔고 다른 사람이랑 같이 왔어요."

노 박사가 알겠다는 표정으로 고개를 끄덕였다. 이나는 책상 옆에 놓인 둥근 의자에 앉았다.

"퇴원하고 집에 가니까 어때?"

"좋아요."

"다행이구나."

노 박사가 밝은 얼굴로 고개를 끄덕였다.

"그동안 뭐 기억난 건 없었고?"

"네. 아직이요."

"불편했겠구나?"

"조금요."

1년의 기억이 사라진 삶은 순간순간 딛고 선 땅이 흔들리는 것처럼 낯설고 불안했다. 그래도 그녀의 곁에는 태강이 있었다. 그가 잡아 주면, 그가 자신의 손을 놓지 않으면 그녀는 땅이 아니라 하늘까지 흔들려도 견딜 수 있을 것 같았다.

"곧 돌아오겠죠?"

"나도 그럴 거라고 장담해 줄 수 있었으면 좋겠구나."

"사실 기억이 돌아오지 않아도 지금 살아 있다는 사실에 감사해야 한다는 거 알아요. 조금 불편한 점은 있지만, 기억에 너무 연연하지 않으려고 노력하는 중이에요."

승현과 닮은 깊고 따뜻한 눈빛이 그녀를 가만히 응시하고 있었다.

"네가 그렇게 생각하고 있다니 내 염려가 조금은 줄어든다만, 언제까지 미술관 일에서도 손을 놓고 있을 수는 없을 텐데 그것도 걱정이구나."

"저 엄마 돌아가셨을 때도 큰 문제 없이 유치원이며 학교생활에 적응했다면서요. 미술관 일도 다시 배우면 되겠죠."

"그래, 무슨 일이든 마음이 가장 중요하니까. 네가 그렇게 생각하고 있다면 미술관 일도 어렵지 않을 거다."

"그렇겠죠?"

노 박사가 동의를 표하듯 다시 고개를 끄덕였다. 노 박사의 인자한 표정을 보고 있으니 곧 모든 것이 좋아지리란 믿음이 생겼다. 그의 표정에는 그런 믿음을 갖게 하는 힘이 있었다.

"마음을 편하게 갖고 생활하다 보면 어느 날 기억이 전부 돌아올 수도 있겠지만, 그렇지 않다 해도 네 생활에 자연스럽게 익숙해지면 잃어버린 기억이 더는 신경 쓰이지 않을 수도 있을 거다."

"네."

"다리는 좀 어땠니? 생활하는 데 불편한 점은 없었고?"

"네. 괜찮았어요."

그녀의 대답에도 노 박사는 진료실 침대에 누운 그녀의 다리 이곳저곳을 눌러 보고 진료 봉으로 가볍게 두드려 보며 꼼꼼히 상태를 체크했다.

"두통이나 시력에도 별문제 없었지?"

"네."

"그래도 혹시 모르니 다음 진료에는 필요한 검사들 다시 한번 받아 보자."

"네."

진찰을 마친 노 박사가 뭐든 궁금한 것이 있으면 더 물어보라는 눈빛으로 그녀를 바라보았다.

"저, 그런데 박사님."

"그래."

"만약 제가 지금 아기를 갖게 된다면 별다른 문제는 없을까요?"

"아기?"

"네."

"그럼. 문제없지. 지금은 먹는 약도 없으니까 혹시라도 임신 가능성이 있으면 다음 검사 전에 미리 얘기만 해 다오."

"혹시 모르니까 물어본 거예요."

"항상 대비하는 자세는 중요하지. 그리고 아기는 언제 찾아와도 축복이란 사실만 잊지 마라."

"네."

이나가 고개를 끄덕였다.

"참, 오늘 승현이도 VIP실 입원 환자 때문에 병원에 올 일이 있다고 했는데. 시간 괜찮으면 이렇게 나온 김에 함께 차라도 마시지 그러니?"

"오빠 바쁠 텐데요. 다음에 시간 약속하고 만날게요."

"그럴래?"

"네. 저 그만 가 볼게요."

이나는 자리에서 일어섰다.

"조심해서 가고, 예약 전이라도 불편한 곳 있으면 언제든 연락해라."

"네. 그럴게요. 안녕히 계세요."

그녀가 진료실을 나서자 문 앞에 대기하고 있던 경호원이 다가왔다.

괜찮다는 그녀의 만류에도 태강이 자기 대신이라며 경호원을 보낸 것이다.

"진료 끝나셨습니까?"

"네."

그녀와 경호원만 싣고 조용히 내려가던 엘리베이터가 갑자기 멈춰 섰다. 문이 열린 엘리베이터 앞에는 커다란 캔버스 액자를 손에 든 젊은 여자가 혼자 서 있었다.

가녀린 체구의 여자는 민낯임에도 오목조목 귀여운 생김새를 하고 있었다. 이나는 여자가 탈 수 있도록 뒤쪽으로 몸을 바짝 붙이고 섰다.

"안녕하세요."

엘리베이터 문이 닫힌 뒤 여자가 이나를 향해 불쑥 인사를 건넸다.

"저한테 한 건가요?"

"네, 사모님."

"절 아세요?"

"네."

이나의 시선이 다시 체구에 비해 버거워 보이는 여자의 캔버스 액자로 움직였다. 포장지로 싸여 있음에도 바닥으로 내려놓지 않는 것이 여자에게 무척이나 소중한 그림인 듯했다.

하지만 그림을 그리거나 관련 일을 하는 사람이라면 그녀에게 사모님이 아니라 관장님이라는 호칭을 썼어야 했다.

"전에 골든전자 비서실에서 잠시 근무를 했었습니다."

"골든전자 사장 비서실이요?"

"네."

여자는 더 이상 아무 말도 하지 않았다. 이나도 굳이 다른 말을 건네지 않았다. 하지만 여자가 어쩐지 계속 신경이 쓰였다.

태강의 비서실에서 근무했었다는 사실도, 이미 회사를 그만둔 마당에 그녀에게 굳이 인사를 한 이유도, 캔버스 액자의 무게를 감당하기 버거운 듯 하얗게 힘이 들어간 손도.

"그럼 무거워 보이는데."

"괜찮습니다."

"제가 들어 드리겠습니다."

이나가 여자에게서 시선을 떼지 못하자 경호원이 재빨리 여자의 손에서 캔버스 액자를 뺏어 들었다.

"정말 괜찮은데."

엘리베이터는 어느새 1층에 도착했다.

"차 가져왔어요?"

"아니요."

이나의 질문에 여자가 대답했다.

"저는 주차장에서 기다리고 있을게요."

경호원에게 여자의 액자를 들어 주고 오란 뜻이었다.

"네."

"아니에요. 괜찮습니다, 사모님."

"감사 인사는 저분께 하시면 돼요."

"정말 괜찮은데……."

"그럼."

"감사합니다."

이나가 가볍게 고개를 숙여 보이자 잠시 망설이던 여자도 이나에게 꾸벅 인사한 뒤 서둘러 걸음을 옮겼다. 투박한 운동화에 회색 패딩을 입은 여자의 뒷모습이 경호원을 따라 멀어졌다.

두 사람의 모습이 시야에서 완전히 사라진 뒤에도 이나는 같은 자리에 그대로 서 있었다. 그녀가 골든전자 사장 비서실에 잠시 근무했던 직원까지 모두 알고 있을 리는 없었다. 그런데 이미 사라진 여자의 모습은 머릿속에 사진처럼 또렷하게 남아 있었다. 마치 오래전부터 자신이 여자를 알고 있었던 것처럼…….

"이나야."

그녀가 한동안 멈춰 있던 걸음을 다시 옮기기 시작했을 때였다. 멀리서 누군가를 부르는 남자의 목소리가 얼핏 들려왔다. 하지만 자신과는 상관없는 일이라고 생각해 걸음을 멈추지 않았다.

로비를 가로지른 그녀가 현관에 다다랐을 무렵이었다. 누군가의 손이 그녀의 어깨를 덥석 움켜잡았다.

"윤이나."

"오빠."

그녀의 어깨를 잡은 사람은 승현이었다. 짧게 손질된 곱슬머리에 흐트러짐 없이 반듯한 슈트, 그리고 손에 든 서류 가방. 그가 숨을 몰아쉬지 않았다면 뛰어왔다는 사실도 눈치채지 못했을 것이다. 이나는 그제야 노 박사가 오늘 환자 때문에 승현도 병원에 올 것이라고 했던 말이 생각났다.

"몇 번이나 불렀는데 못 들었어?"

"어? 어."

"무슨 생각을 그렇게 골똘히 하고 있었던 거야?"

"아무것도 아니야. 그런데 나 때문에 뛰어온 거야?"

"그래. 진료 끝나고 가는 길이지?"

"응."

"설마 혼자 온 거야?"

"아니."

"그럼 강 사장님이랑?"

대답 전 이나는 낯선 사람들이 바쁘게 오가는 현관 너머를 잠시 응시했다.

"아니. 오빠 오늘 의뢰인 만나러 병원에 올 거란 얘기는 노 박사님께 들었어."

"그런데 연락도 안 하고 그냥 가려고 했단 말이야?"

"일하는 중인 거 뻔히 아는데 불쑥 연락하는 거 민폐잖아."

"아무리 그래도 전화 정도는 눈치껏 받을 수 있어."

"그 정도로 중요한 할 말이 있는 것도 아닌데."

"나는 있는데."

"무슨……?"

"너 점심은 먹었어?"

핸드폰으로 시간을 확인하니 오후 3시였다.

"당연히 먹었지. 오빠는?"

"난 오전부터 회의에, 법원 출석에, 의뢰인 면담까지 점심 먹을 틈도 없었어."

"지금까지 점심도 못 먹었으면 배 많이 고프겠다."

"응. 뱃가죽이 등에 붙을 것 같아. 밥 먹으러 가면서 얘기하자."

성격도 좋고 붙임성도 좋아 누구와도 쉽게 친해지는 승현이었는데 유독 식당에는 혼자 가지 않으려 했다. 예전의 그녀였다면 고민할 것도 없이 어서 가자고 말했을 텐데, 오늘은 곧바로 대답이 나오지 않았다. 태강의 말처럼 승현과 조금 멀어질 필요가 있다고 생각했기 때문이었다.

"네가 마지막으로 통화했던 사람 이름이 박성식이라고 하더라고."

내키지 않는다면 함께 가지 않아도 된다는 듯 승현이 조금 전 말했던 할 얘기를 곧바로 꺼내 놓았다.

"박성식?"

"응. 기억나는 사람 있어?"

박성식. 이나는 머릿속에 자신이 아는 사람들의 얼굴을 하나하나 떠올려 봤다. 하지만 좀처럼 이름과 일치하는 얼굴은 떠오르지 않았다. 아무래도 기억나지 않는 것이 아니라 그녀가 아는 사람 중에는 그런 이름을 가진 사람이 없는 듯했다. 지난 1년 사이 새롭게 알게 된 사람이 아니라면…….

"기억나는 사람 없는데."

"그럼 작년에 알게 된 사람이란 뜻이겠네?"

"아무래도 그런 것 같아."

"혹시 강 사장님이나 아버님은 아실 수도 있으니까 한번 물어봐."

"응, 그럴게. 고마워, 오빠."

"고맙긴. 그것밖에 알아봐 주지 못해서 미안한데."

승현은 일이 바쁜 와중에도 그녀의 부탁을 잊지 않았다. 돌이켜 보면 그는 예전에도 그녀의 부탁을 거절한 적이 없었다. 그녀의 전화 한 통이면 어디로든 달려와 주었고 가족처럼 그녀를 챙겼다. 그녀에게 그는 항상 좋은 사람이었다. 그 좋은 사람이 혼자는 식당에 가지 않으리란 사실을 알면서도 그녀는 지금 끝내 모른 척하려는 것이다.

"근처에 아는 식당 있어, 오빠?"

"당연히 있지."

승현이 아이처럼 눈을 빛내며 말했다.

"그럼 내 차 먼저 보내야겠다."

"그럴래? 너는 밥 먹고 내가 데려다줄게."

"응."

이나는 싱긋 웃는 얼굴로 고개를 끄덕였다.

잠시 후 두 사람은 오래된 한옥을 개조한 식당에 도착했다. 건물 옆으로 대나무들이 작은 군락을 이루고 있었고, 마당 안쪽으로 주인이 가꾼 화단과 여름이 되면 구조물을 따라 시원한 넝쿨을 이룰 마른 줄기도 보였다. 마당을 가로질러 들어선 실내는 신발을 벗고 들어가는 구조였다. 병원에서 잠시 벗었던 힐을 다시 벗고 들어서자 발바닥으로 따뜻한 온기가 전해져 왔다.

"따뜻하니까 좋다."

"우리 창가 쪽으로 앉을까?"

"응."

두 사람은 식당 뒤쪽으로 자리한 야트막한 산이 보이는 창가에 자리를 잡고 앉았다.

"점심에 오면 늘 앉을 자리가 없을 정도로 손님이 많은데 지금은 한산하네."

"점심치고는 너무 늦었잖아."

식당의 메뉴는 기본 백반에 다른 반찬을 추가하는 방식이었다. 승현은 곧장 백반 두 개에 불고기와 제육볶음을 추가했다. 주문을 마치자마자 나지막한 나무 상 위에 불고기, 제육볶음, 계란찜, 고사리나물, 버섯볶음, 무생채 무침 등 푸짐한 한 상이 차려졌다. 승현은 직원이 마지막 접시를 내려놓기가 무섭게 젓가락을 집어 들었다.

"먹자, 이나야."

"오빠 배고프다면서. 어서 먹어."

그녀는 승현 앞으로 불고기 접시를 밀었다.

"너도 조금이라도 먹어 봐."

"응."

"여기 불고기랑 제육볶음 진짜 예술이야."

승현이 불고기 한 점을 이나의 하얀 밥 위에 얹어 주었다.

"어렸을 때는 오빠랑 같이 밥 먹는 거 참 좋았었는데."

"왜?"

"오빠는 항상 나 먼저 챙겨 줬잖아. 반찬도 내가 좋아하는 건 다 내 앞으로 밀어 주고."

"그게 뭐라고."

"그때는 오빠도 어렸는데 내가 너무 당연하게 받았던 것 같아."

"내가 좋아서 그랬던 거야. 네가 맛있게 먹는 거 보면 나도 행복해져서."

"얼른 먹어, 오빠."

수현을 대신해 그녀에게 해 주었던 것이라고 말했던 적은 없었다. 하지만 어릴 적에도 마음으로 그의 감정은 충분히 느낄 수 있었다. 그래서 좋아하지 않는 반찬도 더 맛있게 골고루 먹었다. 그 시절을 떠올리며 이나도 승현이 밥 위에 얹어 준 불고기를 밥과 함께 떠 입 안에 넣었다. 집에서 점심을 조금 챙겨 먹고 나왔는데도 눈이 동그랗게 뜨였다. 씹을 것도 없이 입 안에서 고기가 녹아 없어지는 듯했다.

그 모습을 승현이 흐뭇한 시선으로 바라보고 있었다. 이나도 그를 보며 미소를 지었다. 어린 시절 그랬던 것처럼.

"어때, 맛있지?"

"응. 정말 맛있어."

"많이 먹어."

"오빠도 많이 먹어. 그런데 오빠, 회사에 빨리 들어가 봐야 하는 거 아니야?"

"오늘 할 일 이미 몰아서 다 했어. 오후에는 여유 있어."

승현이 해맑게 웃었다.

"너무 잘 먹었다."

"나도."

식사를 마치고 밖으로 나서자 아직 해가 환했는데도 바람이 차가웠다. 그녀가 어깨를 움츠리니 차로 걷는 승현의 걸음이 빨라졌다.

"춥지. 얼른 차에 타자."

그녀가 조수석으로 올라타자 승현이 곧장 뒷좌석에 놓여 있던 담요를 가져와 건넸다.

"금방 따뜻해질 거야."

"고마워."

"집으로 데려다줄게."

차를 출발시킨 뒤 승현이 라디오를 켜자 익숙한 멜로디가 흘러나왔다. 승현은 작게 노래를 따라 불렀고 이나는 가만히 눈을 감았다. 차 안도, 노래도 따뜻하고 편안했다. 그렇게 한동안 눈을 감고 승현의 흥얼거림을 듣고 있었는데 갑자기 뚝 끊겼다.

"이쪽 길로 가다 보면 〈비움과 채움〉 지나가는데."

"미술관?"

"응. 너희 미술관."

"그럼 나 미술관 앞에서 내려 줘, 오빠."

오늘 함께 미술관을 둘러보기 위해 5시쯤 태강이 집으로 그녀를 데리러 오기로 했다. 그래서 그녀는 진료가 끝나면 집으로 가서 그를 기다리고 있을 예정이었다. 그런데 미술관 앞을 지나가게 된다면 그에게 굳이 집으로 오라고 할 필요가 없겠다는 생각이 들었다. 그가 미술관으로 직접 온다면 그만큼 더 빨리 만날 수 있을 테니까.

"집으로 안 가고?"

"응. 오늘 태강 씨랑 미술관에 같이 가 보기로 했거든."

"몇 시에?"

"5시쯤 집으로 데리러 온댔는데 근처 카페에서 좀 기다리지 뭐."

"5시 되려면 아직 한 시간이나 남았는데."

"괜찮아."

"그럼 내가 그때까지 같이 있어 줄게."

"혼자 있어도 돼. 바쁜 사람 시간 뺏을 생각 없어."

"나 정말 안 바쁘다니까. 저기 미술관 보인다."

저 멀리 미술관 건물이 보이고 승현의 차가 조금씩 속도를 줄이기 시작했다.

"그럼 오늘 데이트하는 거야?"

"전에 내가 미술관에서 일했다니까, 휴관할 때 조용히 둘러보려고."

"너한테 잘해 주나 보다."

"태강 씨?"

"응."

"사실 나도 조금 걱정했는데 생각보다는 괜찮은 것 같아. 그리고 나도 노력해야지. 우린 가족인데."

많은 뜻이 함축된 대답이었다.

"그래. 가족이지."

승현이 이나의 말에 고개를 끄덕였다.

7. 이민정

인도 픽슨사에서 찾아온 바이어들과의 미팅은 성공적이었다. 골든전자는 그간 중저가 중국산 전자 제품의 영향으로 인도 수출에 어려움을 겪어 오다 얼마 전 인도의 전자 제품 생산 업체와 OEM 방식으로 생산 계약을 체결했다.

이번 계약은 골든전자가 제품의 품질을 책임지고 인도 업체가 생산 공정 대부분을 맡은 제품의 첫 출시를 앞두고 이뤄 낸 계약이라 더 의미가 컸다. 이 계약을 시작으로 앞으로는 관세 장벽을 피할 수 있는 인근 국가로까지 판로를 넓혀 나갈 계획이었다.

"사장님."

회의실을 나선 태강이 자신의 방으로 올라가기 위해 엘리베이터로 향하고 있을 때 김 실장이 조용히 그를 불렀다.

"네."

"민정 씨가 어머니, 이영 화가의 그림을 미술관에서 모두 찾아가 개인적으로 판매하고 있는 모양입니다."

"그게 무슨 말입니까?"

"사장님이 회의실에 계실 때 〈비움과 채움〉 부관장님 전화를 받았는데, 부관장님이 지난주 뉴욕 전시회에 출장을 다녀오는 사이 민정 씨가 미술관에 들러 그림을 모두 찾아갔다고 합니다."

〈비움과 채움〉의 현 부관장은 지숙의 친정 지인 소개로 채용한 사람으로, 미술관에서 어머니와 함께 가장 오래 일한 사람이기도 했다.

어머니는 이나에게 미술관을 넘겨줄 당시 부관장에게 미술관 일만큼이나 이나를 신경 써 달라고 당부했었다. 미술관이나 이나에게 힘에 부치는 일이 생기면 태강에게도 바로 연락하라는 부탁과 함께. 그 덕에 부관장은 미술관에 일어나는 크고 작은 일들을 틈틈이 김 실장을 통해 그에게 전해 왔다.

태강이 손목시계로 시간을 확인했다. 3시 30분이 조금 넘은 시간이었다. 그는 오늘 조금 이른 퇴근을 한 후 이나와 함께 미술관을 둘러볼 계획이었다.

"민정이와는 연락이 됐습니까?"

"그게, 연락이 되질 않습니다."

"그림을 찾아가면서 무슨 얘기든 했을 거 아닙니까?"

"미술관 직원에게는 곧 사는 아파트를 비워 줘야 한다고 했답니다."

"아파트를 비워 줘야 해 돈이 필요하다는 겁니까? 지난번에 지금 아파트를 정리해 친구와 함께 살기로 했다고 하지 않았습니까?"

"혹시 친구와 돈 문제가 생긴 건 아닌지 모르겠습니다."

"미술관으로 가죠."

엘리베이터에 올라탄 태강은 지하 주차장 버튼을 눌렀다. 그간 바쁘긴 했으나 민정의 존재를 까맣게 잊고 지냈다는 사실이 공연히 마음에 걸렸다. 직접 전화 정도는 한번 걸어 볼 수도 있었는데…….

지난 12월 발작 후 병원에서 여러 검사를 받아 본 결과 민정은 어머니와 같은 헌팅턴병이 아닌 뇌전증으로 보인다는 소견을 들을 수 있었다. 하지만 첫 발작 이후 바로 약물 치료를 시작하지는 않았다.

그녀가 약물 치료를 시작한 시점은 그로부터 얼마 후 다시 발작 증상을 보였을 때였다. 다행히 그날 민정은 친구와 함께 있어 곧바로 병원으로 옮겨질 수 있었고, 병원에서 다시 몇 가지 검사를 받은 후 약을 처방받았다.

그가 민정의 검사를 맡았던 담당의와 통화했을 때 담당의는 꾸준한 약물 복용으로 발작의 예방은 물론, 관리만 잘하면 완치도 가능하다고 설명했었다.

김 실장은 약물 치료를 시작한 민정의 소식을 그에게 간간이 전했다. 그리고 얼마 전 지금 사는 아파트를 정리해 친구와 함께 지내기로 했다는 얘기도 김 실장에게 전해 들었다.

그녀의 병이 약물로 관리는 된다지만 혼자 지내는 것이 내심 마음에 걸렸던 참이기에 그에게도 반가운 소식이 아닐 수 없었다. 조금 더 솔직히는 민정이 스스로 그런 결정을 내려 준 것이 고마웠다. 그는 김 실장에게 민정에게 연락하는 일을 그만두라고 지시했다.

사람 사이의 인연을 끝낸다는 표현이 적절한지는 모르겠지만 민정이 먼저 연락해 오지 않으면 그도 그럴 생각이었다. 민정도 어린 나이가 아니니 자신의 앞날을 누구보다 신중하게 고민하고 결정할 것이라고.

그래서 일부러 이사하는 아파트가 어딘지, 어떻게 알게 된 친구인지도 묻지 않았다. 마지막으로 함께 살기로 한 친구가 정말 믿을 만한 친구인지 정도는 확인해 봤어야 했는데…….

"직원에게 다른 얘기는 없었답니까?"

조용히 지하 주차장을 벗어나 차가 속도를 높여 달리기 시작했을 무렵 태강이 다시 김 실장에게 물었다.

"민정 씨가 그림을 가져가면서 민수진 사모님께 도움을 받게 됐다는 식의 얘기도 한 모양입니다."

"작은어머니 도움이요?"

"네."

"민정이와 작은어머니가 원래 안면이 있던 사이던가요?"

"그것까지는 저도 잘 모르겠습니다."

민정의 어머니인 이영 화가는 생전에 자신의 그림 대부분을 미술관에 위탁 판매를 일임했다. 그 뜻에 따라 〈비움과 채움〉에서는 화가의 그림 전시에 관한 전권을 갖게 되었다. 만약 전시 과정에서 판매가 이루어지면 판매 금액은 부관장이 화가의 유가족인 민정에게 연락 후 전액을 계좌 이체하는 방식으로 전달하고 있었다.

많은 예술품이 그러하듯, 화가 사후 작품 공급의 한정성 때문에 작품 가격이 몇 배에서 때로는 천정부지까지 치솟는 경우가 있었다. 이영 화가의 그림 또한 그녀 생전보다는 가격이 오른 상태였다.

이영 화가의 그림을 좋아하는 애호가들도 조금씩 늘고 있어 앞으로 가격이 더 오를 가능성은 얼마든지 있었다. 그렇다고 한들 대부분 비자금, 혹은 로비용으로 그림을 구입하는 작은어머니와 지인들이 관심을 가질 만한 그림은 아니었다.

"그리고 사장님, 골든건설에도 박 대리 사직 사유를 아는 사람이 없었습니다. 그래서 인사과에 직접 제출된 사직서가 있는지 확인해 봤는데 인사과에서 확인해 줄 수 없답니다. 아무래도 윗선의 지시가 있었던 것 같습니다."

그의 비서실 소속이었으니 박 대리를 기억하고 있었다. 하지만 박 대리는 그가 볼 때마다 조용히 자신의 할 일을 하고 있었다.

그런 사람이 윗선의 눈 밖에 나 해고 대상이 되는 경우는 극히 드물었다. 더구나 윗선의 지시로 해고가 됐는데 같은 그룹의 다른 계열사로 이직이라니. 더욱 석연치 않은 느낌이 들었다.

"김 실장님, 골든건설 쪽으로는 더 알아보지 마세요."

"그럼 어떻게 할까요?"

"뉴욕 쪽 동향과 출입국 기록에 더 신경 써 주세요. 입국 즉시 만나 봐야 할 것 같습니다."

"알겠습니다."

차가 얼마를 더 달리자 시야에 미술관이 들어왔다. 김 실장은 휴관으로 한적한 주차장을 돌아 미술관 뒤쪽의 직원 전용 주차장에 차를 세웠다.

차에서 내린 태강이 쌀쌀한 바람을 맞으며 미술관 입구로 향하고 있을 때였다. 저 멀리 눈에 익은 사람이 걸어오는 것이 보였다. 두툼한 패딩을 입었음에도 예전보다 야위어 보이는 민정이었다.

"민정아."

"사장님."

가로세로 길이가 1m는 됨 직한 커다란 캔버스 액자를 들고 힘겹게 걸음을 옮기던 민정이 그를 발견하고 그 자리에 그대로 멈춰 섰다.

"여긴 무슨 일이야?"

"아, 그게……."

"어머니 그림 찾아갔다는 얘기는 들었어."

"네. 너무 오래 맡겨서 죄송해서……."

"이미 다 합의된 일인데 그게 왜 죄송해?"

"……."

"그림 이리 줘."

그는 민정의 손에 들린 그림을 뺏어 들었다. 이제 정말 인연이 끝났다고 생각했는데 인연은 그 시작을 알 수 없듯, 끝 또한 사람의 능력으로는 어쩔 수 없는 모양이었다.

"오늘 휴관이니 미술관에서 나오는 길은 아닐 테고."

"그림 보고 싶다는 사람이 있어서…… 갔다 오는 길이에요."

"그런데 왜 그냥 가져왔어?"

"그분 취향이 아닌가 봐요."

역시나 작은어머니 지인이 이영 화가의 그림에 관심을 가질 리 없었다. 작은어머니 또한 그런 사실을 몰랐을 리 없었을 것이다.

"그래서 다시 미술관에 가져다 놓으려고?"

"그건 아니고, 여기에서 다른 분을 만나기로 했어요."

"누구?"

"민수진 사모님이요."

"그분을 왜?"

이 아이가 잘 살길 바랐다. 뇌전증 진단은 받았지만, 약으로 관리가 되는 병이니 어려움을 딛고 제가 살고 싶은 세상을 향해 끝까지 걸어가 보길 바랐다. 미술관에서 지금껏 다른 화가의 그림보다 이영 화가의 그림을 신경 써 보관하고 전시해 준 것도 그런 이유에서였다.

"그림 다시 미술관에 가져다 놔."

"……."

"그냥 맡기라는 거 아니야. 미술관에 가져다 놓고 그림값 청구는 나한테 해. 내가 살 테니까."

"어떻게 사장님한테……."

죄 같은 건 지어 본 적 없을 아이는 누군가 조금만 큰 소리를 내도 고개부터 숙였다. 태강은 조금 부드러운 어조로 다시 말했다.

"앞으로도 병원 치료 계속 받아야 하잖아?"

"……."

"그림은 내가 가져다 놓을 테니까, 계좌 번호만 문자로 보내."

"정말 괜찮아요, 사장님."

"부관장한테 듣기론 어머니 그림 가격이 많이 올랐다던데. 그럼 내가 미술관 통해서 입금할게."

그림을 쥐고 있지 않았음에도 맞잡은 민정의 손에 실핏줄이 불거져 있었다.

"사장님……."

민정은 무슨 말을 해야 할지 아무 생각도 나지 않았지만, 앵무새처럼 태강을 불렀다. 먼지처럼 사라질 수만 있다면 지금 딱 그러고 싶은 기분이었다. 그런 그녀의 감정까지도 태강의 눈에는 모두 보일 것 같아 너무나 창피하고 비참했다.

그녀가 얼마 전까지 알았던 골든그룹 사람은 태강과 태강의 어머니, 〈비움과 채움〉 전 관장이 전부였다. 현 윤이나 관장도 얼굴만 알았을 뿐 알고 있다는 표현은 어울리지 않았다.

그런데 오늘 그녀는 얼마 전까지 이름조차 알지 못했던 태강의 작은 어머니인 수진을 만나러 이곳에 왔다.

엄마가 살아 계실 때는 수진을 한 번도 만나 본 적 없었다. 그런 수진이 얼마 전 불쑥 집으로 그녀를 찾아왔다. 수진은 자신이 노지숙 관장과 동서지간이며 이영 화가에 관심이 많아 작품도 몇 점 소유하고 있다는 말로 입을 열었다. 골든그룹 사람이고, 엄마에 대해서도 잘 알고 있다니 경계심이 조금 누그러질 무렵 수진은 그녀도 그림을 그리느냐고 물었다.

걸음마를 시작했을 무렵부터 민정에게 엄마의 화구는 장난감 대신이었다. 손이 여문 뒤로는 엄마의 그림을 따라 그리는 놀이를 하며 놀았다.

발작 후 한동안 외출을 하지 않다 보니 자연히 엄마의 화구에 다시 손이 갔다. 거기에라도 정신을 쏟아야 살 수 있을 것 같았다. 지난 두 달 그녀는 밥 먹는 시간과 잠자는 시간을 제외하고는 오직 그림에만 매달려 지냈다.

엄마의 화풍을 흉내 낸 그녀의 그림 몇 점을 보고 수진은 신기할 정도로 엄마의 그림과 닮았다고 말했다. 그냥 썩히기는 아까운 솜씨라며 계속 그림을 그려 보라는 격려도 했다.

원한다면 노 관장이 엄마를 후원했던 것처럼 이번에는 자신이 그녀를 돕겠다고. 민정이 망설이자 그럼 자신이 발이 아주 넓으니 엄마의 그림을 먼저 좋은 가격에 팔아 주겠다고 제안했다.

다른 시기에 찾아왔다면, 그랬다면 그녀의 선택이 달라졌을지 모른다. 하지만 그날 그녀는 수진의 호의를 거절할 수가 없었다. 앞으로 얼마나 약을 먹으며 살아야 할지 모르는데, 당장 사는 집까지 비워 줘야 한다는 생각에 정말 암담한 심정이었다. 친구를 너무 쉽게 믿어 버린 그녀의 실수였다.

민정은 도무지 헤어 나올 수 없는 늪 같은 기억에서 잠시라도 벗어나기 위해 머리를 흔들었다.

"정말 괜찮아요."

"그 지인들이 안 사 주면 작은어머니라도 사 주겠다고 한 거야?"

"끝까지 알아봐 주시겠다고 했으니까……."

"작은어머니가 알아봐 주는 지인은 되고 나는 왜 안 되는데?"

민정은 차마 자신이 그린 그림에 제가 직접 엄마의 사인을 했다는 말은 할 수 없었다. 자존심 세우고 살아 본 적 없지만, 다른 사람도 아니고 태강에게 그 말은 죽어도 못 했다.

"사장님께는 이제 정말 신세 그만 지려고요."

"신세가 아니라 내가 좋은 그림을 사겠다는 거잖아."

"엄마 그림 좋아하지 않잖아요."

수진은 엄마의 그림을 빠르게 팔아 주었다. 그림은 정해진 값이 없다 보니 좋은 가격인지는 알 수 없었으나, 그녀의 손에 들어온 돈은 그리 큰돈이라고 할 수 없었다. 그렇게 엄마의 그림이 모두 팔리자 수진은 이제 민정의 그림까지 팔아 주겠다고 했다.

단, 좋은 값에 빨리 거래를 마치고 싶으면 당분간은 그림에 엄마의 사인을 하라고 말했다. 사람들은 그녀의 그림이 아닌 엄마의 그림을 더 원한다고.

그녀가 무언가에 홀린 것이 분명했다. 그래도 불행 중 다행으로 오늘 한국대 병원 부원장은 그녀의 그림을 마음에 들어 하지 않았다. 그녀가 수진을 만나기 위해 이곳으로 다시 온 이유는 한 가지였다. 더는 그림을 팔지 않겠다고 말할 생각이었다.

"무슨 근거로 그런 말을 해?"

"……."

"아니야, 민정아. 내 아내도 그림을 정말 좋아하는 사람이야."

"사장님 집에는 어울리지 않을 거예요."

"이영 화가 그림은 어디에도 어울려. 너도 잘 알잖아."

"저는……."

"그리고 가장 잘 어울리는 곳은 미술관이고."

그녀도 알고 있었다. 어쩌면 모두가 알아주길 바랐던 그 심정을 태강의 입을 통해 들은 탓인지도 모른다. 코끝이 찡해 오며 눈물이 그렁

그렁 차올랐다. 정말 바보같이…….

"작은어머니한테 지금 다른 사람이 그림을 사 가서 오늘은 만나지 않겠다고 연락해."

"……."

"어서."

민정은 손을 뻗어 그가 들고 있는 그림을 잡았다. 수진이 도착해 세 사람이 그림 얘기를 하게 되면 엄마의 그림이 아닌 사실이 태강에게 들통 나 버릴지도 모른다.

"도와주시려는 건 감사하지만 제 일이니까 제가 알아서 할게요."

"작은어머니나 그 주변 사람들은 뉴욕 경매장에 나온 최고가 그림에 나 관심 가질 사람들이야. 순수한 의도로 널 돕는 게 아니라고."

"노 관장님도 저희 엄마 그림에 관심 있어서 후원하셨던 건 아니잖아요. 그냥 불쌍해서, 인생이 딱해서 도와주셨던 거잖아요."

"민정아."

"죄송해요. 저 그만 가 볼게요."

하지만 태강이 그림에서 손을 놓지 않았다. 그는 185cm의 키에 탄탄한 근육질 어깨를 가진 남자였고, 그의 어깨에 겨우 미치는 그녀는 오늘 한 끼도 먹지 못한 상태였다. 당연히 그의 손에서 힘으로 그림을 빼낼 수는 없었다.

"놔주세요, 제발."

그때였다. 태강이 등지고 선 주차장 입구로 차 한 대가 미끄러지듯 들어오더니 멈춰 선 차에서 한 쌍의 남녀가 내렸다. 여자는 굽이 가는 힐에 블랙 코트를 입고 있었고 남자는 여자보다 훌쩍 큰 키에 안경을 쓰고 있었다. 다정하게 얘기를 나누며 걸어오는 두 사람은 아직 자신들을 보지 못한 듯했지만, 민정의 가슴은 요란하게 쿵쾅거리기 시작했다.

"안 돼."

그가 그림을 세게 잡아당겼다.

"이번에는 내 말대로 해."

그림을 놓치지 않으려다 그녀의 몸이 태강 쪽으로 휘청거렸다. 그의 손이 재빨리 그녀의 등을 감쌌다.

"괜찮아?"

"네."

민정은 서둘러 그의 품에서 벗어나며 고개를 숙였다. 좀처럼 심장이 주체가 되지 않았다. 태강과 수진에 이어 그간 엄마의 모든 그림을 맡았던 이나까지 한자리에 모이게 되면 그때는 정말 그림의 정체를 숨길 수 없게 될지 모른다. 돈에 눈이 멀어 형편없는 자신의 그림을 엄마의 그림으로 둔갑시키려 한 거짓말쟁이라는 사실 또한.

그녀가 고개를 들지도, 무슨 말을 하지도 못하고 서 있는 사이 조금 전 차가 멈춰 섰던 자리에서 다시 차가 움직이는 소리가 들려왔다.

"이나야."

"응?"

"아무래도 오늘은 그냥 집에서 기다리는 게 좋을 것 같아."

"갑자기 왜?"

그렇지 않아도 오랜만에 신을 힐 때문에 발이 조금 불편해 신발을 보며 걷던 이나가 고개를 들고 승현의 얼굴을 바라보았다.

"아무리 부부라도 네가 약속 시간보다 한 시간이나 일찍 약속 장소에 와서 기다리고 있다고 하면 강 사장님이 신경 쓰이지 않겠어?"

"미리 연락 안 하면 되지."

"그럼 일 끝나는 대로 집으로 갈 텐데, 헛걸음하게 두려고?"

"그런가?"

이나는 미술관까지 와 놓고 다시 돌아가라는 승현이 조금 의아했다. 하지만 생각해 보면 그의 말이 틀린 건 아니었다. 무엇보다 조금 편안한 신발로 바꿔 신고 싶다고 생각했던 참이었기에 그의 말에 쉽게 마음이 흔들렸다.

"그래. 그러니까 아침에 약속한 대로 그냥 집에서 기다리고 있어."

"알았어."

주차장 입구에 세워 둔 차를 향해 두 사람은 다시 걸음을 옮겼다.

"안전벨트 매."

"응."

차는 다시 빠른 속도로 그녀의 집을 향해 달렸다. 차가 집 앞에 도착할 때까지 승현은 별다른 얘기를 건네지 않았다.

"다 왔어."

"집에 들어가서 차 한잔하고 가, 오빠."

차에서 내리기 전 그녀가 승현에게 말했다.

"안 바쁘다면서?"

"그렇긴 한데, 나 정말 들어가도 되는 거야?"

"무슨 질문이 그래?"

"강 사장님이 싫어할 것 같아서."

"태강 씨가 왜?"

"정말 몰라?"

"뭘?"

그녀의 질문에 대답 대신 승현이 피식 웃었다. 태강은 승현과 그녀가 너무 친하게 지내는 것을 걱정했을 뿐이었다. 그도 이제 적지 않은 나이니 연애도 하고 결혼도 해야 하니까. 그런 걱정까지 해 준 사람이 승현을 싫어할 리가.

"아무튼 다음에 보자."

"정말 그냥 가게?"

"차는 다음에 마실게."

"오빠, 태강 씨 좋은 사람이야."

"그래. 네가 그렇다면 그런 거지."

"내가 말해서 그런 게 아니라, 겉으로 보이는 것처럼 차가운 사람 아니야. 그러니까 오빠도 불편하게 생각하지 않아 줬으면 좋겠어."

"그래, 알았다니까."

승현이 얼굴에 옅은 미소를 띠고 고개를 끄덕였다. 이나는 뭐라고 설명하기 복잡한 감정을 느꼈으나 더는 얘기하지 않기로 했다. 그런 그녀를 승현이 불쑥 불렀다.

"이나야."

"응?"

"난 이제 네가 널 위해 살았으면 좋겠어."

"그게 무슨 말이야?"

"어른들 입장, 다른 사람들 시선 너무 깊게 생각하지 말고 살라고."

"기억이 돌아오면 이해할 수 있는 말이야?"

"글쎄."

그의 의도는 그렇지 않겠지만 친절하지 않은 조언이었다. 그녀가 대꾸할 말을 찾지 못하고 있을 때 승현이 '얼른 내려, 나 갈게' 소리 내지 않고 입술만 움직여 말했다.

"알았어. 조심해서 가."

그녀를 내려놓은 승현의 차가 멀어질 때까지 이나는 같은 자리에 서 있었다.

미술관이 휴관이란 사실을 알지 못했던 차가 주차장을 빠져나가는 소리가 들려왔다. 잠시 후 다른 승용차 한 대가 다시 주차장으로 들어서는 소리가 들리더니 줄곧 그와 눈을 마주치지 못하던 민정의 시선이 눈에 띄게 흔들렸다.

그제야 태강도 고개를 돌려 뒤를 바라보았다. 검은 승용차에서 내려 그들을 향해 걸어오고 있는 사람은 짙은 회색 모피 코트를 걸친 작은어머니, 수진이었다.

"어머, 이게 누구야?"

수진이 점점 가까이 다가오자 민정은 잡고 있던 그림에서 살그머니 손을 떼더니 다시 시선을 내렸다.

"어떻게 두 사람이 여기에 같이 있는 거야?"

"작은어머니는 미술관에 어쩐 일이세요?"

"나? 민정 씨한테 얘기 못 들었나 보네? 민정 씨 만나러 왔는데."

"그림 때문에요?"

수진이 대답 대신 붉은 입술 끝을 살며시 끌어 올렸다.

"그렇다면 늦으신 것 같은데, 어쩌죠?"

"늦었다니, 뭐가?"

"방금 제가 이 그림을 민정이한테 샀거든요."

"어머, 그러니? 그런데 그 그림 보기는 한 거야?"

"우리 같은 사람들은 원래 작품이 좋아서가 아니라 돈이 될 것 같으면 사 두는 게 그림 아닌가요?"

"그거야 그렇지. 그런데 민정 씨가 정말 너한테 그 그림을 팔겠다고 한 거 맞아?"

수진이 민정을 빤히 바라봤지만, 민정은 고개를 들 생각도 하지 않고 있었다. 만약 그간 좋은 값에 어머니의 그림을 팔아 주었다면 민정은 그녀에게 잘 보이기 위해 생글생글 웃기라도 했을 텐데 눈도 마주치지 않으려는 모습이었다.

"민정 씨가 직접 말해 봐요. 이 그림 정말 태강이한테 판 거예요?"

그제야 민정이 아주 작게 고개를 저었다.

"민정 씨는 안 팔겠다는데? 그리고 내가 이미 그림을 보여 주겠다고 한 사람이 있는데 어쩌니, 태강아."

"그쪽에서 얼마를 부르든 제가 그 두 배를 지불하죠."

"두 배? 우리 태강이가 보지도 않은 그림이 그 정도로 마음에 들었을 리는 없을 테고, 민정 씨가 마음에 든 건가?"

줄곧 팽팽하게 긴장감이 감돌던 두 사람 사이에 파지직 금이라도 간

듯 날카로운 파편이 튀었다. 두 사람 사이에 낀 민정만 움켜쥔 두 손을 잡았다 놓았다 더욱 안절부절못할 뿐이었다.

"김 실장님."

태강은 이대로는 안 되겠다는 생각에 손을 들어 그들과 조금 떨어진 곳에 서 있는 김 실장을 불렀다.

"네, 사장님."

"민정이 좀 집으로 데려다주세요. 이 그림은 제 차에 그냥 두시고요."

"네."

그의 손에 있던 그림이 김 실장 손으로 넘어가자 민정의 시선도 그림을 따라 움직였다. 불안하고 초조한 시선이었다. 태강은 김 실장이 그에게서 받아 간 그림이 정말 이영 화가의 그림인지는 확인해 볼 필요가 있겠다는 생각이 들었다. 물론 지금처럼 공개되지 않은 곳에서 말이다.

"그럼 빨리 다녀오겠습니다, 사장님."

두 사람이 그들에게서 멀어지는 모습을 바라보는 수진의 한쪽 입술 끝이 삐뚜름하게 비틀렸다.

수진은 누군가에게 선입견을 두고 험담하는 것을 극히 싫어했던 어머니가 유일하게 거리를 두려 했던 대상이었다. 어머니의 표현을 빌리자면 수진은 '남의 불행을 먹고 사는 여자'였다.

자신의 눈 밖에 난 상대는 그게 누구든 눈 하나 깜짝 않고 불행하게 만들어 버린다는 의미였다. 이제 수진에게는 그만큼 감추어야 하는 비밀도 약점도 많아졌을 것이다.

"네 고집은 여전하구나?"

"그림, 왜 팔아 주시려는 겁니까?"

"세상에 의지할 피붙이 하나 없이 혼자 남았다니 사정이 너무 딱하잖니."

전혀 딱하게 생각하는 눈빛이 아니었다. 순간적으로 스쳤으나 분명

266

그녀의 눈에서 반짝였던 건 분노였다. 자신을 방해한 그를 향한 분노였을까? 민정을 향한 분노였을까?

"언제부터 아셨습니까, 민정이?"

"글쎄, 언제부터였더라."

마치 먼 과거를 회상하듯 수진이 말했다. 태강은 눈을 가늘게 떴다. 어머니가 수억을 호가하는 그림에나 관심 갖는 수진에게 이영 화가를 소개했을 리는 없었다.

다시 말해 수진은 민정에게 일부러 접근했다는 얘기였다. 하지만 일생 자신과 아무런 접점도 없었을 민정에게 왜 접근했는지는 도무지 짐작할 수 없었다.

"기억 안 나세요?"

"내가 만나는 사람들이 워낙 많아야지. 그러는 넌 민정 씨와 언제부터 알았니?"

"어머니께서 오랜 기간 민정이 어머니를 후원하셨어요. 민정이는 제 비서실에 근무했던 적도 있고요."

"그럼 민정 씨, 네 전 비서실 직원이었던 거네?"

준비된 듯 지나치게 태연한 말투였다.

"무슨 뜻입니까?"

"별 뜻이 있는 말은 아니고. 네가 이제 회사도 그만둔 비서실 직원과 사적으로 만나서 챙기는 걸 네 와이프도 아는지 궁금해서."

그의 약점이라도 잡은 것처럼 수진이 싱긋 미소를 보였다.

"오늘 일은 제가 아내한테 직접 얘기할 겁니다."

"나라면 그런 얘기는 안 듣고 싶을 것 같은데."

"제 아내는 상대의 말에 의심부터 하는 사람이 아니라서요."

"태강아, 여자들 다 똑같아. 남편 앞에서는 다 이해하는 척하지만, 머릿속에서는 그 생각을 털어 내지 못해 두고두고 괴로워한다고. 그러다 그걸 겉으로 드러내면 의부증이 되는 거고 참아 내면 속병이 생기는 거고."

"작은어머니 얘긴가 보군요."

"겪어 본 사람이 더 잘 알긴 하지. 그런데 네 와이프는 정말 안 그럴까?"

태강의 눈이 싸늘하게 가늘어졌다. 저 뱀 같은 혀로 이나에게 무슨 얘기를 할지 상상도 하고 싶지 않았다.

"제 아내에게 공연한 소리 하시면 작은어머니에게도 결코 좋지 않을 겁니다."

"내가 없는 말을 하겠다는 것도 아닌데, 이렇게 발끈할 필요 있나?"

"전 분명히 얘기했습니다."

"너 지금 나 협박하는 거니?"

수진의 얼굴에서 미소가 완전히 지워졌다.

"제대로 들으셨네요. 우리 가족은 건드리지 않기로 하죠, 작은어머니."

민정이 사는 아파트가 미술관에서 멀지 않았기에 때마침 김 실장의 차가 미술관으로 들어와 그의 옆에 멈춰 섰다. 곧장 차에서 내린 김 실장은 뒷좌석의 문을 열었다.

"사장님, 지금 출발하셔야 약속 시간에 늦지 않으십니다."

김 실장에게 잠시 시선을 줬던 태강은 다시 수진을 바라보았다.

"먼저 가 보겠습니다."

"그래, 다음에는 좋은 일로 보자."

"민정이한테 더는 연락하지 않으셨으면 합니다."

"태강아, 한쪽만 지켜. 그러다 둘 다 못 지킨다."

"작은어머니."

낮고 서늘한 그의 목소리에 수진의 속눈썹이 미세하게 파들거렸다.

"그림이랑 민정 씨 얘기야. 그림은 네가 챙기고 사람은 내가 챙기겠다고."

"아니요. 사람도 챙기지 마세요."

"그거야 민정 씨 마음이지."

"민정이가 먼저 연락하는 일은 없을 겁니다."

태강은 억지 미소를 보이고 있는 수진에게 가볍게 고개를 숙인 뒤, 김 실장이 문을 열어 둔 뒷좌석으로 올라탔다. 김 실장도 빠르게 운전석으로 이동한 뒤 곧장 차를 출발시켰다.

그들의 차가 미술관 주차장을 빠져나갈 때까지 수진은 같은 자리에 서서 그들을 바라보고 있었다.

"민정이는 집으로 데려다줬습니까?"

"네."

"별다른 얘기는 없었고요?"

"네. 사장님께 직접 전화한다고 했습니다."

"수고했습니다."

"그런데 사장님."

태강은 백미러를 통해 김 실장을 바라보았다.

"아까 민정 씨와 주차장에서 말씀 중이실 때 사모님께서 미술관에 오셨다 가셨습니다."

"아내가요?"

"네. 노승현 변호사와 함께 오셨었습니다."

태강은 미간을 접었다. 그가 휴관을 알지 못하고 찾아온 사람들이라고 생각했던, 그리고 민정이 사라질 때까지 뚫어지게 바라보고 있던 차가 바로 승현과 이나가 타고 왔던 차였다는 말이었다.

"두 사람 차에서 내렸었습니까?"

"네. 그런데 사모님은 사장님이 계신 쪽을 보지는 않으셨습니다. 분위기로 봤을 때 노승현 변호사가 돌아가자고 하는 것 같았습니다."

그동안 이나에게 민정의 얘기를 하지 않았던 이유는 단순했다. 얘기할 필요가 없다고 생각했다. 어머니도 심적 부담을 주지 않으려고 이나에게 얘기하지 않았을 테니까. 그런데 승현이 그와 민정이 함께 있는 모습을 보고 서둘러 이나를 데리고 돌아갔다니 공연히 승현의 행동이 신경 쓰였다.

Rrrrr.

김 실장의 말이 끝나기가 무섭게 그의 전화벨이 울렸다. 승현에게 걸려 온 전화였다.

"여보세요?"

─노승현입니다.

지금껏 승현과 사적으로 연락을 한 적은 없었으나 언제부터인가 그의 전화번호 목록에는 승현의 번호가 저장되어 있었다. 그와 마찬가지로 승현의 전화번호 목록에도 그의 번호가 저장되어 있었던 모양이다.

"알고 있습니다."

잠시 침묵이 흘렀다.

"무슨 일이시죠?"

─오늘 병원에서 우연히 이나와 만났습니다. 그래서 조금 전에 함께 미술관에도 갔었고요.

"……."

─이나가 강 사장님과 오늘 미술관에 가기로 했다면서 미리 가서 기다리고 싶다고 하더군요.

태강은 묵묵히 승현의 다음 말을 기다렸다.

─오늘 보니 이나 표정이 예전보다 많이 밝아진 것 같았습니다. 기억이 빨리 돌아오지 않아 힘들어할 줄 알았는데, 오히려 기억을 잃은 것이 다행인가 싶을 정도로요.

"하고 싶은 말이 뭡니까?"

─강 사장님도 기억하실 텐데요. 사고 전 이나 표정이 어땠었는지 말입니다.

사고 전 그와 이나는 출근 전과 퇴근 후 나누는 형식적 인사가 하루 대화의 전부인 날이 부지기수일 만큼 대화가 적은 편이었다. 가끔 함께 식사하는 자리에서도 둘은 묵묵히 식사만 했다. 그 생활에 익숙해져 상황의 심각성조차 의식하지 못한 채 지냈다는 표현이 맞았다. 그러니 그는 승현의 말에 쉽게 대꾸조차 할 수 없었다.

─그동안 제가 이나와 너무 가깝게 지내면 강 사장님이 불편하실 것 같아 제 쪽에서 먼저 연락하는 일은 자제했었습니다. 하지만 이나가 힘들어하면 저는 무조건 이나 편이 될 겁니다.

"노승현 씨."

감정을 억누른다고 눌렀는데 억양이 평소보다 높아진 모양이다. 백미러로 그를 바라보는 김 실장의 시선이 느껴졌다.

─그러니까 이나 힘들게 하지 말아 달란 말입니다.

"지금 노승현 씨 이런 행동을 내가 오해할 수도 있다는 생각은 못 했나 봅니다."

─저는 오해받을 짓을 한 적이 없어서요, 아직은.

"말을 좀 가려서 하죠."

─충고를 들었으니 저도 한마디 하겠습니다. 강 사장님도 행동 조심하시기 바랍니다.

차분한 음성이었으나 승현이 그에게 전하고자 하는 의미는 경고였다. 상황을 제대로 알지도 못하면서 섣불리 하는 경고에 어이가 없으면서도 주제넘게 이나를 감싸려 드는 승현의 태도에 태강은 짜증 이상의 화가 치밀었다.

"미술관에서의 일은 내가 아내한테 직접 얘기할 거니까 노승현 씨는 우리 일에 그만 관심 꺼 줬으면 좋겠군요."

─조금 전에도 말씀드렸던 것처럼 이나가 힘들어하지 않으면 제가 나서는 일은 없을 겁니다.

"그럼 앞으로도 노승현 씨가 나설 일은 없을 겁니다."

맞물린 어금니 사이로 내뱉은 말이었다.

"요즘 일이 별로 없나 본데, 사무실이 힘들면 우리 회사 법무 팀에 자리 하나 만들어 보라고 하죠."

─신경 써 주셔서 감사합니다. 그런데 아직은 저를 찾는 의뢰인들이 너무 많아서요.

"그럼 바쁘실 텐데, 일하시죠."

─네. 그럼 다음에 뵙겠습니다.

태강은 전화를 끊으며 창밖으로 시선을 돌렸다. 아직 퇴근 시간이 되지 않았는데 벌써 도로의 정체 구간이 늘고 있었다. 자신의 심정처럼 답답한 도로를 보고 있자니 미간이 저절로 찌푸려졌다.

"김 실장님, 이 길 말고 다른 길은 없습니까?"

"경사가 심한 지름길이 있는데 그쪽으로 갈까요?"

"그러죠."

"알겠습니다."

지름길로 달리기 시작한 차가 경사면을 따라 앞뒤로 쏠렸으나 생각에 잠긴 태강의 얼굴에는 어떤 표정도 드러나지 않았다.

승현의 차가 시야에서 사라진 뒤 이나는 집 안으로 들어갔다. 아주머니가 계시지 않는지 집 안이 고요했다. 태강이 올 때까지 거실에서 기다려야겠다고 생각한 그녀는 방으로 들어가지 않고 소파에 앉았다.

간만의 외출이 피곤했는지 소파에 앉은 지 얼마 지나지 않아 눈꺼풀이 아래로 향했다. 속눈썹에 대롱대롱 매달린 졸음에 어느 순간 등받이에 기대어 있던 그녀의 몸도 스르르 소파 위로 미끄러졌다.

한동안 꿈을 꾸지 않았는데 오랜만에 꿈을 꾸었다. 물감을 풀어 놓은 듯 파란 물이 햇살에 반짝이는 잔잔한 바닷가에서 수영하는 꿈이었다.

물이 깊지도 않았는데 한창 수영 중인 그녀 곁으로 커다란 물고기 한 마리가 다가왔다. 물고기는 함께 놀자고 말하듯 그녀 주변을 계속 맴돌았다. 수영하는 내내 곁을 지키는 물고기가 신기하기도 하고 호기심도 생겨 그녀가 물고기를 향해 살며시 손을 뻗은 순간이었다. 물고기가 놀라 도망을 치기는커녕 덥석 그녀의 품 안으로 파고들었다.

물고기는 그녀의 두 팔로 안을 수조차 없을 정도로 커다랗고 힘이 셌다. 그리고 마치 물고기를 타고 하늘을 날듯 그녀의 몸이 공중으로 붕 떠올랐다.

"깼어?"

눈을 뜨니 셔츠 차림의 태강이 눈앞에 있었다. 잠시 꿈과 현실이 분간되지 않아 눈을 깜빡이다 뒤늦게 그가 소파에서 잠들어 있는 자신을 안아 들었다는 사실을 깨달았다.

"언제 왔어요?"

"방금."

"깜빡 잠들었었나 봐요."

"병원에는 잘 갔다 온 거야? 박사님은 뭐라고 하셔?"

"괜찮대요. 한 달 후에 다음 진료 예약해 놓고 왔어요."

"그때는 꼭 같이 가 줄게."

"네."

기분 좋은 꿈을 꾸고 난 후 눈을 뜨고 그를 만나니 기분이 더 좋았다. 만족스러운 미소를 짓고 있는 그녀를 잠시 내려다보던 그가 불쑥 그녀의 입술에 입을 맞췄다.

"내려 주세요."

"방으로 데려다줄게."

"우리 오늘 미술관에 가기로 했잖아요."

"그런데 지금은 바람이 많이 차. 다음에 가는 게 좋겠어."

"오늘 미술관 가려고 일부러 일찍 퇴근하신 거 아니에요?"

"다음에 다시 시간 조절하면 돼."

그녀가 알겠다고 대답하기도 전에 그는 그녀를 안고 침실로 가 침대 위에 살며시 내려놓았다.

"오늘 노승현 씨랑 미술관에 왔었다면서?"

"어떻게 알았어요?"

"나도 미술관에 갔었거든. 김 실장님이 봤다고 하더라고."

"그랬어요?"

"병원에서 만난 거야?"

"네. 오빠도 마침 병원에 입원 중인 의뢰인을 만나러 왔더라고요."

"그래?"

그가 부드럽게 미소를 지었다.

"나는 미술관에 왜 갔는지 궁금하지 않아?"

"왜 갔는데요?"

그와 회사나 일 관련 대화를 나눈 적은 많지 않았다. 하지만 미술관과 관련된 얘기라면 경우가 달랐다.

"어머니가 오랫동안 후원하셨던 화가가 있었는데 2년 전에 돌아가셨어. 그 후에 그 화가 작품을 미술관에서 위탁 판매해 주었고. 그런데 갑자기 딸이 찾아와 전부 찾아갔다는 연락이 와서 만나고 왔어."

"그 딸을요?"

"응."

원칙대로라면 화가가 미술관에 위탁했던 그림을 유가족이 갑자기 찾아갔다면 미술관 관장인 그녀가 먼저 알았어야 했다. 그런데 그녀가 이렇게 미술관 일에 두 손을 놓고 있으니 그 연락이 태강에게 갔던 모양이다.

"미안해요."

"당신이 뭐가?"

"미술관에서 생기는 일, 원래는 제가 먼저 알고 해결해야 하잖아요."

"이 일은 다른 미술관 일과는 조금 달라. 당신은 화가나 그 딸을 만났던 적도 없거든."

"그럼 태강 씨는 어머니 덕분에 그분들을 알고 있는 거예요?"

"그런 셈이지."

두 사람 사이에 잠시 침묵이 흘렀다. 불편함과는 조금 다른 침묵이었다.

"내가 그 딸을 따로 만난 게 신경 쓰여?"

"……."

"만난 이유는 내가 말한 게 전부야."

그녀가 아무 말도 하지 않자 태강의 눈빛이 조금 어둡게 가라앉았다. 이나는 잠시 망설였다. 솔직히 조금 신경 쓰인다는 반응을 보여야만 하는 건지, 아무렇지 않다는 반응을 보여야만 하는 건지 그녀도 고민됐기 때문이다.

"그 딸이 미혼이에요?"

"......."

"엄청난 미인이라면 신경 쓰일 것 같긴 해요."

그제야 그의 반듯한 입술이 매끄럽게 휘어졌다.

"엄청난 미인 아니야. 당신 때문에 내 미의 기준이 얼마나 높아졌는지 알아?"

"진심이에요?"

"내 모든 걸 걸고 진심이야."

그녀가 미소 짓자 그도 웃었다. 예쁘게. 이나는 손을 들어 그의 뺨을 감쌌다. 그가 기다렸다는 듯 손을 뻗어 그녀의 뒤통수를 감싸고는 입술을 겹쳐 왔다. 어느 때보다 뜨거운 키스를 받아들이며 그녀는 손을 내려 매끈한 셔츠 위에서 그의 단단한 가슴을 더듬었다. 그의 입술도 그녀의 입술을 벗어나 귓불에서 목덜미로 옮겨졌다.

"당신 걱정할 만한 일은 아무것도 없겠지만, 그래도 신경 쓰인다면 내가 직접 만나는 일은 다시 없을 거야."

그가 갑자기 입술을 떼고 말했다. 이나는 고개를 끄덕였다. 그에게 많은 것을 욕심내지 않으려 했다. 잠에서 깨 고개를 돌리면 언제나 그가 옆에 있고 손을 뻗으면 손바닥에 그의 체온을 느낄 수 있었다. 이만큼 가까운 거리에 있으면 됐다 싶었다. 지금처럼만 가까이에서 아껴 주면 됐지 싶었다.

"먼저 말해 줘서 고마워요."

"오늘은 같이 씻을까?"

"아니요."

"내가 씻겨 줄게."

"정말 괜찮아요."

"내가 해 주고 싶어서 그래."

"옷부터 갈아입고요."

"그럼 욕실에서 벗지 뭐."

그가 침대에서 다시 그녀를 들어 올렸다. 하지만 욕실에 도착하기 전 그들의 키스는 다시 시작되었고, 그녀의 옷가지가 하나씩 바닥으로 떨어질 때마다 그의 입술은 드러난 살결로 움직였다. 그녀는 그곳에서 부터 그의 집요한 소유욕을 경험했다. 낯설지만 결코 잊지 못할……

❖　　❖　　❖

차에서 내리기 전 이나는 백미러로 다시 한번 화장을 점검했다. 그림으로 그려 놓은 듯 또렷한 이목구비를 가리지 않는 옅은 화장에 자연스러운 웨이브 결을 살린 단발, 그리고 단발머리가 바람에 날릴 때 사랑스럽게 반짝이는 스터드 귀걸이.

태강은 오늘 그녀 혼자 미술관에 가는 걸 탐탁지 않아 했다. 아직 기억도 돌아오지 않았는데 미술관에 가겠다고 하니 그의 걱정을 이해 못하는 바는 아니었다. 하지만 언제까지나 미술관 일로 그에게 부담을 줄수는 없었다.

처음부터 무리할 생각도 아니었다. 미리 미술관 홈페이지에서 미술관 구조와 직원들 얼굴을 확인해 두었으니 오늘은 직원들과 인사 정도만 나누고 올 생각이었다. 아무것도 시작하지 않으면 영원히 시작할 수 없을지 모르니 말이다.

핸드백을 들고 차에서 내린 그녀는 미술관 입구를 향해 걸음을 옮겼다. 새하얀 대리석으로 지어진 미술관은 번화가에서 조금 떨어진 곳에 자리한 덕에 넓은 야외 주차장과 독특한 조형물들이 건물을 호위하듯 감싸고 있었다.

그녀가 건물의 외곽을 살피며 1층 출입구를 통해 안으로 들어서자, 하이 톤의 여자 목소리가 곧장 날아들었다.

"어머, 관장님."

오전 11시, 개장 시간인 10시가 넘었지만, 미술관 안은 한산했다. 한산한 전시실 입구를 지키고 있던 직원이 하이 톤 목소리의 주인공이었나 보다.

"관장님, 이제 몸은 괜찮으신 거예요?"

그녀에게 다가온 직원의 목에서 미술관 직원 카드가 달랑거렸다. 이나는 눈으로 직원의 이름을 확인한 뒤 옅은 미소를 보였다.

"그동안 잘 지냈어요?"

"네. 그런데 저희 사고 소식 듣고 얼마나 걱정했는지 몰라요, 관장님."

처음 태강은 그녀의 사고 소식을 가족들만 알고 있다고 말했었다. 하지만 그 후 시간이 제법 흘렀으니 미술관 직원에게도 소식이 전해진 모양이었다.

"이제 다 나으신 거예요?"

"네. 걱정해 줘서 고마워요."

"병문안도 못 가고 너무 죄송해요."

"아니에요."

"전시실에서 왜 이렇게 소란스러운 거……예요?"

여직원 뒤로 그녀와 같은 카드를 목에 건 젊은 여자 한 명과 남자 한 명이 밖으로 나왔다. 그리고 가장 늦게 부관장이 밖이 왜 이렇게 소란스럽냐고 여직원을 질책하며 나오다 이나를 발견하고는 눈을 동그랗게 떴다.

"관장님?"

이나는 직원들을 한 사람 한 사람 바라보며 그 얼굴을 확인한 후 부관장에게 시선을 옮겼다.

"오랜만이죠?"

"관장님……."

부관장 얼굴은 미술관 홈페이지에서 확인한 사진과는 좀 차이가 있었다. 하지만 분위기는 크게 다르지 않았다. 먼저 다가온 직원들에게 가벼운 미소를 보인 이나는 곧장 부관장 앞으로 걸음을 옮겼다.

"그간 미술관에 별일 없었죠?"

"네, 관장님. 이제 괜찮으신 거예요?"

"많이 좋아졌어요. 그간 고생해 줘서 고마워요."

"아닙니다."

"내 방으로 가서 얘기할까요?"

"네, 관장님. 뭣들 해요, 가서 일들 하지 않고."

부관장의 말에 직원들이 후다닥 자신들의 자리로 돌아갔다.

부관장은 이제 우리도 관장실로 가자는 눈빛으로 그녀를 바라보았다. 그런데 문제가 있었다. 미술관 홈페이지에 관장실의 위치는 나와 있지 않았던 것이다. 이나가 천천히 걸음을 옮기기 시작하자 그녀를 앞지르는 것이 무례라도 된다고 생각하는 듯 부관장이 반걸음 뒤에서 걷기 시작했다.

"그간 다들 잘 지냈죠?"

"네, 관장님. 다들 관장님 걱정 많이 했는데 이렇게 건강하신 모습으로 돌아오셔서 너무 기뻐요."

"저도 그래요."

자연스러운 시선으로 전시실 위치를 하나하나 확인하며 걷다 보니 2층으로 올라가는 계단이 보였다. 이나는 망설임 없이 계단 쪽으로 걸음을 옮겼다. 전시실이 모두 1층에 있다면 수장고와 관장실처럼 관람객과 분리가 필요한 공간은 1층이 아닌 2층에 있을 가능성이 컸기 때문이다.

치마에 힐을 신을 그녀가 계단을 올라가려 하자, 바지를 입은 부관장이 발 빠르게 그녀를 앞질러 계단을 오르기 시작했다. 천천히 따라 올라가자 부관장이 관장실 문을 열어 두고 그녀를 기다리고 있었다.

"고마워요."

낯설게만 느껴졌으나 고작 몇 개월 만에 돌아온 방일 터였다. 그녀는 표정을 드러내지 않고 방 안을 살폈다. 책상과 책꽂이, 그 앞에 응접용 테이블이 전부인 방 안은 무난하고 깔끔했다.

다만 가구들이 그녀의 취향이 아닌 것으로 미루어 태강의 어머니가 사용하던 곳을 손보지 않고 그대로 사용한 듯했다. 그녀가 그분과 가장 잘 지냈던 태강의 목소리가 불쑥 머릿속을 스쳤다.

"그동안 부관장님한테 너무 큰 짐을 지워 드린 것 같아 미안하게 생각하고 있어요."

"아닙니다, 관장님. 그러라고 제가 부관장 직책을 맡고 있는 건데요."

"앞으로는 일주일에 한두 번이라도 미술관에 나올 생각이에요."

그녀의 말에 부관장이 상관에 대한 불편이 아닌 진심으로 걱정하는 시선으로 그녀를 바라보았다.

"그런데 미술관에 나와도 업무는 많이 신경 쓰지 못할 거예요."

"괜찮습니다. 그러니까 너무 무리하진 마세요, 관장님."

"네. 아직 완전히 업무에 복귀하는 건 아니니까, 당분간은 지금처럼 부관장님 체제로 돌아갔으면 해요."

"그럼 미술관에 나오셨을 때 제가 중요한 일만 간추려 보고드리겠습니다."

이나는 대답 대신 미소를 지었다. 그것이 바로 그녀가 원하는 바였다. 미술관에서 일어나는 중요한 일들을 누구보다 그녀가 먼저 알게 되는 것.

"당분간은 그 정도만 신경 쓸게요."

"미술관 운영에 차질이 없도록 더욱 최선을 다하겠습니다, 관장님."

"부관장님이 계셔서 제가 얼마나 든든한지 몰라요."

부관장은 겉과 속이 다른 사람은 아닌 듯했다. 게다가 눈치도 빠른 편이었다. 무엇보다 마음에 들었던 점은 미술관에서 위탁 판매하던 그림을 직원이 보고 절차 없이 유가족에게 돌려준 일을 본인 선에서 무마

하려 하지 않았다는 사실이었다. 하나의 사건이지만 본인 직책에 대한 책임감도 강하고 미술관을 쉽게 떠날 사람도 아니었다.

"지금 전시실 주제는 뭔가요?"

"제1 전시실은 추억, 제2 전시실은 장 레이노 특별전, 제3 전시실은 준비 중입니다."

"좋네요. 그럼 나온 김에 잠깐 둘러보죠."

"그러세요, 관장님."

관장실을 나선 이나는 부관장과 함께 다시 1층의 전시실로 내려갔다.

"태강 씨가 며칠 전 이영 화가 얘기를 하던데."

"아, 사장님께 들으셨어요?"

"이제 미술관에 남아 있는 그림은 없는 건가요?"

"네. 아쉽게도 따님께서 전부 찾아가는 바람에 지금 미술관에는 작품이 한 점도 남아 있지 않습니다."

어제 그녀는 서재로 가려다 무심코 발길을 돌려 태강의 방으로 향했었다. 주인 없이 고요한 방에서 그녀의 시선을 사로잡은 건 벽에 비스듬히 세워진 그림이었다. 그간 몇 차례 들어왔을 때는 보지 못했던 그림. 그 그림 아래 이영이라는 낯선 사인을 보고 지난번 그가 말했던 화가의 그림일까 궁금해졌다.

그림은 코를 가까이 가져다 대면 낙엽 냄새가 날 것 같은 늦가을 해질 녘 풍경을 담고 있었다. 풍경 한가운데에는 떨어지는 해를 향해 걷고 있는 소녀와 엄마로 보이는 여인이 있었다. 단지 그림일 뿐인데 그림을 바라볼수록 그녀는 설명할 수 없는 감정에 사로잡혔다.

그림 속 두 사람은 엄마와 딸이 아닐지 모른다. 하지만 정면을 응시한 소녀와 달리 소녀의 방향으로 고개가 기울어진 여인의 애정은 그림 밖에서도 느낄 수 있었다. 무슨 일이 있어도 소녀를 지켜 줄 것 같은 따뜻한 시선을. 그림을 보고 있자니 그녀는 화가의 스토리가 궁금해졌다.

"부관장님도 그 화가분 만나 본 적 있으세요?"

"저도 몇 번 뵌 적은 있었죠."

"어떤 분이셨어요?"

"워낙 조용하셨던 분이라 긴 대화는 나눠 본 적이 없어요. 그런데 분명한 건 정말 딸밖에 모르는 분이셨어요."

"노 관장님이 후원하셨다고 하던데."

"네. 두 분이 어떻게 알게 됐는지는 모르지만, 우연히 듣기로는 처음 알게 된 건 딸이 배 속에 있을 때였다고 하셨던 것 같아요."

"정말 특별한 인연이었네요."

"그렇죠."

"그럼 어머니가 돌아가신 뒤로 딸은 계속 형편이 좋지 않았던 건가요?"

"넉넉하지는 않아도 크게 힘들거나 하지는 않았던 것 같은데, 이번에 사정이 생겨서 돈이 필요했던 모양이에요."

"그렇군요."

두 사람은 제1 전시실 안으로 들어섰다. 이나는 그만 이영 화가와 그 딸은 잊고, 화가 각자의 소중한 추억이 담긴 그림들을 하나씩 감상하며 천천히 걸음을 옮기기 시작했다. 부관장도 말없이 그녀 옆에서 그림을 바라보고 있었다.

"오전이라 한산하네요."

그들이 막 제1 전시실의 그림들을 모두 감상하고 났을 때였다. 전시실 입구 쪽에서 거만한 여자의 목소리가 들려왔다.

"오랜만이죠? 그동안 잘들 지냈어요?"

"사모님, 어서 오세요. 오늘 관장님도 나오셨는데."

전시실 입구를 지키고 있던 직원이 방문자가 묻지도 않은 말을 건넸다.

"어머, 그래요? 지금 관장실에 있나요?"

"아니요. 제1 전시실에 계십니다."

이어지던 말소리가 끊기고 또각또각 구두 소리가 이나와 부관장을 향해 다가오기 시작했다. 천천히 돌아선 이나는 자신을 향해 다가오고 있는 태강의 작은어머니 수진을 발견했다.

"작은어머님."

"지나는 길에 들러 봤는데, 마침 관장님도 출근했네요."

"네. 그간 별일 없으셨어요?"

"오셨어요?"

이나와 부관장 모두 수진에게 깍듯이 고개를 숙여 인사를 했다.

"나야 잘 지냈지. 질부 이제 건강은 괜찮아진 거야?"

"네. 덕분에 많이 좋아졌습니다."

"그래, 건강 먼저 챙겨야지."

"걱정 끼쳐 드려 죄송합니다."

"나한테 죄송할 게 있나. 그런데 그림 보고 있었나 봐?"

"네."

수진은 그녀가 마지막으로 감상했던 그림을 잠시 응시했다.

"그림 좋다. 그런데 우리 오랜만에 만났는데 관장실에서 차라도 한 잔할까?"

"네. 그러시죠."

이나는 수진과 함께 전시실을 나서 다시 2층으로 향했다.

"걱정 많이 했는데, 그래도 얼굴이 좋아 보여서 다행이야, 질부."

"감사합니다."

"회장님 생신 때 봤어야 했는데 그때 태훈이 아버지 출장이 잡혀서, 그것도 하필 러시아 장관 회동이라 스케줄 조절이 안 됐지 뭐야."

"그러셨겠네요."

"그런데 앞으로 미술관에 출근하려고?"

"매일 나오지는 못하더라도 조금씩 신경 써야죠."

때마침 부관장이 관장실로 차를 가지고 들어왔기에 두 사람의 대화는 잠시 중단됐다.

"차 들자."

"네."

"며칠 전에 미술관에 왔다가 태강이 만났었는데."

자몽 차를 한 모금 마시고 잔을 내려놓은 수진이 다시 입을 열었다.

"그날 이영 화가 딸이랑 둘이 같이 있더라고."

"미술관에 왔었다는 얘기는 들었는데, 작은어머님 만났다는 얘기는 못 들었네요."

"날 만난 게 중요한 일은 아니니까. 그런데 질부도 이영 화가 알지?"

"그림만 봤지, 화가는 직접 만난 적이 없어서요."

"어머, 그래? 그럼 그 딸은?"

"태강 씨한테 얘기는 들었어요."

"난 태강이가 다정하게 이름까지 부르면서 챙기기에 당연히 질부랑도 잘 아는 줄 알았는데, 아니었구나?"

"태강 씨가 워낙 바쁜 사람이니까 시간 내 자리를 만들 여유도 갖기 힘들었을 거예요. 그리고 저도 만나고 싶다고 말했던 적 없었고요."

"시간이야 얼마든지 만들면 되는 거지. 그날도 태강이 낮에 미술관에 왔던데."

그녀가 아무런 반응도 보이지 않자 수진이 다시 찻잔을 들었다. 그리고 한동안 차를 홀짝이다 다시 입을 열었다.

"질부는 정말 괜찮아? 나 같으면 어떤 이유로든 나 몰래 남편이 다른 여자 만나서 챙겨 줬다면 기분 안 좋을 것 같은데. 그것도 매일 바쁘고 힘들다면서 대낮에 다른 여자 만나 챙겨 줬다면 더욱."

"몰래라니요. 작은어머님도 계신 자리였고 그날 미술관에서 누굴 만났는지도 태강 씨한테 직접 들었는데요."

"난 우연히 두 사람을 보게 된 거였고."

"······."

"만약 내가 두 사람을 보지 않았더라도 질부한테 사실대로 말했을까? 말 안 했을 것 같은데."

수진의 말처럼 얘기하지 않았을지 모른다. 그에게는 꼭 말할 필요도 느끼지 못했을 만큼 중요하지 않은 일이었을지 모르니까.

"그런데 그 화가 딸, 아무리 개인적인 친분이 있더라도 굳이 태강이를 여기까지 불러낼 필요가 있었을까? 맘 넓은 우리 질부는 괜찮더라도 남들이 보고 오해라도 하면 어쩌려고? 그럼 골든그룹 이미지에도 타격인데 말이야. 안 그래, 질부?"

이나는 고개를 들고 50대 중반의 나이에도 주름 하나 없이 팽팽한 수진의 얼굴을 바라보았다.

"말 나온 김에 그 화가 딸 불러서 우리 같이 점심이라도 먹는 게 어때? 우선 질부도 그 아이 얼굴 정도는 봐 두는 게 좋지 않겠어?"

"……."

"얼굴이 제법 반반해서 얼굴 믿고 더 그러는 것 같으니까 질부가 태강이 귀에 들어가지 않게 미리 경고를 해 두는 것도 나쁘지 않을 것 같고."

"그런데 작은어머님."

"응?"

"태강 씨와 이영 화가 그림 때문에 만난 건데, 제가 그 일을 두고 경고까지 할 필요가 있을까요?"

그녀가 화가 딸을 불러내 경고를 하는 건 우스운 일이었다. 게다가 그런 행동이 태강의 귀에 들어가면 두 사람을 다시 만나게 하는 역효과를 불러일으킬 수도 있었다. 두 사람이 아무 사이 아니라도 그가 다른 여자와 단둘이 만날 일은 만들고 싶지 않았다.

"그리고 제가 오늘 선약이 있어서요."

"그래? 그럼 어쩔 수 없지."

매끄러운 목소리와는 달리 그 순간 수진의 눈에 의미심장한 빛이 번뜩였다.

"그래도 혹시 생각 바뀌면 언제든 전화해."

이나는 지난번 승현을 만난 뒤 박성식이라는 사람을 알고 있냐고 아버지에게 전화로 물어본 적 있었다. 그때 아버지는 자신이 아는 사람

중에 박성식이란 사람은 없다고 짧게 대답한 뒤, 되레 수진도 태훈과 세영 사이를 의심하고 있지 않으냐고 물어 왔다.

물론 그녀는 답을 알고 있었다. 수진은 두 사람의 관계를 꿈에서도 의심할 리 없었다. 그날 강 회장의 저택에서 두 사람이 함께 있는 모습을 목격한 사람은 그녀와 태강뿐이었으니.

그녀가 뭐라고 대답을 하기도 전에 아버지는 수진을 조심해야 한다며 묻지도 않은 이야기를 길게 늘어놓았다.

아버지의 말씀에 따르면 원래는 집안 어른들 사이에서 태강의 아버지와 수진의 혼담이 먼저 오갔다고 했다. 그런데 태강의 아버지와 어머니 사이에 태강이 생기는 바람에 그 혼담은 깨졌고, 수진은 기어이 작은아버지와 결혼을 했단다.

문제는 수진이 골든그룹 일원이 된 후 태강의 가족에게 좋지 않은 일이 연이어 일어나기 시작했다는 것이었다. 부부를 중심으로 사고와 불미스러운 소문들이 돌았고 태강은 유괴를 당할 뻔한 적도 있었다고 했다.

모두 쉬쉬했지만, 당시에도 수진의 소행이 아닐까 의심하는 사람들이 있었던 모양이다. 수진을 겪어 본 사람이라면 그녀가 자신이 갖지 못한 태강의 아버지를 충분히 망가뜨릴 수 있는 여자라는 사실을 알았을 테니까. 그리고 이제는 태강이 가진 것들이 원래는 태훈의 몫이어야 한다고 생각하고 있을 수도 있다고…….

아버지의 말씀대로라면 수진이 이번에는 민정을 이용해 그녀와 태강 사이에 불화를 만들려는 것일 수 있었다. 그렇지 않다면 굳이 미술관으로 찾아와 오늘 같은 얘기를 늘어놓을 필요는 없었다.

지난 1년의 기억이 사라졌다는 사실이 그녀를 다시 절망의 구덩이로 밀고 있는 기분이었다.

8. 기억

"관장님 나오셨어요?"

이나는 3일 만에 다시 미술관을 찾았다. 그녀의 출근 소식을 들은 부관장은 곧장 관장실로 올라왔다. 그리고 지난 3일간 미술관에서 있었던 일들과 비어 있는 제3 전시실 관련 몇 가지 계획안을 그녀에게 보고했다.

부관장이 내려가고 난 뒤 그녀는 그간의 미술관 자료와 자신이 전에 정리해 둔 문서들을 살펴보며 오전을 보냈다. 처음부터 무리할 생각은 없었으므로 직원들이 돌아가며 점심 식사를 시작했을 때쯤 자리에서 일어섰다.

부관장에게 인사를 하고 미술관을 나선 그녀는 차를 출발시키기 전 태강과 짧은 통화를 했다. 요즘 그의 퇴근이 늦어지는 날이 많아 낮에 짧게라도 종종 통화를 했다. 얼마나 바쁜지, 식사는 했는지 같은 일상적인 대화였으나 그 짧은 대화조차도 기다려지고 즐거웠다.

전화를 끊은 그녀는 안전벨트를 매고 천천히 차를 출발시켰다. 집으로 돌아가 편하게 눕고 싶은 마음에 주차장을 빠져나가면서는 조금씩 차의 속도를 높였다.

끼이이익.

미술관을 나서고 얼마 달리지 않았을 때였다. 귀에 거슬리는 마찰음이 들려왔다. 고개를 틀자 좌측 도로에서 달려오고 있는 차가 보였다. 멀리서도 범상치 않은 속도가 느껴지는 차는 당장이라도 그녀에게 돌진할 듯 커브 길마저도 평지를 달리듯 빠르게 돌고 있었다.

빠르게 달리는 차와 점점 거리가 좁혀지자 핸들을 잡은 그녀의 손에 힘이 실렸다. 그리고 불현듯 머릿속에 짧은 영상 하나가 스쳐 지나갔다.

차들로 빼곡한 4차선 도로. 반대 차선에서 중앙선을 가로지르며 그녀를 향해 달려오고 있는 차. 머리와 허벅지로 찌릿하게 파고드는 통증. 기침이 터질 것처럼 따가운 목. 누구의 것인지 알 수 없는 메마른 숨소리.

어느 순간 눈앞의 차와 머릿속의 영상, 그리고 메마른 숨소리가 자신의 것과 하나로 겹쳐지며 시야가 뿌옇게 흐려졌다. 매캐한 연기를 들이마신 것처럼 속도 좋지 않았다. 그녀는 급하게 핸들을 꺾으며 브레이크를 밟았다.

끼이이익!

차는 갓길에 선 나무에 부딪히기 직전 아슬아슬하게 멈춰 섰다. 그 사이 규정 속도 따위 개나 주라는 듯 빠르게 달려온 차는 도롯가의 앙상한 나뭇가지만 흔들어 놓고 사라졌다. 차 소리가 완전히 사라진 뒤에도 그녀는 핸들에서 머리를 들 수가 없었다.

언제 또 다른 차가 다시 달려올지 알 수 없는 상황이었다. 어서 차를 출발시켜야 했는데 도무지 몸이 말을 듣지 않았다. 온몸에서 식은땀이 났고 숨도 잘 쉬어지지 않았다.

"하아, 하아……."

아무리 숨을 들이마셔도 가슴이 답답했다. 차 안의 산소가 모두 고갈된 느낌이었다. 그녀는 한 손으로 안전벨트를 풀고 차 문을 열었다. 축 늘어진 몸이 힘없이 도로 위로 툭 떨어졌다.

"하아, 하아……."

차가운 도로에 몸을 눕히고도 얼마간 거칠게 숨을 들이켜고 내쉬었다. 이제 호흡하는 게 조금 편해진 것 같다 느낀 순간 그녀는 천천히 눈꺼풀을 들어 올렸다. 눈앞에 파란 하늘이 초원처럼 넓게 펼쳐져 있었다. 엄마와의 마지막 기억을 되찾았던 날처럼 시리도록 파란 하늘이었다.

모든 것이 정지한 세상에 혼자 살아 있는 것처럼 그녀는 한동안 도로 위에 누워 있었다. 그러다 쓴웃음을 흘리며 고개를 돌린 순간이었다. 차 앞쪽 바닥에 누워 있는 사람의 형태가 눈에 들어왔다.

그녀가 나무라고 생각했던 게 사실은 나무가 아니라 짙은 갈색 점퍼 차림의 사람이었다. 이나는 손으로 바닥을 짚고 말을 듣지 않는 몸을 겨우겨우 일으킨 뒤 천천히 걸음을 옮겼다.

갈색 점퍼를 입은 작은 체구의 여자는 여전히 바닥에 누운 채였다. 그 주변으로 피는 보이지 않았으나 움직임도 없었다.

"이봐요."

"……."

"이보세요."

그녀는 떨리는 손으로 여자의 가는 어깨를 잡고 조심스럽게 흔들어 보았다. 처음에는 아무 반응도 없던 여자가 계속되는 부름에 아주 작게 신음을 흘리며 몸을 움직였다.

"으……."

"움직이지 말아요. 구급차 부를게요."

"으으음……."

"조금만, 조금만 기다려요."

"아, 아니에요."

작고 가는 목소리를 어딘가에서 들어 본 적 있는 것 같다고 생각하는 순간 여자가 누운 자세 그대로 천천히 상체를 틀며 고개를 돌렸다.

"그쪽은……."

며칠 전 한국대 병원 엘리베이터에서 만났던 여자였다. 패딩 차림에 커다란 캔버스 액자를 들고 있었던 여자.

"사모님."

"움직이지 말아요."

이나는 몸을 일으키려는 여자를 만류했다.

"구급차 부를게요."

"아니에요. 사모님 차 때문에 넘어진 게 아니라 뒷걸음질 치다 제 실수로 발목이 꺾여서 넘어진 거예요."

그 말이 사실이든 아니든 여자가 넘어진 근본적인 이유는 그녀의 차 때문이었다. 그녀의 차가 여자 쪽으로 돌진하지 않았다면 처음부터 뒷걸음질을 칠 이유도 없었을 테니 말이다.

"그래도 우선은 병원부터 가 보는 게 좋겠어요."

"정말 괜찮아요. 사실 제가 마음이 너무 급해서 건널목까지 가지 못하고 무단 횡단을 하려고 했어요. 그런데 갑자기 차가 제 쪽으로 오는 바람에 순전히 놀라서 넘어진 거예요."

"그런 얘기는 나중에 하고 지금은 병원부터 가 봐요."

"저 정말 괜찮아요."

여자가 정말 괜찮다는 듯 자리에서 일어섰다. 옷에 묻은 흙은 둘째 치고 바닥에 쓸리며 상처를 입은 손등 여기저기 붉은 피가 맺혀 있었다. 그런데 여자는 정말 아무렇지 않다는 표정이었다. 그녀의 통증을 대신 느끼고 있는 것처럼 이마를 구긴 쪽은 이나였다.

"지금 손등에서 피 나요."

"이건, 그냥 조금 까진 거예요."

크진 않아도 눈에 보이는 상처만 해도 한두 군데가 아니었다. 그런데 여자는 주머니에서 손수건을 꺼내 피가 흐르는 손을 대충 감았다. 제때 치료받지 않으면 덧나거나 흉터가 생길 텐데, 여자는 정말 별거 아니라는 표정이었다.

"제가 정말 급해서 그러는데 먼저 좀 가면 안 될까요?"

"어딜 가야 하는데요?"

"친구를 만나야 해서요."

"친구요?"

의외의 대답이었다. 차가 오는지 살피지도 못하고 도로를 건너려 했을 만큼 급한 일이 친구를 만나는 일이라니.

"네."

"그럼 내가 데려다줄게요."

"고맙습니다."

여자는 거절하지 않았다. 발목이 불편한지 걷는 동안 한 번씩 이마를 찡그렸으나 조수석으로 올라탄 뒤에는 차분한 목소리로 목적지를 설명했다.

"친구한테 조금 늦을 것 같다고 연락 먼저하고 병원에 다녀온 뒤에 만나는 게 어때요?"

"미리 연락하면 기다려 주지 않을 거예요."

"친구라면서요?"

"네. 친구였죠."

여자는 길게 말하지 않았다. 하지만 여자에게 어떤 사정이 있든 이나는 이대로 그녀를 보낼 수는 없었다.

"이름 물어봐도 돼요?"

"저는, 이민정이요."

"그럼 내 연락처 줄 테니까, 친구 만난 뒤에 전화해요."

"저 정말 괜찮은데."

"내 차 보고 놀라지 않았으면 민정 씨가 넘어지지도 않았을 테니 나한테도 분명 사고에 책임이 있는 거예요. 나랑 같이 병원에 가는 게 불편할 거 같아서 그러면, 치료비를 줄 테니까 친구 만난 다음에 혼자라도 치료받으러 갈래요?"

그제야 민정이 입을 닫았다.

"어디라고 했죠?"

"우회전해서 직진하면 행복 부동산이라고 나올 거예요. 저기요."

곧 행복 부동산이란 간판이 붙은 허름한 건물 앞에서 차를 세운 이나는 지갑에 들어 있는 현금 전부를 꺼냈다. 현금이라고 해 봐야 5만 원권 열 장 남짓이었기에 그녀는 민정의 손에 돈을 건넨 뒤 자신의 명함도 주었다.

"지금 가지고 있는 현금이 이게 전부네요. 오늘 꼭 치료받고 치료비 부족하면 늦게라도 연락하세요."

"감사합니다."

"급한 일 같은데 어서 가 봐요."

"네."

차에서 내린 민정은 다시 이나에게 고개를 숙여 보인 후 부동산 안으로 들어갔다.

향수 냄새와 피 냄새, 그리고 물감 냄새가 오묘하게 뒤섞여 떠도는 차가 갑자기 낯설고 불편하게 느껴졌다. 이나는 낮게 한숨을 내쉬고는 다시 차를 출발시켰다. 빨리 집으로 돌아가 쉬고 싶다는 생각뿐이었다.

✤　　　✦　　　✤

"다녀오셨어요, 사모님?"

"네."

"바로 식사 준비할게요."

집에 도착해 시계를 보니 오후 2시가 다 되어 가고 있었다. 아침 식사로 샐러드에 우유 한 잔을 마신 게 전부였는데 배가 고프기는커녕 오히려 속이 좋지 않았다. 예상치 못했던 사고까지 겪은 탓인지 오로지 피곤해 눕고 싶다는 마음밖에 안 들었다.

"생각이 없네요."

"아침도 거의 안 드셨는데."

"괜찮아요."

"너무 안 드시면 사장님께서 걱정하세요."

태강까지 들먹이며 이유를 만들었으나 정작 아주머니가 더 걱정하고 있는 얼굴이었다. 누군가에게는 피곤하거나 귀찮은 관심일지 몰라도 이나는 재차 물어 주는 아주머니의 관심이 싫지 않았다. 그래서 못 이기는 척 대답했다.

"그럼 주스 한 잔만 가져다주세요."

"네. 금방 갈아서 방으로 가져다드릴게요."

"고마워요."

아주머니가 주방으로 향한 뒤 이나도 자신의 방으로 들어갔다. 깨끗하게 정리된 순백의 침대가 눈에 들어오자 곧장 침대로 걸어가 앉았다. 아주머니가 올 때까지 앉아 있으려던 생각은 이내 잠깐만 누워 있어야지 하는 생각으로 바뀌었고 다시 다른 핑계를 만들 틈도 없이 그녀는 그대로 잠에 빠져들었다.

얼마나 시간이 흘렀을까.

"사모님."

방 안에는 바람 한 점 들어오지 않고 있었는데 그녀의 몸이 거칠게 흔들렸다. 이나는 희미하게 도리질을 치다 눈을 떴다.

"사모님."

"아주머니."

"무슨 꿈을 꾸시기에 땀을 이렇게 흘리세요?"

"아⋯⋯."

꿈에서 박성식의 전화를 받았다. 그는 그녀가 전화를 받자 곧장 아주 중요하게 전할 말이 있다며 서둘러 입을 열었다. 그리고 그가 꺼내 놓은 이야기에 그녀는 화들짝 놀라며 어딘가로 급하게 차를 몰기 시작했다.

목적지가 어디였는지 기억나지 않는데 그곳을 향해 달리는 동안 그녀는 더없이 불안하고 초조한 감정에 휩싸였다. 그 감정들이 너무 생생해 박성식과의 통화가 꿈이 아닌 것처럼 느껴졌다. 움켜쥐고 있던 손바닥의 땀도 채 식지 않은 상태였다.

"지금 몇 시나 됐어요?"

"6시예요."

"벌써 6시예요?"

"네. 주스 하나도 안 드셨네요?"

"아주머니, 늦었는데 그만 퇴근하세요."

"네. 사장님 오늘도 늦으시는 것 같아서 식탁에 사모님 식사만 차려 뒀으니까 입맛 없어도 조금이라도 드세요."

"그럴게요."

그녀의 대답에도 아주머니는 아직 할 말이 남은 사람처럼 방을 나가지 않았다.

"왜요, 무슨 하실 말씀 있으세요?"

"소화 안 되실까 봐 저녁은 죽으로 준비를 해 뒀는데 혹시 드시고 싶은 게 있으시면 언제든 말씀해 주세요, 사모님."

"그럴게요. 고마워요."

아주머니가 방을 나간 뒤 이나는 현실처럼 생생했던 꿈을 떠올리며 핸드폰을 찾기 시작했다. 한참 주변을 둘러보고 핸드백까지 열어 보고 나서야 그녀는 자신이 집에 돌아와 가방에서 핸드폰을 꺼내지도 않았다는 사실을 깨달았다.

역시나 마지막으로 통화했던 번호는 태강의 것이었다. 꿈이란 사실을 두 눈으로 확인했는데도 꿈속에서 느꼈던 설명 안 되는 기분의 잔상은 쉽사리 사라지지 않았다.

방을 나서 주방으로 들어선 이나는 식탁 의자에 앉았다. 식탁 위 모든 음식은 정갈하게 뚜껑이 덮여 있었다. 이나는 죽을 덮고 있는 뚜껑을 열어 식탁에 내려놓았다. 그런데 뚜껑을 열었을 뿐인데 전복의 비릿한 향에 저절로 미간이 접혔다.

속이 너무 빈 상태라 냄새가 거슬리는 모양이라고 생각한 그녀는 숟가락을 들어 죽을 한 수저 떴다. 무슨 음식이든 깔끔하고 담백하게 척척 해 놓던 아주머니 솜씨니 의심 없이 음식을 입 안에 넣은 순간이었다. 전복의 비릿한 향과 맛이 거북하게 들어차 죽을 삼킬 수가 없었다.

"우욱."

그뿐 아니라 열 시간 넘게 빈속이었던 상태에 갑작스레 비릿한 음식을 받아들이려니 거부 반응으로 헛구역질까지 올라왔다.

"우욱."

연거푸 헛구역질이 나자 그녀는 자리에서 일어서 물고 있던 죽을 싱크대에 뱉었다. 음식을 뱉고 나서는 물로 입 안을 헹궜다. 컨디션이 좋지 않으니 몸이 더 예민하게 반응하는 모양이었다. 억지로 먹었다가는 밤새 고생할지도 모른다는 생각에 그녀는 서둘러 죽의 뚜껑도 덮었다.

✢　　✦　　✢

태강은 오전부터 주주 총회에 참석 후 수원 생활 가전 공장에 방문했고, 오후에는 골든그룹 사장단 회의와 부회장 면담까지 하루 종일 강행군을 소화했다. 다음 주 있을 베트남 계약 관련 출장이 그만큼 중요한 사안이란 뜻이었기에 쉼 없이 움직이면서도 어깨가 무거웠다.

부회장실을 나선 그가 엘리베이터 앞에 섰을 때였다. 곁에 서 있던 김 실장이 복도 방향을 향해 깍듯이 허리를 굽혔다.

"회장님 나오셨습니까?"

사장단 회의에도, 부회장 면담 때도 얼굴을 볼 수 없었던 강 회장이 바쁜 걸음으로 복도를 걸어오고 있었다. 그런데 따르는 사람이 아무도 없이 혼자였다.

"어디 가십니까, 회장님?"

"태강이구나."

"네. 회의 마치고 돌아가는 길입니다."

"그래."

고개를 끄덕이는 강 회장의 표정도 여느 때와 달랐다. 무언가 생각이 많은 듯한 표정과 눈빛이 평소의 냉철한 모습이 아니었다.

"어디가 안 좋으십니까?"

"아니다. 나이를 먹으니 이제 쉽게 피로해지는 거지."

"퇴근하시는 길이면 제가 주차장으로 모시겠습니다."

"아직 퇴근하려던 참이 아니야."

"그럼 방으로 모시겠습니다."

그가 지팡이를 잡지 않은 손을 잡자 강 회장이 그를 의지해 걷기 시작했다. 기분이 조금 묘했다.

어릴 적 그가 무얼 잘해도 칭찬에 인색했던 강 회장이었다. 무릎에 앉히는 살가운 애정 표현 또한 없는 편이었고. 어머니는 혹시라도 작은 어머니가 오해할까 봐 행동을 조심하는 것이라고 설명했지만 어린 나이에 그 말은 위로가 되지 않았다. 그런데 이제 강 회장이 어린아이처럼 그를 의지해 걷고 있었다.

"차 실장은요?"

"내가 심부름을 보냈다."

"몸이 안 좋으시면 제가 병원으로 모실까요?"

"그 정도는 아니야. 잠깐 앉아서 쉬면 괜찮아질 거다."

"네."

그와 강 회장이 회장실로 들어서자 자리에 앉아 있던 비서가 자리에서 일어서 다가왔다.

"저는 그만 가 보겠습니다, 회장님."

"태강아."

"네."

"바쁘지 않으면 나랑 잠깐 얘기 좀 하지 않으련?"

혼자 미술관에 다녀온 이나 때문에 집에 빨리 돌아가고 싶었으나 그렇다고 평소와 다른 강 회장을 그냥 두고 돌아서자니 발길이 떨어지지 않았다. 그는 강 회장을 따라 그의 집무실 안으로 들어섰다.

"앉자."

"네."

"이제 이나 건강은 괜찮은 거지?"

"네. 오늘은 오전에 미술관에도 다녀왔다고 하더라고요."

"벌써 미술관엘 나갔다고?"

"무리하지는 말라고 했어요."

"그래야지. 그래도 그만하길 천만다행이다. 네 어미 그렇게 떠난 지 얼마나 됐다고 이나까지 그런 사고를 당하다니……."

"제가 곁에서 잘 챙길 테니 너무 염려 마세요."

"그래, 네가 요즘 회사 일도 바쁘고 경황이 없겠지만 그래도 이나가 가장 의지하는 사람은 너라는 사실 잊지 마라."

"네."

"혹시라도 이나 일로 뭐든 상의할 사람이 필요하면 언제든 날 찾아오고."

이나가 골든그룹 사람이 된 후 그녀의 가장 든든한 보호막은 누가 뭐래도 강 회장이었다. 그녀는 알지 못하겠지만, 그들의 결혼을 얼마 앞두고 강 회장이 직접 수진을 본가로 불렀던 일을 집안사람들은 모두 기억하고 있었다.

분명 그날 수진은 강 회장에게 경고의 메시지를 들었을 것이다. 하지만 오늘처럼 그에게 직접 이런 얘기를 하는 것은 처음 있는 일이었다.

"네."

강 회장이 무슨 말인가를 더 하려다 입을 닫았다. 혹시 하려는 말이 수진과 관련된 얘기는 아니었을까, 그는 잠시 생각했다.

"이제 퇴근 시간인데 내가 오래 잡아 두면 안 되겠지. 얼른 들어가서 정리하고 퇴근해라."

"그럼 일어나겠습니다."

안색이 그다지 좋지 않은 강 회장을 두고 일어나려니 마음이 가볍지가 않았으나 나가는 길에 차 실장을 만나 신경 써 지켜봐 달라 부탁을 남길 생각이었다.

❖　　　❖　　　❖

따뜻한 물에 한동안 몸을 담그고 있다 천천히 씻고 나온 이나의 눈에 화장대 위에 놓인 붉은 장미 다발이 보였다. 그녀가 욕실에 들어가기 전까지는 없던 장미가 방에 있다는 건 태강이 집으로 돌아왔다는 의미였다. 꽃도 반가웠으나 태강이 돌아왔다는 사실에 그녀의 입가에 환한 미소가 번졌다.

장미를 들어 깊게 향기를 들이마신 뒤 다시 제자리로 내려놓았다. 서둘러 머리를 말리고 옷도 입은 뒤 태강에게 가고 싶었기 때문이다.

똑똑.

물먹은 솜처럼 내내 무겁던 몸이 언제 그랬냐는 듯 가벼웠다. 태강의 방까지 단숨에 올라간 그녀는 노크 후 대답을 기다리지 않고 방문을 열었다.

"태강 씨."

셔츠 단추를 풀고 있던 태강이 그녀의 목소리를 듣고 드레스 룸에서 방으로 걸어 나왔다.

"씻고 있어서 온 줄 몰랐어요."

"그런 줄 알았어."

"그런데 웬 꽃이에요?"

"그냥 생각나서."

"너무 예뻐요."

"마음에 든다니 다행이네."

"일찍 온다고 미리 전화라도 해 주지 그랬어요?"

"그럼 기다릴까 봐."

"전화 안 해도 기다리는데요."

그녀를 바라보는 그의 눈에는 사랑이 가득 담겨 있었다. 이제 익숙해질 만도 하련만 그를 마주 보는 이나의 가슴에 다시금 잔잔한 떨림이 스쳤다.

"오후에는 뭐 했어?"

"낮잠 잤어요."

"낮잠?"

"네. 요즘 오후만 되면 피곤해지는 것 같아요."

"아직 미술관 일은 무리인 거 아니야?"

"미술관에 매일 나가는 것도 아니고 나가서도 몇 시간밖에 안 있다 돌아오는데요."

"지금도 피곤해?"

"푹 자고 일어났더니 지금은 쌩쌩해요."

미술관에서 돌아오다 있었던 사고 얘기를 하면 걱정할 테니 이나는 그 얘기는 꺼내지 않았다.

"그리고 태강 씨 바빠서 얘기 못 했는데 며칠 전에 미술관에서 작은어머님 만났어요."

수진의 얘기가 나오자 태강의 얼굴에서 미소가 서서히 지워지더니 입매가 서늘하게 굳었다. 아버지 말씀처럼 수진과 태강의 어머니 사이가 무척이나 좋지 않았다면 그 역시 수진에게 감정이 좋지 않은 건 당연했다.

"작은어머니가 미술관에 오셨다고?"

"네."

"왜 오셨던 건데?"

"근처를 지나다 들르셨나 봐요."

"본인이 그렇게 얘기해?"

"네."

그녀가 예상했던 반응 이상으로 태강의 반응은 싸늘했다.

"작은어머니랑 무슨 얘기 했어?"

"특별한 건 없었어요. 그냥 안부 인사 정도 나누다 가셨어요."

웃음기 없는 그의 얼굴을 마주하고 있자니 왠지 한 마디 한 마디를 건네는 게 조심스러웠다. 아니, 그의 얼굴에서 미소가 사라지는 순간 지금까지 그가 보여 줬던 애정도, 주고받았던 신뢰까지 모두 사라질까 두려웠다. 이나는 손을 뻗어 그의 허리에 두르고 단단한 가슴에 얼굴을 기댔다.

"얘기 많이 안 했고 정말 금방 가셨어요. 태강 씨 신경 쓰게 하고 싶지 않아서 말 안 하려다 한 건데."

"나는 무슨 일 없었는지 걱정되니까 그런 거지."

"저 정말 감쪽같이 잘 넘겼어요."

"그래도 앞으로 가능하면 작은어머니와 얼굴 마주치는 일은 피해. 약속이 있어서 나가는 길이었다든가 하는 식의 핑계라도 대."

"앞으로는 그러려고요."

"그래, 윤이나는 똑똑하니까."

그녀의 대답에 그의 목소리가 조금 밝아졌다.

"태강 씨, 저 때문에 씻지도 못했어요."

"이제 씻어야지."

그가 그녀를 놓아주기 아쉽다는 듯 말했다.

"여기서 꼼짝 않고 기다리고 있을게요."

"그럼 빨리 씻고 올게."

"네."

그가 단추가 반쯤 풀린 셔츠의 단추를 마저 풀자 넓은 어깨와 탄탄한 상체가 모습을 드러냈다. 이미 수없이 보아 온 몸인데도 빤히 바라보는 것이 부끄러워 이나는 바닥에 떨어진 그의 셔츠를 집어 들었다. 그가 씻는 동안 세탁실에 가져다 두고 올 생각이었다.

"지금 얼굴 빨개진 거야?"

"아닌데요. 방이 더워서 그런가 봐요."

그녀의 대답에 그가 사랑스러워 죽겠다는 듯 다시 그녀를 품으로 당겨 안았다. 그녀의 머리에 코를 묻고 '여기서도 장미 향이 나네'라고 속삭이다 이나가 살며시 몸을 비틀자 그제야 그녀를 놓아주었다.

"얼른 씻어요."

"그래, 알았어."

태강이 욕실로 들어가고 그녀도 막 방을 나서려 할 때였다.

우우웅.

테이블 위에 올려 둔 태강의 핸드폰이 진동하며 소리를 냈다. 퇴근 후의 전화라면 중요한 일일지도 모른다고 생각한 그녀는 다시 테이블로 걸음을 옮겼다. 그리고 핸드폰을 집어 들었다.

[이민정]

태강에게 전화를 걸어 온 상대는 이민정이었다. 이름을 본 순간 이나의 머릿속에 오늘 자신의 차에 부딪힐 뻔했던 여자의 얼굴이 떠올랐다. 같은 이름이기도 했지만, 처음 만났던 날 본인이 예전에 태강의 회사 비서실에서 근무했었다던 그녀의 말이 생각났기 때문이다.

지금 태강을 찾고 있는 민정과 그녀가 오늘 만났던 민정은 동일 인물일까? 그녀가 원인 모를 혼란에 잠시 멍해진 사이 전화는 끊겼다.

우우웅, 우우웅.

끊겼던 전화가 다시 울리기 시작했다. 이번에도 전화를 걸어 온 상대는 같은 사람이었다. 이민정.

만약 상대가 그녀가 알고 있는 민정이라면 이미 회사를 그만둔 전 비서실 여직원이 퇴근 시간도 지난 지금 태강에게 무슨 일로 전화를 했을까?

아니, 이미 퇴사한 직원의 이름과 연락처가 저장돼 있다는 건 두 사람이 줄곧 연락을 주고받았다는 의미인 걸까? 두 사람은 어떠한 용건으로 연락을 주고받았을까?

단지 핸드폰 액정에 뜬 이름을 보았을 뿐인데, 도둑질이라도 한 것처럼 심장이 빠르게 쿵쾅거렸다. 손바닥은 땀으로 미끈거렸다. 이유 없이 이마에서 식은땀도 흐르기 시작하며 눈앞의 사물이 조금 흐릿하게 보였다.

　—여보세요?

　그녀는 충동적으로 통화 버튼을 눌렀다.

　—사장님.

　"……."

　—사장님?

　그녀가 알고 있는 이민정의 목소리였다. 민정이 사장님이라 부르는 소리가 상사를 부르는 게 아니라 마치 '오빠'라고 부르는 듯 편안하게 들렸다. 핸드폰을 귓가에 대고 있는 그녀의 손이 파르르 떨렸다.

　—저 민정이에요. 지금 통화 힘드세요?

　"……."

　—혹시 옆에 누가 계신 거면 그냥 끊으셔도 돼요. 다음에 다시 걸게요.

　흐릿하게 보였던 사물들이 천천히 좌우로, 사선으로 흔들리기 시작했다. 정확히는 사물이 흔들리는지 그녀가 흔들리는지 알 수 없었으나 눈을 뜨고 있기가 점점 힘들어졌다. 그러다 어느 순간 신경 하나가 툭 끊어진 것처럼 머리가 핑 돌며 눈앞이 뿌예졌다. 이나는 황급히 테이블을 향해 손을 뻗었다.

　하지만 눈으로 가늠한 것과 실제 거리는 달랐다. 그녀의 손끝에 닿는 건 아무것도 없었다. 힘겹게 핸드폰을 움켜쥐고 있던 손에서도 힘이 빠지며 핸드폰이 바닥으로 툭 떨어졌다. 뒤이어 그녀의 몸도 추락하듯 카펫 위로 내려앉았다.

　쿵.

　시간이 얼마나 흘렀는지 알 수 없었다. 불과 몇 초에 불과할 수도, 생각보다 긴 시간일 수도 있었으나 그녀에게 그런 건 의미가 없었다. 병원에서 의식을 되찾고 처음 눈을 떴을 때처럼 천천히 눈꺼풀을 들어 올리자 암전됐던 시야로 새하얀 빛이 쏟아져 들어왔다. 시신경의 자극으로 저절로 미간이 찌푸려졌다.

가늘게 뜬 눈 사이로 빛 너머에서 아지랑이의 형체처럼 무언가 움직이는 것이 보였다. 누군가 그녀에게 이리 오라고 손짓하는 듯도 했고, 그녀를 가리키며 손가락질하는 듯도 했다. 그녀는 한동안 현실과 환각의 모호한 경계를 응시하고 있었다.

그러다 '여기가 어디지? 내가 왜 누워 있는 거지?' 하는 생각이 드는 순간, 마치 기다렸다는 듯 누군가의 나직한 말소리가 귓가에 들려왔다.

─사장님 어디 계신지 확인했습니다, 사모님.
─민정 씨가 지금 응급실에 있는데, 사장님이 발견하셔서 데려간 거랍니다.
─지금 검사 결과를 기다리고 있는 모양입니다.

남자의 목소리에 그녀의 심장이 다시 거칠게 뛰기 시작했다. 쿵쾅거리는 심장의 울림 뒤로 그녀의 나지막한 목소리가 들려왔다.

"그 병원이 어디죠?"
─한국대 병원입니다.

오늘 낮 꾸었던 꿈속에서 그녀는 박성식과 똑같은 대화를 주고받았었다. 이제야 알았다. 이 대화는 꿈에서 처음 나눈 대화가 아니라는 사실을. 그간 그녀가 기억해 내기 두려워했던 대화라는 사실을……. 그녀의 눈가에 맺혀 있던 눈물이 뺨을 타고 주르륵 흘러내렸다.

누군가 머리를 양쪽에서 누르고 있는 듯 머리 전체가 욱신거렸다. 잠을 깨운 통증에 이나는 미간을 접으며 천천히 눈을 떴다. 그리고 여기가 어디였더라, 기억을 더듬고 있을 때 태강의 걱정스러운 얼굴이 그녀의 눈에 들어왔다.

"정신이 들어?"

이곳은 태강의 방이었고, 그녀는 그의 침대에 누워 있었다. 잃었던 기억을 되찾은 뒤 다시 의식을 잃었던 모양이다. 그녀가 몸을 일으키기 위해 팔을 움직이자 태강이 두 손으로 그녀의 어깨를 감쌌다.

"일어나지 마. 당신 쓰러졌었어."

"제가요?"

당연히 기억하고 있었다. 태강에게 걸려 왔던 민정의 전화도, 크리스마스이브 자신에게 있었던 일도, 그 이전 자신들의 사이가 어땠는지도 모두⋯⋯.

"잠깐 어지러웠나 봐요."

"앞으로는 혼자 외출하면 안 될 것 같아. 아직은 무리야."

그의 목소리는 여전히 다정했다. 민정에게도 이렇게 다정한 목소리로 말했을까? 두 사람은 줄곧 그녀 몰래 연락하며 지냈던 걸까? 그녀에게 전부 맞추어 가겠다던 그의 말은 모두 거짓이었던 걸까? 머릿속이 온통 물음표투성이였다.

"이제 괜찮아요."

그가 몸을 일으키려는 그녀를 다시 말렸다.

"노 박사님 금방 도착하실 거니까 그냥 누워 있어."

"이 시간에 노 박사님까지 부른 거예요? 저 정말 괜찮아요."

"내가 안 괜찮아. 아직 당신 다 나은 것도 아닌데 내가 그동안 너무 신경을 못 써 줬어."

"그래서 그런 거 아니에요. 그리고 노 박사님한테 전화해서 오실 필요 없다고 하세요."

이나는 자신이 괜찮다는 사실을 그에게 확인시켜 주기 위해 힘껏 미소를 지었다. 하지만 그녀의 미소에도 그의 표정은 시종일관 어둡게 굳어 있었다. 그 이유가 그녀가 쓰러졌기 때문인지, 민정과 통화 내용 때문인지 알 수 없었기에 그녀는 가슴 위에 커다란 쇳덩이가 놓인 기분이었다.

"곧 도착하실 거야."

"노 박사님 집에서 우리 집까지 거리가 얼만데."

"오늘만 그냥 오시라고 해. 당신이 아무 이유 없이 쓰러지진 않았을 거 아니야."

"잠깐 어지러워서 그랬을 거예요."

그때 현관 벨 소리가 들려왔다.

"노 박사님 도착하셨나 봐."

태강은 그녀에게 꼼짝 말고 누워 있으라고 다시 당부한 뒤 방을 나갔다.

혼자 남겨진 이나는 그의 핸드폰이 방 안에 있는지 주변을 둘러보았다. 하지만 어디에도 그의 핸드폰은 보이지 않았다. 그는 민정에게 다시 걸려 온 전화를 받았을까? 두 사람은 무슨 얘기를 나누었을까? 최근 민정이 계속 그녀 앞에 모습을 보였던 것이 혹시 계획된 행동은 아니었을까?

스멀스멀 기어오르는 불안에 다시 머리가 욱신거리기 시작했다. 근거 없는 생각을 당장 멈추고 싶었다. 하지만 한번 발을 들인 질척하고 불쾌한 생각의 늪에서 스스로 발을 빼고 빠져나오는 건 쉬운 일이 아니었다.

게다가 상상에는 브레이크가 없었기에 그녀는 급기야 민정을 끌어내 나한테 원하는 게 뭐냐고 따지기 시작하고 있는 자신의 모습을 발견할 수 있었다.

"이나야."

그녀를 현실로 끌어내 준 사람은 태강의 방으로 들어온 노 박사였다. 이나는 작게 한숨을 내쉬었다.

"박사님."

"이게 어떻게 된 일이니?"

"별일 아닌데, 태강 씨가 박사님한테까지 연락했나 봐요."

"의식까지 잃었다면서 별일이 아니긴. 게다가 이렇게 식은땀까지 흘리고 있는데."

걱정 가득한 표정으로 다가온 노 박사는 곧장 그녀의 상태부터 살피기 시작했다. 한참 동안 그녀의 머리와 몸 이곳저곳을 꼼꼼히 살펴본 뒤 쓰러지기 전 상황과 심리 상태, 그리고 전조 증상과 통증 부위에 대해서도 자세히 물었다.

노 박사의 질문에 이나는 솔직히 대답할 수가 없었다. 쓰러진 이유도 기억나지 않고 아픈 곳도 없다고만 말했다. 지금 그녀가 아픈 곳은 몸이 아니었으니까.

진찰을 마친 노 박사가 그녀의 뒤통수에 작은 혹이 생기긴 했으나 다른 곳에는 특별한 이상이 없는 것 같다고 최종 진단을 내렸다. 다시 같은 증상이 나타나면 그때는 반드시 병원에서 정밀 검사를 해 보자고도 덧붙였다.

"내일 바로 검사를 해 보죠, 박사님."

같은 증상이 다시 나타날 때까지 기다리는 건 너무 불안하다는 것이 태강의 생각이었다.

"지금은 아무렇지도 않은데 정밀 검사까지는 필요 없어요."

"겉으로 드러나지 않는 증상도 확인해 봐야지."

"다음에 같은 증상이 나타나면 그때는 꼭 해 볼게요."

이나도 뜻을 굽히지 않았다. 자신이 쓰러진 이유를 너무 잘 알고 있었기 때문이다.

"그러다 만약 당신 혼자 있을 때 이런 일이 또 생기면 어쩌려고?"

"조심할게요. 그리고 검사가 필요하면 다음 검진 때 같이 해 볼게요, 박사님."

"박사님, 치료보다는 예방이 우선 아닙니까?"

"퇴원할 때 이미 필요한 검사는 다 해 봤어요."

"지금 상태는 그때와 다를 수도 있어."

평상시에는 볼 수 없던 태강의 불안하고 초조한 모습이었다.

"이나 고집 꺾을 수 있으면 내일이라도 다시 연락하게. 그러면 내가 예약은 잡아 둘 테니까."

"박사님 지금 말씀은 그다지 위험한 상황은 아니라는 뜻이죠?"

이나의 질문에 노 박사가 느긋하게 미소를 보이자 태강도 그제야 조금 안심이 되는 표정이었다.

"앞으로는 무리하지도 않고 조금만 이상한 증상 나타나도 바로 얘기할게요."

"박사님이 증인이야."

"네."

그녀가 고개를 끄덕이자 태강은 마음에 들지 않는다는 표정을 애써 숨기며 이나의 손을 잡았다.

"그래. 어쨌든 이만하길 천만다행이야."

"죄송해요, 박사님. 별일도 아닌데 늦은 시간에 집까지 와 달라고 해서."

"별일이 아니긴. 오면서 나도 얼마나 걱정을 했는지 모른다. 내 눈으로 직접 괜찮은 걸 확인하니 이제야 안심이 되는구나."

"고맙습니다. 그런데 아버지나 다른 사람들한테는 오늘 일 얘기하지 말아 주세요. 괜한 걱정 하실 거예요."

"그래, 그러마."

노 박사가 들고 왔던 자신의 가방을 다시 챙겨 일어섰다.

"일어나지 말고 쉬어. 약을 먹을 정도는 아니지만, 심장 박동도 조금 빠른 편이고 두통도 있으니까 오늘부터 2, 3일은 몸에 무리될 일 절대 하지 말고."

"네."

자리에서 일어서려던 그녀는 말 잘 듣는 아이처럼 침대에 앉아 고개를 끄덕였다.

"박사님 가시는 거 보고 올게."

"네. 조심해서 가세요, 박사님."

"그래. 다음 진료 때 병원에서 보자."

두 사람이 나가고 방에는 다시 그녀만 남겨졌다. 익숙한 정적이었는데, 불쑥 사고 후 처음 병실에서 눈을 떴을 때가 생각났다.

드디어 깨어났다는 안도가 밀려드는 동시에 현실인지 여전히 꿈은 아닌지 혼란스러웠던 그 순간. 그런 그녀의 눈에 처음 들어왔던 사람이 태강이었다. 빼어난 외모에 빈틈없이 차갑고 거만해 보였던 사람. 사실 그전까지 태강은 그녀에게 실제로 그런 사람이었다.

그런데 아픈 그녀를 대하는 그의 행동에 기대하지 않았던 변화가 조금씩 찾아오기 시작했다.

간병인 대신 보호자를 원한다는 그녀의 요구에 다음 날부터 퇴근 후 병원으로 와 주었고 그녀를 걱정해 좁은 보호자 침대에서 불편한 잠도 마다하지 않았다. 무엇보다 사람들 앞에서는 언제나 그녀 편이 되어 주었다.

그녀에 대한 감정 변화가 진짜가 아니라면 굳이 그의 행동이나 말이 달라질 이유는 없었다. 그들은 지난 1년 살가운 말 한마디, 따뜻한 시선 한 번 주고받지 않으며 살아왔던 부부였으니까.

만약 사고 후 달라졌던 그의 행동이 진심이 아니었다 해도 이제는 되돌리고 싶지 않았다. 예전의 관계로는 다시 돌아가고 싶지 않았다. 고개를 젓는 그녀의 뺨을 타고 눈물 한 방울이 주르륵 흘러내렸다.

배가 아픈 것도 아닌데 이나는 아이처럼 몸을 웅크리고 누웠다. 잃어버린 동그라미 속 기억을 찾고 싶었다. 그 기억을 찾았는데 기쁘다기보다는 모든 것이 예전으로 돌아갈까 불안했다.

신이 그녀가 어디까지 감당할 수 있나 실험하려는 것은 아닌지 두려웠다. 진짜 내 것이 아닌, 내가 원하는 게 내 것이길 원하는 욕심쟁이가 된 기분이었다.

몸을 웅크린 채 깜빡 잠이 들었던 그녀는 어느 순간 다시 두 눈을 번쩍 떴다. 여전히 불이 켜져 있어 방 안은 환했는데 태강의 모습은 보이지 않았다.

왜 아직도 돌아오지 않고 있는지 그를 찾아보기 위해 몸을 움직이려는데 뒤쪽에 있는 단단한 무언가에 팔이 닿았다. 고개를 돌리자 태강이 그녀 바로 뒤에서 잠들어 있었다. 규칙적으로 내쉬는 편안한 숨소리가 들려왔다.

'하아……'

자신의 곁에서 잠들어 있는 그를 보자 공연히 눈물이 날 것 같았다. 이나는 조심조심 몸의 방향을 틀어 태강과 마주 누웠다. 눈을 감고 있어도 빼어난 얼굴 생김새며 세련된 분위기가 눈을 뜨고 있을 때와 별반 다르지 않았다.

처음 지숙이 내민 사진 속 그를 보고 소리 없이 감탄했던 기억이 떠올랐다. 그녀는 지금까지 끝없이 반복하던 생각들을 잠시 내려놓고 편안히 잠들어 있는 그의 얼굴을 가만히 응시했다.

1년여 전 처음 만났던 날에는 무례할 만큼 차가운 표정과 말투에 그의 얼굴을 똑바로 바라볼 수도 없었다. 그의 아내가 된 후로도 그의 얼굴을 이렇게 오랫동안 들여다본 적은 없었다. 병원에서 받아 온 날짜에 관계를 가진 후에도 서로의 온기를 느끼며 잠드는 일은 없었으니까.

반드시 그래야 한다고 규칙을 정한 것도 아닌데 그녀는 늘 천장을 바라보는 반듯한 자세로 누워 잠을 청했다. 그 자세가 불편해 태강이 있는 방향으로 몸을 돌리고 싶어도 머릿속으로만 수십 번 망설이다 결국은 그러지 못했다.

한 자세로 잠을 자는 동안 그녀는 가위에 눌리고 어딘가에 갇히거나 쫓기는 꿈을 자주 꾸었다. 그리고 아침에 눈을 뜨면 그의 자리는 비어 있었다.

표현은 못 했지만, 사실 그와 가까워지고 싶지 않았던 건 아니었다. 태강은 다정한 사람은 아니어도 그녀의 모든 행동에 너그러운 사람이었다. 그녀가 사람들에게 어떤 거짓말을 하든, 사람들 앞에서 어떤 행동을 하든 말없이 그녀를 지켜 주었다.

그럼에도 그들의 거리가 좁혀지지 않았던 이유는 그녀가 다가갔다

무안을 당하면 그 거리가 더 멀어질까 시도조차 하지 않은 탓이었다. 그때 조금 더 용기를 내 그에게 다가갔더라면 어땠을지.

이나는 손을 들어 손가락 끝으로 태강의 뺨을 살며시 만져 보았다. 스물일곱 살의 윤이나는 절대 아니라고 부정하겠지만, 지숙의 거짓말에 동조해 사람들 앞에서 금실 좋은 부부인 척 연기했던 건, 어쩌면 사람들이 아닌 그의 관심을 바랐던 행동이었는지도 모른다.

그의 몸과 마음, 그리고 그에 관한 모든 소문까지도 그녀와 분리되지 않길 바라서. 소문이 어느 순간 진짜가 되고, 그녀도 그의 진짜 아내가 되고 싶어서…….

이제야 모두 진짜가 되었는데, 그 진짜가 정말 자신의 것이 맞는지 알 수 없는 기분이었다. 진실이 무엇이든 이대로 덮어 두고 싶다는 생각이 그녀를 집어삼키려 할 때 태강이 천천히 눈꺼풀을 들어 올렸다.

잠이 담뿍 담긴 눈이 더없이 그윽하고 깊었다. 예전의 서늘함 대신 따뜻한 온기가 가득한 눈이 자신을 바라보고 있다는 사실만으로도 이나는 다시 울컥 목이 메어 왔다.

"깼어?"

"네."

"어디 불편한 데는 없어?"

"이제 괜찮아요."

"목마르면 물 가져다줄까?"

"아니요."

"다 괜찮다고 하지 말고 뭐든 필요하면 말해."

완전히 잠이 깨지 않아 낮게 잠긴 그의 목소리에 이나는 대답 대신 작게 고개를 저었다. 기억이 돌아온 사실을 그에게 말해야 한다는 걸 알았으나 생각이 거듭될수록 용기는 줄어들었다.

민정에 대해서 자신이 알고 있는 것들이 오해가 아니라 사실일까 봐. 지금까지 그가 보여 준 변화가 사실이 아니라 연극일까 봐. 지금 그의 미소를 더는 볼 수 없게 될까 봐.

"아픈 사람은 엄살도 부리고 하는 거야."

"저 이제 정말 괜찮아요. 박사님도 조심만 하면 괜찮다고 하셨잖아요."

"그래, 조심해야 하니까 앞으로 3일은 환자 취급할 거야."

그가 집게손가락으로 그녀의 콧등을 가볍게 톡 건드렸다.

"그러니까 앞으로 3일은 엄살도 부리고 나도 막 부려 먹어."

"뭐든 말하면 다 들어주는 거예요?"

"당연하지."

그가 나른하게 미소 지었다.

"정말인지 지금 확인해 봐."

"음……."

"아무거나 상관없어."

"그러면 팔베개해 줘요."

"팔베개?"

그가 의외라는 듯 되물었다.

"네."

"알았어. 이리 와."

그가 자신의 팔을 길게 뻗으며 그녀가 편하게 누울 수 있도록 자세를 잡았다. 이나는 천천히 몸을 움직여 그의 단단한 팔 위에 머리를 얹었다. 왜 갑자기 그에게 팔베개를 해 달라고 했는지는 그녀도 알 수 없었다.

한 가지 분명한 건 그의 마음을 확인하고 싶어 그녀가 조급해지고 있다는 사실이었다.

남자의 단단한 팔을 베고 눕는 건, TV에서 봤던 모습처럼 편안하지 않았다. 베개보다 폭은 좁은 데다 쿠션감도 없었고, 행여나 그가 힘들지는 않을까 저절로 목에 힘이 들어갔다.

그가 상체를 더욱 밀착시켜 안은 뒤 등을 천천히 토닥이기 시작하자 그제야 그녀는 몸에서 천천히 힘을 빼며 온전히 그에게 몸을 맡겼다.

"불편하지 않아?"

"네."

"그럼 조금 더 자."

"낮잠을 잤더니 이제는 안 졸려요. 태강 씨는 더 자요."

그녀의 대답에 그가 손을 들어 그녀의 머리를 조심스럽게 쓰다듬었다.

"여긴 정말 괜찮아?"

"네. 이젠 괜찮아요."

"아주머니가 요즘 식사량도 줄었다고 걱정하시던데."

"그건, 군것질을 해서 그랬을 거예요."

"당신이 군것질을?"

"네. 요즘 초콜릿을 자주 먹었거든요."

"당신이 초콜릿을 좋아하는지 몰랐네."

"얘기한 적 없으니까 모르는 게 당연하죠."

"그럼 다음부터는 출장 갔다 올 때마다 그 나라에서 제일 맛있다는 초콜릿으로 잊지 않고 사 올게."

이나가 새끼손가락을 들어 보이자 태강이 피식 웃더니 그녀의 손가락에 자신의 새끼손가락을 걸었다. 그녀의 시끄러운 머릿속만 빼면 흠 잡을 곳 없이 완벽하게 아름다운 시간이었다.

"약속했어요."

"응."

그녀는 그의 가슴에 이마를 기댔다. 그러자 그의 향기가, 심장의 울림의 그녀의 가슴을 가득 채웠다. 그녀가 품 안으로 파고들수록 그녀를 안은 그의 팔에는 더욱 힘이 실렸다. 아무 걱정 하지 말고 나를 믿으라고, 나한테는 당신뿐이라고 말해 주듯.

그가 따듯하게 대해 줄수록 그녀의 내적 갈등은 더욱 심해지고 있었다. 그를 믿고 싶은 만큼, 이 불안에서 벗어나고 싶은 만큼, 불안이 불안으로 끝나지 않을까 무서웠다. 모든 걸 모르는 척 덮고 산다 해도 지

311

금의 변화를 깨고 싶지 않았다.

"어디 불편해?"

"아니요."

"그런데 왜 이렇게 심장이 빨리 뛰지?"

"제 심장이요?"

"응."

이나는 고개를 들고 태강의 눈을 바라보았다. 걱정이 가득 담긴 깊고 따뜻한 눈빛. 조금의 거짓도 없는 것 같은 반듯한 눈빛. 그 눈빛을 믿고 싶었다.

모든 불행은 그녀의 마음에서, 의심에서 시작되었다는 사실을 확인하고 싶었다. 지금껏 한 번도 당사자인 그에게 직접 물었던 적은 없었으니까.

질문은 길지 않았다. '이민정 씨가 무슨 일로 전화했던 거예요?'라고 물으면 됐다. 관계를 추궁하지 않아도 용건을 얘기하다 보면 관계는 나오기 마련이었다. 마음을 굳게 먹었으나 입을 열기도 전부터 입 안이 바싹바싹 말랐다.

"태강 씨."

"응?"

"제가 기억을 찾으면 우린 어떻게 달라질까요?"

힘들게 입을 열었으나 마음먹었던 질문이 아니었다.

"달라질 게 있을까? 지금도 당신을 안고 밤새 사랑해 주고 싶은 걸 꾹 참고 있으려니 너무 힘든데."

불쑥 그의 손이 토닥임을 멈추고 그녀를 힘껏 끌어안았다. 허벅지 쪽에 닿은 단단한 그의 몸이 분명하게 느껴졌다. 이나는 다시 그의 귓가로 입술을 가져다 대고 속삭였다.

"그럼 사랑해 줘요."

"오늘은 안 돼."

"왜요?"

"박사님이 오늘은 당신 절대 안정이라고 했잖아."

"조심하면 되죠."

"그렇지 않아도 박사님 가실 때 따라 나가서 물어봤는데, 오늘은 그렇게도 안 된대. 절대."

"이제 정말 멀쩡해요."

"그래도 안 돼."

"제가 너무 원해요."

"당신 이러면 나 다른 방에서 자야 해."

단호한 목소리와는 달리 그의 표정에는 아쉬움이 가득했다. 이나는 재빨리 그의 입술에 자신의 입술을 가져다 댔다. 가슴 안에서 끓고 있는 그에 대한 마음이 입맞춤이라도 하지 않으면 쉽사리 사그라지지 않을 것 같았다.

그도 그녀와 같은 마음이었을까. 입맞춤은 이나가 시작했으나 곧 그의 입술은 그녀의 귓불과 목덜미로 옮겨졌다. 점점 거칠고 뜨거워지는 호흡에 그녀가 손을 들어 그의 가슴을 더듬기 시작했을 때였다.

그가 마지막 자제력을 끌어모은 듯 그녀의 손목을 움켜잡았다. 뒤이어 짐승의 신음처럼 거칠고 낮은 숨을 쏟아 내며 그녀의 몸을 꽉 끌어안았다. 그녀가 더는 꼼짝도 할 수 없도록.

"오늘은 정말 안 돼."

"하아……."

"3일은 금방 갈 거야."

"3일이나요?"

"3일도 못 참았다 당신 다시 아프기라도 하면 나 자신한테 실망할 거야."

"그럼 키스라도 해 줘요."

그녀의 요구에 그의 입술이 가볍게 닿았다 떨어졌다. 이제 깊은 키스도 위험하다고 판단한 모양이었다.

"이제 자."

"알았어요."

쉽게 잠들지 못하다 어느 순간 잠에 빠져들었다. 그녀는 꿈결에 자신의 이마를 짚어 주고 이불을 덮어 주는 누군가의 따듯한 손길을 느꼈다.

✢ ✦ ✢

다음 날 오전 이나는 아주머니의 극진한 보살핌을 받으면 방 안에만 갇혀 있어야 했다. 출근길 배웅도 마다한 태강이 아주머니에게 그녀가 절대 안정을 취해야 하는 이유를, 중환자실 환자에 버금가게 설명해 놓은 탓이었다.

그렇다고 고용주의 요구 사항을 받아들일 수밖에 없는 고용인을 원망할 수는 없는 노릇이었다. 덕분에 이나는 고분고분 침대에 앉아 아주머니가 찾아다 주는 책을 보고, 따듯한 차를 마시고, 음악을 듣고, 점심 식사까지 방 안에서 해결해야 했다.

누군가의 과잉 보살핌에 익숙지 않은 그녀였다. 더구나 마음이 편안한 상태는 더욱 아니었기에 갇혀 있는 몸과 달리 그녀의 생각은 오전 내내 방 밖을, 집 밖을 떠돌았다. 다행히 오후가 되었을 때 아주머니가 사야 할 물건들이 몇 가지 있다며 잠시 밖에 나갔다 와도 괜찮겠느냐고 물었다.

"전 걱정 말고 다녀오세요."

이나는 흔쾌히 대답했다.

"사장님께서 오늘 절대 혼자 계시게 하지 말라고 당부하셨던 게 마음에 걸려서요."

"저는 이제부터 좀 자려던 참이었어요."

"그럼 주무시는 동안 얼른 다녀올게요."

"아니에요. 천천히 다녀오세요."

"택시 타고 움직이면 얼마 안 걸릴 거예요."

"그러실 필요 없어요. 그리고 제가 부탁할 것도 좀 있는데."

"저한테요?"

이나는 아주머니에게 절대 한 시간에는 다녀올 수 없는, 초행길에는 찾기도 힘든 서울 외곽의 작은 식당 이름을 대며 그곳의 음식이 먹고 싶다고 말했다. 사실 그녀도 대학 시절 길을 헤매다 우연히 들렀던 식당이었으니 지금 다시 가라면 단번에 찾아가기는 힘들 터였다.

"힘드시겠지만 부탁 좀 드릴게요. 갑자기 그곳 음식이 너무 먹고 싶어서요."

"네, 사모님. 그럼 시간이 조금 더 걸릴 거예요."

"전 잘 거니까 걱정 마시고 편하게 다녀오세요. 음식은 저녁으로 먹을게요."

"네."

잠시 후 아주머니가 현관을 나서는 소리를 듣고 이나도 외출 준비를 시작했다. 준비를 마친 그녀는 곧장 차를 몰고 민정이 사는 아파트로 향했다. 오전 내 몸은 침대 위에 편하게 있었지만, 그녀의 마음은 가시방석 위에 앉아 있는 것과 다름없었다.

게다가 태강에게 안정을 취하겠다고만 했지, 절대 집 밖에 나가지 않겠다는 약속을 하지는 않았으니 심신 안정을 위한 외출은 딱히 약속을 어겼다고 볼 수도 없었다.

미술관을 오갈 때마다 의식했던 아파트였고, 수없이 확인했던 주소였으니 길을 헤매는 일 따위는 없었다. 하지만 민정이 사는 아파트에 도착해 차를 세운 그녀는 바로 내리지 않았다. 다소 충동적인 방문이었기에 목적지가 주차장인지, 민정의 집인지는 구체적으로 결정짓지 않은 탓이었다.

제일 위층부터 창문의 숫자를 세어 내려온 그녀는 민정의 집 창문을 바라보았다. 아직 해가 환해 집 안의 불이 켜져 있는지, 사람이 있는지는 확인이 불가능했다.

태강이 출근한 뒤, 어제 그의 핸드폰에 민정의 이름이 떠 있던 기억이 떠오를 때마다 가슴이 콱 막힌 듯 갑갑해졌다. 가슴 안에 작은 돌들이 차곡차곡 들어찬 것처럼 숨을 쉬는 일도 힘겹게 느껴졌다.

그간 많은 일들이 있었고, 오늘도 충동적으로 달려왔으나 결과적으로 크리스마스이브와 달라진 건 없었다. 아무리 부정하고 무시하려 해도 그녀는 여전히 둘 사이가 신경 쓰였다. 다만 이제는 전과 달리 타인의 시선보다 자신이 상실감을 견디지 못할까 봐 겁이 났다.

연극으로 일관했던 지난 1년의 결혼 생활이 진짜인지, 오히려 사고 후 더 행복했던 지난 두 달이 진짜인지 그녀도 알지 못했다. 분명한 건 이제 그녀는 그가 너무 좋다는 것이었다.

다정한 그의 미소, 따뜻하게 그녀를 응시하는 시선, 세심히 그녀를 신경 써 주는 마음. 그가 없는 삶은 상상이 되지 않았다. 그와 함께하는 내일이 없다면, 그녀에게 내일은 아무 의미 없었다.

시간이 흐르는 동안 애꿎은 핸들은 그녀 손에서 혹사당했고, 차 안에는 그녀가 내쉰 한숨만 차곡차곡 쌓여 갔다. 이제 차에서 내릴 것인지, 돌아갈 것인지 결정을 내려야 했다.

"하아."

의도하지 않아도 한숨이 다시 새어 나왔다. 그런데 그때였다. 거짓말처럼 민정이 사는 동의 현관으로 익숙한 모습의 여자가 걸어 나왔다. 희고 작은 얼굴에 길고 새카만 생머리, 그리고 갈색 점퍼. 민정이었다.

양손에 지갑과 핸드폰을 들고 가벼운 걸음으로 어딘가로 걸어가던 그녀가 불쑥 발을 멈췄다. 핸들을 잡은 이나의 축축한 손에 다시 힘이 들어갔다.

화단의 앙상한 나무에 잠시 시선을 주었다 하늘을 한번 올려다본 뒤 다시 걸음을 옮긴 민정은 아파트 입구에 위치한 편의점 안으로 사라졌다. 그 순간 이나는 자신의 꼴이 우습고 어이없어 실소를 흘리고 말았다.

태강을 믿으려는 마음과 믿지 않으려는 마음, 어느 쪽이 더 우위에 있는지도 이제 알 수 없었다. 누구 앞에서도 초라해지지 않으려고 그리도 애썼건만 아무도 보는 이 없는 지금 스스로가 너무 초라하게 느껴져 견딜 수가 없었다.

그만 돌아가야겠다고 생각하고 시동을 켜려 했을 때였다. 한 손에 편의점 봉지를 들고 나머지 손에는 통화 중인 핸드폰을 든 채 민정이 편의점에서 걸어 나왔다.

누구와 통화 중인지 활짝 웃고 있는 모습이 사랑에 빠진 여느 여자처럼 보였다. 편의점으로 갈 때처럼 화단의 나무를 보고, 하늘의 구름을 보고, 자신의 슬리퍼를 내려다보면서도 그녀는 웃고 있었다.

지금 태강도 민정처럼 웃고 있을까? 떠올리고 싶지 않았던 생각이 가장 먼저 떠올랐다. 그에게 무슨 얘기를 듣기에 저렇게 볼품없는 나뭇가지와 시린 하늘, 제 발끝을 내려다보면서도 민정은 미소가 지어질까? 그가 사랑이라도 속삭여 주는 걸까? 생각만으로도 속이 울렁거렸다. 이나는 입을 틀어막았다.

Rrrrr.

입을 막지 않은 손으로 가슴을 내리치느라 전화벨 소리를 듣지 못했다. 뒤늦게 전화가 왔음을 알아차리고 핸드폰을 꺼내 든 이나는 자신의 눈을 의심했다.

아파트 현관을 향해 걷고 있는 민정은 여전히 누군가와 통화를 하며 까르르 웃고 있었다. 소리는 들리지 않아도 그녀가 좀 전보다 더 활짝 웃고 있음은 충분히 알 수 있었다. 그런데 그녀의 핸드폰에 태강의 이름이 떠 있었다.

지금 민정이 통화를 하는 사람은 태강이 아니라는 말이었다. 그녀를 사랑에 빠진 여자처럼 행복에 겨워 웃게 만든 사람은 태강이 아니었다. 이나는 서둘러 통화 버튼을 눌렀다.

"여보세요?"

―나야.

정말 그였다. 그의 다정한 목소리가 수화기를 통해 들려왔다. 민정은 여전히 전화 통화를 하며 아파트 안으로 천천히 걸어 들어가고 있었다.

그녀의 모습이 완전히 사라지기 전 이나는 다시 핸드폰에 뜬 태강의 이름을 확인했다.

"네."

—쉬고 있었어?

"네."

—집 전화를 안 받던데.

"아주머니가 살 게 있다고 하셔서 다녀오시라고 했어요."

—별일은 없는 거지?

"……네."

불안과 의심을 참지 못하고 민정의 아파트까지 달려와 버렸다. 숨어서 민정을 지켜보며 좌절과 혼란을 겪었다. 지금도 심장이 고장 난 것처럼 뛰고 있었다. 분명 별일이 있었는데 원인, 결과 모두 그녀 안에서 일어난 일일 뿐이었다.

—몸은 좀 어때?

"괜찮아요."

—누워 있었던 거야? 목소리가 잠긴 것 같은데.

"네."

—자는데 내가 깨웠나 보네?

"아니에요."

—목소리 들었으니까 됐어. 좀 더 쉬어. 오늘 일찍 들어갈게.

"네."

무슨 얘기를 나눴는지 모를 만큼 정신이 없는 상태로 전화를 끊었다. 그러고 나서야 그녀는 자신이 태강을 어떤 사람으로 만들었는지를 깨달았다.

어떤 증거도 없이 그를 기억을 잃은 아내를 두고 뻔뻔스럽게 불륜을 이어 간 남자로 만들었다. 그간 보여 줬던 모든 행동과 노력이 연극은 아닐까 함부로 의심했다.

지금 자신의 모습을 누구에게라도 들킬까 봐 그녀는 서둘러 차를 출발시켰다. 짧은 순간 자신을 지배했던 극과 극의 감정에 멀미라도 한 기분이었다.

집으로 돌아온 그녀는 소파에 앉아 책을 보며 안정을 취하기 위해 애를 썼다. 아주머니가 그녀가 부탁한 음식까지 포장해 집으로 돌아왔을 때는 제법 여유로운 표정으로 아주머니를 맞을 수 있었다.

"일찍 퇴근하셨네요?"

태강은 약속대로 일찍 퇴근해 집으로 돌아왔다.

"응. 급하지 않은 일은 집에서 하려고."

"저 정말 괜찮은데."

"내가 괜찮지 않아. 집 안에만 있기 답답하지는 않았어?"

"괜찮았어요."

"뭐 했는데?"

"책 읽고, 음악 듣고, 낮잠 자고. 저만 너무 편하게 있었어요."

"당신은 지금 열심히 건강해지고 있는 중이잖아."

그가 그녀를 품에 안고 가볍게 입을 맞췄다.

"나 씻고 같이 저녁 식사해."

"네. 얼른 씻고 오세요."

대답과 달리 그녀는 2층까지 그를 따라 올라갔다. 태강은 그녀가 하루 종일 집에만 있어 심심해 자신을 따라다닌다고 생각하는지 별 의심 없이 금방 씻고 나오겠다고 말한 뒤 욕실 안으로 들어갔다.

욕실 안에서 들려오는 물소리를 확인한 그녀의 시선이 곧장 테이블 위에 놓인 그의 핸드폰으로 향했다. 민정과 그가 얼마나 자주 연락했는지, 어떤 사이인지 확인하는 가장 확실한 방법은 그의 핸드폰을 확인하는 것이었다. 그 정도만 확인해도 모든 의심을 내려놓을 수 있을 듯했다.

마음 한구석에서는 그러지 말라고 그녀를 타이르고 있었으나 다른 한편에서는 어서 확인해 보라고 아우성을 치고 있었다. 네 의심을 뒷받침할 증거는 어디에도 없지만, 아무것도 찾지 못해도 넌 의심을 멈추지 못할 거라고…….

"아직 여기 있었어?"

목욕 가운을 입고 젖은 머리를 털며 그가 욕실에서 나왔다. 이나는 재빨리 근처에 세워진 그림을 응시하고 섰다. 얼마 전부터 그의 방에 놓여 있던 이영이라는 화가의 사인이 들어간 그림이었다.

"이 그림은 뭐예요?"

"아, 그거."

"혹시 지난번에 얘기했던 어머님이 후원하셨다는 화가가 이영 화가예요?"

태연히 물었으나 이 그림은 그녀가 알고 있는 이영 화가의 그림은 아니었다. 정확히는 미술관에서 보관했던 그림 중에 이런 작품은 없었다. 미술관에 맡기지 않았던 이영 화가의 초기작 중 하나일 수도 있었으나 그녀가 알고 있는 화가의 화풍과도 어딘지 달랐다.

"응."

"그럼 미술관에서 그때 찾아간 그림 중 하나예요?"

이나는 알면서도 모르는 척 물었다.

"아닌 것 같아. 이영 화가 딸이 가지고 있던 그림이긴 한데 이영 화가의 그림은 아닌 것 같아."

"직접 물어보지 않았어요?"

"어쩌다 보니까 묻지 못했네."

"그런데 이 그림이 왜 여기에 있어요?"

"내가 샀어. 민정이가 돈이 좀 필요한 것 같아서."

"민정이요?"

"화가 딸 이름이 민정이야."

민정? 화가 딸의 이름이 하필 민정이라고?

"무슨 민정이에요?"

"이민정."

이민정이라고, 그가 태연히 민정의 이름을 말했다. 그의 입을 통해 민정의 이름을 듣게 되자 그녀는 갑자기 목이 타는 듯했다. 갈비뼈 아래가 뭉근하게 후끈거렸다.

"이름이 왠지 귀에 익은 것 같은데."

"전에 우리 회사 비서실에서도 근무한 적 있었으니까 당신도 이름 정도는 들어 봤을지 모르겠네."

"그래요?"

이나는 머릿속이 멍해지는 기분이었다. 지금 그의 이야기를 모두 종합해 보면 그녀가 알고 있는 민정이 바로 이영 화가의 딸이라는 소리였다.

다시 말해 그는 민정이 이영 화가 배 속에 있을 때부터 그녀의 존재를 알았고, 그녀의 어머니가 돌아가신 뒤로는 그림 때문에라도 연락했어야 했다.

어쩌면 기저귀를 차고 다니던 모습부터 보았을지 모를 민정이 어느 날 갑자기 특별한 사람이 됐을 리는 없었다. 머릿속의 생각들이 우왕좌왕 갈피를 잡지 못하고 있었다.

"그런데 왜 그만둔 거예요?"

"건강상 이유라고 알고 있어."

이나는 그의 대답을 들으며 시선을 내렸다. 민정의 진짜 사직 이유, 그리고 사직서에 쓰여 있는 사직 이유는 모두 누구보다 그녀가 잘 알고 있었기 때문이다.

"민정이 일은 김 실장님 통해서 해결할 거니까 당신이 신경 쓸 필요 없어."

"그럼 이 그림은 어떻게 할 거예요?"

"글쎄."

여전히 머릿속은 엉망이었다. 그녀는 침착하게 생각하기 위해 아랫입술을 힘주어 물었다 놓았다.

"이영 화가 그림이 아닌 것 같다면서 왜 이영 화가 사인이 들어갔는지는 물어봤어요?"

"아니."

"그럼 나머지 그림들을 어떻게 했는지는요?"

"그것도 자세히는 몰라. 이 그림 가져온 날은 어쩌다 보니 내가 직접 만나게 됐지만, 그전에는 계속 김 실장님 통해서 근황만 전해 들었어. 그러는 게 서로 편하기도 하고."

그는 조금의 머뭇거림도 없이 그녀에게 말했다. 한동안 민정과 직접 통화했던 적조차 없다고.

"그래도 어머님은 태강 씨가 신경 써 주길 바라셨을지 모르는 데……."

"사실은 민정이가 얼마 전부터 뇌전증 약을 먹기 시작했거든."

잠시 망설이는 듯하던 태강이 나직하게 입을 열었다.

"우연히 나랑 통화를 하던 중에 발작이 시작돼서 내가 병원으로 데려갔었고, 지금은 약물 치료 중이야."

그가 조용히 그녀를 자신의 품으로 당겨 안았다. 한동안 말없이 안고만 있다 천천히 등을 쓸어내리는 그의 손길이 희미하게 떨렸다.

"그날 그곳에 김 실장님을 보내고 난 당신한테 갔어야 했는데……."

"……."

"당신 사고 이후로 그 아이에게 직접 신경 쓰지 않으려고 관련 일은 모두 김 실장님한테 맡겨 왔어."

그녀의 사고 이후? 설마 그녀의 사고가 있었던 날, 민정도 첫 발작이 있었던 걸까? 태강이 민정과 통화 중 이상 징후를 느꼈다면 곧장 그녀에게 달려가는 건 당연했다. 누구라도 그랬을 테니까. 그런데 그는 두 사람에게 닥쳤던 불행에 죄책감을 느끼고 있었다. 그와 하등 상관없이 일어난 사고일 뿐인데.

그녀는 이런 그를 두고 듣고 싶은 말만 듣고 최악의 상황만 생각했다. 눈을 가리고 귀를 막고 오로지 자신의 불행에만 집중했다. 그녀의 오해만 아니었다면 그날 사고는 일어나지 않았을지도 모르는데.

"지난번에도 말했지만, 당신 신경 쓰이는 일은 없게 할 거야."

"민정 씨한테 다른 가족은 없는 거예요?"

"응. 어머니와 단둘이 살았는데 지금은 혼자야."

태강에게 직접 그와 민정 사이를 그녀가 오해했었다는 사실을 확인했다. 조금의 의혹도 남지 않는 설명이었다. 그런데 답답하던 명치 사이가 시원해지기보다는 조금 아릿했다.

민정의 상황이 안타깝고 그간 자신의 행동에 부끄러움을 느꼈지만, 혼자인 민정에게 또다시 무슨 일이 생기면 태강이 모른 척하기는 힘들다는 사실 때문이었다.

"그럼 제가 민정 씨를 만나 보면 안 될까요?"

"당신이?"

"미술관에서 찾아간 그림들 어떻게 했는지 궁금해서요. 아직 가지고 있다면 다시 미술관으로 가져다 둘 생각은 없는지도 물어보고 싶고요."

"그럴 필요 없어. 필요하면 민정이가 찾아가겠지."

"태강 씨는 제가 민정 씨 만나는 게 싫어요?"

"난 단지 당신이 그런 일까지 신경 쓰게 하고 싶지 않아서."

이나는 고개를 들고 태강의 얼굴을 바라보았다.

"태강 씨만 괜찮다면 제가 만나 보고 싶어요. 그래도 어머님이 후원하셨던 화가의 딸이잖아요."

"그래, 알았어. 그 대신 당신 건강이 완전히 좋아진 다음에."

"알았어요."

"그때까지는 답답하더라도 미술관 일 신경 쓰지 않고 집에서 쉬겠다고 약속해."

"그럴게요."

그가 다시 그녀의 몸을 자신 쪽으로 바짝 끌어당기고 다정하게 등을 토닥이기 시작했다. 느리지도 빠르지도 않은 속도로 등에 닿았다 떨어지는 그의 손길에 가슴속에 남아 있던 불안의 작은 불씨까지도 점차 사그라지는 느낌이었다.

✦　　　✦　　　✦

　이나는 잠시 핸드폰을 응시했다. 더는 민정을 의심하거나 미워할 이유가 없었는데도 왠지 마음이 무거웠다. 두 사람 관계에 대한 의심은 풀었지만, 그녀를 생각할 때마다 느꼈던 불편했던 감정을 아직 기억하고 있었다.

　"여보세요?"

　─누구세요?

　전화기에서 민정의 목소리가 흘러나오자 이나의 손에 저절로 힘이 실렸다.

　"미술관 〈비움과 채움〉 관장 윤이나예요."

　─아, 사모님.

　"그날 다친 곳은 괜찮은지 궁금해서 연락해 봤어요."

　─이제 괜찮아요. 그런데 제 연락처는 어떻게⋯⋯.

　"강태강 사장님한테 물어봤어요."

　─네?

　"태강 씨한테 민정 씨 어머니 얘기도 들었어요. 우리 이렇게 인연이 깊은 사이였네요."

　태강을 제외하고 민정과 그녀 사이의 또 다른 연결 고리는 민정의 어머니, 이영 화가였다.

　─네.

　"오늘 시간 괜찮으면 같이 식사할래요?"

　─네? 저랑 왜요?

　"민정 씨 다친 곳 정말 괜찮은지 확인해야 안심될 것 같아서요. 그리고 어머니 그림에 대해서도 듣고 싶고요. 시간 내 줄 수 있어요?"

　─네.

　한동안 머뭇거리던 민정이 작게 대답했다.

　"그럼 내가 데리러 갈게요."

―아니에요. 제가 찾아갈게요.

"나 어차피 오전에는 미술관에 있을 거라서 민정 씨만 괜찮다면 같이 움직이는 게 편할 것 같아서 그래요."

―그럼 시간 맞춰 준비하고 있을게요.

"그래요. 이따 봐요."

이나는 전화를 끊었다.

그녀가 민정과 태강 사이의 오해를 풀고, 지난 3일 아주머니는 근무 시간에 외출하는 일이 없었다. 그 말은 태강과의 약속이 있으니 그녀 또한 외출이 제한됐다는 말이었다.

일이 바쁜 와중에도 그는 종일 집에만 있는 그녀에게 틈날 때마다 전화를 걸어 주었다. 퇴근도 될 수 있으면 빨리하려고 노력했다. 감금 생활치고는 크게 불편하지 않은 날들이었다.

오늘 외출에 대해서도 어제 그에게 미리 얘기해 두었다. 그와 민정에 대한 오해를 풀었던 날 그녀는 확실히 깨달을 수 있었다. 그의 마음을 잃은 자신은 빈껍데기와 다를 바 없게 될 것이라는 사실을.

먼 길을 돌아 얻은 것들을 당연하게 여기고 싶지 않았다. 그가 그녀를 위해 노력한 만큼 그녀도 노력할 생각이었다.

✢　　　✢　　　✢

민정이 사는 아파트 앞에 도착해 천천히 차의 속도를 줄이자 트렌치 코트에 검은색 정장 바지를 입은 민정이 보였다. 평소 대학생처럼 수수하게 하고 다니던 그녀였는데 오늘은 신경 써 화장까지 한 모습이었다.

빵빵!

차를 세우고 작게 클랙슨을 누르자 민정이 그녀를 향해 걸어왔다.

"어서 타요."

"안녕하세요."

민정은 조수석으로 올라타며 인사를 건넸다.

"그날 다친 곳은 괜찮아요?"

"네."

이나는 다시 차를 출발시키며 민정의 손을 슬쩍 바라보았다. 민정의 손에는 약국에서 파는 습윤 밴드가 몇 군데 붙어 있을 뿐 병원 치료의 흔적은 보이지 않았다.

침묵이 흐르는 차 안에서 민정은 제 호주머니 위를 한 번씩 손으로 더듬었다. 하지만 별다른 말을 꺼내지는 않았다. 이나도 사교적인 성격은 아니었으나 먼저 만나자고 제안을 한 만큼 이 불편이 지속되길 원치 않았다.

"민정 씨."

"네?"

"매번 병원에 가기 번거로우면 집에서라도 약 챙겨 발라요."

"큰 상처도 아닌데요."

"자기 몸은 자기가 아껴야죠."

"……네."

"다른 곳은 괜찮은 거예요?"

"네."

"나중에라도 아픈 곳 생기면 어려워 말고 꼭 얘기해요. 내 연락처 알죠?"

"네."

얼마간 달리자 이나의 눈에 그간 미술관을 오가며 봐 두었던 레스토랑이 들어왔다. 그녀는 주차장으로 천천히 차를 몰았다.

"다 왔어요."

"네."

벌써 겨울이 끝나고 봄이 온 건가 싶게 햇살이 좋은 날이었다. 민정은 아파트 앞 편의점에 갈 때처럼 하늘을 보거나 입구를 장식한 조각상들을 살펴보지 않았다. 이나도 묵묵히 걸음을 옮겼다.

"어서 오십시오."

레스토랑 안으로 들어서자 계산대 근처에서 홀을 둘러보던 직원이 그들에게 인사를 건넸다.

"몇 분이세요?"

"두 사람이요."

"안내해 드리겠습니다."

이나는 민정과 함께 직원을 따라 걸음을 옮겼다. 직원은 조용한 창가 테이블로 자리를 안내했다.

"앉아요, 민정 씨."

"네."

"메뉴 골라 보세요."

이나는 민정에게 먼저 메뉴판을 건넸다. 민정은 그녀가 건넨 메뉴판을 한동안 살폈지만, 선뜻 메뉴를 고르지 못했다. 이나가 자신과 같은 음식으로 주문해도 되겠느냐고 묻자 민정이 다시 그녀에게 메뉴판을 건넸다. 이나는 직원을 불러 레스토랑의 대표 메뉴를 주문했다.

"바로 준비해 드리겠습니다."

직원이 돌아가고 다시 단둘만 남게 되자 민정은 마치 선생님과 함께 식사하게 된 학생처럼 표정이 어색하게 굳었다.

"미술관에서 가져간 어머니 그림들은 어떻게 됐어요?"

"전부 팔렸어요."

"축하할 일인가요?"

"……."

축하받을 기분처럼 보이지 않았다. 사정이 여의치 않아 처분하듯 그림들을 팔았다면 제값을 받기 힘들었을 테고 어머니 그림을 그렇게 빨리 떠나보낸 상실감도 클 것이다.

"태강 씨가 가져온 그림 봤어요."

"네."

"어머니 유작이면 가지고 있고 싶었을 텐데, 그 그림마저 태강 씨가 가져와서 서운하지 않아요?"

"그건 어쩌다 보니 사장님이 가져가시게 된 거라……."

"어쩌다 보니? 그게 무슨 말이에요?"

"사실은 민수진 사모님께서 그림을 팔아 주시겠다고 해서 가져갔던 건데, 사장님께서 가져가시는 바람에."

"그림을 팔아 준 사람이 태강 씨 작은어머니라고요?"

태강의 부모님과 관계가 좋지 않았던 수진이 태강의 어머니가 후원했던 화가의 딸을 진심으로 도와주려 했을 리 없었다. 무엇보다 그녀가 알고 있는 수진은 남의 감정이나 형편을 헤아리는 일도, 남모르게 누군가를 돕는 일도 어울리지 않는 사람이었다.

게다가 처음부터 민정과 만나기로 약속을 잡고 미술관으로 나갔으면서 이나에게는 우연히 태강과 민정 두 사람의 모습을 목격했다는 식으로 말했다. 그녀가 두 사람을 오해하길 바랐던 의도적 행동이라고밖에 해석할 수 없었다.

"민정 씨, 혹시 민수진 사모님이랑 잘 아는 사이예요?"

"아니요. 그런 건 아니에요."

"그럼 민수진 사모님이 왜 미술관에 위탁 판매를 맡긴 그림을 대신 팔아 주겠다고 한 거예요? 민정 씨와 특별한 친분이 있는 것도 아닌데."

"그건 저도 잘……."

민정도 정말 이유를 알지 못하는 표정이었다. 오히려 그녀도 그 일이 석연치 않은 표정이었다. 그리고 짐작건대 후회하는 표정이었다.

"그런데 이제는 만날 일 없을 거예요."

"왜요?"

"더는 팔 그림이 없거든요."

"어머니 그림을 그렇게 한 번에 다 보내서 마음이 허전하겠어요. 혹시 태강 씨가 가지고 있는 어머니 그림이라도 돌려받고 싶으면 얘기해요. 내가 태강 씨한테 잘 얘기해 볼게요."

그녀의 말에 민정의 눈이 동그랗게 커지더니 이내 천천히 깜빡거리며 시선을 피했다. 민정이 흔들리고 있다면 지금이 이영 화가의 그림이 진품인지 아닌지 태강의 말을 확인해 볼 때였다.

"솔직히 난 미술관에 다시 걸고 싶은 마음도 있지만요."

"그건 안 돼요."

"왜죠?"

"그 그림은……."

민정이 말을 잇지 못하고 연이어 침을 꿀꺽 삼켰다. 무슨 말을 하려는지 짐작이 됐기에 이나는 조용히 그녀가 입을 열기를 기다렸다.

"……사실은 엄마 그림이 아니에요."

"이영 화가 사인이 있던데, 그럼 누가 그린 그림인 거죠?"

"제가……. 민수진 사모님이 제 그림이라도 엄마의 사인이 들어가야 돈이 될 거라고 하셔서……. 그때 제가 제정신이 아니었어요. 정말 죄송합니다."

"나한테 죄송할 필요는 없어요."

선생님에게 잘못을 들킨 학생처럼 민정의 눈에 그렁그렁 눈물이 차올랐다. 이나는 대충 상황이 짐작됐다. 수진은 의도적으로 민정에게 접근해 어머니 그림을 빼앗고 약점을 만들려 한 것이다.

아니, 태강이 중간에 개입하지 않았다면 결국 민정은 협박당하며 수진이 원하는 대로 움직일 수밖에 없게 되었으리라. 그렇게라도 수진이 민정을 이용할 일이라면 이나의 머릿속에 태강밖에 떠오르지 않았다.

"그리고 솔직하게 얘기해 줘서 고마워요."

"제가 죄송해요."

때마침 직원이 식사를 가져왔기에 두 사람의 대화는 잠시 중단됐다. 하지만 직원이 테이블 가득 음식을 내려놓고 돌아간 뒤에도 민정은 입을 떼지 못했다.

"민정 씨가 후회하고 있다는 건 그 그림이 세상에 공개되길 원치 않는다는 뜻으로 해석해도 될까요?"

"……네."

"그럼 미술관에서 폐기하는 건 어떻겠어요?"

민정이 대답 대신 천천히 고개를 끄덕였다.

"알았어요. 그럼 내가 알아서 폐기할게요. 어서 식사해요."

그제야 민정이 포크와 나이프를 들어 스테이크를 잘랐다. 배가 고팠는지 한동안 묵묵히 식사하던 그녀가 뒤늦게 이나가 식사를 하지 않고 있다는 사실을 깨달은 듯 포크를 내려놓았다.

"사모님은 안 드세요?"

"난 아침을 늦게 먹었어요. 신경 쓰지 말고 어서 들어요."

"네."

"먹으면서 들어요, 민정 씨. 혹시 SJ라는 회사 알아요?"

입 안에 든 음식을 씹고 있던 참이기에 민정이 대답 대신 고개를 끄덕였다.

"골든전자에 비하면 작은 회사지만 민정 씨가 일하고 싶은 마음이 있다면 내가 SJ에 추천서 정도는 써 줄 수 있을 것 같거든요."

"네?"

"꼭 돈 때문이 아니라도 민정 씨 지금 한참 일하면서 사람들과 어울릴 나이니까 직장 필요할 것 같아서요."

"……."

"부담 주려는 건 아니고 천천히 생각해 보고 마음 있으면 얘기해요."

"저한테 왜 그렇게까지……."

"내가 민정 씨한테 이런 제안까지 하는 이유는 한 가지예요. 앞으로 힘든 일 있으면 태강 씨 말고 나한테 연락해 줘요."

이번에도 민정은 아무 말 없이 커다란 눈만 끔뻑거렸다.

"태강 씨, 젊고 매력적인 남자고 민정 씨는 젊고 예쁜 여자잖아요. 누구든 나쁜 마음 없이도 두 사람 함께 있는 모습 보면 오해할 수 있고 오해될 말 퍼뜨릴 수 있으니, 앞으로는 단둘만 만나는 일 없었으면 해서예요."

"제가 사장님과 같이 있다고 누가 저희를 오해하겠어요? 절대 그럴 일은 없어요."

민정이 처음으로 강하게 고개를 저었다.

"무슨 일이든 미리 조심해서 나쁠 건 없지 않겠어요?"

"하지만 너무 말도 안 되는 얘기라……."

"태강 씨 주변에는 일부러 나쁜 소문 만들려는 사람들도 있거든요. 그리고 그런 소문에 휘말리면 민정 씨도 피해를 보게 될지 모르고요."

"제 생각이 짧았어요. 다시는 사장님께 연락드리지 않을게요."

"혹시라도 도움 필요한 일이 생기면 나한테 연락해요."

"……."

"그러겠다고 해 줘야 나도 마음 편할 것 같은데."

"네. 그럴게요."

작은 소리로 대답한 뒤 잠시 망설이는 듯하던 민정이 주머니 안에서 봉투 하나를 꺼내 테이블 위에 올려놓았다.

"그리고 이 돈은 돌려드리고 싶은데……."

"이건 내가 준 게 아닌 것 같은데요."

"사장님한테 받은 거예요. 그런데 앞으로 사장님한테 연락하지 않으려면 사모님께 대신 드려야 할 것 같아서요."

태강이 그림값으로 건넸다는 돈인 모양이었다. 민정은 이 돈을 태강에게 직접 찾아가 건네지 않고 그녀와 만나는 자리에 가지고 나왔다. 이는 민정은 이미 꼭 필요한 경우가 아니면 태강을 만나지 않을 준비가 되어 있었다는 의미인지 모른다.

"사실은 친구랑 같이 집을 얻을 계획이었어요. 그런데 친구 어머니가 갑자기 편찮으셔서 친구가 그 돈을 먼저 썼던 모양이에요. 계속 연락이 안 되다 사모님 만났던 날 다행히 그 친구를 만났고, 남은 돈도 돌려받았어요. 집도 조금 작은 곳으로 다시 알아보기로 했고요."

"그 친구와요?"

"네. 그래서 이 돈은 돌려드리는 게 맞는 것 같아요."

이나는 어떤 사정이든 자신을 속였던 친구를 다시 믿으려는 민정이 조금 이해되지 않았다. 그녀라면 민정처럼 쉽게 용서하지 못했을 터였다.

"이 돈은 민정 씨가 그냥 가지고 있다 필요할 때 쓰는 게 어떨까요?"

"하지만 그 그림은 진짜도 아닌데, 이런 큰돈은 받을 수 없어요."

"민정 씨가 이 돈 받으면 태강 씨가 앞으로 민정 씨 걱정 덜하며 살 거예요. 민정 씨 삶에 대한 후원이라고 생각해요."

민정의 앞에 놓인 접시 위로 눈물이 툭 떨어져 내렸다. 한동안 고개를 들지 못하다 아이처럼 손으로 눈을 비비며 눈물을 닦아 내는 민정에게 이나는 자신의 손수건을 건넸다.

"모르는 사람이 보면 내가 민정 씨 울린 줄 알겠어요."

"죄송해요. 그런데 자꾸 눈물이 나와서……."

"웃으라고 한 말인데. 내가 농담을 잘 못하죠?"

"아니요."

민정은 웃는 얼굴을 하고 고개를 들었는데 여전히 눈가는 젖어 있었다.

"내 마음 이해해 줘서 고마워요."

"아니에요."

"민정 씨한테 태강 씨가 얼마나 의지가 됐는지 알아요. 그래서 나도 마음이 좋지는 않아요."

"아니에요. 저 정말 괜찮은데……."

"나도 노력할게요. 그러니까 언제든 힘든 일 생기면 나한테 연락 줘요."

"네."

민정을 바라보는 이나의 눈도 붉게 물들어 있었다.

9. 행복과 불행 사이

태강이 출장을 떠났다. 그가 곁에 없어도 그녀는 같은 집에서 매일 똑같은 하루를 살고 있었다. 하지만 체감하는 하루는 달랐다.

지루한 시간은 평소보다 배는 길게 느껴졌고, 시계를 확인할 때마다 그가 있는 곳의 시간을 계산하게 됐으며, 밤에도 쉽게 잠들지 못해 오랜 시간 뒤척이다 겨우 잠이 들기 일쑤였다. 그리고 다시 아침에 눈을 뜨면 그가 돌아올 날이 며칠 남았는지를 헤아리며 하루를 시작했다.

그가 없어서 편한 건 딱 한 가지였다. 미술관에 가기 전 그에게 얘기하지 않아도 된다는 사실. 오늘도 이나는 가볍게 아침 식사를 한 후 미술관으로 향했다. 〈비움과 채움〉 간판을 지나쳐 미술관 주차장으로 들어선 그녀는 천천히 차를 세웠다.

Rrrrr.

차에서 내리기 전 들려온 전화벨 소리에 핸드폰을 확인하자 태강의 이름이 보였다. 그녀의 입가에 자동으로 미소가 번졌다.

"여보세요?"

―나야.

피곤한지 그의 목소리가 낮게 잠겨 있었다.

"네. 바쁘지 않아요?"

―방금 오전 회의 끝내고 지금은 이동 중이야.

수화기 너머에서 희미하게 대리석 복도를 걷는 소리가 들려왔다.

"아침은 드셨어요?"

―먹었지. 당신은?

"저도 먹었어요."

이나의 손은 그녀도 모르는 사이 태강에게 선물받은 다이아가 박힌 펜던트 목걸이에 가 있었다.

―지금 밖이야?

"네. 미술관에 잠깐 왔어요."

―무리하지 말라니까.

"무리 안 해요. 집에만 있기 너무 답답해서 바람 쐴 겸 잠깐 나온 거예요."

―그럼 조금만 있다가 들어가.

"알았어요."

―오후에 집으로 전화 걸어서 아주머니한테 당신 일찍 들어왔는지 확인할 거야.

그가 마치 사춘기 딸의 귀가 시간을 단속하는 아버지처럼 말했다. 한 번도 들어 본 적 없는 잔소리가 듣기 싫기보다는 왠지 손가락이 굽어들었다. 이유 없이 팔도 간질거렸다. 이나는 그런 감정을 숨기고 대답했다.

"그랬다가는 아주머니가 당신 의처증 있다고 생각할지도 몰라요."

―그런가? 그럼 집에 도착하면 바로 전화 줘.

"그럴게요."

―보고 싶다.

나직한 그의 목소리. 서로에게 익숙해지고 편하게 대화를 주고받았지만, 직접적으로 감정을 표현한 적은 드물었다. 그렇기에 이나는 그 순간 마치 고백이라도 받은 것처럼 가슴이 두근거렸다.

"저도요."

—내가 더 많이 보고 싶을 거야.

그때 누군가 태강에게 말을 건네는 듯한 소리가 작게 들려왔다. 이나는 오후에 다시 통화하자고 말한 뒤 서둘러 전화를 끊었다. 그와는 연애 시기 없이 곧바로 결혼 생활을 시작했기에 꼭 지금 연애를 하고 있는 기분이었다.

목소리를 들으면 더 그리웠고 그가 곁에 없음에도 매일, 매시간이 그를 중심으로 돌아갔다. 그녀는 꼭 움켜쥐고 있던 핸드폰을 다시 핸드백 안에 넣고 차에서 내렸다.

"나오셨어요?"

"네. 별일 없죠."

"미술관에는 별일 없는데, 손님이 와 계세요."

미술관으로 들어서는 그녀에게 부관장이 말했다.

"손님이요?"

태강이 출장을 간 뒤 요 며칠은 매일 오전에 미술관에 나왔지만, 그전에 그녀는 보통 일주일에 두 번 정도 출근을 했다.

컨디션이 좋지 않으면 그보다 적게 출근할 때도 있었고 출근 시간도 일정치 않았다. 그러니 오늘 아침까지만 해도 그녀가 미술관에 나온다는 사실을 알고 있는 사람은 아무도 없었을 것이다. 그런데 손님이라니…….

"네."

"지금 어디에 계시죠?"

"제3 전시실에 계세요."

이나는 누군지 묻지 않고 제3 전시실을 향해 걸음을 옮겼다. 아무리 비어 있는 전시실이라 할지라도 직원들이 외부인을 함부로 전시실로 안내했을 리는 없었다. 그렇다면 신분이 확실한, 더불어 직원들이 함부로 할 수 없는 사람이란 뜻이었다.

이에 가장 부합하는 인물 중 한 사람이며 이 시간에 그녀를 만나기 위해 미술관에 찾아올 사람이라면 누군지 대충 감이 왔다. 제3 전시실 입구까지 함께 걸어온 부관장이 전시실 문을 열었다.

"질부, 어서 와."

아무런 전시물도 없어 새하얀 벽만 눈부시게 빛나는 정사각형의 텅 빈 공간에서 그녀를 기다리고 있는 사람은 역시 수진이었다. 그녀가 전시실 안으로 들어서자 부관장도 조용히 따라 들어온 뒤 마치 그녀의 비서라도 되는 듯 곁에 섰다.

"관장실에 계시지, 왜 여기에 계세요?"

"내가 가지고 있는 그림들 여기에 전시하면 어떨지 구상 좀 해 보고 있었어."

"작은어머님 그림이요?"

"나 그림 좋아하는 거 알잖아."

"네."

"전에 내가 내 그림 전시하는 거 어떻게 생각하냐고 물었는데, 질부한테 아직 답도 못 들었네."

그녀는 수진과 그런 대화를 나눈 적이 없었다. 이나의 얼굴에서 서서히 미소가 지워졌다.

"언제 대답해 줄 거야."

"사모님, 대화에 끼어들어 죄송합니다만 지금 미술관 전시 계획과 일정은 제가 전부 관리하고 있어서요."

"그래요? 그런데 나 오늘 부관장님이랑 얘기하려고 여기 온 게 아닌데."

"아……."

"부관장님은 나가서 볼일 보세요."

수진의 말에 부관장의 시선이 이나에게로 옮겨졌다.

"그러세요, 부관장님."

"네, 관장님."

부관장은 마지못한 표정으로 전시실을 나갔다.

"나 오늘은 지나다 들른 거 아니고 질부가 요즘 매일 출근한다는 사실 전화로 확인하고 온 거야."

"그러셨어요?"

수진이 그녀를 향해 또각또각 다가왔다. 전시실의 공간이 줄어드는 것도 아닌데 이나는 수진과의 거리가 좁혀질수록 조금씩 가슴이 답답해지는 느낌이었다.

"그런데 질부."

"네, 작은어머님?"

"나 작은어머님이라고 부르는 거 어색하지 않아?"

"네? 그게 무슨……."

"질부 결혼 전에 나랑 만난 적 없으니까 지난번에 나랑 처음 만났던 거잖아. 오늘이 두 번째고."

"그게 무슨 말씀이세요?"

"역시 우리 질부는 연극에 소질이 있다니까. 사랑받고 사는 아내 연기도 정말 내가 딱 좋아하는 스타일이었는데."

"……."

정적은 귀가 감지하는 외부 자극이다. 하지만 이나는 그 순간 그들 사이에 흐르는 정적에 몸이 떨려 왔다.

"한국대 병원 부원장이 내 친구야. 원장은 그 친구 친형이고. 이제 내가 뭘 알고 있는지는 말 안 해도 알겠지?"

지금 수진은 그녀의 해리성 기억 상실증에 대해 말하고 있었다. 한국대 병원 원장이라면 병원 내부의 문서나 환자의 기록을 확인할 때 누구의 허락도 필요 없을 테니 말이다.

하지만 수진이 고작 그 사실을 알고 있다는 얘기를 하려고 그녀를 찾아오진 않았을 것이다. 다른 무언가가 더 있었다. 쉽게 입을 열지 못하고 있는 그녀를 빤히 바라보던 수진이 한쪽 입술 끝을 천천히 끌어 올렸다.

"지난번에 우리 만났을 때, 내가 평일에 그것도 미술관 앞에서 보란 듯이 태강이랑 이민정이 만났다고 얘기해 줬었지? 그런데 그때 질부가 둘이 그림 때문에 만난 건데, 그런 일로 경고까지 할 필요가 있냐고 했던가? 그 뜨뜻미지근했던 반응 말이야, 병원장님 얘기 듣고 나니까 그제야 이해가 되더라고."

"……."

"예전의 질부였다면 두 번 물을 것도 없이 당장 쫓아가 그 계집애 몸이 휘청거릴 정도로 뺨을 올려붙였을 텐데."

"제가……요?"

"그간 질부한테 한 짓을 생각하면 그 정도도 약과지. 나라면 어떤 방법을 써서라도 그 예쁘장한 얼굴 다시는 못 들고 다니게 만들어 줬을 거야."

"……."

"그런 것들한테는 너그러우면 안 되거든."

오늘 수진은 민정과 태강의 관계를 말해 주고 이나가 괴로워하는 모습을 보며 즐기려는 목적으로 찾아온 듯했다. 추측일 뿐이지만 민정에게 접근했던 이유 또한 그들과 연관 있을 거라고 생각했다.

"정말 아무것도 기억 안 나는 거야? 둘이 질부를 어떻게 속이고 몰래 만나 무슨 짓을 했는지, 아무것도?"

수진은 너무나 안타깝다는 표정이었다. 예전의 그녀라면 지금 수진의 말에 흔들리고 혼란스러워했을지도 모른다. 그때는 이미 태강의 일에 이성은 존재하지 않았고 자신들의 삶에 흠집을 남기지 않기 위해 어떤 일도 할 수 있었으니.

"그 애 회사에서 자르고, 사람 시켜 감시하고, 둘이 같이 있다면 뭔 짓이라도 할까 봐 눈이 뒤집혀 쫓아가고……. 이제 그런 질부는 더 못 보는 건가?"

"제가……."

이나는 자신이 정말 그랬을 리 없다는 듯 희미하게 고개를 저었다. 그런데 그 순간 그녀의 뇌리를 스치는 생각이 있었다. 그녀가 두 사람이 함께 있다는 연락에 직접 그곳으로 쫓아갔던 건 크리스마스이브에 단 한 번 있었던 일이라는 생각이었다.

그 전까지는 태강이 민정의 집까지 찾아갔다는 사실을 알면서도 매번 손톱이 손바닥에 박히도록 주먹을 움켜쥔 채 자리를 지켰었다.

다시 말해 그녀가 사람을 시켜 민정을 감시한 일과 더불어 크리스마스이브의 사고 경위에 대해 수진이 자세히 알고 있다는 건 사고 이전 그녀의 심리 상태를 꿰뚫고 있었음을 의미하는지도 모른다.

설마 수진이 박 대리를 시켜 그녀를 감시하고, 민정과 태강 사이를 오해하게 만든 뒤, 크리스마스이브에 그들에게 달려가도록 부추겼던 것일까? 수진이 짜 놓은 판 위에서 그녀는 원하는 대로 움직였던 것이고?

이나는 거칠어지려는 숨결을 꼭 다문 입술 사이에 가둔 채 수진을 응시했다.

"그런데 참 아이러니하지. 질부가 그렇게 갖은 노력을 할 때는 쳐다보지도 않더니 다친 강아지처럼 성질도 죽고 혼자서는 아무것도 못 하게 되니 태강이가 질부를 감싸고도네."

"......."

"그게 진짜 관심이고 애정일까? 태강이 겉보기에는 얼음장처럼 차가워 보여도 제 엄마를 닮아서 불쌍한 것들 보면 그냥 못 지나치는 애야. 제 엄마가 남들 몰래 병신 계집애 뒷바라지를 20년 넘게 하는 걸 봤거든."

병신 계집애 뒷바라지를 20년 넘게 했다. 건강 상태의 확인이 필요했으나 민정의 어머니를 가리키는 말일 수 있겠다는 생각이 들었다. 민정이 태어나기도 전부터 태강의 어머니와 알았다고 했으니. 그렇다면 민정이 수진의 이용 대상이 된 일은 우연이 아닐지도 모른다.

"태강이가 지금 질부한테 잘해 주는 거 진심 아니야. 결혼 전에도, 후에도 질부 아버지랑 질부라면 치를 떨며 싫어하던 애거든, 걔가."

"사람 감정은 달라질 수 있는 거잖아요."

"죽도록 사랑해서 결혼해도 그 사랑을 없어지게 만드는 게 결혼이야. 그런데 끔찍하게 싫어했던 집안의 여자가 결혼 후 좋아졌다고?"

수진이 낮게 코웃음을 쳤다.

"게다가 질부가 밖에서 사람들한테 하고 다녔던 거짓말, 회사 직원들 매수해 자기를 감시한 일, 태강이가 정말 아무것도 몰랐을까?"

그가 모두 알고 있었을까. 이나는 뒤통수를 한 대 얻어맞은 것처럼 머릿속이 멍해졌다. 정말 모두 알았다면 기억을 잃은 그녀를 잠시 동정하는 거라는 수진의 말은 억지가 아닐 수 있었다.

자신을 의심해 미행을 붙인 뒤 사람들 앞에서는 태연히 사랑받는 아내 연극을 했던 여자를 어떻게 진심으로 좋아할 수 있겠는가.

"알아도 얘기하고 싶지 않았겠지. 화내고 싸우는 것도 어느 정도의 관심이 있을 때, 오해를 풀고 싶을 때나 하는 행동이니까."

"……."

"아마 말도 섞기 싫어서 그간 무시해 왔을 거야. 그랬던 질부가 기억을 잃고 잠잠해지니까 이제 좀 편해진 건가. 지난번에 보니 태강이 얼굴이 좋아 보이더라고."

수진이 잠시 말을 멈췄다. 혼란스러워하고 있는 그녀의 표정을 음미라도 하는 듯 미간이 살며시 좁아졌다. 그리고 잠시 후 방점을 찍었다.

"태강이는 아마 질부 기억이 영원히 돌아오지 않길 바라고 있을 것 같은데."

"그 정도로 싫다면 이혼이라는 방법도 있을 텐데……."

"이혼이 말처럼 쉬운 줄 알아? 그리고 질부랑 이혼해서 골든전자 지분을 잃게 되면 지금 자리가 위태로워질 수도 있는데 태강이가 그런 위험을 감수하고 싶을까?"

그들이 사는 세계에 애정 따위 없이 지내는 부부들이 얼마나 많은지 알고 있었다. 수진의 말을 듣다 보니 그간 자신의 삶이 어땠는지 앨범이라도 보고 있는 기분이었다. 씁쓸하고 불편했다. 누가 보기 전에 덮어 버리고 싶었으나 수진은 그조차 허락지 않았다.

"내 말이 믿기지 않으면 골든전자 지분에 대해 친정아버지께 물어

봐. 지분이 아니었다면 태강이는 질부 쳐다보지도 않았을 거야.”

“지분…….”

“아, 지분에 대해서는 기억하지? 그럼 이제 내 말도 믿는 거야?”

“기억도 잃은 저한테 찾아와 굳이 이런 얘기 해 주시는 이유가 뭔지 모르겠어요.”

“그 큰 사고를 겪고 머리를 다쳤는데도 자존심은 남아 있나 보네.”

수진이 이나 앞으로 한 걸음을 더 다가왔다. 그리고 나직하고 다정한 목소리로 다시 입을 열었다.

“이래서 내가 질부가 남 같지 않다니까.”

수진의 붉은 입술에 온기 없는 미소가 스쳤다.

“내가 지금 해 주는 말들, 다 질부를 생각하고 걱정해서 해 주는 말들이란 것만 알아 둬. 하지만 질부 기억 돌아올 때까지 그 계집애 내버려 두면 안 될 것 같아.”

수진은 이나의 감정은 아랑곳하지 않고 성실하게 제 할 말을 이었다.

“지난번 상황을 보아하니 모른 척 내버려 두면 둘이 무슨 짓까지 할지 모르는데, 그럼 질부뿐 아니라 골든그룹 이미지에도 치명타가 아니겠어? 집안 어른으로서 이런 일에 뒷짐만 지고 있을 수 없지.”

“제 기억이 돌아오면 태강 씨와 제가 다시 멀어질 거라고 생각하세요?”

“기억 찾으면 질부는 두 사람 절대 용서 못 해. 질부 몰래 둘이 무슨 짓을 했는지도 전부 기억날 테니까.”

“…….”

“하지만 질부 잘못이 아니야. 이제 내가 질부 혼자 책임지게 두지도 않을 거고.”

이나는 천천히 고개를 저었다. 수진은 그 행동을 다르게 해석한 듯 손을 들어 그녀의 뺨을 감쌌다. 얼음장처럼 차가울 것 같던 손이 생각보다 부드럽고 따뜻해 그녀는 오히려 흠칫 놀랄 뻔했다.

"그러니까 나 믿고, 태강이가 조금 잘해 준다고 몸도 마음도 너무 방심하지 마. 이럴 때일수록 거리를 두고 냉정하게 생각해야 해. 안 그러면 나중에 질부만 더 상처받고 비참해질 거야."

만약 지금까지 기억을 찾지 못했다면 그녀는 다시 끔찍한 상상을 시작했을지 모른다. 하지만 이제는 아니었다. 태강의 입을 통해 듣는 말이 아니라면 아무것도 믿지 않을 생각이었다.

"이제 질부는 내 말만 잘 들으면 돼. 남편 사랑 같은 거 못 받아도 내가 평생 남들이 부러워하는 골든전자 안주인으로는 살게 해 줄 거니까."

수진의 손이 느리게 그녀의 뺨을 토닥였다.

"그 계집애도 내가 절대 그냥 안 둬."

"……."

"지금은 혼란스럽겠지만 질부도 나중에는 나한테 고마워할 거야. 그러니까 태강이가 보여 주는 동정심에 흔들리지 말고 오늘 내가 한 얘기들 명심해. 태강이가 질부한테 바라는 건 그저 서류상의 아내로 살아 주는 것뿐이란 사실 말이야."

아무런 대꾸도 하지 않는 이나의 어깨 위로 수진이 손을 올렸다. 그녀의 대답을 기다리고 있다는 뜻이었다. 그녀는 천천히 고개를 끄덕였다. 그제야 수진이 흡족한 표정으로 어깨를 잡았던 손을 내렸다.

"조만간 연락할게."

수진은 그녀를 전시실에 남겨 두고 미련 없이 퇴장했다.

전시실에 혼자 남겨진 이나는 한참 동안 움직임 없이 그 자리에 서 있었다. 수많은 생각이 해일처럼 머릿속으로 밀려들었다, 바닥을 긁으며 밀려났다. 그러길 몇 차례 반복하고 나니 산 정상까지 쉬지 않고 올라온 것처럼 이마 위에 송골송골 땀방울이 맺혔다. 몸이 휘청거렸다.

"관장님, 괜찮으세요?"

그녀가 전시실을 걸어 나가자 문 앞에 서 있던 부관장이 재빨리 곁으로 다가오며 물었다.

"네. 오늘은 그냥 들어가야 할 것 같아요."

"제가 댁까지 모셔다드릴까요?"

"아니에요. 괜찮아요."

"안색이 많이 안 좋으신데요."

"집에 가서 쉬면 괜찮아질 거예요."

부관장을 지나쳐 중앙 현관을 향해 걸음을 옮기던 이나는 다시 걸음을 멈추고 그 자리에 섰다.

"부관장님."

"네, 관장님."

"오늘 오전에 민수진 사모님 전화 누가 받았죠?"

"민수진 사모님 전화요?"

부관장이 아리송한 표정을 했다. 그 전화를 받은 당사자가 아니라면 어떤 전화가 수진의 전화였는지 모르는 게 당연했다.

"그럼 오전에 미술관 전화는 누가 받았죠?"

"오전에 사무실에는 나영 씨 혼자 있었으니 아마 나영 씨가 받았을 것 같은데요."

"혹시 지난번에 이영 화가 그림 보고 절차 없이 가족에게 돌려준 사람도 나영 씬가요?"

"네."

"……."

"왜 그러세요, 관장님?"

"아니에요. 부관장님 미대 나온 막냇동생 지금 쉬고 있다고 했었죠? 혹시 우리 미술관에서 일하고 싶다고 하면 나영 씨 해고 사유 하나 만드세요. 저는 모르는 일로 하고요."

"알겠습니다, 관장님."

"그리고 지금 나영 씨 어디 있죠?"

"조금 전에 지하 창고에 다녀오겠다고 했어요."

"알았어요. 수고해요."

부관장에게 인사 후 이나는 미술관을 나섰다. 지하 창고로 들어갈 수 있는 출입구는 두 군데가 있었다. 하나는 실내 계단으로 이어진 입구였고 다른 하나는 주차장 방향의 건물 옆쪽 계단으로 이어진 입구였다.

그녀가 외부 지하 계단을 지나쳐 주차장 쪽으로 걸어가고 있을 때였다. 어딘가에서 들려온 수진의 나직한 말소리에 그녀는 곧장 걸음을 멈추고 섰다.

"앞으로도 이민정이랑 관장 감시 잘하고 무슨 일이든 생기면 지금처럼 나한테 바로바로 연락해, 나영 씨."

"그건 걱정 마세요."

처음에는 어디에서 두 사람의 대화 소리가 들려오는지 알지 못했다. 가만히 귀를 기울여 보니 외부 지하 계단 안쪽에서 들려오고 있었다.

"그런데 사모님, 요즘 부관장님이 저를 좀 못마땅하게 생각하는 것 같아요."

"부관장이? 왜?"

"이영 화가 작품 부관장님한테 보고 안 하고 가족한테 내준 뒤로 제가 작은 실수만 해도 눈에 불을 켜고 잔소리를 하네요."

이나는 계단 벽 쪽으로 좀 더 가까이 다가섰다.

"그런 거라면 걱정 마. 조만간 내가 〈그리다〉 미술관에 자리 만들어 줄 테니까. 급여나 직책 모두 여기보다 훨씬 좋은 조건일 거야."

"정말이요? 감사합니다. 제 동생 골든호텔에 취직시켜 주신 것도 너무 감사한데. 앞으로 사모님이 시키시는 일이라면 뭐든 열심히 할게요."

"뭘 겨우 그런 걸 가지고."

"앞으로 두 사람 감시 더 철저히 하고 뭐든 보고 듣는 즉시 연락드릴게요."

"그래. 나영 씨만 믿을게."

"네."

"또 부관장 잔소리하겠다. 그만 들어가 봐."

"네. 조심해서 들어가세요."

나영이 다다다 계단을 올라오는 소리가 들려왔다. 이나는 벽과 붙은 나무 뒤로 몸을 숨겼다. 사람들의 시선을 피하려는 듯 수진은 나영이 미술관 안으로 들어간 뒤에도 계단을 올라오지 않았다.

수진의 차보다 자신의 차가 먼저 주차장을 빠져나가면 의심할지 모르니 얼마간 자리를 지키던 이나가 낮은 한숨과 함께 그만 자리를 뜨려 했을 때였다.

"검사 결과는 나왔어?"

계단 안쪽에는 분명 수진 한 사람뿐일 텐데 다시 말소리가 들려왔다.

"정말? 큭, 그 노인네도 별수 없네. 왕처럼 굴더니 결국 치매 걸린 노인네가 됐다니."

치매 노인? 누구 얘기인지 알 수 없었으나 수진은 누군가의 불행에 배꼽을 잡고 웃었다. 수진의 웃음소리가 길게 이어질수록 자신의 등골을 타고 설명 안 되는 기이한 기운이 번지는 느낌이었다. 본능적 방어 기제였는지도 모른다.

"강 회장 치매인 건 확실히 아무도 모르는 거지? 이 소식이 외부로 새 나가면 그룹에 타격이 엄청나겠는데? 부회장님이야 어떻게든 막으려고 하겠지. 하지만 내 입장은 부회장님이랑 다르잖아. 아무튼 내가 이렇게 결정적인 패를 손에 넣게 됐다니……."

강 회장이 치매라니. 이나는 손을 들어 신음이 터지려는 자신의 입술을 감쌌다. 매번 볼 때마다 그토록 정정했던 강 회장이 치매라니. 게다가 큰아들과 같은 집에 살고 있고 주변에 그 많은 임직원과 비서들까지 있는데 그가 치매라는 사실을 아무도 모르고 있다니. 목 안에서 뜨거운 무언가가 울컥 솟구쳤다.

그런데 한편으로는 아무도 알지 못하는 상황이 이해되기도 했다. 그녀의 할아버지가 살아 계실 때는 사담을 나누며 화통하게 웃는 강 회장의 모습을 종종 볼 수 있었다. 하지만 할아버지가 돌아가신 뒤 그녀 또한 강 회장의 웃는 모습이나 기분을 드러내는 사적인 말과 표정을 본 적이 극히 드물었다.

유일하게 자신의 속마음을 털어놓던 친구도 떠난 데다 말수도 적고 표정 변화도 적으니 그의 몸에 이상이 생겼다 한들 주변 사람들이 바로 알아채기는 힘들었을지 모른다.

설령 그의 행동이 전과 다르다는 사실을 눈치챘어도 누가 감히 강 회장에게 치매 검사를 권할 수 있었을까. 머리로는 그럴 수밖에 없었을 상황이 이해됐는데, 이나는 좀처럼 수진의 말이 믿기지 않았다.

"당연히 좋지. 내가 마음만 먹으면 주주 회의로 그 치매 노인 회장 자리에서 끌어내릴 수도 있게 된 거잖아? SJ에서 가지고 있던 지분 쪼가리 때문에 우리 태훈이 손에 골든전자를 쥐어 주지 못한 게 너무 한이 돼서 지난 1년 우리 친정에서 골든그룹의 모든 계열사 지분을 열심히 사 모았는데, 그걸 이렇게 쓰게 됐네."

숨이 잘 쉬어지지 않았다. 수진의 아버지는 대한민국 대표 언론사의 전 대표였고, 현 대표는 그녀의 큰오빠였다. 그녀의 친가와 외가 쪽으로도 살아 있는 권력들이 상당했다.

그러니 친정을 믿고 지금껏 자신이 원하는 건 그것이 무엇이든 손에 넣었을 것이고, 그럴 수 없다면 꿈틀거리지도 못하게 망가뜨려 놓았을 것이다. 그런 그녀가 이번에 원하는 것은 무엇일지 불안했다. 설마 시아버지를 비참하게 끌어내리고도 자신의 가정을 지킬 수 있다고 믿고 있는 건 아니겠지……

"나도 당장 뭘 어떻게 하겠다는 건 아니지. 그런데 변호사 통해 알아보니 그 노인네가 유언장에 첫 증손주에게 자기 지분 전체를 상속하겠다고 써 놨다지 뭐야. 우리 태훈이가 태강이보다 먼저 아이를 가지면 나도 일을 크게 만들 생각은 없어. 그리고 그게 원래의 순리잖아? 처음부터 골든그룹 맏며느리 자리는 나, 이 민수진이 거였으니까."

입술을 감싸고 있던 손을 내렸지만, 여전히 숨이 막히는 느낌이었다.

강 회장의 유언장에 관심을 가졌던 적도 없고 그 내용을 알고 싶어 했던 적도 없으니 당연히 그녀는 유언장 내용에 대해 아는 바가 없었다.

그녀가 태강의 아이를 가지려 했던 건, 오로지 그의 아내로 살고 싶었기 때문이었다. 그런데 그녀가 원하는 것을 갖게 되면 이제는 모두가 위험해질 수 있었다. 그녀의 손이 허공으로 힘없이 떨어졌다.

"만약 태강이가 먼저 아이를 가지면? 그야 당연히 강 회장은 치매 병원행, 태강이는 그 치매 노인이 승진시킨 거니까 주주 회의 통해서 승진 전부 백지화시키고 지금 자리에서 끌어내려야지."

몸을 움직일 수 없었다. 숨이라도 크게 내쉬면 당장이라도 수진이 그녀가 모든 얘기를 엿들은 사실을 알고 쫓아 올라올 것 같았다.

"당연히 손써 뒀지. 아무렴 내가 그 애들이 알콩달콩 재미나게 사는 꼴을 가만 내버려 뒀을 것 같아? 걱정 마. 내 눈에 흙이 들어가기 전까지는 걔들 사이가 좋아지는 일 없을 거니까. 내 동생 딸이랑 너희 형 아들이랑 결혼하면 우리가 사돈이 되는 건데, 두고두고 이 은혜는 갚으며 살게."

벽을 짚고 섰는데도 몸이 비틀거렸다. 하늘이 소용돌이치듯 뱅글뱅글 도는 느낌이었다. 이나는 벽을 짚은 채 천천히 힐을 벗고 바닥으로 내려섰다. 평지를 딛고 서서 숨을 고르려 애썼으나 여전히 쉽지 않았다.

강 회장의 치매, 유언장, 그리고 자신이 아이를 가지면 일어나게 될 일들. 생각만으로도 다시 호흡이 가빠졌다. 구역질이 날 것 같았다.

이나는 벗어 둔 힐을 집어 들고 걸음을 옮기기 시작했다. 지금 상태로 운전은 불가능했다. 세워 둔 차를 그대로 지나쳐 도로까지 걸어 나간 그녀는 다시 힐을 신고 손을 들어 지나가는 택시를 세웠다.

"어디로 모실까요?"

"골든그룹 본사로 가 주세요."

그녀는 자신이 지금 무얼 해야 하는지 이성적으로 판단 내릴 수 없었다. 다만 강 회장의 치매 진단이 사실일까 봐 너무 두려웠다. 태강과 그녀에게 언제나 큰 힘이 되어 준 사람이 강 회장이었는데. 택시가 골든그룹에 가까워질수록 움켜쥔 그녀의 손에는 하얗게 힘이 실리고 있었다.

"감사합니다."

골든그룹 본사 앞에서 내린 이나는 곧장 중앙 현관을 가로질렀다. 그녀를 알아본 몇몇 직원들이 황급히 고개를 숙였다. 데스크를 지키던 여직원은 재빠르게 뛰어와 임원 전용 엘리베이터 버튼을 눌러 주었다.

"고마워요. 혼자 올라갈게요."

"네."

그녀가 본사에 찾아오는 일은 극히 드물었으나 그녀를 알고 있는 직원들은 생각보다 많았다. 그녀가 회장실로 들어서자 회장실 소속 비서들 역시 모두 자리에서 일어서 허리를 굽혔다.

"회장님 자리에 계신가요?"

"네. 자리에 계십니다."

"지금 만나 뵐 수 있을까요?"

"여쭤보겠습니다, 사모님."

이나에게 깍듯이 고개를 숙여 보인 비서가 곧장 강 회장의 방으로 걸어가 노크를 했다.

똑똑.

"회장님. 골든전자 강태강 사장님 사모님 오셨습니다."

"들어오라고 해요."

"네."

강 회장의 대답에 비서는 곧장 문을 열고 이나를 바라보았다.

"고마워요."

"이나야, 어서 와라."

"미리 전화도 드리지 못하고 왔습니다, 회장님."

문을 열면 정면으로 위치한 책상에 앉아 있는 강 회장에게 이나는 정중히 고개를 숙였다.

"갑자기 찾아오면 어떠냐. 이렇게 찾아와 주니 나는 반갑고 좋기만 한데."

자리에서 일어선 강 회장이 책상 옆에 세워 둔 지팡이로 손을 뻗었다. 그녀의 할아버지가 살아 계시던 일흔 무렵만 해도 강 회장은 청년처럼 활동적이고 에너지가 넘쳤다. 그런 그를 지난 10년 세월이 누군가의 부축이나 지팡이 없이는 꼿꼿이 걷지도 못하는 노인으로 만들어 놓았다.

"어서 앉지 않고 뭐 해."

"네."

강 회장 옆으로 걸어간 그녀는 응접용 테이블로 걸음을 옮기는 그를 부축했다.

"이 정도 거리는 지팡이 없이 걷는데 습관이 돼서 지팡이로 자꾸 손이 가는구나."

말과는 달리 강 회장은 그녀의 부축이 싫지 않은 눈치였다.

"그런데 오늘 우리 이나가 무슨 일로 여기까지 걸음을 했을까?"

"회장님 뵙고 싶어서요."

"내가 이나 회장인가?"

"아니요, 할아버지."

"그렇지. 이나한테는 내가 할아버지지. 나는 이나 네가 '할아버지' 하고 불러 줄 때가 참 좋더라. 그러면 네 할아버지가 살아 계시던 그 시절로 돌아간 기분이 들거든."

할아버지를 그리워하는 강 회장의 말에 이나는 붉어진 눈시울을 들키지 않기 위해 애써 미소를 지었다.

"아직도 할아버지 생각 많이 나세요?"

"아직도라니, 매일 아침 눈 뜨면 생각나는데. 전에는 꿈에라도 간간이 얼굴을 보여 주더니 어째 요즘에는 그것도 안 해 줘. 야박한 사람 같으니라고. 하긴, 곧 만날 텐데……."

"왜 그런 말씀을 하세요."

"내가 이나 너를 앞에 두고 그런 말을 하면 안 되지. 암, 너랑 태강이 아이가 세상에 태어날 때까지는 내가 어떻게든 건강하게 있어야지."

"아이 건강하게 자라는 모습도 지켜보셔야죠."

"그래야지."

목이 뜨겁다. 울지 않으려 했는데 자꾸 눈이 젖어 들었다.

"예전에 네 할아버지 살아 계실 때 겨울이면 동태탕 먹으러 자주 갔던 식당이 있었는데."

"시골밥상이요?"

"맞다. 이나 너도 거기 종종 따라왔었지?"

"네."

"네 할아버지 떠난 뒤로는 한 번도 안 가 봤는데, 요즘 들어 그 식당 생각이 자꾸 난단 말이야."

"그럼 오늘 저랑 같이 가세요."

"그럴까? 그럼 차를 대기시켜야겠구나."

강 회장은 곧장 비서를 호출해 예약이나 브레이크 타임 같은 건 존재하지도 않을 식당에 두 사람 자리를 예약하라고 지시했다. 10년이 넘는 긴 시간 동안 발길 한 번을 안 했으니 아직 그 식당이 그대로 있는지 확인을 먼저 하려는 마음이었는지도 모른다.

예약 전화를 넣었다는 비서의 보고를 듣고 나서야 그는 이나의 부축을 받으며 사무실을 나서 지하 주차장으로 내려갔다.

서울에 개발되지 않은 동네를 찾기 힘든 요즘이었다. 하지만 세월의 흔적을 고스란히 담은 〈시골밥상〉의 허름한 간판은 여전했다. 세상의 변화와 시간이 빗겨 나간 듯 단층의 낮은 식당 건물에 그대로 붙어 있었다.

그대로인 건 간판뿐만이 아니었다. 그들을 맞아 주는 주인 역시 변함없었다. 시간이 흘러 희끗희끗했던 머리가 대부분 흰머리가 됐는데도 이나와 강 회장의 눈에는 예전 그대로인 것처럼 보였다. 주인 또한 10여 년 만에 방문한 강 회장과 이나를 단번에 알아보았다.

"이게 얼마 만이에요."

"그러게, 한 번 온다면서도 잘 와지질 않네."

"손녀딸은 이제 완전히 아가씨가 됐네. 어쩜 어릴 때도 그렇게 예쁘더니 이제는 탤런트보다 더 예쁘네요."

"당연한 소리."

"그런데 오늘은 손녀랑 두 분만 오신 거예요?"

바닥이며 천장, 테이블과 방석 어느 한 곳 세월의 흔적이 묻지 않은 데 없는 식당 구석에는 박물관에서나 볼 수 있을 법한 낡은 TV가 놓여 있었다. 하지만 식당 안에는 정적만 흐르고 있었다.

TV가 하루 종일 떠든다 한들 식당 사장이 강 회장이 골든그룹 회장인 줄, 이나의 할아버지가 돌아가신 줄 알 리 없겠지만.

"오늘은 손녀랑 둘이 오붓하게 먹으러 왔네."

"동태탕이죠?"

"그럼, 이 집은 동태탕이지."

"얼른 끓여 올게요."

"그런데 어째 식당이 한산하네."

"아직 시간도 이르고 이 동네에 사람이 얼마나 산다고 손님이 북적대겠어요. 조금만 기다리세요."

"천천히 주시게, 손녀랑 얘기하며 기다리면 되니까."

"네."

주인의 말처럼 아직 점심을 먹기에는 이른 시간이었다. 하지만 이나도 강 회장도 시간을 확인하지 않았다.

"병원 치료는 잘 받고 있는 거지?"

"네. 염려하시게 해 죄송해요."

"내가 네 사고 소식 들었을 때는 정말 얼마나 놀랐는지 모른다. 그러니까 병원에서 그만 나오라고 할 때까지 빼먹지 말고 치료 잘 받아야 한다."

이나는 공연히 목이 메어 와 대답 대신 고개를 끄덕였다.

"그런데 이나가 나한테 할 말이 있어서 왔을 텐데."

강 회장이 마치 모든 걸 알고 있다는 듯한 눈빛으로 물었다. 그 순간 병원 검사 결과를 들었는지 대놓고 물을까, 하는 갈등이 턱까지 솟구쳤다. 하지만 도저히 입 밖으로 그 말을 꺼낼 수가 없었다. 강 회장이 결과를 모르고 있을 수도 있었고, 알고 있다면 그녀가 어떻게 알게 됐는지도 털어놓아야 했기 때문이다.

"아니에요. 생신 때 제대로 인사 못 드렸던 것도 마음에 걸리고 요즘 건강은 어떠신지도 궁금해서 겸사겸사 찾아뵌 거예요."

"나야 나이보다는 한참 건강하지. 다리에 한 번씩 힘이 빠지는 거 말고는 어디 한 군데 아픈 데도 없고. 그러는 너는 퇴원하고도 태강이가 신경 많이 써 주는 거지?"

"네."

"그래 태강이랑 잘 지내야지. 내가 요즘 제일 바라는 게 그거다."

"식사 나왔습니다."

주인이 은색 쟁반에 밑반찬을 내오더니 뒤이어 세월의 흔적이 고스란한 양은 냄비 안에서 보글보글 끓고 있는 동태탕도 가져왔다.

"맛있게 드세요."

"어서 들자."

"네."

강 회장은 수저를 들어 뜨끈한 동태탕 국물부터 떠먹었다. 그가 캬 하고 감탄사를 길게 내뱉자 이나도 수저를 들고 찌개를 맛보았다.

바닷가가 고향인 그녀의 할아버지는 여러 음식 중 생선이 들어간 요리를 유난히 즐겼다. 그렇다 보니 할아버지와 함께 식사하는 날이 많았던 그녀의 입맛도 자연스럽게 할아버지를 닮게 됐고 어른이 된 뒤로도 변하지 않았다. 특히 이 식당은 할아버지와 그녀 모두 좋아하던 곳이었다.

예전에 할아버지와 맛있게 먹었던 그 맛을 기대했으나 오늘 찌개 맛은 자극적이고 비렸다. 기대가 컸던 탓인지 실망도 컸다.

이나는 물이 담긴 컵으로 곧장 손을 뻗었다. 그런데 물에서도 정체를 알 수 없는 냄새가 났다. 어쩌면 음식이나 물의 문제가 아니라 수진과 만나고 난 뒤 그녀의 컨디션이 엉망인 탓인지도 모른다.

"많이 먹어라, 이나야."

"네. 많이 드세요."

강 회장의 입맛에는 찌개의 맛이 예전과 다르지 않은 모양이었다. 마치 어제부터 굶은 사람처럼 허겁지겁 식사를 시작했다.

강 회장이 실망하는 모습을 보고 싶지 않았기에 이나도 천천히 젓가락을 움직였다. 찌개로는 손이 가지 않아 겨우 밥만 조금씩 먹고 있을 때, 순식간에 한 공기를 모두 비운 강 회장이 주인을 불러 밥 한 공기를 추가했다. 추가한 밥공기까지 빠르게 비워 나가던 그가 갑자기 수저질을 멈췄다.

"여기 음식이 네 입맛에는 잘 안 맞지?"

"네?"

"내가 너한테는 항상 미안하고 고맙게 생각하고 있다. 오늘 여기 같이 와 준 것도 그렇고."

"그게 무슨 말씀이세요?"

오늘 이곳에 함께 오자고 제안한 사람은 그녀였다. 그런데 함께 와 줘서 고맙다니. 이나는 영문을 알 수 없는 기분이었다.

"이제 와 후회해 봐야 무슨 소용이 있겠냐마는 내가 시간을 돌릴 수만 있다면 태훈 어미랑 태훈 아비 결혼만은 끝까지 반대할 거다."

"……"

"하지만 결국 여기까지 와 버렸으니…… 태강이와 이나 결혼은 꼭 성사시켜야 한다."

"네?"

"태훈 아비가 요즘 이나 아비와 만나는 것 같은데 네가 이나라도 만나 보는 건 어떻겠니? 이나랑 이나 아비가 가진 주식이면 태강이 골든전자 사장 자리에도 앉힐 수 있을 거다."

"지금 무슨 말씀을……."

"어미 너한테 전에도 말했던 것 같은데, 내가 이나 할아비가 골든그룹을 그만둘 때 약속했었다. 다른 건 몰라도 두 아이 꼭 결혼시켜 증손주한테 내 주식은 전부 상속하겠다고. 태강이를 골든전자 사장 자리에 앉히면 그 과정이 조금 더 수월할 거야."

"할아버지……."

"그 친구랑 내가 같이 일군 회산데 그 아이들 핏줄이 상속받는 게 맞지, 안 그러냐? 그래야 나도 마음에 짐을 좀 덜 수 있을 것 같고."

강 회장은 지금 그녀가 아닌 다른 누군가와 이야기를 나누고 있었다. 그 상대가 누군지도 알 것 같았기에 이나의 눈이 천천히 젖어 들었다.

"이 일은 너랑 나 말고는 아무도 몰라야 한다. 태훈 어미가 알게 되면 또 집안이 시끄러워질 거야."

"……."

"태강 어미야, 너만 믿는다."

강 회장이 이나의 손을 덥석 잡았다. 그 손길이 상대를 믿으면서 걱정하는 듯도 했고 자신의 마음을 다잡는 듯도 했다.

"……할아버지?"

"이나야."

"괜찮으세요?"

"갑자기 괜찮냐니? 그리고 밥이 아직 많이 남았는데 왜 벌써 수저를 내려놨어?"

이나가 눈도 깜빡이지 못하며 얼어 있을 때 강 회장이 잡고 있던 그녀의 손을 태연히 놓더니 방금 자신이 무슨 말을 했는지 전혀 기억 못하는 사람처럼 말했다.

"할아버지?"

"나는 옛날 생각이 나서 두 그릇이나 비웠잖니."

"할아버지, 괜찮으세요?"

"그럼, 아직 이 정도는 거뜬히 소화시킨다."

강 회장이 자신의 말을 증명해 보이듯 배를 가볍게 문질렀다.

"조금 전에……."

"조금 전에 뭐?"

"아니에요. 저도 다 먹었어요, 할아버지."

"그래, 억지로는 먹지 마라."

결국 확인해 버렸다. 그녀는 그저 막막한 심정이었다. 공연히 눈가도 화끈거리는 듯해 강 회장을 똑바로 바라보는 것도 힘들었다.

"다 먹었으면 우리 그만 일어날까."

"네."

자리에서 일어선 이나는 강 회장을 부축하고 식당을 나섰다.

"집으로 갈 거지?"

"네."

"그럼 나도 너 데려다주고 잠깐 집에 들러 쉬어야겠다."

"피곤하세요?"

"배가 부르니 이제 눕고 싶은가 보다."

"아버님도 계시고 작은아버님도 계시니까 너무 무리하지 마세요."

"그래, 그러마."

이나는 강 회장이 먼저 차에 올라탈 수 있도록 부축한 뒤 그의 옆 좌석에 앉았다. 그들을 태운 차는 천천히 주택가를 벗어나 번화가의 도로로 진입하자 점점 속도를 내 달리기 시작했다.

그녀는 오늘 강 회장의 건강에 문제가 없음을 확인하기 위해 그에게 찾아갔다. 하지만 수진의 말이 거짓이 아니고 강 회장이 유언장에 첫 증손주에게 주식을 모두 상속하겠다는 내용을 언급했을 가능성이 크다는 사실만 확인했다.

바랐던 결과가 아닌 탓인지 마음이 더없이 복잡하고 무거웠다. 머릿속에 안개가 가득 들어찬 느낌이었다.

"밤에는 태강이 없이 혼자 자려면 좀 허전하겠구나?"

그녀가 말없이 고층 건물들이 빠르게 스쳐 지나가는 창밖을 응시하고 있을 때 강 회장이 말을 건넸다.

"이제 곧 오는데요."

"저녁에는 일하는 아주머니도 퇴근하지?"

"네."

"혼자 지내기 적적하면 태강이 올 때까지라도 친정에 가 있는 건 어떻겠니?"

"괜찮아요."

차는 벌써 그녀의 집 근처에 도착해 있었다.

"저 여기에서 내려 주세요."

"집 앞까지 가지 왜?"

"조금 걷고 싶어서요."

"아직 바람이 찬데."

"곧장 집으로 갈 거예요."

"그래 그럼. 여기에서 세워 주게."

"네, 회장님."

차가 갓길에 멈춰 섰다.

"추우니까 얼른 들어가."

"네. 할아버지도 조심해서 들어가세요."

알겠다며 고개를 끄덕이는 강 회장의 모습을 이나는 잠시 시선에 담은 뒤 차 문을 닫았다. 지금의 다정하고 건강한 모습을 오랫동안 기억하고 싶었다.

그녀를 내려놓은 차는 순식간에 멀어졌다. 이나는 차가 시야에서 완전히 사라질 때까지 같은 자리에 우두커니 서 있었다. 마음이 더할 수 없이 착잡했다. 아무리 차가운 공기를 들이쉬어도 가슴 안쪽까지는 그 찬 기운이 들어가지 않았다. 한동안 같은 곳을 바라보던 그녀는 떨어지지 않는 발길을 옮겨 천천히 집으로 향했다.

힘없는 걸음을 얼마나 떼어 놓았을까. 그녀의 걸음이 불현듯 다시 멈췄다. 강 회장이 위태로웠다. 오늘 같은 일이 언제 또 일어날지 알 수 없었다. 가족들 앞에서라면 상관없겠지만 언제, 누구와 있을 때 일어날지 아무도 장담할 수 없는 일이었다.

만약 강 회장에게 무슨 일이 생긴다면 그건 태강에게도 위험이 닥친다는 의미와 같았다. 무엇보다 그녀와 태강을 위해서 써 놓았을 유언장이 강 회장 본인과 골든그룹을 위협할 수 있었다.

지금 당장 전화해 태강에게 알리고 싶었다. 하지만 출장 중인 사람에게도 강 회장에게도 전혀 도움이 되지 않는 행동이었다. 차라리 돌아온 뒤에 얘기하는 편이 나았다. 그 전에 그녀가 할 일은, 최소한의 안전장치를 마련해 두는 일일지 모른다. 이나는 걸어왔던 길을 다급하게 되돌아가기 시작했다.

"어서 오세요."

그녀가 약국 안으로 들어서자 흰 가운을 입은 중년 약사가 자리에서 일어서며 그녀를 맞았다.

"뭐 드릴까요?"

"소화제 좀 주세요."

"속이 어떻게 안 좋은데요?"

"밥을 먹고 난 뒤에 속이 좀 더부룩하고 소화도 안 되는 것 같아요."

"여기 있습니다. 알약하고 물약하고 같이 드세요."

"네. 그리고……."

"뭐가 더 필요하세요?"

자신을 빤히 바라보고 있는 약사 앞에서 입이 쉽게 떨어지지 않았다. 이나는 입술 안쪽의 여린 살을 살며시 물었다 놨다.

"편하게 말씀하세요."

지금 강 회장과 태강을 지킬 수 있는 사람은 그녀뿐이었는데, 다른 방법이 생각나지 않았다. 약사의 시선에 잠시 머뭇거리던 그녀가 드디어 입을 열었다.

"피임약도 주세요."

"잠시만요."

약사가 소화제와 피임약을 봉투에 넣어 그녀에게 내밀었다.

약이 든 봉투를 들고 집으로 돌아온 이나는 곧장 자신의 방으로 향했다. 미술관을 나선 지 고작 몇 시간이 지났을 뿐인데 마치 며칠 동안 잠들지 못했던 것처럼 몸이 무겁고 머리가 멍했다. 속도 좋지 않았다. 하지만 힘없이 화장대 의자에 앉은 그녀는 가장 아래 칸 서랍을 열었다.

서랍 안은 약 봉투들로 가득 차 있었다. 그녀가 열심히 산부인과에 다녔던 시기, 병원에서 돌아오는 길에 기대와 바람을 담아, 그리고 가지고 있으면 꼭 사용할 일이 생길 것이란 믿음으로 매번 두 개씩 샀던 임신 테스트기였다. 서랍 안 봉투에는 모두 그때 사용하고 남은 테스트기들이 들어 있었다.

"하……."

결혼 후, 산부인과에 다니기 시작하면서 그녀에게 이상한 증상이 한 가지 생겼다. 생리 시작 전 식사 때마다 속이 좋지 않은 것이 그 증상이었다. 하지만 테스트 사용 결과는 언제나 한 줄. 곧 생리 예정일인데 또다시 식사 때마다 속이 좋지 않았다.

그렇게 바라고 바랐는데, 얼마나 바랐는데. 남에게 피해를 주는 것도 아닌데 왜 그녀가 바라는 건 아무것도 쉽게 주어지지 않는지…….

툭.

뺨을 타고 흘러내린 눈물이 테스트기 위로 떨어졌다. 그녀는 눈물을 손가락으로 문질러 닦은 뒤 테스트기를 다시 봉투 안에 넣었다. 미련 없이 서랍 문을 닫은 그녀는 이번에는 방금 약국에서 사 온 피임약을 꺼냈다. 작은 약 한 알을 톡 빼낸 뒤 나직한 한숨과 함께 자리에서 일어섰다.

✤　　✦　　✤

태강은 커튼 사이로 보이는 도시의 화려한 야경을 서늘한 시선으로 내려다보고 있었다. 야경이 제아무리 그림처럼 멋지다 한들 혼자 바라보는 그 풍경은 그에게 어제와 다를 것 없는 낯선 도시의 모습일 뿐이었다.

어제와 다름없는 건 그뿐만이 아니었다. 호텔 방 그의 책상 위에 펼쳐진 노트북과 지금까지 주름 하나 없이 깨끗한 침대 시트 역시 어제 이 시간과 크게 다르지 않았다. 한 가지 다른 점이라면 출장 중 늘 새벽까지 일에 몰두했던 그가 오늘은 좀처럼 일에 집중하지 못하고 있다는 사실 정도였다.

Rrrrr.

자신이 기다리던 연락이라는 사실을 확인한 태강은 곧장 전화를 받았다.

"네."

—접니다, 사장님.

김 실장을 대신해 이번 그의 출장에 함께한 차 실장이었다.

—말씀하신 대로 모레 스케줄 내일 오전으로 조정했습니다. 돌아가시는 비행기 편도 내일 오후 8시 40분 비즈니스석으로 다시 예약했습니다. 한국 도착 시간은 새벽 1시 30분이고 김 실장님이 시간 맞춰 공항에서 대기하겠다고 하셨습니다.

"수고했어요."

—아닙니다. 더 필요하신 게 있으시면 언제든 전화 주십시오.

"그럼 하나만 더 부탁하죠."

—네, 사장님.

"이 도시에서 가장 맛있는 초콜릿으로 한 상자만 준비해 주세요."

—초콜릿이요?

"선물할 겁니다."

—알겠습니다. 준비해 두겠습니다.

태강은 전화를 끊고 다시 야경으로 시선을 움직였다. 이나의 목소리를 듣고 싶었지만, 지금 한국은 새벽 1시가 넘은 시간이었다. 이 시간에 전화해 그녀의 잠을 깨우는 것보다는 자신이 몇 시간 잠을 줄여 귀국 시간을 당기는 쪽이 마음 편했다.

기지개를 한 번 켠 뒤 다시 책상으로 돌아가려던 그의 머릿속에 불쑥 핸드폰에 저장된 이나의 사진이 떠올랐다. 그는 테이블 위에 던져두었던 핸드폰을 급하게 집어 들었다. 곧 그가 찾은 건 결혼식을 준비하며 어머니가 보내 준, 웨딩드레스를 입고 있는 이나의 사진이었다.

이 사진을 처음 받아 보았을 때 그는 조금 짜증이 났다. 결혼을 어머니 뜻대로 밀어붙인 것도 모자라 그녀와의 사소한 이야기까지 그에게 시시콜콜 전하며, 귀담아듣고 다정하게 대해 주길 바랐기 때문이다.

당시 그가 생각하는 이나는 골든그룹의 맏며느리가 되는 길을 택한 여자일 뿐이었다. 그가 거절하면 당연히 태훈과라도 결혼할 줄 알았다. 욕심과 자존심을 위해서라면 못 할 것이 없는 여자라고 멋대로 오해를 했으니 어머니의 요구나 조언쯤은 가볍게 무시할 수 있었다.

어머니는 그의 일관된 행동에도 아랑곳하지 않고 직접 이나를 데리고 다니며 결혼식 준비를 했다. 모임에도 데리고 나가 그와 그녀 사이가 더없이 좋다는 말도 안 되는 이야기도 전했다.

가장 어이가 없었던 일은 어머니의 말을 사람들이 전부 의심 없이 믿었고 이나도 그 거짓에 전혀 반박하지 않았다는 사실이었다.

나중에는 그가 부인하면 영락없이 두 여인이 거짓말쟁이가 되니 그도 거짓말에 동참할 수밖에 없게 되었다. 동참이라기보다는 무시에 가까웠으나 어머니는 처음부터 그런 전개까지 모두 내다보았으리라.

어쩌면 그가 어느 날 출장 중 이 사진을 찾아보며 이나를 그리워하게 되리란 사실까지 예상했을지도……

그는 다시 사진으로 시선을 내렸다. 투명한 피부를 더욱 돋보이게 하는 새하얀 드레스를 입은 이나는 등 뒤에 작은 날개가 돋아 있지 않을까 싶을 만큼 아름다웠다. 붉은 입술을 제외하고는 색조가 전혀 들어가지 않은 얼굴은 마냥 청순하고 맑았다.

이토록 아름다웠던 신부는 결혼식 내내 무표정한 얼굴로 그의 옆에 서 있었다. 차라리 눈물이라도 흘렸더라면 그가 잠시라도 시선을 줬을 지 모르는데 그녀는 그런 행동조차 하지 않았다. 결국 표현하지 않는 감정까지 들여다볼 줄 몰랐던 그는 일생에 한 번뿐인 자신들의 결혼식 을 망쳐 놓았다. 속 좁은 아이처럼 굴면서.

이렇게 미안해하며 그리워할 날이 올 줄 알았더라면 진작 어머니 말씀을 들었을 텐데. 아니, 지금껏 한 번도 어머니 말씀은 틀린 적이 없었 다. 그 사실을 항상 알고 있었는데 왜 결혼식을 준비하는 동안에는 떠 올리지 못했는지.

사진을 바라보고 있을 뿐인데 그의 가슴이 점점 뜨거워졌다. 지금의 불길이 꺼지고 새카만 숯덩이만 남아도 그의 가슴은 쉬이 식지 않을 듯 했다.

'보고 싶어.'

그는 액정 속 이나의 얼굴을 조금 더 선명하게 보고 싶어 연신 손가 락으로 문질렀다. 그러다 어느 순간 그녀의 매끈한 진짜 피부를 손끝으 로 만지고 싶다는 생각이 들자 가슴이 빠르게 뛰기 시작하며 손끝이 짜 르르 저려 왔다.

"윤이나."

그의 무의식이 내뱉은 말이었다.

"……사랑해."

그는 자신의 나직한 목소리를 듣고 나서야 방금 제가 무슨 말을 했 는지 깨달았다. 일하다 문득문득 그녀가 떠오르고, 예쁜 것을 보거나 좋은 곳에 가면 그녀와 함께 오고 싶고, 그녀를 보면 안고 싶고, 사랑을 나눈 뒤에도 놓아주고 싶지 않던 감정들이 바로 사랑이었다는 사실 도…….

"하루만 더 기다려."

그는 핸드폰에 대고 연신 혼잣말을 중얼거리고 있는 자신을 발견하 고는 피식 웃음을 흘렸다. 그가 변해 가고 있었다. 한 여자로 인해. 자신의 아내로 인해.

✤　　✢　　✤

이제 하루만 더 지나면 태강이 오는 날이었다. 정확히는 모레 새벽이었지만, 내일은 잠들지 않고 그가 도착할 때까지 기다리고 있을 생각이었다. 하루도 빠짐없이 통화를 했어도 그가 돌아올 날이 가까워지자 가뜩이나 느리게 흘렀던 시간이 더 느리게 흐르는 기분이었다.

오늘도 어김없이 하루는 너무 길었다. 게다가 잠도 오지 않아 자정이 다 될 때까지 서재에서 책을 보다 자신의 방으로 내려왔음에도 그녀는 쉽게 잠들지 못해 한참을 뒤척이다 겨우 잠이 들었다.

"하……."

잠에 들고 시간이 얼마나 흘렀을까. 등 뒤에서 그녀를 안은 누군가의 거친 숨소리가 들려왔다. 그녀를 안은 단단한 팔도, 숨소리도 분명여자의 것은 아니었다. 남자는 한동안 움직임 없이 뜨거운 숨만 내쉬다그녀의 잠옷 안으로 커다란 손을 조심스럽게 밀어 넣었다.

여전히 뜨거운 숨결과 조심조심 움직이기 시작하는 손. 그녀의 무반응을 즐기는 것인지, 반응을 기다리며 무던히도 인내하는 것인지 조심성 많던 손이 천천히 움직이기 시작했다.

"으음……."

참으로 낯선 꿈이다. 분명 꿈인데 점점 몸이 더워지며 호흡이 가빠졌다. 배꼽 주변도 찌르르 요동쳤다. 상대도 그런 반응을 느꼈는지 그녀의 몸을 똑바로 눕혔다. 그리고 잠옷이 들리더니 공기 중에 잠시 노출됐던 가슴에 뜨거운 숨결이 느껴졌다.

합의되지 않은 거친 손길을 가만 내버려 둔 건 순전히 남자의 향기가 편안하고 익숙했기 때문이었다. 아무리 태강이 그리워도 이런 꿈을 꾸는 것도, 자신이 손가락 하나 까딱 못 하고 상대에게 몸을 내맡긴 것이 이상했다. 하지만 그녀의 몸은 점점 더 뜨겁게 달아오르고 있었다.

"으음……."

목에서 연신 정체를 알 수 없는 소리가 흘러나왔다. 내쉬는 숨도 점점 가빠졌으나 꿈이니 부끄러울 이유도 몸을 가릴 의지도 없었다.

그녀는 본능적으로 손을 뻗었다. 그 순간 손끝에 실제처럼 생생한 촉감이 느껴졌다. 단단하고도 익숙한 남자의 손을 움켜쥔 채 이나는 번쩍 눈을 떴다.

분명 불을 끄고 잠자리에 누웠는데 스탠드가 켜져 있었다. 공기 중에 떠도는 향도 잠들기 전과 달랐다. 시원하고 세련된 남자의 향기. 더럭 겁을 먹고 그녀가 고개를 아래로 내린 순간 눈에 들어온 것은 젖혀진 이불과 훤히 드러난 자신의 상체, 그리고 태강…….

"태강 씨?"

그녀가 태강의 이름을 부르자 그가 빙그레 미소 지었다.

"정말 태강 씨 맞아요? 어떻게 된 거예요?"

"이제 일어난 거야?"

"모레 새벽에나 도착한다고 했잖아요?"

"원래 일정은 그랬는데, 스케줄 전부 당겨서 소화하고 어제저녁 비행기로 출발했어. 당신이 너무 보고 싶어서."

그가 그녀를 안고 입을 맞춘 뒤 다시 볼을 감쌌다. 나머지 손은 그를 밀쳐 낼 생각도 없는 그녀의 손목을 움켜쥐었다.

"일은 잘 끝냈어요?"

"당연하지."

"그래서 집에는 몇 시에 도착한 거예요?"

"두 시간쯤 전에."

그녀의 시선이 시계로 옮겨졌다. 새벽 4시였다.

"그럼 2시에요?"

"응, 그쯤. 시간이 늦어서 오늘은 그냥 씻고 잘 생각이었는데, 당신 안고는 도무지 잠이 오질 않아서."

"그럼 깨우지."

"몇 번이나 불렀는데도 꿈나라에 있던데."

대답과 동시에 무릎에 걸려 있던 그녀의 속옷이 사라졌다. 그의 몸은 그녀의 몸과 다시 밀착됐다. 눈을 뜨기 전부터 이미 준비가 되어 있었던 그녀는 그를 거부하지 않았다. 곧 그들의 뜨거운 체온은 하나가됐다.

"떨어져 있는 동안 얼마나 보고 싶었는지 알아?"

"얼마나 보고 싶었는데요?"

"지난 3일 내내 제대로 잠도 못 잤다면 믿을 거야?"

대답하는 그의 목소리가 조금 탁했다.

"왜요?"

"빨리 돌아오고 싶어서 자는 시간도 쪼개서 일하느라고."

"그러다 몸 상하면 어쩌려고요."

"그래도 빨리 돌아와 이렇게, 당신 안고 싶은데."

그녀를 안은 그의 팔에 힘이 실렸다.

"하아……. 며칠 동안 잠도 제대로 못 잤으면 많이 피곤할 텐데."

"집에 오니까 전혀 안 피곤한데."

고개를 숙인 그가 다시 그녀의 몸 구석구석에 입을 맞췄다. 그의 손길은 그 뒤를 따라 보드라운 피부를 어루만졌다. 이나는 가쁜 숨을 내쉬며 그의 어깨를 움켜잡았다. 막 잠에서 깼는데도 그가 자신을 이토록원한다는 사실이 그녀를 더없이 흥분시키고 있었다.

"태강 씨……."

점점 대담하고 거칠어지는 그에 그녀의 입에서 거친 숨소리가 터져나왔다.

"아아……."

지칠 줄 모르고 자신을 내어 주고 그녀를 소유하던 그가 불쑥 움직임을 멈추었다. 그리고 그녀를 끌어안은 채 자리에 눕자 순식간에 서로의 위치가 바뀌었다.

편안하게 누운 채 그녀를 바라보는 그의 시선이 예술품이라도 감상하듯 나른하고 여유로웠다. 물론 그녀를 바라보고 있는 그의 모습 또한 조각상 못지않게 수려했지만.

"그만 쳐다봐요."

이나는 자신의 몸을 가리는 대신 손바닥으로 그의 눈을 가렸다. 그러자 태강의 입술이 둥글게 휘더니 한 손으로 그녀의 양손을 가볍게 움켜쥐었다.

"내 건데 왜?"

그가 몸을 벌떡 일으켜 앉으며 그녀를 안았다. 여전히 그와 그녀는 하나였고 그가 내쉬는 숨결은 목덜미를 덮혔다. 밤새 술을 마신 것도 아닌데 그녀는 부끄럽기보다는 이 모든 것이 짜릿하고 좋았다.

그래서 그도 자신만큼 좋은지 확인하고자 잡힌 손을 빼내 그의 가슴 위에 얹어 보았다. 단단하고 매끈한 가슴 안의 심장이 그녀의 심장 못지않게 거칠게 뛰고 있었다.

"왜?"

"저도 내 거 만진 건데요."

"내 거?"

"내 거 아니에요?"

"맞아. 윤이나 거."

순식간에 그녀의 몸이 다시 눕혀졌다.

"윤이나 거 맞으니까 윤이나가 책임져야지. 끝까지."

지난 며칠 제대로 잠을 자지 못했다니 금방 지칠 줄 알았다. 그런데 쉼 없이 그녀를 몰아붙이며 거칠게 호흡하던 그가 그녀 옆에 누운 시간은 새벽 6시가 다 되어서였다.

"하아……."

늦은 밤이 아닌 이른 새벽까지 사랑을 나눈 이나는 아직 만족하지 못한 것처럼 씻으러 가자고 말하지 않는 태강의 품에 가만히 안겨 있었다. 반면 그의 손은 여전히 힘없이 축 늘어진 그녀의 몸 여기저기를 배회하고 있었다.

"많이 힘들어?"

"아니요. 너무 좋아요."

완전한 거짓도 진실도 아니었다. 그의 커다란 몸 안에 꾹꾹 눌러 담겨 있던 욕망과 사랑을 오롯이 받아들이기에 그녀의 몸은 너무 가늘고 작았다. 하지만 시간에 구애받지 않을 정도로 자신을 원하는 그의 욕망을 확인하는 건 황홀하고 흥분되는 일이었다. 다른 생각은 아무것도 나지 않을 만큼.

"이제 같이 씻을까? 내가 씻겨 줄게."

"태강 씨 너무 피곤해서 안 돼요."

"지금 더 피곤한 사람은 내가 아니라 당신 같은데."

그의 입술이 다시 그녀의 입술과 목덜미, 어깨를 지분거렸다.

"못 말려. 그런데 약속한 건 사 왔어요?"

"당연하지. 잠깐만."

품에 안고 있던 그녀를 놓아준 그가 침실 테이블 위에 놓여 있던 상자를 풀어 초콜릿 하나를 손에 들고 그녀에게 돌아왔다.

당연히 초콜릿을 입에 넣어 줄 줄 알았는데 그의 입술이 먼저 그녀의 입술에 닿았다. 초콜릿을 녹여 먹듯 그녀의 입술을 깊게 맛본 뒤 그는 아쉬운 소리를 내며 입술을 뗐다. 그리고 후식처럼 그녀의 입 안으로 초콜릿이 들어왔다.

"음."

달콤한 초콜릿이 그녀의 입 안에서 천천히 녹아 없어지는 동안 그는 가만히 그녀를 바라보고 있었다. 그 눈빛이 어찌나 달콤한지 입 안의 초콜릿 맛이 느껴지지 않을 정도였다. 그렇게 다디달게 그녀를 바라보던 그가 불쑥 입을 열었다.

"맛있어?"

그녀는 고개를 끄덕였다.

"나 출장 가 있는 동안 보고 싶었어?"

다시 끄덕.

"많이?"

이번에는 끄덕끄덕.

"잘잘 때도 내 생각 했어?"

또 끄덕끄덕.

"내가 당신 생각 얼마나 많이 했는지도 알지?"

……끄덕.

"나 이제 윤이나 없으면 잠도 안 와. 당신도 그래?"

……끄덕끄덕.

"……사랑해."

그 순간 이나는 아직 절반은 덩어리째 남아 있던 초콜릿을 꿀꺽 삼켜 버렸다. 그녀의 대답은 목에서 초콜릿과 엉겨 붙어 나오지 못했다. 그런 그녀 대신 그가 다시 달콤하게 고백했다.

사랑해.

"당신은 지금 말 안 해도 돼. 나중에 정말 말해 주고 싶을 때, 그때 해 줘."

드라마를 보면 사람들은 행복한 순간 눈물을 흘렸다. 그녀는 한 번도 행복해서 울어 본 적이 없었는데 지금 눈물이 나올 것 같아 눈을 천천히 감았다 떴다. 다시 감았다 떠도 그는 여전히 웃고 있는데 그녀는 웃을 수 없었다. 그래서 고개를 끄덕였다.

"겨우 이런 걸로 울면 곤란한데. 아직 당신한테 줄 선물 더 남아 있거든."

"……."

"안 궁금해?"

"뭔데요?"

"음, 당신 취향을 잘 몰라서 내 취향대로 골랐는데 나중에 혼자 풀어 봐. 드레스 룸에 뒀어."

"알았어요."

"선물이 당신한테 잘 어울리는지 나한테도 꼭 보여 줘야 해."

"그럴게요."

"약속했어."

"네."

이나는 활짝 웃으며 고개를 끄덕였다.

"그리고 나 오늘 밤 비행기로 귀국하는 걸로 얘기해 뒀어. 오늘은 당신이랑 하루 종일 같이 있으려고."

"정말이요?"

"그러니까 오늘을 위해 지금은 씻고 푹 자자."

지금은 씻고 푹 자자고 했던 그의 말은 '중략' 된 말이었다. 함께 욕실로 가 물의 온도를 체크한 뒤 그녀의 몸을 정성스럽게 씻겨 주던 그의 손이 어느 순간부터인가 특정 부위 주변을 맴돌기 시작했다.

처음엔 조심스럽게, 그러다 점점 강하고 깊게. 샤워기에서 쏟아져 나오는 온수보다 그들의 체온과 호흡이 점점 더 뜨거워졌다. 그러다 그녀는 선 채로 그의 품에 안겨 버렸다.

깨끗하게 씻겼던 그녀의 몸이 그의 입맞춤에 붉게 얼룩져 갔다. 끈적하게 젖었던 몸은 다시 떨어지는 물방울에 반짝반짝 씻겼다. 그러는 동안 그녀가 내뱉는 신음 소리도 거친 마찰음도 물소리에 모두 묻혔다.

평소의 샤워 시간보다 배나 더 흐른 뒤 그녀는 태강의 품에 안긴 채 욕실을 나왔다.

10. 선물

두 사람은 정오가 넘어서야 김 실장에게 걸려 온 전화에 눈을 떴다. 전화를 받지 않겠다는 태강을 설득하면서도 이나는 내심 통화로 해결될 일이길 바랐다. 며칠이나 떨어져 있었으니 오늘은 일에 그를 빼앗기고 싶지 않았다. 그런데 통화 내용은 그녀의 바람과는 전혀 다르게 흘러가는 듯했다.

"어쩌지? 회사에 나가 봐야 할 것 같은데."

전화를 끊은 태강이 미안한 목소리로 말했다.

"무슨 일이 생긴 거예요?"

"공장에서 사고가 있었던 모양이야."

"사람이 다친 거예요?"

"정확한 건 가 봐야 알 것 같아."

"그럼 얼른 가 보세요."

그로서도 어쩔 수 없는 상황이라는 걸 알기에 이나는 아쉬운 마음을 누르고 답했다.

"대신 최대한 일찍 들어올게."

"네."

서둘러 샤워를 마치고 블랙 슈트 차림으로 다시 돌아온 그가 아직 잠옷 차림인 그녀의 뺨에 재빨리 입을 맞췄다.

"그런데 태강 씨."

태강을 불렀지만 그녀는 지금 이 말을 그에게 전해도 괜찮은지 잠시 망설여졌다. 그것도 가뜩이나 사고 때문에 정신없이 회사에 나가 봐야 하는 상황에.

하지만 그가 돌아온 이상 더는 미룰 수 없는 얘기였다. 어젯밤은 그가 잠이라도 편하게 자길 바라는 마음에 하루 미뤘지만, 지금도 빠르게 전하는 건 아니라고 생각됐다.

"응?"

"할 말이 있는데."

"지금?"

"네."

"중요한 얘기야?"

이나는 고개를 끄덕였다.

"태강 씨 출장 중일 때 미술관으로 작은어머님이 찾아오셨어요."

무슨 얘기인데 그러냐는 표정으로 그녀를 바라보던 태강의 얼굴에서 미소가 지워졌다. 웃었던 적조차 없었다는 듯 깨끗하게.

"회장님이 병원에서 검진을 받으셨나 봐요. 작은어머님이 그 결과를 알고 계셨어요."

"검진이라고?"

그도 전혀 알지 못했던 표정이었다.

"네. 그 검진으로 치매 판정을 받으신 것 같아요. 저한테 직접 얘기해 준 건 아니고 다른 사람이랑 통화하는 소리를 제가 우연히 들었어요."

말을 마친 뒤 이나는 천천히 숨을 들이마셨다. 싸늘하게 굳어 있는 그의 얼굴을 바라보는 일도, 강 회장의 상황을 전하는 일도 그녀에게 힘들기는 마찬가지였다.

"그래서 바로 회장님께 찾아갔었어요. 회장님은 제가 왜 찾아왔는지 모르시니까 함께 식사하자고 하셨고요."

"……."

"그런데 식사 중에 회장님께서 저를 잠깐 어머님으로 착각하셨어요."

"당신을 어머니로?"

믿을 수 없다는 그의 표정을 보며 그녀는 힘겹게 고개를 끄덕였다.

"네. 그리고 조금 이따 아무 일 없었다는 듯 다시 식사를 이어 가셨어요."

"당신이 많이 놀랐겠네."

지금 그도 적지 않게 놀랐을 텐데, 당시 상황을 겪었던 그녀를 먼저 걱정하고 있었다. 그녀의 목이 메어 왔다.

"네. 하지만 저보다 회장님, 어떻게 해요?"

"검사를 받으셨다면 아버지도 알고 계실 거야. 아버지랑 상의해 봐야지."

"어떻게든 설득해 빨리 치료하시게 해야 할 것 같은데."

"그래야지."

"혹시라도 작은어머님이……."

"작은어머니가 그렇게 쉽게 누군가에게 발설하지는 않을 거야. 결정적인 순간에 터뜨려야 타격이 가장 크다는 사실을 누구보다 잘 아실 테니까. 솔직히 난 할아버지도 걱정되지만, 작은어머니가 당신한테 찾아갔던 이유가 따로 있을 건 아닌지가 더 신경 쓰여."

"저한테 무슨 일이 쉽게 일어나지 않아요. 누가 골든전자 강태강 사장의 아내를 함부로 건드릴 수 있겠어요?"

이나의 말에 태강이 손을 뻗어 그녀의 손을 잡았다. 그리고 어린아이를 달래듯 다정하게 다시 말했다.

"당신, 나한테는 절대 비밀 만들면 안 돼."

"네."

"또 무슨 얘기 들었어?"

"사실은 작은어머님이 회장님 검진 결과 얘기를 하시면서 유언장에 대해서도 말씀하셨어요."

말을 마친 이나는 잠시 눈을 감았다. 그의 표정을 똑바로 바라볼 자신이 없었다.

"할아버지 유언장?"

"네. 유언장에 첫 증손주에게 주식 전부를 상속하겠다는 내용이 적혀 있다고……."

"그래서 태훈이 결혼식을 앞당긴 건가?"

태강이 혼잣말처럼 작게 중얼거렸다.

수진은 태훈의 아이가 강 회장의 주식을 상속받기 전에 그녀가 아이를 가지면 강 회장을 치매 병원에 가두고, 강 회장이 승진시킨 태강도 지금 자리에서 끌어내리겠다고 말했다. 그녀는 자신이 들은 얘기를 전부 전할 수는 없었다. 태강에게 이미 너무 많은 걱정을 안겨 준 상태였고 그 말은 입에 담는 일조차 끔찍했다.

"작은어머니는 보통 사람과는 조금 다른 분이야."

"앞으로는 더 조심할게요. 그러니까 태강 씨도 조심해요."

"알았어. 할아버지 일은 아버지랑 상의할 테니까 당신은 너무 걱정 말고 있어. 얼른 갔다 올게."

"네."

"당신 표정이 이렇게 어두우면 내 마음도 무거워."

"알았어요."

이나는 억지로 미소를 지었다. 그가 착한 아이에게 상을 주듯 그녀의 머리를 쓰다듬었다.

"이러다 늦겠어요."

"알았어. 내 선물 풀어 보고 있어."

"네."

이나는 서둘러 나가는 태강을 현관까지 배웅했다.

그를 보내고 그녀가 혼자 방으로 돌아왔을 때였다. 기다렸다는 듯 그녀의 핸드폰도 울리기 시작했다. 전화는 부관장으로부터 걸려 온 것이었다.

부관장은 미술관에서 특별전을 준비하고 있는 화가의 전화를 나영이 무례하게 받아 어제 화가 측에서 특별전을 고사하겠다는 의사를 전해 왔다고 했다. 그에 부관장이 나영의 진심 어린 사과와 사직서를 받는 조건으로 화가를 설득했고, 오늘 아침 나영이 사직서를 제출했다고 말했다.

생각보다 빨리, 그럴듯한 이유로 나영의 사직서를 제출받게 되었다. 물론 나영이 그만둔다고 수진이 다른 직원을 매수하지 않으리란 보장은 없었다. 하지만 적어도 그녀의 후임은 부관장의 동생이니 이나에게는 아군이 한 명 더 생기는 셈이었다.

전화를 끊은 이나는 미술관에 나가 보기 위해 드레스 룸으로 향했다. 나영을 그대로 보낼 수는 없었기 때문이다. 무심코 문을 열고 들어선 드레스 룸 안에서 그녀를 기다리고 있는 것은 예쁘게 포장된 두 개의 선물 상자였다.

태강이 오늘 새벽 그녀에게 잘 어울리는지 꼭 보여 달라고 말했던 선물이었다. 어느 것을 먼저 열어 볼까, 잠시 행복한 고민에 빠졌던 그녀는 커다란 상자의 리본을 먼저 당겼다.

"아……."

상자 안에는 절반 이상이 레이스 망사로 이루어진 핑크색 실크 속옷과 잠옷이 들어 있었다. 이 옷을 입고 태강 앞에 선 자신을 상상하는 것만으로도 뺨은 물론 목까지 뜨거워지는 듯했다. 드레스 룸에는 자신뿐이었는데도 그녀는 서둘러 상자 뚜껑을 닫은 뒤 두 손으로 뺨을 감쌌다.

잠시 마음을 가다듬고 열어 본 두 번째 상자에는 다이아몬드가 박힌 로즈 골드 팔찌가 들어 있었다. 팔찌 옆에는 '사랑을 담아서, 남편이'라는 태강의 필체로 적힌 작은 카드도 함께였다.

"고마워요."

마치 카드가 태강인 것처럼 그녀가 나직하게 속삭였다.

✢ ✦ ✢

똑똑.

"네."

서둘러 준비를 마치고 미술관으로 온 이나는 자신의 사무실에 앉아
서도 망사 속옷 생각이 떠나질 않아 연신 손부채질을 해야 했다. 하지
만 들려온 노크 소리에 표정을 지우고 사무실로 들어오는 나영을 바라
보았다.

"어서 와요, 나영 씨."

"관장님."

"부관장님한테 얘기 들었어요. 고동철 화백님께 범한 실수를 책임지
는 차원에서 사직서를 제출했다고요?"

"관장님 그게……."

"나영 씨처럼 일 잘하는 직원이 그런 실수를 했으니 스스로 용납하
기 힘들었을 거예요. 붙잡고 싶은 마음은 크지만 내가 그러면 나영 씨
가 더 난처하겠죠?"

"……."

"그래도 고동철 화백님께 사과의 뜻은 충분히 전달됐을 거라고 생각
해요."

나영은 제발 자신을 붙잡아 달라는 간절한 눈빛으로 그녀를 바라보
고 있었다. 별다른 소득도 없이 잘리게 되면 수진이 말했던 〈그리다〉
미술관이 물 건너갈 수도 있다고 생각하는 듯했다. 이나는 아무것도 모
르는 척 말을 이었다.

"그래서 어디 생각해 둔 미술관은 있는 거예요?"

"〈그리다〉 미술관에 이력서를 제출해 볼 생각이긴 한데……."

이나는 자리에서 일어섰다.

"〈그리다〉미술관, 정말 멋진 곳이죠. 관장님 인품도 훌륭하시고 안목도 높으니 나영 씨한테도 많은 걸 배울 수 있는 아주 좋은 기회가 될 거예요."

"네."

"그리고 분명히 〈그리다〉미술관 관장님도 나영 씨의 재능을 바로 알아보실 거예요. 혹시 나한테 전화가 오면 나도 잘 말해 줄게요."

그녀는 옷걸이에 걸어 두었던 자신의 핸드백을 책상 위로 내렸다.

"더 좋은 자리로 옮길 생각이라니 서운한 마음은 덜하지만, 그래도 내가 자리를 비운 동안 부관장님을 도와 고생해 줬는데 그냥 보내는 게 섭섭해서 퇴직금 외에 내가 개인적으로 보너스를 조금 넣었어요."

그녀가 핸드백 안에서 봉투를 꺼낸 순간이었다. 책상 위에서 균형을 잃은 핸드백이 나영이 선 쪽으로 떨어지며 안에 든 내용물이 넓게 흩어졌다.

당황한 이나는 서둘러 몸을 숙이고 핸드백 안의 내용물들을 모으기 시작했다. 잠시 쭈뼛거리던 나영도 허리를 굽혀 자신의 발 앞으로 떨어진 내용물들을 하나둘 챙겨 그녀에게 건넸다.

"이건……."

이나는 고개를 들었다. 나영의 손에 들린 건 입구가 뜯긴 작은 갑에서 삐져나와 있는 두 알이 사라진 피임약이었다.

매일 복용해야 하는 약이 핸드백 안에 들어 있다는 건 그녀가 남들 몰래 약을 복용하고 있음을 의미했다. 피임약과 이나를 번갈아 바라보는 나영도 그런 사실을 눈치챈 듯했다.

"어머."

이나는 나영의 손에서 얼른 약을 낚아챘다. 그리고 난처한 표정으로 나영을 바라보았다.

"나영 씨."

"관장님……."

"나영 씨, 나 이제 겨우 스물여덟인데 벌써 아이 낳고 육아에만 매달리고 싶지 않아요. 내 맘 이해하죠?"

"그럼요, 관장님."

나영이 열심히 고개를 끄덕였다.

"그럼 오늘 본 건 못 본 걸로 해 줘요."

"그럼요. 걱정 마세요."

몸을 일으킨 이나는 피임약을 핸드백 깊은 곳으로 밀어 넣고 책상 위에 올려 두었던 봉투를 나영에게 건넸다.

"그동안 정말 고생했어요."

"감사했습니다, 관장님."

"시간 될 때 〈그리다〉 미술관에 한번 들를게요."

"네."

그녀를 향해 고개를 숙였다 든 나영이 처음 방으로 들어왔을 때보다 훨씬 밝아진 표정으로 방을 나갔다. 혼자 남겨진 이나는 의자에 털썩 주저앉았다.

나영은 방금 자신이 본 것들을 남김없이 수진에게 전할 것이다. 그 사실로 부디 수진이 그녀가 다시 태강을 의심하고 불안해하고 있다고 믿게 되길 바랐다.

잠시 의자 등받이에 머리를 기대고 있다 자리에서 일어선 그녀는 핸드백 안에서 피임약을 꺼냈다. 한 알을 톡 빼내 든 그녀는 그것을 들고 화장실로 향했다. 변기 안으로 소리 없이 가라앉는 약을 가차 없이 흘려보냈다.

"집으로 가죠."

"네, 사장님."

귀국 사실을 숨기면서까지 오늘은 업무를 보지 않겠다던 태강의 말을 무시하고 김 실장이 그를 부를 수밖에 없었던 이유는 골든전자 생산 공장의 사고 때문이었다.

사고는 다행히 인명 피해로 이어지지 않았고 피해 규모도 크지 않았다. 그는 곧장 사고 수습 지원단을 현장으로 내려보낸 뒤 법무 팀에게 빠르고 원만한 문제 해결을 지시하는 것으로 사고를 일단락 지었다.

"앞으로 이 정도 문제는 부사장님 선에서 해결하도록 해 보겠습니다."

"아닙니다. 앞으로도 회사 일은 모두 저한테 즉시 보고해 주세요."

"알겠습니다."

"출장 중에 다른 곳에서 연락 온 건 없었습니까?"

"사장님이 출장 중이실 때 민수진 사모님께서 미술관에 다녀가셨던 모양입니다."

"네."

이미 이나에게 들은 얘기였다.

"혹시 회장님 병원 검진 관련 얘기는 차 실장님께 들은 거 없습니까?"

"그게, 얼마 전에 회장님이 민수진 사모님과 식사하시는 자리에서 돌아가신 노 관장님을 찾으셨답니다."

"어머니를요?"

"네. 그리고 며칠 후에 민수진 사모님이 다시 회장님을 찾아오셨던 모양입니다."

"……."

"차 실장님 말씀으로는 회장님이 기운이 없으신 것 같으니까 영양제라도 한 대 맞으시는 게 좋겠다며 모셔 갔는데, 막상 병원에 도착해서는 몇 가지 검사를 더 받아 보자고 사모님께서 설득하셔서 검사를 받아 보셨답니다."

강 회장은 이미 여든을 넘긴 나이였다. 언제 몸에 이상이 생겨도 이상할 나이가 아니니 문제가 생기기 전에 검사를 받아 보자는 며느리 말에 설득당했을 수 있다. 하지만 그런 상태가 될 때까지 어떻게 다른 가족들은 아무도 알지 못했던 것인지…….

"아버지도 알고 계신 겁니까?"

"차 실장님이 병원에 다녀오신 날 바로 부회장님께도 말씀드렸답니다."

이미 엎질러진 물이었다. 아버지가 할아버지의 검사에 대해 어디까지 알고 있는지는 알 수 없었으나 누가 모시고 갔든 검사 결과가 달라지지는 않을 것이다.

"회장님은 아직 검사 결과에 대해 모르시겠죠?"

"그러신 것 같습니다."

처음 이나의 이야기를 들었을 때 어느 정도 마음의 준비를 하고 있었음에도 태강은 여전히 실감이 나지 않았다. 젊은 사람 못지않게 좋은 기억력과 강한 추진력을 가졌던 강 회장이었기에 그에게는 그런 병이 절대 찾아오지 않으리라 확신했던 탓인지도 모른다.

그러나 확신은 보기 좋게 어그러졌고, 강 회장의 병이 세상에 알려진다면 강 회장뿐 아니라 골든그룹에도 누구도 상상 못했던 파장이 일 수 있었다. 그의 마음이 더없이 무겁고 착잡한 이유였다.

"태훈이 약혼녀와 박 대리 쪽도 계속 주시하시고요."

"알겠습니다."

"집으로 가기 전에 잠시 작은아버지 댁에 들르죠."

"네."

수진의 집 앞에 차가 멈춰 서자 눈치 빠른 김 실장이 재빨리 트렁크에서 와인이 담긴 상자를 꺼내 그에게 건넸다. 프랑스에서 특별 공수한, 그랑 크뤼 클라세 등급 중에서도 최상 등급 와인으로, 와인 저장고를 집에 둘 정도로 와인을 좋아하는 수진에게는 안성맞춤 선물이었다.

"어서 오십시오."

태강이 벨을 누르고 얼마 지나지 않아 대문이 열렸다. 문을 열어 준 사람은 작은어머니의 운전기사로 그는 집 안으로 들어서는 태강을 향해 90도로 허리를 숙였다.

가볍게 고개를 끄덕여 인사를 받은 태강은 곧장 강 회장의 저택 못지않게 크고 호화스러운 현관으로 향했다.

"태강이 네가 우리 집에는 어쩐 일이니?"

"태훈이 결혼식이 당겨졌다는 소식 듣고 축하드리러 온 겁니다."

이미 거실로 나와 그를 기다리고 있던 수진에게 태강은 와인을 건넸다.

"그게 무슨 축하씩이나 할 일이라고."

"작은아버지랑 태훈이는 아직 퇴근 전인가 보네요?"

"태훈이는 제 약혼녀 만나러 갔고, 네 작은아버지는 모임이 있어서 늦으실 거야."

"미리 전화라도 드리고 올 걸 그랬습니다."

"나한테 할 얘기 있어서 온 거 아니었니?"

"물론 작은어머니와 나눌 얘기도 있죠."

잠시 후 거실에 그와 마주 앉은 수진은 우아하게 웃고 있었다. 하지만 태강은 그녀가 자신을 어느 때보다 경계하며 주시하고 있다는 사실을 알았다. 그녀가 이유 없이 미소를 보이는 경우는 대체로 두 가지 경우였으니까.

첫 번째는 자신의 무언가를 감춰야 할 때, 두 번째는 자신이 상대보다 유리한 무언가를 가졌을 때.

"태강이 네가 나랑 무슨 할 얘기가 있을까?"

"궁금하세요?"

"질부 얘기 아니면 민정 씨 얘기겠지."

"작은어머니께서 두 사람에 대해 하실 얘기가 있으신 건 아니고요?"

"나야 질부가 잘 지내는지 항상 궁금하지. 그 큰 사고를 겪고 후유증은 없는지 걱정이 돼 그렇지 않아도 보약이라도 한 제 보낼까 생각 중이었거든."

며칠 사이 미술관에 두 번이나 찾아갔다는 얘기는 어디로 사라지고 수진은 태연자약하게 거짓말을 내뱉었다.

"제 아내가 입맛이 좀 까다로운 편이라 보약은 좋아하지 않을 겁니다."

"요즘 젊은 사람들은 다 그렇지. 그럼 언제 밥이라도 사 줘야겠구나."

"신경 쓰지 마세요. 어른들이 관심 가지면 오히려 부담스러울 겁니다."

"그런가? 그런데 나랑 나눌 얘기란 건 뭐니?"

작은아버지의 아내이니 연을 끊을 수는 없겠으나 수진과는 될 수 있는 대로 마주치고 싶지 않았다. 법과 정도가 비켜난 곳에서 제 욕심대로, 제 방식대로 군림하려는 비열한 종류의 인간상과 마주하는 건 무척이나 피곤하고 불편한 일이었다.

하지만 태강은 부모님과는 다르다. 수진을 먼저 도발하진 않겠으나, 도발을 피할 생각 또한 없었다. 행여 수진이 이나나 강 회장의 털끝 하나라도 건드린다면 곱절 이상의 고통으로 되갚아 줄 생각이었다. 반드시.

"우연히 제수씨 얘기를 듣게 돼서요."

"우리 승희?"

"상해 진단서를 끊었다던데."

"상해 진단서라니, 그게 무슨 소리니?"

전혀 알지 못하는 얘기라는 듯 수진의 미간이 일그러졌다.

그가 강 회장 생신 전 보냈던 태훈의 약물, 폭행, 음주 뺑소니, 도박 관련 검찰 조사 자료를 받아 본 승희는 연회에 불참했었다. 그 불참은 곧 태훈과의 결혼 결심이 흔들렸음을 의미했다. 하지만 골든그룹과 사돈이 될 기회를 그녀의 아버지는 놓치고 싶지 않았으리라.

아버지를 끝내 설득하지 못한 채 태훈을 만나 파혼 얘기를 꺼냈을 승희에게 돌아온 결과는 참담했다.

태훈의 폭행.

승희는 곧장 상해 진단서를 끊었지만, 결혼식은 오히려 앞당겨진 상태였다.

"믿고 싶지 않은 심정은 이해합니다. 하지만 서른 넘은 남자가 제 약혼녀에게 손찌검한 일을 사람들은 실수로 보지 않을 겁니다."

"손찌검은 무슨, 제 실수로 넘어지다 어디에 부딪힌 거겠지."

"진단서에는 뺨을 맞고, 그 때문인지 넘어지며 생긴 찰과상이 있다고 하더군요. 그리고 넘어진 상태에서 구두에 갈비뼈가 찍혔다고 쓰여 있다던데요."

평생을 약속하고자 하는 여자에게 구둣발로 폭력을 행사하다니, 과연 그가 아는 태훈다운 행동이 아닐 수 없었다.

"요즘 여론 무서운 거 아시죠, 작은어머니? 폭행 관련 기사 하나면 태훈이 골든호텔 사장직에서 내려오는 건 물론이고 앞으로 골든그룹 계열사 어디에서도 대표직을 맡기는 힘들어질 겁니다."

"기사?"

"물론 작은어머니가 언론 쪽에 얼마나 큰 영향을 미칠 수 있는 분인지는 잘 알고 있습니다. 하지만 요즘 젊은 사람들은 어디로 튈지 모르니까요."

"그런데 태강아, 골든그룹 이미지가 추락하면 너도 그 피해를 피해 갈 수 없다는 거 알잖니? 태훈이와 너는 태어날 때부터 한배를 탄 거나 마찬가지야."

부정이나 수긍이 아닌 모호한 설득이었다. 그 말은 승희의 진단서에 대해 수진도 이미 알고 있다는 뜻이었다. 더불어 그 일로 자신을 협박하는 건 의미 없는 행동이란 말을 하고 있는 것이었다.

"저는 태훈이가 걱정돼서 서둘러 수습하시라고 말씀드린 건데 제 의도를 오해하신 모양입니다."

"그랬구나? 내가 너무 놀라서 그만……."

"놀라시는 것도 당연하죠. 저도 놀랐었는데."

"그랬니?"

"작은어머니 말씀처럼 아버지와 작은아버지 뒤를 이를 사람 저와 태훈이 단둘뿐입니다. 저한테 중요한 사람은 제가 지켜야죠."

"너한테 중요한 사람?"

"네. 저는 아버지와는 좀 달라서 제 사람은 절대 다치게 안 할 겁니다."

이 말은 이나를 절대 건드리지 말라는 경고였다. 분명히 알아들었을 텐데 수진은 미소를 보이고 있었다. 지금 미소를 보일 수 있다는 건, 진단서를 가진 그보다 수진이 가진 무언가가 더 크다는 의미인지 모른다. 할아버지 건강 검진 결과와 이나 사이에는 과연 어떤 연관이 있는 것인지.

"태훈이 걱정해 이렇게 달려와 줬는데 온 김에 저녁이라도 먹고 가지 그러니?"

"식사는 됐습니다."

그는 자리에서 일어서려다 막 생각난 사람처럼 다시 입을 뗐다.

"그런데 작은어머니께서 할아버지를 모시고 병원에 다녀오셨다고요?"

"누구한테 들었니?"

당황한 표정 위에 덧그려진 미소는 더없이 부자연스러웠다. 태강은 모른 척 다시 질문을 건넸다.

"할아버지 말씀으로는 병원에서 몇 가지 검사를 받으셨다던데, 결과는 나왔습니까?"

"회장님께 들었구나?"

이번에도 답변이 아닌 질문이 돌아왔다. 어색하기 그지없던 미소마저 사라진 상태였다.

"작은어머니도 아직 듣지 못하셨으면 제가 병원에 직접 연락해 보죠."

"그럴 필요 없어."

"……"

"가족들 놀랄까 봐 언제 말해야 하나 망설이던 중이었는데……. 회장님, 치매 판정받았어."

수진의 눈빛에 잔잔한 슬픔이 내려앉았다. 감탄스러운 연기력이었다.

"병원장님께 그 소식 전해 듣고 너무 마음이 안 좋아서 내내 아무것도 손에 잡히지 않더구나. 가족들한테 알리면 분명 다들 충격이 클 텐데, 언제 어떻게 알려야 할지도 막막했고."

"그러셨겠네요."

"네가 이렇게 알고 찾아와서 먼저 얘기를 꺼내 주니 내가 오히려 고맙다, 태강아. 혼자 짊어지고 있기에 너무 큰 짐이었거든."

말을 마친 수진이 무거운 한숨을 내쉬었다.

"사람들이 알기 전에 서둘러 치료를 시작해야 할 텐데, 그 고집에 어떻게 설득해야 할지……."

태강은 수진을 바라보았다. 강 회장의 건강 이상 소식에 그녀가 이토록 걱정한다는 얘기는 이 동네 개들도 비웃을 소리였다. 수진이 무슨 목적으로 강 회장의 검사를 계획했고, 결과로 무슨 짓을 꾸미려고 했든 그가 알게 된 이상 섣부르게 움직이지는 못할 것이다.

Rrrrr.

둘 사이에 잠시 이어진 침묵을 깨며 수진의 핸드폰이 요란하게 울렸다.

"잠깐 실례할게."

발신자를 확인한 수진이 창가 쪽으로 걸음을 옮기며 나직한 목소리로 전화를 받았다.

"무슨 일이지? 조만간 〈그리다〉 미술관에서 연락 갈 거라고 했던 것 같은데. ……그게 핸드백 안에 있었다고? ……앞에서 그런 말도 했고. 수고했어. 〈그리다〉 미술관에는 내가 전화 한 번 더 넣어 둘 테니까 기다리고 있어."

전화를 끊은 수진이 다시 태강 앞으로 걸어왔다.

"미안하다, 태강아. 우리 어디까지 얘기했지?"

전화를 끊은 그녀의 표정이 조금 전보다 밝아 보였다.

"맞다, 회장님 얘기 중이었지? 앞으로는 내가 더 신경 써 챙겨 드릴 생각이야. 그래야 회장님도 자식들을 믿고 병원 치료를 시작하실 테니까."

태강은 대답 대신 고개를 끄덕였다.

"그리고 너도 이렇게 알게 됐으니 부회장님께도 빨리 알리고 상의를 해야겠다."

"그럼 작은어머니가 아버지께도 할아버지 상태 전해 주세요."

"그래, 걱정 마라."

오늘 찾아온 목적은 이만하면 달성한 셈이었다.

"얘기가 길어졌네요. 저는 그만 일어나야겠습니다."

"조만간 가족회의를 해야 할 것 같으니까 그때 보자."

"네. 그리고 태훈이한테도 이번 일 최대한 조용히 해결하라고 타이르시고요."

"그래야지."

"나오지 마세요."

태강은 자리에서 일어섰다. 현관문 유리에 그를 뚫어져라 응시하고 있는 수진의 모습이 섬뜩하게 비치고 있었다.

집 앞에서 그를 기다리고 있던 김 실장이 그가 나오자 재빨리 차의 뒷좌석 문을 열었다.

"댁으로 모시겠습니다."

"네."

그는 흔들림 없이 달리기 시작하는 차 안에서 핸드폰을 꺼내 이나의 번호를 눌렀다.

―여보세요?

오래 기다리지 않아 차분하고 청량한 이나의 목소리가 수화기에서 흘러나왔다. 그제야 답답하게 가슴을 짓누르던 무언가의 무게가 조금 가벼워지는 듯했다.

"나야."

—네. 나갔던 일은 잘 해결됐어요?

"응. 지금 집으로 가는 중이야."

—알았어요.

"내 선물은 풀어 봤어?"

—……네.

"마음에 들어?"

마음에 든다는 대답을 들은 것도 아닌데 그는 조용히 미소를 짓고 있었다.

"입어 본 거야?"

—아직 입어 보지는 않았는데.

"10분 뒤면 도착할 것 같은데."

—10분 뒤요?

"응, 잘 맞는지 지금 입어 봐. 그리고 나한테도 보여 주기로 약속했던 거 잊지 않았지?"

다시 말문이 막힌 이나의 표정이 눈앞에 어른거리는 듯했다. 차는 분명 빠르게 달리고 있었는데 그에게는 그 속도가 더디게만 느껴졌다.

—잠깐만요, 태강 씨. 지금 이 옷을 입고 있기엔…….

"이제 9분 남았네. 서둘러야겠다. 끊을게."

—잠깐만…….

그는 이나의 애원을 듣지 못한 척 전화를 끊었다. 집을 나선 후 한 번도 웃지 않았던 그였는데 전화를 끊은 뒤에도 입가에는 여전히 미소가 맴돌았다.

수진을 만나기 전 얼음처럼 서늘하던 표정의 그가 갑자기 딴사람이 된 듯해 김 실장이 백미러로 힐끔거렸으나 그런 사실도 전혀 눈치채지 못했다.

이나는 태강이 선물한 속옷을 입고 전신 거울 앞에 섰다. 분명 속옷이었는데, 평상시 입던 속옷과는 전혀 다른 기능과 용도를 가진 것처럼 그녀를 완전히 다른 사람처럼 보이게 했다.

속옷 가게에서 팔리고 있었음에도 요망하게 자신은 주인의 몸을 가릴 의도가 전혀 없으니 보호하지도 말아 달라는 목적 또한 다분했다.

불과 몇 달 사이 달라진 것들이 너무 많았다. 동거인처럼 한집에 살았던 태강이 진짜 남편이 되어 그녀의 몸과 마음 모두를 원하고 있었다.

이나는 거울 속 자신의 모습을 바라보며 깊게 숨을 들이마셨다.

9분은 생각처럼 긴 시간이 아니었다. 옷을 챙겨 입고 다시 거울 앞에 섰을 뿐인데 이제는 남아 있는 시간이 없었다. 서둘러 방을 나서는 그녀는 쇄골부터 발목까지 어느 한 곳 맨살이 드러나지 않는 니트 원피스 차림이었다. 그녀가 천천히 거실을 향해 걷고 있을 때 아주머니와 태강의 대화가 들려왔다.

"일찍 들어오셨네요?"

"네. 아직 퇴근 안 하셨어요?"

"지금 막 들어가려던 참이었어요."

"그럼 얼른 들어가세요. 수고하셨어요."

"네. 참, 사모님도 아직 식사 전이어서 두 분 식사 준비해 뒀어요, 사장님."

"고맙습니다."

짧은 대화가 끝난 뒤 아주머니의 걸음이 현관을 향해 멀어졌다. 그리고 태강이 그녀의 방 쪽으로 걸어오는 소리가 들려왔다.

"일찍 왔네요?"

나갈 때 봤던 태강의 블랙 슈트에서 넥타이가 사라졌다. 단정하게 정돈돼 있던 머리도 이마로 내려와 있었다. 그와 시선이 마주치자 원피스 안에 입은 속옷이 그에게 보일 리 없음에도 그녀의 가슴이 빠르게 두근거리기 시작했다.

"응."

그녀를 발견하고 시간을 확인하던 태강이 뒤늦게 중요한 사실을 깨달은 듯 다시 고개를 들어 그녀를 바라보았다.

"아직 안 입어 봤어?"

"아니요."

"그럼 아주머니 때문에 다시 갈아입은 거야?"

"아닌데……."

아주머니가 자신들의 대화를 들을 수도 있다는 생각에 이나의 시선이 반사적으로 현관 쪽으로 향했다. 다행히 아주머니의 모습도 인기척도 느껴지지 않았다. 그런 그녀를 태강은 여전히 웃음기 없는 시선으로 응시하고 있었다.

"안에……."

"응?"

"안에요."

"방 안에?"

"아니요. 원피스 안에 입고 있다고요."

아직 보여 준 것도 아닌데 얼굴이 뜨거워져 어색하게 미소를 지었다. 그제야 그녀와 다른 의미로 태강의 얼굴에도 미소가 번졌다.

"그냥 방에서 기다리지."

"어떻게 그래요."

"그럼 지금 방으로 가자."

안 된다는 그녀의 대답을 그의 입술이 막았다. 그런 그를 밀어 보려 했으나 마치 덩치 큰 강아지가 무턱대고 안겨 오는 것처럼 힘으로는 역부족이었다. 그녀를 꼼짝 못 하게 한 그는 입술로 그녀의 얼굴과 목덜미를 간질였다. 그 짧은 접촉만으로도 이나는 금세 발끝까지 저릿해졌다.

"지금 보고 싶어."

"아직 저녁 식사 안 했잖아요."

"배 안 고픈데."

"전 배고파요."

"정말?"

우선은 식사가 먼저였기에 그녀가 고개를 끄덕였다. 그러자 그가 잠시 심각한 표정으로 그녀를 응시하다 손을 잡았다.

"그럼 방으로 가져가서 먹을까? 내가 가져올게."

"아니요."

"정말 배 많이 고픈 거지?"

의심과 투정이 뒤섞인, 그럼에도 불구하고 달콤하고 섹시하기만 한 표정이었다. 예전의 그였다면 상상도 할 수 없는 모습이었으나 이제는 그녀도 일상처럼 받아들일 수 있었다.

"네."

"좋아. 그럼 빨리 먹자."

곧 두 사람은 식탁에 마주 앉았다. 태강의 자리에는 정갈한 한식이 차려져 있었고 그녀의 자리에는 빵과 퀴노아 샐러드, 짙은 초록색 주스가 유리잔에 담겨 있었다.

"왜 당신은 밥이 아니야?"

"제가 이렇게 먹고 싶다고 했어요."

"키위 주스?"

"네."

"난 키위처럼 신 과일은 좋아하지 않는데."

"저도 예전에는 좋아하지 않았는데 요즘엔 괜찮은 것 같아요."

"그럼 천천히 꼭꼭 씹어서 많이 먹어."

웃으며 그녀가 먹는 모습을 잠시 지켜보던 그도 수저를 들고 식사를 시작했다. 식사하는 내내 그는 그녀가 무엇을 먹는지, 어떤 표정으로 먹는지를 놓치지 않았다.

그녀도 그와 시선이 마주치면 눈으로 웃었다. 말이 아니어도 서로에게 관심과 즐거움이 충분히 전달되었다.

그의 눈길을 오롯이 느끼며 빵을 씹던 그녀는 갑자기 목이 막혀 왔다. 그가 그녀보다 빠르게 주스 잔을 집어 건넸다. 이나는 아이처럼 그가 건넨 잔을 두 손으로 받아 들고 꿀꺽꿀꺽 주스를 마셨다.

"괜찮아?"

"네."

"정말 배고팠나 보네? 그래도 천천히 먹어."

그녀는 그를 보며 고개를 끄덕였다. 이렇게 그와 다정하게 식사하는 날이 오기를, 그의 시선이 언제나 자신에게 향해 있기를 아주 오랫동안 바랐었다. 이제야 그 바람이 이루어졌다. 그의 몸과 마음이 모두 자신의 곁에 있었다.

다만 아쉬운 점은 세상에 완전한 만족도, 완벽한 행복도 없다는 사실이었다. 강 회장의 건강은 시간이 지날수록 나빠질 테고, 수진은 그녀와 태강 사이를 멀어지게 하려고 앞으로 무슨 짓을 꾸밀지 알 수 없었다. 이런 순간 자신이 행복해하고 있다는 사실이 마음을 무겁게 했다.

"아버님께는 말씀드렸어요?"

"할아버지 얘기?"

"네."

"작은어머니가 직접 하실 거야."

"어떻게요?"

"내가 알고 있다고 했거든."

"그래도 괜찮은 거예요?"

"그럼. 그러니까 걱정 말고 어서 식사해."

태강이 그녀를 보며 싱긋 웃었다. 그리고 자신은 식사를 다 마쳤다는 듯 들고 있던 젓가락을 식탁 위에 내려놓았다.

"나는 이제 다 먹었는데. 당신은 언제까지 먹을 거야?"

"네?"

"내가 아직도 시차 적응이 안 돼서 그런지 지금이 밤 12시 같거든."

그가 출장을 갔던 곳은 서울과 불과 두 시간밖에 시차가 나지 않는 곳이었다. 알면서 모르는 척 그녀도 포크를 내려놓았다.

"저도 다 먹었어요."

"그럼 일어날까?"

"네."

아직 풀어야 할 숙제가 많았다. 하지만 잠깐 행복한 정도는 괜찮겠지 하는 마음으로 그녀도 태강을 따라 자리에서 일어섰다. 그리고 못 이기는 척 그의 손에 이끌려 방으로 향했다. 누구보다 그를 믿었으니까. 자신 또한 흔들릴 생각이 없으니까. 미리부터 겁먹어 그를 더 힘들게 하지는 말자고 그녀는 마음속으로 다짐했다.

방으로 들어선 그는 불을 켜지 않고 스탠드 조명만 켰다. 은은한 불빛을 등진 채 그가 그녀를 자신의 품으로 끌어당겼다. 눈으로 바라보지 않아도 얼굴에서 목을 타고 점점 더 아래쪽으로 움직이는 그의 시선을 느낄 수 있었다. 눈길에도 온도가 있다면 그의 시선은 이미 발화점에 가까웠다.

"정말 원피스 안에 입고 있는 거 맞아?"

그가 쉰 목소리로 물었다. 이나는 대답 대신 옅은 미소를 보였다.

"궁금하면 확인해 봐요."

"출장 가 있는 동안 당신이 그리워 미치는 줄 알았어."

그의 손이 그녀의 원피스 단추 위로 움직였다. 자신의 단추를 푸를 그를 바라보는 것만으로도 그녀의 전신은 빠르게 달아오르기 시작했다. 숨이 가빠지고 가슴은 단단하게 부풀어 올랐다.

가슴 아래까지 이어진 단추를 모두 풀어낸 그는 주저 없이 그녀의 머리 위로 원피스를 벗겨 냈다. 자신이 선물한 속옷을 입고 있는 그녀의 모습에 그의 얼굴 가득 황홀한 미소가 번졌다. 마치 세상에서 가장 아름답고 섹시한 여자를 바라보고 있는 것처럼.

"상상했던 것보다 훨씬 더 아름다워."

그가 손을 뻗어 그녀의 매끄러운 팔을 쓸어내렸다.

"상상했어요?"

"줄곧."

시선을 그녀에게서 떼지 않은 채 그는 나머지 한 손으로 서둘러 자신의 셔츠 단추를 풀기 시작했다. 생각대로 풀리지 않는 단추를 겨우 반쯤 끌러 냈을 때 그는 자신의 셔츠도 티셔츠처럼 머리 위로 벗어 던졌다. 그리고 다급히 그녀를 뒤통수를 감싸며 입을 맞췄다.

그녀는 끝없이 이어지는 진한 키스를 받아들였다. 입술을 떠나 뺨에서 귓볼로, 목에서 가슴으로 범위를 넓혀 가는 그의 뜨거운 입술을. 그가 매끈한 살결에 입을 맞추는 동안 그녀의 몸에 남겨졌던 옷가지도 모두 사라졌다.

"아."

두 사람의 숨소리가 점점 더 가빠지며 어느 순간 이나는 그의 품에 안겨 침대로 향하고 있었다. 그는 그녀를 내려놓고 곧바로 자신의 바지와 속옷을 벗어 던졌다.

"난 이미 한계야."

"저도 지금 원해요."

그들의 달구어진 숨결과 만족스러운 신음이 한데 뒤엉켰다. 그리고 곧 두 개의 불완전했던 떨림이 하나가 됐다.

"후……."

그를 받아들인 채 그녀가 손을 들어 까슬거리는 턱을 쓸자 그가 고개를 숙여 다시 그녀의 입술에 입을 맞췄다. 입술을 겹친 채 속삭이는 그녀의 요구에 그는 손이 저절로 말릴 정도로 더욱 깊게 파고들었다.

"태강, 씨……!"

그가 힘차게 몰아붙일수록 그녀의 입에서는 통제되지 않은 신음이 터져 나왔다. 그는 그녀의 가장 깊은 곳을 향해 빠르게 달려들었다 물러나길 반복했다. 마치 오늘 새벽의 일이 며칠 전의 일인 것처럼 그녀의 몸도 머릿속도 점점 몽롱해졌다.

황홀하지만 조금은 버거운 그의 욕구에 그녀가 몸을 떨다 비명에 가까운 신음을 내질렀다. 그녀의 신음에도 그는 멈추지 않았다. 그러다 잘게 몸을 떨더니 그녀 위로 힘없이 무너져 내렸다. 그녀는 땀에 젖은 채 늘어진 그의 등을 꼭 끌어안았다.

"아아……."

몸이 겹쳐진 상태 그대로 그가 그녀의 귓가에 속삭였다.

사랑해, 윤이나.

그의 고백에 이나의 눈가가 젖어 들었다. 지금 입을 열면 울먹이는 소리가 나올 것 같아 입술을 물었다.

자신도 그에게 사랑한다고 말하고 싶었다. 너무나 사랑한다고. 하지만 그의 고백에 대답처럼 하는, 기브 앤 테이크 고백이 아니라 제대로 말하고 싶었다. 기억을 모두 찾았고, 지난 시절에도 지금도 나는 당신을 사랑한다고.

"어릴 때 당신은 어떤 아이였어?"

처음엔 참기 힘든 본능의 표출로, 그다음에는 서로를 배려하며 그들은 긴 사랑을 나눴다. 만족스럽게 서로에 대한 허기를 채운 뒤 태강이 그녀의 등을 부드럽게 쓰다듬던 손길을 멈추고 물었다.

"어릴 때요?"

"응. 당연히 지금처럼 예쁘고 똑똑했겠지?"

"저희 할아버지 말씀으론 귀여운 수다쟁이였대요. 엄마가 돌아가신 후로는 성격이 많이 바뀌었지만."

"어린 나이에 어머니를 잃었으니 성격이 바뀔 만도 하지."

"할아버지는 좋은 분이었는데 제 대화 상대가 아니었던 건 분명해요."

"나도 기억나. 걱정되거나 신경 쓰이는 사람이 있으면 가만히 지켜보시다가 나중에 따로 불러 조용히 한마디를 하시던 모습."

"태강 씨한테 그랬던 적도 있어요?"

이나는 고개를 들고 그의 얼굴을 바라보았다.

"한 번 있었어. 돌아가시기 얼마 전 할아버지 생신 연회에 참석하셨을 때. 그날 나를 계속 바라보셔서 내가 무슨 실수라도 했나 생각했었는데, 연회가 끝난 뒤에 앞으로 할아버지와 그룹을 잘 부탁한다고 하시더라고."

"겨우 그 얘기를 하시려고 태강 씨를 계속 지켜보셨다고요?"

"사실 그날은 나도 조금 당황스러웠는데 그때 나한테 그 말씀을 해 주시던 목소리와 눈빛은 아직도 잊히지가 않아."

"그 말씀 하실 때 어떤 얼굴이셨을지 알 것 같아요."

"지금 생각해 보면 그때 마음으로는 당신을 부탁하고 싶으셨던 게 아닐까 싶기도 하고."

"저를요? 전 그때 막 열일곱 살이 됐을 때였는데요."

"우리 결혼이 집안 어른들 뜻으로 이루어졌다면 거기에는 분명 당신 할아버지의 뜻도 들어 있을 거야."

태강이 무슨 말을 하는지 알았다. 이미 그의 할아버지에게 들었으니까. 그렇기에 그녀는 그 순간 할아버지가 더없이 보고 싶어졌다. 별다른 말 없이 '이나야' 하는 한마디에 애정을 꾹꾹 담아 주셨던 할아버지가. 그 한마디면 세상에서 가장 힘센 내 편이 곁에 있는 것 같은 든든함을 느꼈던 그 시절이 그리워졌다.

"당신이랑도 조금 닮았어."

"할아버지랑 저랑요?"

"응."

할아버지와 닮았다는 말이 그녀에게는 아주 큰 칭찬이었으나, 그는 어떤 의미로 말하고 있는지 알지 못했다. 그래서 그녀가 고개를 작게 갸웃하고 있을 때 그가 나직하게 덧붙였다.

"별다른 노력도 하지 않고 내가 더 좋아하게 만들었잖아."

피식 웃음이 났다. 자신이 별다른 노력을 하지 않았다고 그가 너무 쉽게 단정 짓는 것이 재미있어서.

"할아버지도 태강 씨를 예뻐하셨던 것 같은데요."

"우리 할아버지가 당신을 예뻐하시는 것처럼?"

"아마도요."

이나는 젖은 눈으로 웃고 있었다. 자신이 예전에도 누군가에게 아주 소중한 존재로 사랑받았고 지금도 사랑받고 있다는 사실이, 사실은 한 번도 혼자였던 적이 없다는 사실이 행복의 눈물을 흘리게 만들었다.

"당신을 닮은 아이는 얼마나 사랑스러울까?"

"우리를 닮은 아이요?"

"분명히 나를 더 정신 못 차리게 하겠지?"

"아이들은 다 사랑스럽잖아요."

"지금처럼 나한테 가족이 소중했던 순간은 없었어. 내 모든 걸 걸고 당신과 우리 아이를 지킬 거야."

"그런 생각은 아이가 생기면 그때 해요."

"그래, 지금은 당신이 내 전부니까."

따스함이 배어 있는 그의 목소리를 들으며 이나는 태강의 품으로 더욱 깊게 파고들었다. 머릿속으로 어린 태강의 얼굴을 떠올리고 있는 그녀의 등을 커다란 손이 천천히 쓸어내리고 있었다.

✤   ✦   ✤

"네가 어쩐 일이니? 오늘 해가 서쪽에서 떴나?"

거실 소파에 앉아 있던 세영이 오랜만에 집으로 찾아온 이나를 보고 뾰로통하게 한마디를 건넸다.

"그쪽 보러 온 거 아니에요."

"그럼?"

관심 없다는 표정을 하고 자리에서 일어서는 세영의 얼굴이 지난번 봤을 때보다 해쓱했다. 살이 빠진 탓인지 가느다란 팔에 감싸인 배는 훨씬 도드라져 보였다.

배에 힐끗 시선을 줬던 이나는 예전에 자신이 쓰던 방으로 성큼성큼 걸음을 옮겼다. 예전 같았으면 그녀가 어디에 있든 신경 쓰지 않았을 세영이 조르르 따라 올라오는 소리가 들렸다.

"네가 이런 허접한 것들이 필요할 리는 없을 테고. 왜 온 거야?"

"……."

"설마 나 뭐 하고 있는지 염탐하러 왔니?"

이나는 비스듬히 열린 문 사이에 어정쩡한 자세로 서 있는 그녀를 돌아보았다.

"사실이 그렇잖아. 그게 아니면 네가 아버지 없이 나 혼자 있을 이 시간에 뭐 하러 집에 왔겠어?"

"그 입 좀 가만히 붙이고 있는 게 어때요?"

"내가 왜?"

"내 앨범 가지러 온 거예요. 이제 됐죠?"

바라보지 않으려 했는데 시선이 멋대로 세영의 배로 향했다. 수진에게 들은 말을 전부 전하진 않았지만, 태강은 그녀를 닮은 아이를 기다리고 있었다.

자신의 모든 걸 걸고 그녀와 아이를 지켜 주겠다고 말했다. 그의 말한마디가 그녀에게는 더없이 큰 기쁨이었고, 앞으로 어떤 상황이 닥쳐도 견뎌 낼 힘을 주었다.

그런데 그녀는 좋은 엄마가 되고 싶다는 세영과 엄마의 배 속에서 아무 걱정 없이 자라야 할 아이에게 무슨 짓을 한 것인지. 지금 가장 행복해야 할 사람들에게 잘못의 대가를 치르게 하는 게 과연 맞는 것인지. 책꽂이를 뒤적이던 그녀의 손끝에 살며시 힘이 실렸다.

"갑자기 앨범은 왜?"

"내 거니까요."

"왜, 내가 버리기라도 할까 봐?"

어제 태강과 할아버지 얘기를 나누고 난 뒤 자신이 결혼 후 엄마와 아버지 사진은 물론이고 할아버지 사진까지 전부 집에서 챙겨 오지 않았다는 사실이 떠올랐다. 그래서 오늘은 일부러 시간을 내 앨범을 가지러 온 길이었다.

"아버지는 요즘 어때요?"

"네 아버지야 회사 일 때문에 매일 정신없지."

아무렇지 않은 척 얘기하며 세영은 제 둥근 배를 연신 쓰다듬었다.

"이해심이 그렇게 많은 줄 몰랐네요."

"이제라도 알았으면 됐어."

"네. 이제 알았으니까 그만 내 방에서 나가 주실래요?"

그녀의 요구에도 부루퉁한 얼굴로 꼼짝하지 않고 그 자리에 서 있던 세영이 더는 참지 못하겠다는 듯 다시 입을 열었다.

"너 정말 끝까지 모르는 척할 거야?"

"무슨 말이에요?"

"요즘 네 아버지랑 내 사이 어떤지 알고 있잖아?"

세영이 양손을 배에서 떼고 허리가 아닌 등을 받쳐 배를 더 내밀며 그녀를 노려보았다. 이곳은 자신의 홈그라운드니 절대 밀리지 않겠다는 듯. 자신의 배 속에는 아이가 있으니 너는 말과 행동을 조심해야 할 것이라고 경고라도 하듯.

책꽂이를 등지고 돌아서 세영의 자신만만한 표정을 바라보던 이나는 한쪽 입술 끝을 비스듬히 끌어 올렸다. 조금 전 잠시 들었던 미안한 마음이 우스워지려 했다.

세영은 쉽게 달라질 사람 아니었다. 좋은 엄마가 되고 싶다는 건 말뿐이지, 여전히 제 잘못을 반성할 생각은 하지 않는 이기적인 사람이었다.

"난 아버지랑 그쪽이 어떻게 지내든 관심 없는데."

"관심 없다고?"

이나는 가볍게 어깨를 들썩였다.

"거짓말하지 마. 너 강 회장님 생신 연회 끝난 뒤에 SJ에 찾아갔었잖아. 정말 관심 없으면 왜 찾아갔던 건데? 가서 네 아버지한테 무슨 얘기를 한 거냐고?"

"누가 그래요? 내가 SJ에 다녀갔다고?"

"내가 비서실 직원들한테 직접 들었으니까 잡아뗄 생각 마."

아버지와 결혼 후 세영은 여느 귀부인 못지않게 화려한 옷차림으로 곧잘 SJ에 찾아갔었다. 결혼으로 얻은 지위를 몸소 체험하고 싶었던 모양이다.

하지만 회사에 다녀온 후 그녀는 자신을 향한 직원들의 시선에 무시가 담겼다며 매번 신경질을 부렸다. 심지어 아버지에게 직원의 이름까지 직접 들먹이며 자르라는 요구를 하기도 했다.

자신의 불만에도 아버지가 꿈쩍하지 않자 어느 날 세영은 작정하고 회사로 찾아가 평소 눈엣가시로 여기던 비서실 여직원에게 손찌검을 했다.

웬만한 상황에는 언제나 그녀의 편을 들어 주던 아버지조차 그날은 직원들 앞에서 세영에게 다시는 회사에 찾아오지 말라고 고함을 질렀다. 고작 며칠 후 그녀의 화를 풀어 주기 위해 회사에만 오지 않으면 그녀가 원하는 건 뭐든 사 주겠다고 했지만 말이다.

그 후 세영은 원하는 물건이 생길 때마다 회사에 찾아가지 않을 테니 사 달라고 아버지에게 협박 아닌 협박을 했다. 실상은 그 망신을 당했으니 그녀도 회사에 다시 찾아갈 마음은 없었을 텐데.

그런데 이번에는 아버지 몰래 회사에 찾아가 무슨 일이 있었는지 직접 알아보기까지 했단다. 비서실 직원들의 사늘한 시선보다 아버지와의 불안한 관계가 더 견디기 힘들었다는 뜻이었다.

호텔에서 자신과 만난 이후 줄곧 냉전 중이었다면 세영의 고통이 전혀 이해 안 되는 바는 아니었다.

"너, 그날 네 아버지한테 무슨 말 했어?"

세영은 허리를 받친 손을 내리지 않고 벌겋게 힘이 들어간 눈으로 그녀를 뚫어져라 응시했다.

"그렇게 궁금하다면 말해 줄게요. 당신이랑 우리 도련님이, 무척 가깝고 특별한 사이인 것 같다고 말씀드렸어요."

"뭐?"

단 몇 초 만에 세영의 얼굴이 백지처럼 창백하게 굳었다.

"사실 아니에요?"

"너 제대로 미쳤구나?"

"그럼 10년 넘게 소중하게 이어 온 인연이 특별한 인연이 아니면 뭐죠?"

"10년 전에 잠깐 알았던 거지, 그 뒤로는 쭉 모르는 사람처럼 지냈어."

"그런데 내 병실로 보내 기억이 온전한지 확인하게 했다고요? 우리 도련님 10년 전에 잠깐 알았던 사람 청을 들어줄 정도로 그렇게 성격 좋은 분이 아닌데."

"내가 아니라잖아."

"이러니까 더 의심스러운데요."

탁.

이나는 자신의 뺨을 향해 거침없이 날아오는 세영의 손목을 재빨리 잡았다.

"뭐 하는 짓이에요?"

"놔! 너 나 이혼하게 만들고 우리 아기 아빠 없는 애로 자라게 하려는 거야? 네가 원한 게 그거냐고?"

세영은 눈에서 힘을 풀지 않은 채 이나에게 잡힌 손목을 빼내기 위해 팔을 비틀었다.

"맞아요. 난 아버지가 당신이랑 이혼해서 다시는 당신이 내 눈앞에 보이지 않았으면 좋겠어요."

"네가 네 아버지한테 무슨 말을 하든 나는 이 집에서 절대 안 나가! 내 배 속에 있는 애가 네 아버지 앤데 내가 왜 나가? 내가 미쳤니?"

"그럼 나가지 말고 버텨요."

이나는 움켜쥐고 있던 세영을 손목을 허공으로 집어 던졌다.

"지금처럼 죽은 듯이."

"강 회장님 생신 연회 때 기둥 뒤에서 전부 들었던 거 너였지? 내가 너 이혼시키겠다고 강태훈한테 한 말 때문에 이러는 거냐고?"

"그래도 본인이 했던 말은 기억하나 보네."

어금니를 악문 세영의 턱이 부들부들 떨렸다.

"난 그냥 해 본 소리였어. 내가 무슨 짓을 하면 널 이혼하게 만들 수 있는데? 그리고 내가 무슨 소리를 한다고 네가 귓등으로나 들을 애야?"

변명조차 악다구니를 쓰며 하는 세영은 여전히 억지스럽고 천박해 보였다. 하지만 울면서도 자꾸만 배를 쓰다듬는 손길에서 초조와 불안을 잠재우려는 절박함이 느껴졌다.

지금 그녀 배 속의 아이도 엄마의 감정을 그대로 느끼고 있을까. 아이도 억울하고 분한 엄마 때문에 불안하고 무서워 울고 있을까. 언제부터 자신이 세영을 그리 생각했나 싶으면서도 마음 한편이 불편한 건 사실이었다.

"그러니까 말하기 전에 생각이란 걸 했어야죠."

"너……."

"억울하면 아버지한테 사실대로 말해요. 우리 도련님이랑 특별한 사이 아니라고. 내가 멋대로 지어낸 말이라고. 그쪽 말을 믿을지는 모르겠지만요."

"윤이나…… 네가 나 싫어하는 거 알아. 하지만 아이는, 아직 태어나지도 않은 우리 애는 아무 죄도 없잖아?"

여전히 벌건 눈에 고여 있던 눈물이 화장기 없는 뺨을 타고 주르륵 흘러내렸다. 이나는 그런 세영의 모습이 악어처럼 보였다. 먹이를 잡아먹고 난 뒤 가짜 눈물을 흘리는 악어처럼 자신을 속이기 위해 눈물을 흘리는 것 같았다.

무엇보다 이번에 그냥 넘어가면 또다시 무슨 짓을 벌일지 알 수 없었다. 그렇지만 그녀의 말처럼 아직 태어나지도 않은 아이는 분명 죄가 없었다. 그녀와 같이 절반은 아버지의 피를 물려받은 그 아이는…….

"내가 어떻게 하면 되는 거야?"

"……."

"네가 원하면 무릎이라도 꿇을게."

막다른 골목에 몰리면 쥐도 고양이를 물 수 있는 법이었다. 하물며 태훈을 이용해 자신이 정말 기억을 잃었는지 확인하고 이혼까지 시키겠다고 이를 갈았던 세영이니, 수진이 마음먹고 이용하려 들면 그 꾐에 곧바로 넘어갈 수도 있는 노릇이었다. 다시 말해 세영과 완전히 척지는 건 어리석고 위험한 짓일 수 있다는 소리였다.

"당신 무릎이 뭐라고……."

"그럼 원하는 게 뭐야? 내가 어떻게 해야 전부 원래대로 돌려놓을 거냐고?"

"본인이 뭘 잘못했는지는 아는 거죠?"

"알아. 내가 주제도 모르고 말을 함부로 했어."

후회와 원망, 분노와 간절함이 뒤섞인 지치고 어지러운 눈빛이었다.

"우리 아버지 당신 아이 안 버려요. 부모 잃은 아이 동정할 만큼 정 많은 사람은 아니지만, 자기 핏줄 버릴 사람도 아니에요."

"그걸 네가 어떻게 알아?"

"겪어 봤잖아요. 당신이 아무리 내 험담을 하고 내쫓을 궁리를 해도 아버지와 내 사이는 달라지지 않았어요."

눈물에 이어 콧물이 세영의 얼굴을 적셨다. 이나는 미간을 구기며 근처에 놓인 티슈를 뽑아 그녀에게 건넸다. 그리고 반쯤 빠져나와 있는 앨범을 마저 잡아 뺐다. 피곤했다. 그만 집으로 돌아가고 싶었다.

"며칠 전에 백화점에 갔다 골든건설 사모 만났어. 강태훈 엄마."

"……."

"그냥 인사만 하고 지나치려는데 그 여자가 어쩐 일로 다가와 너랑 자주 만나느냐고 물어보더라."

"그래서요?"

"가끔 본다고 했더니, 언제 같이 밥이라도 먹자고 하더라고."

역시 수진이 세영을 보고도 못 본 척 그냥 보냈을 리 없었다. 세상

사람들이 다 알고 있는 세영과 이나 사이를 수진만 모를 리 없을 테니.

"그 여자랑 강 서방 사이 안 좋은 거 나도 알아. 분명 나한테 밥 먹자고 말한 것도 뭔가 목적이 있어서 그랬을 거야."

"하고 싶은 말이 뭐예요?"

"필요하면 나 이용해. 너랑 나 사이 안 좋은 거 아니까 혹시 내가 도움이 될 수도 있잖아."

궁지에 몰린 세영이 머리를 짜내 그녀에게 협상을 요구하고 있었다. 그녀가 아버지의 오해를 풀어 주면 자신은 수진을 만나 그녀가 원하는 대로 해 주겠다고. 이나에게도 제법 구미가 당기는 제안이었다.

사실 예전의 세영이라면 쉽게 믿지 않았을 것이다. 하지만 지금의 세영은 아이를 위해서라면 못 할 일이 없는 엄마가 되어 있었다. 정말 좋은 엄마가 되는지는 모르겠으나 그녀는 분명 한 아이의 엄마였다.

"그러니까 지금 당신 보는 앞에서 아버지한테 전화하라고요?"

"그래."

정말 세영을 이용할 생각은 없었다. 세영이 그녀를 돕는 유일한 방법은 수진, 태훈 모자와 다시는 얼굴을 마주하지 않는 것뿐이었다. 이나는 말을 아끼며 듣고 있던 앨범을 테이블 위에 올려놓고 핸드폰을 꺼냈다.

그녀를 바라보며 세영이 꿀꺽 침을 삼켰다. 세영의 시선을 의식하며 그녀는 아버지에게 전화를 걸었다.

―여보세요?

발신음이 몇 번 울리지 않았을 때 아버지가 전화를 받았다.

"저예요, 아버지."

―그래, 이나야.

"별일 없으시죠?"

―회사야 늘 그렇지. 그래도 요즘은 날이 많이 풀려서 지낼 만한 것 같다.

아버지가 딴청을 부리듯 날씨 얘기를 꺼냈다.

—강 서방이랑 너는 어떠냐?

"저희는 잘 지내요. 집에도 별일 없죠?"

그녀의 질문에 돌아온 긴 침묵. 그리고 그녀를 노려보고 있는 세영의 사나운 시선.

"아버지."

—그래, 듣고 있다.

"제가 그분 많이 미워하는 거 아시죠? 처음부터 싫었고, 지금도 싫어요."

—…….

"그래서 지난번 그 사진 일부러 보여 드렸어요. 같이 있는 모습 직접 목격한 건 맞지만 둘 사이는 사실 저도 정확히 몰라요."

수화기 너머에서 긴 한숨이 들려왔다. 아버지답지 않은 반응이었다. 어쩌면 아버지 역시 세영만큼 힘들고 지쳐 있었는지도 모른다.

—하지만 그때 호텔 일은 너와 상관없는 일이었어.

"아버지가 직접 목격하신 것도 없잖아요."

—…….

"배 속 아이 생각도 하셔야죠."

—아이 때문에 나도 힘들구나.

"아버지가 원하셨고, 기다렸던 아이예요."

연거푸 한숨을 내쉬는 소리를 들으며 이나는 묘한 감정을 느꼈다.

인생은 참으로 아이러니하다. 세영을 아내로 맞았던 아버지를 미워했다. 아버지의 마음속에 더 이상 자신의 자리는 없다고 생각했다.

그런데 세영과 배 속의 아이 때문에 괴로워하는 모습을 보며 자신에 대한 아버지의 신뢰와 사랑을 느꼈다. 아버지를 피 마르게 한 고통과 괴로움을 보며 알 수 없는 위안을 받았다.

—네 말뜻 충분히 알았으니까 그만 끊자.

"임신 중에는 감정 기복이 심하다던데, 아버지가 신경 좀 써 주세요."

—……그러마.

전화가 끊겼다.

"이제 됐죠?"

"아까 말한 그 사진은 뭐야?"

"당신이랑 우리 도련님 사진이요."

"당장 내놔."

"나 당신 믿어서 지금 아버지께 전화한 거 아니에요. 당신이 약속 지킬 거라고 생각하지도 않고요. 그러니 이 정도 보험은 나한테 있어야 죠."

"뭐?"

그녀에게 내민 세영의 손이 희미하게 바들거렸다.

"당신이 나와 한 약속 안 지키고 작은어머님 만나면 그 사진, 작은어머님한테 바로 전송될 거예요."

"나는 널 어떻게 믿어?"

"그러니까 피차 같은 입장인 거잖아요. 아이 태어날 때까지 문제 안 만들면 당신 보는 앞에서 사진은 삭제할게요. 아이 친자 확인만 되면 아버지도 더는 그 일 문제 삼지 않을 거예요."

"그때까지 참고 살라고?"

"싫으면 지금이라도 짐 싸요."

"너 진짜!"

이나는 아무 말도 하지 않고 앨범을 집어 들었다. 이제 이곳은 그녀의 집이 아니었다. 집으로 돌아가 쉬고 싶었다.

"그만 갈게요."

"너 예뻐서 그러는 거 아니고, 친정까지 왔으니까 차라도 한잔하고 가."

"마신 걸로 해요."

"다른 목적 있는 거 아니야. 너 그냥 보낸 거 알면 네 아버지가 나 미워하실까 봐 그래."

잠시 망설였으나 얼마 후 이나는 햇볕이 쏟아져 들어오고 있는 거실에 앉아 있었다. 세영이 쟁반에 주스 두 잔을 담아 들고 와 하나를 그녀 앞에 내려놓았다.

"할 말 있으면 해요."

이나는 세영이 손수 내온 키위주스를 태연히 한 모금 마셨다.

"넌 정말, 더럽게 못된 애야. 어떻게 나를 그런 여자로 만들어서 네 아버지를 오해하게 해?"

"그쪽도 그런 말 할 처지는 아닐 텐데요."

"아까도 말했지만, 너랑 나랑은 경우가 달라. 난 그냥 말만 한 거라고."

"의식 없이 죽어 가는 사람에게 찾아와 죽으라고, 죽어 달라고 했던 것도 말만 한 거죠. 사람을 죽이는 데는 꼭 손만 필요한 게 아니에요."

"그때는…… 네가 듣고 있는지 몰랐어. 정말이야."

"됐어요."

그때의 기억을 떠올리는 것도 끔찍했다. 어떻게든 살고 싶어 안간힘을 다해 의식을 잡고 있는데 들려오는 소리는 그만 죽어 버리라는 세영의 싸늘한 목소리뿐이었던 시간. 어쩌면 그녀에게 세영과 함께한 좋은 기억은 단 1분도 없는지 모른다.

"나 죽을 때까지 당신 절대 용서 안 해요."

"내가 아무리 너한테 실수를 좀 했기로서니, 넌 네 아버지랑 결혼한 나한테 끝까지 그쪽이고 당신이지?"

역시 세영은 끝까지 자신 위주로만 생각했다. 그녀에게 진심 어린 사과 따위를 기대한 스스로가 한심해 이나는 가볍게 한숨을 내쉬었다.

"아이 태어나면 누구 엄마라고 불러 줄게요."

"나쁜 년."

"임산부가 그렇게 욕해도 되는 거예요?"

"나는 너처럼 많이 배우지도, 우아하지도 못해서."

"좋은 엄마가 쉽게 되는 줄 알았어요?"

이나는 잔에 남아 있던 주스를 모조리 비우고 자리에서 일어섰다.

"야, 윤이나."

그녀는 세영을 바라보았다.

"너 괜찮아?"

"뭐가요?"

"그 주스 말이야."

"주스가 왜요?"

"그거 키위 아니고 엄청 신 다래야. 너 전에는 그렇게 신 거 입에도 안 댔잖아."

"입맛이 변했나 보죠."

"내가 너무 시어서 버리라고 했다가 너 골탕 먹이려고 아줌마한테 갈아 달라고 한 건데."

"그럼 그사이 익었나 보네요."

세영이 가져다만 두었을 뿐 손도 대지 않았던 자신의 잔을 집어 들었다. 주스를 조금 맛본 그녀는 이내 인상을 와락 구기며 탁 소리 나게 잔을 내려놓았다.

"너 나 골탕 먹이려고 일부러 이걸 참고 다 먹은 거야? 진짜 독하다."

"억지 좀 그만 부려요."

"억지 같은 소리 하네. 넌 어렸을 때부터 그랬어. 독하게 참다가 나중에 꼭 내 뒤통수쳤잖아."

"그럼 좋을 대로 생각해요."

"아니야, 너 혹시……."

최근 새콤한 과일이 유독 당기긴 했다. 하지만 결혼 전 세영과 한집에 살면서 가렸던 음식이 신 과일만은 아니었다. 당시엔 딱히 좋아하는 음식조차 없었다.

식사는 가능하면 밖에서 해결하려고 노력했고, 세영이 건네는 음식은 대부분 좋아하지 않는다는 말로 거절하거나 입에 대지 않는 것으로 음식이 아니라 그녀를 무시했다. 그러니 이제 와 이러는 세영의 반응은 유난스럽다고 받아넘기면 그만이었다.

"임신한 거 아니야?"

생리 예정일이 됐지만, 아직 소식이 없었다. 예전에도 간혹 2, 3일이 늦어졌던 경우는 있었기에 조금 더 기다려 보려던 참이었다.

그런데 확신에 찬 세영의 표정을 보고 있자니 그녀의 심장이 쿵쿵 널뛰기 시작했다. 혼자 생각할 때는 막연한 기대일 뿐이었는데 타인의 입을 통해 듣게 되니 기대에 힘이 더해지는 듯했다.

"맞지?"

"아니에요."

"아닌 게 아닌데, 너 마지막 생리 언제 했어?"

이나는 긴 설명 대신 며칠 전부터 핸드백에 넣어 다니던 생리대를 꺼내 보였다. 그제야 세영이 입을 닫고 입술을 삐죽거렸다. 그녀는 테이블 위에 올려 두었던 앨범을 챙겨 들고 자리에서 일어섰다.

"작은어머님한테 연락 오면 바로 전화해요."

"알았어."

대답을 듣고도 그녀는 세영에게서 시선을 돌리지 않았다.

"딴생각 안 해. 네가 한다면 하는 앤 거 나도 안다고. 더구나 그 사진까지 네 손에 있는데……."

세영을 미워한 시간 동안 미운 정이라도 들었다면 끈끈하고 특별하기가 이루 말할 수 없을 정도이리라. 하지만 그녀와 정이 드는 것도 싫은 마당에 미운 정이라면 더욱 사양하고 싶었다. 이나는 대꾸하지 않고 현관을 나섰다.

"저 싸가지. 끝까지……."

세영의 말이 들리지 않는 것처럼 그녀는 차를 향해 걸음을 옮겼다.

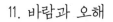

11. 바람과 오해

집 안으로 들어서기 전 이나는 자신의 납작한 배 위로 한 손을 얹어 보았다. 매끈한 옷감의 감촉도, 솟은 곳 없이 평평한 배도, 힐을 신고도 흐트러짐 없는 자세도 평소와 조금도 다를 것이 없었다. 아니, 다시 생각해 보니 달라진 것이 있었다. 아무것도 달라진 게 없다는 평범한 사실이 젖은 낙엽처럼 그녀의 기분을 바닥으로 가라앉게 했다.

집 안은 여느 때처럼 고요했다. 자신의 걸음 소리만 나직하게 울리는 복도를 걸으며 그녀는 자신도 모르게 도톰한 아랫입술을 지그시 물고 있었다. 입 안으로 번져 오는 립스틱 맛에 평소라면 미간을 구겼을 텐데 지금은 그조차 느끼지 못했다. 섣부른 기대는 금물이라고 생각하면서 그녀의 마음은 그러지 못하고 있었다.

"다녀오셨어요?"

"네."

자신을 맞아 주는 아주머니에게 짧게 대답하고 방으로 가려던 그녀의 걸음이 다시 멈췄다.

"아주머니."

"네, 사모님?"

"요즘 저한테 챙겨 주셨던 과일이랑 주스 말인데요. 주로 신맛이 강

한 종류였죠?"

"네. 새콤한 과일이 피로에도 좋고 입맛도 돋운다고 해서 챙겨 드린 건데 입에 맞지 않으세요?"

이나는 그제야 자신이 요즘 쉽게 피곤해지고 입맛이 없었다는 사실이 떠올랐다. 세영은 호들갑을 떨었지만, 아주머니의 배려와 그녀의 신체 상황이 만들어 낸 결과일 뿐이었다.

"아니에요."

"다른 거 생각나시는 게 있으시면 언제든 말씀해 주세요. 바로 준비할게요."

"고맙습니다."

자신의 방으로 들어온 그녀는 무언가에 이끌리듯 화장대 앞으로 향했다. 왜 자신의 걸음이 이곳에서 멈추었는지는 알고 있었다. 알면서도 한동안 움직임 없이 서 있던 그녀의 허리가 조심스럽게 굽혀졌다.

다시 허리를 세운 그녀의 손에 들린 길고 가는 플라스틱 막대는 무게가 느껴지지도 않을 만큼 작고 가벼웠다. 그러나 마음을 짓누르는 무게는 바위와 견주어도 뒤지지 않았다. 그녀는 임신 테스트기를 힘주어 움켜쥐었다. 앞으로 딱 3일만 더 기다려 보고, 그 후에는 어떤 결과도 덤덤히 받아들일 생각이었다.

임신 테스트기를 다시 서랍 안에 넣은 그녀는 드레스 룸으로 들어섰다. 겉옷을 벗자 군살이라고는 찾아볼 수 없는 실루엣이 유리에 비쳤다. 세영처럼 배가 부푼 자신의 모습을 상상해 보려는데, 수진이 언제 같이 밥을 먹자고 했다던 세영의 말이 떠올랐다.

지금껏 수진이 세영에게 먼저 알은체한 적은 없었다. 세영이 인사를 건네면 한참 아랫사람을 대하듯 거만하게 고개를 까딱거리며 인사를 받는 게 다였다. 그랬던 수진이 세영에게 먼저 알은체했다. 역시나 수진이 망가뜨리고 싶은 건 민정이 아니라 그녀와 태강의 관계였다. 생각만으로도 가구 모서리에 옆구리가 찍혔을 때처럼 몸이 저릿했다.

서둘러 샤워를 마치고 나온 그녀는 곧장 SJ 인사과에 전화를 걸었다. 수진이 민정에게 다시 접근하기 전에 자신이 좀 더 확실하게 손을 써 뒤야겠다는 생각이 들었기 때문이다. 인사과 직원은 그녀가 누군지 바로 알아차렸다.

차분히 몇 마디가 더 이어지자 그는 눈치 빠르게 비서실에 직원 채용 계획이 있다고 말했다. 더불어 추천할 사람이 있다면 채용 공고를 내는 번거로움 해소 차원에서도 감사할 일이라고 덧붙였다.

직원에게 알겠다고 말하고 전화를 끊은 그녀는 이번에는 민정에게 전화를 걸었다.

―여보세요?

"민정 씨, 나예요."

―안녕하세요?

언제나 그렇듯 차분하고 조심스러운 목소리가 수화기에서 흘러나왔다.

"그동안 잘 지냈어요?"

―네. 사모님도 잘 지내셨어요?

"나도 잘 지냈어요. 지난번에 말했던 SJ 입사 생각해 봤는지 궁금해서 연락했어요."

―아, 그게…….

"왜요, 어디 다른 곳 생각해 둔 데 있어요?"

―그런 건 아닌데, 너무 폐를 끼치는 것 같아서요.

미안함이 다분한 목소리였다.

"그런 생각 안 해도 돼요. SJ 우리 아버지 회사고 직원 채용 계획이 있다고 해서 내가 추천하려는 것뿐이니까 부담 느낄 필요 없어요."

그녀의 말에도 듣는 이가 없는 것처럼 수화기 너머는 고요했다.

"내키지 않으면 거절해도 괜찮아요. 부담 줄 생각은 없으니까."

―그런 뜻은 아니고요.

"그럼 생각해 보고 연락 줄래요? 아니면, 회사를 한번 둘러보고 난 뒤 결정하는 건 어떻겠어요?"

─생각해 보고 연락드릴게요.

"그래요. 그럼 연락 줘요."

─네. 들어가세요.

통화를 끝낼 때까지 방 안으로 누군가 들어온 사실을 알지 못했다. 그래서 단단한 손이 그녀의 가는 허리를 단번에 감싸 안았을 때 화들짝 놀라며 뒤를 돌아보았다.

"태강 씨."

"누구랑 통화하는데 인기척도 못 느껴?"

"언제 왔어요?"

"지금 막. 밖에서 미팅이 있어서 끝내고 바로 집으로 왔지."

태강은 아직 슈트도 벗지 않은 채였다. 언제, 어떤 모습이든 반듯하고 근사한 사람이었지만 퇴근 후 돌아온 그를 볼 때면 그녀의 가슴은 유난히 더 두근거렸다.

"방금 누구랑 통화한 거야?"

"민정 씨요. SJ 비서실에서 직원을 구한다기에 민정 씨한테 생각 있으면 지원해 보라고 얘기했어요."

"민정이가 하겠다고 해?"

이나는 고개를 들어 태강의 얼굴을 바라보았다. 그는 자연스럽게 민정의 얘기를 그녀에게 묻고 있었다. 만약 자신들의 사이가 예전부터 지금과 같았다면 그녀가 그와 민정 사이를 오해하는 일은 없었으리라.

시간을 되돌릴 수 없다는 사실을 알면서도 여전히 아쉽고 후회가 남았다. 그 아쉬움을 억누르고 그녀는 싱긋 미소를 지었다.

"민정 씨 집에 혼자 있는 것보다는 직장 생활이라도 하면서 사람들과 어울리는 게 좋지 않을까 싶어서 얘기는 했는데, 생각할 시간이 필요한가 봐요. 그래서 부담 갖지 말고 결정되면 전화 달라고 했어요."

"민정이도 당신 마음 알 거야."

"그렇게 대단한 마음으로 한 일 아니에요."

"민정이가 외롭게 자라서 좀 내성적이고 소심한 편이야. 표현은 안

해도 당신한테 고마워할 거야."

"민정 씨 착한 사람인 거 알아요. 하지만 이번 일은 제 마음 편하려고 하는 거예요."

"당신 마음 편하려고?"

다시 말하자면 그녀의 마음에 불편함이 있냐는 질문이기도 했다.

"지난번 만났을 때 이미 꺼낸 얘기고 SJ 인사과 쪽에도 물어본 상태라 서둘러 해결하고 싶어서요. 그래야 마음이 편할 것 같다는 뜻이에요."

"그래, 알았어."

태강의 나머지 손이 그녀의 뺨을 감쌌다. 그의 손이 주는 온기가 '당신한테 일어난 힘들고 불편한 일은 그 일이 아무리 작더라도 나한테는 꼭 말해야 해' 라고 전하는 듯했다.

그의 온기가 정말 무언의 의미를 담고 있었다면, 그녀가 그 의미를 제대로 해석했다면 대답은 필요 없었다. 그녀에게 무슨 일이 생기든 가장 먼저 떠오르는 얼굴은 언제나 태강일 테니까.

"태강 씨?"

"응?"

"언제까지 이렇게 있을 거예요?"

이나는 태강의 넥타이에 자신의 손끝을 가져다 댔다. 그리고 살며시 넥타이를 잡아당기자 그녀의 뺨을 감싼 그의 손이 움찔 경직되는 것이 느껴졌다.

"나 아직 안 씻었는데."

"알아요. 아직 옷도 안 벗었잖아요."

"당신이 도와주면 더 빨리 벗을 수 있을 것 같은데."

"아니에요. 천천히 갈아입고 나오세요. 저는 먼저 주방에 가 있을게요."

그의 품에서 재빨리 빠져나가는 그녀의 손목을 그가 낚아챘다.

"그냥 가는 건 안 되지. 그럼 저녁 식사 후에는?"

"저녁 식사 후요?"

"당신한테 계획이 없으면 내 계획을 말할까?"

나른한 시선에 유혹적인 목소리였다. 그의 계획에 대해 아무것도 듣지 않았으나 이미 들어 버린 듯한 착각이 일 정도였다.

"아니요. 오늘 아버지 집에 들러 앨범 가져왔어요."

"앨범?"

"네. 제 어릴 적 사진부터 전부 들어 있어요."

조금 전까지 기대와 실망이 교차하던 눈빛이 새로운 기대로 반짝였다.

"저녁 먹고 같이 봐요."

"어린이 윤이나는 얼마나 귀여울지 벌써 기대되는데."

"기대되면 빨리 옷 갈아입고 내려오세요."

"그래, 알았어."

태강이 잡고 있던 그녀의 손등에 가볍게 입을 맞추고는 순순히 손목을 놓아주었다. 방을 나서 주방으로 걸어가며 그녀는 자신의 손등을 나머지 손으로 감쌌다. 그의 입술이 남긴 온기는 사라졌지만, 가슴은 여전히 벅차게 따뜻했다.

저녁 식사 후 두 사람은 테이블 위에 앨범을 올려놓고 나란히 앉았다. 사실 앨범을 집에서 가져와 방에다 두기만 했지 아직 그녀도 펼쳐보지 않은 상태였다. 외모에 큰 변화 없이 자랐다지만 그래도 태강에게 자신의 은밀한 비밀을 공개하는 것처럼 공연히 긴장돼 이나는 첫 장을 넘기기 전 작게 심호흡을 했다.

"내가 넘길까?"

"아니요."

이나는 얼른 앨범의 표지를 두 손으로 눌러 그가 넘길 수 없게 했다.

"사진 보기 전에 할 말 있어요."

"뭔데?"

"이상하게 나온 사진 있어도 웃으면 안 돼요."

"이렇게 예쁜데, 그럴 리가."

그가 재빨리 그녀의 입술에 입을 맞췄다. 이나는 그에게 자신이 사랑받고 있다는 사실을 느낄 때마다 예상치 못했던 선물을 받는 기분이었다. 포장을 풀지 않고 바라만 봐도 넘치게 행복한 선물. 하지만 잠에서 깨고 나면 사라져 버리지는 않을까, 조금은 불안한 선물.

"정말 그렇게 예뻐요?"

"응."

"어디가 제일 예쁜데요?"

"안 예쁜 데가 없는데."

이 사람이 원래 이런 말을 아무렇지 않게 하는 사람이었던가. 물론 그녀도 자신의 어디가 제일 예쁘냐고 능청스럽게 묻는 사람은 아니었다. 모든 게 자연스럽게 달라졌고, 익숙해져 가고 있었다.

무언가를 빼앗기는 건 타인의 관여지만 잃는 건 자신의 행동과 선택의 결과였다. 지금 그녀에게 찾아온 변화 중 잃어도 괜찮은 건 없었다. 그것이 아무리 작은 것이라 할지라도.

어쩌면 그래서 그녀는 기억을 찾은 이야기를 그에게 쉽게 털어놓을 수 없는지도 모른다. 달라진 과거는 도미노처럼 현재에도 영향을 미치기 마련이니. 그럼 현재의 무언가를 잃게 될 수도 있었기에.

"거짓말."

"정말이야."

그가 미소를 지었다. 그의 미소에 새삼 가슴이 뛰어 그녀가 수줍게 시선을 내리는 순간이었다. 그의 입술이 다시 그녀의 입술 위로 깊게 겹쳐졌다. 자잘한 떨림과 달아오른 호흡이 농밀하게 교차했다. 입맞춤이 신호탄이 된 듯 그의 손은 그녀의 등을 헤맸고, 그녀의 손은 단단한 팔을 타고 미끄러졌다.

"그만요."

그의 입술이 목덜미를 덥히고 손은 블라우스 안으로 파고들자 이나는 간지러움을 참지 못하는 아이처럼 웃음을 터뜨리며 그를 살며시 밀어 냈다. 그제야 그의 입술이 아쉬운 듯 천천히 멀어졌다.

"이러다 사진 못 봐요."

"그냥 내일 볼까?"

"안 돼요. 태강 씨가 매일 오늘처럼 일찍 퇴근하진 않잖아요."

"그렇긴 하지."

아직 열기가 남은 눈으로 그녀를 바라보며 그가 수긍했다.

"이제 정말 넘길게요."

너무 오랜만에 펼쳐 보는 앨범이라 첫 장에 어떤 사진이 꽂혀 있었는지도 기억나지 않았다. 그녀는 두근거리는 마음으로 앨범의 첫 장을 넘겼다.

"어머니, 아니 장모님이지?"

그가 물었으나 그녀의 말문은 이미 막혀 버린 상태였다. 엄마는 지금의 그녀보다 더 어려 보였다. 그녀를 품에 안고 있었음에도 한 아이의 엄마라기보다는 막 소녀를 벗어난 듯 앳되고 고운 모습이었다.

가녀린 팔로 아기의 엉덩이와 허리를 감싸 가슴 앞으로 들고도 카메라가 아닌 이나를 바라보고 있는 엄마. 이유 없이 가슴이 뜨겁고 답답해졌다. 하지만 한 가지 사실은 분명하게 알 수 있었다.

그동안 그녀가 꿈에서 만났던 사람은 엄마가 아니었다. 매번 안전벨트로 묶인 그녀에게 동생을 보러 가자고 말하던 엄마의 뒷모습은 그녀가 스스로를 벌주기 위해 만들어 놓은 허상이었다.

"이 아기가 당신이구나. 이렇게 작은 아긴데 어떻게 이목구비가 지금이랑 똑같지?"

"……."

"이렇게 보니 당신 장모님이랑 많이 닮았네. 눈이랑 얼굴형, 분위기도……."

"그래요?"

"장모님을 닮아서 이렇게 예쁜 거였어."

이나는 지금 제가 세상에서 가장 따뜻하고 안전한 엄마의 품에 안겨 있다는 사실조차 모르고 있을 어린 자신과 앳되고 고운 엄마의 얼굴을 번갈아 바라보았다. 엄마를 바라보고 있는데 미치도록 엄마가 보고 싶었다. '엄마' 하고 소리 내 불러 보고 싶었다.

"무슨 행사였는지는 정확하게 기억나지 않는데 어릴 적에 장모님을 만난 적이 있었던 것 같아."

이나는 믿을 수 없다는 표정으로 그를 바라보았다.

"날 보며 웃어 주셨던 모습이 어렴풋이 기억나."

"아주 오래전 일일 텐데 기억이 나요?"

"응. 사진을 본 순간 기억이 떠올랐어."

엄마가 옆에 있다면 묻고 싶었다. 어릴 적의 그와 정말 만났는지, 그날의 엄마는 행복했는지. 하지만 그럴 수 없었기에 그녀는 입술을 꼭 붙이고 사진을 한 장 더 넘겼다. 지금 그녀가 담담히 할 수 있는 일은 그것뿐이었다.

이번 사진은 돌 무렵 찍은 가족사진이었다. 활짝 웃고 있는 아버지와 난처한 표정의 엄마, 그 사이에서 무엇이 그리 불만스러운지 양손으로 드레스 자락을 움켜쥐고 눈물을 뚝뚝 흘리고 있는 그녀.

"우는 아이가 이렇게 귀엽다니."

그의 목소리에는 애정이 담뿍 담겨 있었다. 하지만 같은 사진을 바라보는 그녀의 시선은 엄마에게 향해 있었다. 오롯이 어린 자신의 표정과 몸짓에 반응하고 있는 엄마에게. 그러니까 사진 속 엄마를 웃지 못하게 만든 건 눈물을 뚝뚝 흘리고 있는 어린 그녀였다. 하필 카메라 앞에서 울고 있는 자신이 야속했다.

"하나도 귀엽지 않은데요. 고집 세고 성격도 못됐을 것 같아요."

"어딜 봐서?"

"하필 사진 찍을 때 저렇게 울어 버려서 엄마를 당황스럽게 만든 애가 성격이 좋을 리 없잖아요."

"아무것도 모르는 아기였잖아."

그가 손을 뻗어 그녀의 손을 다정하게 감싸 쥐었다.

"그래도 조금만 참지……."

"아기가 사진을 찍는 게 뭔지 알았을 리 없잖아."

"……엄마의 웃는 얼굴이 기억나지 않아요."

"어머니 웃는 얼굴이 기억나지 않는다고 자책할 필요 없어. 당신이 그런 일 때문에 힘들어하면 어머니도 마음 아프실 거야."

"……."

"어머니는 누구보다 당신을 사랑하셨고 분명 지금도 어딘가에서 당신의 행복만을 바라고 계실 테니까."

"제가 조금만 더 착한 아이였더라면……."

참으려고 했는데, 태강에게는 끝까지 보이지 않으려고 했는데 눈물이 앨범 위로 툭 하고 떨어져 내렸다. 그녀의 마음속에서 일곱 살에, 열일곱 살에 제대로 울음을 터뜨리지 못했던 이나도 함께 울고 있었다.

"당신 잘못이 아니야. 당신은 아무 잘못 없어."

한 번도 엄마를 생각하며 누군가의 품에서 울어 본 적 없었다. 자신에게는 울 자격도 없다고 생각했다. 그런데 하염없이 눈물이 샘솟았다. 그런 그녀를 그가 살며시 품으로 당겨 안고는 느리게 등을 토닥이기 시작했다.

"참지 말고 울어. 그래야 정말 괜찮아져."

"……."

"이제 당신 혼자가 아니잖아. 눈물 나면 다 쏟아 내. 어린 윤이나가 당신 안에서 더는 서럽고 힘들지 않게."

등을 토닥이던 손이 그녀를 움직일 수 없을 만큼 세게 끌어안았다. 뺨을 타고 흘러내린 눈물이 태강의 옷을 적셨다. 눈물을 흘릴수록 엄마가 더 보고 싶어졌다. 그녀는 이제야 엄마를 제대로 그리워할 수 있게 됐는지도 모른다.

"괜찮아. 다 괜찮아질 거야."

그들 앞에 펼쳐진 앨범의 다음 사진은 강 회장 저택에서 찍은 사진이었다. 사진 속에는 엄마 품에 안긴 어린 이나와 어머니 손을 잡은 일곱 살 태강의 모습이 담겨 있었다. 이나는 엄마 품 안에서 환하게 웃고 있었고, 태강은 어머니의 손을 잡고 의젓하게 정면을 응시하고 있었다.

두 사람 다 기억은 없었으나 그들은 그날 인사를 나눴었다. 태강의 어머니가 이나를 보여 달라고 말한 뒤 잠시 품에 안았을 때 태강이 이나의 통통한 볼을 집게손가락으로 콕 찌르며 싱긋 미소를 지은 것이다.

물론 이나는 그 순간을 놓치지 않고 그의 집게손가락을 있는 힘껏 움켜쥐었다. 그 모습을 지켜보던 이나의 엄마가 '이나야, 오빠 손 놔줘야지' 라고 말하며 태강을 향해 미소를 지었다.

태강은 그날 그녀의 어머니가 참 예쁘고 다정한 분이라고 생각했었다. 어린 이나는 귀엽지만, 이다음에 자라면 양보 같은 건 할 줄 모르는 엄청난 고집쟁이가 될 거라고. 그래도 자신은 오빠니까 너그럽게 이해해 주겠다고, 어머니를 닮은 예쁜 숙녀가 될 때까지는 전부 참아 주겠다고 의젓하게 생각했었다.

"이제 괜찮아요."

눈물로 얼룩진 그녀의 뺨을 그가 어루만졌다.

"나 울면 못생겨지는데."

"전혀 안 그래. 지금도 너무 예뻐."

그가 다시 그녀를 품에 안았다.

"매일 당신이 나한테 얼마나 소중한 사람인지 깨닫고 있어. 어머니는 나보다 더 당신을 소중하게 생각하셨을 거야."

"⋯⋯."

"이제는 내가 당신 눈에 눈물 흐르는 일 없게 할 거야. 그동안 잘 견뎌 줘서 고마워."

눈물이 미끄러진 그녀의 뺨에 입술이 닿았다. 그녀는 지금껏 아프고 힘들수록 필사적으로 멀쩡한 표정을 지었다. 자신을 지킬 수 있는 사람은 자신뿐이라고 믿었기 때문이다. 지금껏 그렇게 견뎌 왔는데 이제 흔들리고 의지하는 법을 배우고 있었다. 나약함을 감추지 않아도 그녀를 더없이 소중하게 생각해 주는 사람이 곁에 있었기에 가능한 변화였다.

　다음 날 출근 준비를 하던 이나는 민정으로부터 걸려 온 전화를 받았다. 민정의 용건은 어제 그녀의 제안을 깊게 고민해 봤고, 정말 SJ를 둘러본 뒤에 결정해도 괜찮겠냐는 것이었다. 이나는 흔쾌히 자신이 함께 가 주겠다고 말한 뒤 전화를 끊었다.

　약속 시간에 맞춰 아파트에 도착한 그녀는 차에서 내리기 전 민정에게 전화를 걸었다. 그러나 전화는 연결되지 않았다. 차에서 내린 그녀가 민정의 집이 있는 방향으로 걸음을 옮기려 할 때였다. 막 건물의 현관을 벗어나 주차장 쪽으로 걸어오는 화려한 코트 차림의 여자가 눈에 들어왔다.

　흰색 보우 블라우스에 금색 단추가 달린 코트, 그리고 굽이 10cm는 될 힐을 신은 수진이었다. 만약 수진이 다시 차에 올라타는 그녀를 못 본 척 보내 줄 사람이었다면 망설임 없이 그렇게 했을지도 모른다.

　"질부?"

　그녀의 망설임이 끝나기도 전에 수진이 알은체를 하며 다가왔다. 마치 아주 반가운 사람을 만나기라도 한 것처럼 화색이 도는 얼굴이었다. 하긴 그날 이나가 그 끔찍한 통화 내용을 몰래 들은 사실은 수진은 꿈에도 모를 테니 당연했다.

　"질부를 이런 데서 다 보네?"

　"안녕하세요, 작은어머님."

　"질부가 여긴 무슨 일이야?"

　"누굴 좀 만나러 왔어요."

　"혹시 이민정?"

　"네."

　"어쩌나, 지금 집에 없는 것 같던데."

　순식간에 표정이 사라진 얼굴로 수진이 가볍게 어깨를 들썩였다.

민정이 집에 없다는 사실을 알고 있다는 건 수진도 민정을 만나러 왔다는 뜻이었다. 민정이 먼저 그녀에게 연락해 약속을 잡아 두고 수진을 집으로 초대했을 리는 없으니 수진은 지금 거짓말을 하고 있는 듯했다. 상황을 짐작하면서도 이나는 고개를 가볍게 끄덕였다.

"미리 전화라도 해 보고 올 걸 그랬네요."

"나도 그랬어야 했는데."

"작은어머님도 민정 씨 만나러 오신 거예요?"

"응. 난 그냥 근처를 지나다가 생각나서 들러 봤지. 그런데 전화도 안 받고 벨을 눌러도 조용하네."

"그럼 저도 다음에 다시 와야겠네요."

"질부는 무슨 일로 온 건데?"

"비어 있는 전시실에 유작전을 기획 중이거든요. 그 일로 물어볼 게 있어서요."

이나는 생각나는 대로 대충 이유를 둘러댔다. 다음 전시 일정이야 마음만 먹으면 얼마든지 변경할 수 있었으니.

"지난번 내 얘기가 신경 쓰여서 온 게 아니고?"

"……."

"일은 핑계고 계속 신경 쓰였던 거지? 질부 성격에 아무 용건 없이 집까지 찾아오는 건 죽어도 못 할 일일 테니까."

봄의 싱그러운 꽃잎보다는 늦가을 건조하게 메마른 단풍잎에 가까운 수진의 붉은 입술이 작위적으로 휘어졌다. 정말 단풍이라면 손바닥에 움켜쥐고 바삭바삭 부숴 바람에 날려 버리고 싶었다.

"뭐, 어떻게 사는지 궁금해서요. 제가 정말 신경 써야 하는 여자인지, 무시해도 괜찮은 여자인지 확인하고 싶기도 하고……."

그녀의 대답을 듣는 수진의 눈빛이 반짝였다. 기대에 부응하는 대답이었을 테니 당연한 결과였다.

"신경 쓸 필요도 없는 하찮은 계집애야. 다만 돈 몇 푼으로 쉽게 떨어져 나가지는 않을 것 같아서 걱정이지."

"알고 있어요. 태강 씨가 그림값으로 준 돈을 제게 돌려주려고 했었거든요."

"만난 적이 있다는 거야?"

"네."

"그래서 그림값만 돌려받고 그냥 보내 줬어?"

"그 돈 그냥 가지라고 했어요. 그 대신 태강 씨한테 다시는 연락하지 말라고요."

"그 계집애, 그날 질부 앞에서는 감동의 눈물이라도 보였겠는데. 하지만 속으로는 질부를 만만하게 생각하며 비웃었을 거야. 그 돈을 돌려주겠다고 한 목적이 자신의 존재를 질부한테 노출시키려는 의도였을 테니까."

이 비효율적인 대화를 언제까지 해야 하는지 알 수 없었다. 다리가 아프다거나, 어지럽다고라도 해 볼까 싶은 마음이 굴뚝같았으나 조금만 더 참아 보기 위해 턱에 힘을 주었다.

"어쨌든 이제 정말 그냥 내버려 두면 안 되겠어."

"그래서 사람이라도 붙여 둘까 생각 중이에요."

"사람을 붙여 둔다고? 뭘 그렇게까지."

의심을 점점 키워 가고 있는 그녀의 상태를 즐기며 부추길 줄 알았는데 예상과 다른 반응이었다.

"그냥 아무도 모르는 아주 먼 곳으로 보내는 건 어때?"

"작은어머님 말씀대로라면 쉽게 떠나지 않을 것 같은데요."

"나 민수진이야. 거절 못 할 제안을 하는데 제가 끝까지 버틸 재간이 있겠어?"

협박이 아니라 제안이라고 말했다. 수진의 입에서 나온 제안이라는 말이 이나의 귀에 살해 위협으로 들린 건 과연 기분 탓일까.

Rrrrr.

그때 수진의 핸드폰이 울렸다. 이나에게 잠깐만이라고 말한 뒤 몇 걸음 물러서 통화하는 사이 이나는 민정에게 문자를 보냈다.

　수진이 전화를 끊고 다시 그녀에게 다가올 때까지 민정에게서는 답이 없었다.

　"거절 못 할 제안이라면 생각해 두신 게 있으신 거예요?"

　"결정되면 질부한테도 말해 줄게."

　이나는 수긍의 뜻으로 고개를 끄덕였다.

　"그렇게 알고 오늘은 그만 돌아가자, 질부."

　"네."

　"조심해서 들어가."

　"작은어머님도 조심히 들어가세요."

　자신의 차를 향해 몸을 돌리는 수진에게 이나는 깍듯이 고개를 숙였다. 수진을 태운 차가 완전히 사라질 때까지 그녀는 같은 자리에 서 있었다. 태연히 돌아섰으나 수진이라면 끝까지 그녀의 모습을 주시할 거라고 생각했다. 차가 완전히 자취를 감춘 뒤에야 그녀는 다시 핸드폰을 꺼내 들었다.

　민정은 여전히 전화를 받지 않았다. 수진이 찾아갔을 때 무슨 일이 있지는 않았는지 점점 불안한 생각이 들었다. 평소 민정의 성격으로 미루어 보았을 때 약속을 쉽게 어길 사람이 아니었기에. 그녀는 자신이 느끼는 불안이 기우이길 바라며 민정의 집을 향해 걸음을 옮겼다.

　띵동.

　벨을 눌렀지만 안에서는 아무런 기척도 느껴지지 않았다.

　띵동, 띵동.

　"민정 씨, 나 윤이나예요."

　그녀가 대구 없는 현관문에 자신이 누구인지를 밝히자 그제야 조용히 문이 열렸다. 문을 열어 준 민정은 이미 외출 준비를 끝낸 상태였다. 하지만 문을 열어 얼굴을 마주하고도 말을 아끼며 집 안으로 먼저 걸음을 옮겼다. 이나도 민정을 따라 집 안으로 들어섰다.

집 안에는 옅은 물감 냄새가 배어 있었다. 의사의 가운에 소독약 냄새가 배어 있듯, 하루 종일 요리를 한 셰프 몸에 음식 냄새가 배어 있듯 긴 시간 눅진하게 집에 밴 냄새였다. 민정을 따라 거실로 들어서는 그녀의 눈에 가장 먼저 들어온 것은 벽에 걸린 가족사진이었다. 사진 속 민정은 청소년보다는 어린이에 가까웠다. 그리고 지금 그녀의 모습은 사진 속 엄마와 무척 닮아 있었다. 갸름한 얼굴에 짙은 쌍꺼풀, 악의라고는 찾아볼 수 없게 선하고 차분한 눈빛까지.

"이쪽으로 앉으세요."

"연락했는데 대답이 없어서 올라왔어요."

"죄송해요, 잠깐 딴생각을 하느라고 확인을 못 했어요."

"혹시 민수진 사모님 왔다 가셨어요?"

"……네."

민정은 다시 이나에게 소파에 앉을 것을 권했으나 그녀는 괜찮다고 말한 뒤 민정과 마주 섰다.

"민수진 사모님이랑 언제부터 알고 지냈는지 물어봐도 될까요?"

"얼마 안 됐어요. 얼마 전에 불쑥 찾아와 노 관장님과 동서지간이어서 엄마와도 아는 사이였다면서 절 돕고 싶다고 하셨어요."

그녀는 민정이 수진을 어떻게 생각하는지 아직 알지 못했다. 민정을 돕겠다며 찾아와 호의를 베푼 사람을 그녀가 의심하고 험담하면 오히려 그녀와 민정의 사이만 더 멀어질 수 있었다.

"그리고 지인들에게 엄마 그림을 팔아 주겠다고 하셨는데, 지난 십수 년간 미술관 창고를 전세 냈던 그림들이 정말 단 며칠 만에 모두 팔렸어요. 누가 그 그림들을 샀는지는 모르겠지만요."

수진에게 웬만한 이들은 다 자신의 발아래 있는 사람처럼 보일 터였다. 그래도 하필 민정을 택한 데는 아무리 작은 것일지라도 이유가 있어야 했다. 가면을 쓰고 그림을 팔아 주겠다는 그럴듯한 호의까지 베풀며 접근했어야 하는 이유. 접근해 놓고는 거절 못 할 제안을 해서라도 멀리 보내 버려야 하는 이유…….

"그런데 민수진 사모님은 절 어떻게 알고 찾아오셨을까요? 엄마는 같이 전시회를 열었던 화가들과도 좀처럼 연락하는 일이 없었고, 지금은 노 관장님도 안 계시는데……."

"좋은 그림을 알아보는 눈이 있는 분이시니까 표현은 안 했어도 진작부터 관심 가지셨을 수도 있어요."

"아니요. 엄마 그림이 좋은 그림이라고 생각했다면 미술관을 통해서 연락하지 않았을까요? 그것도 엄마가 살아 계실 때."

"……."

잠시 침묵이 흘렀다.

"오늘도 또 불쑥 찾아오셨던 거예요. 그리고 하신 말씀이…… 제 아버지를 아신대요."

"아버지를 아신다고 했다고요?"

"네."

이나는 낮게 한숨을 내쉬는 민정을 바라보았다. 그 긴 시간을 알아왔던 태강조차 민정의 다른 혈육에 대해서는 아는 바가 없는데, 수진이 민정의 아버지를 알고 있다는 건 말이 되지 않았다. 확인되지 않은 아버지를 미끼로 거절하지 못할 제안을 하려는 꿍꿍이가 아니라면.

"정말 그분이 제 아버지를 알고 계신 걸까요?"

"글쎄요."

"정말 제 아버지가 맞기는 할까요? 아니, 어떻게 제 아버지를 찾으신 걸까요? 저도 아버지에 대해 아는 게 아무것도 없는데……."

궁금증이 차고 넘치는 얼굴이었다. 당연한 일이었다.

"그래서 안 만나겠다고 했어요?"

"생각해 보겠다고는 했어요."

잠시 멍하니 있던 민정이 어깨를 축 늘어뜨리고 다시 말을 이었다.

"그런데 이제는 제가 아버지 없이도 혼자 살 수 있는 나이가 돼서요. 오히려 돈 없고 몸 아픈 중년 남자가 어느 날 내가 네 아버지라고 나타나면 더 겁날 것 같기도 해요. 저는 저 혼자 살아가기도 벅찬 처지라."

"민수진 사모님은 알겠다고 그냥 가셨어요?"

자그마한 얼굴에 선한 실루엣의 눈, 코, 입을 가진 민정이었다. 평상시 그녀는 무표정이거나 슬퍼 보일 때가 많았다. 그런데 지금은 대화 중에도 살짝 넋이 나간 표정이었다. 민정이 대답 대신 줄곧 등 뒤에 감추어 두었던 손을 앞으로 당겼다. 손에 종이 한 장이 들려 있었다.

"이걸 주고 가셨어요."

이나는 민정이 건네는 종이를 받아 들었다. 종이의 상단에 굵게 적힌 유전자 검사 결과서라는 글자가 가장 먼저 눈에 들어왔다. 그 아래로 의미를 알 수 없는 알파벳과 숫자들이 길게 나열되어 있었다. 그리고 더 아래쪽에 적힌 결과, 친자 확률 99.993%……

"이게 민정 씨와 아버지의 검사 결과예요?"

"그러니까 제게 주셨겠죠."

민정의 시선은 그녀의 손에 들린 종이에서 떨어질 줄을 몰랐다.

"그런데 제 동의 없이도 이런 검사가 가능한 거예요?"

"나도 이런 검사에 대해서는 아는 게 없어서 잘 모르겠네요."

"이 결과가 사실이라고 해도 노 관장님이 아버지가 있다고 행복한 건 아니라고 하셨던 말씀도 마음에 걸려요."

이영 화가는 민정이 어릴 적부터 아버지는 그녀가 태어나기도 전에 사고로 세상을 떠났다고 말했었다. 한창 젊은 나이에 세상을 떠났을 아버지에게는 혈육도 없었고, 그는 본인의 사진 한 장도 세상에 남기지 않았다. 민정이 엄마의 배 속에서 자라 태어난 것이 아니라 알을 깨고 나왔다 해도 귀가 솔깃할 만큼 아버지의 흔적은 말끔했다. 엄마의 추억 이야기에도, 그림에도 아버지는 등장하지 않았다.

엄마 외에 그녀가 아버지에 관해 무언가를 물어볼 수 있는 사람은 없었다. 그나마 엄마와 인연이 깊다고 생각했던 노 관장에게 '저희 아버지는 어떤 분이었을까요?' 하고 물었던 것이 전부였다.

그때 노 관장의 대답을 똑똑히 기억한다. 노 관장은 아버지가 있다고 모두 행복한 건 아니라고 말했다. 여전히 노 관장이 무슨 뜻으로 그 날 그렇게 대답했는지는 알지 못했다.

그녀의 아버지인데, 몸에 흐르는 피의 절반을 물려준 사람인데 만나도 행복해질 수 없다던 그 말에 담긴 뜻이 무엇이었는지. 하지만 그 또한 그녀를 생각한 대답이었다는 믿음에는 변함이 없었다.

"그리고 엄마도 아버지가 돌아가셨다고 했었거든요. 사진 한 장도 가지고 있지 않았고요."

이나는 혼란스러워하는 민정이 충분히 이해됐다. 그리고 수진이 정말 아버지를 핑계로 민정을 멀리 보내 버리려는 건 아닌지 의심이 커졌다. 그 아무도 알지 못하는 먼 곳이 정말 존재하는 곳인지도……

"저도 모르는 제 아버지를 그분은 어떻게 그렇게 쉽게 찾으셨을까요? 정말 순수한 의도로 제게 아버지를 찾아 주시려는 걸까요?"

"……"

"혹시 다른 이유가 있는 건 아닐지 불안해요."

민정은 이나와 같은 의심을 하고 있었다.

✢　　✢　　✢

하루 일정을 바쁘게 소화한 태강은 아버지 사무실에 들를 생각으로 퇴근 시간보다 일찍 사무실을 나섰다. 아버지가 할아버지의 검사 결과에 대해 들었는지 확인하고 치료에 대해서도 상의할 생각이었다.

"오셨습니까?"

그가 들어서자 비서가 자리에서 일어서 인사를 했다.

"지금 자리에 계시죠?"

"계시긴 한데, 지금 손님이 계십니다."

"누구요?"

"골든건설 사장님 사모님이 오셨습니다."

"작은어머니가요? 얼마나 되셨죠?"

"오신 지는 얼마 안 되셨습니다."

"알았어요."

태강은 비서를 지나쳐 사무실 문에 직접 노크를 했다.

똑똑.

"아버지, 접니다."

"태강이구나? 들어와라."

아버지는 수진과 소파에 마주 앉아 있었다. 두 사람의 표정이나 분위기에서 설명하기 힘든 무게감이 느껴졌다. 수진이 그날 그와 한 약속을 오늘에야 지키러 왔다는 사실을 짐작할 수 있었다.

"태강이 왔구나?"

"오셨습니까?"

태강도 수진에게 인사를 건넸다.

"그래 무슨 일로 왔니?"

"두 분은 무슨 말씀 중이셨어요?"

"네 작은어머니가 할아버지 검진 결과를 듣고 걱정된다고 찾아오셔서 그 얘기 중이었다."

"그러셨어요?"

"너는 무슨 일로 왔니?"

"저도 할아버지 일 때문에 왔어요."

"너도 알고 있었구나?"

"네."

"그럼 이리 와서 앉아라."

태강은 아버지 옆자리로 걸어가 앉았다.

"그런데 작은아버지는 안 오셨나 보네요?"

"작은아버지한테는 내가 말씀드리면 돼. 그보다 치료를 하루라도 빨리 시작해야 증상을 늦출 수 있다니 서둘러 말씀을 드렸으면 하는데, 태강이 네 생각은 어떠니?"

태강은 고개를 들어 정면의 수진을 응시했다. 처음 그녀는 강 회장의 검사 결과를 가능하면 늦게 알려 치료가 늦어지도록 침묵하려 했었다. 태훈의 결혼을 서두르고 태훈의 아이가 차질 없이 유산을 받게 하는 데 그편이 유리하다고 판단했다는 뜻이었다.

그런 그녀의 계획에 차질이 생겨 태강이 너무 빨리 강 회장의 검사결과를 알아 버렸다. 이미 틀어진 계획이니 지금은 타고난 연기력으로 헌신적인 며느리가 된 뒤 다음 기회를 노려 보려는 모양이었다.

"그래야죠."

"그래서 말인데, 자식들에게 듣는 것보다는 직접 병원으로 모셔 가 담당 의사를 통해 듣게 하시는 건 어떨까요? 그러면 병의 경중이나 앞으로 치료 방향에 대해서도 한 번에 설명 들으실 수 있을 것 같은데요."

"어차피 병원으로 모시고는 가야 하겠지만 아무 설명을 안 드려도 순순히 함께 가 주실지……."

"그럼 제가 모시고 가겠습니다."

"태강이 네가 시간이 되겠니?"

아버지의 걱정에 태강이 나서자 수진이 재빨리 그를 경계했다. 강 회장의 병은 이미 숨길 수 없게 됐으니 상의하는 척 나섰어도 병원에서 수진이 또 무슨 짓을 꾸밀지 알 수 없었기에 그도 뜻을 굽힐 수 없었다.

"시간이야 만들면 되는 거 아닙니까?"

"요즘 출장도 잦고 많이 바쁜 것 같던데."

"다행히 이번 주는 출장이 없어서요. 예약해 놓고 다녀오면 되니 몇 시간 내는 건 어려운 일도 아니고요."

"그래도 너는 일부러 시간을 내야 하고 나는 매일 집에 있는 사람인데 내가 모시고 다녀올게."

"할아버지 고집 감당하기 힘들 텐데, 그럼 태강이 네가 수고 좀 해라."

아버지가 수진을 배려하는 척 말했으나 평소 강 회장과 수진의 사이를 잘 알기에 내린 결정이었다.

"네, 아버지."

"내가 같이 가 줄까?"

아직 미련을 버리지 못했는지 수진이 다시 물었다.

"괜찮습니다. 그럼 용건 끝난 것 같은데 그만 일어나 보겠습니다."

그가 자리에서 일어서자 수진도 따라나서려는 듯 소파 팔걸이에 걸어 두었던 자신의 코트로 손을 뻗었다.

"작은어머니도 일어나시려고요?"

"나도 그만 가 봐야지."

"할아버지 병원에 모시고 가는 날짜 정해지면 연락 다오."

"네, 아버지."

"저도 가 볼게요, 아주버님."

"조심히 들어가세요."

"나오지 마세요."

아버지께 인사를 하고 나온 태강은 수진과 함께 엘리베이터에 올랐다. 단둘만을 태우고 지하로 향하는 엘리베이터 안에는 무거운 정적만 감돌았다.

"질부는 잘 있지?"

"네."

"그런데 왜 가족들한테 말 안 했니?"

"뭘요?"

"질부 해리성 기억 상실증인 거."

수진이 불쑥 꺼내 놓은 얘기가 태강의 시선을 끌어당겼다. 자신만만한 표정으로 보아하니 어제오늘 알게 된 사실 같지 않았다. 설마 이 사실을 직접 확인하려고 그간 미술관에 찾아갔었던 걸까. 이나는 왜 그에게 아무 말도 하지 않았을까.

"어디 가서 얘기하고 다닐 거 아니니까 걱정 마."

"어디 가서 얘기하고 다닐 일은 못 되죠."

"그래도 진작 귀띔이라도 좀 해 주지 그랬니? 질부가 예전이랑 다른 것 같다는 생각은 하고 있었는데, 병원에 갔다가 우연히 알게 됐을 때 얼마나 놀랐는지 모른다. 회장님도 걱정인데 질부까지, 요즘 집안이 왜 이런지 모르겠구나."

환자의 상태를 병원에서 우연히 알게 됐다는 수진의 말에 태강은 어이가 없었다. 강 회장의 검사 결과를 들으러 가서 이나에 대해서도 캐물었을 것이 뻔한데, 마치 커피숍에서 뒤 테이블의 이야기를 우연히 들은 것처럼 말하고 있었다. 속이 훤히 보이는 거짓말을 해 놓고 수진은 태연히 말을 이었다.

"듣자 하니 하필 너희 결혼할 무렵부터의 기억만 잃어버린 상태라는 것 같던데, 질부가 힘들었겠다."

"사고 후유증이니 곧 돌아올 겁니다."

"그래도 여자는 남자랑은 달라. 더구나 기억에도 없는 남자와 한집에서 살을 맞대고 살아야 하는데. 표현은 못 해도 질부가 불편하고 힘들었을 거야."

"……."

"그러니까 아내의 역할이나 부부 관계는 강요하지 말고 네가 많이 배려해 줘."

"저희 부부 일은 저희가 알아서 하겠습니다."

"질부 기억 돌아온 다음도 생각해야지."

수진의 목소리에서 게임을 즐기는 자의 여유가 느껴졌다.

"하고 싶은 말씀이 뭡니까?"

"내가 무슨 하고 싶은 얘기가 있겠어. 질부를 위해 해 줄 수 있는 게 아무것도 없어서 미안할 뿐이지."

"정말 제 아내를 걱정하신다면 그냥 내버려 둬 주세요."

"질부도 한 가족인데 우리가 아무도 챙겨 주지 않으면 서운하지 않겠니?"

"그런 일로 서운해할 사람 아닙니다."

수진이 태강의 얼굴을 가만히 응시했다.

"그래, 그럼. 질부한테 약 잘 챙겨 먹으라고나 전해 줘."

퇴원 후 이나는 병원 약을 먹지 않았다. 퇴원 약을 받아 오지도 않았고 조금 아프다고 약부터 찾는 성격도 아니었다. 지난번 병원에서 배탈이 났을 때도 약을 먹지 않으려 해 그가 병원에서 밤을 새우지 않았던가. 기억을 잃었어도 그녀의 성격은 달라지지 않았다. 하지만 태강은 굳이 수진의 말에 대꾸하지 않았다.

엘리베이터가 지하에 도착하자 수진은 그에게 다음에 또 보자는 인사를 남기고 자신의 차로 걸어갔다. 수진의 차가 주차장을 완전히 빠져나가는 것을 확인한 뒤 태강도 집으로 차를 몰았다.

"일찍 들어오셨네요, 사장님."

"아내는요?"

"사모님 아직 안 들어오셨는데요."

"미술관에 간 건가요?"

"네."

"언제 나갔죠?"

"오전에 나가셨어요."

"그런데 아직도 안 들어왔다고요?"

퇴원 후 이나가 오전에 미술관에 나가 폐관 시간까지 남아 있었던 적은 없었다. 무리하지 말라고 그가 내내 당부하기도 했지만, 부관장에게 보고받은 바로는 현재 그녀에게 올리는 결재 서류도 최소화한 상태라고 했다. 그러니 그녀가 지금까지 미술관에 남아 있을 이유는 없었다.

그가 서둘러 그녀에게 전화를 걸었으나 연결되지 않았다. 두 번의 전화가 모두 연결되지 않자 점점 더 초조한 마음이 들었다. 하지만 그녀가 운전 중이거나 잠시 전화를 받지 못할 상황에 있을 수도 있다고 애써 마음을 진정시켰다. 그 받지 못할 상황이 해결되면 부재중 전화를 확인하고 곧바로 자신에게 연락할 것이라고 생각한 그가 무거운 발걸음을 2층으로 옮기려 할 때였다.

"사장님."

"퇴근하시려고요?"

태강은 아주머니를 돌아보며 말했다.

"네. 두 분 식사는 준비해 뒀어요."

"수고하셨어요. 얼른 들어가세요."

"그런데 사장님."

"네?"

"요즘 사모님이 예전에는 잘 드시던 음식도 잘 안 드시는 것 같고 식사량도 너무 적어지셨어요."

아주머니가 조심스러운 목소리로 말을 꺼냈다. 사실 그도 요즘 이나가 밥을 잘 먹지 않는다는 건 느꼈었다. 하지만 먹기 싫은 음식을 억지로 먹게 하는 것도 부담스러울 테니 강요는 할 수 없는 노릇이었다.

"그럼 초콜릿이랑 과일주스라도 자주 챙겨 주세요. 너무 차갑지 않게요."

"사모님께 초콜릿을요?"

아주머니가 의아한 얼굴로 그에게 물었다.

"네."

"사모님 단 음식은 질색하시던데."

"아주머니가 잘못 아시는 거예요."

"아니에요. 빵은 물론이고 과일도 너무 달면 안 드시고 그대로 남기세요."

"그래도 초콜릿은 좋아할 거예요."

"제가 혹시 드시고 싶으신 게 있으면 언제든 말씀해 달라고 했는데, 한 번도 초콜릿 말씀은 없으셨어요. 초콜릿 드시는 모습이나 초콜릿 껍질을 쓰레기통에서 본 적도 없고요."

지난번 그에게는 군것질로 초콜릿을 먹어 식사를 조금 한다고 말했었다. 그런데 초콜릿 포장조차 나온 적 없다니. 혹시 밖에서 먹고 들어오는 건가 생각하고 있을 때 아주머니가 조심스럽게 말을 이었다.

"이건 정말 혹시나 해서 드리는 말씀인데, 요즘 다른 음식은 잘 안 드시는데 신 과일이나 신 과일로 만든 주스는 편하게 드시는 게 어쩌면……."

아주머니가 말끝을 흐렸다. 하기 힘든 말을 남겨 두었다기보다는 이 정도 얘기를 했으면 나머지는 그가 유추하기를 기대하는 표정이었다. 결혼한 가임기 여성과 신 과일의 연관성에 대해 그가 떠올릴 수 있는 건 한 가지뿐이었다.

임신, 입덧. 문득 이나가 병원 입원 전에는 그다지 즐기지 않던 신 과일주스를 최근 들어 자주 먹던 모습이 생각났다.

"그리고 또 뭐가 달라졌죠?"

"예전에는 생선 요리를 참 좋아하셨는데, 요즘은 비린 음식은 손도 안 대시고 냄새에도 민감하게 반응하시더라고요."

이나는 생선 요리를 좋아했다. 그녀와 식사할 때 식탁 위에 생선이 빠진 날은 많지 않았다. 그런데 생선 요리에는 손도 대지 않을뿐더러 냄새에도 민감하게 반응을 보인다니…….

"그런 지 얼마나 됐죠?"

"그렇게 오래되지는 않았어요."

"혹시 임신한 사람들한테서 그런 증상이 나타나기도 하나요?"

"종종 그런 경우가 있죠."

"종종이요?"

"입덧 증상은 개인차가 워낙 심해서요."

"그렇군요."

고개를 끄덕이는 그를 보며 아주머니가 옅은 미소를 보였다.

"고마워요, 아주머니. 그리고 얼른 퇴근하세요."

"네."

2층으로 올라가려던 태강은 이나의 방을 향해 몸을 틀었다. 태어나 심장의 존재를 이토록 벅차게 느꼈던 적은 없었다. 수진을 만난 후 가슴에 남아 있던 석연치 않은 감정도 흔적 없이 사라진 상태였다. 곧장 방문을 열고 안으로 들어선 그는 이나의 화장대 위에 놓여 있는 탁상 달력을 먼저 확인했다.

예전부터 그녀의 달력엔 매달 비슷한 날짜에 붉은색 동그라미가 쳐져 있었다. 직접 물은 적은 없으나 대체로 일정한 간격으로 미루어 생리 날짜를 체크해 두는구나 짐작은 했었다. 지난달 체크해 둔 날짜를 보면 이제 시작할 날짜가 됐는데, 이번 달은 동그라미가 보이지 않았다. 그가 알기로도 그녀는 현재 생리 중이 아니었다. 아직 확실치 않아 조금 더 기다리려나 보다 생각하면서도 모든 정황과 증거가 딱딱 맞아떨어지자 달력을 움켜쥔 그의 손에 저절로 힘이 실렸다.

그는 환호를 지르고 싶은 심정을 억누르며 다시 달력의 날짜를 확인했다. 수십 년을 매일같이 보아 온 평범한 숫자들일 뿐인데 좀처럼 눈을 뗄 수 없었다. 분명 숫자들이 그의 심장에 무슨 짓인가를 하고 있었다.

그는 한 손을 왼쪽 가슴 위에 얹었다. 쿵쿵 거세게 뛰는 심장 박동에 저절로 입꼬리가 올라갔다. 그녀가 먼저 말할 때까지 기다려야지 생각하면서도 그때까지 모른 척할 수 있을지 자신이 없었다.

달력의 상단에 그려진 귀여운 아이 그림 위로 앨범에서 봤던 이나의 어릴 적 모습이 겹쳐졌다. 그녀를 닮은 아기라면 틀림없이 세상에서 가장 사랑스러운 아기일 것이다. 자신이 지금 너무 앞서가고 있다는 사실은 알았지만, 도무지 설렘을 주체할 수 없었다. 이제 막 한 달이 됐다면 언제쯤 태어나는지 날짜를 계산하며 달력을 넘기기 시작했을 때였다.

화장대 위에 놓여 있던 이나의 작은 손가방이 그의 팔꿈치에 스쳐 바닥으로 툭 떨어졌다. 지퍼가 열린 채 있었는지 바닥으로 떨어진 손가방에서 내용물 중 몇 개가 밖으로 삐죽 얼굴을 내밀었다. 그는 가방을 줍기 위해 허리를 숙였다.

"뭐지?"

그의 손바닥만 한 가방 안에 든 것 중 하나는 작은 상자였다. 손가방을 손에 들고 허리를 세운 그는 상자를 꺼내 쓰여 있는 작은 글씨들을 유심히 읽기 시작했다. 뒷면에 쓰인 글자까지 꼼꼼히 읽고 난 뒤 입구가 뜯긴 상자 안에서 약을 꺼냈다. 유난히 크기가 작은 알약은 이미 여러 알이 사라진 상태였다.

이나의 손가방 안에 든 약. 이미 몇 알이 사라진 빈 공간. 사라진 약을 먹었을 사람은 손가방의 주인인 이나뿐이었다.

태강은 머릿속이 백지처럼 하얘지는 느낌이었다. 온몸의 피가 빠져나간 듯 몸을 지탱하기도 힘들었다. 짧은 시간에 천국과 지옥을 오간다는 느낌이 이런 것일까. 그는 잠시 눈을 감고 손으로 이마를 짚었다.

"왜 이런 약을······."

그 순간 엘리베이터 안에서 수진이 이나에게 약을 잘 챙겨 먹으라고 전해 달라던 말이 떠올랐다. 그 약이 바로 이 피임약을 가리킨 거였구나, 하는 생각이 머릿속을 스쳤다.

유언장 내용을 이미 알고 있으니 분명 수진은 이나에게 그들이 태훈보다 먼저 아이를 갖게 되면 어떤 일들이 일어날지 알려 주며 협박했을 것이다. 이나는 그에게 그 말을 전하는 대신 혼자 감당하는 쪽을 택했고.

시간이 흐를수록 그의 숨결은 점점 더 거칠어졌다. 가슴 안에서 들끓고 있는 분노도 쉽게 사그라질 기미가 보이지 않았다. 그러다 이나가 언제 돌아올지 모른다는 사실이, 지금 이 모습을 그녀에게 보이면 안 된다는 생각이 이성을 돌아오게 만들었다.

그는 다시 손에 쥔 피임약을 바라보며 이를 갈았다. 그토록 아이를 바랐던 이나를 이렇게 만든 수진을 절대 용서하지 않을 생각이었다. 수진은 이미 털끝과는 비교할 수도 없을 만큼 이나에게 큰 상처를 줬다.

약을 다시 손가방 안에 넣어 원래 자리에 얌전히 올려 둔 그는 벗어 두었던 재킷을 낚아채 방을 나섰다.

12. 진실

    태강은 〈비움과 채움〉으로 출발하며 부관장에게 미술관 CCTV를 보러 가겠다는 연락을 넣었다. 수진이 미술관에 찾아갔을 때 분명 이나가 말하지 않은 다른 일이 더 있었을 것이다. 그 일을 이나의 입을 통해 들을 수는 없을 테니 이 방법뿐이었다.

    그는 수진이 어떤 사람인지 누구보다 잘 알고 있었다. 그런데도 그간 다른 의심을 하지 않았고, 대책을 세우지 않았다. 자신의 안일함과 수진에 대한 분노는 차가 달리는 내내 태강의 늑골 사이에서 뜨거운 불덩이가 되어 가파르게 오르내렸다.

    "오셨습니까?"

    "늦은 시간에 미안합니다."

    이미 미술관 업무가 끝났을 시간이었으나 부관장과 시설 관리 직원은 퇴근을 미루고 입구 앞에서 그를 기다리고 있었다.

    "별말씀을요. 그런데 관장님도 조금 전에 퇴근하셨는데."

    "이렇게 늦게요? 일이 많았나 보네요?"

    "그런 건 아니고, 관장님 방에서 조용히 계시고 싶다고 하셔서 방해하지 않았습니다."

    그 앞에서는 감추고 내색하지 않았을 뿐 그녀는 내내 힘들고 불안한 상태였다. 태강은 이제야 그녀가 보여 주려는 모습이 아닌, 진짜 그녀의 모습을 마주 본 것 같아 가슴이 미어지는 듯했다.

"그런데 언제 CCTV를 말씀하시는 건지."

"작은어머니가 들렀던 날짜 전부요."

"알겠습니다."

얼마 후 시설 관리 직원이 마우스로 날짜 두 곳을 클릭해 보이며 이 날짜에 다녀갔다고 말했다. 옆에 서 있던 부관장은 다시 날짜별로 수진이 찾아왔던 시간대와 이나와 얘기를 나눈 장소를 그에게 특정해 주었다. 직원과 부관장이 이렇게까지 기억하고 있다면 그날 크든 작든 마음에 걸리는 무언가가 있었다는 뜻일지 모른다.

"이제 제가 확인해 보겠습니다. 두 분은 퇴근하시죠."

"괜찮습니다."

"제가 가면서 경비실에 전산실 키 넘기고 갈 테니까 그만들 들어가셔도 됩니다."

부관장이 고작 키 때문에 그의 옆을 지키고 서 있지 않다는 사실을 알면서도 태강은 끝까지 의지를 굽히지 않았다.

"윤 관장님은 제가 오늘 다녀간 사실 몰랐으면 합니다. 그리고 궁금한 점은 전화로 여쭤보겠습니다, 부관장님."

"알겠습니다."

그제야 부관장이 직원과 사무실을 나갔다.

미술관에 설치된 CCTV는 야외에 두 개, 1, 2층 입구에 각각 한 개씩, 그리고 세 개의 전시실에 각각 한 개씩 총 일곱 개였다. 그는 직원이 알려 준 첫 번째 날짜의 화면부터 빠르게 돌리기 시작했다. 하지만 아쉽게도 두 사람이 함께 있었다고 부관장이 특정해 준 장소인 관장실은 CCTV로 확인이 불가능했다.

다행히 두 번째 날짜의 제3 전시실 CCTV에는 두 사람의 모습이 선명하게 담겨 있었다. 그러나 대화가 녹음되지 않아, 수진의 입 모양만으로는 대화 내용을 확인할 수는 없었다. 그저 창백한 안색에 미동 없이 서 있는 이나를 보며 저때 해리성 기억 상실증에 관해 얘기했을까 짐작만 해 볼 뿐이었다.

일방적인 대화를 끝낸 수진은 이나를 혼자 남겨 두고 전시실을 빠져나갔다. 그는 잔뜩 구겨진 미간을 펴지 못한 채 계속 수진의 동선을 따라 CCTV 영상을 확인해 나갔다. 이나가 강 회장의 검사 결과와 유언장에 관한 얘기는 수진이 다른 사람과 통화하는 내용을 듣고 알았다고 했으니 두 사람이 어딘가에서 다시 만났어야 말이 되기 때문이다.

입구에 서 있던 직원과 몇 마디를 나눈 뒤 수진은 곧장 미술관을 나섰다. 그는 그 시간 뒤로 주차장 쪽 CCTV를 확인했다. 그런데 건물을 빠져나간 수진이 주차장이 아닌 미술관 실외 지하 창고로 내려가고 있었다. 미술관과 아무런 상관없는 그녀가 내려갈 일이 없는 장소였다.

수진이 그곳으로 내려간 이유는 잠시 후 밝혀졌다. 조금 전 미술관 입구에서 수진과 대화를 나눴던 직원도 지하 창고 주변을 맴돌다 재빨리 계단을 내려갔던 것이다. 아쉽게도 계단 안쪽을 확인할 수 있는 CCTV는 없었다.

한동안 화면은 정지된 그림처럼 움직임이 없었다. 이나가 화면 안으로 들어온 뒤에야 화면이 정지되어 있지 않음이 증명됐다. 그런데 수진과 직원이 어디에 있는지 알 리 없는 그녀가 주차장 방향으로 걸어간 후에도 계단 뒤에서 그녀의 그림자는 사라지지 않았다.

수진을 따라 내려간 직원이 다시 올라와 미술관 안으로 들어갈 때까지도 이나의 그림자는 같은 자리에 머물러 있었다. 아마도 직원이 올라가고 난 후 수진은 저곳에서 누군가와 통화를 했고, 이나가 그 통화 소리를 들은 듯했다.

우선은 저 직원이 아직 미술관에서 근무하고 있는지 알아야 했다. 그는 수진과 함께 지하로 내려간 직원의 사진을 화면에서 찍었다. 부관장에게 직원의 이름과 연락처를 알고 싶다는 메시지를 보내자 부관장이 기다렸다는 듯 답장했다.

김나영이라는 이름과 연락처, 최근 〈그리다〉 미술관으로 옮겨 갔다는 설명이 짧게 덧붙여져 있었다.

〈그리다〉 미술관은 〈비움과 채움〉보다 조금 작은 규모의 사립 미술관으로, 미술관 관장이 수진의 오랜 친구였다. 나영이 그리다 미술관으로 옮겨 간 데는 수진의 입김이 작용했음을 의미했다.

Rrrrr.

그는 곧장 부관장에게 전화를 걸었다.

—네, 사장님.

부관장은 이번에도 마치 전화기 앞에서 대기하고 있었던 사람처럼 즉각 전화를 받았다.

"김나영 씨는 스스로 그만둔 겁니까?"

—특별전을 준비 중인 화백님과 트러블이 있어서 사직서를 받았습니다.

"윤 관장님도 알고 있겠군요?"

수화기 너머가 잠잠했다. 이나도 알고 있다는 뜻이었다.

"제가 이 시간에 왜 미술관에 왔겠습니까?"

—나영 씨가 그동안 관장님에 대한 일로 민수진 사모님과 통화를 했던 것 같습니다. 관장님이 먼저 눈치채셨고 적당한 사유로 나영 씨를 해고하라고 지시하셨습니다.

"김나영 씨는 자신의 사직에 관장님이 개입된 사실 전혀 모른다는 뜻이군요?"

—네.

"혹시 이영 화가의 그림도 저 직원이 딸에게 돌려준 겁니까?"

—네, 사장님.

수진이 이나에게 접근한 목적은 뚜렷했으나 민정에게 접근한 이유는 여전히 짐작되지 않았다.

"그 후에 이영 화가의 그림에 대해서 들은 건 없었습니까?"

—저도 좀 알아봤는데 이영 화가의 그림을 봤다거나 얘기를 들었다는 사람은 없었습니다.

"알겠습니다. 혹시 관련 얘기 듣게 되면 제게도 전해 주세요."

—알겠습니다.

"작은어머니가 미술관에 오셨을 때 다른 특별한 일은 없었습니까?"

—처음 오셨을 때는 관장님 방에서 짧게 이야기를 나누고 돌아가셨습니다. 그런데 그다음에 오셨을 때는 사모님 그림 전시에 대한 답을 듣지 못했다고 말씀하셨습니다. 만약 관장님과 그런 대화를 나누셨다면 제가 모를 리 없었을 겁니다.

"그때 관장님 표정은 어땠습니까?"

—좋지 않으셨습니다.

"마치 처음 듣는 얘기인 것처럼요?"

—네. 저도 정말 처음 듣는 얘기였으니까요.

"다른 일은 더 없었습니까?"

—제가 관장님 곁에 있으려고 해도 민수진 사모님이 자꾸만 나가라고 하셔서, 두 분의 다른 대화 내용은 전혀 알지 못합니다. 죄송합니다.

"부관장님이 죄송할 일은 아닙니다. 앞으로도 윤 관장님 잘 부탁합니다."

—최선을 다하겠습니다.

전화를 끊었다. 태강은 나영의 모습에서 멈춰 있는 영상도 껐다. 수진이 한 짓들은 생각할수록 이가 갈리고 주먹에 힘이 들어갔다. 지금의 분노를 잊지 않고 반드시 갚아 줄 생각이었다. 이나가 받았던 고통보다 몇십 배, 몇백 배 더 큰 고통으로.

태강은 9시가 다 되어서야 집에 도착했다. 정원부터 모든 불이 환하게 켜진 집은 멀리서 보기에도 따뜻해 보였다.

그가 돌아가고 싶은 집, 그를 쉴 수 있게 해 주는 집, 그가 사랑하는 사람이 기다리고 있는 집.

불이 환하게 켜진 복도와 거실을 지나쳐 이나의 방으로 향하는 그의 걸음이 점점 더 빨라졌다.

노크 없이 방문을 연 그의 눈에 살짝 구겨진 침대 시트가 들어왔다. 그리고 욕실 안에서 희미하게 물소리가 들려왔다. 태강이 안도를 느낌과 동시에 자신도 모르게 지금은 사라지고 보이지 않는 손가방을 떠올리고 있을 때, 욕실에서 들려오던 물소리가 뚝 끊겼다.

"언제 왔어요?"

욕실 문이 열렸다. 샤워 가운을 걸친 이나는 한 손으로 가운의 허리끈을, 나머지 한 손으로는 젖은 머리카락을 타월로 감싸 쥔 채였다. 얼굴은 혈색 없이 창백했고 입술은 핏물을 들인 것처럼 유난히 빨갰다. 그를 발견하고 생긋 미소를 보였지만 분명 점점 더 야위어 가고 있었다.

"방금."

"오늘은 늦으셨네요?"

"그러네. 내가 아까 전화했었는데."

"제가 정신없이 나오느라 미술관에 핸드폰을 두고 나왔어요."

"그랬어?"

"그런데 무슨 일로 전화했던 거예요?"

"그냥 어디에 있는지 궁금해서."

"아. 식사는요?"

"아직. 당신은?"

"저도 아직이요."

이나는 드레스 룸으로 들어서려다 그를 다시 돌아보았다. 그의 표정이 무언가 할 말이 남은 것처럼 보였기 때문이다.

"저한테 할 말 있어요?"

그녀의 질문에도 그는 가만히 그녀를 바라보고만 있었다.

"혹시 회사에서 무슨 일 있었어요?"

"아니. 당신은 미술관에서 별일 없었어?"

"네. 아무 일 없었어요."

"정말?"

미술관에서는 정말 별다른 일이 없었다. 하지만 그녀에게 오늘 하루는 이틀처럼 긴 날이었다. 민정의 일을 수진과 떼어 놓고 생각할 수 없는 데다, 다시 그 일을 태강과 분리시켜 생각해도 괜찮은지 확신이 서지 않은 탓이었다.

민정에게 SJ는 다음에 둘러보자고 말한 뒤 그녀는 민정의 집을 나서 미술관으로 향했다. 관장실에 틀어박혀 유전자 검사 의뢰 과정과 이영 화가의 그림을 찾을 방법을 이리저리 알아봤으나 큰 성과는 없었다.

미술관 폐관 시간이 되어서야 자리에서 일어선 그녀가 집으로 돌아왔을 때 거실에는 불이 환하게 켜진 상태였다. 태강이 벌써 돌아온 줄 알고 급하게 거실로 들어섰으나 그는 어디에도 보이지 않았다.

불은 아주머니가 그녀를 위해 켜 두고 퇴근한 것이었다. 공연히 처지는 어깨로 방에 들어온 그녀는 화장대 위에 보란 듯 놓인 자신의 손가방을 발견하고 화들짝 놀라고 말았다. 태강이 자신보다 일찍 집에 돌아오지 않았음에 그제야 안도의 한숨까지 터져 나왔다.

"네."

그런데 그가 평소와 좀 달랐다. 그녀보다 늦게 집에 돌아왔으니 당연히 화장대 위의 손가방을 봤을 리도 없을 텐데…….

"태강 씨 오늘 좀 이상한 것 같아요."

"내가? 피곤해서 그런가?"

"그럼 얼른 씻고 내려오세요. 빨리 저녁 먹고 쉬어요."

그 순간 태강이 손을 뻗어 그녀의 허리를 감쌌다. 그녀의 몸이 힘없이 그의 품으로 끌려갔다.

"왜 그래요?"

"보고 싶었어."

"갑자기요?"

"항상 보고 싶어. 그런데 지금은 눈앞에 있는데도 보고 싶네."

"그래도 소용없어요. 식사 먼저요."

"알아."

자신의 이마에 입을 맞추는 그의 품 안에서 바르작거리던 그녀는 그의 겨드랑이를 가볍게 간질였다. 사실 그녀에게도 그의 포옹이 간절했던 하루였다. 하지만 9시가 넘은 시간까지 식사도 하지 않았다니, 지금은 무엇보다 식사가 먼저였다.

"저 먼저 옷 입고 나가 있을게요."

그의 팔이 느슨해진 사이 품을 쏙 빠져나온 그녀가 재빨리 드레스룸 안으로 들어갔다.

"제가 먼저 나가면 다 먹어 버릴지 몰라요."

"그건 안 되지."

잠시 후 두 사람은 식탁에 마주 앉았다. 다른 날과 달리 두 사람 모두 각자의 생각에 잠겨 있어 식탁에는 가끔 접시와 포크 달그락거리는 소리만 울렸다.

"태강 씨."

"응?"

샐러드를 먹던 포크를 내려놓고 이나는 태강을 바라보았다.

"민정 씨 언제부터 알았다고 했죠?"

"민정이 어릴 적부터."

"그럼 혹시 민정 씨 아버지도 아세요?"

"민정이 아버지?"

"네."

너무 뜬금없는 얘기라는 표정이었다.

"오늘 민정이 만난 거야? 같이 SJ 갔다 왔어?"

"그러려고 했는데, SJ에는 못 갔어요."

"왜?"

"제가 가기 전에 작은어머님이 민정 씨한테 찾아왔던 모양이에요. 연락도 없이 찾아와서는 민정 씨한테 아버지가 누구인지 알고 있다고 말씀하셨대요."

"작은어머니가 민정이 아버지를 안다고?"

"네."

수진의 얘기만 나와도 그의 미간은 매번 구겨졌다. 식사 중에 소식을 들으면 입맛도 사라지는 건 아닐까 걱정됐으나 그렇다고 하지 않을 수도 없는 노릇이었다.

"민정이 아버지라는 걸 어떻게 아셨대?"

"그것까지는 모르겠는데 유전자 검사 결과를 놓고 갔더라고요."

"유전자 검사 결과?"

"네. 저도 직접 봤어요."

"고작 그 종이 한 장으로는 아무것도 증명되지 않아."

"하지만 그런 종이까지 조작하며 거짓말을 할 필요가 있을까요?"

"마음만 먹으면 무슨 짓이든 할 사람이야."

"직접 만나게 해 주겠다고 했다면요?"

20년 넘게 민정의 어머니를 알아 온 그의 어머니도 민정의 아버지에 대해서는 한 번도 거론한 적이 없었다. 만약 민정의 아버지가 살아 있다면, 어머니가 민정의 아버지를 알고 있다면, 이영 화가가 시들어 죽어 가고 있을 때, 장례식장에 혼자 남겨진 민정을 위해서라도 어떻게든 그를 데려왔을 것이다.

그는 살아 있다면 당연히 나타나야 할 장소에 단 한 번도 모습을 드러낸 적이 없었다. 태강이 어머니도 당연히 모르거나, 그가 이미 이 세상 사람이 아닐 거라고 생각한 이유였다. 그런데 다른 사람도 아닌 작은어머니가 민정에게 아버지를 만나게 해 주겠다고 했다니…….

"그래서 만나겠다고 대답했대?"

"만나겠다고 대답을 하진 않은 것 같은데, 작은어머님이 그분을 어떻게 찾았는지가 좀 의아한 모양이에요. 민정 씨도 아버지 얼굴을 모른다고 했거든요."

"……."

"혹시 태강 씨 주변에 의심 가는 사람 없어요? 작은어머님이 아는 사람이라면 태강 씨도 아는 사람일지 모르는데……."

그의 어머니는 마지막 순간까지 민정을 걱정했다. 자신의 먼 혈육이나 친구의 딸도 아닌, 그저 우연한 인연으로 후원을 시작했던 무명 화가의 딸을 그 순간까지 걱정한 것이다. 사실 어머니의 성격과 그들을 알아 온 긴 시간을 생각하면 크게 의아할 일이 아닐 수도 있었다. 물론 어머니와의 관계에 한정되었을 때 말이다.

당신과의 인연으로 끝내지 않고 어머니는 태강에게 의무처럼 민정을 당부하고 떠나셨다. 그의 의사도 묻지 않고 의무처럼 남긴 부탁은 그 후로도 줄곧 왜 그러셨을까, 하는 의아함을 갖게 했다.

어머니가 돌아가시고 얼마 지나지 않아 그는 그 의무의 무게를 확인하고 싶어졌다. 정확히는 자신에게 선택의 여지가 조금이라도 있는지 확인하고 싶었는지도 모른다. 만약 민정이 사촌의 사돈의 팔촌과라도 얽혔다면 어머니의 당부는 선택이 아닌 운명으로 받아들일 생각이었다.

가장 먼저 자신과 유전자 검사를 해 볼까 생각했었다. 하지만 아무리 어머니라도 이영 화가가 아버지의 내연녀였다면, 민정이 태강과 이복형제였다면 그 오랜 시간 민정 모녀를 곁에 두었을 리 없다는 생각이 들었다.

어느 누가 자신 인생의 가장 큰 오점이자 불행을 평생 곁에 두었던 것도 모자라 눈을 감는 순간까지 걱정하겠는가. 그럴 정도의 마음이었다면 살아 있을 때 민정을 아버지의 딸로 입양했을 것이다.

자신과 아버지를 제외하고 나니 그다음으로 젊은 시절 복잡한 여자 관계로 작은어머니와 분란이 끊이지 않았던 작은아버지가 의심스러웠다. 작은아버지라면 충분히 가능성이 있었다. 더구나 어머니와 작은어머니의 관계 또한 쥐와 고양이처럼 좋지 않으니, 어머니가 누굴 후원하든 작은어머니가 관심 가질 리 없었다.

그는 김 실장을 통해 태훈과 민정, 두 사람의 유전자 검사를 의뢰했다. 작은아버지의 샘플을 구하는 게 조금 더 번거로운 탓에 일단 태훈과의 검사를 진행한 것이었다. 그 모든 과정과 결과는 철저히 비밀에 부쳤다. 하지만 검사 결과 태훈과 민정은 혈연관계가 아니었다.

검사 과정이나 결과를 의심할 이유가 없었으니 그동안 까맣게 잊고 지냈다. 그런데 이제 와 다시 같은 의문이 그 앞에 던져졌다. 마치 정답을 확인할 수 없는 문제를 받아 든 기분이었다.

"의심 가는 사람은 없는데."

"그래요?"

"정말 만나 보고 싶어 하지 않아?"

"네. 그동안 아버지가 돌아가신 줄 알고 살아왔으니 작은어머님 말씀을 선뜻 믿기는 힘들 거예요."

"나도 그렇게 알고 있었어."

"그런데 정말 민정 씨 아버지가 살아 계신 거라면 왜 아버지라는 분은 그동안 직접 나타나지 않았던 걸까요?"

"글쎄. 내가 확인해 볼게."

"그래 줄 수 있어요?"

할 수만 있다면 수진과 이나를 다시는 만나지 않게 하고 싶었다. 그러려면 민정의 일도 그가 직접 처리해야 했다.

"만약 태강 씨가 찾으면 어떤 분인지 꼭 민정 씨한테 얘기해 줘요. 혼자는 너무 외롭잖아요."

태강은 대답 대신 고개를 끄덕였다.

"우리 식사 다 하고 영화 볼까요?"

"영화?"

"네."

"당신이 그때 보고 싶다고 했던 영화 같이 보면 되겠네."

"좋아요."

식사를 마치고 두 사람은 영화를 보기 위해 장소를 옮겼다. 하지만 영화 시작부터 그는 다른 생각에 빠져 있느라 내용을 제대로 이해하지 못했다. 중간부터는 집중해서 보려 노력했으나 이미 너무 많은 부분을 놓쳐 버린 탓에 영화를 즐기기에는 한계가 있었다.

오히려 영화 대신 이나가 '저기 정말 멋지네요', '저 아이 너무 귀여 워요', '서운했겠다', '혼자서 얼마나 힘들었을까' 혼잣말처럼 하는 말 들이 그의 가슴에 더 깊게 파고들었다.

영화가 끝난 뒤에도 여운이 많이 남는지 이나는 아무런 영상도 나오 지 않는 화면을 한동안 응시하고 있었다. 그러다 살며시 그의 어깨에 머리를 기댔다. 그녀의 몸은 무게가 느껴지지 않을 만큼 가벼웠는데 그 는 몸이 땅속으로 가라앉는 듯했다.

이나가 아이를 간절하게 원했을 때 주변의 부부들이 자연스럽게 아 이를 갖고 낳으니, 별다른 의미를 두지 않고 그녀가 하는 대로 내버려 두었다. 그저 언젠가는 생기겠지, 막연하게 생각했었다. 아이에 대한 바람이나 간절함 같은 건 모두 그녀의 몫이라고……

그런데 이제 다르다. 자신이 사랑하는 여자의 몸에 사랑의 결실이 자리하길, 무사히 자신들에게 와 주길 그가 바랐다. 오히려 그녀가 아 이를 원하지 않을까, 그를 위해 위험을 피해 가려 하지는 않을까, 겁이 나고 불안했다.

자신의 아이를 간절히 원했던 여자가 어떤 심정이었는지 이제야 돌 아보는 그에게 내려진 형벌 같았다. 속이 허하고, 움켜쥐고 있어도 주 먹이 떨렸다.

"그만 방으로 갈까?"

"네. 졸려요."

"재미있었어?"

"감동적이었어요."

그는 걷겠다는 이나를 번쩍 안아 들고 방을 나섰다. 침대까지 걸어 가 그녀를 침대 위에 살며시 내려놓았다.

"태강 씨도 지금 잘 거예요?"

"아니. 하지만 당신 잠들 때까지 옆에 있을게."

그도 이나 옆에 누웠다. 몸을 옆으로 세워 누운 채 그녀의 얼굴을 바라보다 동그란 이마 위로 흘러내린 머리카락을 넘겨 주자 그녀가 싱긋 미소를 보였다.

이제 자신을 보며 잘 웃는다 생각했다. 미소가 마음을 보여 주고 있다고 생각했다. 그런데 다시 보니 저를 안심시켜 주려는 미소였다. 미소가 매서운 바람에 날리는 눈발처럼 그의 가슴을 시리게 했다.

"당신 참 예뻐."

"알아요."

"당신과 처음 만났던 날이 지금도 생생하게 기억나. 사람한테서 빛이 난다는 말, 그때 처음 경험했거든."

"제가 그렇게 예뻤는데 왜 먼저 청혼하게 만들었어요?"

"나랑 결혼하면 당신이 행복하지 않을 것 같았거든."

"잘해 주면 되지……."

잠이 가득 담긴 나직한 대답이었다.

"그러면 됐는데. 내가 많이 잘해 줬어야 했는데. 미안해."

"괜찮아요. 지금 이렇게, 잘해 주니까."

"이제 당신 아프게 하는 사람, 힘들게 하는 사람 내가 다 혼내 줄게."

"꼭이요."

귀를 기울여야만 들을 수 있을 만큼 작은 웅얼거림이었다.

"당신 가까이도 못 오게 할 거야."

"으응……."

"그게 누구든……."

"……."

"……절대 용서 안 해."

그는 잠든 그녀의 이마에 가볍게 입을 맞추고 이불을 다독여 준 뒤 방을 나왔다.

Rrrrr.

그가 잠시 서재의 책상에 앉아 있을 때 전화벨이 울렸다. 김 실장에게 걸려 온 전화였다.

"네."

—사장님, 박 대리 찾았습니다.

"어디에 있습니까?"

—지금 뉴욕 소재의 국립 병원 중환자실에 있습니다.

"중환자실이요?"

—사고가 있었던 모양입니다. 그쪽 경찰에서는 사고 원인을 브레이크 고장으로 보고 있는 것 같습니다.

"상태는 많이 안 좋습니까?"

—응급 수술 후 중환자실로 옮겨졌지만, 아직 의식은 돌아오지 않았답니다.

어딘가에서 비슷한 이야기를 들은 적 있었다. 바로 이나가 겪은 사고의 상대 차량 운전자에게 있었던 일이었다.

당시에도 경찰은 차량의 브레이크 결함을 의심했었다. 하지만 브레이크 주변이 완전히 전소돼 끝내 정확한 원인은 밝혀내지 못했다. 그런데 박 대리도 브레이크 고장으로 현재 중환자실에 누워 있는 처지라니.

"누님에게는 연락했습니까?"

—네. 누님도 지난번에 다녀간 뒤 계속 연락이 되지 않아 걱정하다 이번에 사고 소식을 듣고 크게 놀란 것 같았습니다.

"그럼 누님 설득해서 한국 병원으로 이송하도록 하죠."

—바로 전달하겠습니다.

"닥터 헬기도 알아봐 주세요."

—알겠습니다.

박 대리를 계속 뉴욕 병원에 뒀다가는 그도 이대로 영원히 침묵하게 될지 모른다.

—그런데 사장님. 누님 말로는 박 대리가 지난번 찾아왔을 때 가방 하나를 맡기고 갔는데, 사고 후 열어 보니 가방이 달러로 가득 차 있었답니다.

수진의 지시를 착실히 수행하고 침묵하는 대가로 받은 돈일 것이다. 하지만 그 돈에 자신의 목숨값까지 들어 있다는 사실은 알지 못했으리라.

"국내 이송 최대한 서둘러 주세요."

―알겠습니다.

전화를 끊은 뒤에도 태강은 한동안 서재를 나서지 않았다.

✤　✦　✤

"사장님 지금 자리에 계시죠?"

"네."

골든호텔 사장 비서실 직원들이 태강의 등장에 모두 기립했다. 연락 없는 방문이었음에도 가장 오래 태훈을 보필하고 있는 실장급 비서가 재빨리 사장실에 노크한 뒤 태강이 왔음을 알렸다.

"골든전자 사장님 오셨습니다."

"들어오시라고 하세요."

"네."

비서는 태훈의 사무실 문을 열고 옆으로 한 발 물러섰다.

"형님이 이렇게 이른 시간에 여긴 어쩐 일이십니까?"

사장실로 들어서는 태강을 보고 태훈이 몸 둘 바를 모르겠다는 듯 과장된 몸동작으로 몸을 일으켰다. 그사이 그의 뒤로 문이 닫혔다.

"지나던 길에 시간이 나서 잠시 들러 봤다."

"정말 시간이 나서 들르신 겁니까?"

능글능글하게 웃고 있는 태훈의 얼굴에 태강의 시선이 잠시 머물렀다. 훌쩍 큰 키에 집안 남자들과는 달리 유난히 흰 피부, 그리고 짙은 쌍꺼풀. 짙은 쌍꺼풀은 작은어머니를 닮았다지만 혈관이 들여다보일 정도로 흰 태훈의 피부는 친가나 외가 혈육 중 누구도 닮은 사람이 없었다. 어릴 적부터 보아 왔기에 그간 당연시 여겼던 사실이 오늘 유독 그의 신경을 건드렸다.

"요즘 바쁘지?"

"호텔 돌아가는 얘기는 전부 알고 계신 줄 알았는데요."

"기본적인 얘기는 회의에서 듣고 있지."

"그럼 오늘 한옥 호텔 때문에 오신 겁니까?"

"호텔 관련 결정 사항은 임원 회의 찬반 결정으로 진행될 일인데 내가 무슨 할 말이 있다고."

"그래도 형님이 조금이라도 긍정적인 반응을 보여 주시면 임원들도 귀가 솔깃할 겁니다."

"사업성이 좋다면 나도 반대할 이유는 없겠지."

"저 그럼 이번 한 번만 도와주십시오, 형님. 정말 이번에는 엎어지면 안 됩니다. 지난번에 어머니께 들었던 잔소리를 생각하면……."

"작은어머니 잔소리?"

"도대체 본인 행복을 왜 자식에게서 찾으시려는 건지 모르겠다니까요."

태생적으로 태훈은 타고난 사업가 체질은 아니었다. 무언가를 얻기 위해 노력은 할 줄 모르면서 남들에게 보이는 제 모습에는 예민하게 반응했다. 그래서 제 입지를 위해 승희와 결혼까지 결정했을 때 조금도 놀라지 않았었다.

그런데 이제 보니 결혼 계획까지도 태훈의 머리가 아니라 전부 수진의 머리에서 나왔었나 보다. 장관 딸과 결혼한 태훈에게 그룹 차원에서 지지와 힘을 실어 주리란 계산 말이다.

실제 승희와의 결혼 소식을 전하자마자 태훈은 골든호텔의 사장이 되었다. 수진은 처음부터 태훈에게 든든한 뒷배를 만들어 주고 그들의 아이를 골든그룹 후계자로 세우고자 함을 최종 목표로 잡았던 것이다.

"그보다 결혼 준비는 잘돼 가는 거야?"

"결혼 준비야 여자들이 알아서 하는 거죠."

"진단서는 잘 처리한 거지?"

"도대체 어디까지 까발리고 다닌 건지, 쪽팔려서. 벌써 마음에 안 드는 점이 한두 군데가 아니지만, 집안을 생각해서 꾹 참고 있습니다."

태훈의 턱이 빠드득 갈렸다.

"그 일은 명백한 네 실수였어."

"못된 버릇은 초장에 잡아야죠."

"못된 버릇?"

"그런 얼굴 하실 거 없습니다. 제가 본디 보고 자란 게 그런 것뿐이란 거 형님도 아시지 않습니까?"

태훈이 딴청을 부리듯 귀를 한 번 후빈 뒤 손가락 끝을 후 하고 불었다.

"저는 형님하고는 달리. 어릴 때부터 부모님이 서로 못 잡아먹어서 으르렁거리고 뭐든 손에 잡히는 대로 때려 부수는 모습만 보며 자라서요."

"어머니가 다치고 상처받는 모습 네가 곁에서 전부 보고 자랐으니까 너는 더 그러지 말아야 하는 거 아니야?"

"형님은 우리 어머니 같은 여자랑 살면서 무조건 참고 살 수 있을 것 같습니까?"

태어나 처음으로 태훈의 말에 반박할 말이 떠오르지 않았다.

"사실 저도 그날 처음부터 그러려고 했던 건 아니었습니다. 그런데 어디에서 무슨 얘기를 듣고 왔는지 만나자마자 파혼 얘기를 꺼내는데, 약혼까지 한 마당에 파혼을 당하면 사람들이 다 저한테 문제가 있어서 그런 거라고 쑥덕거릴 거 아닙니까. 자기 할 말만 하고 제 말은 들을 생각도 안 하니 저도 순간적으로 욱해서 그만……."

"사과는 제대로 한 거지?"

"네."

"너와 결혼하는 순간부터 네 아내는 너 하나 믿고 평생 살아갈 사람이야."

"저도 압니다."

태훈이 못마땅한 표정으로 시인했다.

"이번에 느낀 게 있다면 다시는 같은 실수 반복하지 마."

"저도 승희가 결혼 후에 아이만 낳아 주면 어떻게 살든 신경 쓰지 않고 내버려 둘 생각입니다."

"아이?"

"사실 저희 어머니도 아버지와 그렇게 사이가 안 좋은 와중에도 저를 낳았으니 지금처럼 기를 펴고 사시는 거 아닙니까?"

"……."

"그 원수 같은 남자의 아들에 집착해서 문제지……."

태훈이 느끼기에 제 어머니는 저를 통해 행복을 얻고 기를 펴고 살고 있었다. 태강이 보기에도 수진은 자신이 갖지 못한 것들을 태훈에게 주기 위해 사는 사람처럼 보였다. 정확히는 자신의 상처에 대한 보상을 태훈을 통해 받으려 했다.

그럼 수진은 자신을 버려두고 다른 여자들을 수없이 만나고 다니는 남편을 대신할 다른 남자를 찾아서라도, 행복과 기를 펴고 살기 위해 아이를 얻을 사람일까?

"그런데 제가 아이를 낳으면 그때는 저에 대한 어머니의 집착이 손주한테로 갈까요?"

"글쎄."

"역시 허니문 베이비로 가야겠습니다."

그가 생각하는 수진은 그럴 수 있는 사람이었다. 충분히.

Rrrrr.

그때 태강의 전화벨이 울렸다.

"전화받으세요. 아니, 바쁘실 텐데 그만 일어나시죠. 저도 오늘은 오전에 회의가 있습니다."

"그래, 그럼 다음에 또 보자."

"네."

태훈의 사무실을 나온 태강은 엘리베이터에 올라탄 뒤 이미 전화가 끊긴 김 실장에게 전화를 걸었다.

─사장님, 박 대리 곧 이송 가능할 것 같습니다.

"의식 없이도 가능한 겁니까?"

─닥터 헬기에 함께 탈 한국 전문의까지 섭외했습니다.

"수고했습니다. 그리고 지금 작은아버지 사무실에 좀 들러 주세요."

─골든건설 말씀이십니까?

"네. 예전에 강태훈 사장이랑 검사했던 민정이 검사 샘플, 이번에는 작은아버지 샘플과 다시 검사 진행시켜 주세요. 이번 검사 역시 누구도 눈치채서는 안 됩니다."

─네?

그도 오늘 태훈을 만나기 전까지는 이런 상황이 오리라 예상치 못했으니 김 실장이 놀라는 심정을 충분히 이해할 수 있었다.

"샘플 맡기고 연구소에 대기하고 있다 결과 나오면 김 실장님이 직접 가져오세요."

─지금 바로 움직이겠습니다.

"네."

전화를 끊은 그는 자신도 모르게 긴 한숨을 내쉬고 있었다.

똑똑.

오후 6시 30분, 골든전자 사장실 문에 노크 소리가 울렸다. 태강이 대답하지 않았으나 사무실 안으로 들어온 김 실장은 들고 온 서류 봉투를 공손히 책상 위에 내려놓았다. 그리고 잠시 다른 지시 사항이 없는지 기다리다 그가 아무 말도 하지 않자 조용히 묵례 후 다시 사무실을 나갔다.

태강은 바로 서류 봉투를 집어 들지 않았다. 지난번 민정과 태훈의 유전자 검사 결과, 그들은 완전한 남이었다. 그럼에도 그는 오늘 다시 작은아버지와 민정의 친자 확인 검사를 의뢰했다.

자신의 생각이 얼마나 엄청난 결과를 가져올 수 있을지 알면서, 그룹에 얼마나 큰 파장을 줄 수 있을지 알면서 실행에 옮긴 것이다.

검사 결과가 나온 지금도 자신의 의심이 허무맹랑한 의심으로 끝나길 바랐다. 만약 다른 결과가 적혀 있다면 골든그룹에는 두 개의 폭탄이 떨어진 것과 같았다.

첫 번째는 세상에 알려지지 않은 강 회장의 숨겨진 손녀가 있다는 사실이었다. 차라리 이 경우는 대중에게 숨기거나 그럴듯한 핑계를 만들어 서프라이즈로 공개를 하면 되니 크게 문제 될 게 없었다.

오히려 두 번째가 더 큰 문제였다. 세상에 태어나는 순간부터 강 회장의 손자로서 누구나 쉽게 손에 넣을 수 없는 최상의 물질과 교육, 그리고 온갖 특별 대우를 받으며 자란 태훈이 사실은 강 회장의 핏줄이 아니었다면. 그 사실이 세상에 알려지게 된다면, 작은어머니와 태훈은 물론 기만당한 채 살아온 작은아버지의 삶 또한 온전치 못할 것이다.

그는 서류 봉투로 손을 뻗었다. 단단하게 밀봉된 봉투의 입구를 뜯어낸 뒤 안에 든 종이를 꺼내 들었다. 천천히 내용을 확인하는 그의 얼굴에 표정은 없었다. 무수히 읽어 온 서류를 확인하듯 차분하고 막힘없었다.

내용을 모두 확인한 후 그는 다시 봉투 안에 서류를 넣어 서랍 속에 집어넣었다.

띵동.

벨을 눌렀으나 안에서는 기척이 없었다. 태강은 다시 벨을 눌렀다.

띵동, 띵동.

연이어 벨을 누르자 안에서 민정의 목소리가 들려왔다.

"누구세요?"

"나야."

"잠시만요."

나직한 말소리와 함께 문이 열렸다. 그리고 그 긴 세월 그가 보아 온, 이영 화가의 딸 이민정이 그의 앞에 모습을 드러냈다.

"사장님."

아무것도 달라진 건 없었다. 그녀는 여전히 이영 화가의 딸이었고, 그녀에게 그는 사장님이었다.

"연락도 없이 무슨 일이세요?"

"혼자 있었니?"

"네. 그런데 무슨 일 있으세요?"

"아니."

민정이 주뼛주뼛 옆으로 옮겨 서며 문을 조금 더 활짝 열었다.

"우선 들어오세요."

그가 익히 알고 있는 집이었다. 남향으로 햇볕이 잘 드는 집이었으나 20평 남짓의 아파트 거실은 3인용 소파와 TV만으로도 다른 가구는 들어갈 공간이 없어 보였다.

깨끗하게 빨았어도 세월의 흔적을 무시할 수 없는 커튼, 올 때마다 꽃이 피어 있는 화분, 벽에 걸린 민정과 어머니의 오래전 사진. 그간 무수히 보아 온 광경인데 그는 목이 콱 막혀 무슨 말을 해야 할지 알 수 없었다.

"인터폰 고장 났니?"

"아니요. 제가 급하게 나오느라 확인을 못 했어요."

"뭘 하고 있었는데?"

"그냥, 엄마 사진 좀 보느라……."

다시 보니 민정의 코끝이 빨갰다. 수진이 다녀간 뒤 어머니 생각이 더 났던 걸까. 아마 어머니께 묻고 싶은 말들이 많았겠지.

"별일 없었지?"

"네."

"병원에도 잘 다니고?"

"네."

"작은어머니가 또 찾아왔었다고 하던데."

제 잘못을 꾸짖는 것도 아닌데 민정이 고개를 숙였다. 잘 보이지도 않는 얼굴을 그는 가만 응시했다. 아무리 봐도 작은아버지와 닮은 구석이 별로 없는 아이였다. 가녀린 체구도 내성적인 성격도 작은아버지와 정반대였다.

"정말 작은어머니가 너희 아버지를 알고 있다고 한 거야?"

아랫입술을 살며시 물고 망설이고만 있을 뿐 민정은 긍정도 부정도 하지 않았다.

"너와 만나게 해 주겠대?"

"만나 보겠냐고 물어보긴 하셨는데 대답은 못 했어요. 그분을 만나는 게 옳은 행동인지, 그렇지 않은지도 잘 모르겠어요."

"어머니가 하신 말씀이 마음에 걸려서?"

"아니요."

잠시 망설이던 민정이 다시 말을 이었다.

"민수진 사모님이 그분을 어떻게 아셨는지 이해가 안 돼요. 아무리 엄마에 대해 잘 알았다 해도 저도 모르는 아버지 얼굴을 어떻게 알 수 있었는지……."

"사진으로도 본 적 없어?"

"네."

민정이 고개를 끄덕였다. 무수히 많은 생각을 담고 있는 눈동자였다.

"정말 제 아버지가 맞을까요?"

수진이 무슨 생각으로 민정에게 찾아와 아버지를 알고 있다고 말했는지는 알 수 없다. 다만 정말 민정이 작은아버지의 딸이란 사실을 알고 있다면 그 간특한 머릿속에 끔찍한 계획들이 꿈틀거리리란 짐작은 어렵지 않게 할 수 있었다.

그나마 다행스러운 점은 태강이 민정의 친부를 알게 된다는 전제는 수진의 계획에 포함되지 않았다는 것이다. 더하여 태훈이 작은아버지의 핏줄이 아니란 사실까지 알게 된 상태이니 이번에는 태강이 우위에 서 있는 셈이었다.

"네 의사가 중요해. 아버지 만나고 싶어?"

"……."

"솔직하게 말해도 돼."

"그냥 멀리서, 얼굴만 한번 보고 싶어요."

"멀리서?"

많은 것을 바라는 아이가 아니었다. 만약 제 아버지가 노숙자나 건달이라면 더 마음을 쓸 아이였고. 하물며 수진이 아는 이라면 대단한 사람일지 모른다는 생각도 했을 텐데 그저 멀리서 얼굴 한번 보길 원하는 것이 이 아이가 제 친부에게 바라는 전부였다.

"그래. 그럼 그렇게 해."

"네?"

"그다음에 생각이 바뀌면 다시 얘기해."

"사장님도 아시는 거예요?"

"어쩌다 보니 그렇게 됐어."

"혹시 저도 아는 사람이에요?"

"그건 나도 모르겠다."

"전 사진으로만 봐도 되는데……."

"직접 만나 봐. 네가 딸이라고 말할 필요는 없어. 그냥 얼굴 보고 이야기 나눠 봐. 다른 건 그다음에 결정해도 돼."

"정말이요?"

태강은 고개를 끄덕였다.

"언제 볼까?"

"제가 결정해도 돼요?"

"응."

민정이 또 망설였다. 연한 갈색 눈동자는 기대와 걱정으로 바르르 떨리고 있었다.

"말 나온 김에 내일 차 보낼게."

"내일이요?"

"부담 가질 필요 없어. 상대는 네가 누군지 전혀 모르니까."

그제야 민정이 고개를 끄덕였다.

"내일 보자."

태강은 민정의 어깨 위에 잠시 손을 얹었다. 아버지도 없이 아픈 어머니와 단둘이 삐뚤어지지 않고 착하게 잘 자라 그저 대견했으며, 잘 살았으면 하는 마음이었다. 이제 인연의 끈을 놓으려 했건만, 그와 민정은 절대 끊어질 수 없는 인연이란 사실을 알게 됐다. 그가 이렇게 미안하고 화가 나는데 모든 사실을 알고 난 뒤 민정은 어떤 심정일까.

민정이 저와 제 어머니를 버린 아버지를 용서하지 않아도, 저를 찾아내 하이에나처럼 주변을 맴도는 수진에게 복수하고 싶어 해도 누구도 그녀를 비난할 수는 없었다.

"문 잘 잠그고 일찍 자."

"조심해서 가세요."

"그래. 내일 보자."

"네."

현관을 나서 등 뒤로 문을 닫았다. 썰렁한 복도에는 한기가 가득했는데, 미안함과 분노에 그의 가슴은 점점 더 뜨거워졌다.

"오늘 회사에서 무슨 일 있었어요?"

이나는 퇴근해 들어온 태강의 겉옷을 받아 들으며 물었다.

"아니."

"그런데 많이 피곤해 보여요."

"나 괜찮은데."

"정말 아무 일 없는 거죠?"

회사 일뿐만 아니라 강 회장의 일도, 민정의 일도 모두 그 혼자 짐을 짊어진 느낌이기에 그녀는 걱정스러운 목소리로 다시 물었다.

"응, 정말 아무 일 없어."

그가 다정한 목소리로 대답하며 그녀를 품에 안았다.

그녀도 알고 있었다. 그가 좀처럼 힘든 얘기나 표현은 자신에게 하지 않는다는 사실을. 그녀를 아끼고 보호하려는 마음은 알지만 그래도 그녀의 마음은 편치 않았다.

"회사 일은 도움 줄 수 없지만 다른 일은 저랑도 상의해요."

"그럴게."

그가 그녀의 머리에 살며시 뺨을 기댔다. 자신에게 의지한 그의 몸을 그녀도 꼭 끌어안았다.

"오늘은 얼른 씻고 쉬어요. 저도 방해하지 않을게요."

"난 혼자 있을 때보다 당신이랑 있을 때 더 편히 쉴 수 있는데."

도망칠 수 없도록 그녀의 가는 허리를 자신에게 더욱 바짝 끌어당겼다. 두 사람 모두 옷을 입은 채였지만 빈틈없이 서로의 몸이 겹쳐지자 그녀는 그의 말에 담긴 뜻을 온몸으로 느낄 수 있었다.

"오늘은 잠이 더 필요해 보여요."

"내 몸은 내가 더 잘 알아."

그가 언젠가 그녀가 했던 말을 인용했다.

"아침에 일어날 때까지 제가 옆에서 꼭 안아 줄게요."

"그럼 더 못 잘 것 같은데."

"별수 없네요. 오늘은 따로 자요."

"아니야. 꼭 안아 줘. 아침까지."

"알았어요."

그제야 그녀를 안고 있던 그의 팔에서 힘이 풀렸다.

Rrrrr.

태강이 욕실로 들어가고 울리기 시작한 그녀의 핸드폰에 민정의 이

름이 떠 있었다. 혹시 민정에게 무슨 일이 생긴 건 아닌지 불안한 마음
에 서둘러 전화를 받았다.

"민정 씨."

—저예요, 사모님.

"알아요. 혹시 무슨 일 있는 거예요?"

그녀가 조심스럽게 물었다.

—아니요. 아무 일 없어요.

민정은 아무 일 없다고 말했지만, 이나는 그녀의 목소리가 어딘지
모르게 평소와 다르게 느껴졌다.

—그런데 혹시 사모님이 사장님한테 민수진 사모님이랑 저희 아버
지 얘기 전해 주셨어요?

"아, 난 민정 씨가 걱정돼서, 상의 안 하고 얘기해서 기분 나빴다면
미안해요."

—아니에요. ……감사합니다.

민정이 차분하다 못해 낮게 잠긴 목소리로 감사하다는 인사를 했다.
이나는 영문을 알 수 없는 기분이었다.

"민정 씨, 정말 무슨 일 있는 거 아니죠?"

—네. 사장님이…… 저희 아버지를 찾으셨나 봐요.

"정말이에요?"

민정이 앞에 서 있는 것처럼 그녀의 눈이 동그래졌다.

—네.

"너무 잘됐네요. 정말 잘됐어요."

—민수진 사모님이 찾아오셔서 제 아버지를 알고 있다고 하셨을 때
는 정말 믿어도 되는지 의심만 됐는데, 사장님이 말씀해 주시니까 이제
믿어져요. 저한테도 아버지가 있다는 사실이요.

민정은 울먹이고 있었다. 이나도 눈자위가 뜨거워졌다.

"언제 만나 뵐 거예요?"

—내일 사장님이랑 만나러 가기로 했어요.

"태강 씨가 같이 가 준다고 한 거예요?"

—……죄송해요.

조금 전 감사하다고 인사했던 민정이 이번에는 사과를 하고 있었다. 이나는 지금 왜 사과가 필요한지 쉽게 이해가 되지 않았다.

"뭐가 죄송해요?"

—앞으로 사장님이랑 연락하지 않겠다고 사모님이랑 약속했었는데, 결국 못 지켰어요.

"이번 일은 내가 태강 씨한테 직접 얘기한 건데 민정 씨가 미안하면 어떻게 해요?"

수화기 너머가 조용했다.

"민정 씨?"

—그렇게 말씀해 주셔서 감사합니다.

울음을 삼키고 있는지 민정의 목소리에 눈물이 배어 있었다. 이나는 민정이 어떤 사람인지 이제 제대로 알게 된 느낌이었다. 민정은 누군가와 한 약속을 지키지 못하는 일은 물론이고, 남에게 이유 없이 무언가를 받는 일에도 미안함을 느낄 만큼 선한 사람이었다.

그녀는 그렇게 바르고 선한 사람에게 아주 큰 실수를 저지른 적이 있었다. 더 늦기 전에, 더 부끄러워지기 전에 사과해야겠다는 생각이 들었다.

"민정 씨, 사실은 나도 민정 씨한테 사과할 일이 있어요."

—사모님이 저한테요?

"예전에 민정 씨 골든전자 비서실에서 해고됐을 때, 그 일 지시했던 사람, 바로 나예요. 너무 늦었지만 정말 미안했어요."

—그게 무슨 말씀이세요?

민정은 도무지 이해되지 않는다는 목소리였다. 한국대 병원 엘리베이터 안에서 만났을 때 민정을 알아보지도 못했던 그녀이니, 어쩌면 지금 민정이 보이는 반응은 지극히 당연한 것인지도 모른다.

"그때 내가 민정 씨를 오해하고 있었어요."

―사모님이 저를요?

"네. 하지만 다시 민정 씨를 오해하는 일은 없을 거예요. 그러니까 민정 씨, 나한테 고마워할 필요도 미안해할 필요도 없어요."

―저는 그때 일 다 잊었어요. 그리고 아마 그런 일 없었어도 제가 건강 때문에 스스로 그만뒀을 거예요.

"그래도 미안해요."

두 사람은 잠시 아무 말도 하지 않았다. 말이 아닌 마음으로 서로에게 고마워하고 미안해하고 있었다.

"내일 아버지 만나러 가려면 오늘은 일찍 자요."

―그래야 하는데, 잠이 올지 모르겠어요.

"그래도 누워 있어 봐요."

―네.

"아버지도 찾았으니까 앞으로는 좋은 일들만 있을 거예요."

―고맙습니다.

누구도 먼저 끊지 못하던 전화가 끊겼다. 이나는 핸드폰을 내려놓으며 마음속으로 민정의 아버지와 새롭게 생길 가족들이 정말 좋은 사람이었으면 좋겠다고 생각했다. 더는 민정이 외롭거나 힘들지 않도록……

다음 날 태강은 김 실장에게 민정을 데려가라고 했던 숍 앞에 차를 세웠다.

김 실장에게 전해 들은 바에 따르면 아침 일찍 민정이 전화를 걸어 조심스럽게 자신의 아버지가 누군지 알고 있냐고 물었다고 했다. 그간 민정과 관련된 일은 모두 김 실장을 통해 처리했으니 김 실장에게 그런 질문을 한 민정의 입장도 이해는 됐다.

김 실장은 당연히 모른다고 대답했다지만, 민정이 아침부터 전화를 걸었을 정도라면 아버지에 대한 궁금증으로 지난밤 한숨도 못 잤다는 뜻이었다.

한 번도 만난 적 없어도 핏줄이란 건 그런 의미인가 보다. 어머니 역시 어떤 식으로든 민정이 제자리를 찾아가길, 적어도 그럴 기회는 가질 수 있길 바라셨던 것 같다는 생각이 들었다. 물론 이제 모든 선택은 남겨진 민정의 몫이었지만.

숍은 생전에 어머니가 다니셨던 곳으로 단골 위주의 예약제로 운영되어 드나드는 사람이 많지 않은 곳이었다. 차에서 내린 그는 숍의 문을 열고 안으로 들어섰다.

"어서 오세요."

사장 곁에 서 있던 직원이 문이 열리며 울리는 벨 소리에 기계적으로 인사를 건네다 그를 알아보고 화들짝 놀란 표정을 했다.

"사장님."

직원은 곧장 팔짱을 낀 채 커튼으로 가려진 탈의실을 응시하고 있는 사장의 팔을 툭 쳤다. 그러자 거만한 표정으로 고개를 돌리던 사장도 태강을 알아보고 호들갑스럽게 인사를 건네며 다가왔다.

"어서 오세요, 강 사장님. 이게 얼마 만이에요."

"오랜만에 뵙습니다."

"아가씨는 준비 다 끝났어요."

"네."

붉은 입술을 초승달처럼 끌어 올린 사장은 민정이 누구인지 궁금할 법도 한데 어떤 질문도 건네지 않았다. 더불어 섣부른 칭찬이나 평가도 하지 않았다.

이미 결혼한 그가 직접 숍에 보낼 정도면 아주 가까운 사이일 테지만, 그렇기에 더욱 알려 들거나 말을 퍼뜨려서는 안 된다는 판단 정도는 내렸을 터였다.

"다 되셨으면 커튼 열고 나오세요."

"네."

둥글게 가려진 커튼 뒤에서 민정의 작은 대답 소리가 들려왔다. 그리고 조심스럽게 커튼이 걷혔다.

"어머, 정말 잘 어울리시네요."

짙고 과감한 화장에 헤어스타일까지 바뀐 민정은 완전히 다른 사람처럼 보였다. 세련된 아이보리색 투피스로 여리고 귀여운 이미지마저 성숙하고 우아하게 바뀌어 수진과 만난다 해도 눈여겨보지 않는다면 알아보지 못할 듯했다.

"잘 어울린다."

"고맙습니다."

"구두도 부탁해요."

"네."

사장이 준비해 뒀던 굽 높은 힐을 민정의 발 앞으로 내려놓았다.

"구두도 신어 보세요."

신데렐라가 유리 구두에 발을 넣듯 민정이 구두 안으로 조심스럽게 발을 밀어 넣었다. 쑥 자라난 키로 그의 곁으로 다가온 민정을 바라보자 설명하기 힘든 감정이 가슴 안에서 꿈틀거렸다. 어쩌면 이 모습이 이 아이의 진짜 모습일지 모른다는 생각이 들었다.

"괜찮아?"

"네."

"수고하셨어요."

"찾아 주셔서 저희가 감사하죠."

"그만 가 보겠습니다."

직원에게 카드를 돌려받은 태강이 사장을 돌아보며 말했다.

"네. 조심해서 들어가세요."

어색하고 조심스럽게 걸음을 옮기는 민정의 보폭에 맞춰 그가 숍을 나서려 할 때였다.

문이 열리고 벨 소리와 함께 해성그룹 한 사장의 아내 연진이 숍 안으로 들어왔다. 그를 알아보고 얼굴 가득 놀라움과 반가움을 표현하던 연진이 곁에 선 민정을 발견하고 눈을 가늘게 늘였다.

"강 사장님이 여긴 어쩐 일이세요?"

"볼일이 있어서 들렀습니다. 별일 없으시죠?"

"우리야 그렇죠. 이나 씨도 잘 지내죠?"

"네."

"그런데 옆은 누구?"

"제 일행입니다."

"그래요?"

연진은 어떤 표정을 지어야 하는지 여전히 난감한 얼굴이었다. 최선을 다해 웃어야 하는지, 벌레 보듯 인상을 써야 하는지. 그런 와중에도 민정을 자꾸 힐끔거리는 것이 곧 민정과 그에 관한 얘기가 이나의 귀에 들어가겠다 싶은 생각이 들었다.

그는 오늘 민정을 작은아버지에게 데려가면서 이나에게는 그 사실을 말하지 않았다. 민정이 아직 자신의 존재를 밝힐지 말지 결정을 내리지 못한 상태였기 때문이었다.

만약 민정이 밝히지 않는 쪽으로 결심을 굳힌다면 이나도 민정이 누구의 딸인지 모르는 편이 나을 거라고 생각했다. 하지만 이렇게 된 이상 민정이 어느 쪽을 택하던 알릴 수밖에 없게 돼 버렸다.

"저는 오늘 민수진 사모님 초대로 〈그리다〉 미술관에 가는 길인데 잠깐 시간이 남아서 들렀어요."

그가 묻지 않은 말까지 늘어놓으며 연진이 반쯤 내리뜬 눈으로 민정을 계속 힐끔거렸다.

"이나 씨도 고 화백 전시회에 오나요?"

"글쎄요."

"어쨌든 이나 씨한테 안부 전해 주세요."

"그러겠습니다."

"바쁘실 텐데 얼른 가 보세요."

"그럼 다음에 또 뵙겠습니다."

숍을 나서는 순간까지 뒤통수에 연진의 시선이 뜨겁게 느껴졌다.

"사장님, 아까 그분은 누구예요?"

연진만 민정을 신경 쓴 건 아닌 모양이다. 숍을 나서 차에 올라탄 뒤 민정도 연진이 누구인지 조심스럽게 물어 왔다.

"사모님이랑 친한 분인가 봐요?"

"그냥 아는 사이 정도야."

"혹시 저 때문에 곤란해지시는 건 아니죠?"

"그럴 일 없으니까 신경 쓰지 마."

"네."

민정이 알겠다고 대답했으나 표정은 여전히 어딘가 불편해 보였다.

"혹시 긴장돼?"

"조금요."

"우선은 네가 누군지 말하지 않을 거야. 그분에게 네가 누군지 밝히 고 싶다면 날 오빠라고 불러."

"네? 오빠……요?"

오빠라고 제대로 부르지도 못한 채 민정이 토끼처럼 눈을 동그랗게 뜨고 백미러로 그의 표정을 살폈다. 지금 그들이 함께 가는 곳이 어딘 지 알게 되면, 제 아버지가 누구인지 알게 되면 눈물을 쏟거나 도망치지 는 않을까 싶을 만큼 감정이 고스란히 드러난 눈이었다.

"기억해."

"하지만……."

"지금 우리 가는 곳, 골든건설이야."

마음을 바꿨다. 들어가서 알게 돼 얼음이 되느니 잠시라도 마음의 준비를 할 시간을 주는 쪽이 낫겠다는 생각이 들었다.

"네?"

"골든건설 사장실에 갈 거야."

"……."

"혹시 마음이 바뀌었니?"

차 안에 정적이 흘렀다. 지난 20년의 세월을 되짚어 보는 그녀의 머릿속은 더없이 시끄러울 텐데 입은 굳게 다물려 있다.

"사장님."

"나도 어제 알았어."

"그래서 어제저녁에 갑자기……."

"네 선택 받아들일 거야. 네가 네 자리를 찾겠다고 하면 그렇게 되도록 도울 거고, 아무것도 몰랐던 것처럼 살고 싶다면 그렇게 살도록 도울게."

"그런데 민수진 사모님이 왜……?"

남편의 불륜으로 태어난 민정을 찾아가 왜 아버지를 찾아 주겠다고 했느냐는 말이었다. 보통 이런 경우 세상에 알려질까 저를 입막음하기 급급할 텐데, 직접 찾아온 이유가 정말 호의냐고 묻는 말이었다.

"정말 너를 아버지에게 데려가려는 호의는 아니었을 거야. 너를 당신 딸로 받아 줄 마음은 더 없는 분이고."

"그럼……."

"아마 그런 말로 유인해 멀리 데려가려고 했을 거야. 넌 아버지가 어디 사는지 모르니까 어디든 따라나설 수밖에 없는 입장이잖아."

민정의 표정이 점점 더 창백해졌다.

"만약 네가 결정을 내리기 전에 그분을 다시 만나게 되면 뭐든 의심해. 그분의 제안, 호의, 약속 뭐든 다."

"……전 이제 어떻게 해야 하는 건지 모르겠어요."

"내가 너라면 두 가지 중 선택할 거야. 상대에게 당하기 전에 상대를 공격하든, 상대가 찾을 수 없는 곳으로 도망치든."

"저희 엄마는 도망치는 쪽을 택했군요."

"배 속에 네가 있었으니까."

민정이 신음처럼 가는 한숨을 내쉬었다. 눈자위는 어느새 붉게 물들어 있었다.

"전…… 모르겠어요."

"만약 네가 상대와 싸우겠다면, 그렇게라도 네 자리를 찾겠다면 내가 지원군을 알아볼게."

"지원군이요?"

"너한테는 아버지 말고 할아버지도 계시거든."

"할아버지라면……?"

골든그룹 강 회장이라는 사실을 뒤늦게 깨달은 듯 민정의 붉은 눈이 더욱 동그래졌다.

"당신 핏줄이라면 어떤 방법을 써서라도 지킬 분이야."

"말씀이라도 고맙습니다."

"우선 오늘은 아무 생각 말고 만나 봐. 직접 겪어 봐야 그다음도 생각할 수 있지."

"네."

차를 골든건설 지하 주차장에 주차할 때까지도 민정은 아무 말이 없었다. 그러다 그와 임원 전용 엘리베이터에 몸을 싣자 새하얀 손이 눈에 띄게 바들거렸다.

"긴장할 필요 없어. 오늘 작은어머니는 미술관에 계실 거야."

"네."

작은어머니와 만날 일이 없다는 사실만으로도 조금 안심이 되는지 그녀가 작게 미소를 보였다.

드디어 엘리베이터가 사장실이 위치한 12층에 도착하고 엘리베이터의 문이 열렸다. 태강은 민정보다 앞서 성큼성큼 걸음을 옮겼다. 민정의 구두가 대리석과 마찰하는 소리가 또각또각 그의 뒤를 따랐다.

"사장님 계시죠?"

"기다리고 계십니다."

사장실 안으로 들어서자 민정이 그의 옆으로 바짝 다가와 섰다. 골든전자 비서실에서 근무했던 그녀이니 이곳 비서실 직원 중 아는 사람이 있을 수도 있었다. 그런 이유 때문인지는 모르겠으나 민정은 고개를 숙이고 제 구두 끝만 응시하고 있었다.

"들어가자."

"잠깐만요."

작게 심호흡을 하는 민정의 이마에 작은 땀방울이 맺혀 있었다.

"괜찮아. 너 지금 김 실장님 대신 온 거야."

"네."

그의 말뜻을 알아들은 민정이 고개를 끄덕였다.

똑똑.

"네."

그가 사무실 안으로 들어서자 모니터를 바라보고 있던 작은아버지가 고개를 들었다.

"어서 와라. 김 실장은 어디 간 모양이구나?"

"네."

그와 대화하며 작은아버지의 시선이 민정을 힐끔거렸다. 아무리 화장과 옷으로 꾸몄다 해도 가녀린 체구에 선한 얼굴선과 눈빛이 제 어머니를 꼭 빼닮은 민정이니 작은아버지가 한눈에 알아본 것일지 모른다.

"비서분도 태강이 옆에 앉아요."

"괜찮습니다."

소파로 걸음을 옮기는 내내 민정을 의식하던 작은아버지가 자리에 앉고 나서야 그를 똑바로 응시했다.

"그래, 인도에 생산 공장을 신축한다고?"

"네. 골든건설은 인도 교량 사업에서도 성과를 낸 적 있으니 생산 공장 신축은 현지인에게도 거부감 없이 받아들여질 거라고 생각합니다. 또 아직 관계자들과 얘기 중인 사안이긴 하지만 이 추세를 몰아 뉴델리에 골든전자 전시, 홍보관을 올릴까 생각하고 있습니다."

"홍보관이라, 나쁘지 않은 생각이구나. 더구나 뉴델리에 첫 삽을 뜬다면 주주들도 좋아할 거다."

"그럼 이번 주주 회의에 안건으로 제안하겠습니다."

"나도 적극적으로 지원하마."

"감사합니다."

태훈의 호텔을 저격했던 태강에게 호의를 보이는 작은아버지 덕에 얘기는 쉽게 진행이 되었다. 다음 인도 출장 일정에 관해 얘기하려 할 때 태강의 핸드폰이 진동했다. 강 회장 병원 진료 관련으로 김 실장에게 걸려 온 전화일 터였다.

"잠시 실례하겠습니다."

"그래."

그는 몸을 조금 틀고 김 실장의 전화를 받았다.

"그런데 처음 보는 얼굴 같은데……?"

"이민정입니다."

"아, 민정 씨. 태강이 비서실에 근무한 지는 얼마나 됐나?"

"1년 정도 됐습니다."

"그래요? 그런데 그렇게 높은 힐을 신고 있으면 발이 너무 고생일 것 같은데, 잠시 앉지 그래요?"

"괜찮습니다."

작은아버지가 괜찮다는 민정의 손목을 잡아 억지로 태강의 맞은편 자리에 앉혔다.

"너무 어렵게 생각 말아요. 나도 아가씨만 한 아들이 있는 사람이니까."

"네."

"비서실 일은 할 만해요?"

"네."

"하긴 요즘 젊은 사람들 취직이 좀 어려운가. 어지간하면 참고 견뎌야지. 그래도 혹시 힘든 일 있으면 얘기해 봐요."

"없습니다."

"나 태강이 작은아버지예요. 나한테 얘기하면 해결 안 되는 문제가 없다는 뜻인데."

"정말 없습니다."

470

작은아버지의 손이 이번에는 민정의 어깨로 향했다. 그 순간 태강은 전화를 끊고 그대로 자리에서 일어섰다.

"급한 일이 생겨서 그만 일어나야 할 것 같습니다."

"벌써?"

"네. 오늘 말씀드린 이야기는 정리해서 주주 회의 때 안건으로 상정하겠습니다."

"그래, 그럼."

"일어나."

"네, 사장님."

민정이 재빨리 그의 곁으로 다가와 섰다. 태강은 민정의 얼굴을 잠시 바라보았다. 다시는 고개를 돌려 작은아버지를 바라보지도 않겠다는 듯 시선이 꼿꼿이 정면을 응시하고 있었다. 꼭 붙인 입술 또한 절대 그를 오빠라 부를 것 같지 않았다.

"그만 가 보겠습니다."

태강은 작은아버지에게 인사를 남기고 사장실을 나섰다.

"괜찮아?"

"네."

괜찮지 않은 표정이었다. 괜찮다면 더 이상하리라.

두 사람은 말없이 엘리베이터에 올라탔다. 민정은 여전히 꾹 다문 입술을 열 생각을 하지 않았다.

"생각할 시간 필요하지?"

"제가 누군지 밝히고 싶지는 않아요. 하지만 엄마가 과연 절 원해서 가졌을지, 저 때문에 얼마나 많은 걸 포기하고 사셨을지…… 이제 제가 뭘 어떻게 해야 하는지 모르겠어요."

"네 어머니가 겪었던 고통, 그들도 겪게 하고 싶다면 그렇게 해."

민정이 고개를 들어 그를 바라보았다. 곧 눈물을 쏟을 것처럼 눈동자에 물기가 가득 배어 있었다.

"내가 도울게."

"제가 나쁜 건 아니죠?"

"누군가는 그들의 악행을 끝내 줘야지."

태강은 민정의 생각이 결코 나쁘지 않음을 인정해 주듯 고개를 끄덕였다.

✦　　✦　　✦

〈그리다〉 미술관은 〈비움과 채움〉에 비해 규모가 작았고 시내에 위치해 주차 공간 또한 비좁았다. 겨우 빈자리를 찾아 주차를 마친 이나가 차에서 내렸을 때였다.

"이나야."

처음 자신의 이름이 들려왔을 때 잘못 들었다고 생각했다. 하지만 또각또각 울리는 구두 소리는 분명 그녀를 향해 다가오고 있었다. 뒤를 돌아보자 생긋 웃는 얼굴로 서윤이 바로 뒤에 서 있었다.

"서윤아."

"오랜만이야."

"그래."

크리스마스이브에 마지막으로 만났으니 석 달 만이었다. 모임에서 만날 때마다 눈이 빠져라 그녀를 기다렸던 사람처럼 반겼던 서윤이었는데 오늘은 눈빛이 조금 달랐다. 자신이 먼저 다가왔음에도 마냥 반갑다기보다는 무언가 망설이는 듯 조금 조심스러워 보였다.

"미술관에 온 거야?"

"응. 너도?"

"난 우리 형님 심부름."

"심부름?"

"대단한 건 아니고."

"전시회는 본 거야?"

"아니. 전시회는 다음에 보려고."

"그래? 바쁜가 보네. 그럼 볼일 보고 들어가."

"이나야."

여느 때처럼 길게 말하지 않고 돌아서려는 그녀를 서윤이 다시 불렀다.

"왜?"

"사실은……."

서윤이 다시 입을 열었으나 하려는 말을 쉽게 꺼내 놓지 못했다.

"무슨 얘긴데 그래?"

"오해는 하지 말고 들어. 우리 형님이 오늘 오전에 단골 숍에 갔다가 너희 남편이 어떤 여자랑 나오는 걸 봤다고 하셨어."

시어머니 지숙을 따라 나갔던 모임에서 서윤과 재회했을 때 이나는 자신들이 고등학교 동창이란 사실도 바로 기억해 내지 못했다. 그도 그럴 것이 그들은 교차점 없이, 그저 교내를 오가며 얼굴 몇 번 스쳤던 사이였기 때문이다. 그러니 당시 서윤의 성격이나 친구 관계 또한 기억에 존재하지 않았다.

그런 까닭으로 서윤은 자신에 대해 좋지 않은 인상을 받은 적은 없는지, 혹시 제게 선입견은 없는지, 신경 쓰이는 존재였다. 모임에서 몇 차례 얼굴을 스치고 나서야 서윤이 가식 없는 성격을 가졌단 사실을 알게 됐다.

서윤에 대해 알지 못했을 때도 불편했는데, 알고 나니 다른 이유로 불편해지기 시작했다. 서윤은 그녀를 친구로 생각해 자신의 처지나 속내를 감추지 않고 드러냈는데 그녀는 그럴 수 없었기 때문이다.

이미 연극은 그녀의 삶이었고, 누구에게도 자신의 진짜 보습을 내보일 용기는 남아 있지 않았다. 그래서 먼저 다가오는 서윤에게 항상 뒷모습을 보였다.

지금도 잔뜩 조심스러운 기색을 띤 서윤을 앞에 두고 이나는 '그게 뭐?' 하는 표정밖에 할 수 없었다.

"숍에 볼일 있어서 갔다가 우연히 아는 얼굴을 만나서 같이 나왔을 수도 있는 건데, 남의 말 하는 거 좋아하는 사람들은 사실 확인도 안 하고 너무 쉽게 말하잖아. 우리 형님이 보셨을 때는 그런 남녀의 분위기는 아니었다고, 너한테 미리 얘기해 주라고 하셨어."

"태강 씨 오늘 숍에 간 거 알고 있었어. 만났던 사람이 누군지도 당연히 알고."

"아, 그랬구나? 나도 별일 아닌 줄 알았어. 우리 형님이 나이를 드시더니 별것도 아닌 일에 걱정이 많아지신 모양이야."

제가 몸담은 회사도 아닌데 서윤은 살뜰히도 제 형님을 챙겼다.

"형님 심부름은 뭐야?"

"너희 작은어머님께서 고상훈 화백 전시회에 초대하고 선물까지 준비하셨나 봐. 형님은 빈손으로 오셨다고 나보고 너희 작은어머님 차에 뭘 좀 실어 놓으라고 하셔서."

"그랬구나."

"심부름 끝나서 난 이제 가 봐야겠다."

"그래. 잘 가."

"응. 다음에 또 봐."

서윤과 헤어진 이나는 미술관으로 걸음을 옮겼다.

당장 확인은 불가능했으나 태강과 함께 숍에 있었던 여자가 누구인지는 충분히 짐작 가능했다. 연진의 단골 숍이자, 태강의 어머니에게도 단골 숍이었던 그곳에 그가 데려간 사람이라면 민정이었을 것이다. 어젯밤 당사자에게 직접 들었던 것처럼, 민정에게 오늘은 정말 특별한 날이니까.

이제 더는 두 사람을 의심할 이유가 없었기에 이나는 민정이 오늘 예쁜 모습으로 아버지와 잘 만나기만을 바랐다. 누구에게나 당연한 존재를 너무 힘들게 만난 만큼 앞으로는 가족이 그녀를 든든하게 지켜 주길 진심으로 바랐다.

〈그리다〉 미술관은 고상훈 화백의 유작전이 한창이었다. 입구부터 고 화백의 생전 모습이며 대표작이 플래카드와 입간판으로 여러 곳에 준비돼 있었다. 대표작 앞에 마련된 포토 존에서는 외국인들이 사진을 찍고 있었다. 평일 낮임에도 미술관은 생기가 있었다.

구름 그림으로 유명한 고 화백은 젊은 나이부터 국내외에서 이름을 떨친 화가로, 그의 생전에 이미 가장 작은 사이즈의 구름 그림이 억대를 호가했다. 사후 그림값은 천정부지로 치솟는 중이었다.

고 화백의 그림 중 수진이 소유한 대표 그림과 미발표 그림 한 점도 이번 전시회를 통해 일반인에게 공개되고 있었다.

"질부."

본인 소유의 그림이 미술관에 내걸리니 본인이 화가라도 된 듯 착각을 한 모양이다. 화려한 네이비 드레스 차림으로 자신 소유의 그림 앞에서 관람객들과 이야기를 나누던 수진이 전시관으로 들어서는 이나를 알아보고는 반갑게 손을 흔들었다.

"이쪽이야."

곧 이야기를 나누던 관람객들이 멀어지고 수진의 옆에 서 있던 사람도 뒤를 돌아보았다. 연진이었다. 두 사람이 나란히 서 있는 모습이 낯설게 느껴졌으나 이나는 입가에 옅은 미소를 띠고 두 사람 곁으로 다가섰다.

"자기 왔어?"

"오셨어요?"

"응. 잘 지냈지? 나도 자기 작은어머님 덕에 오랜만에 미술관 나들이 나왔어."

"그러셨어요?"

"그런데 들어오다가 우리 올케 못 만났어?"

"만났어요."

"최 아나운서도 왔었어요? 그럼 들어와서 전시회도 구경하고 가라고 하시지."

"우리 올케가 사람 많은 곳은 아직도 좀 불편한가 보더라고요."

"알아보는 사람들이 많을 테니 그럴 수도 있겠네요."

자연스럽게 마주 서 대화를 나누는 두 사람은 언뜻 꽤 가까운 사이처럼 보였다. 하지만 정말 그렇다면 연진이 서윤을 시켜 그녀에게 태강의 얘기를 전했을 리 없었다.

"질부도 고상훈 화백 그림 좋아하지?"

"네."

"고상훈 화백 그림 안 좋아하는 사람이 대한민국에 있을까요? 섬세한 표현도 좋지만 사람을 끌어당기는 오묘한 색의 조화가 고상훈 화백 작품의 백미잖아요."

"역시 해성그룹 사모님은 안목이 높으세요. 맞아요. 고 화백 작품은 보는 각도에 따라 그림의 느낌이며 분위기가 달라져 저도 가지고 있는 작품 중에 베스트로 생각한다니까요."

"이렇게 훌륭한 분의 새로운 작품을 더는 볼 수 없다는 사실이 너무 아쉬워요."

수진과 연진이 고상훈 화백에 대한 이야기를 주고받는 동안 이나는 두 사람의 곁에 그림자처럼 서 있었다.

전시회에 오라는 수진의 연락을 받았을 때, 그녀는 민정에 관한 얘기를 하려는 줄 알았다. 그러면 자연스럽게 민정에게 접근한 이유가 무엇인지, 아버지를 만나게 해 주겠다는 의도는 무엇인지 물어볼 생각이었다. 그래서 다른 핑계 없이 참석했는데, 목줄만 없다 뿐이지 수진에게 덜미가 잡힌 강아지가 된 기분이었다.

"그런데 고 화백한테 혼외자가 있다는 소문이 있던데."

"프랑스 유학 시절 만났던 여자라고 저도 들었어요."

"제아무리 하늘이 내린 천재라도 남자는 다 거기서 거긴가 봐요."

"맞아요. 도산그룹 도 사장님도 한동안 이혼을 하네, 마네 시끄러웠잖아요."

"참, 그 일은 어떻게 됐어요?"

"도 사장 와이프가 생불이었어요. 글쎄 아이는 호적에 올려 주겠다고 공개적으로 얘기를 했다지 뭐예요."

"어머나, 세상에······."

팸플릿의 표지를 장식했던 구름 그림 앞을 하나하나 스쳐 가던 두 여자와 그 뒤를 따르던 이나의 걸음이 한 그림 앞에서 멈춰 섰다.

앞서 본 겨울 하늘에 흘러가는 새털 같은 흰 구름과 따사로운 봄 햇살을 품은 구름과는 달리 이번 구름은 평화나 따뜻함과는 거리가 멀었다. 그림 전체가 번개와 비를 잔뜩 품은 시커먼 먹구름이었다. 하늘을 어둡게 장악한 그림이 너무나 현실감 있게 표현돼 당장이라도 그들을 덮칠 것 같았다. 이나는 잠시 눈을 감았다.

머릿속에는 줄곧 다른 생각들뿐이었다. 컨디션까지 좋지 않아 전시회 관람 후 셋이 함께 식사라도 하게 된다면 이만한 고역이 없을 터였다. 이나는 다시 눈을 뜨고 앞에 선 연진을 바라보았다. 아직은 수진에 대한 경계를 완전히 풀지 않은 듯했으나, 수진이 환심을 사기 위해 연진의 관심사로 이야기를 이끌어 간다면 연진도 거절하지 않을 분위기였다.

이나는 핸드백에서 핸드폰을 꺼내 연락처를 뒤적였다. 누구든 자신의 연락에 바로 답을 해 줄 사람이 필요했다. 그녀가 연락처의 번호들을 확인하고 있을 때 거짓말처럼 승현에게 메시지가 왔다. 점심을 먹었느냐는 메시지였다.

[아니. 오빠는?]

[나도 아직. 그럼 같이 점심 먹을래?]

승현에게서 곧장 같이 점심을 먹자는 답이 왔다.

[좋아. 나 지금 그리다 미술관에 있어.]

[잘됐다. 나도 근처야. 도착하는 대로 전화할게.]

[응]

이나는 핸드폰을 쥔 손에 힘을 주고 다시 고개를 들어 그림을 응시했다. 두 여자는 여전히 그림에 대한 찬양 중이었다.

"질부도 같이 점심 들고 갈 거지?"

그림에 관한 얘기를 나누던 도중 두 사람 사이에는 이미 식사 얘기가 오갔던 모양이다. 이나에게 묻고 있었으나 수진의 표정은 어서 가자는 뜻으로 보였다.

"전 선약이 있어서요."

"선약?"

"네."

"다음으로 미룰 수는 없는 거야?"

"네. 어렵게 잡은 선약이라서요."

때마침 그녀의 전화벨이 울렸다. 승현의 전화였다.

"이렇게 셋이 함께는 처음인 것 같은데 아쉽네."

"다음에 또 기회가 있겠죠."

"그래, 그럼."

"먼저 들어가겠습니다."

수진과 연진에게 깍듯이 고개를 숙여 보인 이나는 몸을 돌리며 전화를 받았다.

"여보세요?"

─미술관 앞이야. 차에서 기다릴 테니까 천천히 나와.

"지금 나갈게."

오늘 수진이 연진을 부른 목적은 지숙과 가까웠던 이들과 잘 지내보려는 뜻이 아니었다. 골든그룹의 진짜 안주인이 누구인지 알려 주려는 것이었다. 자신이 불러내면 이나도 두말없이 달려 나오는 모습을 눈앞에서 보여 주면서.

"이나야."

미술관을 나서자 입구와 맞닿은 도로 갓길에 승현의 차가 서 있었다. 그녀가 걸어가자 차에서 내린 그가 그녀에게 다가왔다.

"딱 맞춰 도착했네."

"당연히 그래야지. 같이 점심 먹어 줄 사람이 없어서 궁상맞게 혼자 먹을 뻔했는데."

"회사 직원들 있잖아."

"없으니까 그렇지. 네 차는?"

"오빠 차 따라갈게."

"어디로 갈까?"

"사람들 많지 않은 곳."

"이 시간에 근처에 그런 곳은 없을 것 같은데. 아니 딱 한 군데 있다."

말해 놓고 승현이 그녀의 눈치를 살폈다.

"어디?"

"우리 사무실."

"직원들 있잖아."

"정말 없다니까. 우리 얼마 전에 끝내주는 건 하나 마무리해서 직원들 포상 휴가 줬어. 오늘은 사무장님이랑 둘만 나왔는데 사무장님도 현장에서 일 보시고 바로 들어가실 거야."

"멋진 대표님이네."

"괜찮으면 사무실로 갈래?"

"먼저 출발해 따라갈게."

"점심은 가면서 배달시킬까?"

"좋아."

"뭐 먹고 싶은 거 있어?"

점심을 같이 먹자고는 했지만, 배가 고픈 상태는 아니었다. 단지 자리를 피할 핑계가 필요했을 뿐.

"간단한 걸로 오빠가 알아서 시켜."

"그럼 샌드위치 어때?"

"샌드위치 좋다."

"메뉴는 내가 알아서 주문할게."

"응."

그녀의 동의에 승현이 먼저 자신의 차에 올랐다. 그녀가 주차장으로 돌아가 승현의 차 뒤로 차를 몰고 오자 그가 깜빡이를 켜며 앞서 출발했다.

그녀와 거리가 벌어지지 않도록 속도를 조절하며 달리는 승현의 차를 따라가면서 이나는 태강에게 전화를 걸까 잠시 망설이다 이내 마음을 접었다. 오늘 하루는 민정에게 그를 양보할 생각이었다.

얼마 후 두 사람은 서류가 수북한 승현의 책상 앞에 자리한 테이블에 배달 온 샌드위치를 펼쳐 놓고 마주 앉았다.

"맛있겠다. 많이 먹어, 이나야."

"오빠도."

승현은 배가 많이 고팠는지 곧장 두툼한 샌드위치를 크게 한 입 베어 물었다. 채 삼키기도 전에 다시 한 입을 베어 무는 그에게 이나는 주스를 건넸다.

"천천히 먹어."

"고마워."

이나가 샌드위치 한쪽을 들고 씨름하는 사이 승현은 제 몫으로 주문한 샌드위치 2인분을 모두 해치웠다. 뒤이어 주스까지 바닥을 드러낸 뒤에야 그는 흡족한 표정으로 빈 컵을 내려놓았다.

"그런데 너 미술관에서 무슨 일 있었어?"

"아니."

"정말 아니야?"

"……오빠."

"말해."

"아니야."

이나는 고개를 저었다.

"그냥 말해. 나한테 말한 건 절대 어디로도 안 새어 나가. 내 입은 절대 열리지 않는 금고처럼 튼튼하거든."

"그런 금고가 왜 필요한데?"

"그런가? 하여튼 힘든 일 있으면 나한테라도 얘기하라고. 너 혼자 끙끙 앓는 것보다는 누구 하나라도 같이 머리 맞대는 게 낫잖아?"

승현은 그녀가 미래를 위해 화성에 땅을 조금 샀다고 해도 믿을 것처럼, 무슨 말이든 들을 준비가 됐다는 표정을 하고 그녀를 바라보았다.

시간이 흐르면 사람은 어느 정도는 변하게 마련이었다. 그런데 승현은 언제나 그 자리에 있는 소나무처럼, 누군가의 든든한 오빠이고 싶어 했다. 이나의 눈에 문득 그 책임감이 그를 억누르고 있는 것처럼 보였다.

"그럼 이제 오빠도 딸기우유 먹어."

"뭐?"

"이제 좀 먹어. 딸기우유가 무슨 죄라고……."

"갑자기 딸기우유 얘기가 왜 나와?"

승현에게 동생 수현과 닿아 있는 단어는 여러 개 있었다. 여동생, 토끼 인형, 곱슬머리, 백혈병, 그리고 딸기우유.

서로 알게 되고 얼마 지나지 않아 보육원 원장 선생님께 간식으로 딸기우유를 받았던 적이 있었다.

별생각 없이 빨대로 우유를 쪽쪽 빨아 먹던 그녀는 승현이 우유를 움켜쥐고 소리 없이 울고 있는 모습을 발견하고 그대로 굳어 버리고 말았다. 딸기우유가 어떻게 열세 살이나 된 오빠를 울게 만들었는지 도무지 이해되지 않았다.

나중에 알게 된 사실인데 수현이 마지막으로 병원에 입원하러 가던 날 유난히 딸기우유를 먹고 싶어 했다고 한다. 하지만 당시 먹고 토하길 반복하는 수현이 더 힘들어질까 봐, 그는 퇴원하고 오면 그때 많이 사 주겠다고 수현을 달래서 병원으로 보냈단다. 그 후 수현은 돌아오지 못했고, 승현에게 딸기우유는 먹을 수 없는 우유가 되고 만 것이다.

그녀에게도 그런 기억이 있었다. 너무 힘들어 혼자 감당이 안 됐던 기억. 그때마다 그녀는 기억을 잃고 현실에서 도피했다. 지금은 기억이 돌아온 사실조차 털어놓지 못하고 있는 그녀가 승현에게 딸기우유를 먹으라고 말하는 건 어쩌면 어불성설일지 모른다.

"오빠. 사실은 나 기억 돌아왔어."

"방금 뭐라고 했어? 다시 얘기해 봐."

승현의 눈이 어느 때보다 커졌다.

"기억 돌아왔다고."

"사고 전 기억 말이야?"

"응."

"아버지는 그런 얘기 안 하시던데."

"아직 아무한테도 얘기 안 했어. 오빠한테 처음 말하는 거야."

승현은 여전히 믿기지 않는다는 표정이었다. 이나는 그에게라도 털어놓고 나니 가슴을 짓누르던 무게가 조금은 가벼워진 느낌이었다.

"괜찮은 거야? 다른 후유증은 없었어?"

"괜찮아."

"그런데 그날 무슨 일이 있었던 거야? 네 차 병원 방향으로 가고 있었다던데."

그날의 기억 앞에만 서면 그녀는 작아졌다. 아무리 승현이라 해도 죄 없는 사람들을 의심하며 자신이 너무 고통받았노라고, 자신의 연극이 들통날까 봐 폭주 기관차처럼 달리다 사고가 났노라고 털어놓을 수는 없었다.

"그냥, 딸기우유 먹지 마."

"왜, 오늘 집에 가는 길에 사 가려고 생각했는데."

이나가 대답 대신 조금 전 한 말을 번복하자 승현이 그녀를 놀리듯 말했다. 하지만 이내 곤란한 표정 할 것 없다는 듯 덧붙였다.

"말하기 곤란한 사생활이면 대답 안 해도 돼. 그런데 강 사장님도 아직 모르는 거야?"

"응."

이나는 무릎을 덮은 담요의 결을 따라 손가락을 연신 문질렀다.

"적당한 때 얘기하려고."

"그럼 그날 박성식이란 사람과는 무슨 일로 통화했던 거야?"

담요 결을 한 방향으로, 그러다 반대 방향으로 매만지던 그녀의 손이 그 순간 움직임을 멈췄다. 만약 처음부터 박 대리가 수진의 지시로 이나에게 접근했던 거라면 그의 잠적 역시 수진의 지시일 수 있다는 생각이 든 것이다.

즉 박 대리를 찾으면 수진이 그를 이용해 이나에게 거짓말을 했다는 증거와 민정에게 접근한 목적 또한 확인할 수 있을지 모른다는 뜻이었다.

"오빠 나 부탁 하나만 해도 돼?"

"뭔데?"

"박성식 씨 통장 거래 내역을 확인해 볼 방법이 없을까?"

"방법이 없지는 않지. 그런데 왜?"

"아직 확실하지는 않는데 의심 가는 게 있어서."

"그럼 모든 거래 내역을 확인할 필요는 없을 테고……."

"태강 씨 작은어머니와 연관이 있는 계좌가 있는지, 거래 금액은 얼마인지만 알면 돼."

"골든건설 사모님과 연관 있다고?"

묻고 있는 목소리가 미세하게 흔들렸다. 안색도 어두웠다. 수진에 대해서라면 그간 승현도 적지 않은 소문과 실체를 접해 왔을 테니 당연한 반응인지 모른다.

"내가 박성식 씨와 통화한 내용을 작은어머님이 알고 있었어."

"그럼 처음부터 일부러 너한테 접근시켰다는 거야?"

"그랬을 가능성이 크다고 봐. 그렇지 않다면 통화 내용을 어떻게 알았겠어? 게다가 내 사고 직후 그 사람이 사라졌잖아."

"알았어. 확인되는 대로 알려 줄게."

"고마워."

이나는 무릎을 덮고 있던 담요를 가지런히 개어 소파 위에 내려놓았다.

"나 이제 가 볼게, 오빠."

"더 있다 가도 되는데."

"오빠 일하는 거 방해할 생각 없어."

"알았어. 네가 부탁한 건 확인되는 즉시 연락할게."

"응."

이나는 고개를 끄덕였다.

"그런데 민수진 사모님 조심해."

"나도 내가 상대할 사람 아니라는 거 알아."

"그러지 말고 그냥 강 사장님한테 전부 얘기하는 게 어때?"

"계좌 확인되면 그때는 말해야지."

"확인해 봐도 아무것도 없을 수 있어."

"알았어, 조만간 얘기할게."

박성식에 관한 얘기를 하려면 기억이 돌아온 사실을 숨길 수 없게 된다. 이야기는 그녀가 민정과 그 사이를 의심하기 시작했을 때부터 시작돼야 하기 때문이다.

"오빠도 하던 일 빨리 끝내고 얼른 들어가서 쉬어."

"그래."

승현은 엘리베이터 앞까지 이나를 배웅했다. 엘리베이터 문이 닫히기 전, 전화하겠다는 뜻으로 엄지와 새끼손가락을 귀와 입에 대고 싱긋 미소 짓는 그녀에게 승현이 고개를 끄덕여 보였다.

퇴근 후 집으로 돌아온 태강은 곧바로 안으로 들어가지 않고 집 앞에 잠시 차를 정차했다.

오늘 오전 골든건설을 나선 뒤 민정은 김 실장과 함께 집으로 돌아갔다. 그는 회사를 향해 차를 몰며 〈비움과 채움〉 부관장에게 전화를 걸어 이나가 지금 미술관에 있는지를 확인했다.

전후 사정을 알 리 없는 부관장은 망설임 없이 그가 우려했던 답을 내놓았다. 바로 이나가 수진의 전화를 받고 〈그리다〉 미술관으로 갔다는 것이었다.

연진이 아무리 어머니와 가까운 사이였다고는 하나, 정글처럼 냉정하게 서열을 매기고 편을 갈라 전쟁을 하는 재벌가 세계에서 오늘은 이나를 어떻게 대할지 알 수 없는 노릇이었다.

게다가 수진을 만나기 위해 미술관에 갔다고 하니 더욱 마음이 놓이지 않았다. 수진은 사람의 마음을 사는 방법에도, 그 사람을 고립시키는 방법에도 누구보다 능통한 사람이었다.

정말 내키지 않았으나 그는 이나만 생각하기로 했다. 이나만. 그래서 그녀가 눈치채지 못하게 미술관에서 빼낼 방법으로 승현을 택했다. 진작 그녀의 친구 서넛쯤 사귀어 두고 필요할 때를 대비해 종종 연락을 취할 걸 하는 후회가 들었으나 이미 때가 늦어도 너무 늦은 상태였다.

다행히 승현은 그의 연락에 지난번처럼 가시를 세우지 않았다. 물론 그가 이나 일로 전화를 걸었다는 사실을 짐작했기에 그랬을 테지만.

Rrrrr.

환하게 불이 들어온 집을 바라보며 핸드폰을 꺼내 번호를 누른 그는 승현이 전화를 받기를 기다렸다.

—노승현입니다.

"강태강입니다."

—우리가 이렇게 자주 통화할 사이는 아닌 것 같은데요.

"나도 같은 생각입니다."

—이나는 점심 식사만 하고 바로 돌아갔습니다. 점심으로는 샌드위치를 먹었고요.

그가 물을 말이 뻔하다는 듯 승현이 묻지도 않은 답변을 내놓았다.

"그렇군요. 그런데 혹시, 오늘 아내가 무슨 고민이나 힘들다는 얘기 같은 건 하지 않았습니까?"

승현은 잠시 말이 없었다. 그러다 조금 경직된 톤으로 입을 열었다.

—이나가 민수진 사모님과 박성식 씨 계좌 거래 내역을 알아봐 달라고 했습니다.

"아내가 박성식에 대해서 알고 있다는 겁니까?"

—지난번에 핸드폰을 찾을 때 마지막 통화 상대가 박성식이라고 제가 말해 줬습니다.

할아버지 생신 연회 때 승현이 그에게 이나가 핸드폰을 찾지 못해 실망했다는 얘기를 했던 기억이 떠올랐다. 그에게 하지 못하는 힘들고 불안한 얘기를 그녀는 이번에도 승현에게 털어놓았다.

"거래 내역 확인해도 아무것도 없을 겁니다."

—벌써 확인해 보셨습니까?

참으려고 해도 한숨이 목구멍을 비집고 올라왔다.

"네. 그리고 박성식은 곧 한국으로 들어올 겁니다."

—찾으신 겁니까?

"찾기는 했는데 사고가 있었습니다. 원인은 브레이크 고장으로 추정되고 현재 의식 없이 중환자실에 있습니다."

—…….

수화기 너머가 조용했다. 그도 어딘가에서 들었던 사고와 매우 비슷하다고 생각하는 것이다.

"아내의 상대 운전자도 같은 과정을 겪었고 끝내는 사망했죠."

—단순한 사고가 아니라고 의심하시는 겁니까?

"그건 박성식 의식이 깨어나면 확실해지겠죠. 우선 아내한테는 별다른 거래 내역이 없다고만 전해 주세요."

—그렇게 하겠습니다. 그리고…….

"뭡니까?"

—이나, 기억이 돌아온 것 같습니다.

"지금 뭐라고 한 겁니까?"

─저도 오늘 들었습니다.

그의 침묵을 의식한 듯 승현이 조심스러운 목소리로 말을 이었다.

─저한테는 박성식 씨에 관한 부탁을 하려다 보니 어쩔 수 없이 얘기해야 했을 겁니다. 그리고 민수진 사모님에 대해서 뭔가를 더 알아보려는 것 같은데, 내버려 둬도 괜찮을지 모르겠습니다.

태강은 오늘 이나가 〈그리다〉 미술관에 간 이유를 그제야 알 것 같았다. 그녀는 수진에게 무언가를 확인하고 싶은 것이다.

"박성식 국내 이송 더 서둘러 보죠. 작은어머니 쪽 일도 곧 해결할 겁니다."

─강 사장님께도 조만간 기억이 돌아온 얘기를 할 겁니다. 그때까지는 모르는 척해 주세요.

"그러죠."

─그리고 혹시 다음에도 이나 관련으로 부탁할 일 있으면 언제든 전화 주십시오.

앞으로는 그럴 일 없을 거라는 말이 목까지 올라왔으나 태강은 생각을 바꾸었다.

"알겠습니다."

승현에게도 그의 대답이 의외였는지 수화기 너머가 한동안 잠잠했다.

─그럼 끊겠습니다.

"네."

전화를 끊은 태강은 세워 두었던 차를 집 안으로 몰았다.

"다녀오셨어요?"

그가 차에서 내려 현관으로 들어서자 이나가 벌써 그를 마중 나와 있었다.

"나 온 줄 어떻게 알았어?"

"계속 정원 쪽 보고 있었거든요."

"나 기다린 거야?"

"네."

그녀가 그의 곁으로 다가와 손을 잡았다. 그에게 곁에 있어 달라고 내미는 손이 아닌데도 그는 가슴 한편이 짠해졌다. 기억을 잃기 전 무슨 일이 있었던 건지, 그에게 말도 하지 못하고 혼자서 얼마나 무거운 짐을 짊어지고 있는지 미안하고 안쓰러웠다.

"오늘도 미술관에 다녀왔어?"

그녀와 함께 거실로 향하며 그가 물었다.

"네. 그리고 〈그리다〉 미술관에도 갔다 왔어요. 오늘 제가 좋아하는 고상훈 화백님 전시회가 있었거든요."

수진의 전화를 받고 미술관으로 가는 걸음이 천근만근이었을 텐데 이나는 그 말을 참 예쁘게도 전했다.

"태강 씨도 고 화백님 좋아하죠?"

"왜 그렇게 생각해?"

"고 화백님 작품은 평균적으로 저택 하나 가격이 넘더라고요."

"그럼 앞으로는 좋아해야겠네."

태강은 어깨를 가볍게 들었다 내렸다.

"나 오늘 숍에서 해성그룹 한 사장님 사모님 만났는데, 〈그리다〉 미술관에 가시는 길이라고 하더라고."

"저도 만났어요."

"별다른 얘기 없었어?"

"숍에서 태강 씨 만났다는 얘기는 들었어요."

"그게 다야?"

태강은 이나의 얼굴을 마주 보고 섰다. 그녀의 시선이 자동으로 그의 눈으로 향했다.

"나 오늘 민정이 데리러 숍에 갔던 거야."

사실 당연히 물을 줄 알았다. 왜 민정을 데리러 직접 숍에 갔는지. 두 사람이 함께 간 곳은 어디인지. 아니, 그 사실에 그녀가 질투하고 화를 내 주길 바랐는지도 모른다.

"그럴 줄 알았어요."

"그게 다야?"

"뭐가 더 있어야 하는데요?"

그녀가 괜찮다는데 그는 왜 괜찮지 않을까.

"그래서 민정 씨, 아버지는 잘 만났어요?"

태강의 눈이 가늘어졌다. 방금 자신이 이나의 말을 제대로 들었는지 의심스러웠다.

"당신, 알고 있었어? 어떻게?"

"사실은 어젯밤에 민정 씨랑 통화했어요. 오늘 아버지 만난다는 얘기 어제 들어서 알고 있었고요."

어제저녁 그가 다녀온 뒤 민정이 이나에게 전화를 걸었던 모양이다. 내성적인 성격의 민정이 그렇게까지 했다면 두 사람 사이가 제법 가까워졌다는 뜻이었다. 예상 못 했던 반전이었지만 그는 자신도 모르게 미소를 짓고 있었다.

"아버지 처음 만나는 자린데 너무 초라하게 데려가고 싶지 않아서 숍에 들렀던 거였어."

그의 말에 이나가 잘했다는 표정으로 고개를 끄덕였다.

"민정 씨 아버지는 어떤 분이에요? 민정 씨 한눈에 알아봤어요?"

"아버지와 만나기는 했는데 본인이 누군지는 밝히고 싶지 않대서 그냥 얼굴만 보고 나왔어."

"그렇게 힘들게 만났는데……."

자신의 일이 아닌데 이나는 제 일처럼 아쉬운 표정이었다.

"아버지 보고 나와서도 마음이 복잡한 모양이야. 아무래도 어머니 생각이 많이 나서 더 그런 거겠지."

이나는 그럴 수 있겠다는 표정으로 고개를 끄덕였다.

"혹시 저도 아는 분이에요?"

"응."

"누구예요?"

"내 작은아버지."

이나의 미간이 서서히 구겨졌다. 수진이 그간 왜 민정에게 찾아갔었는지 이나도 눈치챈 것이다.

"어떻게……."

"할아버지한테는 내일 말씀드리려고."

"미리 얘기 못 했는데 작은어머님이 민정 씨를 멀리 보내겠다고 했었어요. 거절할 수 없는 제안을 해서……."

"나도 그럴 거라고 짐작했어. 서둘러 해결할 생각이니까 당신은 너무 걱정 마."

그녀가 말없이 그의 가슴에 이마를 기대 왔다.

'이번 일이 해결되면 작은어머니가 더는 당신에게 아무 짓도 할 수 없게 될 거야. 내가 가장 원하는 건 그거니까.'

그도 잡고 있던 손을 놓고 그녀를 꼭 끌어안았다.

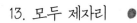

13. 모두 제자리

다음 날 아침 눈을 뜬 이나는 자신의 옆자리가 텅 비어 있음을 확인했다. 태강이 곁에서 잠을 잤는지 알 수 없을 정도로 침구도 깔끔했다. 그녀의 시선은 곧바로 시계로 움직였다. 이미 태강의 출근 시간인 8시가 넘어 있었다. 이나는 고민할 것도 없이 곧장 침대에서 내려서 거실로 나갔다.

"일어나셨어요?"

거실 창문을 닫고 있던 아주머니가 그녀를 돌아보며 말했다.

"네."

"사장님은 출근하셨어요."

"그래요?"

"네. 나가실 때 깨우지 말라고 하셔서 안 깨웠어요."

사이가 좋았다고 할 수 없었던 예전에도 태강의 출근은 빠짐없이 배웅했었다. 그런데 퇴원 후 잠이 많아진 건지, 체력이 예전 같지 않은 탓인지 오늘처럼 늦잠을 자는 일이 종종 생겼다.

"아침 식사 준비할까요?"

"지금 일어나서, 조금 이따가 먹을게요."

"네."

그녀는 다시 자신의 방으로 향했다. 그녀의 걸음이 멈춘 곳은 화장대 앞이었다. 오늘로 생리 예정일이 4일 지났지만, 아직 소식이 없었다. 이제 더는 기다릴 이유가 없었다.

"하아……."

서랍 안에서 임신 테스트기를 꺼내 들자 심장이 주체되지 않을 정도로 거세게 뛰기 시작했다. 결과에 연연하지 말자고, 덤덤히 받아들이자고 생각하면서도 마음은 여전히 뜻대로 되질 않았다.

화장실로 들어간 그녀는 문을 닫았다. 설명서 같은 건 읽지 않아도 방금 확인한 것처럼 모든 내용을 기억했다. 그동안의 경험으로 심호흡이나 어설픈 기도가 별 도움이 안 된다는 사실도 알았다.

모두 알지만, 그녀는 이번에도 테스트기를 사용하고 몇 번의 심호흡과 짧지만 간절한 기도를 한 후, 마지막으로 눈을 꼭 감고 마음속으로 숫자를 세기 시작했다.

'하나, 둘, 셋, 넷…… 열.'

눈꺼풀을 들어 올렸으나 아직 시선은 정면에 있었다. 고개를 숙여 테스트기를 바라보기만 하면 되는데, 그 간단한 동작을 하는 데에도 또 용기가 필요했다. 그녀는 아주 천천히 고개를 숙였다. 두 손으로 움켜쥐고 있는 테스트기를 바라보자 보라색의 선명한 줄이 그녀의 눈에 들어왔다. 줄은 총 두 개였다.

툭.

슬픈 생각이 떠오른 것도 아닌데 어느새 차오른 눈물이 무게를 견디지 못하고 바닥으로 툭 떨어졌다. 그녀가 아버지에게 말했었다. 임신하면 감정 기복이 심해진다고. 그런 탓일까. 그녀는 요즘 너무 자주 눈물을 흘렸다. 다시 차오르는 눈물을 닦을 생각도 못 하고 그녀는 무너지듯 바닥으로 웅크리고 앉았다. 테스트기는 여전히 두 손으로 소중히 움켜쥔 채로.

투둑.

눈물이 좀처럼 멈추질 않았다. 끝없이 솟구치는 눈물은 눈을 감았다

뜰 때마다 빠르게 뺨으로 흘러내려 온 얼굴을 적시고 발등까지 적셨다. 뿌옇게 젖은 눈을 하고도 그녀는 테스트기에서 시선을 떼지 못했다. 잠시라도 시선을 돌리면 줄이 흐려지다 사라질까 봐.

"엄마······."

천천히 몸을 일으킨 그녀는 자신의 납작한 배 위에 살며시 한 손을 얹어 보았다. 아무것도 달라진 것 없이 평평한 배. 하지만 태강과 그녀의 아이가 이곳에 있었다. 설명할 수 없는 전율이 온몸을 감쌌다. 그토록 간절히 바랐던 천사가 드디어 그들에게 찾아와 준 것이다.

"제가 엄마가 됐어요."

그녀는 배를 조심스럽게 쓸어내렸다.

"아가야."

엄마는 늘 그녀가 연민하고 미안해했던 존재였다. 가슴이 아파 마음 껏 그리워할 수조차 없었다. 그런데 이제 그녀가 엄마가 되었다. 부르고 싶을 때 소리 내 부르는 것조차 사치였던 그 이름이 그녀의 이름이 되었다.

"내가······."

꿈이 아닌가 싶을 만큼 기쁜데 다시 눈물이 차올랐다.

"······내가 네 엄마야."

엄마가 다정하게 그녀의 뺨을 어루만져 주었던 것처럼 그녀의 손도 하염없이 자신의 배를 쓰다듬고 있었다.

태강이 본가에 도착했을 때 강 회장은 이미 모든 준비를 마치고 그를 기다리고 있었다. 검사 결과에 대해서는 어떤 언급도 하지 않았으나 그가 직접 모시러 왔다는 사실만으로도 무언가를 짐작한 듯했다. 바꿀 수 없는 결과라면 인정하고 순응하겠다는 듯 강 회장의 표정은 차분하고 평온하기만 했다.

"전화로 알려 줄 결과가 아닌가 보구나?"

"……."

"어서 가자."

"제 차로 가세요."

"그래, 그러자."

뒷좌석에 나란히 올라탄 뒤에도 두 사람은 별다른 대화를 나누지 않았다. 골든전자 인도 생산 공장과 홍보관, 그리고 태훈의 결혼식 얘기를 짧게 나눴을 뿐이었다. 마치 퇴근길, 혹은 점심 식사 중 일상적인 대화를 나누는 것과 다를 바 없는 분위기였다.

"요즘 이나 몸 상태는 좀 어떠니?"

잠시 침묵을 지키던 강 회장이 이번에는 이나 얘기로 입을 열었다.

"괜찮습니다."

"그럼 아이 계획을 미루거나 하는 일은 없겠구나?"

"……."

"왜 대답이 없어?"

"네."

"나는 그룹을 일구며 젊음이고 건강이고 친구고 내가 바칠 수 있는 건 전부 다 바쳤다. 앞으로는 네 아비랑 태훈 아비, 그리고 네가 더 잘 이끌 테니 그룹 일에 미련이나 여한도 없고. 이제 바라는 게 남아 있다면 너희가 남들처럼 아들딸 낳고 재미나게 사는 모습 보는 거, 그거 하나다."

강 회장이 태강의 손등에 자신의 손을 얹었다. 한없이 크고 두툼했던 손이었는데, 쪼글쪼글 주름 잡힌 손은 이제 그의 손등을 다 덮지 못했다.

"기왕이면 내 정신 멀쩡할 때 보고 싶구나."

"할아버지?"

"알고 있었다."

"언제부터……?"

494

"뭘 놀래? 태훈 어미보다 아마 내가 먼저 알았을 거다. 네 할머니도, 이나 할아버지도 다 떠났는데 나 혼자 이만큼 살았으니 그 정도 각오는 하고 있어야지."

여전히 말문이 막혀 그는 어떤 말도 할 수 없었다.

"그래도 나는 참 재미나게 살았어. 남들보다 훨씬 더 많은 것도 해 보고, 가져 보고⋯⋯. 하나 후회되는 건 네 할머니를 너무 외롭게 했 던 거다. 그래도 이 좋은 세상 조금 더 살다 가지 뭐가 그렇게 급하다 고⋯⋯."

할머니는 그가 어릴 적 세상을 떠나셨다. 초등학교에 막 입학했을 무렵이었기에 할머니와 함께한 추억이 많지는 않으나 그분의 얼굴을 떠올리는 것만으로도 따뜻한 오렌지빛이 함께 떠올랐다.

일밖에 모르는 할아버지를 열심히 내조하고 자식과 손자들에게는 한 없이 따뜻하고 인자했던 할머니를 꼭 닮은 색이었다.

"너는 이나한테 후회 없이 해 줘라."

"네."

"요즘처럼 좋은 세상, 재미나게 살아야지."

이 좋은 세상을 재미나게 살고 싶어도 그럴 수 없는 사람이 있다. 바 로 그들 아주 가까이에.

태강은 민정의 얘기를 진료가 끝난 뒤에 꺼낼 생각이었다. 하지만 계획을 바꿨다. 수진이라면 남들이 조금이라도 재미나게 사는 꼴을 볼 수 없어 오늘 불쑥 병원으로 찾아올 수도 있었다. 그리고 강 회장의 말 처럼 기왕이면 정신이 조금이라도 더 멀쩡할 때, 조금이라도 더 빠르게 손녀의 존재를 알게 하는 게 좋겠다는 생각이 들었다.

"할아버지, 드릴 말씀이 있습니다."

"지금?"

"네."

"병원으로 가는 차 안에서 해야 할 정도라면 아주 급한 일인가 보구 나?"

강 회장이 그의 얼굴을 빤히 응시했다. 그 급한 용건을 어서 꺼내 보라는 뜻이었다.

"사실은 할아버지한테 손녀가 있습니다."

"나한테 손녀가?"

"네."

태강은 민정의 사진을 꺼내 강 회장에게 건넸다. 강 회장은 돋보기를 고쳐 쓰고 그에게 받은 사진을 가만히 들여다봤다.

"가만 보자, 어디에서 본 적 있는 얼굴 같은데……."

"어머니께서 후원하셨던 이영 화가의 딸입니다."

"……이영신이구나. 이영신의 딸이야. 제 어미 얼굴이 그대로 있네."

"민정이 어머니를 아세요?"

"하지만 이영신은 죽었는데……."

강 회장이 사진에서 시선을 떼고 태강을 바라보았다.

"어떻게 돌아가셨어요?"

"영신이 그 아이가 태훈 아비 아이를 가졌다는 사실을 알고 태훈 어미가 길길이 날뛰었다. 그러고 얼마 지나지 않아 어느 날 저녁에 교통사고로 세상을 떠났다고 했는데……."

"시신은 확인하셨어요?"

"경찰서에서 그렇게 연락이 왔으니 우리는 그냥 믿고 말았지. 장례는 네 어미가 간소하게 치러 주겠다고 해서 나도 그러라고만 했고……. 그런데 살아 있었던 거냐? 그 배 속의 아이가 태어나서 이렇게 자랐고? 지금 두 사람은 어디에 있는 거야?"

"민정이 어머니는 돌아가셨습니다. 2년 전에."

강 회장은 한동안 아무 말이 없었다. 놀란 건지, 슬픈 건지 그로서는 분간이 힘들었다.

"영신이는 보육원에서 자랐지만 제 대학 등록금도 직접 벌며 학교에 다녔던 아이였다. 태훈 아비와는 골든건설 앞에 있는 커피숍에서 일하다 만났다는데, 태훈 아비가 총각 행세를 했던 모양이야. 그래도 제집 주소를 우리 집 주소로 알려 줘서, 영신이가 애를 가졌을 때는 우리 집으로 찾아왔지. 태훈 아비 애를 가졌으니 내가 거처를 알아봐 줬는데, 그곳에서 며칠 지내지도 못하고 사라졌다. 태훈 어미가 우리 집까지 찾아와 난리를 쳤을 정도니, 그 불쌍한 애를 그냥 뒀을 리 없지. 그리고 마지막으로 들은 소식이 사고 소식이었다."

"……."

"그래도 네 어미가 이 아이는 끝까지 지켜 줬나 보구나."

"그런데 작은어머니가 민정이를 찾았습니다. 어디 먼 곳으로 보내겠다고 했다는데 그게 아무래도 마음에 걸립니다."

"태훈 어미가 이 아이를 찾았다면 또 발작이 시작될 거다. 민정이라고? 네가 그 애를 당장 본가로 데려오거라. 이번에는 태훈 어미 뜻대로 되게 두지 않을 테니까."

정작 중요한 얘기는 아직 입 밖으로 꺼내지도 않았는데 강 회장의 목소리에는 분노가 가득했다.

"그보다 할아버지. 작년에 어머니 돌아가시고 제가 민정이 아버지를 찾아보려고 태훈이와 민정이의 유전자 검사를 의뢰했던 적이 있습니다. 그런데 검사 결과 두 사람은 혈연관계가 아니었습니다."

"그게 무슨 소리냐? 그럼 영신이 그 아이가 태훈 아비 말고 다른 남자의 애를 낳았다는 거야?"

"아니요. 이틀 전 작은아버지와 민정이의 친자 확인 검사를 다시 의뢰했는데, 검사 결과 친자 관계로 나왔습니다."

"이게 지금 도대체……."

"태훈이가 작은아버지 친자가 아닌 겁니다."

"……."

"지금 제가 드린 말씀 믿기 힘드시다는 거 저도 압니다. 하지만 검사 과정이나 결과에는 어떤 문제도 없었습니다."

적막에 휩싸인 차는 어느새 한국대 병원 앞에 도착했다.

"진료실에는 나 혼자 들어가마."

지난 수십 년 시곗바늘처럼 시간을 지키며 살아온 사람답게 진료 예약 시간에 맞춰 엘리베이터에서 내린 강 회장은 태강의 팔을 떼어 내고 지팡이에 몸을 의지한 채 진료실로 들어섰다. 태강은 진료실 문이 닫힐 때까지 힘없이 처진 강 회장의 어깨를 바라보고 있었다.

시간은 정말 누구에게나, 어느 순간에도 공평한 것일까. 태강은 진료실 앞에 동상처럼 미동 없이 서 있었다. 그리 오랜 시간이 흐르지 않았음에도 걱정되는 마음이 큰 탓인지 시간이 한없이 더디게 흐르는 느낌이었다.

"사장님."

등 뒤에서 작게 통화 소리가 들리더니 이내 김 실장이 그를 불렀다.

"뭡니까?"

"어제 민정 씨가 집에 돌아가 보니 누가 집에 들어왔던 흔적이 있었답니다. 혹시 몰라 매일 복용하던 약도 먹지 않고 오늘 다시 병원에 다녀온다기에, 집에 남아 있던 약을 약국에 맡겨 두라고 했습니다."

"그럼 지금 그 약 찾아다가 성분 검사 의뢰해 주세요. 민정이 아파트 CCTV도 확인해 주시고 당분간 지낼 곳도 알아봐 주세요."

"알겠습니다."

그때였다. 병원 복도를 울리는 구두 소리가 있었다. 상대를 먼저 확인한 김 실장은 조용히 묵례 후 수진을 스쳐 지나갔다.

"내가 조금 늦었나 보네."

"여긴 무슨 일이십니까?"

"회장님 뵈러 왔지. 검사 결과 듣고 크게 상심하시지는 않을지 걱정돼서. 그런데 김 실장은 어딜 가는 거야?"

"오후 미팅에 필요한 자료가 있어서 가져오라고 했습니다."

"어쩜 너는 오늘 같은 날도 일 생각밖에 안 하는구나. 그럴 거면 처음부터 내가 모시고 왔으면 좋았잖니."

"자료는 이동 중에 확인해도 됩니다."

"그래? 어제는 골든건설에 다녀갔다면서?"

"네. 인도 생산 공장 신축 건으로 작은아버지와 상의할 일이 있었습니다."

"같이 온 비서가 김 실장이 아니었다던데."

"작은아버지가 집에 가셔서 그런 말씀까지 하시는 줄은 몰랐습니다."

그의 말을 듣고 있는 수진의 붉은 입술이 팽팽하게 당겨졌다. 태훈의 말을 빌리자면 둘은 원수 같은 사이이니 수진은 그의 골든건설 방문 소식을 작은아버지에게 전해 듣지는 않았을 것이다.

"민정이 제 비서실에서 다시 근무하게 할까 생각 중입니다."

"어머, 어제 민정 씨였구나? 그런데 어디가 아파서 약을 먹는다고 들었던 것 같은데."

강 회장의 병도, 이나의 상태도 누구보다 빨리, 정확하게 알아냈던 그녀가 민정의 뇌전증을 알아내는 것쯤은 일도 아니었을 것이다. 그런데 뇌전증이라고 구체적으로 말하지 않는 이유는 민정의 약에 손을 댔기 때문일까. 무언가 미심쩍은 점이 있었으니 민정도 약을 먹지 않았을 테고.

"민정이 병은 약으로 조절 가능한 병이라 비서실 일을 하는 데 문제가 되지는 않을 겁니다."

"하지만 뇌전증이 흔한 병도 아닌데 직원들 사이에 소문이라도 퍼지면 민정 씨가 상처받지 않을까?"

역시 민정의 병이 뇌전증이라는 사실도 정확하게 알고 있었다.

"누가 일부러 퍼뜨리지만 않는다면 그런 일은 없을 겁니다."

"누가 그런 소문을 일부러 퍼뜨리겠니?"

"그러니까요."

태강은 나긋한 목소리로 대답했다.

"주차장에 회장님 차가 보이지 않던데, 회장님 회사로 모시는 것도 네가 할 거니?"

수진이 갑자기 핸들을 꺾듯 대화 주제를 바꿨다. 진료실 쪽으로 시선까지 돌리며.

"네."

"그런데 회장님은 언제 나오시는 거야?"

"곧 나오시겠죠."

마치 그들의 대화를 듣고 등장 시점을 재기라도 했던 것처럼 때마침 진료실 문이 열리고 강 회장이 간호사의 부축을 받으며 걸어 나왔다. 그런데 감기 몸살 진단이라도 받고 나온 양 강 회장의 얼굴에는 아무런 표정이 없었다.

"괜찮으세요, 회장님?"

재빨리 강 회장 곁으로 다가간 수진이 간호사가 잡지 않은 반대쪽 팔을 잡았다.

"제가 너무 걱정돼서 집에 그냥 있을 수가 있어야죠. 의사는 뭐라고 해요? 치료 방법이 있다고 하죠?"

수진은 배우가 됐어야 했다. 조금만 더 내버려 두면 저 큰 눈에서 눈물까지 떨굴 태세였다.

"오늘은 그냥 집으로 가서 쉬시는 게 어떨까요, 회장님? 제가 모실게요."

"태강아."

"네."

"회사로 들어갈 거다."

"차 대기시켜 놨습니다."

"가기 전에 미리 최 변한테 연락 넣어 대기하고 있으라고 해."

"알겠습니다."

"갑자기 최 변호사는 왜요, 회장님?"

수진이 여전히 걱정 가득한 목소리로 물었으나 강 회장은 그에 대꾸하지 않고 태강을 바라보며 다시 입을 열었다.

"그리고 네 아비랑 태훈 아비도 불러라."

"회장님, 그럼 우리 태훈이도 부를까요?"

"태훈이도 불러. 그리고 이나도 부르고."

"네."

강 회장과 태강을 실은 차가 먼저 병원 주차장을 빠져나오자 수진의 차가 꼬리처럼 그들의 차를 따라붙었다.

⚜ ✛ ⚜

골든그룹 본사 회장 비서실이 그야말로 핵폭탄이라도 떨어진 듯 발칵 뒤집혔다. 소란의 시작은 강 회장과 장손인 골든전자 사장, 그리고 둘째 며느리 수진의 등장이었다. 세 사람의 조합도 이제껏 본 적이 없는데 그 뒤를 이어 골든그룹 부회장과 골든건설 사장, 그리고 골든호텔 사장과 〈비움과 채움〉의 관장까지 속속 회장실에 도착했다.

이번처럼 강 회장 일가 전체가 회장실에 모인 일은 회장 비서실에 가장 오래 근무한 실장과 팀장도 경험한 적 없었다. 그렇기에 노련한 베테랑들답게 겉으로는 평상시와 다름없이 완벽하게 정리 정돈 된 모습을 보였으나 정적 상태에서 모두의 시선은 인터폰에 고정되어 있었다.

그런데 더 이해되지 않는 일은 그다음에 일어났다. 법무 팀의 최 변호사가 흰 가운 차림에 진료 가방을 든 남자와 다급하게 들어와 회장실 앞에서 대기하기 시작한 것이다.

만약 누군가 건강이 좋지 않다는 연락을 받고 왔다면 당장 회장실 안으로 뛰어 들어가야 했다. 한데 그러지 않으니 흰 가운의 남자는 비서실 직원들에게 더없는 의아함만 안겨 주고 있었다.

"이제 다 온 건가?"

중앙에 앉은 강 회장의 오른쪽과 왼쪽으로 각각 큰아들과 작은아들의 식솔들이 자리를 잡고 앉았다. 그들에게 눈길도 주지 않은 채 강 회장이 침묵을 깼다.

"그런 것 같네요."

짧게 대답한 작은아버지가 눈짓으로 무슨 일이냐고 묻자 수진도 영문을 모른다며 고개를 저었다. 그러자 이번엔 예고 없이 온 가족을 불러 모은 강 회장에게 직접 물었다.

"그런데 갑자기 온 가족을 다 소집하시고 무슨 일 있으세요, 아버지?"

"있지. 내가 오늘 병원에 다녀왔다."

"병원에는 무슨 일로요?"

"다들 내 검사 결과를 알고 있는 것 같은데 너만 아직도 모르고 있던 거냐?"

그제야 모르쇠로 일관하려던 작은아버지가 깨갱하는 표정으로 입을 닫았다.

잠시 말을 끊었던 강 회장은 평상시와 전혀 다를 것 없는 표정으로 다시 입을 열었다.

"아무래도 내가 그만 물러날 때가 된 모양이다."

"아버지."

"어떻게 만들고 키워 온 회사인데, 내 손으로 망가뜨리기 전에 물러나야지."

이미 모든 결심을 끝낸 듯 강 회장의 목소리는 담담하고 평온했다. 하지만 그의 말을 끝으로 회장실 안에는 깊은 침묵이 흘렀다. 누구도 쉽게 입을 열 수 있는 상황이 아님은 분명했다.

"최 변."

"네, 회장님."

강 회장이 최 변호사를 부르자 문밖에 대기하고 있던 최 변호사가 재빨리 회장실 안으로 들어왔다.

"내 유언장 이리 가져오게."

"네."

최 변호사가 들고 온 서류 봉투 안에서 사전에 작성된 유언장을 꺼내 강 회장에게 건넸다. 유언장이 최 변호사 손에서 강 회장에게 건너

가는 그 짧은 순간 모두의 시선이 약속이라도 한 듯 유언장을 따라 움직였다.

좌아악. 그다음 벌어진 광경에 모두의 입이 쩍 벌어졌다. 정정한 정신으로 자신이 적어 놓은 유언장을 치매 진단을 받고 나와 찢고 있으니, 이것이 제정신으로 하는 행동인지, 제정신이 아닌 정신으로 하는 행동인지 누구도 알 수 없는 노릇이었기 때문이다.

"태우게."

세로로 길게, 다시 가로로 한 번 더 찢어 무용지물이 된 유언장을 최 변호사 손으로 넘기며 강 회장이 말했다.

여전히 모두 이게 무슨 일인지 영문을 알 수 없다는 표정을 하고 있을 뿐이었다. 그중 가장 얼굴을 찌푸리고 있는 사람은 누가 뭐래도 수진이었다. 첫 증손주에게 강 회장의 주식 전부가 상속될 것이라고 철석같이 믿고 태훈의 결혼식을 서두르려던 그녀였으니 당연한 반응이었다.

"태강아."

"네."

강 회장의 시선이 태강에게 향했다.

"며칠 전에 김 실장이 유전자 검사를 의뢰했다는 얘기를 들었다. 누구 검사를 의뢰한 거냐?"

태강은 수진을 바라보았다. 아쉽게도 바닥을 향해 있는 그녀의 얼굴에서 표정은 읽을 수 없었다.

"저와 개인적으로 친분이 있는 사람입니다."

"그런 일을 김 실장에게 맡기고 하루 종일 지켜보게 했다고?"

"한 사람의 인생이 걸린 일이니 정확히 해 주고 싶었습니다."

"암, 한 사람의 인생이 걸린 일이라면 그 정도 책임감은 느껴야지."

자신의 병 때문에 자리에서 물러나겠다는 사람이 유언장을 직접 찢고 이제는 난데없이 태강이 의뢰한 친자 확인 검사 얘기를 하고 있었다. 두서없는 대화의 전개에 태훈은 저와는 전혀 상관없는 일이라는 표정으로 연신 핸드폰만 만지작거리고 있었다.

"태훈 아비, 너는 누구 검사할 사람 없는 거냐?"

"제가 그런 검사를 왜 의뢰합니까?"

"혹시 모르지. 어디에 너 모르는 네 핏줄이 있을지도."

"아버지, 왜 그러십니까?"

작은아버지는 손을 한번 내젓고 말았으나 수진의 얼굴은 점점 색을 잃어 가고 있었다.

"나 죽은 다음에 싸우지 않게 해 주려는 거야."

"그러는 형님은요? 형님은 어디 의심 가는 사람 없습니까?"

"그래 태강 아범도 말해 봐라. 나는 손자든 손녀든 다 환영이니까."

"없습니다."

"자손이 많은 것도 복인데, 어찌 나는 그 복은 없는 건지……."

깊게 한숨을 내쉰 강 회장이 자신 앞에 앉은 자식과 손자, 그리고 며느리와 손자며느리의 얼굴을 하나하나 천천히 훑었다.

"태강이가 유전자 검사를 의뢰했다는 얘기를 듣고 내가 곰곰이 생각을 해 봤다. 요즘 같은 시대에 나는 왜 진작 그런 생각을 못 했는지."

"그게 무슨 말씀이세요?"

"내가 정신이 오락가락하다 언제 죽을지 모르니까 뭐든 확실히 해 두려는 거다."

"아버지, 설마 지금 어머니를 의심하시는 건 아니죠? 지하에서 어머니가 들으셨으면 아마 두 눈을 번쩍 뜨셨을 겁니다."

평소 작은아버지는 '강 회장교' 신도였다. 그것도 첫 번째 줄에 앉는 열성 신도. 그런데 뜻밖의 순간 작은아버지가 언성을 높이고 있었다. 수진의 손이 태훈의 등 뒤로 가 있는 걸 보니 작은아버지 옆구리를 찌르기라도 한 모양이었다.

바퀴벌레 한 쌍처럼 사이좋은 부부 사이에 앉은 태훈은 지금 자신이 왜 이곳에 불려 와 이런 한심한 얘기를 듣고 있어야 하는지 짜증이 나 죽겠다는 표정이었다.

"내가 정신이 온전치 못해 헛소리를 지껄여도 내 핏줄인 이상 법적으로 정당한 권리를 요구할 수 있는데, 그 권리가 싫은 사람은 지금 당장 여기에서 나가도 좋다."

"아니 제 얘기는 그런 검사는 보통 밖에 낳아 놓은 자식을 찾을 때나 하는 거지, 다 큰 아들, 손자 유전자 검사를 지금 굳이 하실 필요가 있느냐 하는 겁니다. 이런 일이 밖에 소문나 봐야 좋을 것도 없고……."

"검사하기 싫으면 나가도 좋다고 했다."

전혀 의사를 번복할 뜻이 없다는 강 회장의 말에 수진의 눈동자가 갈지자를 그리며 흔들렸다.

"며느리랑 손자며느리는 여기에 계속 있어도 좋고 그만 나가도 좋다. 최 변."

"네, 회장님."

"모시게."

최 변호사가 회장실 문을 열자 밖에 서 있던 흰 가운 차림의 남자가 진료 가방을 들고 안으로 들어와 강 회장을 향해 꾸벅 허리를 굽혔다.

"어서 오게."

"검사는 채혈로 하시겠다고 들었습니다."

"내가 그걸로 하겠다고 했네. 정확한 게 좋으니까. 나부터 하게."

"네."

가운을 입은 남자가 강 회장을 향해 걸어가 테이블 위에 가방을 올리고 한쪽 무릎을 바닥에 대는 자세로 몸을 낮췄다. 가방 안에서 토니켓과 채혈용 주사기, 그리고 알코올 솜과 혈액을 담을 병을 차례로 꺼내 놓은 남자는 능숙한 손길로 강 회장의 팔에 토니켓을 묶었다.

강 회장의 뒤를 이어 아들들과 태강과 태훈의 채혈이 이루어졌다. 그사이 수진의 눈동자는 뚫어져라 태강을 응시하고 있었다. 정확히는 노려보고 있었다는 표현이 더 적합했다. 턱에 잔뜩 힘을 실은 채 핏발선 시선으로 그를 갈가리 찢어 댔다.

"다 끝났습니다."

이미 이름 라벨을 붙여 온 병을 가방 안에 차례로 집어넣은 남자는 가방을 닫고 자리에서 몸을 일으켰다.

"수고했네."

"결과가 나오려면 검사를 돌리기 시작하고 여덟 시간은 지나야 합니다."

"시간은 상관없네. 최 변이 비서실장 데리고 따라가서 기다렸다 결과 받아 오지."

"알겠습니다, 회장님."

흰 가운의 남자와 최 변호사가 강 회장에게 고개를 숙여 보인 후 회장실을 나섰다.

"그럼 저희도 저녁에 다시 본가로 모여야 합니까?"

"그럴 필요 없다."

작은아버지의 질문에 강 회장이 손을 저었다.

"나랑 최 변만 봐도 충분해. 결과가 정 궁금한 사람은 본가로 온대도 말리지는 않겠다."

"아닙니다. 아버지랑 최 변호사만 봐도 충분하죠. 그럼 저희는 이제 일어서도 되는 거죠?"

"그래. 다들 바쁠 텐데 일어들 나거라."

강 회장의 말에 작은아버지 가족은 곧장 자리에서 일어서 인사를 남기고 회장실을 나섰다.

"태강이도 이나랑 먼저 들어가라."

"아버지는요?"

"난 할아버지랑 얘기 좀 하고 들어가마."

"네."

태강도 이나와 함께 회장실을 나섰다. 그런데 진작 내려갔을 줄 알았던 수진이 엘리베이터 앞에서 그들을 기다리고 있었다.

"나랑 할 얘기가 있을 것 같은데."

"작은어머니께서 저한테 하실 말씀이 있는 모양이네요."

태강은 곁에 선 이나를 바라보았다. 강 회장이 유전자 검사를 하려는 이유는 그녀도 어느 정도 짐작했겠지만 갑작스러운 호출에 이어 회장실에서 벌어진 일들을 지켜보며 마음이 많이 불편했을 것이다.

"저 먼저 가 볼게요."

"아니야. 같이 내려가. 오후 미팅 때문에 지금은 시간을 내기가 힘들 것 같습니다. 하실 말씀 있으시면 저녁에 따로 찾아뵐죠."

"그래, 그럼. 저녁에 보자."

"제가 댁으로 찾아갈까요?"

"그래. 네가 우리 집으로 오는 게 좋겠다."

"알겠습니다. 그럼 저녁에 뵙죠."

세 사람은 함께 엘리베이터를 타고 지하로 내려갔다. 태강은 수진에게 가볍게 묵례 후 이나의 차가 있는 곳으로 향했다.

"많이 놀랐지?"

"조금요. 그런데 작은어머님 댁에 가는 거 괜찮겠어요?"

"괜찮아."

"전 걱정돼요."

"오래 걸리지 않을 거니까 당신은 아무 생각 말고 기다리고 있어."

그는 그녀를 바라보며 괜찮다는 뜻으로 고개를 끄덕여 보였다.

"알았어요. 그리고 저 오늘 태강 씨한테 할 말 있어요."

"뭔데?"

"저녁에 할게요."

"그냥 지금 하면 안 돼?"

태강은 혹시라도 이나에게 무슨 걱정거리가 있지는 않은지 불안한 마음에 재차 물었다. 이나의 고집을 쉽게 꺾을 수 있다고 생각한 건 아니었지만.

"나쁜 일 아니에요."

"그럼 좋은 일이야?"

이나가 대답 대신 싱긋 미소를 보였다. 아주 소소한 일이더라도 그녀를 웃게 만드는 일이라면 그도 반가웠다.

"작은어머니랑 얘기 빨리 끝내고 들어갈게."

"네. 조심해요."

"걱정 마."

태강은 이나의 차 문을 직접 열어 주었다. 안전벨트를 매고 출발 전 손을 흔드는 그녀를 보며 그도 어린아이처럼 손을 흔들었다.

✢　✦　✢

검사 결과를 기다리는 동안 무슨 짓을 꾸밀지 알 수 없었기에 그는 수진의 집 주변에 사람을 세워 두었다. 그런데 예상을 깨고 수진이 내내 외출을 하지 않았단다. 태강은 퇴근 시간이 되자마자 서둘러 수진의 집으로 향했다.

"사장님, 오늘 오후에 박 대리는 한강대 병원으로 무사히 이송됐습니다."

조용히 달리는 차 안에서 김 실장이 그에게 말했다. 오늘 김 실장에게 지시한 일들이 꽤 많았는데 그 와중에 박 대리의 이송까지 해결한 모양이었다.

"수고하셨어요. 아직 의식은 돌아오지 않았죠?"

"네."

"혹시 모르니 당분간 중환자실 앞에 경호원도 세워 두세요."

"알겠습니다. 그리고 민정 씨 아파트 입구 CCTV 확인해 봤는데, 어제 우리 비서실 직원이 다녀갔습니다."

"우리 쪽 사람이라, 역시 작은어머니네요. 집에는 나 혼자 들어갈 테니까 김 실장님은 밖에서 대기해 주세요."

박 대리가 무사히 의식을 찾을 수 있다는 보장은 없었으나, 자신의 손을 떠난 카드에 수진은 더 큰 압박감을 느낄 것이다. 태강은 혹시 모를 상황을 대비해 김 실장을 대기시켜 놓고 수진의 집 초인종을 눌렀다. 평상시 같으면 고용인이 나와 문을 열어 줬을 텐데 오늘은 문이 저혼자 열렸다. 누군가, 아마도 수진이 집 안에서 열어 준 듯했다. 정원을 가로지르는 동안에도 적막에 싸인 집에는 사람 그림자조차 보이지 않았다.

"어서 와."

예상대로 고용인을 모두 내보낸 집 거실에는 수진 혼자뿐이었다.

"집이 조용하네요."

"응, 나 혼자야. 응접실에서 얘기할까?"

"네."

수진을 따라 응접실로 들어서자 싱싱한 꽃향기가 그들을 마중 나왔다. 화려한 꽃바구니 옆에는 레드와인과 두 개의 잔, 그리고 과일 안주가 준비되어 있었다.

"앉아."

"네."

"와인 한잔할래?"

"저는 운전을 해야 해서요."

"김 실장이랑 온 거 아니야? 생각 없으면 너는 받아만 둬."

능숙하게 와인을 딴 수진은 두 개의 잔을 쪼르르 채운 뒤 하나는 그의 앞으로 밀어 주고 나머지 하나는 자신의 앞으로 끌어당겼다.

"너지?"

밑도 끝도 없는 질문이었다. 그럼에도 수진을 분노하게 할 만한 행동 몇 가지를 추려 보자면, 그가 강 회장에게 민정의 존재를 알린 일과 온 가족이 유전자 검사를 받아 보게 만든 일 정도를 꼽을 수 있었다.

그의 입장에서는 할아버지의 정신이 온전할 때 모든 사실을 알리는 것이 손자 된 도리였고, 민정을 걱정하셨던 어머니와의 약속을 지키는 방법이었는데 수진의 계획과는 분명 충돌했을 것이다.

"언제 알았니?"

밑도 끝도 없는 질문이 한 번 더 이어졌다. 태연한 척 자신 앞에 놓인 와인 잔을 들어 붉은 액체를 이리저리 기울이고 있었으나 수진의 신경은 그의 손가락 움직임까지 주시하고 있을 터였다.

"구체적으로 말씀해 주시면 대답을 하기가 훨씬 수월할 것 같은데요."

"이민정 일 말이야."

"민정이에 대해 뭘 알았냐는 겁니까?"

"네 작은아버지 딸인 거 언제 알았냐고."

"며칠 안 됐습니다."

"그래서 죽이려고 했구나? 할아버지 유산 나누어 갖기 싫어서?"

태강은 수진이 하는 말을 가만히 듣고 있었다. 혼자 많은 말을 할수록 그가 얻을 수 있는 단서나 찾을 수 있는 허점도 많아졌기 때문이다.

"그래, 약이 가장 쉬웠겠지. 이민정이 매일 약을 먹고 있다는 사실은 네가 제일 잘 알고 있었잖아."

"작은어머니도 아셨던 것 같은데요."

"……."

그는 수진을 가만히 응시했다. 여유를 가장하고 있어도 그녀는 전혀 여유로워 보이지 않았다.

"저도 한 가지 묻고 싶은 게 있는데요."

"……?"

"작은어머니는 언제 민정이가 작은아버지 딸인 거 아셨습니까?"

"그림 얘기 하러 이민정 집에 갔을 때 사진 봤어. 이영신이랑 같이 찍은 사진을 거실 한복판에 걸어 뒀더라고."

자신의 실수를 인정할 수 없다는 표정으로 수진이 고개를 저었다.

"분명 죽었는데, 그 많은 피를 흘리고 살아 있을 수는 없는데……."

"그러게 확실하게 하시려면 직접 하셨어야죠."

"내가 직접 했어. 그년은 내 손으로 갈가리 찢어서 죽여 버리고 싶었으니까."

"이미 죽은 줄 알았던 아이였으니 찾았더라도 그냥 못 본 체해 주시지……."

"그럼 너도 태훈이를 그냥 내버려 두지 그랬니?"

"시작은 작은어머니가 하셨습니다."

"그래서 끝까지 우릴 몰아붙이겠다고?"

잔뜩 가라앉은 목소리로 말한 수진이 와인을 한 모금 꿀꺽 삼켰다. 그토록 좋아하는 와인을 지금은 음미할 기분이 아닌지 미간이 살며시 구겨졌다.

"모두 제자리를 찾아가는 거라는 생각은 안 드시나 보네요?"

"지금 네가 앉은 자리가 우리 태훈이 자리였어. 네가 가진 모든 것들이 원래는 우리 태훈이 거였어야 했다고."

"그건 태훈이가 할아버지 진짜 손자였을 때 얘기겠죠."

"아니, 태훈이가 내 아들인 이상 네가 가진 건 모두 내 아들 것이어야 했어."

수진이 테이블로 내려놓았던 잔을 다시 들어 뱅글뱅글 돌리기 시작했다.

"그래도 난 널 인정했잖아. 그러니까 너도 우리 태훈이 인정해 줄 수 있는 거 아니야?"

"이제 와 제가 인정하는 게 의미가 있을까요?"

"회장님 네 말이면 마음 바꾸실 거야. 네가 그런 검사 의뢰한 거 밖에 소문나면 집안 꼴만 우스워질 거라고 말하면 당장 그만하라고 하실 거라고."

태강은 대답 대신 입술 끝을 희미하게 비틀었다. 손으로 하늘을 가릴 수는 없는 법이었다.

"마음 바꿀 생각이 전혀 없나 보구나?"

"……."

"넌 작은아버지 핏줄을 죽이려고 치밀하게 계획했고, 오늘 똑같은 방법으로 나까지 죽인 거야. 조금 이따 경찰이 오면 넌 살인 혐의로 구속될 거야."

"이렇게까지 하시는 이유가 뭡니까?"

"처음부터 우리 태훈이 거였으니까. 이제 태훈이도 가질 수 없게 됐으니까 너도 못 가져야 공평하지."

뒤늦게 그가 눈치를 채고 수진에게 걸어갔으나 그사이 잔에 담긴 와인은 그녀의 목을 타고 꿀꺽꿀꺽 넘어갔다. 잔이 비고 입가에 고여 있던 와인이 피처럼 턱을 타고 주르륵 흘러내렸다. 수진은 자신이 이겼다는 듯 만족스러운 미소를 띠고 있었다.

"박성식도 그렇게 죽였습니까?"

"누구?"

"지난 크리스마스이브에 제 아내에게 전화를 걸게 했던 그 박성식 말입니다."

"아……."

핏대가 투둘투둘 불거진 목이 답답한 듯 손을 가져가 문지르던 수진이 이제 기억이 났다는 표정으로 피식 입술을 늘였다.

"내가 그 사람을 왜 죽여. 공금 횡령 혐의 눈감아 주는 조건으로 내 심부름을 조금 한 것뿐인데."

"아내한테는 무슨 말을 전하라고 시킨 겁니까?"

"네가 출장에서 돌아오면 매번 이민정 집에 들렀다 집으로 돌아간다고. 절대 널 믿으면 안 된다고, 큭."

목을 타고 오른 핏대가 턱과 이마에서도 톡톡 불거지며 제 존재감을 뽐내기 시작했다. 그녀의 입술은 파랗다 못해 보라색을 띠고 있었다.

"그러셨군요."

"이민정이 골든그룹 핏줄이라고 밝혀져도 질부는 너희 두 사람에 대해 들었던 일들을 기억에서 깨끗하게 지우지 못할 거야. 두고두고 너희를 의심하고 불안해하며 살 거라고. 귀를 아무리 씻어도 이미 들어 버린 말은 씻기지 않거든."

"그럼 그날 한국대 병원으로 차를 몰았던 이유도……."

"그래. 너희 불륜 현장을 목격하러 갔던 거야."

약 기운이 온몸으로 퍼졌는지 수진이 늑골 부위를 쥐어뜯으며 몸부림치자 테이블 위의 잔이 바닥으로 쨍그랑 나동그라졌다.

"박성식 오늘 한국으로 데려왔습니다. 그간 작은어머니가 시킨 일들 곧 전부 확인될 겁니다."

"뭐? 아직도 살아 있다고?"

"이번에는 제가 빨랐습니다."

눈자위까지 붉어진 것이 마치 악마 같았다. 그런 눈으로 그를 똑바로 응시한 채 숨이 쉬어지지 않는 것인지, 피를 토하려는 것인지 다시 목을 긁어 대던 수진이 사시나무 떨듯 온몸을 부들거리다 서 있던 상태 그대로 바닥으로 고꾸라졌다. 태강은 주머니에서 핸드폰을 꺼내 녹음을 정지했다.

"위세척 후 며칠 푹 주무시고 깨어나시면 경찰 조사는 차질 없이 받으실 수 있을 겁니다."

119에 전화를 건 태강은 수진의 집 주소를 불러 준 후 응급 환자가 있으니 빨리 구급차를 보내 달라고 말했다.

✣ ✣ ✣

집에 도착한 이나는 몸도 마음도 천근만근이었다. 마치 짐 가방을 어깨에 메고 온종일 밖을 걸어 다닌 기분이었다.

사실 아침에 눈을 뜨고 임신 사실을 확인했을 때까지만 해도 저녁에 태강이 돌아오면 임신 테스트기를 보여 줄 생각에 그야말로 봄 소풍 날 아침처럼 기분이 들뜨고 행복했었다.

그 기분이 창문을 열었는데 빗방울이 떨어지고 있다는 사실을 발견했을 때처럼 가라앉기 시작한 건 태강으로부터 골든그룹 본사 회장실로 올 수 있겠냐는 연락을 받았을 때부터였다.

그녀는 강 회장 일가 중 가장 늦게 회장실에 도착했다. 그녀가 회장실에 도착했을 때는 이미 비서실 직원들이 그녀의 등장을 기다리기라도 했던 것처럼 모두 자리에서 일어선 채였다.

서둘러 회장실로 들어간 그녀는 태강의 옆자리에 앉았다. 그렇게 가족들을 한자리에 불러 놓고 강 회장은 자신이 예전에 작성해 두었던 유언장을 찢고 유전자 검사를 진행시켰다. 모두가 갑작스러운 강 회장의 말과 행동을 주시하고 있었으나 이나는 수진의 눈빛에 좌절과 분노, 살의가 담기는 것을 지켜보고 있었다.

수진이 느끼는 감정이 태강을 향한 감정이란 사실을 어렵지 않게 짐작할 수 있었다. 그런데 회장실을 나선 뒤 수진이 태강을 집으로 불러들였다. 태강은 괜찮다고, 걱정 말라고 그녀를 안심시켜 주었지만 그녀는 어느 때보다 불안했다.

집으로 돌아와 그를 기다리는 동안 시간이 너무 더디게 흘렀다. 이나는 배 속의 아이만 생각하려고 노력했다. 자신이 불안해하면 아이도 같은 감정을 느낄 거라고. 그래서 방 안에 클래식 음악을 틀어 놓고 서재의 책을 가져다 읽었다.

겨우겨우 시간을 보내고 6시가 조금 넘었을 때 그녀는 더 이상 참지 못하고 어깨에 숄을 두르고 거실로 나갔다. 거실 창 너머의 담장 위로 간간이 스쳐 가는 자동차 지붕이라도 바라보고 있을 생각이었다.

"사모님."

"네?"

고개를 돌리니 아주머니가 그녀 뒤에 조용히 서 있었다.

"퇴근하셔야죠."

"천천히 들어가도 돼요. 그런데 무슨 걱정 있으세요?"

"아니에요."

"점심도 얼마 안 드셨는데 과일주스라도 한 잔 준비할까요?"

입 안이 모래라도 굴러다니는 듯 껄끄러웠다. 그녀는 아주머니에게 고맙다고 대답했다. 주방으로 들어갔던 아주머니는 오래 걸리지 않아 노을처럼 색이 예쁜 주스 한 잔을 쟁반에 받쳐 들고 돌아왔다. 그녀는 아주머니가 건네는 주스를 받아 들었다.

"사모님, 사실은 제가 며칠 전에 사장님께 공연한 말씀을 드렸어요."

"그게 무슨 말씀이세요?"

"요즘 신 과일을 자주 찾으시는 것 같아서 제가 사장님께 그 얘기를 전했거든요. 전 좋은 일이 있는 줄 알고……."

신 과일을 자주 찾는 행동과 좋은 일의 연관성이라면, 그녀가 생각할 수 있는 일은 한 가지였다. 태강도 같은 연상을 했을지 궁금했으나 그녀는 조용히 아주머니의 다음 말을 기다렸다.

"그런데 그날 사장님께서 잔뜩 기대하셨다 크게 실망하시는 것 같더라고요."

언제 그런 일이 있었나 싶게 태강은 그녀 앞에서 잔뜩 기대했다거나 크게 실망하는 내색을 한 적이 없었다.

"태강 씨가 실망한 건 어떻게 아셨어요?"

"표정 보면 알죠. 그렇게 좋아하시며 사모님 방으로 들어가셨는데 나오실 때는 그 표정이 싹 지워졌는데. 저는 정말 좋은 일인 줄 알고 말씀드린 건데 제가 너무 경솔했어요."

"아니에요."

아니라는 대답이 그녀의 입에서 반사적으로 튀어나왔다. 하지만 머릿속에는 그가 방에서 나올 때 표정이 바뀌었다는 말이 삐져나온 못에 옷자락이 걸린 것처럼 걸려 있었다.

"걱정 마시고 어서 퇴근하세요."

"네. 그럼 전 그만 퇴근할게요."

걱정 말라는 그녀의 말에도 아주머니는 여전히 마음 한구석이 불편한 얼굴로 퇴근을 했다.

그날 그가 방에서 무엇을 확인했는지 그녀는 여전히 짐작할 수가 없었다. 도무지 감을 잡을 수 없는 그 무언가의 정체를 확인하기 위해 그녀는 직접 방으로 들어갔다.

침대가 정리되어 있지 않다는 사실 말고는 매일 보는 모습 그대로였다. 이곳에 들어와서 그녀의 임신 사실을 확인한다는 건 꽃잎을 하나씩

따 보며 결과를 점쳐 봤다는 말만큼이나 황당했다.

그런데 그 순간 그녀의 머릿속을 스치는 생각이 있었다. 손가방에 넣어 두었던 피임약.

그녀는 화장대로 걸어가 가장 위 서랍을 열었다. 그녀가 넣어 둔 대로 작은 손가방은 서랍 안에 얌전히 들어 있었다. 하지만 며칠 전 손가방을 화장대 위에 올려 두고 하루 종일 외출했던 적이 있었다. 그래도 그날 태강은 그녀보다 늦게 집에 들어왔는데…….

이나는 손가방 안에서 피임약을 꺼냈다. 이미 강 회장의 유언장은 찢어졌으니 더는 필요 없는 물건이었다. 그녀가 쓰레기통에 약을 버리려 할 때 불쑥 태강의 목소리가 들려왔다.

"뭐 해?"

깜짝 놀란 그녀는 손에 들고 있던 약을 등 뒤로 숨기며 몸을 돌렸다.

"언제 왔어요?"

"지금."

"놀랐어?"

"아니에요."

자연스럽게 미소를 지어야 하는데 볼 근육이 어색하게 움직였다. 약을 움켜쥔 손에는 저절로 힘이 실렸다.

"작은어머님 집에는 갔다 온 거예요?"

"응."

그의 입술에 씁쓸한 미소가 스쳤다.

"별일 없었어요?"

"약을 드셨어. 그래서 구급차 불러 병원으로 모셨고, 김 실장이 따라 갔어."

"무슨 약을 드신 거예요?"

"전부 얘기하자면 좀 긴데, 사실은 태훈이가 작은아버지 친자가 아니었어. 오늘 회장실에서 한 검사로 모든 비밀이 드러나게 될 테니 그런 극단적인 선택을 시도한 것 같아."

방 안에 잠시 침묵이 흘렀다. 이나는 말문이 막힐 만큼 놀란 자신의 감정을 들여다보기 전에, 누구보다 큰 충격을 받았을 강 회장과 작은아버지의 얼굴이 떠올라 가슴이 꽉 막힌 듯했다.

"그래서 작은어머니는 지금껏 날 더 경계했을 거고, 민정이 존재를 참기도 힘들었을 거야. 태훈이가 진짜가 아니니까."

"그럼 줄곧 나쁜 마음으로 민정 씨 주변을 맴돌았던 거군요."

"우리가 조금만 더 늦게 알았다면 무슨 일이 일어났을지 누구도 모르지."

"그럼 도련님은 어떻게 되는 거예요? 아니, 도련님도 알고 있었던 거예요? 작은아버님이 친아버지가 아니란 사실?"

"모르지 않을까 싶어."

태훈이 싫었다. 10년 전 우연히 스쳤을 때부터, 태강과 결혼한 후에도 줄곧. 하지만 설명하기 힘든 감정이 그녀를 휘감았다. 어머니에게 삶을 기만당한 채 살아온 그도 어찌 보면 피해자일 수 있었기 때문이다.

그렇다고 그를 동정할 생각은 없었는데 너무 놀란 탓인지 온몸에서 기운이 빠져나가는 느낌이었다. 바닥으로 무언가 툭 떨어지는 소리를 듣고 나서야 그녀는 자신의 손에 쥐고 있던 피임약이 바닥으로 떨어졌다는 사실을 깨달았다.

"아……."

태강이 그녀보다 먼저 허리를 굽혔다.

"태강 씨."

이나는 태강의 표정을 살폈다. 그는 마치 처음 보는 물건이 아닌 것처럼 태연히 약을 주워 들고 있었다.

"태강 씨, 그게……."

"괜찮아."

그가 힘없이 미소를 지어 보였다. 자신은 괜찮지 않아도, 그녀는 괜찮길 바라는 미소였다.

아무래도 아주머니가 말한 그를 크게 실망하게 만든 물건은 이 피임약인 듯했다. 그렇게 좋아하며 방으로 들어갔다 약을 발견하고 얼마나 실망했을지. 매달 같은 결과를 바라보면서도 실망의 크기가 줄지 않았던 그녀였기에 그가 느꼈을 감정을 충분히 짐작할 수 있었다.

"하지만 앞으로는 먹지 않았으면 해."

"……."

"약속해 줄 수 있지?"

이나는 천천히 고개를 끄덕였다. 그가 그녀를 가만히 끌어당겨 품에 안았다. 그가 내쉬는 숨이 그녀의 목덜미를 스쳤다.

"미안해. 내가 진작 신경 써서 챙겼어야 했는데."

"태강 씨."

"응?"

"미안해요."

"당신 잘못 아니야. 내가 당신을 지켜 주지 못했어."

"아니에요. 제가 생각이 짧았어요."

어린아이를 다독이는 것처럼 그의 손이 그녀의 등을 천천히 토닥였다.

"사고 전에도 그렇고, 사고 후에도 내가 당신을 제대로 챙기지 못했어. 그래서 당신이 더 힘들었을 거야. 미안해."

"태강 씨 잘못이 아니에요."

"이제 작은어머니 일도 해결됐으니까, 우리 천천히 다시 시작해 보자."

"뭘요?"

"이제는 같이 병원에 다니면서 아이 기다리자고. 더는 당신 혼자 힘들게 하지 않을게."

그가 그녀를 바라보며 애써 덤덤한 목소리로 말했다. 이나는 본인도 실망했으면서 그녀를 위로하려 노력하고 있는 그의 얼굴을 가만히 바라보았다. 위로에서 사랑을 느낄 수 있을 거란 생각은 해 본 적 없었는데 지금 그녀는 어느 때보다 그의 사랑을 깊게 느낄 수 있었다.

"그런데 저 할 말 있다고 했잖아요."

"아, 그랬지. 할 말이 뭐야?"

"잠깐만요."

그녀는 그의 팔을 빠져나와 드레스 룸으로 들어갔다. 서랍 속 작은 상자 안에 그녀가 넣어 둔 대로 얌전히 들어 있는 임신 테스트기를 꺼내 들었다. 두 개의 보라색 줄을 다시 확인한 그녀는 등 뒤로 손을 감춘 채 태강에게 돌아갔다.

"뭔데 그래?"

"아주머니한테 들었어요."

"뭘?"

"신 과일 얘기……."

"그날은 내가 좀 단순하게 생각을 했던 것 같아. 의미는 두지 마."

그는 아무렇지 않은 척 그녀에게 미소를 보였다.

"저도 같은 생각을 했을 거예요."

"말 돌리지 말고. 할 말이 도대체 뭔데 이렇게 뜸을 들여?"

"알았어요. 정확한 건 병원에 가서 다시 확인해 봐야 하지만, 그래도 우선은 다들 이걸로 먼저 확인하니까. 우리한테만 오작동하지는 않았을 거예요."

"그게 무슨 말이야?"

이나는 등 뒤로 감추고 있던 손을 앞으로 가져왔다. 그녀가 내민 테스트기를 가만히 응시하던 그가 그녀의 손에서 그것을 받아 들었다.

"보라색 줄 보이죠. 그 줄이 두 줄이라는 건……."

다시 목이 메었다. 그는 두 줄의 의미를 아는지 모르는지 아무 말이 없었다.

"우리가 엄마, 아빠가 됐다는 뜻이에요."

"하지만 당신……."

"그 약은 제가 먹은 게 아니에요. 혹시라도 제가 임신하게 되면 작은

어머님이 무슨 짓을 할지 몰라서……."

그는 여전히 아무 말이 없었다. 그녀는 살포시 웃음을 지으며 양팔을 살짝 벌렸다.

"저 안아 줘도 돼요."

그제야 그가 그녀를 넓은 가슴으로 끌어당겼다.

"언제 알았어?"

"오늘 아침에요."

"그런데 왜 이제 말해 줘."

"테스트기를 보여 주지 않으면 믿지 않을 것 같아서요."

"정말 그랬을 거야."

"하루 종일 얼마나 말하고 싶었는지 몰라요. 시간이 이렇게 느리게 흐른 적은 정말 처음이에요."

"사랑해."

불쑥 튀어나온 그의 고백에 그녀는 뒤꿈치를 들어 그의 입술에 입을 맞췄다. 너무 사랑스럽고 행복한 표정을 하고 있어 도무지 입을 맞추지 않고는 참을 수 없었다. 그녀의 입술이 떨어지자 그가 다시 그녀의 입술에 입을 맞췄다. 그리고 그녀가 다시, 그가 또다시…….

"사실은 할 말이 한 가지 더 남았어요."

"중요한 얘기 아니면 다음에 해도 돼."

그는 여전히 믿기지 않는다는 표정으로 임신 테스트기를 바라보고 있었다.

"중요한 얘기예요."

"뭔데?"

"사실은 저 기억 돌아왔어요."

"정말?"

그의 반응이 그녀가 예상했던 것보다 많이 자제되어 있었지만 이나는 고개를 끄덕였다.

"진작 얘기 못 해서 미안해요."

"내일 노 박사님 찾아뵈야겠다."

"괜찮아요. 다른 후유증은 없었어요."

"그래도……."

"엄마 사고에 대한 기억 찾았을 때도, 갑자기 기억이 돌아왔는데 그 뒤로 멀쩡했어요."

"노 박사님은 당신 기억이 돌아온 사실을 모르고 계시던데."

"제 사고 얘기 들었어요?"

"응."

"노 박사님께는 말씀 안 드렸어요. 기억 찾고 너무 힘들었거든요."

그녀가 구체적인 이야기를 하지 않았음에도 그는 모두 알고 있다는 듯 그녀를 다시 꼭 안아 주었다.

열일곱 살, 기억이 돌아온 그날 그녀가 기억을 찾았다는 얘기를 누군가에게 했더라면, 그랬다면 오랫동안 가슴을 짓눌렀던 죄책감의 무게가 조금은 덜했을지 모르겠다는 생각이 들었다.

"제가 왜 크리스마스이브에 한국대 병원으로 갔었냐면요."

"……."

"모임에 나갔다가 전화를 받았는데……."

"얘기 안 해도 돼."

이나는 고개를 들고 태강을 바라보았다.

"박성식 얘기, 작은어머니한테 들었어."

"아뇨, 제 입으로 모두 이야기하고 태강 씨에게 사과하고 싶어요. 당신 앞에서 떳떳해질 수 있도록."

이나는 결연하게, 하지만 조금은 떨리는 목소리로 조금씩 이야기를 꺼냈다.

"박 대리에게 전화가 왔어요. 태강 씨가 민정 씨와 함께 있다고. 민정 씨가 응급실에 있는데 당신이 먼저 발견을 해서 데리고 갔다고요."

그는 이나의 손을 꼭 잡은 채 가볍게 고개를 끄덕였다. 따스한 온기에 조금은 마음이 편해진 그녀는 깊은숨을 한번 내쉬고 말을 이었다.

"누군가 그 모습을 볼까 봐 너무 무서웠어요. 그때까지 전 박 대리가 전해 준 모든 얘기를 의심 없이 믿었거든요. 정말 바보 같았죠."

"……."

"그리고…… 민정 씨를 비서실에서 해고시킨 것도 저예요. 그땐, 민정 씨가 당신 옆에 있다는 사실도 견딜 수가 없었어요."

"그래, 그것도 알고 있었어."

"네? 그걸 어떻게……. 왜, 저한테 말하지 않았어요?"

"그때의 우리의 관계는 그런 감정 소비조차 어울리지 않았으니까. 그리고 뒤늦게 이야기를 들은 것도 있고."

태강은 모든 사실을 알고 있었다. 그녀의 실수가 아닌 이기심을 모두 목격하고도 사랑해 주었던 것이다. 더욱 미안해지는 마음과 과거의 자신이 부끄러워 조금씩 눈물이 고였다.

"지금 생각해 보니까 그때부터 이미 제 삶은 태강 씨를 중심으로 돌아갔던 것 같아요."

"내가 너무 늦게 알았어."

"저도 제 감정을 제대로 들여다볼 줄 몰랐어요."

"괜찮아. 지금이 중요하잖아."

"그래서 더 늦지 않으려고요. 사랑해요."

"뭐?"

"사랑한다는 이 말이 너무 하고 싶었어요."

"그런데 왜 안 했어? 내가 얼마나 눈이 빠져라 기다렸는데."

그의 목소리가 조금 잠겨 있었다.

"제가 먼저 말하고 싶었거든요. 사랑해요."

"나도 사랑해."

그가 잡고 있던 손을 놓고 그녀를 끌어안았다. 그리고 귓가에 대고 다시 속삭였다.

내가 더 많이 사랑해.

유난히 길었던 하루였던 만큼, 자신의 실수와 마음을 남김없이 털어

놓은 만큼 이나는 그의 품이 더욱 따듯하고 포근하게 느껴졌다.

"죽을 때까지 나한테는 당신뿐이야."

"저한테도 태강 씨뿐이에요."

"당신 임신 소식, 할아버지가 정말 기뻐하실 거야."

"하지만 유언장이 찢어져서 지분은 받지 못하게 됐어요."

"할아버지가 이 기쁜 소식을 들으시면 다시 마음을 바꾸실지 모르지."

"그러실까요?"

"바꾸시지 않아도 이제 다른 경쟁자도 없는데."

"그렇긴 하네요."

기대에 찬 그녀의 표정에 태강이 그녀의 볼을 가볍게 잡았다 놨다.

"욕심쟁이가 이렇게 사랑스러울 줄이야."

"욕심쟁이라도 사랑해 줄 거죠?"

"윤이나가 욕심쟁이 할머니가 돼도 사랑할 거야."

"벌써 할머니가 되는 상상은 하고 싶지 않아요. 난 아직 태강 씨랑 못 해 본 게 많은걸요."

"어떤 모습의 윤이나도 사랑하겠다는 말이야."

그가 환하게 웃고 있는 이나를 바라보며 말했다.

벚꽃이 흩날리는 4월의 모임은 이나와 태강의 집 정원에서 이루어졌다. 흰 테이블보가 씌워진 여섯 개의 둥근 테이블에는 각각의 캐노피가 설치되어 있었고 정원 한편에 차려진 호텔식 뷔페에는 서빙을 위한 직원들이 대기하고 있었다.

여섯 개의 테이블에 빈자리가 없다고는 하나 참석자 수에 맞춰 준비한 테이블인 데다 탁 트인 정원에 자리해 실내처럼 시끌벅적하지는 않았다. 집과 가장 가까운 테이블에서 연진 부부와 조용히 식사하던 서윤이 자리에서 일어서 이나에게 다가왔다.

"이나야."

"서윤아."

서윤은 오늘 처음으로 남편과 함께 모임에 참석했다. 막냇동생 내외와 함께한 자리라 그런지 연진은 어느 때보다 근엄하게 자리를 지키고 앉아 있었다.

"이거."

서윤이 길게 포장된 상자 하나를 이나에게 건넸다.

"뭐야?"

"별건 아니고. 내가 직접 수놓은 거야."

"열어 봐도 돼?"

"응."

이나는 상자를 테이블 위에 내려놓고 리본을 푼 뒤 뚜껑을 열었다. 물고기 자수가 들어간 배냇저고리와 턱받이, 그리고 손바닥보다 작은 아기 신발이었다.

"너무 귀엽다. 네가 직접 만든 거야?"

"수만 내가 놓은 거야. 임신 정말 축하해."

"고마워."

영화는 조산기가 있어 병원에 입원한 탓에 오늘 모임에는 참석하지 못했다. 서윤의 선물을 시작으로 다들 그녀에게 다가와 선물을 건네거나 축하 인사를 건넸다. 문 사장의 아내 지영만 혼자 덩그러니 앉아 그녀에게 다가오지 못하고 있었다.

"당신, 좀 춥지 않아?"

"오늘은 햇볕이 따듯한데요."

"그래도 감기 걸리면 안 되잖아."

태강이 손에 들고 온 숄을 그녀의 어깨 위로 둘러 주었다.

"강 사장, 자네 너무 그러면 안 되네. 그러면 우리가 피곤해진다니까."

"임산부는 감기에 걸려도 약을 먹을 수 없으니까 이해 좀 해 주세요."

술이 들어간 탓에 평소보다 목소리가 한 톤 높아진 한 사장이 한마디를 했지만, 태강은 꿈쩍도 하지 않았다. 아예 이나 옆 의자를 빼내 앉아 그녀바라기를 자처하고 나섰다.

사람들의 시선에 아랑곳하지 않고 눈이 마주칠 때마다 매번 다정하게 웃어 주는 그의 머리 위로 눈처럼 하얀 벚꽃 잎이 흩날렸다. 이나는 사진의 한 장면처럼 그의 모습을 머릿속에 저장했다.

"식사는 좀 했어?"

"네. 제 걱정 말고 태강 씨도 가서 사람들이랑 어울리세요."

"괜찮아."

"손님을 초대했으면 함께 얘기도 나누고 곁에서 챙겨야죠."

"다들 이해해 주실 거야."

"자기, 그냥 뒤. 강 사장님 보고 다들 뭐라도 좀 느꼈으면 좋겠네."

연진은 첫 아이를 임신하면 아빠가 더 유난스러운 법이라며 그냥 내버려 두라고 했으나 사람들이 보는 앞에서 지나친 관심과 애정 표현을 받는 것이 그녀는 조금 어색하고 부끄러웠다.

Rrrrr.

"이영 화가 그림 찾았나 봐."

핸드폰의 발신자를 확인한 태강이 그녀에게 말했다.

"어떻게요?"

"당신도 김나영 씨 알지?"

"전에 〈비움과 채움〉에서 근무했던 그 김나영 씨요?"

"응. 내가 〈그리다〉 미술관 창고든, 관장 개인 공간이든 전부 확인해 이영 화가 그림 찾으면 그 즉시 전화하라고 했거든."

태강이 〈비움과 채움〉의 전 직원을 알고 있다는 사실은 그다지 놀라운 일이 아니었다. 더불어 〈그리다〉 미술관 관장은 수진의 친구이니 이나는 깊게 생각하지 않고 가볍게 고개를 끄덕여 보았다. 그는 금방 전화만 받고 오겠다고 말한 뒤 자리에서 일어서 집 안으로 들어갔다.

지난번 강 회장이 공개적으로 진행했던 유전자 검사 결과, 이변은 일어나지 않았다. 부계 혈통 검사 결과 태훈만 일치하는 유전자가 없어 친자 관계가 성립되지 않는다는 결과가 나왔다. 그 결과를 받아 들고 지금껏 제 위에 사람이 없는 것처럼 살았던 태훈이 어떤 얼굴이 됐을지 이나는 진심으로 궁금했다.

하지만 아쉽게도 회장실에서 채혈을 하던 태훈의 모습을 마지막으로 본 이후 다시는 그를 보지 못했다. 태강에게 듣자 하니 검사 결과가 나오고 이틀 후 승희에게 파혼 통보를 하고 막내 이모가 살고 있는 프라하로 떠났단다. 병원에 누워 있는 어머니조차 뵙지 않은 채.

수진은 태훈이 도망치듯 떠났다는 소식을 듣고 무슨 생각을 했을까. 그녀가 와인에 타 먹은 약은 민정의 집에서 발견된 약과 같은 약이었다. 만약 복용 후 오래 방치됐다면 생명에 지장이 있을 수도 있었으나 곧바로 위세척 후 치료를 받은 그녀는 하루 만에 의식을 되찾았다.

그녀가 의식을 찾은 뒤 친정 식구나 친구 중 그녀의 문병을 온 사람은 없다고 했다. 마치 병이 옮기라도 하는 것처럼, 그녀를 문병하는 것이 범죄 행위라도 되는 것처럼.

이제는 시댁이라고 할 수도 없겠으나, 이혼을 한 상태가 아니므로 시댁 식구 중에는 작은아버지와 태강만 수진의 병실을 방문했다. 그녀는 강 회장을 비롯한 모든 가족을 기만하고 여러 사람을 해치려 했음에도 자신의 어느 잘못 하나 인정하지 않은 채 모든 범죄 행위를 모르쇠로 일관했다고 한다.

작은아버지는 현재 변호사를 통해 이혼 절차를 밟고 있었고, 의식을 찾은 박성식과 민정의 집에 약을 가져다 놓은 직원의 증언으로 수진은 재판을 기다리는 중이었다.

좋은 생각만 하려 해도 지난 시간이 떠오르면 이나는 기분이 차분하게 가라앉았다. 모든 사건들이 그녀를 스쳐 갔기에, 가족들 가슴에 오래도록 지워지지 않을 상처로 남을 기억들이었기에.

"이나 씨."

태강이 잠시 자리를 비운 사이에 이나 곁으로 지영이 쭈뼛쭈뼛 다가 왔다.

"잠깐 앉아도 돼요?"

"네."

"축하해요."

"고마워요."

"이거, 별거 아니에요."

지영이 금색의 작은 상자를 이나 앞으로 내밀었다.

"항상 두 분 너무 잘 어울린다고 느꼈지만, 오늘 보니 표정까지 닮아 가는 것 같아요."

"그래요?"

"부부 사이도 좋은데 기쁜 소식까지 있으니 강 사장님 표정이 세상 을 다 가진 것처럼 행복해 보이시더라고요."

"그 사람 얼굴이 그렇게 보여요?"

"누가 봐도 그렇게 볼 것 같은데요."

이나는 전에 지영이 화장실에서 영화에게 건넸던 말들이 생각났다. 그녀와 태강이 불행을 감추기 위해 남들 앞에서 행복한 척 억지로 웃 으며 연기한다고 했던 말들. 그때도 웃었고 지금도 웃고 있는데 지영의 눈에는 뭐가 달라 보이는 걸까.

"우리가 남들 시선을 의식해 행복한 척 웃는 걸 수도 있잖아요."

"이나 씨가 그럴 이유가 뭐가 있겠어요? 남편 사랑 한 몸에 받고 골 든그룹 물려받을 소중한 아기까지 가졌으니 모두 부러워만 하는데요."

"지영 씨한테 그런 얘기 들으니까 기분이 좀 이상하네요."

"네?"

"제가 불과 몇 달 전만 해도 난임인지 불임인지 모를 상태라는 오해 를 받았었거든요."

발그레했던 지영의 얼굴이 하얗게 색을 잃어 갔다. 자신이 혼자 했

던 생각이 아니라 영화에게 직접 건넸던 말이었으니 똑똑히 기억하고
있을 것이다.

"누가 그런 얘기를 해요? 정말 이상한 사람이네요."

"그렇죠. 사실 확인도 안 된 말을 그렇게 무책임하게 내뱉는 사람과
는 가깝게 지내지 않으려고요."

"도대체 누가 그런 말을 하고 다닌 거야?"

어디부터 들었는지 연진이 다가와 맞은편 자리에 앉으며 대화에 끼
어들었다.

"설마 우리 모임 멤버 중에 있는 건 아니지? 만약 우리 멤버면 강 사
장한테 꼭 얘기해. 그럼 당장 그날로 그 회사 간판 내리게 만들어 줄 테
니까."

연진의 말에 지영이 눈동자가 불안하게 흔들리기 시작했다.

"이제는 그분도 본인이 얼마나 큰 실수를 했는지 깨달았겠죠."

"자기는 얼굴도 이렇게 예쁜데 마음은 더 예쁘니 강 사장한테 그렇
게 사랑을 받고 사는가 보다. 나 같으면 두 번 생각도 않고 남편한테 다
얘기했을 텐데."

"이미 지난 일이니까 전 그만 잊으려고요."

"그런데 사람 고쳐 쓰는 거 아니야. 남들 뒷담화도 습관이라니까."

연진이 혼자 열을 내며 얘기하는 사이 슬그머니 자리에서 일어선 지
영이 자기 남편이 앉은 테이블로 걸어갔다. 문 사장이 남자들끼리 얘기
하는 자리에 왜 왔냐며, 저리 가라고 지영을 타박하는 소리가 이나가
앉은 자리까지 들려왔다.

"그런데 강 사장 작은어머니는 이제 어떻게 되는 거야? 아니, 이제
작은어머니도 아닌가?"

이나는 사람 입으로 전해지는 말이 참으로 무섭다는 생각이 들었다.
가족 누구도 그 일을 입 밖으로 내지 않았는데, 말은 네발 달린 말보다
더 빠르게 사람들 사이를 휘젓고 다니고 있었다.

"내가 지난번에 고 화백 미발표작을 미리 살 수 있다는 그 여자 꾐에

빠져 〈그리다〉 미술관에 갔던 날을 생각하면 지금도 얼굴이 화끈거려. 자기 시어머니한테 들어서 어떤 여잔 줄 알면서 어떻게 그런 말에 혹할 수 있는지……. 자기, 그때 나한테 많이 실망했었지?"

"전시회 가신 게 무슨 잘못이에요. 저도 고 화백님 그림 너무 좋아하는데요."

"그래, 그림이 무슨 잘못이야. 고 화백 그림도 주인 잘못 만나서 안타깝지 뭐."

"무슨 얘기를 그렇게 재미나게 나누세요?"

"강 사장님이 없는데 재미나긴요."

태강이 다가오자 연진이 얼른 말을 돌렸다.

"그렇게 보이지 않던데요."

"그나저나 두 사람 아기는 누굴 닮아도 너무 예쁠 거예요."

"그래도 이왕이면 이 사람 닮아야죠."

아기 얘기가 나오자 태강의 얼굴 가득 환한 미소가 번졌다.

"내가 볼 때는 누굴 닮아도 너무 예쁠 것 같은데 뭐. 그나저나 태몽은 뭐 꿨어, 자기?"

"커다란 물고기가 제 품으로 안기는 꿈을 꿨어요."

"그럼 아들이네."

"그래요?"

"어른들이 그러더라고, 뭐든 꿈에서 큰 걸 줍거나 안으면 아들이라고. 요즘은 아들이든 딸이든 똑똑한 자식한테 경영권을 물려주니 크게 상관은 없지만."

"태강 씨는 딸이 더 좋대요. 여자 형제 없이 자라서 딸에 대한 로망이 있나 봐요."

"아들이면 하나 더 낳으면 되겠네. 두 사람처럼 예쁘고 착한 사람들이 애도 많이 낳으면 더 행복할 거야."

"그러겠습니다."

넙죽 대답부터 한 뒤 태강이 이나의 어깨를 감쌌다. 멀리서 그들의 모습을 지영이 멍하니 응시하고 있었다.

"아이고, 우리 남편 좀 봐. 또 주는 대로 다 받아 마셨나 보네."

그들과 대화를 하던 연진이 고개를 쭉 빼고 한 사장 쪽을 바라보다 이마를 찌푸리며 중얼거렸다.

"앞으로는 여자들끼리만 모여야겠어, 자기야."

연진이 눈치껏 빠져 주려는 듯, 한 사장을 부르며 그들에게서 멀어졌다.

"통화는 잘 마쳤어요?"

"응. 서울 외곽에 있는 관장 소유의 별장에 보관 중이었대."

"그럼 가져올 수 있는 거예요?"

"그래야지. 내일 사람 보내서 〈비움과 채움〉으로 옮기라고 할게."

"민정 씨가 좋아하겠어요."

"응."

민정은 아버지를 찾았지만, 여전히 이민정으로 살고 있었다. 태강과 강 회장이 이제라도 진짜 가족이 되자고 말했으나 그녀가 원하지 않았고 친부와도 다시 만나고 싶지 않다는 입장이었다.

이나는 어쩌면 민정이 아버지 앞에 나서지 않는, 나름의 복수를 하고 있는지도 모른다는 생각이 들었다.

그리고 민정은 파리로 떠날 준비를 하고 있었다. 그림을 배운 적 없이도 평생 누구보다 따뜻한 그림을 그렸던 화가의 피를 물려받은 그녀였다.

어릴 적부터 장난감 대신 화구를 가지고 놀며 엄마의 그림을 흉내 내는 것만으로도 행복했던 그녀이니 이제라도 제대로 그림을 공부해 보라는 태강의 조언에 따른 결정이었다.

"떠나기 전에 자리 마련해서 함께 식사라도 해요. 할아버지도 같이요."

"그래."

"왜 자꾸 쳐다봐요."

"당신 너무 예뻐서."

"당신도 멋져요."

"정말?"

"네. 세상에서 제일요."

사람들이 들을까 봐 이나는 그의 귀에 입술을 대고 비밀처럼 속삭였다. 그들은 자신들만의 비밀 얘기를 나누고 있다고 생각했으나 정원에 모인 사람들은 그들의 표정으로 은밀한 대화를 고스란히 엿듣고 있었다.

"우리 먼저 갈게요. 자기, 몸조심하고 다음 모임에 봐."

횡설수설 혼잣말을 하는 한 사장을 대신해 연진이 인사를 하고 집을 나서자 하나둘 자리를 정리하고 일어서기 시작했다. 아무래도 오늘은 태강이 술을 입에 대지 않으니 다들 적당히 마시고 일어서려는 분위기였다.

태강도 이나를 생각해 집에서 모임을 하자고 모두에게 연락을 취했으나 가겠다는 사람들을 굳이 말리지는 않았다. 오히려 대문 앞에서 환하게 웃는 얼굴로 그들을 배웅했다.

"이제 우리도 들어갈까?"

마지막 손님을 배웅한 뒤 태강이 그녀를 번쩍 안아 들었다.

"걸어갈게요."

"안 돼."

"이제 그렇게 조심하지 않아도 된다고요."

"내 마음이야."

그는 그녀를 방 안까지 안고 가 조심스럽게 침대에 내려놓았다.

"나 오늘 술 한 방울도 안 마셨으니까 키스해도 되지?"

그가 술을 마시지 않은 진짜 목적은 이것이었나 보다.

"네."

이나는 상을 주듯 그의 입술에 가볍게 입을 맞췄다. 하지만 그가 정말 바란 건 뽀뽀가 아니었다. 그녀의 뺨을 감싼 채 입술을 깊게 집어삼켰다. 임신 초기에는 조심해야 한다는 의사의 말을 듣고 내내 조심했지만, 사실 두 사람 모두 한계점에 임박해 있던 상태였다.

그의 손이 그녀의 어깨에서 숄을 잡아당겨 떨어뜨린 뒤 베스트 단추를 풀고 블라우스 안으로 거침없이 파고들었다. 입술은 그녀의 목덜미를 타고 미끄러지고 있었다.

"하아."

어느 때보다 그녀의 몸은 예민하게 반응하고 있었다. 그녀의 신음을 시작으로 그들의 몸에서 옷가지가 모두 사라지는 데는 1분도 걸리지 않았다. 거추장스러운 옷가지를 벗겨 내 집어 던지는 그의 손길은 다급했지만, 막상 그녀를 소유하기 전에는 한없이 조심스럽고 신중해졌다.

소중한 보물을 만지듯 조심스럽고, 또 조심스럽게 그녀를 애무하고 오랫동안 입 맞춘 뒤 그는 그녀와 하나가 됐다.

"왜 그렇게 봐?"

나란히 누운 채 그가 그녀의 머리카락을 넘겨 주며 물었다.

"행복해서요."

"당신은 행복할 자격이 있어."

"태강 씨도요."

"나도 요즘 너무 행복해."

"사랑해요."

"내가 더 사랑해."

"저도 많이 사랑해요."

"앞으로 내가 더 행복하게 해 줄게."

그가 그녀의 귓가에 속삭였다. 귓속을 간질이는 그의 숨결이, 다정한 그의 목소리가 그녀를 저절로 미소 짓게 만들었다.

에필로그

"이나야."

익숙한 목소리가 들려왔다.

"이나야."

이 목소리는…… 할아버지 목소리였다.

"오늘 할아버지랑 평창동 할아버지 집에 갈까?"

평창동 할아버지는 그녀를 예뻐해 주시는 할아버지 친구였다. 그녀가 앉아 있던 자리에서 벌떡 일어서자 할아버지가 다가와 손을 내밀었다. 이나는 냉큼 손을 잡았다. 지금 잡지 않으면 그녀를 두고 할아버지 혼자 가 버릴까 봐.

"혼자 집에 있기 심심했지?"

그녀는 고개를 한 번 끄덕했다.

"이나는 할아버지가 더 좋아, 평창동 할아버지가 더 좋아?"

할아버지는 그녀의 마음을 다 알면서 이 질문을 왜 하는지 모르겠다. 잊을 만하면 같은 질문을 하는 할아버지처럼 그녀도 할아버지를 애타게 하려고 대답 대신 팔을 흔들었다. 그네가 되어 싱싱 왕복하는 팔처럼 그녀의 기분도 쌩쌩 흔들렸다.

"평창동 할아버지네 집에 오늘은 오빠들도 와 있을 거야. 평창동 할아버지가 이나 온다고 오빠들도 부른다고 했거든. 오늘은 우리 이나가 안 심심하겠다."

오빠들? 설마 승현처럼 딸기우유를 손에 들고 울음을 터뜨리는 오빠? 이나는 이마를 찌푸렸다.

"오빠가 둘 있는데 한 명은 아주 듬직하고 또 한 명은 아주 재미있는 녀석이야."

할아버지가 그녀의 호기심을 끌려는 듯 설명을 덧붙였지만 이나는 어깨를 시무룩하게 내렸다. 그녀는 요즘 사람들을 만나는 게 싫었다. 어른들은 모두 그녀를 안쓰럽게 쳐다봤고 친구들도 예전과 달랐다. 어쩌면 그녀가 유치원에 다닐 때처럼 조잘조잘 떠들지도 않고 아무 때나 까르르 웃음을 터뜨리지도 않기 때문인지 모른다.

"오빠들이랑 놀 때는 말을 해야 돼, 이나야. 그래야 오빠들이 이나가 뭐 하고 놀고 싶은지 알지."

이나는 작게 고개를 끄덕였다. 할아버지는 카 시트에 앉지 않으려는 그녀의 팔에 커다란 곰 인형을 안겨 주었다.

"인형 꼭 잡고, 출발한다."

차가 천천히 출발하며 집을 벗어나자 그녀의 기분도 모르고 곰 인형이 팔을 흔들며 고개를 까딱거리기 시작했다. 이나는 집게손가락으로 곰 인형의 고개를 밀었다. 난 지금 기분이 별로야.

하지만 곰 인형은 그녀의 손길을 피해 가며 고개를 앞뒤로 옆으로 쉬지 않고 흔들었다. 그녀가 손가락으로 이마를 꾹 누르면 다리라도 흔들며 버둥거렸다. 그사이 차는 평창동 할아버지 집에 도착해 있었다.

"다 왔다, 이나야."

그녀는 할아버지가 열어 준 문으로 폴짝 뛰어내려 커다란 대문 앞에 섰다. 가슴이 이유 없이 콩닥거리기 시작했다.

"이나 왔구나."

철컹, 천둥 같은 소리가 나고 평창동 할아버지의 집 대문이 열렸다. 이나는 할아버지 뒤로 보이는 넓게 깔린 잔디를 빙 둘러보았다. 오빠들은 보이지 않았다.

"이나, 누굴 찾니?"

"아니에요."

귀 기울이지 않으면 알아듣기도 힘들 만큼 작은 소리였지만 할아버지는 그녀가 대견한 듯 머리를 쓰다듬었다.

"태강이랑 태훈이는?"

"말도 말게. 태훈이네가 또 한바탕한 모양이야. 그래서 태강이도 다음에 오라고 했네."

✤　　✤　　✤

이나는 두 눈을 번쩍 떴다. 꿈을 꾸었다. 어릴 적 할아버지 손을 잡고 강 회장에게 찾아갔던 꿈. 꿈이라기보다는 기억의 복기였다. 오랜만에 할아버지를 만난 그녀의 가슴이 아직도 먹먹했다.

"깼어?"

태강이 품에 은호를 안고 그녀를 내려다보고 있었다.

"은호 깼어요?"

"응. 당신 많이 피곤했나 봐. 은호 우는 소리도 못 듣고."

"은호가 울었어요?"

이나는 몸을 일으켜 태강에게서 은호를 건네받았다.

"오늘 할아버지 댁에 가기로 했는데, 갈 수 있겠어?"

"가야죠."

잠에서 깨며 울었다더니 지금은 기분이 좋은지 그녀와 눈이 마주치자 은호가 환하게 미소를 보였다.

"우리 은호 지금은 기분이 좋네."

"조금 전에 민정이랑 영상 통화 했거든."

"전화 왔어요?"

"응. 잘 지낸다고."

"언제 들어온다는 말은 없고요?"

"응, 요즘에 많이 바쁜가 봐."

"그런데 작은아버님한테는 끝까지 말씀 안 드릴 거예요?"

"글쎄, 민정이가 원한다면 오늘이라도 말할 수 있지만, 원하지 않는다면 난 말하지 않을 생각이야."

"그래도 아버진데……. 그런데 제가 계속 민정 씨라고 불러도 되는 거예요?"

"민정이가 지금 이대로가 좋다잖아."

"그렇지만……."

"편하게 생각해. 나 당신 시집살이하는 거 싫으니까."

"그럼 다음에 민정 씨 들어오면 그때 같이 상의해 봐야겠네요."

"그래, 그럼."

태강과 이나는 이제 7개월이 된 은호를 데리고 평창동 본가로 향했다.

✣　　　✣　　　✣

"할아버지."

"그래, 이나 왔구나."

현관으로 들어서는 그들을 강 회장과 태강의 아버지가 반갑게 맞아 주었다. 태강의 아버지는 은호가 보고 싶었는지 그녀에게서 아기를 번쩍 받아 들고는 그새 많이 컸다며 감탄을 했다. 낯가림을 시작할 시기였음에도 은호 역시 저를 예뻐하는 할아버지에게 선뜻 안겨 귀여운 미소를 날렸다.

"우리 은호 일주일만 못 봐도 할아버지는 은호가 눈에 선하다."

"할아버지도 별일 없으셨죠?"

은호의 할아버지는 태강의 아버지였지만, 태강과 이나의 할아버지는 강 회장이었다. 그 차이를 헷갈리지 않는 강 회장이 은호를 지그시 바라보던 시선을 돌려 이나는 바라봤다.

"그럼, 나도 아주 잘 지냈다."

치매 진단을 받은 강 회장은 바로 약물 치료를 시작해 아직은 발견 당시와 큰 차이를 느낄 수 없었다. 가족들 모두에게 아픔을 주었던 수진이지만, 그녀 덕분에 강 회장이 빨리 치료를 시작할 수 있게 된 셈이다.

"우리 은호, 간식으로는 뭘 먹을 수 있나?"

"가방에 챙겨 왔어요."

이나는 가방 안에서 아기용 간식을 꺼내 시아버지에게 건넸다.

"은호는 아범한테 맡기고 이나는 나랑 산책이나 할까?"

"좋아요, 할아버지."

"저도 같이 갈까요, 할아버지?"

자신은 아무도 반기지 않자 태강이 재빨리 끼어들었다.

"사내놈이랑 무슨 산책을 해, 징그럽게."

"할아버지."

서운한 목소리로 할아버지를 부르는 태강은 남겨 두고 이나는 강 회장의 팔을 잡고 정원으로 향했다. 지팡이를 짚고 신중하게 걸음을 옮기는 강 회장의 보폭에 맞춰 그녀도 한 걸음 한 걸음 천천히 걸음을 떼어 놓았다.

"이나야."

"네, 할아버지?"

"이나야."

"네, 할아버지."

"이나야?"

"네, 할아버지."

"나는 이나 네가 '네, 할아버지' 하고 대답할 때가 참 좋더라. 네 할아버지 살아 있던 그 시절로 돌아간 것 같아서."

늘 그녀의 할아버지를 그리워하는 강 회장의 마음을 그녀도 잘 알고 있었다. 멀쩡한 정신으로도 과거의 시간이 점점 멀어지며 하루하루 흐려질 시기인데, 이제 강 회장의 과거는 질서까지 잃어 가고 있었다.

하지만 그녀의 할아버지를 떠올릴 때 그는 한 번도 다른 이와 헷갈리거나 엉뚱한 말을 한 적이 없었다. 어쩌면 그 시절이 그에게 가장 빛났던 시절이기 때문인지 모른다.

"예전에 그 친구가 널 우리 집으로 데려왔을 때 내가 우리 태강이가 네 짝으로 어떻겠냐고 물은 적 있었는데."

"정말이요? 저 몇 살에요?"

"그게, 네가 초등학교에 막 들어갔을 무렵이었나."

"저희 할아버지가 뭐라고 하셨어요?"

"네가 태강이를 고르면 허락하겠다고 했지. 단 태훈이는 절대 안 된다고."

"정말 저희 할아버지가 그러셨어요?"

"그 친구는 예전부터 사람을 보는 눈이 그렇게 정확했어."

"그러니까 평생을 할아버지랑 친구로 지내셨던 거죠."

"네 말을 듣고 보니 그렇구나."

강 회장이 흐뭇하게 미소를 지었다.

"그 친구가 곁에 있을 땐 항상 마음이 청년 시절 그때 그 마음이었어. 머리가 허옇게 셌을 때도 말이다."

"원래 친구는 그런 거잖아요. 저도 어릴 적 친구를 만나면 넌 어릴 때랑 똑같다고 말해요. 분명 외모가 달라졌는데도 제 눈에는 어린 시절 모습으로 보이거든요."

"그래."

그룹 일에서 완전히 손을 뗀 뒤 약물 치료를 받고 취미 생활을 즐기며 지내고 있는 강 회장의 상태는 겉으로 보기에는 예전과 크게 다르지 않았다. 노 박사의 말로는 발견이 빠르기도 했지만 진행 양상으로 볼 때 그의 치매는 예쁜 치매 쪽인 것 같다고.

그래서 그런지 가끔 찾아와도 예전보다 더 많이 웃고, 더 많은 말을

538

하는 것이 꼭 그녀의 할아버지가 살아 계실 때의 강 회장으로 돌아간 듯 느껴질 때가 있었다.

"민정이한테는 가끔 연락이 오니?"

"네. 오늘 태강 씨랑 영상 통화도 했대요."

"영상 통화?"

"할아버지도 하실래요?"

"난 됐다."

"나중에 귀국하면 〈비움과 채움〉에서 전시회 열기로 했어요."

"그러려면 명망이 높아야 하는 거 아니냐?"

"아니에요. 실력 있는 신인 작가들도 전시회는 얼마든지 열 수 있어요."

"멋지구나."

민정은 홀로 떠난 낯선 유학 생활을 잘 견디고 있었다. 자신이 전시회를 열 수 있는 수준의 화가가 되면 그때 귀국해 〈비움과 채움〉에서 엄마의 그림과 함께 모녀전을 열겠다는 것이 그녀의 목표였다. 태강은 그녀를 응원했고, 이나는 천천히 가족이 되어 가고 있는 그들을 응원했다.

"태훈 아비는, 아니 너희 작은아버지는 요즘 통 연락도 없다."

"바쁘신가 봐요."

"바쁘겠지."

강 회장이 마땅찮은 표정으로 혀를 끌끌 찼다.

태훈이 프라하로 날아간 뒤 지루하게 이어진 재판 결과 수진은 10년의 실형을 선고받았다. 과거 민정의 어머니를 살해하려 했던 혐의는 증거 부족에 공소 시효까지 지난 상태였고, 이나와 사고가 났던 상대 차량 운전자에 대한 혐의는 증거가 불충분했다.

결국 재판은 박성식과 민정의 살인 미수 혐의에 대해서만 이루어졌다. 태강은 그간 수진의 다른 악행에 대한 증거와 가중 사유를 모아 더 많은 형량을 선고받도록 힘썼고 그 결과 10년 형을 선고받을 수 있었다. 물론 수진은 재판 결과에 굴복하지 않고 항소한 상태였다.

수진이 저질렀던 여러 악행이 수면 위로 드러나고 힘겨운 소송을 지켜보며 가족들은 알게 모르게 힘든 시간을 보내야 했다. 그중 가장 힘든 시간을 보냈을 사람은 누가 뭐래도 태강의 작은아버지였을 것이다.

하지만 이나는 과거 그가 이영 화가와 민정에게 주었던 상처를 생각하니 안쓰럽게만 여겨지지 않았다. 오히려 그도 죗값을 받고 있는 게 아닐까 생각됐다.

그리고 역시 태강의 작은아버지는 동정이 필요한 사람이 아니었다. 수진이 10년 형을 선고받은 날, 스물세 살 연하의 연인과 찍힌 사진이 포털을 화려하게 장식한 것이다. 강 회장은 목덜미를 잡으며 노발대발했지만, 태강의 작은아버지는 오히려 당당했다. 이제 아내도 자식도 없는 자신에게 유일한 위안이라면 연애의 자유뿐이라고.

그렇게라도 본인답게 사는 작은아버지를 보며 이나는 웃어야 할지 울어야 할지 판단을 내릴 수 없었으나, 태강은 그 순간에도 민정을 걱정하는 눈치였다.

"이제 곧 이나 네 동생 돌이지?"

"아……."

"뭐가 필요한지 물어보고 네가 잘 좀 챙겨 줘라."

"네."

이나는 새삼 강 회장의 기억력에 감탄했다. 자신도 잊고 지냈던 세영의 아들 돌을 강 회장이 기억하고 있다니.

세영은 작년 7월에 아들을 낳았다. 이나는 그 아이를 딱 두 번 보았다. 태어나고 며칠 후 병원에 찾아갔을 때와 작년 아버지 생신에. 세영은 아이를 낳자마자 본인이 먼저 친자 확인 검사를 요구했다.

아버지도 바라던 바였기에 검사는 곧바로 이루어졌고, 그 결과 아버지는 세영에게 꼼짝 못 하며 잡혀 살게 되었다. 그래도 본인을 쏙 빼닮은 아들을 보는 낙에 누구에 대한 원망도 없이 그저 하루하루가 행복하다니 다행이지만.

"이제 들어가서 저녁 먹어요, 할아버지."

"그럴까?"

"미술관에는 일주일에 몇 번 나간다고 했지?"

"두 번이요."

"그동안 은호는 베이비시터가 봐 주고?"

"네."

"그래, 엄마라고 1년 365일 애한테만 매여 살 수는 없지. 내가 젊었을 적에 조금만 더 깨어 있었어도 태강이 할머니도 조금 더 재미나게 살 수 있었을 텐데……."

"미안하고 슬픈 생각 말고 좋은 생각만 하세요."

"그래, 이나 네 말이 맞다. 노 박사도 즐거운 생각을 많이 하라고 하더라."

"할아버지는 뭘 하실 때가 제일 즐거우세요?"

"지금."

"지금이요?"

"그래. 내년도 지금 같길 바랄 뿐이다."

이나는 공연히 가슴이 뭉클해졌다. 그녀도 강 회장의 내년이 오늘, 지금과 같기를 간절하게 바랐다.

"두 분이 무슨 얘기를 그렇게 재미나게 하셨어요?"

"은호는?"

"은호는 잠들었어요."

"네 아비는 자는 애도 바닥에 안 내려놓지?"

"어떻게 아셨어요?"

"그걸 꼭 눈으로 봐야 알까."

말은 그렇게 툭 던져 놓고선 강 회장은 은호가 잠들어 있다는 방으로 향했다. 이나도 강 회장의 팔을 잡고 함께 방으로 들어섰다.

"우리 태강이 어릴 적이랑 판박이야."

"둘이 그렇게 닮았어요?"

"그럼. 얼마나 예뻤는데. 밖에 데리고 나가면 사람들이 지나가면서 눈을 떼지 못했었지."

"그랬을 것 같아요."

"이나 너도 참 예뻤어. 그러니 우리 은호가 이리도 예쁜 거겠지."

"그만 식사하세요, 아버지, 할아버지."

방으로 들어간 가족들이 아무도 나오지 않자 태강까지 따라 들어와 가족들을 재촉했다. 그 순간 태강의 아버지는 재빨리 손가락을 입에 대는 것으로 침묵을 강요하며 식구들을 방 밖으로 몰아냈다.

식사를 마친 뒤 태강은 그만 집으로 돌아가자고 그녀를 재촉했다. 하지만 이나는 차까지 마시고 가자며 그를 잡았다. 결국 그들은 담소를 나누며 차를 마시고 강 회장이 방으로 들어가고 나서야 평창동 집을 나서 집으로 돌아왔다.

깜깜하게 불 꺼진 집이었지만 그들에게 이제 집은 언제 돌아와도 포근하고 따뜻한 곳이었다. 은호가 태어난 뒤로는 더욱.

"내가 은호 씻길 테니까 당신은 좀 쉬어."

"괜찮아요."

"아까 보니 당신 식사도 잘 못 하던데."

"제가요?"

"밥은 몇 수저 안 먹고 과일만 먹었잖아."

"할아버지랑 얘기하다 그랬나 봐요."

"아니, 당신 달력 확인해 봐."

"달력을 왜요?"

"글쎄 확인해 봐."

"아니에요."

그녀는 그럴 리 없다고 고개를 저으면서도 서둘러 방으로 걸음을 옮기고 있었다. 달력을 확인하니 태강의 말대로 생리 예정일이 5일이나 지나 있었다. 도무지 믿기지 않아 그녀가 날짜를 확인하고 또 확인하고 있을 때 욕실 쪽에서 은호가 까르르 웃는 소리가 들려왔다.

복잡한 머릿속과는 달리 소리가 들리는 방향으로 고개를 돌리는 그녀의 입술은 둥글게 휘어 있었다.

"확인해 봤어?"

"은호는요?"

"씻자마자 꿈나라. 날짜 지났지?"

"아직 모르겠어요. 내일 확인해 볼게요."

미간을 접는 그녀의 표정을 지켜보던 태강이 그녀의 몸을 돌려 자신과 마주 보게 한 뒤 뺨을 가볍게 감싸 쥐었다. 걱정 말라고, 모두 잘될 거라는 표정이었다.

이나는 그런 태강의 가슴을 주먹으로 가볍게 쳤다. 그녀의 속도 모르고 그가 벌써 좋아하는 것처럼 보여 얄미웠다.

"걱정 마. 당신은 죽을 때까지 강태강 아내나, 강은호 엄마가 아니라 윤이나야. 할머니가 돼서도 반짝반짝 빛이 날 윤이나. 내가 그렇게 만들어 줄 거야."

두 아이의 엄마로 살면서 과연 반짝반짝 빛이 날 수 있을까. 간절하게 기다렸던 만큼 은호에게 최선을 다하고 싶은 마음도 있었지만 그녀는 아직 두 아이의 엄마가 될 마음의 준비는 하지 못한 상태였다.

"사랑해."

사랑한다는 말이 모든 문제를 해결해 주는 것도 아닌데 태강은 대뜸 말해 놓고 그녀의 입술에 입술을 겹쳐 왔다.

"전 지금 머릿속이 너무 복잡해요."

"그럼 듣기만 해. 윤이나는 언제나 내 삶의 전부야."

그가 다시 그녀의 입술에 입을 맞췄다.

"사랑해."

이나도 결국 손을 들어 그의 목에 감았다. 태강은 항상 듬직하고 다정한 남편이었다. 하지만 이런 순간에는 주인의 기분을 풀어 주려고 열심히 제 몸을 주인의 몸에 비비는 덩치 크고 애교 많은 짐승처럼 행동했다. 그렇기에 그를 사랑하지 않을 수 없었다.

"저도 사랑해요."

"내가 더 많이 사랑해."

"그런 것 같아요."

"맞아. 몸도 마음도 내가 훨씬 더 사랑해."

그녀가 대꾸할 틈도 주지 않고 그가 무릎 아래로 손을 넣어 그녀를 번쩍 안아 들었다. 이나는 그의 목을 더 꼭 끌어안았다.

"이제 그 사랑을 확인할 시간이야."

"태강 씨."

"내가 집에 빨리 오고 싶어서 노력하는 모습 당신도 봤잖아."

"하지만……."

'오늘 같은 날까지' 라는 말은 차마 입 밖으로 내뱉을 수가 없었다.

"노력한 사람에게는 상을 줘야지."

"사랑해요."

이나는 그의 입술에 가볍게 입을 맞췄다.

"됐죠?"

"이건 애피타이저."

냉정하게 말한 그가 그녀를 침대 위로 살며시 내려놓았다.

"초기에는 조심해야 해요."

"육아서에 임신 사실을 알기 전에 복용한 술이나 감기약 정도는 크게 문제 되지 않는다고 적혀 있어. 우린 아직 결과도 모르고 이건 음주나 약물보다는 훨씬 몸에 덜 해로운 거잖아."

그녀를 음흉하게 바라보며 그가 셔츠 단추를 풀기 시작했다.

—*fin*